HEYNE <

ULE HANSEN

NEUN TÖTER

THRILLER

WILHELM HEYNE VERLAG
MÜNCHEN

FSC www.fsc.org
MIX
Papier aus verantwortungsvollen Quellen
FSC® C014496

Verlagsgruppe Random House FSC® N001967

Vollständige Taschenbuchausgabe 03/2018

in der Verlagsgruppe Random House GmbH,
Neumarkter Straße 28, 81673 München
Printed in Germany
Umschlaggestaltung: Eisele Grafik-Design, München,
unter Verwendung der Fotos von © Gettyimages/
Proehl Proehl/Picture Press
Satz: Leingärtner, Nabburg
Druck: GGP Media GmbH, Pößneck

ISBN: 978-3-453-42185-1

www.heyne.de

1

Sie hielt das Päckchen in der Hand. Das Päckchen von ihm.

Sie bewegte sich nicht. Konnte sich nicht bewegen. Konnte kaum atmen.

Von der Wohnungstür bis zur Küche hatte sie gebraucht, bis sie seinen Namen auf der Rückseite erkannte. Fünfzehn Sekunden? Zehn? Weniger? Bis sie begriff, was da stand: sein Name. Woher kannte er ihre Adresse? Sie stand nicht im Telefonbuch, war nirgendwo verzeichnet.

Seinen Namen hatte sie in den letzten zehn Jahren oft gelesen.

In den Polizei- und Prozessakten, von denen sie daheim Kopien aufbewahrte, im Internet, auf seiner Website, die sie ziemlich schnell nach seiner Entlassung aus der Haft entdeckt hatte, in Artikeln und Interviews über sein neues Leben, seine Resozialisierung, seine Vorträge, seine Lebensphilosophie, seine aufmunternden Worte, durchaus auch kritische Artikel, aber immer wieder Bewunderung: faszinierte Journalisten, Promis, die sich fast verschämt als Fans outeten, wachsendes Publikum.

Es gab Zeiten, in denen sie das Zeug nicht anfasste. Manchmal wochenlang. Dann wurde sie irgendwann wieder schwach, meist spätabends, und holte alles wieder raus, die Artikel und die Akten, las darin, suchte seinen Namen im Netz.

Aber noch nie hatte er sich persönlich gemeldet.

Nicht per Post, nicht per E-Mail, nicht per Telefon. Und jetzt auf einmal: ein Päckchen. Sogar seine Adresse stand drauf. Er war inzwischen also auch nach Berlin gezogen.

Ein Nachbar musste das Päckchen für sie angenommen haben, am Samstag wahrscheinlich, und es ihr gestern Abend noch vor die Tür gelegt haben. Sie hatte es gefunden, als sie zur Arbeit wollte. Das Päckchen war schwer für seine Größe, in braunes Packpapier gewickelt, klassisch, rechteckig, fest eingeschlagen, ein Buch. Sie wusste auch, welches. Sein Buch. Das Buch, über das sie schon in der Zeitung gelesen hatte. Gutes zumeist. Auch Fernsehauftritte gab es. Zwei. Sie hatte sie nicht gesehen. Nur aufgenommen. Die Aufnahmen warteten auf sie. Darin hielt er sicher das Buch in die Kamera.

Mit einem Gruß. Ein Gruß wird dabei sein, dachte sie. Muss dabei sein. Ein Autor schickt kein Buch ohne ein, zwei persönliche Worte, oder? Eine Widmung oder ein Kärtchen. »Schöne Grüße« zum Beispiel. Vielleicht: »Einen lieben Gruß von einem alten Freund.«

Oder auch: »Ich denke an dich – dein Vergewaltiger.«

Emma Carow stand in ihrer Küche und konnte sich nicht bewegen.

Sie starrte auf den Fußboden. Linoleum, wie es früher auf Arbeitstischen zum Einsatz kam, sattgrün, blank poliert, erinnerte irgendwie an Schule oder Kontor. Auch die alte Küchenbank, der massive Holztisch fielen in diese Kategorie. Ihre Schwester Sarah hatte mal bemerkt, sie hätte die ganze Wohnung wie eine Amtsstube eingerichtet, selbst Küche und Schlafzimmer. Das war nicht ganz fair. Den Tassenberg in der Spüle, die überall gestapelten Bücher und Zeitschriften, findet man das in einem Büro? Na ja, die Nachschlage- und Standardwerke, den Goffman, den Dahle & Dölling vielleicht, auch die neueste Ausgabe der MKS. Aber doch nicht die ganzen ollen Reiseprospekte, die Kinderzeichnungen, die Rätselhefte der alten Nachbarin, vollgekritzelt, bis auf die paar Rätsel, die ihr zu schwer waren, die überließ sie gerne Emma, so was findet man nicht in einer Amtsstube, so schlimm war das doch gar nicht.

Das warme Licht der Deckenlampe warf einen gelben Kegel auf

den Tisch und den Boden. Außerhalb des Kegels war es noch dunkel. Zu früh am Morgen. Das Dunkel wächst rasch an im Oktober in Berlin. Die Nacht wälzt sich über die Ostgrenze und drängt den Tag zurück, und jeden Morgen weicht sie später, die Wolken kommen aus dem Westen, aus dem Norden, von überallher eigentlich, und hängen da, und die Dunkelheit schleicht sich lautlos in jede Ecke, in jeden Winkel, wie ein Nebel, sie liebkost dich und atmet schwer in deinen Nacken. Im Oktober in Berlin. Und nicht nur dann.

Emma stand im goldenen Kegel und stellte sich vor, das Päckchen zu öffnen. Tat es aber nicht. Sie stellte sich andere Dinge vor, die sie auch nicht getan hatte: dass sie damals nicht zu ihm ins Auto gestiegen wäre, zum Beispiel. Ganz einfach.

Aber auch das: Er sitzt in irgendeiner Buchhandlung hinter einem Tisch und signiert sein Buch, die Schlange ist lang, er scherzt mit den Fans, er ist charmant, bis er erkennt, wer vor ihm steht: Sie. Emma. Sein Opfer. Mit einem Baseballschläger. Sie hebt ihn und fegt mit einem Schlag den Stapel Bücher vom Tisch und, wie interessant, sein Charme zerfließt wie Schnee in der Sonne. Als er unter den Tisch kriecht, zieht sie ihn wieder heraus, und seine Fans sind wie erstarrt, sie trauen sich nicht einzugreifen; sie wissen, wer sie ist.

Oder damals, im Gerichtssaal: Sie saß dort als Nebenklägerin und hörte, wie der Richter das Urteil sprach. Sie konnte seine Reaktion nicht sehen, aber sie wusste, er lächelte. Sieben Jahre? Nur eine weitere Station auf seinem Werdegang, wie die Schulzeit oder die paar Monate Wehrdienst. Wer weiß, vielleicht lernt er dort etwas Nützliches? Dann dreht er sich um, das Lächeln erstarrt in seinem Gesicht, als er ihre Waffe sieht, er schwitzt, seine Augen werden groß, er bebt, kann kein Wort mehr herausbringen, der erste Schuss trifft ihn gar nicht, ein Warnschuss, er fällt auf die Knie, er bettelt, er bereut, er winselt um Vergebung, dann schießt sie, um zu treffen.

Und am Ende immer wieder das: Sie steigt zu ihm ins Auto. Warum auch nicht? Sie hat keine Angst. Sie kennt ihn doch. Sie machen Scherze. Selbst als er die Autobahn verlässt und sie weiß, er fährt sie nicht nach Hause, sondern in den Wald, zum Ferienhaus im Wald, wo er sich einen Kaffee machen will, er braucht jetzt dringend einen Kaffee, selbst dann lacht und flirtet sie, sie hat keine Angst. Und im kalten Ferienhaus seiner Eltern, als er Kaffee macht, als er ihr etwas zeigen will, hier, in der Schublade seines Vaters, dieses dicke Jagdmesser mit dem sinnlich-glänzenden Holzgriff, selbst da hat sie keine Angst, denn sie weiß, er kann sie gar nicht aufs Bett zwingen und ihr die Kleidung vom Leib schneiden und ihr die Klinge, die am Rücken dick und an der Schneide unendlich scharf ist, dieses Messer, das gemacht ist, um einem gestandenen Hundertfünfzig-Kilo-Hirschen den Hals aufzuschneiden, an die Kehle drücken und sie wie eine strampelnde Beute besteigen und, während sie bettelt und wimmert, in sie eindringen und sie dann wieder ans Bett fesseln, wie man ein erlegtes Reh zum Transport zusammenschnürt. Für die Bequemlichkeit. All das kann er nicht, denn sie ist schneller und stärker, sie ist die Jägerin. Diesmal hat sie das Messer in der Hand, und sie sticht zu, selbst als er verspricht, sie sofort nach Hause zu fahren, selbst als er schwört, es war alles nur ein Scherz, als er um sein Leben bettelt, als er nur noch ein Bündel Angst ist, sticht sie zu, mit dieser harten, scharfen Klinge, die mühelos in die Haut eindringt, echte Wertarbeit, und sie flüstert ihm dabei ins Ohr mit einem heißen, stinkenden Atem wie seinem damals, sie nennt ihn Schlampe und Fotze wie er sie und drückt ihn auf das Bett, und sein Gesicht ist von Horror gezeichnet, eine fast komische Maske aus Schreck und Schock, denn nie im Leben hat er sich vorgestellt, dass ihm das passiert, das geht gar nicht, das muss ein Fehler sein, denkt er, wie sie es damals dachte, aber es ist kein Fehler, es passiert wirklich, und jetzt sticht sie auf ihn ein, zuerst am Hals, wo das Blut, der Saft des Lebens, nur so heraussprudelt, verschwendet ist der an ihn, er windet sich, und sie treibt das Messer in seinen weichen Bauch unter dem Brustkorb, und dann schneidet sie die Hose weg und nimmt seinen Schwanz und seine Eier in die Hand, ach, wie das alles geschrumpft ist jetzt, das will sich wohl auf einmal verstecken, es will wohl entkommen, es weiß, was jetzt passiert. Sie nimmt das kleine ärmliche Gebilde und schneidet es ab, wie man Knorpel von einem Hähnchensteak entfernt, mit einer einzigen, ruckartigen Bewegung, dann schmeißt man das Ding beiseite, es ist Müll, Küchenabfall, nicht der Betrachtung wert, wer braucht das schon, er jedenfalls nicht mehr.

Es waren keine neue Fantasien. Emma hatte sich all das schon oft ausgemalt. Und am Ende war es immer gleich: Wenn es vorbei ist – nicht weil sie fertig ist, sondern weil diese Fantasien sie so erschöpft haben –, ist sie noch immer nicht zufrieden. Noch immer nicht glücklich. Noch immer die Frau, die er aus ihr gemacht hat. Sie zittert am ganzen Körper, und die dunkle Faust in ihr drin, die ihr die Luft wegdrückt, ist unverändert da, sie geht nie mehr weg, egal wie oft sie ihn in Gedanken umbringt, dieses verstümmelte Leben, das er ihr verschafft hat, ist jetzt ihres.

Sie öffnete das Päckchen mit seinem Buch nicht.

Sie trug es auf beiden Händen ins Wohnzimmer. Sie kniete sich vor den alten Einbauschrank unter ihrem Fenster, der mit seiner vergitterten Klappe wie eine Heizkörperverkleidung aussah, und öffnete ihn. Sie zog Akten in verblichenen Pappdeckeln heraus, das Album mit den alten Prozessreportagen und den Ausdrucken von seiner Website, seine ersten Zeitungsartikel, noch aus dem Knast veröffentlicht, seine Vorträge, die nummerierten DVDs mit seinen Fernsehauftritten und den Mitschnitten seiner Vernehmung damals.

Und das Messer. Nicht sein Messer: Das war ein Einzelstück. Ein echtes Wolfgang Gerheim. So etwas gab es nicht in Serie, aber

Gerheim hatte ihr ein Messer im gleichen Stil und mit den gleichen Maßen nachbauen können: vierundzwanzig Zentimeter lang einschließlich der Schneide von zwölf Zentimetern, der Rücken bis zu vier Millimeter dick, der Griff aus glatt poliertem Maulbeerholz, die Klinge aus 1,1545-Stahl mit einer Härte von 59 HRC. Täuschend ähnlich jenem Messer in der Jagdhütte. Es war ein schönes Stück, sinnlich geschwungen, das dunkel schimmernde Holz fast rot, brennend, lebendig, der Griff ging nahtlos in die harte, elegante Klinge über, und die Spitze schien vorwärts zu drängen, immer dahin, irgendwohin, wo es lebendiges Fleisch gibt. Das Messer lag in seiner handgearbeiteten Lederscheide. Nur selten hatte sie es herausgenommen. Ihre Hände zitterten immer dabei. Die Umverpackung und das Seidenpapier hatte sie schon lange weggeworfen, das Messer aber wollte sie in der Scheide sehen. Wollte sehen, dass es dort war, wo es hingehörte, nicht etwa irgendwo außerhalb ihrer Kontrolle.

Sie nahm alles noch einmal in die Hand, widerwillig, aber es musste ja sein. Unten legte sie das ungeöffnete Päckchen hinein und stapelte den Rest wieder obendrauf, vorsichtig, damit sämtliche Teile genau hineinpassten wie Puzzlestücke, bis der Schrank voll war. Ganz unten das Päckchen: Um heranzukommen, würde sie alles wieder herausnehmen müssen. Vielleicht würde sie es sich dann noch mal überlegen. Nicht heute. Zu viel Arbeit.

Aber sie wusste, sie würde eines Tages wiederkommen und das Päckchen öffnen.

Zurück im Flur, sah sie auf die Uhr. Überprüfte ihre Handtasche: Schminkzeug, Handy, Schlüssel, Geld, Ausweis. Dienstmarke. Dienstwaffe. Und fuhr zur Arbeit.

Endlich war das Wochenende vorbei.

2

Fünf ganze Tage hatte es gedauert, bis die drei Leichen auf Emmas Schreibtisch landeten.

Ihr Schreibtisch, nur wenige Minuten von ihrem Zuhause entfernt. Von ihrer Wohnung in dem Haus neben dem Haus, durch das die U-Bahn fährt, direkt am Gleisdreieckspark, ein Park, der seit Jahren nicht fertig wurde, brauchte sie mit ihrem kleinen silbernen Polo nur ein paar Minuten, an zig Baustellen, Backstuben und Friseurläden vorbei, die schmuddelige Kurfürstenstraße entlang, am Café Einstein vorbei, mitten rein ins schäbig-schicke Westberlin, dann rechts in die Keithstraße, wo das Laub schon von den Bäumen segelte, ein paar Minuten rumkurven, Parkplatz suchen, und schon war sie da.

LKA 1, zuständig für Delikte am Menschen – Mord, Sexualdelikte, vermisste Personen. Das Dienstgebäude nahm fast einen halben Block ein. Eine Festung aus dem 19. Jahrhundert, das Eingangstor bogenförmig, die Fenster ebenfalls, Pfeiler, Simse, Zierfiguren, die Kollegen nannten es nicht umsonst die Burg. Die Eingangshalle wie im Opernhaus mit hohen Säulen, Kassettendecke, geschwungenen Treppenaufgängen und mittendrin ein gelangweilter Pförtner, den man nett grüßen musste, dann die Stufen hoch, rein in die langen Flure mit den kackbraunen und kotzgrünen Wänden, unnötig hohe Decken, alles düster hier, trübe Leuchtstofflampen, wir müssen sparen, die Beamtenhölle gleich hinter der glorreichen Fassade. Ganz hinten, durch das Zwischengebäude bis zum Ende, dann nach oben, bis unters Dach, Zimmer 506, Großraumbüro, hell und hoch. Links die Schreibtische, geradeaus die Besprechungsecke, rechts die Glastür zum Chefbüro, dazwischen

Pinnwände und Whiteboards auf Rädern, Regalwände mit Nachschlagewerken und Journalen, der zugestaubte Legotisch zum Nachbauen von Tatorten, eine bescheuerte Idee, Aktenschränke, Kaffeeecke und irgendwo ganz hinten noch eine zugerümpelte Abstellkammer: das war die OFA, die Operative Fallanalyse, auch Puppenkiste genannt.

Sie war die Erste im Büro. Wie jeden Tag.

Emma schaltete sämtliche Lampen an, die Kaffeemaschine auch, fuhr den Computer hoch, wienerte das Whiteboard blank, kippte das Fenster. Atmete tief durch. Sie roch noch das Putzmittel der Reinemachtruppe. Sie lauschte dem Summen der Lampen, die nach und nach flackernd starteten, klick, klick, summ. Draußen war es immer noch nicht hell, aber sie stand in einem Raumschiff des Lichts.

Morgens allein im Büro. Es fühlte sich an wie zu Hause. Mehr noch. Wie ein besseres Zuhause, ein magischer Raum, in dem aus dem Nichts etwas entstehen konnte. Sinn, vielleicht.

Bevor die anderen kamen, natürlich.

Bevor es richtig hell wurde und laut. Bevor die Brennemann anfing herumzubellen und Sigmar und Matze sich alle naselang anfrotzeln mussten, das nervte. Nicht dass sie ihre Kollegen nicht gemocht hätte. Emma mochte Menschen, so war das nicht. Bei der Arbeit zog sie lediglich deren Abwesenheit vor.

Dann sah sie es. Auf ihrem aufgeräumten Schreibtisch: eine dicke Akte.

Die drei Leichen.

Die, auf die sie sich schon gefreut hatte. Gefreut wie ein Kleinkind auf sein neues Fahrrad, wie ein Junkie auf den nächsten Schuss. Seit Tagen redeten alle davon, spekulierten, rätselten. Im Flur, in der Kantine, in der Fürstentränke beim Bier, und natürlich in der Presse. War das merkwürdig? Sich auf Leichen zu freuen? Vielleicht. »Morbide«, würde Sarah das wohl nennen. Egal. Alle

Welt liebte die hängenden Leichen vom Leipziger Platz, und endlich waren sie bei ihr angekommen.

Sie setzte sich und las den Bericht.

Am 23. Oktober um 16:53 Uhr ging ein Anruf in der Notrufzentrale ein. Frau Tatjana Greve meldete eine vermisste Person: Ihr zehnjähriger Sohn Elias war aus dem Hotel Ritz-Carlton am Potsdamer Platz entwichen, wo die Familie aus Braunschweig abgestiegen war. Mutter und Vater hatten sich hingelegt. Als sie kurz nach 16:00 Uhr aufwachten, merkten sie, dass er weg war.

Die Beamten H. Peters und L. Gotzkowski fuhren zum Hotel, und kurz darauf wurde die Beschreibung des Kindes durchgegeben. Jedoch erwies sich dies bald als überflüssig, denn gegen 17:35 Uhr wurden die Beamten in die Hotellobby gerufen, wo Elias Greve stand.

Der Junge war leicht verletzt und stand augenscheinlich unter Schock. Es kam der Verdacht auf, er sei misshandelt worden. Obwohl er kaum ein Wort herausbrachte, gelang es den Beamten, ihn zu befragen. Er bestritt, dass irgendwer ihm etwas angetan hätte, sprach jedoch immer wieder von »Aliens«.

Nur mühevoll gelang es den Beamten, ihm eine klare Aussage zu entlocken. Er sei klettern gewesen, sagte er, er würde immer irgendwas zum Klettern finden, egal wo, und wäre abgerutscht, hätte sich an den vielen Stangen gestoßen, hätte geblutet und fast das Bewusstsein verloren. Er stritt ab, gestoßen worden zu sein, sondern bestand darauf, er sei erst gefallen, als die »Aliens« nicht mit ihm sprechen wollten und er plötzlich erkannte, dass sie tot waren.

Obwohl anfangs skeptisch, ließen sich die Beamten Peters und Gotzkowski sowie die inzwischen eingetroffenen Sanitäter von dem Jungen dahin begleiten, wo er glaubte, Aliens gesehen zu haben. Er führte sie zur Kreuzung Ebertstraße/Leipziger Straße, da, wo sich der Leipziger Platz an den Potsdamer Platz anschließt.

Das Eckgebäude dort sieht von außen aus wie ein normales, an drei Seiten frei stehendes Haus, acht Stockwerke hoch, von derselben Traufhöhe wie die Nachbargebäude. Jedoch sind seine drei Seiten ganzflächig vom Boden bis zum Dach mit einer mit Fenstern und Türen bedruckten Plane bespannt, welche die Anwesenheit einer Fassade nur simuliert. Die obere Hälfte dieser falschen Fassade dient als Werbefläche für zwei Großplakate (auf der Seite Ebertstraße ein Unterwäschemodel, auf der Seite zum Leipziger Platz ein Mercedes; die spitze Ecke, die direkt zur Kreuzung zeigt, weist keine Werbung auf).

Der Junge führte die Beamten zu der spitzen Ecke des Gebäudes und zeigte ihnen eine kleine Tür in der Plane, an deren Holzrahmen ein Vorhängeschloss war, jedoch nicht richtig eingehängt, sodass sich die Tür aufdrücken ließ.

Dahinter fanden die Beamten nicht wie erwartet ein abrissbereites Wohngebäude vor, sondern ein dreidimensionales sogenanntes Raumgerüst von riesigen Ausmaßen, wabenartig aus Stahlstangen zusammengesteckt. Die Beamten waren überrascht: »Das soll hier die ganze Zeit gestanden haben?«, sagte Gotzkowski. »Ich dachte, hier wäre ein Haus.« Ein Sanitäter leistete sich einen Witz darüber, dass alles in dieser Stadt wohl Kulisse sei.

Auf die Frage der Beamten, wo er denn die »Aliens« gesehen habe, deutete der Junge nach oben – offensichtlich war er in dem Gerüst hochgeklettert. Doch die zahlreichen Stangen des Gerüstes verliefen so dicht kreuz und quer, dass man nur etwa zehn Meter tief in die Konstruktion hineinsehen konnte, selbst mit einer Taschenlampe, denn es fing an zu dämmern.

Daraufhin stieg der Beamte Peters, der über Klettererfahrung verfügt, in dem Gerüst hoch, immer genau dem Weg folgend, den der Junge genommen hatte. Er konnte sich etwa drei »Stockwerke« vorarbeiten, bis er von unten nicht mehr zu sehen war und mit Gotzkowski nur noch per Handy kommunizierte. Bald konnte

Peters im Licht seiner Taschenlampe erkennen, dass weit entfernt, vermutlich auf der Höhe des fünften Stockwerkes, etwas hinter den Stangen silbern schimmerte. Auf den Vorschlag des Kollegen, besser zurückzukehren, sagte er: »Wenn der Junge das schafft, schaffe ich das auch.« Nach weiteren fünfzehn bis zwanzig Minuten näherte sich der Beamte drei menschengroßen, kokonartigen silbernen Gebilden. »Jetzt verstehe ich, wie der Junge auf Aliens kommt«, sagte er ins Handy.

Auf ihrer Höhe angelangt, hangelte er sich im Dämmerlicht vorsichtig die Stangen entlang, bis er sich ihnen direkt gegenüber befand. Er wollte die Kokons gerade mit seiner Taschenlampe näher untersuchen, als plötzlich und geräuschvoll die Flutlichtscheinwerfer der Werbeplakate auf beiden Seiten des Gebäudes ansprangen, sodass der ganze Innenraum erleuchtet war. Dies war so unerwartet, dass er, ähnlich wie der Junge, ausrutschte, sich aber noch fangen konnte. Durch die Scheinwerferbeleuchtung konnte er nun erkennen, dass jeder Kokon im oberen Teil eine Aussparung hatte, worin er menschliche Gesichter in einem späten Stadium der Zersetzung ausmachen konnte. Später erzählte er, dass der plötzliche Anblick der drei toten und zum größten Teil verwesten Gesichter ihn in Schock versetzte. Er rutschte erneut ab und kugelte sich diesmal eine Schulter aus. Mit Mühe und Not konnte er sich wieder fangen, jedoch ließ er sein Handy fallen, und somit war jeder Kontakt zu dem Kollegen verloren. Von unten konnte Gotzkowski nur seine Schmerzensschreie vernehmen.

Gotzkowski forderte Unterstützung an, wobei er zunächst Probleme hatte, die Zentrale davon zu überzeugen, dass hinter der Fassade des Eckgebäudes nichts als ein Raumgerüst stand. Dann kletterte er selbst zu seinem Kollegen Peters hoch, was eine Weile dauerte. Dort angekommen, konnte Gotzkowski dem Augenschein nach bestätigen, dass es sich um drei Menschen handelte, die bis auf die obere Hälfte des Gesichts völlig in silbernes Industrieklebeband eingewickelt waren. Alle drei waren tot.

Gotzkowski beschloss, den Weg nach unten nicht mehr zu wagen und stattdessen oben im Gerüst auf das Bergungsteam zu warten. Damit Peters, der unter starken Schmerzen litt, sich besser halten konnte, band er einen Arm und ein Bein des Kollegen mit ihren Gürteln an den Stangen fest.

Später beschrieben Peters und Gotzkowski die Erfahrung, etwa eine Stunde lang auf einer glatten Stahlstange in dreiunddreißig Metern Höhe neben drei völlig in Klebeband eingewickelten Leichen zu verbringen, folgendermaßen: »Alle zwei Minuten mussten wir uns umdrehen, wir waren sicher, da war noch jemand hinter uns.«

3

Emma schaute nicht hoch. Hörte nichts. Hielt ihren Kopf über den Schreibtisch gebeugt, während sie kritzelte. Zwanzig Zettel voll mit kunterbunten Notizen, fast jede mit Fragezeichen, sortiert nach Farben, Mist, Stift alle, macht nichts, nächster Stift. So fing sie immer an. Es gab Kollegen, die tippten gleich alles ein und mussten später doch wieder auf Zettel zurückgreifen. Emma nicht.

Sie hatte das Gefühl, in einem riesigen Kreuzworträtsel spazieren zu gehen, so lange, bis sie irgendwann über die Lösungswörter stolpern würde. Das ging ihr immer so zu Beginn. Es war ihre ergiebigste Phase. Es ging gar nicht darum, das Rätsel sofort zu lösen. Es ging erst einmal darum, herauszufinden, um was für eines es sich überhaupt handelte. Mal war es ein Kreuzworträtsel, mal ein Puzzle, mal eine Schnitzeljagd oder ein Suchbild, und manchmal war es einfach nur fremdartig.

Sie sah den Fundort: den Leipziger Platz, im Herzen der Stadt, eingekeilt zwischen dem Potsdamer Platz und der pompösen Mall of Berlin, mitten im nächtlichen Treiben, mitten in der Menge, vor aller Augen und dennoch den Blicken entzogen. Der typische Mörder will nicht, dass die Leiche gefunden wird: Sein Opfer kann die Polizei zu ihm führen. Eine ganze Wissenschaft beschäftigt sich ausschließlich damit, die Viktimologie. Jedes Opfer liefert Spuren. Was für ein Mörder ist das, der sich nicht darum schert?

Sie sah die Zahl: Drei. Drei Leichen, alle drei abgelegt an einem einzigen Ort, regelrecht inszeniert, um Eindruck zu machen. War das von Anfang an der Plan, drei Morde? Oder begann es mit einem einzigen und uferte dann aus? War er noch nicht fertig? Verlangte sein Plan mehr als das?

Sie sah seinen Plan nicht, aber sie wusste, dass es einen gab. Niemand nimmt so einen Aufwand und so ein Risiko auf sich ohne einen Plan.

Auch sein Motiv konnte sie nicht erkennen. Jemand, der drei Menschen hintereinander tötet, handelt selten aus Wut, Geldgier, Rache, Neid, Eifersucht oder Angst. Die Motive eines Serienmörders sind verborgen. Manchmal sind sie ihm selbst nicht klar. Er folgt seinem Tötungstrieb, wohin er ihn auch führt, und das macht seine Opferauswahl zufälliger. Manchmal vermengen sich Motive. Einer mordet mit dem Messer, weil er als Kind gesehen hat, wie sein Vater ein Reh mit einem Jagdmesser öffnete. Einer verstümmelt Frauen, weil er seine Mutter hasst. Einer tötet seine Opfer langsam, weil ihr Leiden ihn sexuell erregt. Einer inszeniert die Leichen an einem halb-öffentlichen Ort mit großem Aufwand wie futuristische Kokons aus einem Alien-Film, weil … weil … ja, warum?

Das sah Emma nicht.

Noch nicht. Vor ihr lagen die Akten: der Bericht der Spurensicherung, Laborergebnisse, Obduktionsbericht, vorläufige Ermittlungsergebnisse zu allen drei Opfern. Sie nahm die ersten Ermittlungsergebnisse zur Hand.

Bevor sie sie aufschlug, schaute sie hoch.

Das Büro war voll. Es war hell. Sie hatte nichts bemerkt, nicht mal den Lärm.

Karen Brennemann, Abteilungsleiterin, stand in ihrem Büro, in einen Bericht vertieft, vermutlich mit irgendetwas unzufrieden. Sigmar saß schweigend vor seinem Bildschirm, mit randloser Brille und schwarzem Rolli wie immer. Matze und irgendein Azubi von nebenan tranken Kaffee und unterhielten sich, irgendwas von wegen Formular LJ108bm, ein besonders widerspenstiges Formular in der Tat. Matze, das Küken. Der konnte mit jedem, wirklich. Ganz im Gegensatz zu Sigmar, dem großen Schweiger. So wenig, wie er sprach, so laut klapperte er mit den Tasten.

Emma spürte, wie der Sinn, eben noch zum Greifen nahe, hinter die lärmende Realität zurücktrat. Sie wollte ihn noch festhalten, aber er entzog sich, immer weiter, wie ein Traum, an den man sich zu sehr erinnern will. Keine Chance, sie musste ihn ziehen lassen. Nach der Mittagspause würde sie noch eine Chance haben. Wenn alle schnitzelmüde vor den Bildschirmen hingen, herrschte wieder Ruhe.

Dann sah sie es, das eine Teil, das nicht passte.

Was wollte dieser Typ hier?

Er saß an dem leeren Schreibtisch rechts und nahm in aller Ruhe Stifte, Unterlagen, Bücher, eine Kaffeetasse und eine Großpackung Kaugummi aus einem Karton und deponierte alles in und auf dem Schreibtisch: Stifte in die rechte Schublade – nein, doch lieber in die linke. Rechts die Kaugummis und das Handy. Die Kaffeetasse mit dem Aufdruck *Sheriff* mitten auf den Tisch. Dann wurde es schwierig: Sie konnte sehen, dass er versuchte, seine aktuellen Akten nach Priorität abzulegen. Sie lächelte. Wer hat schon Spaß an einem neuen Schreibtisch? Sie sind immer anders geschnitten als die alten.

Wieso tat er das überhaupt?

»Was machen Sie da?«

»Ich richte meinen Schreibtisch her.«

»Aber Sie sind doch einer von Lutz' Leuten, oder?« Schreiner. Fritz. Nein, Felix. Felix Schreiner. Sie hatte ihn bei den Ermittlern schon lange nicht mehr gesehen. War es Monate her oder schon Jahre? Er war wohl auf Fortbildung gewesen, stimmt, da war was. »Ihr Schreibtisch ist im Vordergebäude. Gibt es nicht mehr genug Platz im Morddezernat?«

»Haben Sie die letzte Stunde nicht zugehört?« Schreiner war erstaunt. »Kein Wort? Was die Brennemann gesagt hat?«

Emma hatte tatsächlich nichts gehört.

»Sie sagte, ich werde zu euch in die Abteilung versetzt. Sie fragte Sie, ob alles klar ist. Sie haben genickt.«

Doch, da war was. Hatte sie genickt? »Warum werden Sie zu uns versetzt?« Emma fühlte sich plötzlich stumpf, wie gerade mühsam aus dem Schlaf erwacht.

»Ich helfe euch mit dem Mumien-Fall.«

Es wurde still im Büro. Matze schickte den Azubi raus. Die Kaffeemaschine hörte auf zu gurgeln. Irgendein Telefon klingelte, aber keiner ging ran. Die Brennemann trat in die Tür des Chefzimmers und stemmte den Arm in die Hüfte.

»Mit welchem Mumien-Fall?«

»Na, diese Silbermumien vom Leipziger Platz. Wir müssen das Täterprofil erstellen. Lutz ... äh, das Ermittlungsteam wartet drauf. Ich fange gleich ...«

»Sie sind nicht OFA. Sie sind Ermittler.«

»Ja, war ich mal.« Warum sprach er nur so langsam, wie zu einem Kind? »Waren Sie auch mal. Ich schließe aber gerade meine Fortbildung zum Profiler ab.«

»Profiler gibt's nicht. Das ist Fernsehdeutsch. Das heißt Fallanalyse. Operative Fallanalyse.«

»Wie auch immer. Diese Abteilung braucht Unterstützung, diese Unterstützung bin ich. Also: Das ist jetzt mein Tisch. Sobald ich mein Zeug hier eingeräumt habe, sage ich, was ich noch brauche, und wir können mit dem Täterprofil anfangen.«

So eine hemdsärmelige Frechheit auf zwei Beinen. Jünger als sie, aber doppelt so eingebildet. Schon immer gewesen. Als er in Fortbildung ging, hatte sie gehofft, sie sähe ihn nie wieder. Das FBI. Jetzt wusste sie es. Er hatte ein paar Monate beim FBI in Amerika hospitiert, das war dann wohl die sogenannte Ausbildung. Und wieso reckte der seine Nase so in die Luft? Ach so, weil er sich lang machte. Eigentlich war er kaum größer als sie. Kleiner, aggressiver Muskelprotz, der Kerl. Fast bayerisch sah er aus mit seinen schwarzen Locken und seinem sturen Quadratschädel. Fehlte nur noch das karierte Hemd.

»Sie werden mit gar nichts beginnen. Das hier ist meine Abteilung«, sagte sie.

»Das reicht«, mischte sich nun die Brennemann ein. »Frau Carow, das ist meine Abteilung. Ich bin immer noch die Abteilungsleiterin. Herr Schreiner wird Ihnen im Fall EG98 helfen. Das ist eine Anweisung von ganz oben, und ich stimme damit überein. Wenn Sie sich nicht einigen können, werde ich die Aufgaben aufteilen.«

Die Worte bestimmt, die Stimme laut. Wie immer. Die Brennemann, ein Mann in weiblichem Körper. In jedem Zustand, wirklich.

»Ich würde Sie gern unter vier Augen sprechen«, sagte Emma.

Als Antwort zog sich die Brennemann aus dem Türrahmen zurück, damit Emma an ihrem bedrohlich großen Bauch vorbei ins Büro gelangte, und schloss die Tür hinter ihnen.

»Er ist hier wegen der Schwangerschaftsvertretung, oder?«, fragte Emma.

»Auch das kam zur Sprache.«

»Die Position wurde mir versprochen. Das war abgemacht. Er ist kein Fallanalyst, er ist bloß Ermittler. Er hat eine Fortbildung? Eine *Fortbildung?*«

»Frau Carow, ich will ehrlich sein. Es gibt noch andere Kandidaten neben Ihnen.«

»Sigmar? Sie haben ihm selbst das Präsentieren vor den Ermittlern entzogen, weil er dabei immer ins Stottern kommt.«

»Dr. Anstätt ist auch zu sehr Fachidiot. Das sind Sie nicht, zugegeben. Manchmal hat es auch Vorteile, ein Studium nicht abzuschließen. Man nimmt sein Fach nicht wichtiger als andere. Was war das noch mal, Soziologie?« Sie erwartete keine Antwort. »Nachteile hat es aber auch, gerade bei Beförderungen. Sieht aus, als ob man nichts zu Ende bringt.«

Emma hätte damit rechnen sollen. Hatte sie aber nicht. Im Gegenteil, sie hatte gedacht, dass Jahre harter Arbeit das vergessen lassen könnten.

Langsam wurde sie wütend. »Haben Sie nicht selbst gesagt, dass Matze viel zu jung …«

»Aber mit Menschen kann er umgehen«, unterbrach die Brennemann sie.

»Was soll das schon wieder heißen?«

»Mag sein, dass nicht alle Ihnen die nötige Sozialkompetenz zugestehen, die eine Abteilungsleiterin braucht.«

»Sozialkompetenz? Ich bin die beste Fallanalystin hier. Das wurde schon mehrfach festgestellt. Ich leite das Team, wenn Sie ausfallen. Ich präsentiere die Ergebnisse. Waren Sie je mit einem Profil unzufrieden? Oder Lutz?«

»Das nicht, nein. Da hängen Sie sich rein. Ich würde sogar sagen, ohne Ihre Hartnäckigkeit würden es die anderen lockerer angehen.«

Emma hörte das unausgesprochene »Aber«. Sie blickte durch die Glaswand ins Büro. »Die Schwangerschaftsvertretung wurde mir in Aussicht gestellt.« Sie suchte nach Worten. Schwierig. Nach Argumenten. Dann fand sie eins: »Mit Sozialkompetenz meinen Sie doch, dass er ein Mann ist. Der Schreiner. Er kann mit in den Puff mit den anderen, so kompetent ist er. Er kann mit saufen. Das hat mit Kompetenz nichts zu tun.«

Es hatte zu lang gedauert, ein paar Sekunden nur, bis es ihr eingefallen war. Weil sie keine Sozialkompetenz hatte.

»Es ist noch nicht entschieden«, sagte die Brennemann.

»Wann?«

»In zwei, drei Wochen, denke ich.« Die Brennemann klopfte auf ihren Bauch.

»Was kann ich tun? Es muss doch etwas geben.«

»Ich sage Ihnen, was Sie tun können, Carow. Sie können mitarbeiten. Sie können Kollegin sein. Sie können konkurrieren. Wie er es auch tut. Das ist ein sehr ambitionierter Mann da draußen. Er wird kämpfen, tun Sie das auch. Niemand wird Ihnen die Stelle geben, nur weil Sie Titten haben. Meine Titten haben mir auch nicht weitergeholfen.«

Das war eine Lüge, hundert Pro. Die Brennemann verfügte über eine beachtliche Oberweite, jetzt mehr denn je, es traute sich nur niemand, ihr Komplimente zu machen, weil alle Angst vor ihr hatten. Breite Schultern hatte sie auch. Eigentlich eine schöne Frau, ihre Chefin, irgendwo unter dieser Kruste aus Ruppigkeit. Dunkelblonde Naturkrause, genervt zum dicken Zopf gedreht, immer ungeduldig, ständig heiser.

»Also doch in den Puff und saufen.«

»Wenn Sie wüssten, was Sozialkompetenz ist, Mädchen, würden Sie nicht vom Puff sprechen. Sie würden von Kollegen und Zusammenarbeit und Teamfähigkeit sprechen. Sie würden den neuen Kollegen willkommen heißen und einarbeiten und ihn respektieren und nicht mit der Chefin hinter seinem Rücken und bei geschlossener Tür mauscheln.«

Die Brennemann wandte sich ab und zündete sich eine Zigarette an. Das Gespräch war beendet. Emma machte den Mund noch einmal auf, aber bevor sie etwas erwidern konnte, kriegte sie zu hören: »Und sagen Sie jetzt nichts wegen dem Baby. Light. Superlight. Das muss dieses Gör wegstecken, oder es wird mit mir nicht warm werden. Zurück an die Arbeit.«

Emma wandte sich zur Tür.

»Ach ja, Lutz will das Profil schon morgen Mittag, 14 Uhr.«

Emma lachte ungläubig. »Haben wir überhaupt genug Daten dafür?«

»Die Aufgaben habe ich verteilt, als Sie geschlafen haben. Sie erstellen die Sequenzanalyse. Herr Lüders macht ViCLAS und die anderen Datenbanken, Herr Dr. Anstätt die Zeugenbefragungen und seinen Psychokram.«

»Viktimologie«, sagte Emma.

»Apropos Sozialkompetenz. Hören Sie auf, mich ständig zu korrigieren, Carow.« Die Brennemann seufzte. »Herr Schreiner übernimmt die Gerichtsmedizin.«

»Ich habe aber schon mit der Gerichtsmedizin angefangen«, konterte Emma. Das war eine Lüge. »Geben Sie doch dem Schreiner die Sequenzanalyse, das ist weniger Arbeit.«

Die Brennemann machte die Tür auf und bellte: »Schreiner! Sie haben die Sequenzanalyse.«

Emma lächelte. Sequenzanalyse. Die Rekonstruktion des Tathergangs, Minute für Minute. Dafür gab es nicht annähernd genug Daten. Der Neuling hatte eine unmögliche Aufgabe bekommen. Vielleicht stand die Brennemann ja doch auf ihrer Seite. Zumindest mit einem Fuß.

»Internes Meeting nach der Mittagspause«, sagte die Brennemann noch. »13 Uhr. Ich habe die Leitung. Könnte aber passieren, dass ich spontan wegmuss. Schwanger und so. Sie wissen schon, werdende Mütter brauchen viel Ruhe etcetera, pipapo. Ich sollte eigentlich längst im Mutterschutz sein. Dann muss einer für mich übernehmen. Könnten Sie sein. Spontan. Sagen wir, Viertel nach. Nicht vergessen: Sozialkompetenz.«

4

Die Puppenkiste war still, als sie wieder aus Brennemanns Tür hinaustrat. Na ja, was man so still nennt. Matze studierte seinen Bildschirm. ViCLAS-Datenbank, vermutlich. Ohrstöpsel in den Segelohren, sein blonder Schopf mit dem dunklen Ansatz wippte im Takt. Sie konnte die Musik bis hierher hören. Sigmar ihm gegenüber war in eine dicke akademische Zeitschrift vertieft. Alle paar Sekunden räusperte er sich. Komisch, wie jemand, der so wenig sprach, so viel Lärm machen konnte. Der Neue, der Schreiner, beschäftigte sich mit seiner untersten Schublade, rechts. Mit einer Hand. In der anderen Hand schwankte die Sheriff-Tasse über seinen Papieren. Er balancierte dabei auf einer Arschbacke. Sie konnte eine Frage in seinen Augen lesen. Nein, nicht eine. Mehrere.

Emma ging zu ihrem Schreibtisch, packte ihren Stapel Akten, marschierte wieder an den anderen vorbei, raus in den Flur.

Flur runter, Zwischengebäude, langer Übergang ins Vordergebäude, Dachgeschoss, Kantine. Leer. Fast. In der Ecke neben dem Gummibaum saßen zwei aus der 13, Sexualdelikte, und plauderten leise, wahrscheinlich ging's um Urlaub. Emma holte sich am Automaten einen Kaffee. Sie nickte der gelangweilten Frau hinter der Theke zu, setzte sich in die Ecke unter den historischen Berliner Stadtplan. Hier hatte sie ihre Ruhe. Hier konnte sie lesen.

Nein. Sie klappte die Akten zu. Sonst würde sie morgen daran zurückdenken und erkennen: Das war ein Fehler. Du bist geflüchtet. Du hast einem Konkurrenten wortlos das Feld überlassen. Du darfst nie flüchten. Das hast du zu oft im Leben getan.

Sie stand wieder auf. Ließ die Akten liegen. Kehrte ins Büro zurück.

Alle hoben den Blick, hörten mit der Arbeit auf, mit den Gesprächen, mit dem Tippen. Emma marschierte zum Whiteboard, wischte es noch mal ab und schrieb: *Was hat Opfer 2 hier zu suchen?*

Zufrieden betrachtete sie ihr Werk. Dann setzte sie hinzu: *Ist es überhaupt ein richtiges Opfer?*

Das musste reichen. Jetzt hatte sie den Denkanstoß gegeben. Ihnen was zum Kauen hingeworfen. Auch dem Schreiner. Sollten sie mal schön nachdenken.

Erhobenen Hauptes wandte sie sich zum Gehen. Die anderen starrten ihr nach.

5

Ergebnisse der vorläufigen gerichtsmedizinischen Untersuchung, stand auf dem Sektionsprotokoll. Gezeichnet Emmanuel Kottke, Direktor Forensische Pathologie, Charité. Ort, Datum. Opfer 1, Opfer 2 und Opfer 3, chronologisch geordnet nach vermutetem Todeszeitraum. Immer noch namenlos, obwohl Lutz alle drei Opfer identifiziert hatte. Kottke die Namen mitzuteilen, dazu hatte er wohl noch keine Zeit gehabt.

Drei Berichte, für jede Leiche einer. Obenauf ein vierter: Zusammenfassung, mit dem Hinweis: Der Umstand, dass alle drei Leichen am gleichen Ort gefunden und auf identische Weise platziert wurden, weist auf eine Tateinheit hin.

Du meinst Serienmord, Kottke, dachte Emma. Warum musst du

bloß immer alles so kompliziert ausdrücken? Griff sich den vierten Bericht trotzdem zuerst.

Kottke schrieb: Am 24. Oktober um 10:30 Uhr wurden drei auffällig präparierte Leichen in den Obduktionssaal des Instituts für Rechtsmedizin geliefert.

»Auffällig präpariert« war gut. Sie waren von Kopf bis Fuß mumienartig in mehrere Lagen Industrieklebeband eingewickelt, sodass ihre Körper mit Ausnahme von Nasen-, Ohren- und Augenpartien vollständig damit bedeckt waren. Die Münder waren mit einem Lappen verstopft und ebenfalls mit Industrieklebeband zugeklebt. In ihrem Rücken war jeweils ein Brett mit eingewickelt worden, mit einem Haken am oberen Ende.

Emma notierte: Warum Mund zugeklebt, aber Augen freigelassen?

Kottke schrieb: Alle Leichen hingen schon geraume Zeit im Freien, sodass in der Gesichtspartie eine fortgeschrittene Zersetzung stattfand. Die Jochbögen liegen beiderseits knöchern frei.

Emma schaute sich die Fotos an. Kottke hatte untertrieben. Von keinem der Gesichter war etwas übrig. Gebleichte Knochen, ein paar Fleischreste. Von den Lippen nur lose Hautfetzen. Bei Opfer 1 und Opfer 2 waren selbst diese weggefault. In den Lippen von Opfer 3 waren die Maden noch aktiv.

Die Kokons bestanden aus bis zu zehn Lagen Industrieklebeband, die eine so stabile Hülle bildeten, dass sie ihre mumienartige Form beibehielten, selbst als der Inhalt nur noch aus Haut und Knochen bestand. Die Opfer trugen keine Unterwäsche, nur eine Erwachsenenwindel, vermutlich vom Täter angelegt. Persönliche Habe fehlte, doch – und das war seltsam – sämtliche Brieftaschen waren vorhanden. Deshalb hatten die Opfer überhaupt so schnell identifiziert werden können.

Emma notierte: Handys entsorgt, aber nicht die Brieftaschen? Wieso hat er uns diese Spur hinterlassen?

Dann etwas Merkwürdiges: Aufgrund der ungewöhnlich artifiziellen Bekleidung der Opfer und weil in den Kokons jeweils eine Sammlung unpassender Objekte mit eingewickelt zu sein scheint, wurden die leeren Kokons zum Abwickeln an die Spurensicherung weitergeleitet.

Wie bitte? Artifizielle Kleidung? Welche Kleidung hätte denn bei Mord natürlicher ausgesehen? Was heißt unpassende Objekte? Kottke, du Arsch, irgendeinen Hinweis hättest du schon geben können.

Sie notierte: Spurensicherung!

Kottke schrieb: Aufgrund der unterschiedlich fortgeschrittenen Zersetzung der Leichen lässt sich feststellen, dass Opfer 1 Anfang Juni dieses Jahres, Opfer 2 Ende Juni und Opfer 3 Mitte September zu Tode gekommen sein muss. Eine Position der Leichenflecken ist aufgrund des Gewebezustandes nicht mehr eindeutig feststellbar.

Emma fasste zusammen: Pause nach Opfer 1: vier Wochen. Pause nach Opfer 2: zehn Wochen. Warum? Sie nahm die Fotos noch einmal zur Hand. Der Obduktionssaal des gerichtsmedizinischen Instituts, von Neonröhren taghell erleuchtet. Drei mattglänzende Seziertische aus Edelstahl. Darauf die silbernen Kokons, na ja, inzwischen eher zinngrau, das Wetter hat ihnen zugesetzt und die Tauben. Noch ein Foto: Die Kokons offen, längs aufgesägt, die Kleidung der Opfer klebte noch innen an der Hülle, wie das Innenfutter eines Sargs. Interessant, dass Kottke Kleidung in diesem Zustand noch als artifiziell identifizieren konnte.

Opfer 3 war grünlich aufgebläht und schwarz eingesunken, der Torso unförmig wie ein im Ofen vergessenes Soufflé, der Kopf mit vertrockneten Fleischresten und verklebten Haaren übersät. Opfer 1 und 2 waren beinahe nicht mehr vorhanden: Die Knochen fast abgenagt, am Brustkorb schwarz und vertrocknet, nur an den Beinen faulte das rohe Fleisch noch. Hautfetzen und Knochen schwammen in einer grün-schwarzen Flüssigkeit. Als Kottke den ältesten Kokon aufgesägt hatte, waren ihm offenbar mehrere Liter aufgelöster biologischer Masse entgegengeschwappt, die die Bakterien und Maden noch immer nicht weggeputzt hatten. Hinten hatte er notiert: *Menschensuppe*.

Du bist und bleibst ein Witzbold, Kottke.

Kottke schrieb: Opfer 3 weist Narben im Genitalbereich auf, die auf eine Vergewaltigung hindeuten. Nachweis sexueller Gewalt bei Opfer 1 und 2 unsicher. Spermareste in keinem Fall mehr nachweisbar.

Aber Drogen: Es folgte eine lange Liste von chemischen Komponenten, am Ende die zwei Worte: Rohypnol und Ketamin.

Emma notierte: Anfangs Rohypnol zur Ruhigstellung? Später Ketamin: Opfer wacher, aber wehrlos?

Das war nicht alles. Kottke schrieb: Alle Opfer erlitten mehrere, allerdings minimale Rippenfrakturen. Opfer 3 zeigt zahlreiche Prellmarken und Hämatome am ventralen Thorax, jedoch sind alle zugefügten Schäden eher oberflächlich. Die relative Geringfügigkeit der Verletzungen bei gleichzeitig hoher Anzahl weist auf die Wahrscheinlichkeit hin, dass die Schäden erst zugefügt wurden, nachdem die Opfer in ihre schützende Hülle eingewickelt waren. Die an den Leichen beschriebenen Traumata sind nicht als ursächlich für deren Tod anzusehen.

Sie wurden lebend eingewickelt? Das war ungewöhnlich. Komm schon, Alter, dachte Emma, gestorben sind sie aber schon, wenn nicht an ihren Verletzungen, woran denn nun?

Endlich: *Todesursache: Herz- und Kreislaufversagen bei fortgeschrittener Exsikkose.*

Emma dachte: Kottke, du Witzbold, du sitzt da und wartest, bis die Ermittler zu dir kommen und fragen: Was ist Exsikkose? Dann erklärst du es ihnen, und du genießt es, wie sie bleich werden und sagen: Mein Gott, sie hingen eingewickelt in irgendeinem Keller und lebten noch vier bis sieben Tage lang, bis sie verdurstet sind?

Emma schrieb: Mord durch Verdursten erfordert besonders einsamen Tatort, weil das Sterben tagelang andauert. Wo bleibt man mindestens eine Woche ungestört? Ohne Besuch von Vermieter, Handwerkern, Nachbarn, Partner, Freunden, Familie? Keller im Eigenheim? Ferienhaus? Jagdhütte? Boot?

Die Kantine war jetzt voll. Die Nebentische besetzt. Emma schaute auf die Uhr. Noch eine Stunde, dann Besprechung. Sie hatte ohnehin keinen Hunger.

Sie klappte die Zusammenfassung zu und nahm sich die Einzelberichte zu Opfer 1 und Opfer 3 vor. Legte sie sorgfältig Seite an Seite. Roch dabei Hackbraten in Jägersoße.

Bilderbuchopfer. Beide weiblich, Mitte zwanzig, die eine 1,72 groß und vor der Zersetzung vermutlich zwischen sechzig und fünfundsechzig Kilo schwer, die andere 1,68 groß, ebenfalls im Idealgewichtsbereich. Opfer 1: Haare naturblond, schulterlang. Opfer 3: Haare brünett, blondiert, schulterlang.

Emma überflog Kottkes Liste.

Besonderheiten: Opfer 1: Fingernägel lackiert, schlichter Ehering, Gold 333 mit Diamant, goldene Armbanduhr, goldene Ohrringe.

Opfer 3: Finger- und Zehennägel lackiert, Ehering Weißgold mit der Gravur »Julia & Max 4ever«, Perlenohrringe. Weiterhin trug sie ein silbernes Nabelpiercing und eine dezente Tätowierung an der linken Schulter in Form eines Unendlichkeitszeichens.

Ungewöhnliche Verletzungen: Blut- und Hautreste unter mehreren Fingernägeln. Allerdings stammten diese von den Opfern selbst: Sie hatten sich in ihren Kokons die Schenkel blutig gekratzt.

Weitere Auffälligkeiten: Opfer 1 wies eine Kaiserschnittnarbe auf; Opfer 3 einen genähten Dammschnitt. Mütter also.

Das war nicht alles. Emma ließ die Papiere sinken.

Opfer 1 wies noch eine spezielle Besonderheit auf: In ihrem Kokon lagen zusätzlich die feinen Skelettreste eines Embryos. Wie nennt man ein viertes Opfer, das zu klein ist, um vom Täter wahrgenommen zu werden? Opfer 3,5? Ein Opfer, das nicht leiden musste, weil es noch gar nicht wusste, dass es hätte leben können? Ein Opfer, das sich die falsche Mutter ausgesucht hatte?

6

Emma verließ die Kantine mit sieben Minuten Verspätung. Sie hatte unbedingt noch Opfer 2 zu Ende lesen müssen.

Die Akten unterm Arm, eilte sie gerade am Aufzug vorbei, und als der sich öffnete, stand da Lutz. Trat heraus, im Gespräch mit seinem Schatten Habernickel. Lutz grinste, als er Emma sah.

»Na, bist du endlich wieder glücklich? Hast ordentlich was zu kauen?«

Sie wusste, was er meinte. Sie hatte einen neuen Fall. Ablenkung von ihren echten Problemen, nannte ihre Therapeutin das. Schade, dass nicht das ganze Leben aus Ablenkung bestehen kann. Lutz war der Einzige, der so was bemerkte.

Er hatte ein breites Grinsen. Alles an ihm war breit: sein Schädel, seine Schultern, seine Pranken, seine Hüften. Ein Wanst wie ein Muskel. Amüsiert bemerkte sie, dass er in ihrer Gegenwart den Bauch einzog. Als ob das nötig gewesen wäre. Lutz Bogner, sechzig, früher mal Emmas Chef, jetzt Leiter der LKA11, des Morddezernats mit seinen acht Mordkommissionen. Er hatte persönlich die Leitung der neu ins Leben gerufenen Ermittlungsgruppe übernommen, der »EG98 Leipziger Platz«. Der Fall war so groß, dass er gleich zwei Mordkommissionen darauf angesetzt hatte, die MK1 und die MK4 dazu. Trotzdem wollte er schon morgen von Emma ein Profil haben.

Lutz war es, der den Fall in die OFA geschickt hatte, sobald sich abzeichnete, dass die Opfer in keiner Beziehung zueinander standen und es sich um einen Serienmord mit unklarer Motivation handeln musste. Erst dann wird die OFA zur weiteren Analyse herangezogen.

Ein Freund war er auch, irgendwie. Sie hatten sich bei den Sportschützen kennengelernt. Nach der Vergewaltigung, dem Abbruch des Studiums, nachdem sie nach Berlin zurückgekehrt war, obwohl ihre Eltern hier längst nicht mehr wohnten, wollte Emma schießen lernen. Nie dachte sie darüber nach, wozu. Sie wusste es. Lutz brachte es ihr bei. Der Sport verschaffte ihr Ruhe. Ein Stück Selbstvertrauen. Nahm ihr ein kleines bisschen die Angst. Schon wenige Monate, nachdem sie dem Schützenverein beigetreten war, wusste Emma, dass sie sich an Lutz halten musste.

Er war es, der ihr den Weg in die Polizei geebnet hatte, in das LKA, als Ermittlerin damals. Auf seine Empfehlung hin konnte sie trotz ihres Studienabbruchs die Fortbildung zur Fallanalystin aufnehmen. Er hatte ihr nicht nur unter die Arme gegriffen, vor allem hatte er sie ernst genommen.

Irgendwann, sie war erst ein halbes Jahr dabei, musste sie einen vorbestraften Vergewaltiger befragen. Als Zeugen nur, nicht mal als Verdächtigen, nichts Ernstes, nichts mit Video oder Anwalt oder so. Der Arsch konnte seine Augen nicht von ihrem Busen nehmen. Er duzte sie. Er fragte sie, wie sie es mag. Von hinten? Bis es reißt? Ich mag spröde Frauen. Wenn sie kommen, zerspringen sie in Millionen Teile. Er begann, sich zu befummeln. Wie sollte Emma reagieren? Sie musste sachlich bleiben. Plötzlich war Lutz da. Kann ich helfen?, sagte er höflich. Zu ihm. Kann ich beim Rubbeln helfen? Er zog seine Jacke aus. Dann sein Hemd. Kein schöner Anblick. Pelzige Männerbrust, nicht mehr so jung. Titten, Narben. Der Arsch gegenüber wusste nicht, was er sagen sollte. Völlig selbstverständlich setzte Lutz sich neben Emma, verschränkte die Arme, nickte ihr zu, und sie fuhr mit dem Verhör fort. Als sie fast eine Stunde später aus dem Raum gingen, ohne ein Wort zu sagen, wusste sie, dass er alles von ihr haben könnte. Als sie irgendwann die Ermittlung nicht mehr ertrug und in die Operative Fallanalyse wechseln wollte, war er enttäuscht, unterstützte sie aber trotzdem. Jetzt stand sie kurz davor, die Leitung der OFA zu übernehmen, ohne ihn wäre sie längst an Büropolitik gescheitert, an Leuten, die sich einfach nicht so gern im gleichen Raum aufhielten wie sie. Auch das – dass sie so weit gekommen war – verdankte sie ihm.

Lutz erwartete keine Antwort auf seine rhetorische Frage. Ein paar nette Worte aber wären angebracht. Über das Wetter, das Wochenende, ein Witz vielleicht? Es fiel Emma nicht immer leicht, mit Lutz zu reden. Vor allem, wenn er nicht allein war. Mal fühlte sie sich wohl bei ihm, mal verwirrte er sie.

»Vergiss Opfer 1 und 3«, platzte es aus ihr heraus. »Opfer 2 ist wichtig. Ich brauche mehr Infos über die Person. Viel mehr. Ohne die geht gar nichts.«

Er gähnte verhalten, Pranke vorm Mund. Lutz Bogner war ein Mann der alten Schule: einer, der glaubte, wenn er genug Schlaf bekäme, wäre er kein richtiger Mann. »Du willst immer mehr, als da ist, Emma. Mehr Zeit, mehr Infos. Wir haben siebenundzwanzig Mann dran und schon mehr angefordert, und die Ergebnisse reichen dir nicht?«

»Wenn du gute Arbeit willst …«

Auf einmal war Lutz weniger freundlich. »Weißt du, was in den Zeitungen steht? Du bist nicht die Einzige, die was von uns will, Emma. Wir brauchen nicht die Lösung für den ganzen Fall von euch, sondern ein Profil, und zwar bis gestern.«

Da lag er falsch.

Lutz war ein guter Ermittler, aber wie ein Serientäter dachte, würde er nie kapieren. Er war nicht der Typ dafür. Er verstand Mörder, er verstand Motive. Er verstand Menschen. »Es ist meistens der Ehemann«, sagte er immer. »Bringt mir den Ehemann, und ich habe meine Ruhe.« In 95 Prozent der Fälle hatte er auch recht. Psychopathen aber verstand er nicht. Emma verstand Psychopathen. Das war ihr Job. Und es war ihr Job, ihm zu sagen, dass das zweite Opfer wichtiger war als die beiden knackigen Blondinen. Aber wie sagt man einem Kollegen, dass er falschliegt, ohne respektlos zu klingen? Das hatte sie nie gekonnt.

»Wir brauchen mehr Daten über Opfer 2«, wiederholte sie. Bisschen bockig vielleicht.

Habernickel, Leiter der MK1, kompetenter Mann, aber neben Lutz sah er immer aus wie der Butler, musterte sie prüfend. Von Kopf bis Fuß. Typisch. Dieser furztrockene Kerl mit seiner spiegelblanken Glatze und dem Altberliner Schnauzer verlor nie ein Wort zu viel.

»Sehe ich nicht so«, sagte Lutz. »Opfer 2 ist eine Ausnahme, die die Regel bestätigt. Opfer 2 ist ein Zufall, jemand, der zu viel gesehen hat und dran glauben musste. Mehr nicht.«

Lutz wandte sich ab. Habernickel ihm nach. Lutz' letzte Worte kamen, ohne dass er sich umdrehte: »Und das gilt auch für heute Abend: Ich will nicht, dass du mir die ganze Zeit mit Opfer 2 die Ohren vollheulst.«

Erst als Emma schon fast wieder in der OFA war, fragte sie sich, was Lutz mit »heute Abend« gemeint hatte.

7

»Lutz ist am Ende«, sagte die Brennemann gerade, als Emma die Puppenkiste betrat und sich leise auf den freien Stuhl am Besprechungstisch gleiten ließ.

»Er ist am Arsch«, korrigierte Matze.

»Er hat jede Menge Spuren«, fuhr die Brennemann fort und hob kurz die Augenbrauen Richtung Emma, »doch eine heiße ist nicht dabei. Drei Tote und kein einziger Zeuge. An diesem Gerüst arbeiten jede Woche Dutzende von Arbeitern, die tauschen die Werbeplakate aus. Das sind zum Teil Schwarzarbeiter – die werden wir nie alle finden, geschweige denn ihre DNA abgleichen.«

»Hält Lutz den Leipziger Platz denn für den Tatort?«, wollte der Neue wissen.

»Nein«, erwiderte die Brennemann grimmig. »Das ist eindeutig nur der Fundort. Auf einer öffentlichen Baustelle kann sich ein Täter wohl kaum tagelang am Sterben seiner Opfer ergötzen.«

»Wir wissen also weder, wo sie ermordet wurden, noch, wie sie zum Leipziger Platz transportiert wurden?«

Das Schweigen der Brennemann sprach Bände.

»Heute Morgen war ich bei den Tempelhofern«, sagte Matze. Die Tempelhofer, das war die Kriminaltechnik am Tempelhofer Damm: Tatorterkennung, Personenerkennung, DNA-Analyse, Ballistik, Kfz-Untersuchungen. »Die KT ist voller Arbeitsschuhe, bis zur Decke. Echt, hundert Paare, zweihundert, in Riesenstapeln, an jedem Tisch, überall, die machen Abdrücke von jedem einzelnen Paar. Das dauert Wochen.«

»Die einzigen beiden Verdächtigen sind schon wieder frei«, sagte die Brennemann und drehte ihr Feuerzeug in den Fingern. Schon am Wochenende hatte Lutz zwei vorbestrafte Vergewaltiger festnehmen lassen, die irgendwann mal Panzertape zur Fesselung ihrer Opfer benutzt hatten. Es wäre ergiebiger gewesen, einfach das Telefonbuch aufzuschlagen und die Finger auf irgendwelche Namen zu legen.

»Was ist hiermit?«, fragte Emma. Zog eine Spurenliste aus ihren Akten. Lauter Sachen, die in dem Raumgerüst gefunden worden waren. Einige Punkte waren rot markiert:

– Glasscherben von einer Brille
– Puppe mit rasiertem Kopf
– Brieftasche mit japanischem Führerschein, Fotos und 200 Yen (Euros und Kreditkarten fehlten)
– drei rote Stumpenkerzen, unterschiedlich weit abgebrannt
– acht leere Bierflaschen (Beck's, Jever, König Pilsener), fünf leere Plastikflaschen (Coke, Pepsi), eine leere Wodkaflasche (Smirnoff), eine leere Rotweinflasche (Bordeaux)
– drei Antirutsch-Arbeitshandschuhe
– ein Karabiner von einer Sportkletterausrüstung
– ein Frauenslip, weiß, Größe 36
– Spermaspuren auf einem blauen Grubentuch
– ein Glasauge
– ein Männerturnschuh, Marke Reebok, Größe 44

»Der japanische Tourist hat den Diebstahl seiner Brieftasche vor zwei Jahren gemeldet und ist längst wieder daheim«, sagte die Brennemann achselzuckend. »Der Schuh ist interessanter: Er ist speziell zum Klettern, aber kein Arbeitsschuh. Lutz hat Leute zu jedem Kletterverein der Stadt geschickt. Die einzig wirklich spannende Spur ist das Sperma. Ich tippe auf irgendeinen Bauarbeiter, der zu vielen scharfen Müttern nachgepfiffen hat.«

»Das Grubentuch ist das Standardgeschirrtuch in jedem Restaurant der Stadt, kriegst du auch im 99-Cent-Laden«, ergänzte Matze.

»Ja, aber was ist mit den unpassenden Objekten, die Kottke im Obduktionsbericht erwähnt hat?« Emma tippte auf ihre Unterlagen. »Die stehen hier gar nicht drauf.«

»Was heißt überhaupt unpassend?«, fragte Sigmar.

»Und die Kleidung war ›artifiziell‹? Was soll das denn heißen?« Matze.

»Schauen Sie nicht mich an.« Die Brennemann hob die Augenbrauen. »Kottke und Lutz wollen, dass diese Objekte gründlich untersucht werden, bevor wir sie zu Gesicht kriegen. Klauben Sie mal irgendwelchen Kleinscheiß aus hundert Metern Panzertape. Ich weiß nicht, wann sie fertig sind.«

»Irgendeine Idee?«

»Unpassende Dinge sind das.« Die Brennemann zuckte mit den Schultern. »Und unpassende Kleidung. Und unpassende Fragen. Wir müssen mit dem arbeiten, was wir haben, bis mehr Daten kommen.«

Sigmar schüttelte wortlos den Kopf. Sein Pferdeschwanz wippte. Matze drehte seinen Fahrradhelm in den Händen. Der Neue fächerte die Zeitungen auf, die auf dem Tisch lagen.

»Einiges wissen wir ja bereits.« Die Brennemann klopfte auf ihren Notizblock. »Erstens: Für einen Einzeltäter ist der Aufwand zu groß. In Betracht kommen hier ein Primärtäter und ein Mitläufer. Zweitens: Mindestens einer der beiden ist männlich, das geht aus dem Aufwand hervor, aber auch aus der Opferauswahl. Drittens: Es gibt hier ziemlich sicher eine sexuelle Komponente. Opfer 3 wurde unseres Wissens vergewaltigt, wahrscheinlich auch Opfer 1. Ist das alles?«

»Na ja, ein bisschen mehr kann man schon sagen«, wandte Emma ein. »Der Mann, der sich das ausgedacht hat, ist stolz auf sein Werk. Er betrachtet es als große Leistung. Es ist extrem aufwändig, und er hat es schon dreimal durchgezogen, ohne gefasst zu werden. Er hält sich für ein Genie, allmächtig und fehlerfrei. Was er da verwirklicht, das ist eine extrem weit entwickelte, spezifische Fantasie, die er schon einen Großteil seines Lebens mit sich herumträgt, und seit einigen Jahren arbeitet er konkret an der Realisierung. Das ist sein Lebensinhalt, alles andere verblasst neben diesem Meisterwerk, und nun endlich hat die Welt es bemerkt. Das wollte er wahrscheinlich von Anfang an.«

Es dauerte, bis jemand etwas sagte. Das war dann der Neue, der sich gerade ein Kaugummi einwarf: »Hört sich fast an, als ob Sie ihn bewundern.«

»Merken Sie sich eins: Sie werden als Fallanalyst nie wieder so einem Täter begegnen.«

»Erst die Fakten, dann die Spekulation«, unterband die Brennemann sofort jede weitere Diskussion. »Herr Lüders, die Datenbanken.«

Mit einem Seufzer zog Matze seine Notizen unter seinem Fahrradhelm hervor. Seine Finger zitterten leicht. Von der Brennemann direkt angesprochen zu werden, machte ihn nervös. Er war noch sehr jung für diesen Job.

»Stichworte waren: Industrieklebeband, Gerüst, Raumgerüst und leer stehende Gebäude. Auch bezüglich der Fundortinszenierung haben wir recherchiert, vor allem das Aufhängen der Leichen ist interessant. Ich finde bisher keine Tat, die auch nur annähernd ähnlich ist.«

»Was genau ist eigentlich Industrieklebeband?«, wollte Emma wissen.

»Das Zeug hat tausend Namen. Gewebeband. Lassotape. Filmtape. Panzertape. Es stammt aus dem Zweiten Weltkrieg. Ist unglaublich zäh, wasserdicht, du kannst damit wirklich einen Panzer zusammenflicken. Kein Witz. Laut den Tempelhofern haben die Täter mindestens zehn Rollen pro Opfer benutzt, von mindestens drei verschiedenen Firmen. ViCLAS hat eine Menge zum Stichwort ›Panzertape‹ ausgespuckt.« ViCLAS: die internationale Serientäterdatenbank, ursprünglich aus Kanada, inzwischen internationaler Standard.

»In Kanada gab es in den Achtzigern eine Sekte, wo die Kinder mit Panzertape an Stühlen fixiert wurden wie am Pranger, wenn sie irgendwas falsch machten oder ihr Gemüse nicht aufaßen. Irgendwann hat der Sohn den Vater ermordet und brachte sich später selber um. Ein Serienmörder in Frankreich hat bei sechs oder sieben Opfern den Kopf völlig mit Panzertape umwickelt, bevor er ihn abhackte …«

»Damit er ihnen nicht in die Augen sehen muss«, nickte Sigmar.

»Er sitzt noch in Haft«, schloss Matze. »Aber den ganzen Körper einwickeln? Nirgends.«

»Herr Doktor?«, wandte sich die Brennemann an Sigmar.

»Im Normalfall würde ich sagen, das Einwickeln zeugt von Reue«, sagte der. »Viele Mörder bereuen ihre Tat, sie wollen es wiedergutmachen, legen die Leiche ab, als ob sie schläft, waschen sie, kleiden sie hübsch, damit der Tod nicht mehr so grau… grausa…« Er stotterte wieder.

Felix Schreiner half aus: »Scheiße aussieht.«

Sigmar gab nach: »Scheiße aussieht.«

»*Undoing*«, sagte Felix Schreiner.

»Richtig.«

»Ich habe nur einen einzigen Fall gefunden, wo das Opfer komplett eingepackt wurde«, sagte Matze. »Es war aber nicht Panzertape, sondern Gips. In den USA in den Sechzigern. Als die Polizei den Kerl hochnahm, hatte er vier Frauenleichen im Haus, sie waren auf den Boden genagelt und ganz mit Gips zugespachtelt.«

»Das ist vermutlich anders gelagert«, sagte Sigmar. »Er konnte weder die Leichen entsorgen noch ihren Anblick ertragen.«

»Dafür musste er den ganzen Tag lang darüber stolpern.« Schreiner, der Witzbold.

»Du denkst an *Dinner for One*.« Matze.

»Ach, das habe ich lange nicht mehr gesehen.« Schreiner. »Läuft das an Silvester noch?«

»Das war aber keine spontane Wiedergutmachung«, unterbrach Emma das Geplänkel. »Das war geplant, war Teil der Tat.«

»Richtig.« Sigmar. »Das hier ist anders. Eine Erklärung ha… ha… habe ich noch nicht.«

»Na, es gibt auch ganz praktische Gründe, die Opfer einzuwickeln«, sagte der Neue. »Spurenbeseitigung.«

»Entschuldige mal«, meinte Emma, »Wenn der Typ Spuren beseitigen wollte, hätte er die Leichen im Wald vergraben.«

»Sperma. Spätestens fünf Tage nach einer Vergewaltigung absorbiert der Körper alle Spermareste. Aber nur, wenn der Körper lebt. Wenn der Täter das Opfer ohne Kondom vergewaltigt hat, musste er fünf Tage warten, bis seine DNA nicht mehr vorhanden ist. In diesen fünf Tagen muss er unbedingt der Versuchung widerstehen, sich noch einmal an dem Opfer zu vergehen. Also wickelt er es ein.«

Sigmar und Matze hörten auf zu murmeln.

»Und das Aufhängen?«, fragte die Brennemann.

»Das ist wirklich eigen.« Sigmar schüttelte den Kopf. »Einen Körper aufzuhängen, das ist sehr schwer.«

»Und erst eine Leiche. Das ist wie Tangotanzen mit einem nassen Sack«, sagte die Brennemann trocken und fügte hinzu: »Ich weiß, wovon ich rede.« Keiner hakte nach. »Irgendwelche Vorbilder?«

»Metzger hängen die Rinderhälfte nach der Schlachtung fünf Tage auf«, sagte Schreiner. »Erst dann schmeckt das Fleisch. ›Fleischreifung‹ nennt man das.«

»Ich weiß schon, warum ich das Zeug nicht esse.« Matze schüttelte sich.

»Ich kenne auch einen Vegetarier.« Schreiner. »Adolf Hitler hieß er.«

Matze zuckte mit den Schultern. »Ich bin Veganer.«

Sigmar blätterte durch die Zeitungen auf dem Tisch. »Sie nennen den Täter schon den Mu… Mumienmörder.«

»Neuntöter«, sagte Emma. Sie musterte den *Tagesspiegel,* auf dem die Zeichnung eines Vogels prangte. Neben einem Artikel über die drei Morde.

»Wie bitte?«

»Ein Vogel. Sadistisches kleines Ding. Er spießt seine Beute auf Stacheldraht oder auf Dornen auf und lässt sie da hängen.«

Matze googelte schon. Als er ein Foto hatte, drehte er den Monitor, damit es alle sehen konnten. »So sehen sie aus. Im Mittelalter fast ausgerottet – steht hier –, man hielt sie für teuflische Wesen. Heute eine gefährdete Art.«

»Der trägt ja eine Zorromaske.« Der Neue lachte.

Dieses Lachen. Wieso nervte sie das so? Eigentlich fühlte Emma sich wohl in der Puppenkiste. Es war das Zweitbeste nach dem Alleinsein. Sie kannte diese Leute. Sie wusste, wenn sie jetzt gleich an Matzes Schreibtisch vorbeiging, würde er nach frischem Kaffee riechen. Sie wusste, dass er mit den Fingern trommelte, wenn er unsicher wurde, trotzdem respektierte sie ihn. Sie wusste alles über Sigmars kleine Rattenfarm bei ihm zu Hause und von der Verhaltensforschung, die er da betrieb, und sie fühlte sich davon nicht sonderlich abgestoßen. Sie merkte richtig, wenn ein neuer Fall kam, wie die Synapsen in den Gehirnen um sie herum feuerten. Doch, sie mochte es hier. Nur dieser Schreiner. Der störte.

»Und gibt es einen Grund, warum er seine Beute überall so aufhängt?«, sagte der jetzt.

»Weil er vom Teufel besessen ist?« Die Brennemann wurde ungeduldig. »Im Ernst, mich interessiert nur, warum unser Täter das tut.«

Emma legte die Zeitung beiseite. »Moment mal, ich finde die Frage gut«, warf sie widerwillig ein. »Das hat Ähnlichkeiten mit dem Prinzip der Fleischreifung. Einerseits ist das eine Art Vorratshaltung. Andererseits kann er so auch giftige Insekten fressen, er wartet ein paar Tage, bis sich das Gift neutralisiert, dann sind sie ungefährlich. Das ist ein Tier, das langfristig denkt. Daher kommt auch der Name: Im Mittelalter glaubte man, dass er erst neun Opfer sammelt, bevor er sie verspeist.«

Die anderen waren still. Emma wusste, was sie dachten.

»Dieses Sammeln – das tut auch unser Täter. Drei Opfer an einem Ort. Er legt die Leichen nicht ab, er sa… sa… sammelt sie.«

Die Brennemann wandte sich an Emma. »Glauben Sie, dass er eine bestimmte Zahl im Kopf hat?«

Emma zuckte mit den Schultern. »Er hat auf jeden Fall einen Plan. Die meisten Mörder planen nur einen Mord: den nächsten. Unser Täter denkt offenbar größer.«

»Wie groß?«, fragte Matze in die Stille.

Keiner antwortete.

»Noch eine Seltenheit«, konstatierte die Brennemann. »Mord durch Verhungern. Oder Verdursten. Herr Doktor?«

»Verhungern lassen ist eigentlich eine Waffe der Frauen, wie auch Gift«, sagte Sigmar. »Nicht konfrontativ. Passiv, nicht aktiv. Es sind meist Mütter, die ihre Kinder verhungern lassen. Das hat Vorteile: Sie kann die Tatsache, dass sie eine Mörderin ist, leichter verdrängen. Das Kind stirbt ja sozusagen von alleine.«

»Das hatten wir schon mal.« Emma. »Man wickelt die Leiche ein, damit man sie nicht sehen muss; man lässt das Opfer verhungern, damit man selbst nicht Hand anlegen muss. Das ist, als ob der Mörder kein Mörder sein will.«

»Genau«, sagte Sigmar. »Bedenken wir nur, was sich der Täter für eine Mühe gemacht hat. Wie hoch er geklettert ist. Er hätte die Leichen auch an den untersten Stangen platzieren können, aber es war ihm wichtig, dass sie weit oben hängen, möglichst nah am Himmel. Ich halte eine religiös-rituelle Komponente für möglich: Eine Art Opfer an … an etwas Höheres.«

»Ein Sündenbock«, überlegte Emma. »Man hat gesündigt, man bereut, man will Gott ein Opfer bringen, ein Stellvertreteropfer, jetzt soll das Opfer sich vor Gott verantworten, nicht der Täter.«

Das saß. Die Puppenkiste dachte nach.

»Nein«, sagte die Brennemann. »Das geht in die falsche Richtung.

Es gibt keine religiöse Symbolik. Wer ein Paket an Gott schickt, adressiert es. Ein Gebet, ein Kreuz, ein Pentagramm.«

»Es gibt Täter, die versuchen, ihre Opfer zu mumifizieren«, setzte Sigmar nach. »Das kann viele Gründe haben. Zum Beispiel ewi… ewige …«

»Das ist hier nicht der Fall«, winkte die Brennemann ab. »Mumifizierung ist luftdurchlässig, der Körper muss austrocknen. Hier wurde mit der dicken Klebebandschicht das Wasser drin behalten. Schon mal die Fotos angeschaut? Das ist das Gegenteil von Mumifizierung.«

»Eins verstehe ich nicht«, meinte Matze nachdenklich. »Wenn ihm die Inszenierung der Leichen so wichtig war, dann hätte er doch ebenso gut erstochene oder erschossene Opfer inszenieren können. Wäre einfacher gewesen. Also warum über viele Tage verdursten lassen?«

»Ich denke die ganze Zeit an Feeder«, sagte Emma.

»Wie bitte?«

»Feeder. Das ist noch so ein Beispiel von jemandem, der tötet, sich aber dabei einbildet, nichts Schlechtes zu tun. Das sind Typen, die auf Fett stehen – auf fette Frauen, extrem fette Frauen. Es macht sie an, ihnen beim Essen zuzusehen. Und sie zu füttern. Wie das Essen in ihrem Mund verschwindet, sie schaufeln es richtig rein, sie lieben das, bis die Frau zu fett ist, um allein aus dem Bett aufzustehen.«

»Das ist hochgradig aggressiv.« Sigmar. »Sie machen die Frauen völlig abhängig, ihre Gesundheit ist irgendwann hinüber, eigentlich töten sie sie ganz langsam, aber bilden sich dabei ein, dass sie ihre Frauen ernähren. Sie befriedigen einerseits diesen männlichen Instinkt, eine Frau zu beschützen, und gleichzeitig töten sie sie.«

»Und werden dabei von den Weibern auch noch angehimmelt.« Schreiner grinste.

»Ich sehe aber hier auf Kottkes Fotos keine fetten Frauen.« Die Brennemann war ein wenig grün im Gesicht.

»Ich frage mich, ob es nicht genau umgekehrt ist.« Emma. »Er muss kein Feeder sein – er braucht nur ein gestörtes Verhältnis zum Essen, das ihn so sehr beherrscht, dass es zur Psychose wird.«

»Heute hat doch jeder eine Essstörung.« Die Brennemann faltete ihre Hände über dem Bauch, die typische Beruhigungsgeste einer Schwangeren.

»Vielleicht musste er als Kind hungern …«

»Könnte gut sein«, griff der Neue Emmas Idee auf. »Das erklärt die sieben Tage, die er das Opfer bei sich behält. Er wickelt sie ein, bis sie völlig ausgeliefert ist, hilflos. In seinem Wohnzimmer. In seinem Esszimmer. Dann frühstückt er mit ihr. Er schaut fern mit ihr und liest ihr aus der Zeitung vor und speist genüsslich zu Abend, Kerzenschein, Schnitzel, Bratkartoffeln, lecker, knusprig, oder er bringt Fastfood heim, Hamburger und Pizza und Döner aus der Tüte, das riecht wie Sau, bis die hungernde Frau in ihrem Kokon durchdreht. Ein schöner Wein dazu. Ein kühles Bier. Jeden verdammten Tag. Das Opfer winselt und windet sich, hungert, halluziniert schon vor Durst, und er isst seelenruhig und erzählt ihr von seiner schweren Kindheit, bis sie irgendwann anfängt zu stinken. Dann geht er sie irgendwo in der Öffentlichkeit aufhängen, damit die ganze Welt sieht, was er getan hat.«

Es herrschte Schweigen.

Bis die Brennemann sagte: »Also Junge, Sie sind schon ein kranker Mensch. Echt. Ich gratuliere.«

Selbst Emma war beeindruckt. Das ärgerte sie. Außerdem hatte sie jetzt Hunger.

»Apropos viel zu lange an einem Ort rumhängen, wo man nicht sein will«, fuhr die Brennemann fort. »Ich muss mal für kleine Mädchen.« Sie stand auf, griff sich ins Kreuz und stöhnte. An der Tür drehte sie sich noch mal um und las die Frage vor, die Emma vorhin auf dem Whiteboard notiert hatte: *Was hat Opfer 2 hier zu suchen?* Sie sprach Emma direkt an. »Ja, was? Sagen Sie es uns.«

Alle lachten nervös. Keiner hatte darüber nachgedacht, klar.

»Ich weiß es eben nicht«, sagte Emma. »Aber genau darüber sollten wir …«

»Verstehe. Pech für uns.« Die Brennemann wandte sich ab.

Emma hatte ihren Moment verpasst. Sie hätte irgendwas aus dem Ärmel schütteln müssen. Auch wenn sie nichts hatte, keine Antwort, keine Theorie, nichts. Sie war gerade im Begriff, etwas zu sagen – eine Lüge, ein Märchen, das Erste, was ihr durch den Kopf ging –, doch der Neue war schneller:

»Also, Lutz hält Opfer 2 für einen Zufallstreffer.«

Die Brennemann blickte Felix Schreiner nachdenklich an.

»Sie haben mit Lutz darüber gesprochen?«

»Na ja … nicht direkt.«

Eisernes Gesetz: Bevor ein Profil fertig ist, fragt man die Ermittler nicht nach deren Theorien. Das beeinflusst die Arbeit am Profil. Die OFA arbeitet immer unabhängig. Plötzlich schien Emma dieser Felix Schreiner etwas weniger gefährlich zu sein als noch vor ein paar Minuten.

»Das ist nicht mehr normal, wie oft ich muss.« Die Brennemann war schon halb auf dem Flur. »Ich mache mir direkt Sorgen um das Wohl meines Nachwuchses. Am besten gehe ich gleich nach Hause und lege mich hin. Die Carow hat die Leitung.«

»Fangen Sie an, Herr Schreiner«, sagte Emma. »Sie hatten, glaube ich, die Sequenzanalyse? Ich freue mich besonders auf Ihre Erkenntnisse zu Opfer 2.«

8

Felix Schreiner erhob sich. Ging zum Whiteboard. »Fangen wir an mit Opfer 1. Am 11. Juni, das war ein Mittwoch, verließ Lucy Herold, dreiundzwanzig Jahre, Musikstudentin und junge Mutter, zwischen 22 Uhr und 22:30 Uhr die Gethsemanekirche in Prenzlauer Berg, wo sie in einem Bachkonzert Violine gespielt hatte. Die Musiker wollten gemeinsam noch was trinken gehen. Sie ging nach Hause, Hufelandstraße, auch Prenzlauer Berg. Schicke Gegend, Abschnitt 16. Ihr Sohnemann Jakob, drei Jahre, schlief schon. Der Ehemann war auf Reisen. Letztes Telefonat zwischen Mutter und Babysitterin 22:35 Uhr. Irgendwann gegen eins schlief die Babysitterin ein. Am nächsten Morgen war die Mutter immer noch nicht da, auch telefonisch nicht erreichbar, um 7:36 Uhr rief die Babysitterin die Oma an. Die Oma überredete sie, das Kind zu ihr nach Zehlendorf zu bringen. Sie wartete noch sechsundzwanzig Stunden, dann gab der Großvater eine Vermisstenanzeige auf. Keiner rief den Ehemann an.«

»Klar«, sagte Matze. »Die dachten alle, die hat im Hotel mit dem ersten Geiger die kleine Nachtmusik geübt.« Sigmar kicherte.

»Eine Affäre hatte sie nicht«, korrigierte Schreiner. »Tja … der Ehemann aber. Er war nämlich noch in der Stadt. Er sollte schon seit Freitagmorgen auf Geschäftsreise sein, ist aber erst Samstag geflogen. Die Zwischenzeit, also auch Freitagnacht, hat er mit einer gewissen Simone Maier verbracht, Kreuzberg, Bergmannstraße. Das fand schon Abschnitt 16 heraus. Es gibt auch ein Foto …«

»Abschnitt 16 hat was rausgefunden?« Sigmar und Emma schauten sich verwundert an. »Alle Achtung.«

»Der Ehemann kam kurzzeitig unter Verdacht«, fuhr Schreiner

fort und suchte dabei nach dem Foto, »aber der Barkeeper der Haifischbar bestätigte, dass die beiden ziemlich viele Cocktails getrunken haben, bis zwei Uhr morgens, das zeigt auch seine Kreditkartenabrechnung. Ha!« Schreiner hielt triumphierend ein Foto hoch. »Weil es sicher ermittlungstechnisch relevant ist, hier ist es, das extrem gut gebaute Alibi des Ehemanns.«

Das Foto ging herum. Anerkennendes Gemurmel. Die Frau war tatsächlich gut gebaut und im Bikini dazu, was wiederum bewies, dass sie nichts zu verbergen hatte. Für die Jungs in der Puppenkiste war der Ehemann schon jetzt ein Held.

»Die EG98 fragte die Musikerkollegen nach merkwürdigen Gestalten im Publikum oder vor der Kirche.« Felix Schreiner seufzte. »Die Liste ist lang. Ein Penner, ein Ehepaar, das sich nach der Pause ohne zu zahlen hineingeschlichen hatte, eine blinde alte Dame, ein merkwürdiger Typ, der die ganze Zeit hinten stand und mitdirigierte.«

»Und die Ehefrau taucht auf keinem S-Bahn-Video auf?«, wollte Sigmar wissen. »Kein Taxifahrer erinnert sich an sie? Das ist eine be… be… lebte Ecke, die Gethsemanekirche.«

Schreiner schüttelte den Kopf. »Nichts. Leider. Direkt nach ihrem Verschwinden wurde schon gefragt und jetzt wieder. Den einzig interessanten Unterschied bei den Aussagen zwischen jetzt und damals gibt es bei der Therapeutin. Diesmal hat sie geredet, weil das Opfer tot ist. Aber auch hier: nichts, was wir nutzen könnten.«

»Könnten Sie da etwas spezifischer sein?«, fragte Emma.

»Das Protokoll habe ich«, sagte Sigmar. »Laut Therapeutin hatte die Frau keinen Liebhaber, und sie ahnte nicht, dass ihr Ehemann fremdging. Die Therapie drehte sich weniger um Eheprobleme als um irgendwelche Kindheitsgeschichten. Sie hatte einen zur Gewalt neigenden Vater und hatte wohl Angst, dass ihr selber irgendwann bei ihrem Kind die Hand ausrutscht. Oder sie war ihr schon mal ausgerutscht.«

»Auch Opfer 3 war in Therapie«, bemerkte Schreiner. »Auch bei ihr können wir den letzten Abend recht gut rekonstruieren …«

»Was ist mit dem zweiten Opfer?«, unterbrach ihn Emma.

»Dazu komme ich im Anschluss. – Opfer 3, Julia Fredersdorf, siebenundzwanzig Jahre, Anwaltsassistentin. Am 19. September, ein Freitag, kurz nach 20:00 Uhr traf sie sich im Lokal Zur letzten Instanz in der Waisenstraße, Mitte, mit ihrer Freundin Kerstin Bölling.«

»Echt jetzt?«, fragte Matze ungläubig. »Zur letzten Instanz? In der Waisenstraße auch noch?«

»Tja, schlecht gewählt, würde ich sagen. Ihr Mann blieb zu Hause in Zehlendorf, Delbrückstraße, schickes Viertel, Abschnitt 26, passte auf die fünfjährige Tochter auf. Kurz vor ein Uhr morgens trennten sich Julia und Kerstin am Eingang zum U-Bahnhof. Kerstin Bölling fuhr U-Bahn, Julia wollte ein Taxi nehmen. 3:15 Uhr rief der Ehemann bei Frau Bölling an, weckte sie. In der nächsten halben Stunde wurden die Schwester des Opfers sowie eine weitere Freundin angerufen, gegen halb fünf dann die Polizei. Am nächsten Tag war sie immer noch nicht aufgetaucht. Frau Bölling behauptete, im Biergarten hätten sie das Gefühl gehabt, beobachtet zu werden. Ein Mann allein an einem Tisch. Dunkle Haare, dunkle Jacke, weiße Turnschuhe. Am Anfang des Abends saß er an einem Tisch, am Ende an einem anderen. Die Kellnerin wusste nichts von einem Mann, der die Tische gewechselt hatte. U-Bahn-Videos und Taxifahrten wurden überprüft. Nichts. Möglicherweise ist sie nie in ein Taxi gestiegen. Der Ehemann hat kein Alibi, es ließ sich aber bislang nichts gegen ihn finden, auch kein Motiv, keine Freundin, keine größere Versicherungspolice oder Ähnliches.« Der Neue klappte die Akte zu und kehrte zu seinem Tisch zurück. Warf ein Kaugummi ein. Das wievielte heute? Emma wartete. Es kam nichts mehr.

»Und Opfer Nummer 2?«

Schreiner zuckte mit den Schultern. »Gibt für unsere Überlegungen so gut wie nichts her. Passt auch überhaupt nicht ins Beuteschema.«

Emma zog eine Akte aus dem Stapel und ging zum Whiteboard. »Opfer 2, Karl Brandner, neunundfünfzig Jahre. Hier, aus dem medizinischen Bericht: keine Verletzungen im Genital- bzw. Analbereich. Was ist damit? Haben wir jetzt einen Sexualtäter oder nicht?«

»Wir haben halt einen wählerischen Sexualtäter«, witzelte Schreiner. »Vielleicht wollte er mal was Neues ausprobieren, warf einen Blick auf den alten Sack und kehrte zu den Frauen zurück.«

Emma las weiter: »Vier Zähne fehlen, starker körperlicher Verfall durch jahrelangen Alkoholmissbrauch. Fettleber. Weißer Hautkrebs auf dem Kopf, unbehandelt. Dies zusammen mit dem schlechten Zahnzustand lässt vermuten, dass das Opfer zeitweise …«

Schreiner unterbrach sie jetzt. »Das ist keine Vermutung, das war ein Penner, das wissen wir schon.«

»Danke, Herr Schreiner. Dann erzählen Sie doch mal, was wir sonst noch wissen.« Emma blieb vor dem Whiteboard stehen und zog die Kappe vom Stift.

»Die Kollegen haben ein paar Sozialarbeiter befragt und auch Einwohner des letzten uns bekannten Obdachlosenheims, in dem er unterkam. Das letzte eingetragene Datum im Heim war der 22. Juni. Das muss aber nicht heißen, dass der Täter ihn an dem Tag in seine Kontrolle brachte. Der kam und ging, wie er Lust hatte. Es gab keine Vermisstenanzeige, niemand hat nachgefragt, warum er verschwunden war.«

»Ist das alles?«

»Wie gesagt, ein bisschen schwer zu fassen, der Gute. Eine Ehefrau gibt's nicht. Aktenkundig seit dem 19. Lebensjahr: Diebstahl, Autodiebstahl, versuchter Menschenraub, öffentliche Ruhestörung,

Wehrdienstverweigerung ohne Angabe von Gründen, tja, das waren die Siebziger, Besitz von Drogen, außerdem eine illegale Waffe, ein Blasrohr mit Giftpfeilen.«

»Blasrohr mit Giftpfeilen?«, fragte Matze ungläubig.

»Frag mich nicht«, sagte Schreiner. »Verdacht auf Mitgliedschaft in einer terroristischen Vereinigung, reduziert auf Einbruch. Das war ein Kleingauner, der zu dumm war, von seinen Verbrechen zu leben. Fast durchgehend arbeitslos gemeldet, seit 1989 in Wohnheimen untergebracht und von verschiedenen Ämtern betreut, zeitweise auf der Straße lebend. Zuletzt gewohnt hat er in der WG *Ruhe im Sturm*. Sein Platz dort wurde Anfang Juli anderweitig vergeben. Er wechselte die Bleibe relativ oft, diese Hardcore-Leute tauchen immer wieder ab. Aber die Ermittlungen sind noch nicht abgeschlossen. Na ja, offiziell noch nicht.«

»Aber …?«

Er schlug leicht mit der flachen Hand auf seine Akten. »Ich denke, das wird alles sein, was wir kriegen.«

»Das reicht aber nicht«, sagte Emma irritiert.

Schreiner konterte: »Ich weiß, ich weiß, ich hätte nicht mit Lutz darüber sprechen sollen. Ich bin neu hier, ich lerne noch. Trotzdem: Oft ist die einfachste Lösung die wahrscheinlichste. Der Täter wurde bei seiner Tat überrascht, der Zeuge musste beseitigt werden. Aus einem ahnungslosen Passanten wird ein Opfer. Haben wir doch alle schon gesehen. Der Penner passt nicht in das Beuteschema, er sagt nichts über die Vorlieben des Täters aus – für das Profil ist er irrelevant.«

»Sie denken noch wie ein Ermittler, nicht wie ein Analyst«, sagte Emma. Sie hoffte, die andern würden sie unterstützen, aber keiner rührte sich. Sie legte nach. »Sie sehen blondes Haar und Titten und denken: Ah, alles klar, darauf steht der Kerl. Aber er steht nicht auf blonde Mäuschen, er steht auf etwas, das alle drei Opfer gemeinsam haben.« Dieser Arsch von Durchschnittsermittler mit seiner Sheriff-Tasse, der nicht die geringste Praxis in der Fallanalyse hatte, der machte es sich gerade zu einfach.

»Das kann ja eine lustige Suche werden«, sagte Matze endlich. »Der Alte wird mit den beiden Frauen nicht viel gemeinsam haben.«

»Jemanden auf diese Art umzubringen, dazu gehört eine so intensive Obsession«, meldete sich Sigmar, »dass alle Gedanken, alle Emotionen, aller Hass sich darauf konzentrieren. Der Täter hat das Opfer im Kopf, lange, bevor er es in der Realität antrifft. Und da entsteht ein bestimmtes Bild: blond, jung, weiblich. Oder ein hilfloser Penner. Aber eben nur ein Bild. Für zwei gleichwertige Hassobjekte gibt es keinen Platz in so einer starken Obsession.« Er stotterte nicht.

Konnte es sein, dass die anderen sie nicht verstanden? Hatte sie sich nicht klar genug ausgedrückt? »Dann haben wir die Obsession des Täters eben noch nicht kapiert.« Emmas Stimme wurde lauter. Sie merkte es, konnte aber nichts dagegen tun. »Wir haben hier ein männliches Opfer, wo scheinbar keins hingehört. Aber es gehört dahin. Sonst wäre es nicht da. Der oder die Täter haben ihn da platziert. Das ist kein Zufall, das ist Absicht. Nicht der Täter hat einen Fehler gemacht, wir machen einen Fehler. Wir verstehen die Tat nicht.«

»Emma, wirklich, die Theorie, dass der Penner zu viel wusste und dran glauben musste, das ist schon einleuchtend«, sagte Matze.

Sie kapierten es nicht. Sie verbrüderten sich. Gegen sie. Weil sie zu unbequem war. Darauf war Emma nicht vorbereitet. Sie wusste, sie musste jetzt etwas sagen, sie überzeugen, wusste aber nicht, was. Wortlos stopfte sie die Kappe auf den Stift zurück und setzte sich.

9

Es war spät geworden. Und ein Profil hatten sie immer noch nicht.

Ohne die richtigen Infos kein Profil, so war das. Und sie wusste immer noch nicht, was sie tun musste, um Lutz dazu zu bewegen, die richtigen Infos zu liefern. Es war frustrierend: Fallanalysten waren immer auf die Arbeit der Ermittler angewiesen, und nicht immer verstanden die Ermittler, welche Daten dafür nötig waren. Sie musste irgendwas tun. Die Sache anders anpacken. Lutz anders anpacken. Sie wusste bloß noch nicht, wie.

Emma wartete, bis die Kollegen das Büro verlassen hatten. Dann startete sie den Suchvorgang. Den verbotenen Suchvorgang. Von dem sie alle paar Wochen wieder hoffte, dass niemand je davon erfahren würde. Die wichtigsten Datenbanken durchsuchte sie, INPOL, POLIKS, schnell, geübt, nach einem Namen, einem Spruch, immer dem gleichen Namen, immer dem gleichen Spruch, irgendwann würden sie wieder auftauchen, das wusste sie, da war sie sicher, sie musste nur Geduld haben.

Nichts.

Sie loggte sich aus. Fuhr den Computer runter. Tasche greifen, Jacke an, Licht aus. Lange Gänge, Treppen, raus aus dem kalten, staubigen, muffigen Amtsgebäude, ins Freie. In den kalten, staubigen, muffigen Westberliner Herbst. Emma freute sich regelrecht darauf, auf ihrer Couch vor dem Fernseher einzuschlafen. Aber sie ging nicht nach Hause. Nicht heute. Die Erschöpfung lag irgendwo zwischen angenehm und schmerzhaft. Eine Stunde weniger, und sie hätte gern noch mit Matze und Sigmar ein Bier getrunken, eine Stunde mehr, und sie hätte eine Aspirin einwerfen müssen.

Trotzdem machte sie sich auf zur Kneipe.

Ecke Kurfürstenstraße. Altes Mietshaus, seit Ewigkeiten nicht mehr renoviert, der Rauputz von undefinierbarer Farbe. Draußen ein paar Kübel voll verdorrter Blumen, notdürftig mit mageren Tannenzweigen bedeckt. Auf dem Vordach die grellgrüne Neonschrift »Fürstentränke« – genannt Tränke. Hier gab's noch billiges Köpi und Schultheiß, nicht diese ganzen Modebiere mit Kaktusfeige und Litschi-Guacamole. Sie hätte im Schlaf hingefunden. Nur drin war sie noch nie. An der Theke mit den Kollegen nach Dienstschluss quatschen, Sprüche machen, bisschen Tratsch über den Schneider oder den Schumacher. Das war nicht so ihr Ding.

Vor der Tür zögerte sie. Sozialkompetenz. Dann drückte sie sie auf.

Schummrig. Ballermannhits von 1990. Dunstig. Raucherkneipe, klar. Es dauerte einen Moment, bis sie etwas sah. Dunkle Holzverkleidungen an den Wänden, Neonlampen bei der Toilette. Auf den alten Tischen Resopalplatten, war sicher praktischer so. Wie ein Hotel, das irgendwie aus Versehen zum Puff geworden ist. In einer Ecke ein älteres Paar bei Würstchen mit Spreewaldgurken und Kartoffelsalat. Kneipenfraß. Weiter hinten die wuchtige Theke. Gelbgrünes Licht, genug, dass man einander erkennt, nicht so hell, dass man den Dreck sieht. Da standen sie, die Jungs. Ein gutes Dutzend. Sie erkannte Matze. Ein paar Kollegen von der MK1. Huber? Hoogfeld? Da war auch Kutschbach von der 13, Sexualdelikte, ihn kannte sie. Paar andere vom Sehen.

Sprachfetzen: Leichen. Kokons. Mumien. Es ging um eine Wette. Die Jungs handelten gerade die Bedingungen aus.

Eigentlich war Emma vorbereitet. Sie hatte eine Anekdote in petto: neulich, wo so ein Kerlchen doch behauptet hatte, nicht er hätte die beiden Frauen überfallen, sondern sie ihn, mit dem Messer bedroht hätten sie ihn, regelrecht gezwungen, sie richtig ranzunehmen, und als er dann drohte, Anzeige zu erstatten, wären sie schnell selbst zuerst zur Polizei gegangen. Lustig eigentlich. Sie hatte auf der Toilette sogar seinen Tonfall geübt: »So was passiert mir ständig!« Genau die Art Story, die die Jungs mögen.

Doch hier wurde in aller Öffentlichkeit über einen aktuellen Fall diskutiert. Das war nicht korrekt. Die Gäste, der Wirt, das waren Außenstehende. Natürlich muss jeder mal Dampf ablassen, aber darauf war sie nicht vorbereitet. Witze reißen, darum ging es, sich unterhalten, entspannen, bisschen angeben. Über den Fall witzeln, das konnte sie nicht, noch nicht. Sie musste mit sich kämpfen, die Jungs nicht zu ermahnen: Das ist verboten, was ihr da macht. Der Satz, der ihr sofort aus dem Mund wollte. Aber jetzt den Moralapostel spielen, das käme nicht gut. Sie ballte die Faust in der Tasche.

Als die anderen sie sahen, verstummten sie.

Die Gedanken, die ihr durch den Kopf schossen, waren panisch: Was jetzt? Was sage ich? Guten Abend? Umdrehen, wieder gehen?

Früher wäre das kein Problem gewesen. Früher war sie spontan. Unbefangen. Naiv. Das mögen Männer, das betört sie, das war gut damals, das war normal. Und unendlich lange her.

Dann fiel es ihr ein. Statistik. Statistik ging immer: Rund ein Dutzend Männer. Eine Frau. Das waren 8,3 Prozent. »Was ist?«, sagte sie. »Habt ihr noch nie 'ne Frau gesehen?«

»Nein«, antwortete Ceesay. Yasemin Ceesay. MK5. »Siehst du eine?«

Einige lachten, sogar laut. Emma legte noch einen drauf:

»Wie jetzt? Ist das hier 'ne Schwulenkneipe oder was?«

Zu viel? Zu viel. Sie konnte es an der steilen Stirnfalte von Kutschbach sehen. Der dann streng sagte: »Das heißt ›anders orientiert‹, wenn ich bitten darf.«

»Genau«, schob Hoogfeld schnell nach, »bloß weil Kutschbach nur mit Sexpuppen kann, ist er doch nicht schwul, nur anders orientiert.«

Die Jungs lachten. Sie war drin.

Sie trat an die Theke. Hielt einen Daumen hoch: ein Bier. Der Wirt fragte nicht, welche Sorte. Das Gespräch wandte sich wieder der Wette zu. Matze klärte sie auf: »Engler glaubt, es ist ein Fassadenkletterer, einer dieser Spidermans; Kutschbach meint, es ist eine Internet-Jugendgang und dass die so ein Online-Killerspiel nachspielen, nur in echt; Schwander sagt, es ist ein Perverser, der selber nachts im Kokon schläft. Fünf Euro, und du bist drin.«

Ihr könnt gern Wetten über einen aktuellen Fall abschließen, wenn ihr wollt, aber ohne mich, das ist unprofessionell, sagte sie. Das heißt: Sie wollte es sagen. Doch bevor sie es aussprechen konnte, ballte sie die Faust und hielt den Mund. »Geltungssucht« nannte das Frau Dr. Klee, Emmas Therapeutin, auch »Spaßverderbersyndrom«. Da verdirbt jemand gern den Leuten die Stimmung, meinte Frau Dr. Klee, um die eigene Person aufzuwerten.

Stattdessen sagte sie: »Engler, wie kommst du auf Fassadenkletterer?«

»Na, weil diese Typen vor nichts Angst haben.«

»Und eine Engelsgeduld«, warf die Ceesay ein.

»Eigenschaften, die auch Psychopathen aufweisen«, sagte Emma. »Ich bin dabei. Fünf auf Fassadenkletterer.« Sie knallte einen Schein auf die Theke. Sie wusste, dass er verloren war, aber egal.

»Ich auch«, sagte die Ceesay hinter ihr.

»Ey, ich ändere auf Fassadenkletterer.« Hoogfeld.

»Jede Wette, wenn sie ihn finden, stellen sie fest, dass er Jungfrau ist«, sagte sie und nahm einen großen Schluck Bier. »Nicht mal mit der eigenen Freundin.«

»Aber es gab doch Anzeichen von Vergewaltigung.«

»Das war sicher nicht der Haupttäter.« Komisch: Sie redete Blech, völlig egal: Sie hörten ihr zu. »Der Typ hat extreme Angst, sich die Finger schmutzig zu machen. Er hat Kumpel, die das erledigen. Er tötet ja auch nicht selber, er lässt sie verhungern, damit er nicht dran schuld ist, und durch die Fesselung gehören die

Frauen ihm … Doch er muss sie nicht anfassen, und sie können ihn nicht anfassen.«

Sie wurde unterbrochen.

»Sie gehen davon aus, dass es ein Mann ist. Warum müssen es immer die Männer sein? Warum sind wir immer die Bösen?« Felix Schreiner. Er stand hinter ihr. War gerade von der Toilette gekommen.

Jetzt bloß keinen Streit. Das zeigt Schwäche. Das verrät, dass du dich angegriffen fühlst. Bleib lässig. Souverän. »Klar ist das ein Mann«, erwiderte sie sofort. Sie wusste, dass da irgendwo ein Witz drin war, in seiner Stimme, wie er es gesagt hatte, aber ihr fiel keine witzige Reaktion ein. »Es wurden Spuren von Vergewaltigung gefunden.«

»Ach was. Auch Frauen können vergewaltigen.« Der Neue hatte so ein Schmunzeln im Gesicht. »Außerdem: Wenn der Haupttäter bei der Vergewaltigung gar nicht mitgemacht hat, muss es auch kein Mann sein.« Das hieß etwas, dieses Schmunzeln. Es dauerte ein paar Sätze, bis Emma verstand. Das hier ist mein Territorium, wollte er ihr sagen. Männer beim Angeben in der Kneipe. *Du spielst jetzt ein Spiel, in dem ich besser bin, Kleine.* »Kommen Sie, wir wissen beide, das ganze Geschäft, Profile erstellen, da ist doch viel Humbug dabei«, fuhr er fort, als sie schwieg. »Die ersten Profiler waren alle Betrüger, da hat wirklich mehr als die Hälfte wild spekuliert. Das ist wie beim Wahrsagen: Man braucht nur ganz viele Aussagen zu treffen, und wenn bloß zehn Prozent davon stimmen, bist du hinterher ein Genie. Beim FBI sagen sie dir geradeheraus: Ein bisschen Show gehört dazu, das macht den gemeinen Bullen ganz scharf.« Jetzt grinste er direkt.

»In Amerika legt man ja vielleicht Wert auf Show«, sagte Emma, »aber nicht bei uns. Und übrigens heißt es Operative Fallanalyse.«

»Mit ein bisschen mehr Show hätten Sie Lutz Ihren geliebten Obdachlosen schon unterjubeln können.«

»Wie meinen Sie das?«

»Heute Morgen beim Aufzug. Sie wollten Bogner den Obdachlosen andrehen, und er hat abgewinkt. Ich habe FBI-Ermittler kennengelernt, die hätten den ollen Lutz mit drei Sätzen um den Finger gewickelt.«

Der Neuling bekam mehr mit, als sie ihm zugetraut hatte.

»Wenn wir ehrlich sind«, sagte der jetzt, »tut ein Profiler doch kaum etwas, was ein Ermittler mit ein bisschen Intuition und gesundem Menschenverstand nicht auch hinkriegt.«

Emma winkte ab. »Das glaubt jeder Ermittler, weil er es nicht anders kennt, aber Studien haben gezeigt, dass der sogenannte gesunde Menschenverstand nichts weiter als ein Sammelsurium von Stereotypen und Vorurteilen ist. Deshalb arbeite ich nicht damit.«

»Quatsch. Sie arbeiten nicht damit, weil Sie keinen haben!«

Emma holte schon tief Luft für eine wütende Replik, als ihr bewusst wurde, dass Felix Schreiner und sie allein an der Theke standen. Die Ceesay und Engler zahlten gerade, die anderen waren schon weg. Ausgetrunken, bezahlt, davongeschlichen. Nur sie beide nicht. Emma versuchte zu lächeln, hielt ein Glas warmes Bier vor der Brust. Plötzlich wollte sie nur noch heim.

Schreiner schaute auf die Uhr, trank aus, stellte das Glas auf die Theke. »So. Ich will eine Runde schlafen, bevor es losgeht.«

»Wie bitte?«

»Wir sehen uns dann um eins.«

»Was ist um eins?«

»Wissen Sie das nicht?« Jetzt klang er ungläubig. »Die Tatnachstellung. Heute Nacht am Leipziger Platz. Hat die Brennemann doch gesagt. Waren Sie nicht da?«

Sie war doch nur ein paar Minuten zu spät zur Besprechung gekommen. »Keiner hat mir das gesagt.«

Doch Schreiner hatte schon bezahlt und war fast aus der Tür. Emma stand allein an der Theke. Ihr Bier war noch halbvoll.

10

Emma hatte das Gefühl, zum Galaempfang eines Hollywoodstars zu fahren. Fehlte nur das halbe Dutzend Limousinen, die mit laufendem Motor warteten. Der Potsdamer Platz im Flutlicht. Berlinaleflair.

Es war fast ein Uhr morgens. Sie hatte geduscht, die Haare feucht und dunkel, kaum noch blond, und ihre Bluse gegen einen Pulli getauscht, dicker Schal zur Jacke. Die mondänen Hochhäuser rechts und links der Potsdamer Straße, schemenhaft leuchtend im nächtlichen Dunst, wurden mehr und mehr zu Schattenrissen vor dem grellen Flutlicht, je näher sie dem Fundort kam.

Direkt hinter dem Potsdamer Platz schloss sich der Leipziger Platz an. Das achtstöckige Eckgebäude mit seinen aufgemalten Türen und Fenstern und dem bedrohlich großen Dessous-Mädchen auf der Werbeplane strahlte wie ein übergroßer Lampion, heller noch heute als die Lightshow auf der Kuppel des Sony Centers. Jeder, der zu dieser Zeit aus einer Bar oder dem Kino kam und das sah, drängelte sich so nah an die Absperrung wie möglich. Jeder wusste, was los war: »Hat das was mit den Morden zu tun?«, »Ist er da drin? Habt ihr ihn gefasst?«, »Gibt's eine neue Leiche?« Nur einer schrie dauernd: »Festival of Lights!«

Das Adrenalin verdrängte Emmas Müdigkeit, als sie auf Anweisung eines Kollegen ihren Polo auf dem Rasen vor der kanadischen Botschaft stehen ließ und durch das feuchte Gras zu dem monströsen Lampion stapfte. Plötzlich war es mitten am Tag, nicht mehr tiefste Nacht. Und Sommer. Die Lampen verströmten spürbar Hitze, wenn man näher kam.

»Wo geht's rein?«

»Da hinten bei dem S-Bahn-Aufzug.«

Der einzige Zugang zum Gerüst war eine Tür wie aus einem Trickfilm: Aufgemalt auf die Plane und doch echt. Ein hölzerner Rahmen stabilisierte sie von innen. Direkt davor der gläserne Aufzug mit dem großen grün-weißen S auf dem Dach, hier ging es runter zur S-Bahn. Da war auch Lutz, im Gespräch mit Hauke Bredow, dem Technikchef vom Tempelhofer Damm, nebenher scheuchte er seine Mitarbeiter herum. Gleich neben der Trickfilmtür hatte der Bredow einen schweren Baustellenaufzug aufgestellt, der außen an dem künstlichen Gebäude bis zum oberen Rand der Fassadenplane führte, acht Stockwerke hoch.

»Was soll das Licht?«, fragte sie Lutz.

»Auch dir einen schönen guten Abend.«

»Der Bredow macht das Licht doch aus, oder? Die Täter hatten kein Licht.«

»Ich stehe gleich hier neben Ihnen, Frau Carow, Sie können mich auch direkt ansprechen«, sagte der Obertempelhofer.

Emma nahm ihn beim Wort: »Was sind das eigentlich für unpassende Objekte? Die bei den Leichen gefunden wurden?«

»Wir brauchen da noch ein, zwei Tage ...«

»Machen Sie mit Absicht ein großes Geheimnis draus? Wollen Sie uns nicht wenigstens einen Hinweis geben?«

»Ich gebe Ihnen einen Hinweis. Gern.«

»Ja?«

»Die Objekte passen nicht zu den Opfern.«

Emma schüttelte den Kopf. Blickte sich um, entdeckte Felix. Er stand nicht weit entfernt mit zwei Beamten, beide MK1. Exkollegen. Sie guckte weg. Erkannte einen Tempelhofer. Gökgöl hieß er. Ging rüber zu ihm. »Dieser S-Bahn-Aufzug da drüben, aus Glas«, fragte sie, »hat der eine Überwachungskamera? Der ist ja direkt vor dem Tatortzugang. Die Bänder sollte man mal prüfen.«

»Schon in Arbeit, Frau Carow«, sagte Gökgöl, ohne von seinen

Papieren aufzublicken. »Die Idee hatte Ihr Kollege auch schon.« Er wies auf Felix, der ihr aus der Ferne zugrinste.

»Was ist mit der Botschaft?« Emma winkte unbestimmt Richtung Norden. »Die müssen doch Überwachungsbänder haben.«

»Die Kanadier? Als wir fragten, ob wir die mal sichten dürfen, haben sie höflich, aber bestimmt abgelehnt.«

»Das können sie gar nicht, das ist ein Mordfall.«

»Können sie doch«, widersprach Gökgöl. »Glauben Sie mir, ich war lange genug im Verkehrsdienst. Diplomaten sind Arschlöcher. Schon gesehen, da drüben?«

Er zeigte mit dem Kinn in Richtung Straße, wo die Passanten sich hinter der Absperrung sammelten. Da schlenderte Engler herum – in Zivil, so unauffällig wie möglich – und machte Fotos. Bestimmt waren noch ein oder zwei weitere Beamte von der EG98 mit Kameras unterwegs.

»Sie sind doch der Profiler«, sagte Gökgöl. »Meinen Sie, er steht da und schaut uns zu, unser Mumienmann?«

Emma zuckte mit den Schultern. »Wenn er weiß, was heute Abend steigt, dann ja, dann will er es sehen. Lutz hätte den Termin eigentlich in der Zeitung bekannt geben müssen.«

»Du bist nach wie vor pervers«, kommentierte Matze, der mit seinem Fahrrad hinter Emma aufgetaucht war. Offenbar hatte er nicht gewusst, wo er es abstellen sollte.

»Wir könnten Eintritt verlangen«, überlegte Emma. »Heiße Würstchen verkaufen. Bisschen Geld sammeln für unsere Chefs, damit sie uns endlich die Überstunden zahlen können.«

Matze und Gökgöl schmunzelten. Ab und zu gelang ihr doch ein Witz.

»Ich will die Spermaflecken sehen«, sagte sie.

»Ich komme mit«, meinte Matze. »Ich muss das Rad irgendwo da drin anschließen.«

Emma nahm einen Schutzhelm und ein Funkgerät von dem

Tempelhofer an der Tapetentür entgegen, stieg hindurch und duckte sich in den Gerüstblock hinein. Der verschachtelte Stangenwald über ihr brummte wie ein Bienenstock. Es wimmelte nur so von Kollegen. Sie fand einen von der Spurensicherung und fragte nach dem Sperma. Er brachte sie zu einem mit Absperrband gesicherten Stapel Gerüstbretter. Nicht weit von der Tür entfernt.

»Wir haben überall gesprüht, für Blut und Sperma. Nur hier haben wir was gefunden. Ganz schwach. Auf einem Grubentuch, das zwischen die Bretter gestopft war. Hier. Der Regen hätte es irgendwann ausgewaschen, aber das Ding lag unter einer Zeitung. Irgendein Bauarbeiter hat hier Mittag gemacht und ließ die Zeitung liegen. Glück für uns.« Emma blickte hoch.

Kein Dach. Nur nachtschwarzer Himmel da oben, hinter dem Gespinst aus schimmernden Stangen. Das sah man erst, wenn man drin war.

»Wo hingen die Leichen? Hier?« Sie zeigte direkt über sich.

»Nein, weiter hinten. So in der Mitte des Gerüsts, etwa in Höhe des fünften Stocks. Ich vermute, die Flecken haben nichts mit den Leichen zu tun.«

Mit einem hörbaren Knall gingen die Flutlichter aus. Emma konnte nichts mehr sehen. Nein, stimmte gar nicht. Sie standen im Dämmerlicht der automatischen Plakatbeleuchtung, die von außen durch die Werbeplanen sickerte. Der ganze Innenraum war sanft erhellt. Wie hinter einer Kinoleinwand. Hier drinnen, das fiel Emma erst jetzt auf, wurde es selbst mitten in der Nacht nicht dunkel.

»Es geht los«, sagte der Tempelhofer, und Emma beeilte sich, zurück auf den Bürgersteig zu kommen, wo sie einen besseren Blick auf das Theater haben würde. Hinter ihr wurde die Tapetentür wieder mit einem Vorhängeschloss verschlossen, so wie sie es zur Tatzeit auch gewesen war.

Von der Leipziger Straße rollte ein Transporter heran. Mercedes

Sprinter, ein großer orangefarbener Kasten ohne Seitenfenster, fünfzehn Kubikmeter Laderaum. Auf der Seite in großen Buchstaben »BSR« und »We kehr for you« – die städtische Straßenreinigung. Berlins beliebteste Behörde, hatte sie irgendwo gelesen. Was man mit einem guten Werbespruch doch alles erreichen kann. Er wuchtete sich auf den Bürgersteig, parkte zwischen dem Glasaufzug und der kleinen Tapetentür.

Emma rief die Stoppuhr-App in ihrem Handy auf.

Zwei Tempelhofer in BSR-Overalls stiegen aus der Fahrerkabine. Einer brach das Vorhängeschloss an der Tapetentür auf, Hauke Bredow stand daneben, beobachtete, machte sich Notizen. Es dauerte eine ganze Minute.

Dann holten beide Kollegen zwei Sporttaschen voller Werkzeug und ein aufgerolltes Seil aus dem Transporter, orangefarbenes Einfachseil, wie es zum Klettern benutzt wird, 70 Meter, immerhin 6,5 Kilo schwer. Durch die Tür ins Innere damit. Dann das Opfer: Eine mit Sand gefüllte Gummipuppe, die mit 10 Rollen Panzertape umwickelt worden war. Mit einer Plane bedeckt, dennoch ertönten vereinzelt Pfiffe hinter der Absperrung.

Als alles innerhalb des Gerüsts verstaut war, verschlossen die Beamten die Tapetentür wieder, stiegen in den Transporter, und weg waren sie. Klar: Sie konnten das Auto schlecht mitten auf dem Bürgersteig stehen lassen. Sie suchten einen Parkplatz. Das konnte dauern. Emma schaute auf ihre App. Viereinhalb Minuten hatte das Ganze gedauert, in denen die Täter und ihr Transporter von allen Seiten gut einsehbar waren.

»Zu lange«, murmelte sie. Sie wunderte sich, dass Lutz das Vorhängeschloss an der Tür schon wieder öffnete, dann wurde ihr klar: Der erste Akt war vorbei. Jetzt war Pause, bis die Kollegen einen Parkplatz gefunden hatten und wiederkamen. Sie folgte Lutz durch die offene Tür ins Gerüst hinein.

»Woher wissen wir überhaupt, dass sie mit einem Transporter

kamen? Gab es Reifenspuren? Haben Zeugen einen BSR-Wagen gesehen?«

Lutz stemmte genervt die Arme in die Seiten. »Was würdest du wohl sagen, wenn ich dich das fragen würde? Hm?«

»Dass ein Transporter die wahrscheinlichste Arbeitshypothese ist«, murmelte Emma.

»Selbst, dass es nachts passierte, ist Hypothese«, grunzte Lutz. »Auch das BSR-Logo. Diese Stadt ist so voller Baustellen, irgendwas mit städtischer Aufschrift wirkt unverfänglich.«

Emma nickte und beugte sich über das Quasi-Opfer. »Ist das nicht falsch eingewickelt?«, fragte sie nach einer Weile. »Im medizinischen Bericht stand, dass die noch so ein Brett im Rücken hatten.«

»Wohl um das Einwickeln zu erleichtern. Zuerst am Brett fixieren, damit sie nicht zappeln. Für die Tempelhofer ist das nicht so wichtig: Eine Gummipuppe sträubt sich nicht. Was ich seltsamer finde, ist die kleine Querleiste, die unten am Brett dran war. Weiß der Teufel, wofür.«

»Fußstütze«, meinte Emma. »Wie bei Jesus. Am Kreuz war auch so eine Querleiste. Wenn du irgendwo hängst und dich beim Einatmen nicht mit den Füßen abstützen kannst, kriegst du nämlich kaum Luft. Mit dem Trittbrett lebst du länger. Deshalb haben die Römer den gekreuzigten Kriminellen doch Nägel in die Füße geschlagen. Damit es doppelt wehtut, wenn sie sich beim Luftholen abstützen.«

Lutz runzelte die Stirn. »Wo hast du das denn her?«

»Bin mal mit 'nem Zeugen Jehovas im Fahrstuhl stecken geblieben …«

»Ausgerechnet.« Lutz musste lachen. »Du hast aber auch ein Pech.«

Fast zwanzig Minuten dauerte es, bis die beiden Kollegen zu Fuß wieder auftauchten, immer noch in BSR-Kluft. Klar, hier gab es nirgends Parkplätze.

Emma kletterte mit Matze und ein paar anderen – darunter Ceesay und Hoogfeld – auf die Plattform des Baustellenaufzugs und ließ sich zum obersten Stock des Gerüsts fahren. Oben hatten Bredows Leute Bretter über den Querstangen ausgelegt, eine Art provisorischen Laufgang.

Erst hier kam der Schwindel. Über ihr nur der Himmel, unter ihr das Stangengewebe. Sie hielt sich mit beiden Händen am provisorischen Geländer fest. Es war eiskalt. Ein Stück weiter, immer an der Plane entlang, befanden sich die Gerüstleitern der Firma, die die Werbetafeln betreute. Dorthin ging es nun. Emma griff nach den Holmen und zwang sich, Zentimeter für Zentimeter, etwa drei Stockwerke wieder hinabzusteigen. Der Fundort war ja nicht ganz oben gewesen, sondern auf Höhe der Reklametafeln und mitten im Bauch des Gerüsts. Um dorthin vorzustoßen, musste sie nun den schmalen Bretterweg betreten, der sich tief in das Konstrukt hineinschob. Immer noch raste ihr Herz. Die Querstreben des eisernen Skeletts bildeten Schächte und Tunnel, nach rechts, nach links, nach unten, vor allem nach unten. Mit viel Luft dazwischen. Theoretisch könnte man durch so einen Schacht ohne jede Ablenkung direkt zu Boden fallen.

An der Stelle, wo die Kokons gefunden worden waren, sah sie schon Felix, Matze und ein paar andere auf einem provisorischen Podest stehen. Das Grüppchen schien im Nichts zu schweben. Endlich bei ihnen angekommen, rief Emma die Notiz-App in ihrem Handy auf, schaltete auf Spracherkennung und gab Stichworte ein: wo die Leitern entlangführten, wo die Spermaflecken gefunden worden waren, wo die drei Leichen gehangen hatten. Aus dem Augenwinkel erkannte sie, dass Felix ebenfalls in sein Handy sprach. Über Funk hörte sie, was währenddessen unten passierte. Ein Tempelhofer – sie glaubte, die Stimme von Gökgöl zu erkennen – kommentierte alles für diejenigen, die oben oder draußen Position bezogen hatten.

»Matze?«

»Ja?«

»Diese Markierungen. Hingen da die Leichen?«

Knapp unter ihren Füßen waren drei Stangen, nicht weit voneinander entfernt, mit Absperrband umwickelt.

Matze nickte und hielt ihr eine Akte hin. Der Bericht der Tempelhofer.

Die Leichen waren hintereinandergehängt worden: Opfer 1 näher am Werbeplakat als Opfer 2, Opfer 2 näher als Opfer 3. Aber sie hingen nicht direkt hintereinander, sondern versetzt: Opfer 2 eine Stange nach links, Opfer 3 eine Stange nach rechts.

»Hm. Ist das ein Muster oder nicht?«

Matze zuckte mit den Schultern. »Könnte auch praktische Gründe haben.«

Unten hatten die Kollegen in Orange bereits begonnen, die acht Stockwerke hochzuklettern. »Sie kommen über die Gerüstleiter«, sagte Gökgöl über Funk.

Es dauerte fast eine Viertelstunde, bis der erste Tempelhofer, alias Täter Nummer eins, beladen mit dem aufgerollten Seil, einem Rucksack und einem etwa zwei Meter langen Stahlrohr, auf ihrer Höhe erschien. Vorsichtig verließ er die Leiter und arbeitete sich die Querstangen entlang ins Innere des Gerüsts vor, bis er an der Leichenfundstelle angekommen war. Er sagte kein Wort, Emma und Kollegen, die ihm aus vielleicht zwei Metern Entfernung zuschauten, waren Publikum für ihn, faule Säcke, er dagegen arbeitete, schwitzte und fluchte unverständliches Zeug. Er legte das Stahlrohr quer über zwei Horizontalstangen, zog es mit Ratsche und Verbindungsstücken fest und befestigte einen Flaschenzug daran. Das Seil ließ er durch den Stangenschacht wieder zu Boden fallen, wo der andere Kollege, Täter Nummer zwei, schon wartete.

Aufwändig. Aufwändig und kompliziert.

Das Erste, was per Flaschenzug hochschwebte, waren Gerüstbretter. Eine Planke nach der anderen, vier insgesamt. Täter Nummer eins legte sie zu einem Podest aus, worauf das Stehen sicherer war. Dann erst sollte das Opfer kommen.

Wieso kam es nicht?

»Das Opfer hängt aufrecht, hat noch Bodenkontakt. Jetzt nicht mehr. Jetzt schwebt es«, hörte Emma Gökgöl über Funk. »Hm. Schwankt ziemlich stark. Rahn setzt es wieder auf.« Rahn – das war wohl der Tempelhofer unten, der Täter Nummer zwei spielte. »Er muss das Ding stabilisieren. Scheint ein Problem zu sein.«

Emma und Matze schauten sich an und schüttelten die Köpfe.

Das Opfer erhob sich abermals, langsamer jetzt, wie beim ersten Testflug eines neuartigen Hubschraubers. Die Schultern zuerst, bis es senkrecht hing, dann berührte nur noch ein Fuß den Boden, dann schwebte der silberne Kokon aufwärts, in das Gerüst hinein.

Zustimmende Rufe ertönten, dann erstarben sie. Je höher, desto mehr schwankte es hin und her, bis es im Kreis baumelte.

»Opfer hat sich an den zweiten Querstangen verfangen«, berichtete Gökgöl.

Nun brecht schon ab, dachte Emma und rieb sich die Hände. Matze stöhnte. Unten versuchte Rahn es noch einmal: aufsetzen, stabilisieren, noch mal ziehen, in den Gerüstschacht hinein, wieder verfing es sich.

Und wieder.

Sie waren schon anderthalb Stunden dabei.

Emma fror.

Endlich kam Bredows Stimme. Jeder hatte darauf gewartet: »Wir brechen ab! Verdammte Scheiße.«

Rahn ließ das Opfer zu Boden knallen.

11

Das Problem war das Trudeln. Es setzte zuverlässig ein, sobald der Kokon ein paar Meter aufgestiegen war. Erst als der zweite Tempelhofer seufzend wieder hinabgestiegen war und den Kokon mit einem zweiten Seil stabilisierte, während sein Kollege ihn weiter hochzog, hörte es auf. So bekamen sie das Ding immerhin fast drei Stockwerke hoch.

Emma beugte sich vor, sie konnte es schon glitzern sehen. Da löste sich das unwillige Opfer vom Haken und fiel zu Boden – prallte unterwegs gegen jede Querstange in seinem Weg. Irgendetwas war gerissen.

»Das war's«, sagte Matze. »Jetzt ist sie aber …«

»Halten ganz schön was aus, diese Gummipuppen heutzutage«, brüllte ein Kollege unten anerkennend.

»Stopp!«, rief Emma, bevor es wieder losging. »Ich will das Opfer noch mal sehen.«

Es dauerte eine Weile, bis sie mit dem Elektroaufzug unten angelangt war. Betreten standen die Kollegen um den ramponierten Kokon herum. Emma tastete ihn ab. Er sah nicht gut aus. Er sah schlechter aus als die echten Opfer.

»Was für Klebeband habt ihr denn genommen?«, wollte sie wissen.

»Das gleiche wie der Täter«, sagte Technikchef Bredow. »Er hat drei Sorten benutzt, alle top. Das darf nicht so schnell reißen.«

Er hockte mit Emma, Lutz und zwei anderen Tempelhofern neben dem Schlamassel und zupfte an der gerissenen Schlaufe. Dann stöhnte er auf. »Wir haben die Schlaufe im Rücken falsch gesetzt. Mist. Das Ding hing zu schräg. Mit Schlagseite nach vorn. Panzertape ist nur vertikal reißfest. Wenn es aber seitwärts belastet wird …«

»Das Brett«, sagte Emma.

»Wie bitte?«

»Dazu hat das Brett im Rücken gedient. Es stabilisiert die Vertikale und macht es leichter, das Panzertape korrekt anzubringen.«

Bredow fluchte. »So schnell kriegen wir kein passendes Brett bei. Wir müssen morgen noch mal ran.«

»Können wir nicht welche von den Planken nehmen, die hier rumliegen?«

»Zu groß und viel zu schwer.«

Jetzt war Bredow nicht mehr der Einzige, der fluchte.

»Ein Bügelbrett«, sagte Emma.

Es dauerte ein paar Sekunden, bis Bredow verstand, was sie meinte.

Dreißig Minuten später begann der dritte Anlauf. Diesmal hatte die Puppe ein Bügelbrett im Rücken, aus dem Ritz-Carlton nebenan, Maxiversion.

»Klappt ja wie am Schnürchen«, sagte Bredow zufrieden, Kopf im Nacken.

Emma kam nur kurz vor der Fracht wieder oben an. Diesmal fuhr Lutz mit. Die beiden Tempelhofer mussten wieder die Leiter nehmen. Obwohl sie beide zur gleichen Zeit hochstiegen, dauerte es gute zehn Minuten länger, bis auch der zweite Tempelhofer oben ankam. Emma hörte sein schweres Atmen, bevor sie ihn sah.

»Wie alt sind Sie?«, rief Emma ihm zu. »Rahn, richtig?«

»Vierund…vierzig.«

»Gehen Sie ins Fitnessstudio? Klettern Sie regelmäßig?«

»Was wollen Sie damit sagen? Außerdem versuchen wir hier …« Er hielt inne, horchte in sein Headset, nickte, wurde höflicher. »Ich bouldere. Ich hebe Gewichte.« Aber nicht zu höflich. »Willst du 'ne Verabredung oder was?«

»Wie viel Sport machen Sie die Woche?«

»Ich bin Polizist, ich muss fit bleiben.«

»Wie viele Stunden?«

»Ach, vielleicht sechs, sieben, 'ne Stunde am Tag … mindestens.«

»Haben Sie immer so viel Sport gemacht, oder erst, seit Sie vierzig sind?«

Es kam keine Antwort.

»Herr Rahn?«

»Bisschen mehr als früher, klar, man muss fit bleiben.«

»Und Sie?« Emma sprach mit dem Tempelhofer, der schon neben ihr stand und gerade den Kokon sicherte, der geduldig am Flaschenzug baumelte. »Wie viel Sport treiben Sie?«

»Na ja, Fußball, ab und zu. Wochenende. Aber nicht jedes. Ansonsten natürlich das, was der Dienst vorschreibt.«

»Nicht sechs Stunden die Woche?«

»Gott bewahre.«

»Sie klettern nicht?«

»Es ist bloß ungewohnt. Etwas mehr Licht wäre nicht schlecht. Das ist nicht ungefährlich. Aber fit bin ich. Willst du anfassen?« Er lachte.

»Wie alt sind Sie?«

»Einunddreißig.«

Emma runzelte die Stirn.

Der zweite Tempelhofer war oben angekommen und balancierte nun von der Leiter weg über die ausgelegten Planken zu Emma, den Kollegen und zum Opfer hin. Es hing nicht ganz zwei Meter unter dem Flaschenzug, seine Schultern auf der Höhe der darunterliegenden Querstange, und wartete darauf, endgültig fixiert zu werden. Die beiden Tempelhofer waren unsicher, wie sie es am besten anstellen sollten. Sie probierten verschiedene Ansätze aus, tauschten dreimal die Plätze. Etwa eine halbe Stunde später starrte das Opfer festgebunden und bewegungslos auf die Rückseite des Werbeplakats Richtung Potsdamer Platz.

Emma wandte sich Lutz zu, der hinter ihr stand und ein bisschen grün war unter seinem Schutzhelm. »Zwei Täter? Das ist ein Witz.«

»Unten. Draußen. Gleich.«

Zwanzig Minuten später standen Emma, Lutz und Bredow vor der Tapetentür. Die Menge hinter der Absperrung hatte sich verlaufen. Hinter ihnen bauten die Tempelhofer den Baustellenaufzug ab.

»Es waren mehr als zwei, Lutz«, sagte Emma.

»Komm schon, das ist höchst ungewöhnlich. Jemand petzt, jemand kriegt Angst und haut ab, jemand trinkt zu viel und quatscht. Drei Täter funktioniert fast nie, nicht über drei Morde hinweg, das geht auseinander.«

»Tja, da muss ich dich enttäuschen. Es waren auch mehr als drei. Allein das Auto. Die haben nicht stundenlang einen Parkplatz gesucht. Es gab sicher einen Fahrer, der draußen auf Abruf rumkurvte. Und auch im Gerüst selbst waren es mehr als zwei. Werkzeug und Planken hochbringen, Arbeitsboden auslegen, die Laufgänge, den Flaschenzug installieren, zu zweit dauert das die ganze Nacht, viel zu viel Risiko. Und dieses ständige Rauf und Runter. Wenn es nur zwei, drei Mann waren, dann müssen das Bodybuilder oder Leistungssportler sein. Ich halte es für wahrscheinlicher, dass es mehrere Durchschnittstypen sind als zwei Supermänner. Es handelt sich um eine Gruppe.«

Bredow schnaubte ungläubig.

Lutz: »Wie viele?«

»Ich recherchiere. Morgen gebe ich dir eine Zahl, in der Besprechung. Mit dem Profil. Oder der Schreiner macht die Präsentation.«

»Wie bitte?«, fragte Lutz ungläubig. Vielleicht mit einem Hauch schlechten Gewissens, weil er ihr da jemanden vor die Nase gesetzt hatte.

»Er ist neu, er braucht Unterstützung.«

»Du und Unterstützung? Du weißt doch gar nicht, was das ist.«

»Auch ich kann dazulernen.«

Emma log. Sie hatte nicht dazugelernt. Sie hatte bloß etwas vor. War ihr bei der ganzen Warterei vorhin eingefallen. Sie wusste jetzt, wie sie Lutz dazu bringen konnte, ihr die nötigen Infos über Opfer 2 zu besorgen. Und Felix Schreiner kam ihr dazu gerade recht.

»Noch was«, sagte Emma. »Er hat es schon mal getan.«

»Und du meinst nicht, dass uns das aufgefallen wäre?«, spottete Lutz.

»Nicht genau das, was er hier gemacht hat. Aber mindestens einmal hat er schon gemordet und dann wahrscheinlich auch das mit dem Aufhängen probiert. Dadurch hat er vor allem eines gelernt: was alles schiefgehen kann. So wie wir heute. Beim nächsten Mal sollte nichts schiefgehen. Er hat geübt. Das mit der Seilwinde, mit der Organisation, mit dem schwankenden Kokon, auch mit dem Brett im Rücken. Immer wieder, mit der Gruppe zusammen, bis sie es fehlerfrei konnten. Dazu brauchten sie Raum ... viel Raum. Irgendwo haben sie eine Halle.«

»Sonst noch was, das ich wissen sollte?«

»Ja. Der tickt genau andersrum als die meisten. Der hat mehr Aufwand für das Ablegen der Leichen betrieben als für den Mord selbst. Als ob der Mord zweitrangig für ihn wäre. Das hier, diese Inszenierung, das Sammeln von Leichen in silbernen Kokons an einem quasi öffentlichen Ort – das ist die eigentliche Tat. Das ist es, was ihm wichtig ist. Irgendeine Erfahrung, irgendein Trauma hat diesen Dingen mehr Bedeutung verliehen als dem Leben selbst.«

Bredow stemmte die Arme in die Hüften. »In der Bundeswehr habe ich Panzertape ja für alles Mögliche benutzt, aber ... Gerüstbau? Öffentlichkeit? Hängen? Was für eine Erfahrung soll das denn sein?«

»Keine Ahnung. Vielleicht helfen mir ja Ihre unpassenden Objekte dabei weiter?«

Bredow schnaubte nur.

12

»Ich bleibe noch«, informierte sie den Technikchef, nachdem Lutz gegangen war. Die Tempelhofer hatten die Seilwinde abgebaut, den Baustellenaufzug, das Werkzeug, die Scheinwerfer, alles eingeladen, weggefahren, und Hauke Bredow starrte sie nur müde an. »Ich will nach Hause.«

»Sie müssen nicht auf mich warten.«

»Das ist ein Tatort.«

»Damit kenne ich mich aus.«

»Die Sicherheit ist meine Verantwortung, bis wir alle draußen sind.«

»Ich habe ein Handy. Wenn ich überfallen werde, rufe ich die Polizei.«

»Was kriege ich dafür?«

»Ein Bügelbrett?«

Knurrend gab er nach.

Emma mochte Tatorte. Überall geschäftige Kollegen, jeder ein Experte, die intensive Suche nach Spuren, das geballte Fachwissen, diese selbstverständliche Konzentration auf Dinge, die für die meisten Menschen unsichtbar sind. Sie mochte es, Teil davon zu sein. Vor allem aber mochte sie Tatorte, wenn die anderen weg waren.

Dann erst entfalteten sie ihre volle Wirkung. Erst dann gaben sie ihre Botschaft preis. Erst dann konnte sie sie auch hören.

Endlich allein, streifte sie in aller Ruhe durch das Gerüst. Sie duckte sich unter den Querstreben hindurch, sie stieg über die Stangen am Boden. Es war ein dreidimensionales Koordinatensystem, sie wollte wissen, wie der Raum aufgeteilt war, wie der Täter den Raum aufgeteilt hatte. Sorgfältig ging sie die Strecken ab: von der Tür zu der Stelle, wo man das Sperma gefunden hatte, von dort aus zu dem Punkt direkt unter dem Leichenfund und zurück zur Tür. Sie war ein Dreieck gelaufen. Das ergab keinen Sinn. Aber es erinnerte sie an etwas. Drei Leichen. Die Art, wie sie hingen.

Sie nahm sich das Diagramm des Leichenfunds noch mal vor: Die Täter hatten die drei Opfer in einem Dreieck platziert. Sie blickte hoch. Den Nachthimmel konnte sie durch das Gewirr der schwarzen Linien kaum erkennen. Nur das Licht der Reklametafeln funkelte zwischen den Streben wie die untergehende Sonne durch einen dunklen Wald. Sie notierte in ihr Handy: *Wie ein Pfeil, der auf das Werbeplakat deutete; erste Leiche an der Spitze. Botschaft? Will er Aufmerksamkeit auf das Plakat lenken?*

Warum dieser Ort? Ausgerechnet hier? Was macht dich an diesem Gerüst so an, dass du hier dein Kunstwerk installieren willst?

Sie fand zu den Leitern zurück und blickte sich um. Da stand noch die kleine Aluleiter, die Bredow ihr netterweise dagelassen hatte, damit sie die Gerüstleiter erreichen konnte, die nicht bis zum Boden reichte. Sie legte sie an, kletterte langsam, vorsichtig immer höher, wartete ab und zu auf den Schwindel, der aber nicht mehr kam. An der Rückseite der übergroßen beleuchteten Plakatleinwand kroch sie hoch, wie ein einsames nächtliches Insekt. Aus dieser Nähe konnte sie das Bild auf dem Plakat nicht mehr ausmachen, nur verschiedenfarbiges Licht. Sie pausierte kurz hinter einem riesigen Buchstabensegment, ließ sich rittlings auf einer Leitersprosse nieder, die Arme um den Holm gehakt, ließ die

Beine baumeln. Lauschte. Der Potsdamer Platz rauschte zu ihren Füßen: Verkehr, Hupen, aufgedrehte Touristen. Selbst um diese Uhrzeit.

Langsam verstand sie, was dieser Ort bedeutete.

Welche Freiheit, welche Sicherheit. Hier war sie geborgen, in einer anderen Welt direkt neben der realen. Und eine so große Welt! Emma konnte überallhin, in jede Richtung, sie konnte schreien, nackt tanzen, randalieren, was immer sie wollte, kein Mensch würde davon Notiz nehmen. Niemand sie hier auch nur vermuten.

Ist es das, was du willst? Zuflucht? Schutz vor der Welt da draußen? Ist es das, was dich anzieht? Hast du deswegen deine toten Schätze hier abgelegt? Ich glaube, ich verstehe dich. Wer immer du bist, ich verstehe dich jetzt.

Weiter. Ganz nach oben, achter Stock, bis sie aus der Puste kam. Ihre Hände waren feucht und kalt. Jetzt nicht abrutschen. Oben wurde es heller. Sie streckte ihren Kopf über die oberste Stange hinaus und schaute sich um:

Draußen war Morgen. Im Osten, über der Mall of Berlin, ging die bleiche Herbstsonne auf. Unter ihr ganz Berlin, von Horizont zu Horizont. Nur im Westen verstellten die Hochhäuser vom Potsdamer Platz den Blick.

Sie schrie.

Sie schrie ohne Worte. All die Angst, all den Frust, all den Hass schrie sie heraus. Sie schrie, so laut sie konnte. Die Leiter unter ihren Füßen bebte.

Niemand hörte sie.

Sie schrie wieder. »Arschlöcher! Hallo? Arschlöcher! Ihr könnt mich alle mal!«

Suchte nach den richtigen Wörtern. Brüllte: »Loser! Idioten! Opfer! Arschlöcher! Wichser!«

Nicht persönlich genug. »Ich bring euch um!«

Schon besser.

»Ich kriege euch! Alle! Mir egal, ob ich dran glauben muss. Ich bring euch um. Ihr Schweine, ihr Arschlöcher, ich kriege euch!«

Keiner hatte sie gehört, aber sie waren alle da – alle, die die Botschaft des Täters hören sollten. Ganz Berlin war da draußen. Die Stadt hatte nichts verstanden, doch sie hörte zu. Emmas Hände zitterten, ihr Herz hämmerte.

Ist es das? Ist das deine Botschaft an die Welt? Irgendwas willst du uns sagen – willst du uns sagen, wie sehr du uns hasst? Ist diese Botschaft so wichtig, dass du drei Menschen dafür ermordest?

Plötzlich wurde ihr klar, wie müde sie war. Vorsichtig stieg sie wieder hinab. Der Lärm gedämpft. Die Lampen waren ausgegangen. Zwielicht. Die Gerüststangen schraffierten sich in die Unendlichkeit, in immer dickeren Schatten gen Himmel.

Sie griff ihr Handy, sprach ein paar Kommentare in ihre Notiz-App, nahm die Aluleiter mit, die musste zurück zum Tempelhofer Damm, duckte sich unter der Tapetentür durch und trat hinaus in den anbrechenden Tag.

Draußen auf der Straße eilten die Berliner frisch geschrubbt zur Arbeit, sie strömten aus der U-Bahn, die Autos hupten, stoppten und ruckten vor, der Berufsverkehr hatte begonnen. Eine ältere Dame mit einer Brötchentüte in der Hand und einem Huhn an der Leine ging vorbei und schaute sie nicht an.

Emma zog das Vorhängeschloss aus ihrer Tasche und verschloss die Tür.

Sie wandte sich zum Gehen, stoppte, kehrte zu der Tür zurück. Schaute sich das Vorhängeschloss noch einmal genauer an.

»Da hast du wohl was übersehen, Lutz«, murmelte sie.

13

Emma suchte eine Eisdiele. Nicht leicht Ende Oktober.

Kreuzberg, Hagelberger Straße. Sie parkte in zweiter Reihe und ging zur Tür von Vanille & Marille. Geschlossen. Es war nicht mal neun Uhr.

Im Kopf ging sie eine Liste der Eisdielen der Stadt durch. Eismanufaktur; Vanille & Co; Inka, Franken & Grunewald. Die Stadt wimmelte von kleinen schicken Eiscafés, es gab sogar einige, die nicht kampflos vor dem Berliner Winter kapitulierten. Aber so früh hatte keins davon auf.

Trotzdem: Emma wusste, dass sie Lutz in einem Eiscafé finden würde.

Sie hatte ihn angerufen, er war nicht rangegangen. Nach der Tatnachstellung hatte er sich ganz sicher zwei Stunden hingelegt, aber bis nach acht konnte der Mann nicht liegen bleiben. Im Büro war er auch nicht. Irgendwo in Berlin saß er und aß Eis.

Gutes Eis: Rosmarin-Vanille oder Yuzu-Ingwer oder Crispy Whisky. Obwohl, Whisky eher nicht. Emma suchte weiter. Westend, Steubenplatz. Hier war das Wiener Conditorei Caffeehaus, ein großer Traditionsladen, bereits um diese Zeit fast voll. Sie wusste, dass Lutz schon mal hier gewesen war. Irgendwas von Kaffee und Kuchen mit einer alten Dame hatte er mal erzählt. Heute nicht. Dann fielen ihr die Butterbrottüten ein, die Lutz manchmal auf dem Schreibtisch liegen hatte, seine Schrippen mit Fleischwurst oder Gouda.

Der Wedding war schon wach. Angestellte eilten zur U-Bahn, Lieferwagen parkten in zweiter Reihe, eine hupende Blechlawine verstopfte die Müllerstraße. Überall Internet- und Telefonläden,

Schuhketten mit riesigen Prozentzeichen im Schaufenster. Mitten drin: Real. Discountlebensmittel, viele Sorten Bier, billige T-Shirts, ein Zeitungskiosk und eine heiße Theke mit Schrippen und Filterkaffee. Paar Stehtische. Gegenüber in der Passage eine Sitzbank.

»Du hättest Ermittlerin bleiben sollen«, sagte Lutz, als sie auf ihn zukam. Auf der Bank neben ihm eine zerknüllte Brötchentüte und ein leerer Kaffeebecher. Er war gerade beim Nachtisch. Sie nahm ihm den bunten Plastikbecher aus der Hand, musterte das Etikett.

»Florida-Eis. Die sind noch aus den Fünfzigern, oder? Ich dachte, ich finde dich im Eislabor oder so, in den Schicki-Eisdielen. Du stehst doch auf die jungen Dinger.« Sie ließ sich neben ihn auf die Bank fallen.

Lutz grunzte, nahm ihr den Eisbecher ab, musterte ihn, verschwindend klein in seinen Pranken. Die jungen Dinger tanzten ihm vor den Augen, Emma konnte sie förmlich sehen. »Die sind schon experimentierfreudig, die Neuen, das macht Spaß«, gab er zu und stocherte im Eis, »die wollen alles anders machen, und dann kommen sie jede Woche mit anderen bekloppten Ideen, kandierte Chili und Kokos-Lakritze und so, manche sind ganz toll, andere nicht so. Aber immer interessant. Nie langweilig.«

Er betrachtete versonnen den Löffel mit dem aufgetürmten Eis.

»Das färbt ab, weißt du? Mal was Ungewohntes ausprobieren, und schon bist du wieder jung. Sie sind gut für den Sommer. Aber im Winter, da hast du irgendwann die Nase voll. Die sind hemmungslos, aber … unerfahren. Dann entdeckst du die Alten wieder und sagst, wie konnte ich nur vergessen, wie gut die sind? Die wissen einfach, was sie tun, da bist du in guten Händen.«

»Ich steh ja auch nicht so auf junge Dinger.« Es rutschte ihr so raus.

Lutz drehte den Kopf, musterte sie durchdringend, bis sie wegschaute. Wortlos stand er auf, ging zur Kühltruhe, nahm einen Becher raus, legte ein paar Münzen auf die Brötchentheke vor der gelangweilten Dame, die seit zwanzig Jahren nicht mehr gelächelt hatte, kehrte zur Bank zurück und reichte Emma den Becher. Erdbeere. Sie hätte jetzt lieber einen Glühwein gehabt, so durchgefroren war sie, aber egal. Es war gut, neben ihm zu sitzen, neben dem Mann, der sie mal gerettet hatte. Er roch nach Seife und Zedernholz und nach Vertrauen. Dieser Geruch, der ihm eigen war, den sie nur von ihm kannte. Neurologen sagen, dass eine Frau bei einem Mann, genauer, an seinem Nacken, unter Umständen einen ganz bestimmten Duft wahrnimmt, ein Pheromon, das ihr Vertrauen schenkt. Das war der Geruch von Lutz.

Plötzlich hatte sie Lust zu reden. Über ihre Zweifel, ihre Verzweiflung, ihre Verwirrung, über das Buch, das ihr Vergewaltiger ihr geschickt hatte, über ihre Angst und ihren Hass und ihre Wut. Und über Hoffnung vielleicht. Ob sie sich überhaupt lohnte. Über all das würde sie wirklich gerne mal mit ihm reden, jetzt, genau jetzt, dazu hätte sie Lust, müde, überarbeitet, mitten im Fall, bei einem Eis in einer Einkaufspassage im Wedding – warum eigentlich nicht? Früher ging das doch auch. Probleme mit Menschen bereden, die sie liebte, denen sie traute, warum nicht, das machte man doch so? Und warum nicht jetzt und hier, mit ihm? Einmal nur wie damals so frei sein, das wäre eine Erfrischung, das wäre eine Erlösung.

Sie sagte: »Ich brauche mehr Info.«

»Wenn es um diesen Obdachlosen geht, Emma, Schluss damit.«

»Nein, nein.« Natürlich ging es um den Obdachlosen. Emma disponierte schnell um: »Bei den Ehemännern ist noch was zu holen. Meinst du nicht?«

»Was denn? Sie wurden mehrmals befragt, die wiederholen sich nur noch.«

»Etwas stimmt da nicht, das juckt mich die ganze Zeit, wenn ich das Gesprächsprotokoll lese. Wenn die Ehen so völlig problemfrei waren, wieso befanden sich dann beide Frauen in Therapie? Die verstecken doch was.«

»Wer?«

»Die Ehemänner. Irgendwas verschweigen sie.«

»Ja, was denn?«

»Was weiß ich. Eheprobleme?« Emma zuckte mit den Schultern. »Ich brauche einen Kaffee.«

Lutz musste lachen. »Jeder versteckt Eheprobleme.«

»Du auch?«

»Was glaubst du, warum du mich zu jeder Tages- und Nachtzeit anrufen kannst? Meine Frau und ich haben getrennte Schlafzimmer.«

»Ich dachte, das ist, weil du schnarchst.«

»Ich schnarche nicht.«

»Weißt du noch, als wir mal die ganze Nacht in der alten Feuerwache auf einen Einsatz warten mussten? Da hast du geschnarcht. Und wie.«

»Das reicht«, sagte Lutz und stand auf.

»Nicht nur die beiden Frauen sind sich ähnlich. Ihre Familien auch! Zu ähnlich. Das kann kein Zufall sein.«

»Du glaubst, die beiden Ehemänner haben sich in einer Krabbelgruppe kennengelernt und sich verabredet, ihre Frauen gegenseitig umzubringen?« Lutz zog seinen Mantel an. Emma blieb sitzen. Lehnte sich vor, sprach schneller. »Und der Junge?«

»Der Zeuge?«

»Ich habe mir das Vorhängeschloss an unserem Gerüst angeschaut. Es ist völlig unbeschädigt. Wie kam der Junge da rein?«

Lutz gähnte. »Er sagte – das steht übrigens im Protokoll –, das Schloss war offen. Oder aufgebrochen. Warum sollte er lügen?«

»Der Wachschutz hat ausgesagt, die Tür sei immer abgeschlossen. Wird jeden Tag geprüft. Gehört zu den rechtlichen Pflichten eines Immobilieneigentümers, bei so einem leer stehenden Objekt.«

»Auch Wachschützer lügen. Manchmal haben sie auch mehr Grund dazu als kleine Jungs.« Lutz wurde langsam ungeduldig. Emma hatte nur noch Sekunden. »Außerdem gibt es Anleitungen auf YouTube, wie man so was in drei Minuten knackt.«

»Ein zehnjähriger Junge schafft das nicht.«

»Auch er ist nicht unser Täter, Emma.«

»Jemand hat den Jungen reingelassen«, sagte sie.

Sie war selbst überrascht, sich das sagen zu hören.

14

»Wir suchen zwischen fünf und acht Täter.«

Das Großraumbüro der Mordkommission 1 war zum Bersten voll. Die meisten Ermittler kannte Emma nur vom Sehen. Klar, da waren die Jungs von der EG98 Leipziger Platz, aber auch Kollegen von der Abteilung 12, Vermisste Personen, und von der 13, Sexualdelikte, und wer weiß, wer noch. Sie hatte Mühe, sich dazwischenzuquetschen. Es war stickig. Es war eng. Alle blickten gebannt nach vorn, wo Felix Schreiner stand. Nicht Emma wie sonst.

Das war Emmas Entscheidung gewesen, und es hatte nicht nur Lutz überrascht. Mal sehen, ob es klappte.

»Diese Zahl kennen wir aus der Terrorismusforschung«, erklärte Schreiner gerade. »Eine Terrorgruppe kann ein paar Hundert Menschen umfassen, doch der aktive Kern ist immer in kleinere Zellen gegliedert. Weniger als fünf, und die Zelle ist bei komplexen Aktionen schnell überfordert. Mehr als acht, und es ist nur eine Frage der Zeit, bis sie zerbricht. Der hohe Grad an Aufwand und Organisation bei den Mumienmorden sagt uns, dass es auch hier fünf bis acht Täter sind.«

Nicht schlecht, der Schreiner. »Mumienmorde«. Nun würde es nicht mehr lange dauern, bis der Täter Mumienmörder hieß. Die Bestimmtheit, mit der er ihre Theorien vortrug, war gut. Show, aber gut. Und er blieb mehr oder weniger beim abgesprochenen Text. Es würde noch ein paar Minuten dauern, bis er zum Punkt kam.

Den ganzen Morgen – Emma müde, unkonzentriert, ihr Schädel dumpf von der langen Nacht und nur einem halbstündigen Nickerchen, auf der Suche nach Koffein, mit einem Mordshunger – waren sie den Vortrag immer wieder gemeinsam durchgegangen. Welche Erkenntnisse waren gesichert? Welche Annahmen ließen sich mit den paar Spuren, die sie hatten, untermauern? Viel war es nicht.

»Wenn es Terroristen sind, was wollen sie?«, fragte einer.

»Terroristen sind das nicht«, korrigierte Felix Schreiner. »Es gibt kein Bekennerschreiben. Außerdem fehlt jedes Anzeichen politischer Motivation. Das sind ganz gewöhnliche Psychopathen. Was die eint, ist der Spaß am Töten. Die Morde werden gemeinsam begangen – anders sind sie nicht realisierbar. Der Primärtäter jedoch bestimmt das Wann und Wo und sucht die Opfer aus, nach den Parametern seiner persönlichen Fantasie.«

»Erst zwei Tage bei den Eierköpfen, und schon spuckst du große Töne«, witzelte einer, den das Präsidium geschickt hatte. Auch dort hatte Schreiner also alte Bekannte.

»Heißt das, die anderen sind nur Mitläufer?«, wollte Habernickel wissen. Wie immer stand er neben Lutz.

Felix Schreiner nickte. »Die ganze Inszenierung ist zu eigen, zu spezifisch, das stammt alles aus einem einzigen kranken Hirn. Das Panzertape, das Aufhängen, dass mehrere Leichen am gleichen Ort abgelegt werden … Das ist eine ganz klare Handschrift. Diese

Inszenierung ist mehr Aufwand als die Morde selbst, das haben wir gestern alle gesehen. Das vergrößert unnötig sein Risiko. Kein Täter tut das freiwillig, es sei denn, er hat eine Botschaft.«

»Ja, welche denn?«, warf die Ceesay ein. »Dass die Stadt voller Bekloppter ist?«

Keiner lachte.

»Was können wir über den Primärtäter sagen?«, fuhr Schreiner fort. »Er ist zwischen dreißig und vierzig, ist in der Baubranche oder in einem verwandten Beruf tätig, als Architekt, Bauleiter oder Ähnliches. Da ist er firm, da hat er eine gewisse Karriere hingelegt. Er kennt den Unterschied zwischen einer Seilwinde und einem Flaschenzug und hat Erfahrung im Gerüstbau. Die Tat beweist ungeheure Entschlossenheit und Effizienz, das sieht man auch in seinem Leben. Er hat Erfolg und genießt Respekt. Er lebt in einer Beziehung, die aber nur Show ist. Seine Frau erhöht seine gesellschaftliche Stellung: gut aussehend, schlank, blond, ähnlich wie die, die er tötet. Keine Kinder. Hätte er welche, würde sich das Leben nicht mehr bloß um ihn drehen, das würde er nicht zulassen. Wenn ihr ihn trefft, werdet ihr euch wünschen, ihr könntet so leben wie er.«

Komisch. Wenn Emma ihm so zuhörte, wie er ihre Texte brachte, nur leicht abgewandelt, bisschen aufgebauscht, erkannte sie den geborenen Verkäufer. Sie stand nicht so gern da vorne, vor den anderen – sie konnte das, klar, doch sie geriet auch schnell mal in die Defensive. Aber der Kerl da vorn genoss es. Ihre Worte hörten sich gut an aus seinem Mund. Er kam auf den Punkt, mochte es sauber und logisch. Seine natürliche Vorliebe für leichte Lösungen war ihr heute Morgen gut zupass gekommen, als sie sich gezwungen sah, die Fakten für höhere Zwecke ein bisschen zurechtzubiegen.

»Er weiß mit Menschen umzugehen. Sieht sich als Gentleman. Das merkt man an seinem Umgang mit den Opfern. Gewalt wendet er nur minimal an …«

»Und was ist mit den Vergewaltigungen?«, unterbrach die Ceesay. »Ein Vergewaltiger ist kein Gentleman.«

»Vermutlich haben die Opfer davon nichts mitgekriegt«, sagte Schreiner. »Es wurden ja Spuren von Morphin gefunden. Das ist ein Mensch, der hält sich für einen netten Kerl, selbst wenn er mordet. Sein Charme, sein Umgang mit anderen ist perfekt eingeübt. Wenn ihr ihm begegnet, werdet ihr nicht ahnen, dass ihr mit einem Serienmörder redet. Er ist gut vorbereitet. Er hat schon jetzt Antworten auf alle Fragen, er wird sich nicht widersprechen, und ihr könnt ihn nicht aus der Ruhe bringen. Ihr werdet ihn mögen.«

Dann endlich sagte er es. Das Wichtigste an ihrem Text. Das, worum Emma den ganzen Vormittag gekämpft hatte.

»Der Schlüssel liegt bei dem männlichen Opfer, dem Obdachlosen.«

Kunstpause. Im Raum wurde es unruhig. Die Kollegen rechts und links von Emma flüsterten miteinander, warfen sich Blicke zu.

Felix Schreiner fuhr fort: »Dieses Opfer haben wir sehr intensiv diskutiert, und wir wissen, dass ihr das auch getan habt. Der Mann fällt auf, weil er nicht ins Beuteschema passt. Die Frauen wurden vergewaltigt, er nicht. Trotzdem wurde er genauso aufwendig inszeniert wie die anderen. Das zeigt, dass das Opfer dem Täter wichtig war. Er war nicht irgendein Fremder, der zu viel gesehen hatte und beseitigt werden musste.«

Emma blickte rüber zu Lutz, kurz nur, aber sie sah, dass er sie anschaute, sie sah den Ausdruck auf seinem Gesicht. Er war nicht glücklich.

»Wir halten es im Gegenteil für wahrscheinlich, dass der Täter ihn gut kannte«, sagte Felix Schreiner und spuckte sein Kaugummi kunstvoll in den Papierkorb.

Plötzlich brandete Unruhe auf, alle redeten durcheinander, bis Habernickel sie anschrie: »Ruhe!« Emma hielt den Blick starr nach vorne gerichtet.

»Vielleicht wusste er, was lief. Vielleicht war er sogar bei der ersten Tat dabei und wollte dann aussteigen, hatte Schiss, drohte, zur Polizei zu gehen. Aus irgendeinem Grund musste er dran glauben. Sie wollten ihn nicht umbringen, aber sie mussten. Vermutlich tat es ihnen leid. Deshalb wickelten sie ihn ein wie die anderen. Um ihm eine besondere Ehre zu erweisen. Das erklärt auch die lange Pause bis zum nächsten, zum dritten Opfer. Sie standen erst mal unter Schock, dass sie einen der Ihren hatten töten müssen.« Felix Schreiner grinste. Er genoss die erstaunten Gesichter seiner Exkollegen. Und konnte es sich nicht verkneifen, nachzuladen: »Ihr findet den Täter höchstwahrscheinlich im Umfeld des Obdachlosen.«

Das Großraumbüro der MK1, genannt der Kessel, war plötzlich eine Maschine, die auf Hochtouren lief. Ermittler griffen nach den Akten, zum Telefon, diskutierten miteinander, gesellten sich in kleinen Gruppen zu Lutz.

Es hatte funktioniert.

Emma entspannte sich. Dabei wusste keiner außer ihr von dieser Kleinigkeit, die sie nicht mal dem Neuen mitgeteilt hatte: Die Hälfte von dem, was er da gerade vorgetragen hatte, war schlicht falsch. Egal: Sie hatte, was sie wollte. Die Daten, die sie über Opfer 2 brauchte, würden spätestens übermorgen auf ihrem Tisch landen. Dass sie dafür Felix Schreiner ins Messer hatte laufen lassen, würde er wahrscheinlich nie erfahren. Wahrscheinlich würde es überhaupt keiner bemerken.

Emma war zufrieden. Im Gehen schaute sie sich nach Lutz um, nur kurz, er war sowieso von seinen Ermittlern umgeben. Trotzdem, ihre Blicke trafen sich.

Er wusste, was sie getan hatte.

15

Emma flüchtete. In den Zoo.

Warum auch nicht? Das hatte sie ihrer Nichte schon ewig versprochen. Also rief sie nach der Präsentation spontan Sarah an: »Ich habe den Rest des Tages frei, ich könnte Emily nachher von der Kita abholen.«

»Du kannst sie sofort abholen«, sagte ihre Schwester.

»Ist was passiert?«

»Sie will heute früher heim. Es gab eine Rangelei. Ein Besuch im Zoo mit der Lieblingstante wäre jetzt genau das Richtige für sie.«

Emily wollte die Affen sehen. Weil die Sonne schon langsam sank, suchten sie den kürzesten Weg dahin, doch den gab es nicht. Gewundene Pfade im Zwielicht, ein feuchter Herbsttag, die Kinder schon leicht gedämpft, gelangweilte Väter und Mütter, die auf die Uhr schauten, warum alle Kinder den Zoo so liebten, hatte Emma nie kapiert. Sie kamen an den Eisbären vorbei. Da mussten sie anhalten. Und dann bei den Robben. Da auch. Und bei den Elefanten natürlich.

Emma wurde ungeduldig. »Die Mama erwartet uns bald zum Kaffee. Wenn wir alles unterwegs angucken, kommen wir nicht mehr rechtzeitig zu den Affen.«

Aber auf die Flamingos wollte Emily auf keinen Fall verzichten. Oder auf die Giraffen.

»Oder wir gucken uns heute die Giraffen an und kommen noch mal wieder, um die Affen zu sehen?«

»Nein!«, sagte Emily.

Emily: einen Meter elf groß (letzte Woche nur einen Meter

zehn), siebenundzwanzig Kilo, blond, dunkelblaue Augen. Ein Kind, wie jeder es liebte. Emmas kleine Nichte war so ein Mädchen, von dem Freunde und Verwandte sagten: »Wenn die in die Pubertät kommt, wirst du allerhand zu tun haben.« Wenn Emma sie anschaute, sah sie ein kuscheliges kleines Bündel Vertrauen, das rein zufällig dem sexuellen Ideal der meisten Exhibitionisten, Voyeure, Vergewaltiger und Mörder entsprach.

Aber daran dachte sie eher selten. Darauf war sie stolz, dass sie diese Gedanken inzwischen unterdrücken konnte und nichts weiter wahrnahm als ein fünfjähriges Kind, das vor Freude hopste, wenn es Emma kommen sah. Ein Mädchen, das aussah wie ihre eigene Tochter, hätte sie eine gehabt. Ein Mädchen, das nach ihr benannt wurde: Klein-Emma. Ein kleiner Mensch, der von Vergewaltigern und Serienmördern noch nichts wusste.

»Eins, eins, eins!«, krähte Emily. »So groß bin ich! Das kann ich schon schreiben.« Mit einem Zweig zog sie drei Striche in den Sand.

Bei den Papageien fragte Emma sie nach der Kita. »Die Mama sagte, es gab einen Streit?«

»Der Finn ist doof«, sagte Emily. Um ihrer Aussage Gewicht zu verleihen, zog sie einen Flunsch.

»Wieso denn?«

»Er haut mich.«

»Der ist aber wirklich doof«, sagte Emma. Sie hörte nur mit einem Ohr hin. Bei den Ameisenbären schaute sie auf ihr Handy. Drei Nachrichten.

»Das darfst du nicht«, bemerkte Emily.

Emma hatte sie um Unterstützung gebeten. »Wenn du siehst, dass ich mein Handy aus der Tasche hole, sag mir, dass ich das nicht darf«, hatte sie ihr im Auto eingeschärft. Im Auto war Emma noch stark gewesen. Bei den Giraffen weniger, und bei den Ameisenbären machte sie das Ding wieder an.

»Ich muss nur kurz reinhören, dann schalt ich es wieder ab«, versprach sie.

Die erste Nachricht war von Matze. »Kannst du mir sagen, warum Lutz so sauer ist? Würde Felix auch gern wissen. Das Profil war doch gut. Die nehmen gerade das Obdachlosenheim auseinander, wo der Alte lebte. Du wolltest die Adresse.« Matze gab sie durch.

Zweite Nachricht: »Hier ist Lutz. Du schuldest mir eine Erklärung. Felix ist jetzt dein Kollege, einen Kollegen führt man nicht vor, das hast du noch nicht kapiert, oder? Hab übrigens die Eltern des Jungen kontaktiert. Greve. Die Familie ist wieder zu Hause in Braunschweig. Jemand muss sie befragen. Ich will nicht, dass die Leute vor Ort das übernehmen. Ach, das bringt mich auf eine Idee. Wieso machst du das nicht, wenn du so scharf darauf bist? Mit dem Felix Schreiner zum Beispiel. Das schlage ich gleich der Brennemann vor.«

Die dritte: »Hier Brennemann. Carow, warum sind Sie gegangen, ohne das Profil zu protokollieren? Felix schreibt schon dran, ich will aber, dass Sie es abnehmen. An Ihrer Stelle hätte ich das nicht aus der Hand gegeben, aber das ist Ihre Sache. Ich brauch den Wisch bis morgen früh. Ja, ich weiß, dass Sie letzte Nacht keinen Schlaf hatten. Moment.« Kurze Pause. »Und warum ist Lutz sauer?«

Während Emma mit dem Handy beschäftigt war, lungerte Emily an der Brüstung herum und winkte über die Wege ins nächste Tiergehege.

»Wem winkst du denn da?«

»Dem netten Mann da drüben. Er hat auch gewinkt!«

Emma wurde hellhörig. »Welcher Mann?«

Emily wedelte unentschieden mit ihrem Zeigefinger herum. Da war niemand. Außer dem Luftballonverkäufer natürlich.

Sie schafften es nicht bis zum Affenhaus.

»Wir müssen uns auf den Heimweg machen«, sagte Emma, als die Affen nur noch einen Steinwurf entfernt waren. »Sonst kommen wir zu spät zum Kaffee. Die Mama macht Apfelkuchen. Du magst doch Apfelkuchen?«

»Ich will zum Affenhaus!«

»Wenn wir zu spät kommen, kriegen wir keinen Kuchen, weil du sonst zum Abendessen keinen Hunger mehr hast.«

»Mama kann das Abendbrot auch verschieben, damit ich Hunger kriege.«

Das war kein schlechtes Argument. Allerdings hatte Emma genug Gelegenheit gehabt, ihre Schwester in solchen Situationen zu beobachten. Sie machte es ihr nach und griff zu der urtümlichsten und effektivsten aller Methoden der Manipulation: »Wenn du mit zum Auto kommst«, flüsterte sie verschwörerisch, »hole ich dir ein Eis da drüben, und du kannst es im Auto essen.«

Emma schaute zu, wie sich auf Emilys Gesicht ein schwerer Konflikt abspielte. »Dilemma« nennen das die Psychologen. Emily war fest entschlossen, zum Affenhaus zu gehen. Sie ruhte in ihrem Entschluss, unumstößlich, ohne Wenn und Aber, der Entschluss gab ihrem ganzen Leben Sinn. Bis die Einführung einer neuen Option alles durcheinanderbrachte. Eis war grundsätzlich höher zu bewerten als Affen, aber das zuzugeben …, das würde bedeuten, dass sie gegenüber einem Erwachsenen kapitulieren musste. So schnell werden wir von unseren Gelüsten korrumpiert.

Emily biss sich auf die Lippe. Sie trat von einem Fuß auf den anderen, sagte nichts. Sie wusste wohl: Egal, was sie sagte, sie würde etwas verlieren.

Es war der richtige Moment, Tatsachen zu schaffen. »Also ist es entschieden, wir holen ein Eis.«

»Ja!«, jubelte Emily, endlich erlöst. Und auch klug genug, eine Niederlage als Triumph darzustellen. Sie hüpfte den ganzen Weg zum Laden.

Im Auto, sie waren bereits unterwegs, fragte Emma: »Wieso haut der Finn dich eigentlich?«

»Weil er doof ist.« Emily machte auch das entsprechende Gesicht dazu. Das sah sie im Rückspiegel.

»Ärgerst du den vielleicht?«

»Nein, das trau ich mich nicht. Dann beißt der!«

»Vielleicht mag er dich.«

»Dann soll er mich nicht hauen. Er haut alle. Jeden Tag. Er hört einfach nicht auf …«

Emily sprach nicht weiter. An der nächsten Ampel drehte Emma sich um.

Hinter ihr hielt Emily das Waffelhörnchen tapfer fest, doch das Eis schmolz in ihrer Hand. Tränen liefen ihr übers Gesicht.

Emma strich ihr schnell übers Haar. »Nicht weinen, Süße.« Sie war überrascht, wie viel Zorn sie herunterschlucken musste. »Es wird alles gut. Versprochen.«

Jetzt redete sie schon wie Sarah. Reden alle Mütter so? Vielleicht müssen sie das: Es wird alles gut, nimm das nicht so ernst, so war es bestimmt nicht gemeint. Vielleicht gehörte das zu einer vernünftigen Erziehung.

Als sie dann nach Hause kamen, war der Kuchen noch gar nicht fertig. Obwohl die ganze Wohnung nach heißen Äpfeln duftete und Kalli, Sarahs Labrador, schon sehnsüchtig vor dem Backofen wartete. Sarah scheuchte Kind und Hund aus der Küche und goss Emma einen Kaffee ein. »Du siehst müde aus.«

Emma erzählte von dem Buch in der Post gestern Morgen. Erzählte, dass sie nicht wusste, was sie tun sollte. Dass sie ein Auge auf den Mann hatte, inzwischen auch wusste, wo er jetzt wohnte. Aber was sollte sie tun? Sollte sie ihm ein Kontaktverbot auferlegen lassen? Ob ihn das stoppen würde? Oder vielleicht konnte sie ihm sonst irgendwie Angst einjagen?

»Halt, halt. Was meinst du damit? Angst einjagen?«

Emma zuckte mit den Schultern. »Jemand hinschicken vielleicht. Oder selber vor der Tür stehen … Eines Nachts, einfach so. Ich bin Beamtin, ich trage eine Waffe, ich darf das.«

»Könntest du das? Vor ihm stehen?«

»Keine Ahnung … Ich glaube, ich könnte ihn umbringen, aber nicht mit ihm reden. Ich weiß nicht, was ich könnte. Aber irgendwas muss ich tun. Am liebsten …« Sie sprach den Satz nicht zu Ende. Sarah brauchte einen Moment, bis sie verstand, was Emma meinte.

»Also, du verstehst schon, was du hier sagst, oder? Könntest du ihn wirklich umbringen? Du bist keine Mörderin, Emma. Könntest du das?«

Emma war still. Klar konnte sie das. Sie konnte das. »Ich will nur, dass er weg ist.«

»Jetzt mal halblang. Du weißt nicht mal, was in dem Päckchen ist. Okay, vielleicht ist es ein Buch, na und? War da nicht was von wegen, er hätte sich geändert? Hat er nicht gesagt, er will, dass du ihm verzeihst?«

»Das behauptet er. In einem Interview.«

»Vielleicht will er das wirklich. Vielleicht erwähnt er dich lobend im Buch, und er will, dass du das siehst. Vielleicht hat er etwas Nettes geschrieben.«

Emma konnte kaum an sich halten. »Er hat nichts Nettes geschrieben.« *Nett:* Das Wort spuckte sie aus wie Gift. »Das ist ein Vergewaltiger. Alles, was er will, ist demütigen. Er will nicht, dass ich ihm verzeihe, der will mich fertigmachen. Er will klarstellen, dass er noch Macht über mich hat, wie damals in der Hütte, er will, dass ich weiß, dass er noch da ist, er will meine Nase in seine Scheiße drücken und geilt sich daran auf, sich den Ausdruck auf meinem Gesicht vorzustellen, wenn ich sein Buch aufschlage. Das ist es, was er will.« Emma ballte die Fäuste, bis ihre Knöchel weiß hervortraten.

»Emma, stopp mal, ja? Du machst mir Angst. Das weißt du nicht. Das weißt du alles nicht. Bis das klar ist, machst du gar nichts, ja? Überhaupt, er hat nichts verbrochen.«

»Wie bitte? Nichts verbrochen?«

»Er hat seine Zeit abgesessen. Vor dem Gesetz ist er sauber. Da macht er nichts Unrechtes, er schickt dir nur ein Buch. Aber du. Wenn du ihn verfolgst, ihm auflauerst, nachspionierst, wenn du vor seiner Tür stehst, mein Gott, Emma, mit einer Waffe, auch wenn du sie nicht benutzt. Weißt du was? Dann bist du die Stalkerin. Vor dem Gesetz ist er dann nämlich der unbescholtene Bürger, aber du, wenn du das machst, du bist dann die Kriminelle. Willst du das? Willst du ihn zum Guten machen und dich zur Bösen? Überleg dir mal, was du hier machst, Emma.« Sarah stand abrupt auf, um den Backofen auszuschalten.

Zum Apfelkuchen gab es sogar Schlagsahne, und Emily erwähnte wie verabredet nichts davon, dass sie schon ein Eis bekommen hatte. Sie warf Emma einen triumphierenden Blick zu, der sagte: Du und ich, zusammen erreichen wir Großes.

»Was ist eigentlich mit diesem Finn?«, wollte Emma wissen.

»Finn?« Sarah runzelte die Stirn. »Hast du jemanden kennengelernt?«

»Ich meine den Jungen in der Kita, der Emily verkloppt.«

»Ach der, das sind Kinder. Der Junge will Aufmerksamkeit.«

»Haut er sie oder nicht?«

»Emma, das ist Sache der Erzieherinnen. Die kriegen das hin. Ich hab schon was gesagt. Aber ich hätte hier was für dich. Johannes heißt er.«

»Nicht interessiert.«

»Er ist ein Netter. Der kleine Bruder einer Freundin von mir, Heike.«

»Kein Bedarf.«

»Er ist Linguist und promoviert.«

»Und hatte noch nie eine Freundin.«

»Seine langjährige Freundin hat ihn betrogen, und sie sind vor einem Jahr auseinander. Er ist also beziehungsgeschädigt, wie du es magst. Er ist in deinem Alter. Und, Emma, er ist normal.« Sarah wandte sich ihr zu, eindringlich: »Hast du verstanden? Normal. Er beschäftigt sich nicht den ganzen Tag mit Verbrechern, die gern Frauen …« Sie redete nicht weiter, weil Emily in ihrer Sahne herumrührte und ganz offensichtlich zuhörte. »Er ist ein wenig scheu, aber normal.«

»Sarah, das sind genau die Typen, die Frauen … du weißt schon.«

»Jetzt bist du noch Single, doch bald kommt der Tag, da daraus ›eigenartig‹ wird. Schlägt ganz schnell um, und du merkst es nicht.«

»Ich habe Kontakt zum anderen Geschlecht.«

»Auf eine Art und Weise, die nicht gesund ist. Weißt du, ich als alleinerziehende Mutter, und dann noch der Job, nie Freizeit, ich müsste eigentlich auf dich eifersüchtig sein, mit deinem wilden Nachtleben, den Partys und … deinen ganzen O-N-S.« *One-Night-Stands* sollte das wohl heißen. »Bin ich aber nicht. Das sollte dir zu denken geben. Es macht mir eher Angst, was du da treibst.«

Emma wusste nicht, was sie darauf sagen sollte.

Sarah machte Nägel mit Köpfen. »Ich koche für euch. Johannes will mir sowieso den neuen Computer sichern. Heike kommt auch, mit ihrem Freund. Emily ist auch da, stimmt's, Emily? Wollen wir nächste Woche für Emma kochen?«

»Ja!«

»Kein Interesse.«

»Doch, doch, du hast Interesse. Und du kommst. Ich mache Krustenbraten. Du weißt schon, wie Mama den immer gemacht hat, mit Kartoffelstampf, zu Papas Geburtstag.«

Das stimmte allerdings. Sarah kochte wie Mama. Ab und zu hatte ihre kleine Schwester ganz gute Argumente. Mist.

»Dilemma« nennen das die Psychologen.

16

Die WG *Ruhe im Sturm* roch dezent nach Pisse, Sagrotan und Schweiß. Kurz: nach altem Mann. Davon gab es gleich sieben. Lederne Gesichter, unrasiert, vom Alkohol gezeichnet, Augen, die keinen Blick halten konnten, schlurfende Füße, muffige Second-Hand-Klamotten, die Gewohnheit, auch drinnen den feuchten Wintermantel anzulassen, Gemurmel, Gemecker, bemühte Jovialität.

Plattenbau, ruhige Gegend, die Pekrunstraße in Marzahn, Abschnitt 62. In der Wohnung wimmelte es nur so vor Kollegen. EG98, Tempelhofer, doppelt so viele Kollegen wie Bewohner, mindestens. Bewohner, die lauthals mit rauen, kaputten Stimmen über diesen rüden Eingriff in ihre Privatsphäre jammerten. Alles war laut hier. Den plärrenden Fernseher im Gemeinschaftsraum – *Das perfekte Dinner* – konnte man in jeder Ecke der Etage hören.

Die Beamten stellten Fragen, notierten Namen, machten Fotos, suchten und beschlagnahmten Eigentum, das dem verstorbenen Karl Brandner gehört hatte und nun überraschend in anderen Zimmern auftauchte. Der olle Gemeinschaftscomputer musste auch mit, obwohl Emma bezweifelte, dass die Tempelhofer mit so einem Relikt noch umgehen konnten.

»Carow, was machen Sie denn hier?«

Vor ihr stand Habernickel, Leiter der MK 1. Oben zu wenig Haare, unter der Nase zu viel.

»Ich hab euch ein paar Notizen mitgebracht«, sagte Emma. Sie zog einen Notizblock aus der Tasche und riss die voll geschriebene erste Seite ab. Streckte sie Habernickel entgegen. »Ein paar Fragen. Themen. Was wir wissen müssen.«

Habernickel nahm sie nicht an. »Carow, wir wissen, was wir tun.«

»Wir suchen vor allem Gemeinsamkeiten, die der Brandner mit den beiden Frauen hatte. Ist er zum Beispiel in Therapie gewesen?«

»Lassen Sie uns das mal schön in Ruhe ermitteln. Ich schick den Bericht dann in die OFA.«

Emma ließ den Zettel sinken. »Ich will das Zimmer unseres Opfers sehen.«

»Weiß Lutz, dass Sie hier sind?«, fragte Habernickel. »Er mag es nicht, wenn die OFA unangemeldet bei Ermittlungen auftaucht. Die Eierköppe sollen mal schön selber denken, sagt er immer. Er ist ohnehin sauer auf Sie.«

»Ist das sein Zimmer hier?«

Brandners ehemaliges Zimmer war ein begehbarer Schrank. Schmales Bett, Ikea-Regale, Schülerschreibtisch und passender Stuhl aus Kunststoff, stechender Geruch von Zigarettenrauch und schalem Bier. Der jetzige Einwohner folgte zornig einem höflichen Polizeifotografen, stellte sich ihm bei jedem Fotoversuch in den Weg und brüllte: »Was ist mit meiner Privatsphäre? Das darfst du nicht! Was ist mit meinen Rechten? Ich habe auch Datenschutz!« Es war ein Spiel: Der Fotograf versuchte zu knipsen, bevor ihm der Mann vor die Linse sprang. Oder er tat so, als ob er rechts fotografieren wollte, schwenkte dann blitzschnell nach links und drückte ab.

»Hatte er Freunde hier?«

»In der Küche.«

Sie folgte Habernickel in die Gemeinschaftsküche, wo, den Utensilien nach zu urteilen, das Hauptgericht jeden Abend Butterstulle war. Mit Margarine. Am runden Tisch saßen zwei Kumpels. Wilder Blick, speckiger Mantel, einer im Rollstuhl, einer nicht. Sie verhandelten mit zwei Beamten – die Wilk kannte sie, auch so ein Urgestein der MK1. Der Rollstuhlfahrer versprach ihr gerade, alles über Brandners Freunde zu berichten, wenn sie dafür hundert Euro locker machte. Der andere stritt ab, dass der Erste überhaupt etwas wisse, und unterbot ihn um zehn Euro. Die Wilk erklärte in aller Ruhe, dass solch eine finanzielle Entschädigung viel Papierkram bedeute, dass es Monate dauern könne, bis das Geld überwiesen sei, dass der Name des Empfängers dann in den Datenbanken der Polizei für immer gespeichert sei und dass man dafür ein Konto bräuchte.

Der Rollstuhlfahrer wurde nachdenklich.

»Außerdem, wenn das klappt, entscheidet der Bundesrechnungshof, wie viel die Info wert ist«, sagte der zweite Beamte. »Das kommt darauf an, wie viele Freunde es sind und wie regelmäßig er sie getroffen hat. Waren es einzelne Freunde, mit denen der Brandner mal am Sonntag an der Ecke vorm Lidl stand, oder waren es mehr, so fünf bis acht, die er irgendwo heimlich traf, um irgendwelche Dinge zu besprechen, von denen er offiziell nichts erzählen durfte?«

»Es war montags, nicht dienstags«, sagte der Rollstuhlfahrer.

»Halts Maul, du Arsch!«, blaffte der Nichtrollstuhlfahrer ihn an.

»Waren es Freunde, die viel nachgedacht haben? So Intellektuelle? Oder spirituelle Leute? Leute, die wussten, was in der Gesellschaft schiefläuft und so.«

»Er war doch der Intellektuelle!«, sagte der Nicht-Rollstuhlfahrer. »Er war der Professor.«

»So hieß er, der Professor. Er hatte Bücher. Marx war auch dabei. Er war sowieso Terrorist. Das hat er mir selbst gesagt.«

»Terrorist?«, flüsterte Emma Habernickel zu. »War da nicht in seiner Akte was von terroristischer Vereinigung?«

»Na ja, ja und nein«, sagte Habernickel. Er überlegte. Dann öffnete er ein PDF-Dokument auf seinem Tablet und drückte es Emma in die Hand. Während die WG-Bewohner ihn mit ihrem Gemaule bei Laune hielten, las sie:

Zeugenbefragung Christoph Jahnke, im Wortlaut:

»Der Brandner? Mein Gott, hab ich lange nicht mehr an den gedacht. Der war in Ordnung. Der hatte 'nen Arsch in der Hose. Nicht wie ich, haha. In den Achtzigern sind wir alle hier gelandet, weil wir keine Spießer sein wollten. Und tja, was soll ich sagen? Heute lebe ich in Zehlendorf. Mensch. Westberlin. Die RAF. Gott, ist das her.

Ich frag mich manchmal, was passiert wäre, wenn ich dabei geblieben wäre. Karl ist dabeigeblieben. Fand ich gut. Ein paar Mal hat er angerufen, brauchte Geld. Kein Problem. Die meisten, die nach Kreuzberg kamen damals, die kifften und vögelten bloß rum, die haben nicht kapiert, was wirklich läuft. Karl schon. Der meinte, was er sagte. Wir sollten den Bonzen da oben endlich mal eins auf die Fresse geben.

Wir waren so eine Clique, Karl, der Michi und ich. Michi hatte ein Mädchen, das mitmachen wollte, aber ihr ging das Geld aus, und sie fuhr heim nach Hannover zu den Eltern, und der Michi musste sich 'ne andere suchen. Schnepfe. Der Karl hatte jemanden kennengelernt, ein hohes Tier in der Pharmaindustrie, bei Schering, glaube ich. Ein echt hohes Tier. Er wusste, wo der Typ wohnte. In einem Penthouse am Tiergarten. Echt. Einmal ging er hin, klingelte bei einer Nachbarin, schaute sich die Wohnungstür an, die hatte ein ganz simples Schloss. Wir dachten: Wie kann man nur so dumm sein? Er kannte einen Kellner, der hat ihm beigebracht, wie man so was knackt. Wir mussten den Kerl auch noch bezahlen, mit Gras, das war echt hart, das nicht selbst zu paffen, aber wir waren fest entschlossen. Es dauerte ein halbes Jahr, dann ging es los. Eines Abends klingelten wir bei den Nachbarn und brachen einfach in die Wohnung ein. Wir hatten alles dabei. Seil. Sack. Waffen. Einen Autoheber, ein Indianerblasrohr, hat Karl mal als Kind bekommen, bei irgendeinem Museumsfest, hat er sein ganzes Leben mit sich rumgetragen, war sein Heiligtum, und irgendwann kaufte er so ein Buch, wie man Giftpfeile macht. Eigentlich waren wir ja gegen Gewalt. Aber der Typ war eh nicht da. Weg. Keiner zu Hause.

Haben wir eben gewartet. Michi fand den Plattenspieler. Eine Monster-Anlage hatte der. Und lauter Zappa-Bootleg-LPs. Unglaublich, die Hälfte kannten wir noch gar nicht. Karl fand das harte Zeug, Wodka und Eierlikör, und eine Gitarre im Schlafzimmer. Er spielt gern Gitarre, nicht so gut, aber mit Herz, wissen Sie. Wir spielten und sangen und stritten und hörten jede einzelne Zappa- LP und tranken auf die großen Genies, als Rock noch Rock war, bis wir Tränen in den Augen hatten (schnieft). Ich wundere mich noch heute, dass keiner von denen im Haus die Bullen gerufen hat.

Morgens kam dann der Typ nach Hause, ganz kleiner Apotheker übrigens, und fand uns alle im Wohnzimmer, besoffen eingepennt, ich glaube, Karl war splitternackt. Tja. Das war's. Unser großes Berlin-Revoluzzer-Abenteuer. Wissen Sie was? Ich würde es wieder tun.«

»Er hat sich die Zähne nicht geputzt«, sagte jemand hinter Emma.

»Was?« Sie fuhr herum.

In der Tür stand einer. Groß, sehr groß, mit Augenlidern, schwer wie Blei.

»Hat er doch!«, maulte der Nichtrollstuhlfahrer.

»Mit Tee«, murmelte der Große. »Nur mit Tee. Er sagte, in Zahnpasta ist was drin. Von der Regierung.«

»Wie lange kannten Sie ihn?«, wollte Emma wissen.

»Erst seit er hier wohnte.«

»Seit wann hat er sich die Zähne mit Tee geputzt? Schon immer?«

»So lange ich ihn kenne. Er war ein kluger Mann. Er wusste viel über die Weltregierung. Die wollen uns alle impotent machen. Sie gehören auch dazu, oder? Er hat immer gesagt, eines Tages kommt ihr, ihn zu holen.«

»Du Arsch!«, schimpfte der Rollstuhlfahrer. »Keiner hat dich gefragt!« Er wandte sich vertraulich an Emma: »Der will nur kassieren. Der will immer nur Geld. Der hat sich gar nicht die Zähne mit Tee geputzt. Der erzählt Geschichten.«

»Er hat rumkrakeelt.«

»Wie?«

»Na, mittwochs. Bevor er zu seinem Freund ging. Er hat die Tür zugemacht und rumkrakeelt. In seinem Zimmer, allein. Wie ein Wahnsinniger. Stundenlang.«

Der Rollstuhlfahrer fuhr dem Großen mit einem gezielten Rückwärtsschwung gegen die Schienbeine. Das brachte ihn zum Verstummen. »Wenn du mehr wissen willst über den Professor«, sagte der Rollstuhlfahrer, »will ich Geld sehen.« Er haute auf den Tisch.

Emma war nicht sicher, wie viel von dem sinnlosen Gequassel wirklich sinnloses Gequassel war und wie viel der bewusste Versuch, sie durcheinanderzubringen.

»Überlassen Sie das uns«, grinste Habernickel, dem das nicht entgangen war. »Das wird länger dauern.«

Emma blickte in die Runde, in die verlebten Gesichter. Keiner von ihnen hier geboren, höchstwahrscheinlich. Keiner je aus der Stadt wieder rausgekommen. Irgendwann in ihrem Leben hatten sie alle nach etwas gegriffen, dem großen Ding, das ihrem Dasein Sinn verleiht. Wie alle, die damals hergekommen waren. Dann entglitt ihnen der Traum. Sie wollten ihn festhalten und wussten nicht, wie. Irgendwas lief schief. Irgendwas hatten sie falsch verstanden, irgendeine U-Bahn hatten sie verpasst, irgendeine Nummer falsch notiert, und schon war sie weg, die einmalige Gelegenheit. Seitdem schauen sie zu, wie das Leben ihnen davonläuft. Sie bilden sich ein, sie hätten noch eine Chance, aber sie kommt nicht mehr, inzwischen könnten sie sie nicht mal erkennen, wenn sie direkt vor ihnen stünde. Und jetzt sitzen sie hier in dieser verranzten

Küche und schreien einander an, so laut und wirr wie möglich, damit sie nicht darüber nachdenken müssen.

Emma stand auf und streckte Habernickel noch einmal ihren Notizzettel entgegen. Wieder nahm er ihn nicht an. Hilflos blickte sie zu den beiden anderen hinüber. Der eine sah zur Seite, aber die Wilk sagte: »Wie heißt das Zauberwort?«

»Hä?«

»Wie heißt das Zauberwort?«, wiederholte sie geduldig.

Emma überlegte fieberhaft. »Bitte?«

Die Wilk grinste und nahm den Zettel. »Geht doch.«

Habernickel schüttelte nur den Kopf.

17

Ehemann Fredersdorf im Verhör.

Noch eine SMS von Matze. Emma hatte ihn gebeten, Neuigkeiten sofort durchzugeben. Sie hatte eigentlich nicht vorgehabt, heute Abend noch in die Burg zurückzukehren, aber Fredersdorf …, das war der Ehemann von Opfer 3. Der Schwangeren.

Als sie ankam, kurz nach acht war es, hoffte sie, Lutz wäre schon weg. Doch er leitete die Befragung im Vernehmungsraum 2, Vordergebäude, vierter Stock. Emma machte, dass sie zu dem kleinen Kabuff ein paar Türen weiter kam. Der Technikraum. Dort quetschte sie sich zu einem halben Dutzend Kollegen, die das Verhör an zwei kleinen Schwarzweißmonitoren mitverfolgten.

Es lief nicht, wie sie sich das vorstellte.

»Eigentlich keine schlechte Idee, die Kleine zum Kinderpsychologen zu schicken«, sagte Lutz gerade.

Der erste Monitor zeigte den ganzen Raum, die Kamera befand sich direkt über der Tür: Lutz, Kinn auf beide Fäuste gestützt,

Ellenbogen auf dem vernarbten Holztisch. Etwas weiter weg die Augustin, die Schriftführerin, neben ihr eine zweite Kamera, direkt auf Fredersdorf gerichtet. Sie zeigte einen schlanken, gepflegten Mann Anfang dreißig, Sakko, Krawatte, teure Armbanduhr, akkurater Haarschnitt, freundliches Gesicht, nicht zu offen, aber trotzdem ehrlich. Auch er hatte die Ellenbogen auf den Tisch gestützt, die Fingerspitzen aber wie ein Dach aneinandergelegt. Nachdenklich. Vor ihm eine Tasse Kaffee. So spät am Abend noch?

»Na ja, ich will keine schlafenden Hunde wecken«, meinte er nach einer Weile. »Sie scheint es erst mal verkraftet zu haben. Sie macht öfter mal ins Bett, aber … das ist früher schon vorgekommen. Leider. Die Erzieherinnen sagen, es gibt keine Besserung, aber schlimmer wird's auch nicht.«

Emma spürte, wie die Geduld sie schon jetzt verließ.

»Man bildet sich ein, dass Kinder in dem Alter schnell vergessen«, sagte Lutz, »aber sie haben vor allem zur Mutter eine Verbindung. Und dann verschwindet sie plötzlich, und der Vater bringt sie an einen geschlossenen Sarg und versucht zu erklären, wo die Mama ist.«

Der Mann zögerte. »Julia hätte gewusst, was zu tun ist. Seit sie weg ist … Es gibt so viel, was ich einfach nicht weiß. Sie war … eine gute Mutter.« Der Mann wischte sich die Stirn. »Entschuldigung, wenn ich Kaffee trinke, schwitze ich immer so.«

Emma drängte sich nach vorn. Der Pauluhn saß am Pult, vor ihm ein Mikro, groß wie eine Kinderfaust. »Ist das eingestöpselt?«, fragte sie.

»Frau Carow, das halte ich für keine gute Idee …«

Emma lehnte sich vor und sagte: »Er lügt.«

Auf dem kleinen Schwarzweißmonitor zeigte Lutz keine Reaktion. Der Pauluhn legte einen Schalter um. »Versuchen Sie es jetzt.«

»Er lügt«, wiederholte Emma ins Mikro.

Lutz schrak zusammen. Wahrscheinlich gab es nur eine Stimme, die er gerade nicht hören wollte: Emmas. Unauffällig, als ob er sich kratzen müsste, nahm er einen kleinen Knopf aus dem Ohr. Schaute dabei nicht zur Kamera über der Tür.

»Sie war also eine gute Mutter?«, hakte er nach. Fredersdorf nickte. Lutz war einen Moment still. Dann: »An dem Abend war sie aber nicht zu Hause. Ging sie oft aus?«

Fredersdorf lehnte sich zurück. Weit. Sehr weit. Sein Kinn berührte fast den Brustkorb. Er war in der Defensive.

»Haben Sie eine Ahnung, was es heißt, Eltern zu sein? Man muss vierundzwanzig Stunden da sein für das Kind, wirklich ständig, das ist ein Fulltimejob. Die konnte nicht alleine pinkeln gehen. Wenn sie ab und zu ein bisschen Dampf abließ, fand ich das nur richtig. Ich habe auch meine Freunde. Jeder braucht das.«

»Ich wollte damit auf keinen Fall Ihre Frau kritisieren. Oder habe ich das?«

»Nein, ich meine, ja. Nein.«

Emma sah Ungeduld, Frust. »Passiert da was mit seiner Stimme?«, fragte sie den Pauluhn.

»Ja, stimmt«, meinte der. »Eindeutig höher als vorher.«

»Sie brauchen Ihre Frau nicht in Schutz zu nehmen«, sagte Lutz.

»Was meinen Sie denn damit?« Fredersdorf suchte nach Worten. »Hören Sie mal. Wollen Sie damit sagen, dass sie selbst schuld war? Dass es nicht passiert wäre, wenn sie zu Hause geblieben wäre? Von welchem Planeten kommen Sie eigentlich, Mann?«

Unauffällig kratzte Lutz sich am rechten Ohr. Der Knopf war wieder drin.

»Er hat Schuldgefühle«, sagte Emma ins Mikro. »Mit dem Mord hatte er nichts zu tun, also warum die Schuldgefühle?«

Lutz nickte ihr zu, ganz leicht nur.

»Herr Fredersdorf, ich will jetzt ganz ehrlich mit Ihnen sein.

Wir haben mit der Freundin Ihrer Frau gesprochen, dieser Frau Bölling. Sie sagte etwas Merkwürdiges. Wir verstehen es nicht …«

»Über Julia? Über mich? Was soll sie gesagt haben?« Fredersdorf richtete sich alarmiert auf.

»Das erste Mal, als man sie befragte – direkt nach dem Verschwinden Ihrer Frau –, da meinte sie, man solle mit Ihnen sprechen. Warum?«

»Keine Ahnung«, versicherte Fredersdorf schnell. Er suchte nicht mehr nach Worten. Er fühlte sich wieder auf sicherem Boden. »Ihre Kollegen haben mich damals im Akkord vernommen. O Mann. Es ist immer der Ehemann, oder?«

»Und nun«, fuhr Lutz in aller Ruhe fort, »als wir Frau Bölling erneut befragt haben, da sagte sie, sie sei erleichtert, dass Sie nichts damit zu tun hatten. Stellen Sie sich das vor, sie war erleichtert, dass es ein Serienmörder war und nicht der Ehemann. Warum? Was meinen Sie?«

»Warum?« Er räusperte sich. »Weil sie eine alte vertrocknete Zicke ist, eifersüchtig, eine echte Giftspritze, darum, noch nie habe ich was Positives aus ihrem Mund gehört, klar, dass die so was absondert.« Emma konnte sehen, wie seine Kiefer mahlten. Wahrscheinlich merkte er es gar nicht. »Ab und zu haben wir Streit gehabt, das ist in jeder Ehe so, das macht mich nicht zum Mörder oder Vergewaltiger oder so was. Ich habe mich immer um sie bemüht, ich war ein guter Ehemann, wir waren sogar in Paartherapie, ich habe alles getan, was ich …«

»Er hat ›Vergewaltiger‹ gesagt«, sagte Emma. Aufgeregt. »Weiß er, dass seine Frau vergewaltigt wurde? Hat ihm das jemand gesagt? Kennt er den gerichtsmedizinischen …«

Lutz hob seine Hand. Emma verstummte.

Lutz biss sich auf die Lippe, nahm sich Zeit, Blick auf den Tisch, ließ den Mann warten. Dann sagte er: »Frau Augustin. Könnten Sie uns kurz allein lassen, bitte?«

Sobald die Schriftführerin weg war, erhob sich Lutz und schaltete die Zweitkamera auf dem kleinen Stativ aus. Der zweite Monitor wurde dunkel. Die Kamera über der Tür lief aber noch. Lutz lehnte sich vor.

»Herr Fredersdorf, haben Sie etwas getan, das Sie nicht hätten tun sollen?« Warm, verständnisvoll. Verschwörerstimme. Das konnte Emma nicht. Sie bewunderte ihn dafür. Hatte sie immer schon.

Fredersdorf schwieg. Sein Gesicht verzerrt. Die Hände verknotet.

Als nichts kam, fuhr Lutz fort: »Wir Männer, wir haben es auch nicht leicht. Dinge passieren. Missverständnisse. Sachen, die wir nicht so meinen. Manchmal müssen wir damit leben.«

Der Ehemann holte Luft und wollte etwas sagen. Aber er schwieg. Lutz schwieg ihm entgegen. Lange. Eine Ewigkeit.

Als der Mann endlich sprach, war seine Stimme stumpf.

»Ich habe so viel Geduld gehabt, so viel Verständnis gezeigt, so oft die Klappe gehalten. Aber seit der Geburt war alles anders. Alles wegen ihrem verdammten Vater, wissen Sie? Ihr Vater … Ihre Kindheit war nicht schön, gar nicht schön. Sie war in Therapie deswegen, also da sind Dinge passiert, der war ein Schwein, ein unterirdisches Schwein. Und als das Baby kam, da sah sie mich mit anderen Augen. Von heute auf morgen. Aber was kann ich dafür? Warum muss ich zahlen für das, was dieser Arsch ihr angetan hat? Ich kam mir vor wie ein Aussätziger. Du verliebst dich, sie verliebt sich, du bist der Held, ein König, dann zack, bist du ein Nichts, und sie sitzt immer am längeren Hebel. Sie ist die Frau, sie bestimmt. Ein Mann darf nichts erwarten, nichts verlangen, er muss bitten und betteln und hoffen und warten, und dann sagt sie: ›Ich brauche mehr Zeit. Ich beschäftige mich mit mir.‹ Ich auch, Baby, ich beschäftige mich auch mit mir, jeden zweiten Tag, in der Dusche, und wann kommst du mal ins Bett? Meine Frau, für die ich alles tue? Wann? Wann?«

Lutz schwieg.

»Wissen Sie, wann sie mich das letzte Mal angefasst hat?« Er lachte höhnisch. »An meinem Geburtstag. Ein Geschenk.«

Emma schaute sich um. »Hat jemand seine Akte?« Ein wenig panisch. »Ich suche …«

»Am 12. Februar«, sagte die Brennemann.

Sie stand hinter Emma, blätterte in der Akte. Emma beugte sich darüber. Der Geburtstag des Ehemanns. Die Brennemann hatte schon kapiert, was das bedeutete. Klar.

Sie drehte sich zu ihrer Chefin um. »Und der Embryo?«, fragte sie irritiert. »Der war doch erst drei Monate alt.«

»Drei, höchstens vier.« Die Brennemann drängelte sich vor. Ans Mikro. »Gestorben im September …«

»… gezeugt also im Mai oder Juni«, ergänzte Emma.

»Er lügt«, sagten Emma und Brennemann gemeinsam ins Mikro. Stereo.

Lutz zuckte zusammen. Er wandte sich dem Ehemann zu. »Wussten Sie, dass sie wieder schwanger war?«

Der schluckte. »Natürlich wusste ich das. Was meinen Sie, warum das so wehtut?«

Er wusste es nicht, dachte Emma. Er hatte keine Ahnung.

»Und Sie sind sicher, dass das Kind von Ihnen war?«

»Was für eine Frage.« Empört. »Natürlich. Sie hat mich nie betrogen. Ich vertraue ihr voll und ganz.«

»Das Kind wurde aber nicht an Ihrem Geburtstag gezeugt«, merkte Lutz an.

Langsam verstand der Ehemann, worum es ging.

»Wissen Sie noch den Tag, an dem Sie und Ihre Frau das Kind gezeugt haben?«

Einen Moment lang war Fredersdorf still. Dann: »Scheiße. Scheiße.« Er fing an zu weinen. Er barg seinen Kopf in den Händen und heulte.

»Da ist etwas passiert, oder?«, sagte Lutz. »Drei, vier Monate, bevor sie verschwand?«

»Einmal. Scheiße. Mein Gott, es war einmal.«

Lutz wartete.

»Sie ist gleich zu ihrer Mutter gezogen. Ich wusste gar nicht, dass ich ihr blaue Flecken verpasst hatte. Es ist mit mir durchgegangen. Ich habe dafür geblecht, glauben Sie mir. Ich meinte es nicht so. Ich bin nicht so einer. Einmal!«

Emma sprach ins Mikro. »Die Narben im Genitalbereich stammen vom Herrn Fredersdorf, nicht vom Täter. Der Täter ist kein Vergewaltiger.« Auf dem Bildschirm sah sie, dass Lutz verstanden hatte. Es gefiel ihm nicht. Emma stand auf, wollte nachsetzen: Wir sind davon ausgegangen, dass es sich um einen Sexualtäter handelt, aber er ist gar keiner, das heißt, wir haben ihn bisher völlig falsch eingeschätzt, wir müssen umdenken ... Doch als sie sprechen wollte, legte die Brennemann die Hand übers Mikro.

»Er hat's verstanden, Carow.«

Emma schaute zu ihrer Chefin. Sie meinte, in ihrem Gesicht so was wie Anerkennung zu lesen. Wusste nicht, was sie erwidern sollte. Auf ein Kompliment. Eine Anfeindung: kein Problem. Ein Kompliment: ungewohnt. Vielleicht sogar unangenehm.

Dann rutschte es ihr einfach raus. Vielleicht, weil sie mit der Brennemann Bauch an Bauch stand. »Und wie ist es bei Ihnen? Weiß der Vater eigentlich von ... seinem Kind?«

Es wurde still im Technikraum.

Hatte sie was Falsches gesagt? Es lag doch allen auf der Zunge. Seit Monaten wollte jeder in der Puppenkiste, ach was, jeder in der Burg wollte wissen, wer der Vater war. Mensch, Brennemann, in dem Alter noch, Ende vierzig, frisch geschieden, immer taff, und jetzt plötzlich das. Es konnte doch nicht sein, dass sie für immer ein Geheimnis daraus machen wollte. Oder? War das fair gegenüber ihren Nachfolgern, die gar nicht wussten, wann sie je wiederkommen würde, das machte doch einen Unterschied, ob man alleinerziehend oder mit Partner … oder?

Die Brennemann zündete sich eine Zigarette an. Eigentlich verboten im Technikraum, aber keiner traute sich, sie darauf hinzuweisen.

»Smalltalk«, sagte sie und inhalierte mit zusammengekniffenen Augen, »Smalltalk im Büro, also das bedeutet, genau die richtige Grenze zu finden zwischen kalter Schulter und plumper Verbrüderung. Das mit der Schulter beherrschen Sie besser, meine Liebe. Bleiben Sie dabei.«

Emma nickte wortlos und trat auf den Flur.

18

Mitten in der Nacht rief Felix Schreiner an und riss sie aus dem Tiefschlaf.

»Was soll das, verdammt?«

»Ich warte.«

Emma schaute auf die Uhr. Ihr Kopf wurde klarer. Nicht klar, aber klarer. Es war Viertel nach sieben. Sie war mit ihm verabredet. Jetzt. Um sieben sollte sie ihn abholen, vor der Burg.

Emma hatte den Wecker nicht gehört.

So schnell hatte sie noch nie geduscht. Kaffee und Frühstück fielen aus. Wobei ihr Frühstück sowieso nur aus Kaffee bestand. Kurz nach halb acht war sie aus der Tür. Sie ärgerte sich.

Eigentlich hatte sie früher aufstehen wollen, viel früher. Und dann am Leipziger Platz vorbeifahren, bevor sie diesen Schreiner abholte. Sie wollte doch einen Blick in den S-Bahn-Aufzug dort werfen. Die Techniker vom Tempelhofer Damm hatten die Überwachungsbänder aus dem Aufzug inzwischen ausgewertet.

Leider erfasste der Bildausschnitt doch nicht die Tapetentür mit dem Vorhängeschloss – dafür aber etwas anderes: einen Obdachlosen, der es sich immer wieder im Aufzug gemütlich machte. Nicht jede Nacht, nicht stets zur gleichen Zeit. Aber oft genug. Vielleicht hatte er etwas gesehen? Sie brauchten dringend einen Zeugen.

Tja, vermasselt, verpennt. Der Neue wartete schon, und wenn Emma nicht jederzeit ohne ausreichend Schlaf aufstehen und loslegen konnte, was für eine Art Polizistin war sie dann überhaupt?

Als Schreiner in Emmas Auto stieg, zickte er sofort los. Er wartete nicht mal ab, bis sie in die Kurfürstenstraße eingebogen war. »Hast du mich vorgeführt?«

»Seit wann sind wir beim Du?«

»Seit jetzt. Hast du mich vorgeführt oder nicht?«

Emma antwortete nicht auf die Frage. Sie brauchte Kaffee. Sie hatte Hunger. Sie hatte die falschen Schuhe an. Die mit den dicken Sohlen, völlig ungeeignet zum stundenlangen Autofahren. Sie war plötzlich unsicher, ob die Autobahn besser über diese oder jene Richtung zu erreichen war. Sie waren schon spät dran, es gab keinen Stopp mehr vor Braunschweig, wo sie den zehnjährigen Elias Greve, der die Leichen am Leipziger Platz entdeckt hatte, erneut befragen würden. Wenn kein Stau war.

»Irgendwas hat mit dem Profil nicht gestimmt, und du hast es gewusst. Lutz weiß es, bald wissen es alle. Das mit dem Alter der Täter oder was? Jetzt stehe ich da wie ein bescheuerter Anfänger.«

Emma antwortete nicht.

»Verdammte Scheiße. So geht das nicht.«

Emma wusste: Solange sie nicht offen zugab, ihn benutzt zu haben, so lange blieb er im Ungewissen. Aber sie wusste auch, dass sie es sich nicht vier Stunden verkneifen konnte. Da konnte sie es genauso gut gleich sagen: »Sie hätten es erkennen müssen.«

»Was erkennen?«

»Ich denke, Sie haben denen beim FBI über die Schulter geschaut? Haben die Ihnen nichts beigebracht?«

»Was denn beigebracht? Du weißt genauso viel über diese Täter wie ich. Es gibt kein Richtig oder Falsch. Letztendlich ist doch alles Vermutung.«

»Der Obdachlose. Er konnte nicht zur Tätergruppe gehören. Denn er war ein Opfer wie die anderen auch.«

»Ja, schon ...«, sagte Felix gedehnt. »Das wissen wir doch aber erst jetzt, nach dem Verhör mit diesem Fredersdorf, dass nicht der Täter das Opfer vergewaltigt hat, sondern der eigene Ehemann.«

»Und was folgern wir daraus?«

»Was bist du, meine Mathelehrerin?«

»Na los, zeigen Sie mal, was Sie beim FBI gelernt haben.«

»Dass der Täter doch kein Sexualtäter ist. Und wenn es keine sexuell motivierten Morde waren, dann wurde der Obdachlose genauso gezielt ausgewählt wie die Blondinen. Dann hat dieser Irre eben irgendwelche anderen Kriterien, wie er seine Opfer aussucht, weiß der Teufel, welche ... Aber das wussten wir gestern Morgen doch noch nicht. Gestern hätte unser Penner durchaus ein Mittäter sein können, der aus dem Weg geräumt werden sollte ... meiner Meinung nach.«

»Hätte er nicht. Ist doch Quatsch. Sie sind drauf reingefallen, weil Sie der Kerl sein wollten, der den Fall löst. *Confirmation bias* heißt das doch beim FBI: Wunschdenken. Sie wollten es, also erschien es logisch. Wer etwas zu sehr will, lässt sich ruckzuck an der Nase herumführen.«

»Und dein Verstand arbeitet also immer völlig neutral, ja? Wie hätte man das denn schon früher erkennen sollen?«

»Diese Inszenierung der drei Leichen, das ist eine Art heiliges Kunstwerk für den Täter. Wer da hängt, gehört dazu. Wer nicht dazugehört, hängt da nicht. Kein Wenn und Aber. Jemand, den er spontan aus dem Weg räumen muss? Nicht eine Sekunde hätte der erwogen, so was Profanes in sein Werk einzubauen.«

»Und jetzt glaubt die ganze Burg, dass ich von meiner Arbeit keine Ahnung habe. Von wegen *confirmation bias*, du wolltest mich bloßstellen, sonst gar nichts.«

Konnte sein, dass er recht hatte. Ein wenig. Aber eigentlich nicht. »Ich musste Lutz einen Grund liefern, über diesen Karl Brandner zu ermitteln. Er hat sich da nicht gerade reingekniet. Nach Ihren gekonnt vorgetragenen Ausführungen hatte er keine Wahl mehr.«

»Und nebenbei konntest du mir schnell eine reinwürgen. Und dann noch so hintenrum. Das ist das Problem mit euch Frauen, immer hintenrum, nie könnt ihr mal ...«

»Sie brauchen hier gar nicht den Empörten zu spielen. Sie sind nur hergekommen, weil Sie die Leitung der Abteilung wollen. Eine Stelle, die mir in Aussicht gestellt wurde. Das ist schlicht Opportunismus. Wer ein seriöser Analyst sein will, lässt sich nicht von einer Theorie blenden, nur weil sie bequem ist. Ich habe jahrelange Praxis in der Fallanalyse. Ich habe einen Ruf hier. Das ist mein Platz.«

Schreiner schwieg, blickte auf die Straße. Er überlegte. Vielleicht überlegte er sich, wie viel er aussprechen sollte. Dann sagte er: »Diese Stelle hat deinen Namen nicht eingraviert. Wer sie bekommt, bekommt sie, aus. Ich bin lange genug Bulle, und ich bin ein guter Bulle, und ich habe Frau und Kinder, und ich will endlich weiterkommen. Glaubst du, dass ich freiwillig unter die Eierköpfe gehe? Meine Frau will mich von der Straße haben, jetzt, wo die Zwillinge da sind. He, ich war ein guter Ermittler, ich war gut auf der Straße, der Schreibtisch ist eine Strafe für mich, aber wenn ich schon zu euch muss, werde ich einen Teufel tun, meine ganze Erfahrung und harte Arbeit einfach in die Tonne zu kloppen, nur weil du schon so lange in der OFA festhängst, dass du den stärkeren

Stallgeruch hast. Das berechtigt dich zu gar nichts. Auch nicht, Kollegen in den Rücken zu fallen.«

Das war eine Kriegserklärung.

Machte nichts. Krieg konnte sie.

»Du stinkst«, sagte sie nur.

»Wie bitte?«

»Hier stinkt's. Seit du eingestiegen bist.«

»Also jetzt aber mal ...«

»Hast du die Hosen voll oder was?«

Die wütende Empörung blieb einige Sekunden auf seinem Gesicht stehen, bis sie endlich dem panischen Gedanken wich, dass Emma möglicherweise recht hatte. »Scheiße noch mal.« Er langte hastig nach hinten, zog seinen Rucksack auf den Schoß und fummelte eine Plastiktüte raus. »Ich wollte sie noch in den Müllcontainer schmeißen, bevor ich losgefahren bin, Kacke, das wird wieder so ein Tag werden.«

Jetzt erkannte Emma den süßlichen Gestank von Kinderwindeln aus der hastig verknoteten Tüte. Sie rümpfte die Nase. »Also das ist aber mehr als eine ...«

»Zwillinge«, schimpfte Schreiner. »Ich sag's dir!«

Er ließ das Fenster runter und schmiss die Mülltüte raus.

»He, das ist eine Verkehrswidrigkeit.«

»Korinthenkacker.«

19

Die Villa passte zu dem Manager eines Braunschweiger Traditionsunternehmens. Irgendwas mit Leit- und Sicherungstechnik, stand in den Akten. Schöne alte Industriellenresidenz, damals neureich, heute stilvoll. Leicht zurückgesetzt, geschwungene Auffahrt, das Tor mit Sprechanlage. Alter Wein rankte beiderseits der Haustür, leuchtend rot, alles behutsam modernisiert, links hinter dem Obstgarten ein Anbau mit Glasdach.

Frau Tatjana Greve: blond, nervös, zierlich, hohe Wangenknochen, Akzent, importiert aus Russland. Nein, kann man nicht mehr so sagen heute. Eher: unterwegs auf Geschäftsreise kennengelernt. Sie öffnete selbst. Wartete in der Tür, während Emma das Auto abstellte. Der Salon: alte Vasen, Schnittblumen, ein Klavier, die Stilmöbel mit gestreiftem Chintz bezogen. Zeitgenössische Drucke an der Wand. Eine Hausangestellte servierte schweigend Kaffee. Der erstaunlich schlecht schmeckte. Gästekaffee, Restekaffee. Der Streuselkuchen war trocken. Sie sollten nicht lange bleiben. Der Junge wurde hereingerufen.

»Die beiden sind extra aus Berlin gekommen, um mit dir zu reden, du sollst ihnen alles sagen und nichts zurückhalten«, sagte seine Mutter, als er vor ihr stand, und drehte sein Kinn sanft zu sich.

Nein, das sagte sie nicht, nicht ganz. Mehr: *Die Polizisten extra sind gekommen aus Berlin, um zu reden mit dir, du sollst sagen alles und nichts behalten für dich.* Eher so.

»Du wirst nicht bestraft, egal, was du sagst«, fuhr sie fort. »Wir wollen tun alles, damit Polizei Männer nimmt gefangen, die begangen haben diese schreckliche Tat, nicht wahr?«

Es war eine beeindruckende Rede. Elias hatte auch etwas Beeindruckendes gesehen. Er zuckte mit den Schultern. »Klar.« Schaute Felix und Emma aber nicht in die Augen dabei.

»War jemand bei dir?«, fragte Emma. »Da in dem Gerüst, wo du geklettert bist?«

»Nein«, sagte Elias.

»Wie bist du denn da reingekommen?«

Er dachte nach. »Die Tür war auf.«

»Nun, Elias, wir wissen, dass die Tür nicht offen war.«

Elias schwieg. Damit hatte er nicht gerechnet. »Die Tür war auf«, wiederholte er. Und schaute zu Boden.

»Elias. Du kannst ehrlich mit uns sein. Es passiert dir nichts.« Emma merkte, wie ihre Stimme lauter wurde. Frust. Ungeduld.

Elias blieb stumm.

»Aber Frau … Carow? Woher Sie wissen, dass Tür war verschlossen? Warum lügen? Ich nicht verstehe, was Elias soll verstecken. Unser Maltschik lügt nicht, kann sein, dass Sie irren?«

Jetzt musste Emma nicht nur mit dem Kind zurechtkommen, sondern auch noch mit der Mutter. Zwei Fronten. Sie atmete tief durch für eine Replik, doch Felix kam ihr zuvor.

»Emma, sie hat recht. Ich glaube, der Junge sagt die Wahrheit. Die Tür war offen. Da ist nichts Schlimmes dran.«

»Herr Schreiner …«

»Weißt du was? Du wolltest doch Frau Greve sowieso was fragen. Du wolltest doch noch …«, er blickte auf dem Tisch umher, »… ihr Streuselkuchenrezept. Oder? Und ich muss mir dringend mal die Beine vertreten.« Im Aufstehen wandte er sich an den Jungen. »Weißt du, wir müssen gleich wieder drei Stunden im Auto sitzen. Da tun mir die Beine weh, wenn ich sie nicht bewege. Hast du einen Fußball?«

Im Flur hatte ein Trikot über dem Stuhl gehangen. Deutschland, vier Sterne, Nationalteam, die 13. Zu klein für einen Erwachsenen.

»Ich …? Klar«, antwortete der Junge, etwas aus dem Konzept gebracht.

Felix verschwand mit Elias in den Garten. Kalter Herbsttag. Graue Wolken, noch kein Regen. Es ging so schnell, dass Emma nicht zum Protestieren kam. Frau Greve blickte sie verwundert an.

Emma konnte sich vorstellen, dass Frau Greve sich öfter mal wunderte. Wie ein Gast in einer Welt, die sie nicht ganz verstand. Sie hörte zu, versuchte, sich am Gespräch zu beteiligen, wusste aber nie, hatte sie das Thema richtig erfasst? Hatte sie eine Andeutung überhört, eine Ironie übersehen? Auch halb verstanden ist missverstanden. Ihre Rolle in der Familie, ihre Position an der Seite ihres Mannes, was man so über sie dachte. Wenn sie einen Witz machten, über den sie nicht lachen konnte, ging der auf ihre Kosten, oder war er harmlos? Wurden ihr Leben, ihre Zukunft, ihr Glück von anderen entschieden, ohne dass sie es mitbekam? Frau Greve saß in ihrem großen Haus wie ein Zuschauer in einem fremdsprachigen Film, der nicht synchronisiert wurde. Die anderen lachen, weinen, sind gespannt, nur sie muss immer fragen, »Was ist passiert? Was hat er gesagt? Warum tut er das?«, bis sie irgendwann merkt, dass sie nur nervt, und mit der Fragerei aufhört. Und nicht mehr versteht, warum die anderen lachen und weinen. Nur dass es kein Film ist, dem sie zu folgen versucht, sondern ihr Leben.

»Rezept?«, fragte Frau Greve irritiert.

»Haben Sie … eins für mich?«

»Muss ich fragen Irina.« Frau Greve wurde rot. »Ich backe nie.«

»Ich auch nicht«, gab Emma zu, ohne nachzudenken.

»Wieso dann Rezept?«

Emma konnte die beiden Jungs durchs Fenster beobachten. Sie kickten einander den Ball zu. Endlich fiel ihr eine Antwort ein. »Meine kleine Nichte liebt Streuselkuchen.«

»Irina!«

Frau Greve verschwand in die Küche, wo sie mit Irina diskutierte. Russisch. Oder doch Polnisch? Mit einem Kochbuch kehrte sie zurück. Sorgfältig schrieb sie das Rezept auf einen edlen Briefbogen mit Adresskopf. Und schaute dabei immer wieder aus dem Fenster.

Draußen stand Felix jetzt hinter dem Jungen, packte seine Schultern mit beiden Händen, stabilisierte ihn, während Elias immer wieder mit dem rechten Bein in die Luft trat. Dann mit dem linken.

Noch mal, nein, anders, höher. Felix griff den Ball fest mit beiden Händen, hielt ihn vor den Jungen hin und ließ ihn dagegentreten – immer wieder. Nur langsam verstand Emma, dass der Junge üben sollte, wie man den Ball mit der Fußsohle statt mit der Fußspitze trifft. In seinem kleinen Gesicht las sie höchste Konzentration.

Als Felix und der Junge sich erschöpft in den Laubhaufen unter dem Kastanienbaum fallen ließen, überredete Emma Frau Greve spontan, die brandneue Espressomaschine in der Küche (»Geschenk von meinem Mann«) doch mal auszuprobieren. Das dauerte ein Weilchen und war mit einiger Aufregung verbunden. Draußen lag der Fußball im Gras. Die Jungs redeten. Beim Blick aus dem Fenster fragte sich Emma kurzzeitig, ob sie wirklich mit diesem Mann im Krieg stehen wollte.

»Ist kalt draußen.« Frau Greve war unruhig. »Ich bringe ihm Schal.«

Emma hielt sie zurück. Erzählte ihr, wie sehr ihr Kollege seine Zwillinge vermisse, zwei echte Rabauken, immer nur Fußball spielen wollten die, aber er säße ja Tag und Nacht an dem Fall.

»Wie alt?«

»Fünf«, log Emma.

Endlich kamen Felix und Elias wieder rein. Mit roten Wangen. Der Junge mit dem lässigen Machogang, wie ihn die türkischen Jungs in Neukölln draufhaben. Und einem Lächeln im Gesicht.

Felix gab bekannt: »Wir haben geredet. Es ist wirklich so, wie er sagt. Die Tür war auf. Tja, Emma, wir lagen falsch. Frau Greve, danke für Ihre Zeit, Sie haben einen tollen Jungen hier.«

Emma wartete, bis sie wieder auf der A2 waren, bevor sie fragte, was das sollte.

»Er wurde von einem Mann reingelassen«, bestätigte Schreiner.

»Ein Obdachloser? Der, der in dem Glasaufzug schläft?«

»Eher nicht. Jung. Jeans, vielleicht Kapuzenpulli, komische Augen, das wusste er noch. Könnte auch ein Jugendlicher gewesen sein. Für Kinder in dem Alter ist jeder über fünfzehn ein Mann. Der Typ sprach ihn an, wollte ihm was zeigen, ein Geheimnis. Er öffnete das Vorhängeschloss an der Tür in der Fassade, mit irgendwelchem Werkzeug, kein Schlüssel, der Junge fand das natürlich toll, ein falsches Haus mit einer echten Tür, und auch noch jemand, der Schlösser knackt, und er ging mit ihm rein. Ein geheimer Ort, cool. Er dreht sich um, und der Mann hat seine Hose runtergelassen. Unterhose auch.«

»War das nun ein Exhibitionist, oder wollte er den Jungen missbrauchen?«

Felix seufzte. »Das werden wir wohl nie erfahren. Elias glaubt, der Mann hat nach ihm gegriffen, ganz sicher war er aber nicht. Er ist einfach geflüchtet, und zwar nach oben. Das ist ein kleiner Affe. Er klettert gern. Er weiß, dass Erwachsene nicht so gut klettern wie er. Er hielt erst an, als er die Kokons sah.«

»Und er will nicht, dass seine Mama das weiß.«

»Ich habe ihm versprochen, dass keiner davon erfährt, und es bleibt dabei.« Felix stöpselte seine Kopfhörer in sein Handy.

»Felix, er muss ein Phantombild machen.«

»Ich habe ihn nach dem Aussehen gefragt. Er war durcheinander. Er wusste nicht mehr, welche Haarfarbe der Kerl hatte. Mal trug er eine Lederjacke, mal einen Trenchcoat. Der Kleine hat seither viel ferngesehen. Inzwischen sieht der Kerl für ihn aus wie jeder Schurke, den er je im Fernsehen gesehen hat. Ein Trenchcoat! Also bitte. Kannst du vergessen. Aber einen Exhibitionisten finden wir. Das ist nicht das erste und nicht das letzte Mal, dass der das macht. Außerdem haben wir die Spermaflecken.«

»Das reicht nicht. Lutz sollte wirklich einen Phantomzeichner hinschicken. Du kannst mit, ihn noch mal überreden.«

Felix grinste. Es dauerte eine Weile, bis Emma merkte, dass sie ihn geduzt hatte. Trotzdem blieb er hart. »Ich habe es versprochen.«

»Das ist ein Kind, Felix«, sagte Emma. »Du musst ihm gar nichts versprechen.«

Aber Felix hatte die Kopfhörer schon wieder auf. Heavy Metal oder Death Metal oder wie das hieß, sie hörte notgedrungen mit.

»Ich will noch mal einen Blick in den Aufzug am Leipziger Platz werfen, bevor wir in die Burg fahren«, sagte sie.

Keine Reaktion.

»Arschloch.«

Sie redeten nicht mehr, bis sie Berlin erreichten. Das kam ihr ganz gelegen. Auf der Rückfahrt fing es an zu regnen, und sie musste sich konzentrieren.

20

»Sie haben ihn«, sagte die Ceesay. Sie kam gerade die Stufen herab, als Emma und Felix wieder in der Empfangshalle eingetroffen waren, und nickte dem Pförtner zu. Der saß hinter einer dampfenden Tasse Tee und knurrte irgendetwas, konnte sowohl »Tach« als auch »Tschüss« heißen. Draußen war es dunkel geworden, es regnete immer noch.

Emma hatte keine Ahnung, wovon sie sprach.

»Na, diesen Mumienmann«, sagte die Ceesay und spannte elegant ihren Schirm auf. »Lutz verhört ihn gerade. Ein Perverser ist das, der hat ein Video …«

Felix und Emma machten, dass sie die Treppe hochkamen.

In das Technikkabuff passten sie gar nicht mehr rein. Alle wollten den Mumienmann sehen. Drei Dutzend Beamte drängelten sich vor den Monitoren und vor der Tür. Reckten die Hälse, versuchten, mindestens den Ton mitzukriegen. Emma hörte Stimmen, konnte aber keine Sätze ausmachen. Mist. Dieses Verhör würde sie wohl verpassen.

»Er macht so einen Sexclub«, sagte einer, der ebenso umsonst versuchte, einen Blick auf den Bildschirm zu erhaschen. »Hat ihm scheinbar nicht gereicht. Hast du das Video gesehen? Sieht aus wie unser Opfer …«

»Er hat ein Video vom Opfer gedreht?«

»Der Pach hat es auf dem Rechner.«

Pach, den kannte sie, der war doch MK5. Emma und Felix liefen wieder eine Etage tiefer in das Zwischengebäude. Sie waren nicht allein. Der dicke Pach war beliebt heute. Ein halbes Dutzend Kollegen lungerte um seinen Schreibtisch herum und schaute das Video an.

Das Zimmer weiß, klinisch weiß. Dämmrig bläuliches Licht, niedrige Decke. Mitten im Bild: ein Kruzifix aus massiven Holzbalken, über zwei Meter hoch, montiert auf einem merkwürdigen metallenen Gestell.

»So was kriegste nicht im Baumarkt«, meinte Pach. »Das ist Heimarbeit.«

An dem Kreuz hing ein Kokon aus silbernem Panzertape.

Ganz identisch mit denen vom Leipziger Platz war er nicht. Der Kopf war von einer schwarzen Latexmaske verdeckt, aus der ein Schlauch führte, wahrscheinlich, um den Mann dahinter mit Sauerstoff zu versorgen.

Dass es sich um einen Mann handelte und dass er lebte, war offensichtlich: Der Kokon hatte eine Öffnung im Unterleib, aus der sein Penis hing. Beziehungsweise ragte.

Felix entfuhr ein »Heilige Scheiße«. Emma hielt den Mund.

Der Mann bewegte sich nicht. Er hing, er atmete, sein Penis war erigiert, und oben rechts auf dem Bildschirm lief die Zeit mit: 15:39:45:06.

»Ihr schaut das hier doch nicht seit fünfzehn Stunden«, sagte Emma amüsiert.

»Das Video selbst dauert nur drei Minuten«, erläuterte Pach genüsslich, »aber das Material war offenbar länger. Ist zusammengeschnitten.«

Plötzlich sprang die Zeitangabe um: 19:23:15:52.

Sein Penis war immer noch erigiert.

Die Jungs hinter ihr applaudierten.

»Du schaffst es, Mann!«, sagte einer.

»Mach jetzt bloß nicht schlapp, wir zählen auf dich!«

»Gott, Leute, zeigt das bloß nicht meiner Frau.« Das war Felix.

Gelächter.

Bei 19:24:57:19 schrie der Mann. Laut, in jäher Panik, das hörte man, obwohl sein Schrei hinter der Maske dumpf klang, wie erstickt, und er wand sich in seinem Kokon, in plötzlichem Horror, in Krämpfen, als ob er ausbrechen wollte, aber mehr als das Kreuz zum Beben bringen konnte er nicht. Er hustete, keuchte, würgte, resignierte. Dann war er wieder still.

22:01:33:23.

Hinter Emma: Pfiffe.

»Und er steht immer noch.«

»Der kann doch nicht zweiundzwanzig Stunden lang …«, begann Emma und suchte nach dem richtigen Wort, » …stehen. So lange. Er muss doch schlafen. Oder?«

»Keine Ahnung«, sagte Pach begeistert. »Wie gesagt, das ist die Kurzfassung. Wer weiß, was rausgeschnitten wurde. Auch der Anfang, wo er ans Kreuz gebunden wird, ist weg. Also alleine hat er das nicht geschafft.«

22:45:08:14.

Plötzlich lag das Kreuz horizontal. Die metallene Einrichtung, an der es befestigt war, konnte offenbar gekippt werden. Von wem, blieb unklar.

»Das haben wir schon mal gesehen«, sagte Pach. »Das machen sie regelmäßig, wohl gegen Thrombose oder so.«

23:27:29:02. Er hing wieder. Immer noch erigiert.

»Das Interessante kommt am Ende«, meinte Pach.

»Nach vierundzwanzig Stunden?«, fragte Emma.

»Richtig.«

24:03:38:52.

Plötzlich war eine Frau im Bild. Nur von hinten zu sehen. Nackt. Nicht ganz: Engelsflügel waren auf ihren Rücken geschnallt, groß und weiß, augenscheinlich aus richtigen Federn. Sie kniete vor ihm nieder. Die Flügel wippten, während sie den Gekreuzigten mit dem Mund sexuell bediente.

Dann eine männliche Stimme aus dem Off: »Dreh dich um. Na, los.«

Die Frau ließ jetzt ab von dem Mann und drehte sich zur Kamera. Ihre Augen waren von einer Maske verdeckt. Die Gurte für die Flügel kreuzten sich zwischen ihren Brüsten.

»Zeig, was du hast«, sagte die Stimme aus dem Off.

Was konnte sie denn noch haben, was sie nicht schon sahen?

Sie hob die Hand. Eine Pistole.

Mein Gott, das war eine Desert Eagle, eine .375 Magnum, so ein Riesenteil, und es sah noch größer aus in der zarten Hand des Mädchens.

Sie entsicherte die Pistole. Kniete wieder vor dem Mann nieder. Sie hob den Lauf, richtete ihn auf seinen Schwanz. Drückte den Lauf in sein Fleisch. Der Mann wand sich und wimmerte. Sie streichelte seine Hoden mit der Mündung und nahm seinen Schwanz wieder in den Mund. Die ganze restliche Zeit war der Lauf der Pistole gegen seine Hoden gestemmt, ihr Finger am Abzug, bis er ejakulierte.

21

Emma musste gegen den Applaus, die Witze und Sprüche der Männer hinter sich ankämpfen, bis sie endlich herausfand, wie Lutz überhaupt an das Video gekommen war.

»Es gab doch diesen uralten Computer in der Obdachlosen-WG, ja?«, sagte Pach und lehnte sich so weit in seinem Stuhl zurück, dass sie schon dachte, er würde gleich umkippen.

»Und da war dieses Video drauf?«, fragte Emma.

»Sag bloß.« Auch Felix war erstaunt.

»Nein.« Pach stöhnte. »Da war kein Video drauf. Da war bloß ein Haufen E-Mails zwischen dem alten Penner und einer Produktionsfirma. Es ging um ein ganz bestimmtes Video, das er drehen wollte ...«

»Das Sexvideo.« Felix.

»Nein, hör verdammt noch mal zu. Wir also zu der Firma hin, das ist nichts als ein abgefuckter Typ, der lauter olle Technik in seinem Wohnzimmer rumstehen hat. Zitke heißt er.«

»Zieschke«, warf einer ein.

»Zieschke. Der macht Videos für Hochzeiten und Geburtstagsfeiern und so. Offenbar sollte er auch eins für unseren Penner machen. Er wird also zum Plausch in die Burg gebeten, und derweil werden seine Festplatten im Eilverfahren ausgewertet ...«

»Und da fand man das Sexvideo?« Emma.

»Nicht bloß eins.« Pach grinste. »Über hundert davon. Die meisten für Privat. So Hengste, die mal einen auf Pornostar machen wollen. Und zwar nicht in schrammeliger Handyqualität, sondern wie die Profis. Er arbeitet mit ein paar Sexclubs zusammen. Wir sichten noch.« Pach rieb sich die Augen.

Endlich wurde Emma sich des feinen Klangteppichs bewusst, der heute über allem lag. Sie schaute sich um. Es war schon nach Dienstschluss, trotzdem waren beinahe alle Schreibtische besetzt. Die ganze Mordkommission 5 war also der EG98 Leipziger Platz zugeschlagen worden. Wie viele Beamte waren jetzt insgesamt mit dem Fall beschäftigt? Vierzig? Fünfzig? Sämtliche Ermittler in der MK5 sichteten Sexvideos. Ein steter Strom an sanftem Keuchen und Stöhnen, Gemurmel und Geschrei ergoss sich aus ihren Kopfhörern. Lustig. Jede Nacht waren diese Sexclubs, ach was, die ganze Stadt, voller Menschen, die stundenlang miteinander und aneinander vorbei fickten, bumsten, bliesen und wichsten, bis ihre Körperflüssigkeiten wie Konfetti auf der Fanmeile durch die Gegend regneten, und dann schliefen sie ein oder riefen ein Taxi oder gingen zum nächsten Kunden oder zur Arbeit, und ein paar Tage, ein paar Jahre später wanderten die Zeugnisse ihrer längst vergessenen Abenteuer in die MK5, hell erleuchtet mitten in der dunklen Stadt, wo müde Beamte sie nach Hinweisen durchforsteten, nach Auffälligkeiten, nach irgendwas, was nicht hineingehörte.

»Und dieser Videokünstler, der sitzt jetzt mit Lutz in Vernehmungsraum 3?«

»Nein. Der sitzt in der 1. Er hat das Video auch bloß im Auftrag gedreht. Hat aber sofort einen Namen genannt: Roland Harke.«

»Der? Der ist bekannt«, sagte Felix.

Emma stöhnte. Roland Harke: Seit 1979 Betreiber eines Swingerclubs namens *Fummelkeller Zwo* in der Hasenheide, Abschnitt 52. Immer wieder in der Klatschpresse, immer wieder Auseinandersetzungen mit der Polizei, allerdings nur zu Beginn. Inzwischen kannte der Harke seine Rechte sehr gut, und die Polizei hatte Besseres zu tun.

»Wieso eigentlich *Fummelkeller Zwo?* Gibt es auch einen *Fummelkeller Eins?*«, wollte sie wissen.

»Ist abgebrannt«, rief jemand von hinten. Der Engler, MK1. »Wachsfetischisten. Kein Witz.«

»Also dieser Harke sitzt jedenfalls gerade im Vernehmungsraum 3. In seinem Sexclub wurde das Video gedreht. Das Engelchen da ist seine Frau. Im Keller hat er ein sogenanntes Weißes Zimmer für besondere Dienste.«

Komisch. Es ist immer im Keller. Ohne Keller läuft gar nichts für bestimmte Menschen. Emma hatte auch einen Keller.

Wo sie manchmal hinging, wenn alles um sie herum nur noch dunkel war, wo sie still und ungesehen sitzen konnte und die Gedanken ziehen lassen, umringt vom Bösen dieser Welt, ihrer ganz persönlichen Auswahl. Sie war lange nicht mehr dort gewesen. Sie fragte sich, wie lange es noch dauern würde, bis sie wieder hinmusste.

Niemand hier wusste davon. Zum Glück. Was würden sie von ihr halten?

»Immerhin ist der Harke mehr oder weniger kooperativ …«

»Ach, der ist ein Arsch.« Die sonst so besonnene Wilk war genervt. »Gleich nach dem Anwalt rufen und dann großkotzig rumlabern: Auch ein Bulle hat ein Recht auf sexuelle Entfaltung, Lutz könnte gern mal vorbeischauen und die Sau rauslassen, das würde ihm guttun, so ein Scheiß, mein Gott, das ist ein Sexclub, was er da macht, der redet, als ob er eine Kurklinik betreibt, diese Kreuzberger, ey.«

Emma musste grinsen. Sie konnte sich gut vorstellen, wie der Typ den armen Lutz mit seinem Geschwafel zur Weißglut brachte.

»Und ihr glaubt, der Harke ist unser Täter?«, fragte Emma.

»Eher der, der am Kreuz hängt.« Engler.

»Haben wir einen Namen?«

»Ich denke, mindestens eine Phantomzeichnung ist drin«, sagte Engler. »In so einem Club läuft viel anonym ab, mit Barzahlung und so. Der Typ war angeblich aus München. Könnte sogar in der

Baubranche tätig sein. Er kam lange Zeit in den Club, wenn er geschäftlich in Berlin war. Aber seit einem Jahr oder so nicht mehr.«

»Das ist unser Täter, wetten?« Felix.

Das Dumme war, da konnte er tatsächlich recht haben. Der Mörder wusste, was er tat. Irgendwo hatte er das Wissen her. Das, was sie hier auf dem Video sahen, könnte der Probelauf gewesen sein. Oder es war rein für sein persönliches Vergnügen gedacht, brachte ihn aber dann auf die Idee, es mit seinen Opfern genauso zu machen. Die Vermischung von erotischen Fantasien und Mordfantasien ist bei Serientätern nicht selten.

Und warum sträubte sich dann alles in ihr dagegen?

Das ist nicht der Täter, das ist irgendein Spinner, ein Perverser, zu dieser Tat ist der gar nicht fähig, unser Täter würde nie solch ein Video zurücklassen, außerdem, was soll das mit dem Engel und der Pistole, die passen gar nicht ins Konzept, das ist Unsinn. Das sagte Emma nicht, aber sie dachte es.

Und dabei wurde ihr klar, dass Felix vielleicht ein größeres Problem war als erwartet. Sie hatte ihn als Möchtegern eingeschätzt, als unerfahrenen Angeber, als jemand, der ihr nicht gewachsen war. Aber was, wenn dieser Mann in dem Video tatsächlich der Täter war? Konnte durchaus sein. Dann war es Felix, nicht Emma, der den Stein ins Rollen gebracht hatte, durch das falsche Profil – das sie ihn hatte präsentieren lassen. Dann war er der Held der Puppenkiste – ohne dass er etwas geleistet hatte. Im Moment wusste jeder, dass Emma über die meiste Erfahrung in der OFA verfügte. Abgesehen vielleicht von der Brennemann war Emma gewissermaßen die OFA.

Auf einmal wurde ihr klar, dass sich das jederzeit ändern könnte.

Sie musterte ihn nachdenklich. Er war einer dieser Männer, die man gern »Kerl« nennt. Gut gebaut, offenes Gesicht, nicht der große Denker, nicht der komplizierte Typ. Ich bin bloß ein Kumpel, strahlte er aus. Ich führe nichts im Schilde. Und jeder glaubte es. Auch Emma.

Was, wenn das täuschte? Was, wenn er gefährlicher war, als er aussah? Das mit dem falschen Profil war nicht ganz so ausgegangen, wie Emma sich das vorgestellt hatte.

»Wie alt ist das Video denn?«, fragte sie.

»Fast zwei Jahre.« Pach seufzte. »Das ist eine Art Werbeclip. Der Sexclub zeigt seinen Kunden, was sie so alles bieten. Das Kreuz hat er seit Jahren, meint er. Es gibt andere Videos damit. Ein paar SM-Kunden, die sich in Leder oder Latex eine Stunde lang dranhängen lassen, mit ausgebreiteten Armen wie Jesus, und am Ende von einer Nonne ›erlöst‹ werden. Dass einer dabei in Panzertape eingewickelt werden wollte, das war neu.«

Felix ergriff das Wort. Emma hatte schon darauf gewartet. »Wenn ich das richtig verstehe, haben wir jetzt einen Hauptverdächtigen. Oder?« Seine Stimme klang irgendwie genüsslich. »Und so weit sind wir nur, weil Lutz noch mal den Obdachlosen unter die Lupe genommen hat. Und das wiederum hat er nur getan, weil unser Profil voraussagte, dass der olle Penner der Schlüssel zum Ganzen ist. Also hat unser Profil was gebracht, und gar nicht mal wenig, würde ich sagen.« Felix schnurrte förmlich. »War auch schon ein geiles Profil, muss ich selbst zugeben.«

Plötzlich regnete es Bleistifte, Radiergummis und Papierbällchen.

»Ach, der geile Profiler!«

»Einen Tag in der Puppenkiste und schon ein Genie, unser kleiner Felix.«

»Da schau her!«

Felix ging nicht in Deckung. Mit erhobenem Haupt und lachend nahm er die Anerkennung entgegen. Wie so ein Kerl das eben tut. Wie ein guter Kumpel, der einem nie etwas zuleide tun würde. Wie jemand, den man gut unterschätzen konnte.

22

Seine Fratze fiel ihr schon im Vorbeigehen auf.

Müde und hungrig war sie in die Kantine gekommen. Schnell vor dem Heimweg noch ein Käsebrötchen holen, nach diesem langen und nicht gerade angenehmen Tag. Da sah sie es, schon vom Eingang aus, das Plakat am schwarzen Brett, das war neu, gestern war das noch nicht da gewesen, das wusste sie, diese Fratze hätte sie von Weitem erkannt, mit geschlossenen Augen hätte sie die erkannt.

Unwillkürlich verlangsamte sich ihr Schritt.

Vor sieben Jahre hat sie es zum letzten Mal gesehen. Im Gerichtssaal. Dieses Gesicht, das sie in der Waldhütte drei Tage lang ertragen musste. Gutaussehend, charmant, männlich, nett, ein Gesicht, dem man spätnachts auf dem leeren U-Bahnsteig seine intimsten Geheimnisse offenbaren würde, dieses Gesicht, das vor sich hin grinste, als ob es noch nie im Leben von Vergewaltigung gehört hätte.

Uwe Marquardt.

Da stand er, der Name, den sie nie wieder hören wollte. Den sie gerade neulich auf dem Umschlag des Päckchens entdeckt hatte. Und das Buch. Das noch zu Hause lag, eingewickelt, ungeöffnet, und dessen Umschlag sie nie sehen wollte, da war es, nackt und bloß, prangte neben seiner Fratze, mit diesem Titel, den sie nie erfahren wollte, triefend vor Scheinheiligkeit.

Läuterung. Meine lange Reise zu mir selbst.

Buchpräsentation. Lesung. Im Konzertsaal der Universität der Künste. Edel, edel. Wie es sich für einen Edelvergewaltiger gehört. 20:00 Uhr. Heute Abend. Gleich jetzt sozusagen.

Läuterung. Emma spürte, wie ihr das Blut aus dem Gesicht wich. Sie drückte das noch leere Tablett an sich wie einen Schutzschild. Erst dann merkte sie, dass ihr Mund offen stand, sie nach Luft rang wie nach einem Schlag in den Bauch. Sie riss das Ding von der Pinnwand. Schaute sich um. Als ob sie denjenigen noch fassen könnte, der es aufgehängt hatte. Keiner da.

Sie marschierte zur Kasse. Frau Berger hinter dem Tresen.

»Wer hat das Plakat da hingehängt?«

»Jeder darf da was hinhängen, wenn er will.«

»War es jemand aus der OFA? Schreiner? Der Neue?«

»Ich achte nicht auf so was. Und wissen Sie was, die Namen der Beamten merke ich mir nur, wenn sie besonders nett sind.«

Emma zerknüllte das Plakat und schmiss es in die nächste Tonne, das Essen ließ sie stehen. Draußen bekam sie den Autoschlüssel nicht aus der Handtasche, und als sie ihn endlich hatte, ließ sie ihn zweimal fallen. Erst als sie hinter dem Lenkrad saß, merkte sie, wie sie zitterte. Die ganze Kurfürstenstraße entlang fuhr sie viel zu schnell. In der Dennewitzstraße 3, im Haus neben dem Haus, durch das die U1 fährt, rannte sie die Treppen hoch, ließ den Aufzug stehen, immer zwei Stufen auf einmal, bis zum vierten Stock, keuchte, als sie vor ihrer Tür ankam, war immer noch wütend, konnte sich aber wenigstens einbilden, dass ihr Herz so schnell schlug, weil sie sich angestrengt hatte, und aus keinem anderen Grund.

Die Dunkelheit der Wohnung war wie ein alter Freund. Es kam ihr vor, als wäre sie Ewigkeiten weg gewesen. Sie zog die Wohnungstür hinter sich zu und blieb minutenlang im Flur stehen, den Rücken an die Wand gelehnt. Hier war sie sicher. Hier kam keiner rein. Sie hörte sich selbst beim Atmen zu. Bis der Rhythmus nicht mehr gehetzt klang.

Sie musste diese Fratze aus dem Kopf kriegen.

Sie machte das Licht nicht an. Nur die Heizung. Schlüpfte in dicke Socken, ging ins Schlafzimmer. Setzte sich an den kleinen Schreibtisch in der Ecke am Fenster. Draußen fiel der Regen gegen die Scheiben. Sie fuhr den Laptop hoch. Das half. Es würde helfen. Wie immer. Dieser ganz bestimmte Ordner namens *Zukunft*. Versteckt und passwortgeschützt. Das brauchte sie jetzt. Das würde sie auf andere Gedanken bringen. Bessere Gedanken. Ganz bestimmt.

Der Ordner war nicht mal ihre Idee gewesen. Der Anstoß war von Frau Dr. Klee gekommen. Ihrer Therapeutin. Die hatte darauf bestanden: »Sie sind Profilerin, machen Sie ein Profil über sich selbst.«

Emma: »Ich bin Fallanalystin.«

Frau Dr. Klee: »Machen Sie eine Fallanalyse über sich selbst. Sie sind ein Fall. So sehen Sie sich doch.«

Emma: »Eine Fallanalyse ist eine Einschätzung einzelner Merkmale eines noch unbekannten Täters. Mich kenne ich bereits.«

Frau Dr. Klee widersprach: »Sie kennen sich nicht, sonst wären Sie nicht hier, und Täterin sind sie auch – seit vielen Jahren schon fügen Sie sich selbst ganz erheblich seelischen Schaden zu. Schreiben Sie mal ein Profil über den noch unbekannten Menschen, der Sie sein wollen. Die Emma Carow der Zukunft. Welche Merkmale hat diese Person, die Sie noch nicht haben, welche Merkmale müssen Sie sich noch aneignen, wenn Sie sie sein wollten? Beschreiben Sie die Emma Carow von morgen, die, nach der Sie suchen.«

Der Ordner *Zukunft* enthielt neunzehn Dokumente. Ein Dokument hieß *Fantasie*. Ein anderes hieß *Auslöser*. Ein weiteres *Mögliche Aufenthaltsorte*. Eines hieß *Sexuelle Kontakte*.

Sie öffnete das Dokument *Vorbilder* und las.

Brennemann.
Frustriert. Unglücklich. Überarbeitet. Aber: erntet Respekt. Verlangt Respekt. Bleibt sie selbst. Bittet nicht um Entschuldigung. Macht, was sie will. Weiß, was sie will.

Lutz.
Respektiert. Stur. Integer. Versucht nicht, anderen zu gefallen. Ist trotzdem ein Mensch, den andere um sich haben wollen. Verlangt nicht von mir, dass ich mich ändere. Ruht in sich. Hinterfragt sich nicht jeden zweiten Moment.

Das nächste Dokument hieß *Wunschliste.*

»Stellen Sie sich vor, es ist Weihnachten und Sie können alles haben, was Sie wollen«, hatte Frau Dr. Klee gesagt. »Was wäre das dann?«

Freiheit.
Freunde.
Ein Kind (ein Wunder).
Liebe.
Nicht ständig an ihn denken, nicht den ganzen Scheißtag lang, nicht immer diese Bilder im Kopf, wenn ich aufwache, nicht immer, wenn ich einschlafen will.
Einem Mann vertrauen können.
Respekt auf der Arbeit (ich will diese Stelle!).

Einige wenige Punkte waren rot markiert: Diese hatte sie sich schon erfüllt. Erfolge!

Ich will nicht mehr zur Miete wohnen.

Ihre Wohnung würde ihr erst ganz gehören, wenn sie fast in Rente war, egal. Als ihre Mietwohnung damals in Eigentum umgewandelt wurde, da hatte sie zugeschlagen. Die U-Bahn, die alle zehn Minuten durch das Haus nebenan ratterte, störte sie nicht. Die Schalldämmung war so gut, dass man es nur hörte, wenn man es hören wollte. Oder wenn man nicht schlafen konnte. Aber selbst dann: Zwischen 00:50 und 04:15 fuhr die U1 während der Woche ja gar nicht. Emma brauchte nicht viel Schlaf. Und es war billig. Wer wollte schon in ein Haus neben dem Haus investieren, durch das die U-Bahn fuhr? Außerdem hatte sie einen grandiosen Ausblick über den Gleisdreieckspark. Falls der jemals fertig werden würde. Sollte dieser Tag je kommen, musste sie sich wirklich einen Hund anschaffen.

Der Gedanke beruhigte sie. Es gab auch Erfolge in ihrem Leben. Und zwar nicht zu knapp. Eine Eigentumswohnung, das zeigte, dass sie mutig und zuversichtlich in die Zukunft blicken konnte, es bewies, dass sie sich so was wie Zukunft überhaupt vorstellen konnte. Das hatte Frau Dr. Klee gefreut. Das hatte sie gut gefunden. Wer weiß, vielleicht würde es Emma sogar gelingen, ihre kleine Eigentumswohnung mal mit einer eigenen Familie zu füllen. Wäre doch möglich.

Doch, es ging ihr schon besser.

Sie scrollte weiter. Bis zum Ende. Mal sehen, was da sonst noch alles stand.

Dann sah sie es und wünschte, sie hätte nicht nachgeschaut:

Seinem Treiben ein Ende setzen, für immer.

Auf einmal war alles weg.

Die Träume, die Wünsche, das gemütliche Zuhause am Rande des Parks, die Karriere, der Respekt, die Familie, der Hund und der Sonntagsspaziergang, die Hochzeitstage, das Plätzchenbacken für die Enkel. Weg. Sie konnte die anderen Wörter auf dem Bildschirm nicht mehr erkennen. Das war nur Buchstabendreck. Es war sowieso lächerlich, eine Fiktion, mehr nicht. Das da draußen, das war die Realität, und die Realität saß einfach am längeren Hebel.

Nein, er war das. Er saß am längeren Hebel. Machte, was er wollte. Er war es, der frei war, wirklich frei, frei von Hemmungen, von Gewissen, nur seinen Wünschen gehorchte er, seinen Trieben, seiner Selbstbeweihräucherung, daran hinderte ihn nichts.

Auch sie nicht.

Was würde passieren, wenn sie ihm tatsächlich gegenüberstehen würde, wie sie sich das immer wieder vorgestellt hatte? Mit dem Messer in der Hand oder mit ihrer Dienstwaffe? Würde sie zustechen? Würde sie abdrücken? Würde sie es tun? Oder würde sie vor Angst vergehen, wie ein kleines Mädchen zusammenbrechen, sich heulend ihm zu Füßen werfen und ihn anbetteln, bitte, tu mir nicht wieder weh?

Sie wusste es nicht. Es ging alles so schnell. Aber sie könnte es erfahren. Ein Blick auf die Uhr sagte ihr: Sie könnte es noch heute Abend erfahren.

Sie stand auf. In einer halben Stunde würde sie wissen, was für ein Mensch sie war.

23

Geh rein.

Du gehst da jetzt rein.

Geradeaus durch das Foyer, ohne nach rechts und links zu schauen, und rein in den Saal. Lass dich nicht aufhalten, wenn irgendeine Aushilfstussi deine Karte sehen will, du hörst nicht hin, du gehst da einfach rein, marschierst den Mittelgang runter, gehst auf die Bühne, wo er neben dem ehemaligen Herausgeber des *Tagesspiegels* sitzt und lässig plaudert, und du pfefferst ihm sein Buch entgegen, und du sagst es laut und deutlich zu all diesen verwöhnten Arschlöchern im Publikum da unten in ihrer Abendgarderobe, dieser Mann hier ist ein verurteilter Verbrecher, ihr feiert einen Vergewaltiger, er ist kein Held, er ist nicht geläutert, er ist kein Beispiel für gelungene Resozialisierung, er missbraucht meinen Namen immer noch, er ist kein Beweis, dass eure kranke

Gesellschaft in der Lage ist, ihre Perversen zu heilen, im Gegenteil, er ist nichts weiter als ein dreckiger Vergewaltiger, und das ist auch alles, was er jemals sein will, und wenn ihr mich jetzt für einen Spielverderber haltet, für einen schlechten Verlierer, für eine verbohrte Polizistin, dann ist mir das so was von egal, weil ich weiß, dass ich recht habe.

Du gehst da rein, und du sagst es den Leuten ins Gesicht, bis sie sich vor Scham in Luft auflösen.

Geh rein. Tu es.

Emma saß in ihrem Polo im nächtlichen Nieselregen in der Fasanenstraße, vor dem Konzertsaal der Akademie der Künste, die Hände um das Lenkrad, die Knöchel weiß.

Sie konnte nicht.

Sie musste.

Verdammt noch mal, war das alles nur Illusion? Selbstbetrug? Der Eintritt in der Polizei, die ganze Ausbildung, das Schießtraining, damit sie keine Angst mehr haben musste, damit ihr so etwas nie wieder passieren konnte?

Schießtraining. Waffe. Genau. Emma hatte ihre Dienstwaffe dabei.

Sie nahm ihre Tasche vom Beifahrersitz und holte sie raus. Sie lag gut in der Hand, dieses Gewicht, das kannte sie, ihre Sig Sauer P6 9 mm, ein solider kleiner Stahlblock, der genau auf ihren Griff zugeschnitten war.

Sie steckte sie wieder ein und stieg aus.

Sie zitterte, als sie den breiten, gepflasterten Vorplatz überquerte, auf diesen schicken Glaswürfel im Sechzigerjahre-Design zu, die drei Stufen nahm.

Das breite Foyer hinter der haushohen Fensterfront war leer. So betont schlicht, wie das Gebäude von außen wirkte, so edel war es innen. Indirekte Beleuchtung, Holzverkleidung, Granitboden. Im Hintergrund die Treppen zur Empore, die Garderobe, ein schicker

Bartresen. Ein einsamer Kellner polierte gelangweilt Gläser. Mitten im Foyer ein Tisch. Davor, auch dahinter, eigentlich überall, seine Poster an den Stellwänden: *Läuterung.* Friedlich unter Benefizkonzerten, Fotoausstellungen, Reinhold Messner.

»Die Lesung hat schon begonnen«, sagte das Blondchen mit Dutt, das sich hinter dem Tisch stuhlscharrend erhoben hatte, um sie abzufangen. »Es gibt nur noch Stehkarten.«

»Er hat mich vergewaltigt«, sagte Emma. »Sicher finden Sie für mich einen Sitzplatz?«

Das wollte sie sagen, tat es aber nicht. Stattdessen zog sie ihre Dienstwaffe, trat durch die Tür in den Saal, richtete sie auf Uwe Marquardt auf seiner Bühne, während sie den Mittelgang hinabging, bis er ihr Kommen spürte, bis er im Lesen stockte und aufschaute.

Auch das tat sie nicht. Stattdessen sagte sie höflich: »Dann lieber nicht, danke.«

Sie konnte es nicht. Sie wusste, dass sie es nicht konnte. Was hatte sie erwartet? Sie wandte sich zum Gehen, nichts wie raus hier, als unerwartet ein Gong ertönte. »Warten Sie«, rief ihr das Mädchen hinterher. »Meinetwegen können Sie nach der Pause zum halben Preis rein.«

Als Emma sich umdrehte, sah sie schon das Publikum aus den offenen Saaltüren strömen, Richtung Bar. Was für Menschen kamen zu so was? Studenten? Literaturfans? Intellektuelle im Cordsakko und mit frisch geputzten Schuhen? Mit ihren Frauen, die davon fantasieren, mal hart rangenommen zu werden? Sie starrte sie an: Männer in Anzügen, aufgeregte Pärchen, einzelne ältere Damen mit roten Wangen, ein paar junge Mädchen, vorwiegend dunkel gekleidet, klar, Rosa würde man zu so einem Thema eher nicht tragen, Rot auch nicht, Gelb, Grün, Blau, alles geschmacklos, nein, nein, sie hatten sich schick gemacht. Vielleicht wie bei einer Promitrauerfeier, so etwa. Sie sah Schmuck glitzern, viel Silber, teure Stiefel, angesagte Taschen, schicke Frisuren, viel Blond, sogar einen Pelz. Jetzt hatte sie es gesehen, das Publikum, jetzt wusste sie, was für Arschlöcher sich so was anhörten, jetzt konnte sie gehen, danke schön. Da sah sie ihn.

Er war schon eine Erscheinung.

Sein Gesicht war kantiger, seine Schultern waren breiter geworden. Physische Präsenz, mehr als vor zehn Jahren. Er war gar nicht so besonders groß oder muskulös, aber man hielt ihn für stark. Ein bisschen Marke Schwiegersohn, dazu diese Prise durchdringender Blick unter dichten Brauen, diese Koketterie, mit der er seine Gewalttätigkeit umkleidet hatte, diese Kunst, mit der er seine Triebe adelte, diese Selbstbeherrschung, bewundernswert. Wie der weiße Tiger bei Siegfried und Roy. Auch Roy hatte dem Tiger verziehen, es lag einfach in der Natur des Tigers. Schöne Hände hatte er, immer noch. Wie konnte jemand wie er so schöne Hände haben? Ob er noch ihre Bissmarke hatte am rechten Daumen?

Soeben trat er durch die Saaltür ins Foyer. Zu seiner Linken eine Dame im schicken Businesskostümchen, Papiere in der Hand, offenbar die Betreuerin, die Managerin vielleicht. Zur Rechten irgendein Assistent, ein Milchbubi, auch mit fast dreißig noch lange nicht erwachsen, begeistert, ungelenk und übereifrig.

Egal. Sie zog ihre Dienstwaffe, richtete sie auf ihn und drückte so lange ab, bis er tot war. Sie tat es, bevor er sie wahrnahm. Sie tat es, damit er sie nicht wahrnahm.

Sie tat es nicht. Sie war nicht mal in der Lage, sich den Leuten hier zu erkennen zu geben. Wie hätte sie schießen sollen. Sie konnte sich überhaupt nicht bewegen. Sie wollte nur fliehen, sich verstecken, bloß nicht von ihm gesehen werden, nicht hier, ihre Nackenhärchen richteten sich auf, Gänsehaut lief ihren Rücken herab, ihr Herz raste, dass ihr schwindelig wurde.

Er ist in ein Gespräch vertieft. Irgendwelche Details. Mit der

Managerin. Die drei nähern sich. Er wird von einem Fan aufgehalten. Eine Dame mittleren Alters, sie findet das alles ganz wunderbar, was er tut. Er lächelt, versprüht seinen Charme, kommt näher.

Er will an Emma vorbei.

Sie kann sich nicht bewegen.

Die Managerin nimmt seinen Arm. Dreht ihn in die andere Richtung. Zur Bar. Nur der Milchbubi kreuzt ihren Blick. Schüttelt den Kopf. Emmas Vergewaltiger entfernt sich wieder. Weg von ihr. Er hat sie nicht gesehen. Er hat sie fast berührt, so nah war er, doch er hat sie nicht gesehen. Sein Geruch blieb ihr in der Nase kleben. Das gleiche Parfüm wie damals.

Emma schlug die Hand vor den Mund. Rannte Richtung Garderobe. Da stand ein einsamer Stehaschenbecher aus Chrom, der wohl in den Sechzigerjahren hier vergessen worden war. Hübsches Design. Emma kotzte hinein. Sie spürte, wie die ganze Angst sich aus ihrem Bauch erhob und durch ihre Kehle nach außen drang.

Jemand stand hinter ihr.

Sie konnte sich nicht umdrehen.

»Frau Carow?« Es war nicht seine Stimme.

»Ist Ihnen nicht gut?« Eine Hand reichte ihr ein Papiertaschentuch. Sie nahm es, ohne aufzuschauen, drehte sich zur Tür, stolperte durch das Foyer, blickte nur kurz zurück, wer das war, der hinter ihr stand, ihr ausgeholfen hatte. Der Milchbubi. Der Assistent.

Woher kannte er ihren Namen?

Er stand nur da, schaute ihr nach. Intensiv, dieser Blick. Überrascht, prüfend, nachdenklich. Als ob er sich wunderte, sie hier zu sehen. Als ob ihm etwas auf der Zunge läge, eine Frage, ein Vorschlag. Konnte das sein? Hatte Uwe seine Leute angehalten, im Publikum nach ihr Ausschau zu halten? War er auf sie vorbereitet?

Endlich, endlich war sie draußen. Allein. Keiner kam ihr nach. Sie atmete tief durch. Zwei, drei Mal. Mehr wollte sie nicht. Draußen sein, an der frischen, verpesteten Berliner Luft. Ein kleiner, kalter, dreckiger, ungefährlicher Teil der Realität, der nicht ihr Feind war. Für den Rest war sie zu schwach.

24

Sie hatte gekniffen. Sie war geflüchtet. Sie war immer noch das Mädchen, das Opfer, das ewige Opfer, das nichts anderes kann, als flüchten, heulen, zusammenbrechen, wenn der böse Wolf sie einmal angrinst.

Emma konnte nicht schlafen.

Die Bilder gingen ihr nicht aus dem Kopf. Sie lag im Bett und kämpfte in Gedanken mit sich selbst. Die Müdigkeit kroch heran, endlich glitt sie in den Halbschlaf, und da sah sie ihn wieder, diese Fratze, ihre Feigheit, die nutzlose Waffe an ihrer Seite, und dann noch dieser jungsche Assistent: *Frau Carow? Ist Ihnen nicht gut?*, und sie strampelte und schrie mit geschlossenem Mund und fuhr wieder hoch.

Da klingelte es. An der Tür.

Das war er. Klar, wer sonst.

Schlagartig war sie hellwach, präsent, zur Verteidigung bereit. Langte zum Nachttisch, zu ihrer Tasche, ihrer Waffe.

Es klingelte abermals. Emma stapfte barfuß durch den dunklen Flur, zur Tür, zur Gegensprechanlage. Hob den Hörer ab, sagte kein Wort.

»Carow? Sind Sie noch wach?«

Emma war zu perplex, um zu antworten.

»Nun machen Sie schon auf.«

»Frau Brennemann?« Was wollte ihre Chefin hier?

»Ich hoffe, Sie haben einen Fahrstuhl.«

»Der ist hinten, geradeaus durch, draußen im Hinterhof.«

»Im Hof? Weiß denn keiner mehr in dieser Stadt, wie man ein Haus baut?«

»Er wurde nachträglich …«, wollte Emma erklären, aber die Brennemann war schon unterwegs.

Barfuß, im Schlafanzug, wartete Emma an der Tür. Die Brennemann mit ihrem mächtigen Bauch kam aus dem Fahrstuhl gewatschelt, unter dem Arm eine Akte. Sie drückte sie Emma in die Hand, als sie sich an ihr vorbei durch die Tür drängte. »Empfangen Sie Ihre Gäste immer mit der Knarre in der Hand?«

»Oh.« Erst jetzt bemerkte Emma die Waffe in ihrer Faust. Sie legte sie beiseite und zog sich eine Strickjacke über. Die Brennemann warf nur einen kurzen Blick ins Wohnzimmer, kam zurück und setzte sich an den Küchentisch.

»Einen Kaffee können Sie mir schon anbieten«, sagte sie und schob ein paar der Bücher beiseite. »Falls Sie unbedingt wollen.«

»Was für eine Akte ist das?« Emma ging zur Espressomaschine, ließ die Bohnen in ihre kleine Mühle rasseln.

»Die unpassenden Objekte, mit denen Sie uns ständig nerven. Und die Kleidung der Opfer.« Die Brennemann klopfte auf den Aktendeckel. »Das war nicht ihre eigene Kleidung. Es war eine Art Kostüm.«

»Ach, deshalb artifiziell …«

Die Brennemann nickte. »Sieht echt aus, ist aber nur zusammengestückelt. Ohne Futter. Ohne Innentaschen. Nur zum Schein, nicht zum Tragen. Die Nähte sind teilweise nur geheftet, das war ein Amateur. Manche Kleidungsstücke sind echt, aber alt, aus Secondhand-Läden. Der Täter suchte einen bestimmten Stil, so Achtziger, und was er nicht fand, nähte er selbst. Auch wenn er offensichtlich nicht nähen kann. Und die Brille, die Brandner trug, die ist aus Fensterglas. Gehört zum Kostüm. Und noch was. Nur die Kleidung oberhalb der Gürtel war falsch. Die Opfer trugen ihre eigenen Hosen, Röcke, Schuhe. Nur die Hemden und Blusen wurden ausgewechselt.«

»Aber wieso …«

»Eben«, sagte die Brennemann. »Warum sollte man so was tun? Er hat sie angezogen wie Puppen. Und die beiden Frauen tragen das Gleiche, genau das Gleiche.«

»Sie sollen etwas darstellen.« Emma gähnte, entschied sich, gleich zwei Tassen zu machen. »Wie in einem Schauspiel. Eine bestimmte Rolle, die bestimmte Kleidung verlangt.«

»Ja …«, sagte die Brennemann gedehnt. »Oder auch nicht. Lutz ist der Meinung, es ist eine Ablenkung. Er glaubt, der Täter spielt mit uns.«

»Er glaubt, die Kleidung hat nichts mit der Tat zu tun?«

»Der Täter will, dass wir Secondhand-Läden verdächtigen oder Flohmarkthändler oder was weiß ich, alles, nur ihn nicht, er will uns mit einer falschen Fährte verwirren.«

»Na ja, schon möglich. Könnte aber auch ein täterspezifisches *Staging* sein …« Die Kaffeemaschine ratterte. »Hat Lutz uns deshalb diese Infos so lange vorenthalten? Damit wir das Profil erstellen, ohne uns davon ablenken zu lassen?«

»Ach was. Die Tempelhofer mussten das Zeug tagelang von dem Panzertape abpulen, bevor sie es überhaupt erkennen konnten.« Brennemann nahm einen Schluck von dem Kaffee, den Emma ihr hingestellt hatte, und sagte: »Sie haben gar nicht nach den Objekten gefragt.«

»Die unpassenden Objekte, die mit eingewickelt wurden?«

»Schrippen.« Die Brennemann reckte sich, griff fluchend hinter ihren Rücken und stemmte sich die Fäuste ins Kreuz.

»Schrippen?«

»Bei dem Obdachlosen waren es acht verschimmelte Schrippen, eine Packung Cervelatwurst und eine Packung Gouda. In Scheiben. Alles von Aldi. Und vier Teller.«

Emma setzte sich.

»Bei den Frauen war es jeweils genau dasselbe: zwei Packungen Capri-Sonne, ein Glas Erdbeermarmelade, vier scheinbar hart gekochte Eier mit Eierbechern und Eierlöffeln.«

Die Brennemann wartete.

Endlich sagte Emma: »Das ist ein Witz, oder? Frühstück? Er hat seinen Opfern Frühstück beigegeben. Während sie verhungerten? Der veräppelt uns.«

»So sieht Lutz das auch.« Die Brennemann gähnte und schlürfte. »Er ermittelt natürlich trotzdem. Es reicht nicht, dass er jeden Kletterverein in der Stadt befragt, jede Gerüstfirma, Überwachungsvideos von jedem Baumarkt sichtet, er muss auch noch zu jedem Secondhand-Laden, zu jedem Fuzzi, der Stoffreste aus den Achtzigern verkauft …«

»Das ist eine Grabbeigabe«, murmelte Emma. »Damit die Opfer mit den Göttern frühstücken können.« Sie gab einen Schuss Milch in den Kaffee und nahm einen Schluck.

»Sie sind eine Komikerin, Carow.«

»Oder er will, dass die Opfer wissen, sie könnten was essen, Rettung ist ganz nah, wenn sie nur drankämen …«

»Teller und Eierlöffel kann man nicht essen«, seufzte die Brennemann. »Auch die Achtzigerklamotten nicht. Es ist fraglich, ob sie überhaupt wussten, dass das Essen da war. Es war mit eingewickelt. Sie konnten es weder sehen noch riechen.«

Die Brennemann schob ihr die Akte rüber. »Die sollten Sie gar nicht haben, ehrlich gesagt. Das Profil ist fertig, das ist nicht mehr unsere Sache. Trotzdem.«

»Trotzdem kommen Sie um ein Uhr morgens hierher, um mir das zu erzählen«, sagte Emma.

Die Brennemann antwortete nicht. Zündete sich eine Zigarette an. Auf Emmas Blick hin meinte sie nur: »Sucht bleibt Sucht.«

»Oder Sie haben Angst«, sagte Emma.

»Wie bitte?«

»Vor dem Kind. Die Zigarette. Sie wollen das Kind schon im Mutterleib schwächen. Damit Sie auch später die Chefin bleiben. Aber Sie wissen, das Kind wird der Chef sein.«

Die Brennemann starrte sie an. Ewig. »Sozialkompetenz, Carow, hatten wir das nicht schon mal die Woche?«

»Also, ich hätte Angst«, sagte Emma.

»Vor einem Kind?«

»Davor, Mutter zu sein. Vor der Verantwortung. Sie haben Angst davor, die Kontrolle abzugeben. Deshalb haben Sie so lange damit gewartet. Oder?«

»Profiler«, schimpfte die Brennemann. »Man kann nicht einfach mal ganz normal mit ihnen plaudern.« Sie legte die Zigarette in der Schale ab, die ihr Emma hingestellt hatte. »Es war ein Unfall, Mensch. Ich hätte es ewig weiter vor mir herschieben können: Vielleicht nächstes Jahr, vielleicht beim nächsten Mann, bis es nicht mehr ging. Dann hätte ich mit den Schultern gezuckt und gesagt, na ja, sollte nicht sein. Dann kam der Unfall.« Schweigend trank sie ihren Kaffee. »Gar nicht übel«, sagte sie nach einer Weile. »Wo haben Sie den her?«

»Kolumbien.«

»Und im Büro?«

»Aldi.«

Die Brennemann stellte klirrend ihre Tasse ab.

»Ein Unfall also«, sagte Emma. »Mann, es gab Jahre, da hätte ich mich gefreut, wenn mir mal so ein Unfall passiert wäre. Ist es nicht das, was das Leben ausmacht? Mal was anderes als immer nur der eigene Plan?«

»Sie können aber eine Menge Psychoscheiße von sich geben, wenn der Tag lang ist. Ich habe keine Angst davor, die Kontrolle zu verlieren, ich habe Angst, dass es ein Mädchen wird.«

»Wie bitte?«

»Ich habe drei Brüder. Jungs versteh ich. Jungs sind einfach. Mädchen? Zicken. Lügner. Heulsusen. Haben Sie mal versucht, mit Mädchen zu spielen, Carow? Ich sag Ihnen, Sie können nichts richtig machen. Irgendeine ist immer beleidigt.«

»Also ich habe eine kleine Nichte, die ist eigentlich …«

»Was, wenn sie Zöpfe geflochten haben will und Prinzessinnenkleider und ein Pony? Was, wenn das ein kleines Luder wird? Nichts im Kopf außer Schminke und Jungs. Diese Gören, die machen, was sie wollen, man kann sie belehren und anschreien, wie man will. Ich weiß es, ich war selber eine. Was ist, wenn sie die Schule abbricht und schwanger wird mit sechzehn, was, wenn sie nach jeder Mahlzeit kotzt, weil sie denkt, sie wäre zu fett, was, wenn sie dem falschen Mann vertraut, was, wenn sie so wird wie Sie?«

»Wie ich?« Emma holte tief Luft. Jetzt war sie endgültig wach.

»Schauen Sie sich an«, sagte ihre Chefin. »Sind Sie die Frau, die Sie sein wollten? Sind Sie ein Vorbild für junge Mädchen? Ist irgendwas an Ihnen, was ein Mädchen nachahmen sollte?«

»Ich … ich kann mich selbst ernähren. Ich kann ein Profil schreiben. Ich führe ein normales Leben wie jede andere Frau auch … Ich kann schießen.«

Die Brennemann schnaubte. »Carow, Sie sind der unglücklichste Mensch, den ich kenne. Kommen Sie mir nicht mit ›alles wird gut‹.«

Draußen war was. Schon seit einiger Zeit. Ein Hupen. Kaum zu hören durch das geschlossene Fenster.

»Mein Rendezvous wird ungeduldig. In meinem Alter muss ich zu einem Kerl ins Auto steigen, der auf der Straße steht und hupt. Das ist erbärmlich.«

Die Brennemann erhob sich kopfschüttelnd. Es war ein kompliziertes Manöver. Sie lehnte sich vor, stützte sich nach hinten ab, schob. Ihr dünnes Wollkleid blieb an der Tischkante hängen, und Emma hatte schon Angst, es würde reißen.

»Für den ganzen Quatsch bin ich aber nicht hergekommen. Ich bin gekommen, um Sie zu warnen. Morgen wird es Ärger geben. Schreiner hat sich beschwert. Zu Recht. Sie haben ihn benutzt, und inzwischen weiß er es, und alle anderen wissen es auch. Lutz ist sauer. An Ihrer Stelle würde ich mir eine Verteidigung ausdenken, die nichts damit zu tun hat, dass Sie den Leiter des Morddezernats manipulieren wollten. Das ist als Verteidigung nicht so gut, wie Sie glauben.«

Die Brennemann watschelte in den Flur und arbeitete sich in ihre dicke Strickjacke. Draußen hupte es wieder. Emma wartete an der Tür, bis der Aufzug aufging, die Brennemann schluckte und wieder verschwand. Dann ging sie ins Wohnzimmer und warf einen Blick runter auf die Straße. Schwarzer Audi. Brennemanns Wagen. Mit jemand am Steuer. Der Fahrer benahm sich echt wie ein Teenie. Als die Brennemann begann, sich umständlich in den Wagen zu wuchten, stieg er nicht aus, hatte nicht mal die Beifahrertür für sie geöffnet. Während Emma noch rätselte, wer das war, drehte sich die Brennemann noch einmal zu ihr um und winkte ironisch zum Abschied.

Ertappt zuckte Emma zurück.

25

Um zwei Uhr morgens musste sie sich eingestehen, dass ihr nichts mehr einfallen würde.

Emma saß in der Küche, den Kopf auf die Hände gestützt. An Schlaf war nicht zu denken. Immer wieder wanderten ihre Augen zu der rätselhaften Klamotten-Akte auf dem Küchentisch. Sie versuchte, ihre Neugier zu verdrängen. Das war jetzt nicht wichtig.

Was sie brauchte, war eine Verteidigungsstrategie. Ein schlagendes Argument. Eine vernünftige Rechtfertigung, warum sie einen Kollegen hatte ins Messer laufen lassen. Es gab keine. Sie wollte Lutz manipulieren, um mehr Infos zu kriegen, und das hatte sie auch getan. Mehr war da nicht.

Wenn sie schon keine vernünftige Rechtfertigung hatte, wenn sie schon wusste, dass sie morgen fällig war, dann könnte sie zumindest bis dahin etwas tun, das ihr lag, die einzige Verteidigungsstrategie, die sie kannte: Arbeit. Kurz entschlossen ging sie unter die Dusche, drehte das kalte Wasser an und wachte endgültig auf.

Kurz nach drei war sie im Büro. Im Archiv suchte sie sich die Akten zu den Opfern heraus. Dann weiter hoch in die Puppenkiste. Leer und dunkel. Die Kaffeemaschine war vollautomatisch, Emma hatte auch gar nichts gegen das, was da rauskam, immerhin hatte Matze für Biomilch gesorgt, der tolerante Veganer, und in der Schublade lag noch ein Schokoriegel. Sie machte das Licht an, legte die rätselhafte Klamotten-Akte auf Matzes Schreibtisch, mit dem Vermerk: *Worauf bezieht sich diese Kleidung? Filmszene? Schauspiel? Werbung?*

Tasse in der Hand, Papiere unterm Arm, ging Emma zum Schreibtisch. Wo sollte sie nur anfangen?

Dann sah sie es. Auf ihrem Tisch. Eine Akte. Ein Bericht.

Das Leben des Karl Brandner, zusammengefasst in einem Stapel Papiere. Endlich. Die neuen Infos. Emma hatte das Bedürfnis, in den Kessel runterzurennen und die unermüdliche Person, die da noch arbeitete, abzuknutschen. Sie tat es nicht. Was, wenn es nicht Lutz gewesen wäre?

Sie machte alle Lampen an. Sie las.

Karl Brandner hatte ein Video drehen wollen. Ein Musikvideo, ein ganz besonderes, das die Welt schockieren und ihn zum Star machen würde. Tja, wer will das nicht. Emma blätterte weiter.

Zu diesem Zweck hatte Herr Brandner insgesamt dreiundzwanzig E-Mails an Olaf Zieschke, den Videoproduzenten, geschickt und von diesem sieben Antworten erhalten. Sie wurden alle auf dem Gemeinschaftscomputer der WG *Ruhe im Sturm* gefunden. In der ersten Mail machte Brandner dem Videoproduzenten ein recht ungeniertes Angebot: Zwar könne er nichts zahlen, doch das Ding sei so brisant, dass es auch Zieschke berühmt machen würde, wenn er es für umme drehen und auf YouTube stellen würde, es sei nur ganz wenig Arbeit, und dafür würden alle wissen wollen, wer das produziert habe, das sei die beste Werbung überhaupt.

Herr Zieschke bestand auf Bezahlung.

In den Monaten darauf arbeitete Brandner daran, das Geld zusammenzukratzen. Er habe die erste Rate, die zweite folge. Nein, die erste Rate sei ihm geklaut worden, er müsse weiter sparen, nur noch einen Monat. Er habe auch den Text geändert, alles schärfer gemacht, härter, das wird der Knaller, das wird die Welt aufwecken. Vielleicht sei der Text auch zu scharf. Inzwischen machte sich Brandner Sorgen darum, was die Regierung unternehmen würde. Nicht die deutsche, die Weltregierung, die heimliche. Die gäbe es, wahrscheinlich läsen sie sowieso schon mit, aber keiner kenne den endgültigen Text, nur er, Brandner, also müssten sie warten, bis das Video auf YouTube steht, dann aber ist es zu spät.

»Wenn du Pech hast, haben sie auch dich auf dem Kieker«, warnte er Zieschke. »Ich hoffe für uns beide, sie wollen nur mich.«

Zieschke blieb furchtlos, bestand aber weiterhin auf seinem Geld.

Zu seiner Überraschung hatte Brandner es irgendwann tatsächlich beisammen, und sie zogen das Ding durch, in Zieschkes Wohnzimmer. Brandner konnte es kaum erwarten, das fertige Kunstwerk zu sehen. Bloß für Schnitt und Abmischen fehlte ihm die dritte Rate. Das Geld war weg. Dieser Arsch Jendreyko hatte es geklaut. Ging es nicht auch so? Bitte!

Leider nicht.

Danach brach die Kommunikation ab.

Erst ein halbes Jahr später meldete sich Brandner wieder. Er erzählte von einem Krankenhausaufenthalt, Emma vermutete Schlaganfall. Danach schlich sich ein anderer Ton in die E-Mails, ein neues Element: Brandners Tochter Krissi.

Diese sollte im Falle seines Todes alle Einnahmen aus dem Video bekommen. Außerdem wolle er ihr das Lied widmen. Er tue das alles für sie. Damit sie in einer besseren Welt aufwachse, damit sie wisse, was für ein Mensch ihr Vater sei, überhaupt, alles, wofür er stehe, sein ganzer Kampf, den habe er nur für sie gekämpft.

Jetzt war Brandner entschlossen, kratzte die dritte Rate zügig zusammen. Es mussten auch neue Strophen aufgenommen werden. Neue Texte, wichtige Texte, Texte für Krissi.

Endlich war es so weit: Zieschke saß am Schnitt, eine Woche noch, und Brandner konnte das fertige Meisterwerk sichten. Und siehe da: Die letzte E-Mail von Zieschke enthielt einen Link zum fertigen Video auf YouTube. Der Alte hatte es tatsächlich geschafft.

Emma klickte auf den Link.

Zu spät! von »Kater Karlo«. Ein älterer Mann in einer speckigen Secondhand-Lederjacke und mit einem roten Hut – wohl speziell für die Aufnahme besorgt – steht in einem Wohnzimmer auf einer Couch, Gitarre vor der Wampe, und singt. Brandner konnte leider weder singen noch spielen. Gesoffen hatte er auch. Seinen Text kannte er nur zum Teil. Stellenweise musste ihn Zieschke aus dem Off vorsagen. Abgesehen von einigen Akkorden spielte er gar nicht auf der Gitarre, hielt sich nur daran fest. Ab und zu sprang er in die Luft, brüllte und schüttelte seine Faust Richtung Kamera. Dafür war die Tonqualität allerdings gut.

Bis auf die letzte Strophe kannte Emma den Inhalt der Texte schon aus den E-Mails: Weltregierung, Finanzkartell, die Twin-Tower-Verschwörung, Chemtrails, Totalüberwachung. Den Refrain jedenfalls kriegte er gut hin: »Wach auf! Wach auf! Zu spät!«

Die letzte Strophe fiel aus dem Rahmen.

»All das hab ich für dich getan, Krissi, du bist mein Fleisch und

Blut, ich bin bei dir im Geist, dass du es weißt, es war alles nur für dich! Wach auf! Wach auf! Zu spät!«

Emma verglich die Daten: die letzte E-Mail, den Bericht der Gerichtsmedizin. Der Künstler hatte sein Werk nie gesehen. Bis das Video endlich hochgeladen war, hing Brandner schon tot im Gerüst am Leipziger Platz.

Eine Tochter?, dachte Emma. Warum höre ich jetzt zum ersten Mal von einer Tochter?

Noch eine Akte: Zeugenbefragung Kristina Zweiger, zweiunddreißig. Frau Zweiger wuchs bei ihrer Mutter und deren Ehemann auf. Lebt heute mit ihrem Freund in Potsdam. Nur ein einziges Mal im Leben hatte sie von ihrem leiblichen Vater gehört, das war vor einigen Monaten, im Mai. Der Anruf kam spätnachts. Er war besoffen. Es war zunächst unklar, wer am Apparat war. Als sie begriff, dass es ihr leiblicher Vater war, konnte sie nicht auflegen. Sie hatte sich lange nach diesem Moment gesehnt. Das sagte sie ihm auch. Doch er hörte nichts. Er laberte nur. Schwafelte von seinem verpfuschten Leben und dass er bald berühmt werde, dass irgendjemand mithöre, er wiederholte sich, brach Sätze ab, war zwischendurch nicht sicher, ob er mit seiner Tochter oder mit seiner Exfrau sprach. Schließlich legte sie auf.

Am nächsten Tag ließ sie ihre Festnetznummer ändern. Nein, Frau Zweiger hatte kein Interesse daran, das Video zu sehen.

Emma nahm einen Schluck kalten Kaffee, klemmte sich Karl Brandner mit Julia Fredersdorf und Lucy Herold unter den Arm und ging zum Whiteboard, das sich hinter ihrem Schreibtisch quer über die ganze Wand zog. Starrte eine Weile nachdenklich ins Nichts. Sie musste das Bild erst vor sich sehen, bevor sie den Stift zur Hand nahm. Erst als sie merkte, dass sie wegdöste, legte sie los.

Oben schrieb sie drei Namen, die der Opfer. Unter jedem trug sie die bekannten Eigenschaften ein, zunächst aus dem Gedächtnis, dann durchforstete sie die Akten nach Details, die sie vergessen hatte:

	Lucy Herold	*Julia Fredersdorf*	*Karl Brandner*
Bildung/Beruf	Gymnasium Zehlendorf Uni Berlin, FU, Musik Hausfrau	Gymnasium Helmstadt Anwaltsassistentin Hausfrau	Heim, Moers Hauptschule Moers arbeitslos
Familie	Eltern Zehlendorf Ehemann: Medizintechniker. Vivantes, Reinickendorf 1 Sohn, 3 Jahre wohnhaft Prenzlauer Berg	Eltern Spandau Ehemann: Bankkaufmann, Sparkasse Lichtenfelde 1 Tochter, 5 Jahre wohnhaft Zehlendorf	Eltern unbekannt unverheiratet 1 Tochter
Medizinisch	Therapie: Dr. Alex Karm, Kreuzberg Allergien, Schlaftabletten	Therapie: Fr. Dr. Beate Schumacher, Mitte orthopädische Beschwerden	Arzt: Michael Johannsen, Kreuzberg (Schlaganfall) Alkoholmissbrauch, Folgen
Soziale Kontakte	Fitnessstudio Prenzlauer Berg Uni-Orchester Supper Club Mitte Facebook aktiv	Fitnessstudio Zehlendorf Freundin: Kerstin Bölling, Publicity, IUY, Mitte Exfreund: Frank Werder, Hamburg	Soziale Treffpunkte: WG Ruhe im Sturm Einkaufszentrum Eastgate, Marzahn Görlitzer Park, Kreuzberg
Ungewöhnl. Umstände/ Geistige Verfassung	Ehemann Affäre Simone Maier früherer Missbrauch Ängste: Versagen als Mutter	Schwanger Vergewaltigung früherer Missbrauch Ängste: Versagen als Mutter	leichte Paranoia Tocher entfremdet

Alles kam auf das große Whiteboard. Welche Grundschule in welchem Ort die Frauen besucht hatten; die Berufe der Eltern, sogar der Freundinnen; so viel über Freunde und Bekannte, wie sie finden konnte. In immer kleiner werdender Schrift notierte sie Geburtsorte, Sozialkontakte im Netz, Milieus und Stadtteile, Vorstrafen-, Kranken- und TÜV-Geschichte, Minijobs, Hobbys und Ehrenämter, Kitas, Stammlokale, Lieblingsläden, Nachbarn, alles, was sie fand, bis sie nicht mehr klar sehen konnte.

Erschöpft ging Emma zu ihrem Schreibtisch und warf sich auf ihren Stuhl, das Panorama der Fakten vor Augen.

Alles wertlos.

Sie sah keine Verbindung, keine Gemeinsamkeiten. Klar, zwischen Fredersdorf und Herold schon. Aber wenn der Täter ganz einfach junge blonde Mütter hasste, warum dann Karl Brandner? Wenn der Täter Obdachlose töten wollte, warum dann Julia Fredersdorf und Lucy Herold? Keine einzige Eigenschaft hatten alle drei Opfer gemeinsam.

Hatte der Täter sie tatsächlich wahllos ausgesucht? Steckte dahinter gar kein Prinzip? Reiner Zufall? Die ganze Arbeit, dieses mörderische Kunstwerk, diese mächtige kranke Fantasie, die die ganze Stadt in Atem hielt – und die Grundkomponenten dafür waren völlig beliebig? Hier eine Frau, irgendeine Frau? Da ein Mann, irgendein Mann?

Fast die ganze Wand war mit Opfereigenschaften vollgekritzelt. Die harte Arbeit von über hundert Beamten, die seit Tagen Informationen sammelten.

Der reine Buchstabendreck.

26

»Das ist nicht mehr Ihr Job, Carow.«

Emma erwachte mit einem Ruck. Die Brennemann stand hinter ihr, klopfte auf das Whiteboard. Der Tag hatte begonnen. Die Puppenkiste war voll. Alle Kollegen waren da. Und nicht nur sie: Lutz ebenfalls.

»Ein Profil haben wir bereits geliefert«, fuhr Brennemann fort, »damit ist unsere Arbeit getan. Wenn Herr Bogner zu einem späteren Zeitpunkt ein erweitertes Profil bestellen will, wird er das tun.« Lutz Bogner nickte dazu, sagte aber nichts. »Frau Carow, bitte wischen Sie das Whiteboard ab und folgen Sie uns in mein Büro.«

Die Brennemann verschwand ins Büro, Lutz und Felix ihr nach. Es ging also los. Gleich würde sie da drin gegrillt werden: Es würde damit anfangen, dass sie einem Kollegen wissentlich ein falsches Profil untergeschoben hätte, und damit enden, dass Felix die Schwangerschaftsvertretung für sich beanspruchte, weil Emma offenbar nicht im Team arbeiten könne.

Emma griff nach ihrer Kaffeetasse. Leer. Ihr Kopf auch. Sie musste dringend wach werden.

Sie nahm den Schwamm zur Hand, begann, die Stichworte wegzuwischen. Eines nach dem anderen. Nur die Namen ließ sie stehen. Die Tafel war fast leer, als sie innehielt. Die letzten Worte, die da noch standen, waren diese:

	Lucy Herold	*Julia Fredersdorf*	*Karl Brandner*
Ungewöhnl. Umstände / Geistige Verfassung	früherer Missbrauch Ängste: Versagen als Mutter	früherer Missbrauch Ängste: Versagen als Mutter	Tochter entfremdet

Ach.

Wie in Trance nahm sie den Stift und trug bei Karl Brandner noch etwas ein:

Versagen als Vater.

Emma trat einen Schritt zurück. Dann folgte sie den anderen in Brennemanns Büro. Die Tür stand offen, alle hatten schon Platz genommen. Emma blieb stehen, ließ die Tür gleich auf.

»Es sind Opfer«, sagte sie.

»Wie bitte?« Die Brennemann lehnte sich schwerfällig vor. In ihren Händen ein Taschenrechner, als ob sie gleich ausrechnen wollte, wie viel Geld Emmas falsches Profil die Abteilung gekostet hatte. Oder wie viele Schwangerschaftswochen ihr noch blieben, bis sie endlich hier raus war.

»Die Opfer«, sagte Emma. »Der Täter sucht sich Menschen aus, die in der Kindheit missbraucht wurden. Und dann macht er sie erneut zu Opfern. Das ist der gemeinsame Nenner: Alle drei Opfer waren schon mal Opfer.«

Felix schnaubte. »Ach komm jetzt, das ist … Welcher Täter achtet auf die Kindheit seiner Opfer? Das ist absurd.«

Lutz hob die Hand, ließ sie wieder sinken, schwieg. Die Brennemann wand sich schwerfällig aus ihrem Stuhl, ging um den Schreibtisch herum, an Emma vorbei, aus der Tür und zum Whiteboard, die Männer folgten.

»Julia Fredersdorf und Lucy Herold wurden in ihrer Kindheit von ihren Vätern missbraucht.« Emma wies auf die Stichworte. »Deshalb waren sie in Therapie. Sie fürchteten, schlechte Mütter zu sein. Vielleicht hatten sie Angst, dass sie ihre eigenen Kinder irgendwann missbrauchen würden, vielleicht gab es schon einen Vorfall, wo ihnen mal die Hand ausgerutscht ist oder Ähnliches. Die Therapeuten sind ja kooperativ, wir können sie fragen.«

»Die Frauen vielleicht, aber doch nicht der Obdachlose.« Das war Felix, er sprach aus, was alle dachten, sie konnte es auf ihren Gesichtern sehen.

»Er kommt aus einem Heim. Jede Wette, wenn wir jetzt die Geschichte seines Heims überprüfen, dann finden wir Missbrauchsfälle, damals, als er dort aufwuchs.«

»Das ist Spekulation, Emma.« Felix klang ungehalten. Er mochte wohl nicht, in welche Richtung sich die Geschichte entwickelte. Vor allem mochte er nicht, dass Lutz und die Brennemann schwiegen.

»Wie gesagt.« Emma schaute Felix in die Augen. »Ich habe einen Fuffi einstecken. Wir können gerne wetten. Wie viel hast du dabei?«

Felix antwortete nicht. Er schien ihr plötzlich müder als sie selbst zu sein.

»Matze?«, fragte Emma.

»Bin schon dran«, meinte der. Er hatte mehrere Datenbanken aufgerufen.

»Der frühere Missbrauch ist die einzige mögliche Gemeinsamkeit«, setzte Emma nach. »Der Täter muss gewusst haben, dass diese Menschen so etwas hinter sich hatten. Erst das machte sie für ihn interessant.«

»Das ist extrem intimes Wissen.« Lutz. »Sowas erzählt man keinem Fremden, geschweige denn einem Serienmörder, dem man zufällig begegnet. Wie hätte er solche Details erfahren sollen?«

»Wenn wir diese Frage beantworten können«, sagte Emma, »dann haben wir auch den Täter. Wir wissen, dass die Frauen ihren Missbrauch mit ihren Therapeuten diskutiert haben, das war für sie ein ganz aktuelles Thema, sie können es auch mit anderen besprochen haben. Und bestimmt hat der Brandner mit diesem Videoproduzenten über seine Tochter gesprochen, das war für ihn ganz wichtig.«

»Videoproduzenten?« Sigmar.

Emma zeigte auf die neue Brandner-Akte auf ihrem Schreibtisch. »Er hat kurz vor seinem Tod ein Video produziert und seiner Tochter gewidmet. Er war aufgewühlt. Vielleicht hat er bei der Gelegenheit auch etwas über seine eigene Kindheit ausgeplaudert.«

Die Brennemann und Felix schauten beide zu Lutz. Er blickte gedankenverloren an ihnen vorbei.

»Ich hab's.« Matze las vom Bildschirm ab: »Kinderheim Spatzenschloss, Moers. Karl Brandner war dort von 1969 bis 1972. Geschlossen, nachdem Vorwürfe laut wurden, der Heimleiter Jochen Nüssel habe in den Jahren zwischen 1968 und 1977 mehrere Kinder systematisch missbraucht. Das ist aus Zeitungsarchiven, 2010, als jeder jeden des Kindesmissbrauchs beschuldigte ... Der Fall kam nie vor Gericht, war alles längst verjährt. Aber in zwei Artikeln bezeichnet sich der ehemalige Heimbewohner Karl B. als Missbrauchsopfer.«

Emma nahm den Stift und ergänzte die Stichworte.

	Lucy Herold	*Julia Fredersdorf*	*Karl Brandner*
Ungewöhnl. Umstände / Geistige Verfassung	früherer Missbrauch Ängste: Versagen als Mutter	früherer Missbrauch Ängste: Versagen als Mutter	früherer Missbrauch Ängste: Versagen als Vater

27

Bis zum Nachmittag war das neue, korrigierte Profil der Tätergruppe erstellt, verteilt und im Kessel besprochen worden. Diesmal stand Emma vorn.

Danach flüchtete sie.

Ihr letzter Blick in die Puppenkiste: Felix stand orientierungslos neben seinem Schreibtisch. Sigmar musterte in aller Ruhe das Whiteboard. Durchdachte noch mal alles, was sie heute diskutiert hatten. Nur Matze tippte fleißig.

Die Brennemann war weg. Lutz war weg. Kein Wort mehr von Felix' Beschwerde. Niemand bemerkte Emmas Verschwinden.

Emily aus der Kita abholen und sie ein paar Stunden ablenken, war die Devise – vielleicht noch mal in den Zoo, zum Affenhaus –, damit Sarah in Ruhe in der Küche wirbeln konnte. Abends dann das Essen bei Sarah, mit ihren Freunden und diesem Johannes.

Die Kita lag am Hindenburgdamm, kurz vor dem Schlosspark. Siebzigerjahre-Bungalow, Erdgeschoss, drinnen lauter Minitische und -stühle, eine beeindruckende Trommelsammlung, alle Wände hellgelb gestrichen und voller bunter Kinderzeichnungen, weiter hinten ein Flur, von dem links der Garten abging. Die Erzieherin aus Emilys Gruppe kannte sie schon. Das heißt, eigentlich. Heute war eine Neue da.

»Arbeitet die Claudia nicht mehr hier?«, wollte Emma wissen.

»Doch, doch, die ist nur krank«, sagte die Neue. »Moment bitte.« Sie wollte Emily hereinholen, Emma sollte warten. Das tat Emma aber nicht. Sie folgte ihr durch die Gemeinschaftsräume hinaus in den Garten, wo eine große Kastanie schon fast alle Blätter abgeworfen hatte. Ausgerüstet mit bunten Jacken und Handschuhen, sprangen die Kinder begeistert in den mühsam zusammengefegten Laubhaufen herum.

Emily kam über die Wiese gerannt und umarmte sie, erzählte außer Atem von ihren Abenteuern. Den Kastanien, die sie gefunden hatte. Dem Kaninchen …

Emma unterbrach sie. Im Flüsterton: »Zeig mir doch mal den Finn, der dich immer haut.«

Nicht ganz sicher, warum eine Erwachsene sich für Finn interessieren sollte, zeigte Emily auf einen schwarzhaarigen Jungen, der gerade brüllend mit einem Plastikschwert einen Sandkasten stürmte.

»Hol schon mal deine Sachen«, sagte Emma. Sie ging zu Finn. Nahm ihn sachte an der Schulter, führte ihn zwei, drei Schritte von seinen Spielkameraden weg.

»Hallo, Finn.«

Finn wusste nicht recht, wie er reagieren sollte, so wie kein Kind das weiß, wenn sich ihm ein Erwachsener ohne Grund nähert.

Emma ging vor ihm in die Hocke. Auf Augenhöhe. »Siehst du die Emily da?« Sie zeigte mit dem Finger in Emilys Richtung. Verschwörerisch. »Das ist meine Nichte. Ich passe gut auf sie auf. Wenn du noch einmal Hand an sie legst, sie schubst, sie haust, sie beißt, ihr einen Kartoffelchip klaust, sie verpetzt, irgendwas machst, das ihr nicht gefällt, dann kriegst du es mit mir zu tun.« Emma stemmte die Hand in die Hüfte, nicht ganz leicht in der Hocke, dabei klappte ihre offene Jacke nach hinten. Damit er sehen konnte, was sie darunter trug.

»Ich werde es erfahren, und ich komme wieder, und wir sprechen uns noch mal.«

Finn stand wie erstarrt, das Schwert hing zu Boden.

»Hast du verstanden?«

Finn versuchte zu nicken. Es ging aber nicht.

»Verstehst du mich?«

Jetzt schaffte er es.

»Gut«, sagte Emma. »Dann geh spielen.«

Emma ließ Finn stehen, der ihr mit großen Augen nachblickte, ging wieder ins Haus und nahm Emily, die schon wartete, bei der Hand. Die Erzieherinnen folgten. Die Neue mit einer Kollegin. Unsicher, ob gerade etwas Ungewöhnliches passiert war. Emma ging an ihnen vorbei durchs Treppenhaus, zum Auto. Schnallte Emily in den Kindersitz und flüsterte ihr dabei ins Ohr: »Alles wird gut, meine Süße.«

Emily umarmte sie schnell und atemlos, obwohl sie keine Ahnung hatte, was los war. Machte nichts. Im kalten Kofferraum lag die Schale mit Tiramisu, die Emma vorhin von Angelo geholt hatte und von dem sie später am Abend behaupten würde, sie hätte es selbst gemacht.

Sie fuhr los. Jetzt würden sie sich erst mal in aller Ruhe die Affen angucken.

28

Zur Begrüßung öffnete Sarah wortlos Emmas Tasche, zog das Handy heraus und schaltete es aus, während Kalli begeistert auf Emily zusprang und Kind und Hund zusammen durch den Flur tobten.

»Bitte, nur einen Abend lang. Zeig den anderen, dass du sie respektierst.«

Es gab Schweinebraten mit karamellisierter Kruste. Dazu Stampfkartoffeln. Emma und Emily deckten den Tisch. Heike, Sarahs Freundin, hatte ihren Freund Roman und ihren Bruder Johannes mitgebracht. Und ein Rote-Bete-Schafskäse-Soufflé. Gemacht ausschließlich, um Bewunderung zu ernten, was es auch tat. Heikes neuer Freund arbeitete in einer Werbeagentur, das veranlasste Emma zu der Bemerkung, dass die ganze Online-Werbung wohl völliger Bullshit sei – was Sarah peinlich war. Roman erwiderte darauf nur, Werbung treibe den Fortschritt an, das würde leider von weltfremden Akademikern nicht immer verstanden – was wiederum Heike peinlich war. Emma freute sich immerhin, für eine Akademikerin gehalten zu werden – bis sie merkte, dass die Spitze Johannes gegolten hatte.

Johannes war offenbar das Ganze peinlich. Er wollte gar nicht hier sein. Das sah Emma klar und deutlich. Er war nur gekommen, weil seine Schwester darauf bestanden hatte. Sein Blick ruhte meist auf dem Tisch, auf dem Glas, auf dem Teller vor ihm. Sein Lächeln war gequält.

Allerdings bemerkte Emma das erst, als sie den Blick von Emily hob – die mit Kalli herumtobte – und Johannes einmal richtig ansah. Das passierte, als der Braten schon halb verschwunden war und Johannes auf eine direkte Frage von Roman antwortete.

»Na ja, ist ja nichts Besonderes.«

Das fand Emma interessant.

Die meisten Menschen hätten auf die Frage, »Sie sind Sprachwissenschaftler? Das macht Sie wohl zum intelligentesten Menschen an diesem Tisch«, anders reagiert.

Bescheidenheit. Nicht unbedingt ein geläufiges Merkmal des Mannes, geschweige denn des erfolgreichen. Ist auch sinnvoll: Wenn alle Männer nur über das reden würden, wovon sie wirklich Ahnung haben, würden sie kaum ein Wort miteinander wechseln.

Emma schaute sich diesen Mann genauer an.

Mitte dreißig. Athletisch, aber nicht unbedingt muskulös. Neigung zur Askese also. Dunkelblonde Locken, aber keine Frisur. Noch etwas fiel ihr auf: ein offenes Gesicht. Zum Leben bereit. Ehrlich. Das machte sie an, stieß sie aber auch ab. Ehrlich war oft einfach nur naiv. War er eine treue Seele oder ein Idiot?

Irgendwann musste es kommen. Das wusste Emma, und sie war darauf gefasst. Heikes neuer Freund fragte als Erster.

»Sagen Sie, haben Sie was mit dem Mumienkiller zu tun?«

Emma hatte schon Lust, mal richtig aufzuschneiden, besonders nach ihrem erfolgreichen Tag heute. Doch das tat sie nicht. Stattdessen wich sie aus. Es sei ihr untersagt, über den Fall zu sprechen. Auch wenn sie eigentlich die ganze Zeit nur daran dachte. In diesem Moment, während sie Rotwein trank und Rote-Bete-Schafskäse-Soufflé aß, nahmen sich die Ermittler der EG98 ganz sicher die Liste der Verdächtigen noch einmal vor, um sie auf Verbindungen zu Kindesmissbrauch zu überprüfen. Und wohl nicht nur die. Das gesamte Umfeld der Opfer wurde bestimmt noch mal dahingehend ausgeleuchtet.

»Ich habe gelesen, dass der Mumienmann jemanden freipressen will«, sagte Roman mit glänzenden Augen. »Irgend so einen Kletterer, der auf dieses Hochhaus in Dubai hoch ist und jetzt da im Knast sitzt?«

»Ach, Quatsch, die Zeitungen schreiben, was sie wollen«, erwiderte Heike. »Das ist ein Psychopath, wenn du mich fragst. Wie der Typ in Norwegen.«

»Der Breivik hatte ein politisches Anliegen«, sagte ihr Freund. »Solche Fanatiker sind zu allem fähig. Also ich wäre überhaupt nicht überrascht, wenn der Mumienkiller auch politisch motiviert wäre.«

»Für mich sind das ganz einfach Kriminelle«, sagte Sarah. »Sie täuschen politische Motive vor, aber in Wahrheit finden sie es geil, jemanden umzubringen.«

Emma hielt es nicht mehr aus. Sie entschuldigte sich. Zum vierten Mal. Kramte an der Garderobe im Flur in ihrer Handtasche. Machte ihr Handy zum vierten Mal an.

Keine Nachricht.

Wieso auch? Nur weil sie heute einen Durchbruch hatte, nur

weil sie den Täter ein Stück weit erfasst hatte, bedeutete das nicht, dass Lutz ihn heute Abend schnappen würde. Oder überhaupt noch etwas heute unternahm. Ob ihr neues Profil ihm von Nutzen war, würde sich erst in den kommenden Wochen herausstellen.

Vor ihr stand Sarah. Vorwurf im Gesicht. »Du hast es versprochen.« Sarah streckte ihre offene Hand aus. Emma händigte ihr widerwillig das Telefon aus. »Du kannst dir mindestens ein bisschen Mühe geben. Du hast zugesagt, ich hätte sonst nicht so einen Aufwand getrieben, tu jetzt nicht, als ob du unter uns Prolls leidest. Und du kommst auch mal wieder an den Tisch, Emily.«

Am Tisch drohte ein Gespräch über die neue Staffel von *Dschungelcamp*. Emma erstickte es im Keim.

»Das Schlimmste ist das Warten«, sagte sie.

»Warten?«

»Wir sind auf Information angewiesen. Wir Profiler. Die Ermittlungsgruppe muss sie sammeln und uns zuliefern. Sonst haben wir nichts zu analysieren. Wir sitzen da und warten auf Daten.«

»Das hört sich an wie ein Computerprogramm.« Das war Johannes. Unerwartet. »Daten rein, Daten raus.«

»Ja, da ist was dran. Die Fallanalyse ist im Grunde die Auswertung von Datensätzen. Wir nehmen Daten vom Tatort und von den Opfern und den Verdächtigen und vergleichen sie miteinander. Aber wir brauchen mehrere Opfer, damit wir sie miteinander vergleichen können.«

Nun hörten alle zu.

»Quasi, wenn die Opfer alle zwei Meter groß sind, dann wisst ihr, dass der Täter auf große Frauen steht«, sagte Heike.

»Genau. Wenn wir nur ein Opfer haben, und es ist zwei Meter groß, wissen wir noch nichts über die Präferenzen des Täters. Könnte auch Zufall sein. Wir brauchen mehrere Opfer, dann suchen wir nach Gemeinsamkeiten. Deshalb werden wir meist bei Serientätern eingesetzt.«

»Und was bringt das?«, fragte Roman. Keine Frage an Emma, mehr so in die Runde geworfen. »Der Mörder mag große Frauen. Tolle Information. Setzt ihr ein Inserat in die Zeitung, wer auf große Frauen steht, soll sich bitte bei der Polizei melden?«

»Das sagen einige Ermittler auch.« Emma zuckte mit den Schultern. »Der Beruf ist manchmal umstritten.«

»Ähnliche Verfahrensweisen benutzt man auch in der historischen Linguistik«, warf Johannes ein, »um unbekannte Sprachen zu rekonstruieren.«

»Wie bitte?« Das war Roman.

»Man vergleicht das Vokabular von zwei Sprachen miteinander und sucht nach Gemeinsamkeiten. Wenn viele davon da sind, gibt es höchstwahrscheinlich eine genetische Verwandtschaft.«

Emily hopste wieder vom Stuhl und ging spielen. Langweilig.

»Ich kenne Genfood, aber keine Gensprache«, sagte Sarah. Heike lachte.

»Man geht davon aus, dass unsere heutigen Sprachen gemeinsame Vorfahren haben, die sich über Jahrhunderte voneinander abgespalten haben«, erklärte Johannes. »Deutsch zum Beispiel ist aus dem Mittelhochdeutschen hervorgegangen, aber Jiddisch auch. Die meisten Wörter in den beiden Sprachen sind verwandt, also haben beide Sprachen den gleichen Vorfahren, eben Mittelhochdeutsch. Das findet man heraus, indem man Datensätze miteinander vergleicht, in diesen Fall Wörter.«

»Aber jetzt wieder auf Serienkiller umgemünzt«, sagte Roman. »Du versuchst, damit einen Mörder zu beschreiben, den du nie gesehen hast. Du kennst nur seine Vorliebe für große Frauen, und daraus leitest du ab, dass er selber groß ist? Oder was? Ich finde, man kann daraus gar nicht so viel ableiten.«

»Doch, doch.« Johannes war in seinem Element. »Ich kann mir das sogar sehr gut vorstellen. Der älteste Vorfahr des Deutschen zum Beispiel ist die sogenannte indogermanische Ursprache, eine

Sprache, die niemand in den letzten paar Tausend Jahren je gesprochen, gelesen oder geschrieben hat. Die ist völlig ausgestorben, restlos, keine Spur mehr.«

»Ein *Cold Case*«, sagte Emma. Das war zwar Fernsehdeutsch, aber es gefiel ihr, wie Johannes zum Leben erwacht war.

Er grinste jetzt. »Durch den Vergleich aller bekannten Sprachen, die aus der indogermanischen Ursprache hervorgegangen sind, können wir mit einiger Wahrscheinlichkeit diese tote Sprache rekonstruieren. Es gibt Forscher heute, die sich tatsächlich in der indogermanischen Ursprache unterhalten können.«

»O ja! Sagen Sie mal etwas auf Indo… Indogogo…«

»Ich kenne kein einziges Wort.« Johannes lachte.

»Und wie oft entsprechen Ihre Vorhersagen so der Realität?«, wollte Roman von Emma wissen. »Ihre Einschätzungen kann man immerhin nachprüfen, nachdem man den Typen geschnappt hat.«

»Rund 95 Prozent der Profile treffen zu«, sagte sie.

Wollte sie sagen, sagte es aber nicht. Die Wahrheit – glaubte man einer englischen Studie – war eine andere. Aber auch die sprach sie nicht aus. Zu platt. Sie faltete ihre Serviette zusammen. »Das ist schon eine schwierige Frage, die uns selbst beschäftigt«, gab sie zu. »Sagen wir mal, wir wissen, der Täter hat es auf Menschen abgesehen, die in der Kindheit missbraucht wurden. Aus irgendeinem Grund sucht er speziell diese Menschen auf und tötet sie.«

»O Gott«, sagte Heike. »Haben die nicht schon genug gelitten? Gibt es das wirklich?«

»Es ist nur ein Beispiel«, meinte Emma. »Die erste Frage wäre hier, warum tut er das? Wurde er selber als Kind missbraucht? Es kann sein, dass er sich eigentlich selbst umbringen will, es aber nicht schafft, also tötet er stellvertretend Menschen, die dasselbe Schicksal erlitten haben. Vielleicht glaubt er, sie von ihrem Leiden zu erlösen. Oder ganz anders: Sein Vater oder jemand, den er liebt, wurde des Kindesmissbrauchs bezichtigt, vielleicht zu Unrecht, und hat sich danach das Leben genommen. Jetzt rächt sich der Sohn an all denjenigen, die andere des Kindesmissbrauchs bezichtigen. Letztendlich kennen wir seine Motivation nicht, wir wissen nur etwas über sein Handeln.«

»Wozu dann das alles?«

»Wir stellen damit Richtlinien für die Ermittler auf. Natürlich können wir nicht jeden verhaften, der ins Schema passt. Aber wenn eine Person als Täter unter Verdacht steht, kann der Ermittler das Thema im Gespräch aufbringen. Man fragt nach der Kindheit, man bohrt ein wenig und beobachtet die Reaktion. Im Grunde können wir den Ermittlern nur Hinweise geben, den Täter müssen sie schon selber überführen.«

Dann sagte sie es doch: »Laut einer Erhebung in Großbritannien treffen nur 2,7 Prozent der Täterprofile zu, aber in 90 Prozent der Fälle sagen die Ermittler, dass das Profil für die Ermittlung des Täters hilfreich war.«

Roman schnaubte. Johannes aber sagte: »Ist es nicht frustrierend, wenn Sie sich so viel Mühe geben, und dann können Sie nur noch warten und hoffen, dass die Ermittler ihre Arbeit richtig machen?«

Wie recht er hatte. Emma grinste. »Na ja, Mühe allein reicht nicht. Ich habe einmal in einem Profil über einen Serienvergewaltiger behauptet, er wäre geistig zurückgeblieben und besessen von der Farbe Rot. Als wir ihn fanden, war er hochintelligent und farbenblind.«

Die anderen lachten. Johannes auch. Sie lächelte ihm zu, und er hob das Glas. »Prost«, sagte er amüsiert. »Auf den ungebrochenen Optimismus, weiterhin an die Statistik zu glauben.«

Leicht spöttisches Auflachen ringsum. Nur Emma verstand, was er meinte. Man hatte ja keine Wahl. Mehr gab es nicht.

»Darauf trinke ich«, sagte sie.

Nach dem Tiramisu, zu dem Emily wieder erschienen war – die Löffelbiskuits sortierte sie sorgfältig aus und schenkte sie Emma –, tranken sie im Wohnzimmer noch einen Grappa. Dann verabschiedeten sie sich allmählich.

Als Emma ging, sagte Sarah: »Siehst du? So schlimm war's doch gar nicht.«

Emma lächelte, angeheitert und wohlig warm. Nein, es war nicht so schlimm.

Sie ließ ihr Auto stehen. Sie würde es morgen abholen. Sie ging zu Fuß die Lausanner Straße entlang, an endlosen Reihen kleiner Kästen vorbei, Einfamilienhäuschen, eins wie das andere, nein, stimmte nicht, mal mit blauen, mal mit braunen Dächern, je nach Geschmack, das war eine hübsche kleine Siedlung hier, doch, doch, Sarah hatte es schon richtig gemacht. Unterwegs zur Bushaltestelle in der Appenzeller Straße zog sie ein letztes Mal ihr Handy aus der Tasche.

Keine Nachricht. Heute würde sowieso nichts mehr passieren. Eigentlich war es falsch gewesen, den Abend hier zu verbringen. Sie hätte mit Lutz und der Brennemann anstoßen sollen, auf ihren Fortschritt. Das war heute ein echter Durchbruch gewesen, sie hatte gute Arbeit geleistet, oder nicht? Trotzdem war sie allein, und die anderen waren arbeiten. Emma musste sich das immer wieder sagen: Dein Job ist erledigt, lass die Ermittler jetzt mal ran. Aber es nervte. Ihnen den Fall zu überlassen. Was wussten die schon von einem Psychopathen? Was wussten sie schon von ihrem Mörder? Es war ihr Fall.

Emma wollte nicht nach Hause. Sie wollte etwas tun.

29

Die Nacht über dem Potsdamer Platz war kalt und klar, als Emma aus dem M85 ausstieg. Sie folgte ein paar betrunkenen französischen Teenies in schicken Mäntelchen, die bei der Victoria Bar zugestiegen waren, über den Platz bis zu der markanten Glashalle mit ihrem Neondach, dem Haupteingang zu all den U-, S- und Fernbahnen, die unterirdisch hier verkehrten. Und weiter bis zur Kreuzung, da, wo der Potsdamer Platz an den Leipziger Platz stieß. Die kleinen Französinnen posierten kichernd vor den hier aufgestellten Teilen der Berliner Mauer, machten Fotos. Dann zogen sie weiter. Emma setzte sich auf den Fuß eines der Mauerteile.

Sie war nicht ausgestiegen, als der M85 an ihrer Haltestelle gehalten hatte. Fünf Minuten weiter kam schon der Potsdamer Platz. Hoch über ihr auf der anderen Straßenseite räkelte sich das professionell abgemagerte Unterwäschemodel auf der hell erleuchteten Reklametafel. Machten schon was her, die Dessous. Dunkelrote Seide. Emma fragte sich, ganz kurz nur, ob ihr so was stehen würde. Nachdenklich betrachtete sie das Haus, an dem das Plakat hing. Das falsche Haus mit den aufgemalten Türen, das mit Planen bespannte Gerüst, das immer noch so tat, als wäre es ein stinknormales Eckgebäude, unschuldig, unverdächtig, unberührt. Die Stadt schluckt ihre Morde, ihre Ungerechtigkeiten, ihre Opfer, deren Leben sie zerstört hat, und macht fröhlich weiter, bietet so viele neue Aufregungen, bis die Toten, die Einsamen, die Verletzten langsam verblassen und irgendwann keiner mehr ihre Namen kennt. Die Stadt heilt alle Wunden.

Die Nacht über dem Platz war anders als sonst. Weiter, höher, tiefer, die Nacht. Emma legte den Kopf in den Nacken. Um sie tanzten die hell erleuchteten Hochhäuser, das Ritz-Carlton, das Kollhoff-Gebäude, der Bahn-Tower. Die Straßen waren noch nass vom Nieselregen, der Himmel schon klar. Die Endlosigkeit der Nacht ließ sie tief durchatmen.

Ach, eigentlich ging es ihr gut. Erfolgreich im Job. Respektiert. Manchmal nicht von jedermann gemocht, aber respektiert, das spürte sie. Es gab schlechte Tage, klar. Aber nicht nur. Das Leben ging weiter. Das reichte doch.

Ein Club, dachte sie. Raus aus der Kälte, rein ins Schwitzen. Nichts Schickes, nicht heute. Irgendwas Abgeranztes. Kontrastprogramm. Der Köpi vielleicht. Da war sie lange nicht mehr gewesen. Sie stand auf. Aber vorher: ein schneller Blick in den gläsernen S-Bahn-Aufzug da drüben an der Ecke. Wenn sie schon mal hier war.

Leer. Das sah sie schon beim Überqueren der Straße. Keiner zu Hause.

Sie drückte auf den Knopf, die Tür rollte zur Seite, sie steckte den Kopf rein. Nur den Kopf. Und zog ihn sofort wieder zurück.

Es stank. Urin, Scheiße, Schweiß. Mein Gott, der menschliche Körper erzeugt schon eine Menge Dreck. Nicht stark, nicht unerträglich, aber stark genug. Die Tempelhofer hatten recht: Jemand wohnte hier. Und zwar öfter als nur ab und zu, dem Geruch nach zu urteilen.

Sie wollte gerade die Treppen zur U-Bahn hinunter, Richtung Köpi, als sie ihn sah.

Nicht nur einen Obdachlosen. Fünf. Nicht weit entfernt unter den sorgfältig gestutzten Bäumen auf der Grasinsel vor der kanadischen Botschaft. Reglos, wie Statuen im Garten standen sie da, mit ihren Tüten, ihren Einkaufswagen, ihrem ganzen Hab und Gut am Leib, voluminös, im Dunkeln, mitten in der Nacht. Sie tranken nicht. Sie saßen nicht. Sie schliefen nicht. Es war eine dieser merkwürdigen Szenen, die man nur mitbekommt, wenn man nicht mehr ganz nüchtern ist: Du weißt nie, ob es dir nur deswegen so seltsam erscheint, weil du zu viel getrunken hast oder weil es tatsächlich ungewöhnlich ist.

Was machten die da?

Langsam schlenderte Emma am hell erleuchteten Glasaufzug vorbei zu der dunklen Grasinsel.

Sie unterhielten sich nicht. Nur zwei von ihnen stritten leise am Rande miteinander. Die anderen schienen einander nicht einmal zu kennen. Sie warteten auf irgendetwas. Worauf? Auf den Messias? Ein Ufo? Auf mehr Obdachlose?

Dann hörte sie es. Eine Stimme. Von Weitem zuerst, dann immer näher, es war ein Singsang, als ob jemand Hühner zum Füttern rief: »Hiiiier, Pennerpennerpenner! Hiiiier, Pennerpennerpenner!«

Die Pennerpennerpenner hörten es auch. Sie rührten sich, erregten sich, drehten sich zu der Stimme um, die von der Kreuzung hinter Emma kam: »Hiiiier, Pennerpennerpenner!«

Ein junger Mann. Offene Lederjacke, schnell übergeworfen. Ein langer Schlaks, lässiger Gang, bisschen zappelig, bleich, dunkle Augenringe. Kurz geschorene Haare, stechende dunkle Augen, breites Grinsen. In seinen Armen braune Papiertüten, fünf oder sechs Stück. Er schlenderte den Obdachlosen entgegen.

Und verteilte die Tüten. Eine für jeden. Eins, zwei, drei, vier.

Jetzt sah sie es: Unter seiner Jacke trug er ein braunes Hemd, oder ein grünes, mit aufgesticktem Namensschild. Das war es, das war das Geheimnis: Irgendein Fastfoodrestaurant hier am Platz verteilte das übrig gebliebene Essen an die Obdachlosen. Jede Nacht nach Geschäftsschluss. Die Pennerpennerpenner wussten, wo sie zu sein hatten und wann, um ein bisschen was abzukriegen.

Eins, zwei, drei, vier Tüten.

»He! Was ist mit mir?« Der fünfte Obdachlose ging leer aus.

»Hab heute nicht genug Tüten, kann man nichts machen.«

»Du hast doch noch zwei, das sehe ich doch!«, maulte der Obdachlose. »Du hast noch zwei!«

Der junge Mann in der Kaffeehaus-Kluft hatte tatsächlich noch zwei Tüten übrig. Er zuckte mit den Schultern. »Geht nicht, gibt nur vier heute, ey, esst weniger Muffins, das ist gesünder. Schönen Abend, ihr Penner!«

Er ging wieder zur Kreuzung.

»Du hast noch zwei! Was ist mit mir?«

Der junge Mann, der an der Ampel wartete, lachte, als er hörte, dass zwei der Männer auf der Grasinsel angefangen hatten, sich zu streiten. Der fünfte Obdachlose hatte versucht, einem Kumpel dessen Tüte abzunehmen. Dieser schubste zurück.

»Du Arsch!«

»Was ist mit mir? Was ist mit mir?«

Die anderen rafften eilig ihr Zeug zusammen und machten, dass sie wegkamen, als Emma sich der Grasinsel näherte. Die beiden Streithähne hatten sie nicht bemerkt. Der Obdachlose ohne Tüte holte gerade aus, um auf den anderen einzudreschen, als Emma ihm ihren Dienstausweis vor die Nase hielt: »Schluss jetzt!« Der Mann hielt verwirrt inne, und der andere eilte davon. Emma baute sich direkt vor dem Letzten auf, damit er seinem Kumpel nicht folgen konnte. Vor dem großen, in mehrere Lagen zerrissener Mäntel gehüllten Kerl selbst fürchtete sie sich nicht – er hatte sicher mehr Angst vor ihr als sie vor ihm –, aber der Gestank war überwältigend.

»Ich kaufe Ihnen was zu essen, ja? Sie gehen nicht leer aus.«

Der Obdachlose schrie, fast heulte er: »Ich gehe immer leer aus! Immer ich! Das waren meine Muffins!«

Emma blieb ruhig: »Ich kaufe Ihnen was bei McDonald's, ja? Sie geben mir Informationen, und ich gebe Ihnen was zu essen, einverstanden?«

»Ich will keinen amerikanischen Scheißfraß. Ich will meine Muffins!«

»Dann kriegen Sie Muffins. Hören Sie, ich suche jemanden. Einen Mann, der hier in dem Haus, äh, dem Gerüst an der Ecke manchmal ein und aus geht. Er belästigt kleine Jungs ... Verstehen Sie?«

Der Obdachlose schaute sich Emma etwas näher an. »Ich mach doch so was nicht. Pfui Deibel«, empörte er sich. »Willst du mich jetzt einsperren oder was?«

»Ich bin von der ... Sitte.« Sie zeigte ihren Dienstausweis zum zweiten Mal. »Ich suche nur diesen Exhibitionisten, der sich hier rumtreibt. Wenn Sie öfter hier sind, haben Sie ihn vielleicht mal gesehen ...«

»Den solltest du hochnehmen, nicht mich, das ist ein Arsch, der kleine Jungs anspricht und mitnimmt in das falsche Haus, der hat mich mal getreten, warum nimmst du den nicht hoch?« Er wedelte erregt mit dem Zeigefinger in der Gegend herum. »Was willst du dann von mir? Warum immer ich?«

»Aber ich will doch nur wissen, wo ich ihn finde. Wann er immer hier ist. Können Sie mir etwas über ihn sagen?«

»Warum hältst du den Arsch nicht fest? Du hast doch gesehen, wie er meine Muffins mitgenommen hat. Den musst du einsperren, nicht mich!«

»Jetzt lassen Sie doch mal die Muffins, ich suche einen anderen ...«

Plötzlich verstand sie, was er sagen wollte.

Emma rannte.

Feuchter, glatter Asphalt, Vorsicht, langsam. Zu spät. Sie knallte gegen einen fetten, besoffenen Touristen in einer dicken Daunenjacke, schob ihn aus dem Weg, war schon auf der Straße, ohne auf die Ampel zu achten. Ein Auto bremste, versuchte auszuweichen, Emma ebenfalls, knallte dagegen, drehte sich aber rechtzeitig, schlug nur mit der Schulter an, rutschte beinahe aus, rannte hinten um das Auto herum, noch ein Wagen bremste vor ihr, auch diesem wich sie aus, das Hupen, das Quietschen der Bremsen, das Schimpfen nahm sie gar nicht wahr, dann war sie auf der anderen Straßenseite, südlich, Richtung Anhalter Bahnhof.

Hier war er langgegangen, der junge Mann, gerade eben. Unter der Lederjacke: braunes Hemd. Namensschild. Muffins in Papiertüten. Ein Kaffeeshop. Er arbeitet in einem Kaffeeshop. Irgendwo hier.

Emma rannte weiter, hielt die Augen offen, dann sah sie es: Eckgebäude, hinter drei Säulen, Glasfront: Aztec Coffee.

Der junge Mann stand an der Tür. Innen. Hielt einen Schlüssel in der Hand. Sprach mit einer jungen Frau hinter dem Tresen, die gerade Kasse machte. Die Stühle waren hochgestellt, das Licht gedimmt. Sie machten Feierabend. Der junge Mann trug einen Rucksack über der Schulter.

Emma verlangsamte ihren Schritt nicht. Selbst dann nicht, als sie die Glastür erreichte, sie knallte dagegen, fasste sich, zog heftig daran. Die Tür hielt stand. Abgeschlossen.

Der junge Mann sprang zurück, stolperte nach hinten, schaute sie erschrocken an, Schlüssel in der Hand, als Emma in ihrer Tasche nach ihrem Dienstausweis fummelte, rief, »Polizei, bleiben Sie, wo Sie sind«, schon leicht aus der Puste.

Der Mann rannte sofort zur zweiten Tür.

Der Laden lag nicht nur an einer Ecke, er war auch genau wie die Ecke geformt, alles L-förmig, vom Tresen bis zur Glasfront. Bevor Emma die andere Glastür überhaupt bemerkt hatte, war er schon fast hindurch.

Aber nur fast.

Emma rannte um die Glasecke herum, zur zweiten Tür, der junge Mann schloss sie hektisch wieder zu, eilte zurück zur ersten, aber nicht schnell genug, Emma hinterher. Er erinnerte sie an ein hinter Glas gefangenes Insekt, das noch nicht verstanden hat, dass es keinen Ausweg mehr gibt.

Patt. Sie standen beide an der Ecke, nur noch das Glas zwischen ihnen. Hinter dem jungen Mann konnte sie die junge Frau am Tresen erkennen, die Hand vor den Mund geschlagen. Von hier aus konnte Emma sehen, dass es neben den beiden Türen keinen weiteren Ausgang gab.

Emma hielt ihren Ausweis hoch, presste ihn an das Glas. Zeigte mit dem Finger auf den Boden.

Seine Augen. Seine schwarzen Augen. Wild. Groß aufgerissen. Sein Blick sprang hin und her. Gefangen. Geschnappt. Ertappt. Ausweglosigkeit sah sie in seinen Augen. Nicht Empörung, nicht Wut, nicht Neugier – was will dieser Bulle eigentlich von mir? –, sondern die sichere Gewissheit, dass alles mit einem Knall zu Ende gegangen ist und er mit.

Der Junge fluchte. Emma hörte jedes Wort durch das Glas. Scheißbulle, leck mich, Fotze. Als er das Ende seines Wortschatzes erreicht hatte, schaute er sich um, immer noch kein Ausweg, hob den Rucksack, schleuderte ihn, so wuchtig er konnte, gegen das Glas, dass es erzitterte, und sprintete zur nächstgelegenen Tür.

Er war schon draußen auf dem Bürgersteig, als Emma gegen ihn knallte und sie zusammen zu Boden gingen. Schnell sprang sie wieder auf die Füße, er robbte hektisch weiter, sie sagte: »Bleiben Sie unten, halt, wenn Sie versuchen aufzustehen, benutze ich meine Waffe.« Bis der junge Mann auf dem Boden sich gedreht und hochgeschaut hatte, hatte sie ihre Sig Sauer in der Hand: »Liegen bleiben, ruhig jetzt«, sie fühlte sich gut, stark, der junge Mann merkte das auch, er sah die Waffe, er blieb liegen, reglos, und keuchte: »Ich will meine Schwester. Sie macht dich fertig, du Schlampe. Ruf meine Schwester an, du verfickte Nutte.«

Dabei zitterte er am ganzen Körper.

30

Lars Gohse, männlich, fünfundzwanzig, mehrere geringfügige Drogendelikte, zwei Lehren bei sozialen Betreuungseinrichtungen abgebrochen, vom Jobcenter als schwer vermittelbar eingestuft, sporadisch obdachlos, wohnhaft in Neukölln.

So viel hatten Emma und die paar Kollegen in der Nachtschicht bis drei Uhr früh über ihn herausfinden können. Dass er mehr über sie wusste als sie über ihn, machte er immer wieder auf beeindruckende Art klar: »Ich weiß, wie ihr das macht, ihr nehmt mich zum Waschraum, und plötzlich stolpere ich aus Versehen und bin tot, so macht ihr das, aber nicht mit mir, ich bin ja nicht blöd!« Und: »Ich kenne meine Rechte, ihr dürft mich nicht gegen meinen Willen festhalten, he, macht die Tür auf, he!« Und: »Ich habe Freunde bei der *Bild*-Zeitung, die machen euch fertig, ihr arbeitet nie wieder in Berlin, glaubt mir, passt bloß auf, ich kenne eure Namen!« Und natürlich das gelegentliche wütende Heulen.

Das erste Mal, dass Lars Gohse Emma darüber belehrte, wie sie ihren Job zu machen habe, war noch auf dem Boden liegend, als Emma ihn informierte, dass er von einem Zeugen beim unbefugten Betreten des Raumgerüsts am Leipziger Platz beobachtet worden war: »Ich habe das Recht zu schweigen!«

Als Nächstes hatte Emma Lutz angerufen. Geweckt. Sich von ihm beschimpfen lassen. Warum sie sich nicht an den Kriminaldauerdienst gewandt habe?

Weil der KDD den Kerl sofort vor einen Ermittlungsrichter bringen würde, erinnerte sie ihn. »Wäre es da nicht besser, wir sprechen ganz ruhig mit ihm in der Burg?«, schlug Emma vor. »Bevor er ins System kommt?«

Lutz dachte nach. Das System mochte er nicht sonderlich.

»Wie ich das einschätze«, sagte sie, »können wir ihn bis acht Uhr früh dabehalten, dann wird es schwierig.«

Lutz rief Habernickel an, schickte ihn zu Emma, die eine Stunde lang vor dem halbdunklen Aztec Coffee Shop auf ihn wartete, die Chefin hatte ihr ein paar Ersatzschlüssel dagelassen, und Lars Gohse tigerte hinter der Glaswand hin und her, hin und her.

In der Burg setzten sie ihn in Vernehmungsraum 2.

Manche Menschen können noch im Schlaf großkotzige Sprüche von sich geben, sind mit Wildfremden auf Anhieb per du und haben zu jedem Thema was zu melden, auch wenn sie das Thema nicht kennen. Aber sie haben keine Ahnung, was ihnen blüht. Lars Gohse saß im Vernehmungsraum 2 und belehrte die Kollegen bei jeder Gelegenheit über seine Rechte und wo auf dem Schwarzmarkt man genau die gleiche Pistole kaufen konnte, die der Beamte bei sich trug. Und konnte dabei seine Knie nicht davon abhalten, zu vibrieren. Auf und ab, auf und ab.

Emma konnte von Weitem sehen, was in seinem Hirn vor sich ging. Wilde Gedanken schossen hin und her durch den leeren Raum zwischen seinen Ohren und suchten ein Ziel, fanden aber keins. Er wusste nicht, wer er war – war er furchterregend, oder war er erbärmlich? Hatte er Rechte, oder hatte er keine? War das nur eine Lappalie, oder war sein Leben jetzt zu Ende? Also probierte er alles aus. Sein Wissen, seine Erfahrung, alles nicht echt, alles aus dem Fernsehen, alles behauptet, alles Schein, seine Persönlichkeit, sein Selbst, sein Ich auch, und er wusste es. Er war nur dann er selbst, wenn er ab und zu kurz heulend zusammenbrach.

War Lars Gohse der Täter? Nein. War er ein Mittäter?

Emma stellte ihn sich bildlich vor: diesen jungen Mann nachts im Gerüst, schweißgebadet, außer Atem, wie er versucht, das Seil zu halten, an dem ein in Panzertape eingewickelter Leichnam hängt. Er ist aufgeregt, unsicher, hat Angst, vor der Polizei, davor, entdeckt zu werden, vor dem Mord selbst, aber vor allem vor dem Primärtäter, der irgendwo im Gerüst steht und ihm Befehle entgegenbellt. Vor allem davor hat er Angst: diesen Mann, der das Sagen hat, zu enttäuschen. Und zugleich ist er stolz, auf das, wozu dieser Mann ihn befähigt, beflügelt, diese Grandiosität, die er alleine niemals zustande bringen würde.

Wenn Lars Gohse unschuldig war, wäre es fast schade, denn er würde den idealen Mittäter abgeben. Ein leerer Mensch, der nur darauf wartete, von jemandem mit einem großen Plan und einem starken Willen aufgefüllt zu werden.

Lutz war weniger davon überzeugt.

Als er eintraf, unrasiert und in einem auf links gezogenen Pullover, wollte er als Erstes Emma sprechen. »Bitte sag mir, es gibt einen guten Grund, weshalb du den festgenommen hast.«

Emma und Habernickel standen in seinem Büro. Lutz saß. Augen auf Halbmast, Hände hinter dem Kopf gefaltet.

»Ein Zeuge hat ihn als denjenigen identifiziert, der Kinder mit ins Gerüst nimmt«, sagte Emma. Sie sagte nicht, dass der Zeuge ein paranoider Obdachloser war, der keinen klaren Satz zustande brachte und dessen Namen und Kontaktdaten sie nicht hatte. »Das ist auf jeden Fall ein Exhibitionist, wahrscheinlich auch ein Pädophiler. Wir haben Spermaspuren aus dem Gerüst, wenn wir einen DNA-Vergleich machen, dann …«

»Du bist dir aber schon bewusst, dass wir an einem Mordfall sitzen?«

Emma war nicht sicher, was er meinte.

»Du beschreibst einen Fall für die 13. Kannst du ihn mit den Morden verbinden? Sonst lege ich mich wieder schlafen, und du kannst den Schwander aus den Federn holen.« Er wies den Flur herunter, zum Hintergebäude hin. Der Schwander – das war der Leiter der 13, Sexualdelikte. »Uns kann es egal sein, wie vielen Jungs er seinen Schniepel zeigt, wenn es keine Verbindung zwischen ihm und den Kokons gibt. Dass er im Gerüst war, reicht nicht. Das Ding nimmt fast einen halben Häuserblock ein. Wenn wir jeden hochnehmen, der sich mal in der Nähe des Tatorts einen runterholt, dann sind wir hier Weihnachten noch nicht fertig.«

Emma fühlte, wie ihr Lars Gohse durch die Finger glitt. Er hatte bestimmt etwas mit den Morden zu tun, wie konnte es anders sein, aber die Kollegen, sie sahen es nicht. Vielleicht, weil es nicht ihre Festnahme gewesen war? Wenn sie ehrlich war, dann vermisste sie es manchmal schon, Ermittler zu sein.

Emma malte es ihnen aus: »Als Mittäter hat er nur geholfen, hat nur Befehle ausgeführt. Aber es macht ihn an, es erfüllt ihn. Er hat den Befehl, nie wieder allein zum Tatort zurückzukehren, aber er kann nicht anders, er braucht mehr davon, er kommt heimlich immer wieder dahin zurück, er geilt sich an seiner Tat auf. Deswegen das Onanieren. Dabei hat er immer Angst, dass der Primärtäter davon erfährt und böse ist. Das macht ihn noch mehr an.« Sachte, sachte, das war Lutz' Ermittlung, nicht ihre. »Es ist ein Fehler, zurückzukehren, aber er tut es, weil er schwach ist. Und das ist nicht alles: Wenn er noch mehr Fehler gemacht hat, dann steht der Name des Primärtäters in seinem Handy oder auf seinem Computer, in seinen E-Mails, zumindest die Namen anderer Mittäter.« Sie machte eine Kunstpause. »Er ist der Typ, der die Sicherheitsregeln des Primärtäters missachtet.«

»Scheiße noch mal.« Lutz griff sich Tabletten aus der Schublade. Aspirin vermutlich. Kopfschmerzen. »Ich höre große Sprüche, aber ich sehe keinen hinreichenden Verdacht. Was ihr hier habt, ist höchstens eine Zeugenbefragung, zumindest, was den Fall angeht, nicht mehr. Weil er am gleichen Ort war. Ihr habt einen Zeugen festgenommen.« Lutz massierte seine Schläfen mit den Daumen.

Es war Habernickel, der ihr zu Hilfe kam: »Hör mal, wir sollten mindestens seine Wohnung und sein Handy durchsuchen.«

»Dafür brauchen wir einen Ermittlungsrichter, der den Unterschied zwischen ausreichendem Verdacht und unerlaubtem Betreten nicht kennt.«

Emma schwieg.

»Habt ihr schon versucht, seine DNA freiwillig zu bekommen?«, wollte Lutz wissen.

»Er sagt kein Wort ohne seine Schwester.« Habernickel.

»Seine Schwester?«

»Er hat uns schon Angst vor ihr gemacht«, sagte Habernickel. »Die ist so scharf, die macht uns alle fertig und sorgt dafür, dass wir den Rest unseres Lebens Schadenersatz zahlen.«

»Er kauft sich eine Villa auf Mallorca mit dem Geld«, ergänzte Emma.

»Aber nur Sie dürfen ihn da besuchen«, nickte Habernickel Emma zu. »Das fand ich schon ein bisschen diskriminierend, wenn ich ehrlich bin.« Zu Lutz: »Es hat ihn ein wenig durcheinandergebracht, von einer Frau hochgenommen zu werden.«

»Und seine Schwester ist Anwältin?«

»Die ist Sozialarbeiterin«, sagte die Ceesay, die gerade im Türrahmen auftauchte. »Sie leitet ein freies Sozialprojekt für Exdrogenabhängige – *Quereinsteiger*. Ich denke, sie ist sein Vormund, vielleicht inoffiziell, vielleicht offiziell. Vielleicht ruft er sie einfach immer an, wenn er in der Scheiße steckt. Jedenfalls kennt sie sich mit dem System aus.«

Lutz lehnte sich vor. Interessiert. Irgendetwas hatte seinen Jagdinstinkt geweckt. »Wenn er eine Vertrauensperson statt einer Anwältin sprechen will, hat er einen Schwachpunkt«, sagte er. »Die Frau ist sein Schwachpunkt.« Er räusperte sich. »Gut, wir machen das so. Wir rufen die Frau an. Wir sagen ihr, um acht Uhr morgens kommt er vor den Ermittlungsrichter wegen Verdacht auf Mittäterschaft bei den Leipziger-Platz-Morden. Wir haben einen Zeugen. Der kleine Junge, wie heißt er noch?«

»Elias Greve.« Emma.

»Genau. Besser noch, zwei Zeugen. Der andere ist …?«

»Ein Obdachloser«, sagte Emma schnell. »Den finde ich wieder. Er ist sicher morgen zur selben Zeit wieder am selben Ort. Ich schulde ihm noch ein paar Muffins.«

»Die Verhaftung wegen dreifachen Mordes kann er vermeiden«, sagte Lutz, »wenn er uns seine DNA freiwillig gibt und uns ohne Durchsuchungsbefehl in seine Wohnung lässt. Handy und Computer brauchen wir auch, ja? Nur so können wir ihn für die Morde ausschließen. Er kriegt immer noch Probleme wegen des Jungen, aber eine Anzeige wegen Exhibitionismus ist besser als eine wegen Mord. Wenn er mitspielt, ist jeder Richter beeindruckt, das ist gut für ihn … später, wenn es um den Exhibitionismus geht. Eine Sozialarbeiterin erkennt, dass das ein gutes Angebot ist. Und dieses Wort benutzen wir: Exhibitionismus, nicht Pädophilie, ja? Vor allem will ich sehen, wie er auf den Vorschlag reagiert. Wenn er uns freiwillig reinlässt, hat er wahrscheinlich nichts mit den Morden zu tun. Wenn er sich weigert, dann lohnt es, sich noch weiter mit ihm zu beschäftigen. Einverstanden?«

Habernickel war einverstanden. Die anderen waren einverstanden. Emma war einverstanden.

»Gut, dann holt die Frau her, Leute«, sagte Lutz und warf sich wieder in seinen Sessel. Bevor Emma die Tür schloss, rief er: »Weckt mich, wenn ich meinen Auftritt habe.«

31

Emma wartete.

Die reguläre Dienstzeit hatte schon begonnen, und die Puppenkiste war voll. Na ja, fast: Die Brennemann war nirgends zu sehen.

Man ließ es ruhig angehen heute. Felix und Matze spielten Lego. Sigmar war in eine seiner Fachzeitschriften vertieft. *Ethology*.

Emma ging zur Kaffeemaschine, drückte auf Knöpfe, ratter, ratter, nahm einen Schluck, zwei, drei, wartete auf die Wirkung. Sie konnte sich kaum auf den Beinen halten. Dabei hatte sie sich im Pausenraum der MK1 sogar noch ein paar Stunden hingehauen.

Felix und Matze hockten an der Kante des Legotischs, beide hatten Steine in der Hand, sie besprachen irgendwas, bauten etwas nach. Den Leichenfundort? Nein, etwas anderes.

»Immerhin sind Niedersachsen und Schleswig-Holstein vorerst nicht mehr pink«, sagte Matze. »Das ist schon ein geiler Clan.«

Langsam verstand Emma, dass sie nicht verstand, worum es ging.

»Wir haben es aber erst mal nur mit EFE-X zu tun. Es wird haariger, wenn die Briten dazukommen.«

»Hast du mal diesen sowjetischen SU-85B ausprobiert? Der soll den zweitbesten Tarnwert haben und richtet 3700 und noch was Schaden pro Minute bei HE an.«

Emma schlenderte mit der Kaffeetasse zu Sigmar rüber. »Sag mal, sagt dir ›Niedersachsen pink, Clan, SU-85B, Tarnwert, Schaden pro Minute‹ irgendwas?«

»Ist Matze nicht für die Recherche zuständig?«, fragte Sigmar, ohne von seiner Zeitschrift aufzublicken.

»Der kann grad nicht.«

»Na, es gibt da diese wunderbare Erfindung namens Google.«

Sigmar googelte die Begriffe. Einen Moment später musste er lachen.

»Das ist *World of Tanks*«, sagte er. »Hab ich schon von gehört.«

»Was ist das?«

»So ein Online-Spiel. Die Spieler führen Krieg mit Panzern. Sie tun sich zusammen, in Clans, und kämpfen um Gebiete, die echten Kriegsschauplätzen nachempfunden sind, irgendwelche Ecken in

Norddeutschland zum Beispiel. Und währenddessen chatten sie online mit Kopfhörern und fühlen sich wie Panzerfahrer.«

»Meinst du, Felix und Matze machen so was?«

Sigmar schaute zu den beiden rüber. Er zuckte mit den Schultern. »Warum nicht? Das Spiel ist unter Männern recht beliebt. Es hat viel mit Strategie zu tun, mit Technik. Die Panzer sind historischen Modellen nachempfunden. Und es gibt sehr viel Kommunikation: Man spricht sich über Taktik ab, so was.«

»Warum werden Männer nie erwachsen?«

»Och, ich weiß nicht. Ein Mann redet den ganzen Tag mit Frau und Kind und Kollegen, und es geht um wer mit wem, und was hat der Chef gesagt, und was meint er damit, das sind alles diffuse Themen, nichts Handfestes, dann gehst du online und kommunizierst nur noch das Elementarste. Taktik. Technik. Mit welchem Panzer nimmt man am schnellsten Südfrankreich ein? Das ist schon eine Art Entspannung. Ich spiel selber mit dem Gedanken, mich da anzumelden.«

»Du? So eine Kinderkacke?«

»Vorsicht!« Sigmar lachte, aber er war beleidigt. Er hob den Zeigefinger und setzte eine halbwegs komische Miene auf. »Jetzt bewegst du dich auf dem Gelände des Krieges der Geschlechter. Diese automatische Verurteilung männlicher Persönlichkeitsmerkmale kann auch schnell als Penisneid ausgelegt werden.« Bei »Verurteilung« und »Penisneid« stotterte er.

Es war zu früh am Morgen für so was. Emma kehrte zu ihrem Schreibtisch zurück. Während sie an ihrem Kaffee nippte, dämmerte ihr: Sigmar hatte das falsch verstanden. Was Felix da mit Matze machte, hatte nichts mit Entspannung zu tun. Felix sammelte Alliierte. »Sozialkompetenz«, würde die Brennemann das nennen. Unter Sozialkompetenz verstand Emma etwas anderes als *World of Tanks*. Letztendlich kam es auf so was nicht an. Kurzzeitig vielleicht, aber was am Ende zählte, war echte Kompetenz: die Lösung des Falls. Während Felix *World of Tanks* spielte, würde Emma arbeiten, und am Ende würde jeder sehen, dass sie mehr geleistet hatte.

Dazu müsste man natürlich erst mal mit der Arbeit anfangen. Sie starrte auf den Stapel Akten, die noch abgelegt werden wollten. Sie wollte keinen Papierkram, sie wollte Lars Gohse. Lars Gohse, Lars Gohse, Lars Gohse. Je mehr sie darüber nachdachte, desto mehr war sie überzeugt, dass er zu den Mittätern gehörte.

»Emma«, sagte Matze. Er hielt sein Schreibtischtelefon in der Hand. »Eine Frau Sistig ist angekommen.« Es war fast halb neun.

Frau Corinn Sistig musste den Behinderteneingang nehmen. Sie kam im Rollstuhl. Frau Sistig war schön. Wobei, das war nicht das richtige Wort. Eher: Schön wie ein Engel. Sie war mit dem gesegnet, wofür die meisten Menschen alles geben würden. Und sie wusste es auch. Selbst im Rollstuhl strahlte sie Energie aus, man sah ihr an, welche Eleganz ihre Bewegungen besessen haben mussten, bevor sie darin gelandet war. Zierlich, blond, helle Augen, kleine Stupsnase, sorgfältig geschminkt. Dreißig? Über dreißig? Aber ein ernsthafter Mund. Emma musterte sie, als sie vor ihr in den Kessel rollte. Ein engagierter Mund. Ein anstrengender Mund. Aber schön.

Lutz war nicht so grob wie sonst. Befangen fast. Ein Mann eben. Den anderen Ermittlern ging es ähnlich. Emma spürte ein Aufwallen der Hormone um sie herum: Ein Dutzend männlicher Stammhirne wollten in diesem Moment nichts anderes, als diese schöne Frau zu beschützen. Sie selbst empfand fast so etwas wie Neid. Und schämte sich dafür.

Lutz führte sie in Habernickels Büro in der MK1. Glasfront. Habernickel hinterher. Schloss die Tür hinter sich. Lutz lehnte sich vor. Er war interessiert an allem, was sie sagte.

»Was meinst du? Frau im Rollstuhl? Ja oder nein?«, fragte ein Beamter hinter Emma. Der Engler war das.

»Die da? Wieso nicht, klar.« Den Zweiten kannte Emma nicht.

»Ein Rollstuhl hat auch Vorteile.« Aha, Felix war also auch schon da.

»Das hat schon was.« Der Zweite kicherte. »Ohne deine Hilfe kommt sie nicht mehr aus dem Bett.«

»Ich meine, ist das nicht vorprogrammiert?« Engler. »In unserer DNA, so von der Steinzeit oder irgendwas? Beschützerinstinkt? Die Carow weiß das sicher. Carow? Sag uns doch, wie wir ticken. Diese Frau – ist sie geiler, weil sie im Rollstuhl sitzt, oder weniger geil?«

»Das ist kein Beschützerinstinkt, von dem du da laberst, das ist Parasitismus.« Emma machte sich nicht die Mühe, sich zu Engler umzudrehen. »Wie bei einer Mücke vielleicht. In deinem Fall hast du nur eine Chance, eine Frau abzukriegen, und zwar wenn sie im Rollstuhl sitzt, taub und blind und gefesselt, und gar nicht merkt, dass du es ihr besorgst, weil dein Schwanz so klein ist wie der einer Mücke.«

»Hoho!« Die Männer reagierten, wie sich das gehörte. Anerkennende Pfiffe. Einer schlug ihr gar auf die Schulter.

»Sie reden seit zwanzig Minuten«, sagte Emma nach einer Weile stummen Starrens. »Das ist doch ein bisschen lange.«

»Sie verhandeln«, meinte Felix.

»Wer weiß, welches Opfer Lutz auf sich nehmen muss, um sie zu überzeugen.« Engler.

Die Tür ging auf. »Bringt den Gohse her«, rief Lutz in den Kessel. Vier Beamte sprangen auf. »Und ohne Handschellen.«

Zu dritt ging das Gespräch weiter. Der junge Gohse sagte wenig. Meist ließ er den Kopf hängen, schielte zu seiner Schwester, nickte, gab widerwillig einzelne Silben von sich, nickte wieder.

Erst als die Tür aufging und Lutz hinaustrat, begehrte er auf.

»Ich will nicht, ich tu's auch nie wieder, ich schwör's, das war das letzte Mal.«

Die schöne Frau im Rollstuhl war eisenhart. Schwester, Betreuerin, Mutter, Gewissen auf einmal. »Das hast du schon mal versprochen. Wir haben darüber geredet, und du hast dein Wort gegeben. Jetzt hast du alles verraten – deine Familie, dich selbst, auch mich, den ganzen Fortschritt, den wir gemacht haben. Was würde Vater sagen?«

»Ich will nicht, ich will nicht.« Lars Gohse wand sich. Nur ein paar Sätze dieser Frau hatten ihn in einen kleinen Jungen verwandelt.

»Glaubst du, er würde einfach ein Auge zudrücken? Nein, du musst lernen. Das hätte er gesagt. Wenn du jetzt nicht lernst, lernst du nie. Es ist zu deinem eigenen Besten.«

»Nein, ich will nicht …«

»Doch, du willst. Du willst, und du wirst.«

Lars Gohse verstummte. Er schob die schöne Frau gehorsam zum Gang, zum Aufzug, und schaute dabei nicht mehr auf.

Während sie etwas abseits auf den Aufzug warteten, verteilte Lutz Aufgaben:

»Jürgen, du und Engler, ihr geht mit.« Habernickel nickte. »Ich ruf die Tempelhofer an. Sie treffen euch dann dort in Neukölln. Ich will, dass sie seine Wohnung auseinandernehmen. Computer und Handy nicht vergessen. Die sollen auch eine DNA-Probe nehmen. Ich komme dann nach.«

»All das macht er freiwillig?« Emma wunderte sich.

»Seine Schwester hat ihn gut im Griff. Sie ahnt, dass die DNA-Spuren von ihm sind. Seit Jahren macht er Probleme, sie fühlt sich für ihn zuständig, seit ihre Eltern tot sind. Sie leitet dieses soziale Projekt, hat ihm immer wieder Jobs vermittelt, Essen ausfahren und so, und er hat's immer wieder vermasselt. Schlimmer wird es für ihn nicht mehr, wenn wir die Wohnung durchsuchen. Es geht ihr nur noch darum, dass er nicht unter Mordverdacht kommt. Sie weiß: Wenn er kooperiert, rechnet ihm das jeder Richter hoch an.

So kommt er ein paar Tage in Untersuchungshaft, kriegt eine Therapie verpasst und basta.«

»Ich will mit«, sagte Emma.

»Wir kriegen das schon allein hin«, meinte Lutz.

»Ich will die Wohnung sehen. Ich glaube, er ist ein Mittäter. Die Mittäter haben ein anderes Profil als der Täter. Wir wissen bisher nichts über sie.«

Lutz zuckte mit den Schultern. »Na gut, komm halt mit.«

»Muss nur mein Auto holen, dann komme ich nach.«

32

Neukölln. Gelblicher Putz, vier Stockwerke, acht Wohnungen, niedrige Decken, aus den Fünfzigern vermutlich, sauber, ordentlich und langweilig, nebenan eine Spielhalle, gegenüber ein türkischer Männerklub. Davor: zwei Polizeiwagen. Blank geputztes Treppenhaus, die meisten Bewohner waren wohl bei der Arbeit, eine alte Frau guckte durch den Türspalt, Kette angelegt, als Emma zum dritten Stock hochstieg. Kein Aufzug.

Die Wohnungstür war offen, Emma stand sofort in der Küche. Kein Flur, ungewöhnlich für Berlin. Jede Menge Beamte, fast ein halbes Dutzend, mehr, als das kleine Zimmer vertrug. Der Raum schien Küche, Wohn- und Schlafzimmer zugleich zu sein. Die schmale Schlafcouch mit Klamotten bedeckt, die Kochecke voller Milchkartons und leerer Bierflaschen. Kleiner Kühlschrank, die Herdplatte gleich auch Ablage für einen Stapel mit Pizzasoße beschmierter Pornozeitschriften, anscheinend Frauen, Mädchen und Jungs durcheinander. Neben der Couch mehr leere Flaschen, Schmutzwäsche, ein halbvoller Müllsack, Zigaretten und Kiffzeug.

Sie blickte sich um. »Habt ihr den Computer gefunden?«

»Kein Computer. Old School.« Lutz wedelte mit den Zeitschriften. »Wie du siehst. Mehr gibt es nicht.«

»Was war mit seiner Kontaktliste? Ihr habt doch sein Handy.«

»Nichts Auffälliges, ganz wenige Namen, er hat es kaum benutzt. Das hier wird dich aber ärgern.«

Lutz gab ihr ein Fotoalbum. Er hatte es unter dem Stapel Pornozeitschriften gefunden. Vorne drauf, in einer kindlichen Schrift, hatte jemand geschrieben: *Quereinsteiger. Reiseprotokoll.*

Emma schlug das Album auf, blätterte durch: Strand, blauer Himmel, Beachvolleyball, eine Hotelbar, Drinks, Frühstücksbuffet, Abendessen, paar schöne Frauen am Pool, halbnackt, alle gut gebräunt, alle glücklich. Auch Lars Gohse war dabei. Stand steif und meist allein vor der Bar, vor dem Pool, vor dem Hotelempfang, während jemand ihn abknipste.

»Interessant sind die Daten«, sagte Lutz.

Das Fotoalbum war in drei Kapitel organisiert. Das erste Blatt jedes Kapitels trug ein Foto von einem Strand sowie in derselben kindlichen Schrift einen Ortsnamen und ein Datum:

Mallorca, 16. – 27.6.
Marokko, 28.7 – 9.8.
Teneriffa, 22.9. – 3.10.

»Hallo? Wie kommt der zu solchen Reisen?«

»Betreutes Reisen. Wiedereingliederung in die Gesellschaft. Verschwendung von Steuergeldern. Seine Schwester hat doch dieses Sozialprojekt, sie muss das alles organisiert haben. Ich wiederhole: Interessant sind die Daten.«

Emma schaute genauer hin, verunsichert.

»Der Brandner ist zwischen dem 17. und dem 25.6. gestorben.«

Da war Lars Gohse in Mallorca.

»Das …« Emma schluckte. Sie spürte, wie Lars Gohse ihr entglitt. »Das muss nichts heißen. Es ist eine große Gruppe. Nur weil er bei einem Mord nicht dabei war, heißt das nicht, dass er auch bei den anderen beiden nicht dabei war. Vielleicht ist er erst spät zur Gruppe dazugestoßen.«

»Emma, du hast selbst ein großes Ding daraus gemacht, dass der Mord an Brandner für die Täter genauso wichtig war wie der Mord an den Frauen. Dass er in keiner Weise aus der Reihe fiel. Und du hattest recht, du hast es uns bewiesen«, sagte Lutz. »Ich denke, wenn er bei Brandners Mord nicht dabei war, war er auch bei den anderen nicht dabei. Punkt.«

»Lass mich ihn befragen«, bat Emma.

»Es hat keinen Sinn. Vor allem, wenn du das andere Zimmer gesehen hast.«

»Ich sage ja nicht, dass er der Haupttäter ist«, sagte sie, »aber er könnte zu den Mittätern gehören.« Sie merkte, dass sie schnell redete, ein wenig panisch. »Wir haben uns bisher nur mit dem Primärtäter beschäftigt, aber was ist mit seinen Helfern? Was sind das für Leute? Wo findet er Menschen, die zu so etwas bereit sind? Und gleich fünf bis acht? Sind es Psychopathen wie er, oder sind es hörige Persönlichkeiten, die alles tun, um ihm zu gefallen? Wie kommt er überhaupt an solche Typen? Sie stehen nicht im Telefonbuch.«

»Hast du irgendetwas Konkretes für mich?«

»Ich glaube, Lars Gohse ist eine abhängige Persönlichkeit«, sagte Emma. »So jemand könnte der Schlüssel zu der Gruppe sein.«

»Emma, das ist mir zu abstrakt. Er hat ein Alibi. Schau dich um, hier gibt es keinerlei Anzeichen von einer Beteiligung an den Morden. Seine Schwester sagt, er verhält sich in den letzten Monaten nicht anders als sonst. Der Mann ist nichts für uns.«

Vielleicht hatte Lutz recht. Das war das Ärgerliche. Lars Gohse würde so schön passen, und Emma wusste so wenig über die Mittäter. Und sie hatte ihn selbst hochgenommen. Das machte ihn doch irgendwie besonders. *Confirmation bias*. Das Gefühl, das sie hatte, als sie Lars Gohse festnahm, die Überzeugung, tief im Bauch, dass er etwas mit den Morden zu tun hatte, schwand immer mehr. Es hatte schon in der Burg begonnen, als Lutz bekannt gab, dass sie seine Wohnung ohne Durchsuchungsbefehl betreten durften. Das war ein Zeichen. Gohse hatte nichts zu verbergen, zumindest nichts, was die Morde betraf.

»Was ist denn in dem zweiten Zimmer?«, murmelte sie.

»Nichts mehr für uns eigentlich. Komm, ich begleite dich.«

Emma blickte durch die Tür. Weiße Wände, viele Leute. Auch Corinn Sistig war da, im Rollstuhl.

»Es ist sein Hobbyzimmer. Er hat gar keine Zeit für Mord, er hat viel zu viel zu tun mit seinem echten Hobby.«

Lutz ließ Emma vor. Sie trat durch die Tür.

Das Zimmer war leer. Voller Beamter, aber sonst leer.

Mittelgroß, viereckig, aber abgesehen von einer Matratze auf dem Boden in der Mitte keine Möbel, keine Klamotten, kein gar nichts. Lars Gohse hatte all sein Hab und Gut in die Küche gestopft, das Hinterzimmer rein wie einen Tempel gehalten.

Die Wände aber. Die Wände – weiß, makellos weiß – zierten Bilder. In einer Reihe, etwa auf Augenhöhe, rundherum auf allen vier Wänden, Fotos. Alle etwa DIN-A2. Mit Reißzwecken an der Wand befestigt. An zwei Wänden jeweils vier, an der Wand mit Tür fünf, an der vierten Wand sieben. Zwanzig Abzüge.

Eine Kunstgalerie. Das Zimmer war eine kleine, private Kunstgalerie. Habernickel und die Beamten der EG98 standen herum und guckten. Fast ehrfürchtig. Wie es sich in einer Galerie gehört. Sahen sich die Fotos an. Musterten sie, ließen sie auf sich wirken. Bisschen perplex zumeist. Wussten nicht, was sie davon halten sollten. Waren ja auch keine Kunstkenner.

Emma trat näher. Schaute ein Foto an. Dann noch eins. Noch eins.

Sie waren in Farbe. Aber oft dunkel und verschwommen. Hatten was von einem alten Gemälde, doch. Sie erkannte Gesichter darauf, ein kleines Gesicht auf jedem Foto, aber um die ging es nicht, es waren keine Porträts.

Es ging um den Penis.

Es waren Nahaufnahmen eines Penis. Ganz eindeutig immer der gleiche, ganz eindeutig nicht unerregt. Du hältst die Kamera vor dir, Gürtelhöhe etwa, drückst ab. Es waren Fotos von Lars Gohses Penis. Mit Kindern. Jungs zumeist, zwei der Gesichter Mädchen. Zwischen acht und zehn Jahre alt, vermutlich. Augen zugekniffen, Angst im Gesicht, den Mund in Ekel verzogen, weinend, ihre Köpfe mit einer großen Hand an die nackte Hüfte von Gohse gepresst, die Augen in die Kamera gezwungen, jetzt lächeln: Knips. Penis-Selfies. Dick pics.

In einer Ecke, im Rollstuhl, heulte die Frau Sistig vor sich hin.

»Scheiße.« Emma war plötzlich unendlich müde. »Ich habe die Arbeit der 13 gemacht.«

»Deshalb sind einige von uns Ermittler«, sagte Lutz, »und andere Eierköpfe. Hör mal. Du könntest eine Pause gebrauchen.«

Eine Pause. Gute Idee. Stunde schlafen. Zwei. Sie nickte. Sie drehte sich um und ging und wünschte Lars Gohse noch ein schönes Leben, und das Kapitel, das eine Nacht lang gedauert hatte, war damit vorbei.

Emma war schon im Auto, als der Anruf von Matze kam.

»Ich habe das Bild.«

»Was für ein Bild?«

»Na, das Bild mit der Kleidung. Wo die Leute angezogen sind.«

»Wo die Leute angezogen sind? Bitte ich dich sonst um Nacktfotos?« In dem Moment, als sie es sagte, wusste sie, was er meinte. »Ich bin in fünfzehn Minuten da.«

33

Matze hatte das Bild im Archiv des *Stern* in einer Ausgabe von 1986 gefunden.

Es zeigte eine ganz normale Familie beim Frühstück in der Küche. Auf dem Tisch: Brötchen, Filterkaffee, in einer Glaskanne Orangensaft, Marmeladengläser, eins rot, eins gelb, eine Aufschnittplatte, ein Stück Brie, Margarine, Zuckerdose, blaue Blumen auf den Porzellantellern und -tassen. Er: besorgtes Gesicht, randlose Brille, Cordsakko, brauner Pullunder, aus dem der Kragen seines Hemds herausragt. Sie: adretter Kurzhaarschnitt, Pulli mit Mondrian-Muster. Die ältere Tochter: Pony, langes schwarzes Haar, rote Bluse, darüber ein grob gestrickter, cremefarbener Pullunder. Jüngerer Sohn: Pottschnitt, Pulli mit Rautenkaro in hellen Brauntönen.

»Voll Achtziger«, sagte Matze.

»Bist du sicher? Ist es das? Passt es, passt alles?«

Das Foto hing in der Puppenkiste an dem Whiteboard. Matze hatte einen großen Ausdruck gemacht. Es strahlte die Biederkeit und den Muff der Achtziger aus. Emma, Sigmar und Matze standen davor und bewunderten es wie ein unerreichtes Meisterwerk.

»Das ist es ganz sicher. Das Foto war eine Illustration zu einem Artikel über den Zerfall der Familie. Dass sie kaum noch gemeinsam Mahlzeiten einnehmen und so. Und das hier …« Matze klopfte auf das Foto. »Sie sitzen. Sie sitzen um den Tisch herum.«

»Ja, und?«

»Der Täter hat von der Kleidung nur die Oberteile ausgewechselt. Nur das, was man auch hier sieht.«

Felix kam mit der Brennemann und neuen Fotos aus der Spurensicherung zurück: Die Fetzen der sorgfältig aus dem klebrigen Kokon herausgepulten Sakkos und Pullis, die Hemden, die Blusen, der Schmuck, die Brille mit Fensterglas. Bald hingen sie Seite an Seite mit Matzes Internetfamilie.

Die Brennemann sprach aus, was alle dachten. »Alles stimmt überein.«

Nicht nur die Kleidung: auch das Marmeladenglas, die Schrippen, der Orangensaft waren da.

»Warum dieses Foto? Warum bildet er ausgerechnet dieses Foto nach?« Emma.

»Nicht das ganze Foto.« Die Brennemann. »Nur Vater und Tochter.«

»Ist der Täter ein Vater, dem seine Tochter weggenommen wurde?«, überlegte Matze. Als keiner antwortete, setzte er hinzu: »Wenn ja, war es wahrscheinlich besser so.«

Felix war nicht überzeugt. »Sind das sicher Vater und Tochter? Ich meine, die Opfer am Leipziger Platz könnten auch Vater und Mutter sein.«

Emma wies auf das Bild: »Die Kleidung. Julia Fredersdorf und Lucy Herold trugen die Kleidung der Tochter, nicht der Mutter.«

»Genau der gleiche ärmellose Pulli.« Matze.

»Soll das eine Botschaft sein?« Felix. »Die deutsche Familie ist in Gefahr. Irgendwas mit Patchworkfamilie. Die Mutter fehlt, der Sohn fehlt, Familien werden auseinandergerissen.« Und als ihn alle perplex anschauten: »Ich sag ja nur.«

»Es ist mehr als nur Vater und Tochter.« Brennemann. »Das ganze Frühstückszeug war mit eingewickelt. Es geht ihm um die Szene.«

»Aber eben nicht die ganze. Ohne Mutter und Sohn.«

»Und mit zwei Töchtern statt einer.«

»Ein Harem«, sagte Sigmar. »Inzest?« Nun war er an der Reihe, angestarrt zu werden.

Felix warf sich auf seinen Stuhl: »Wir müssen in Betracht ziehen, dass das hier alles Scheiße ist. Er führt uns an der Nase herum. Er will, dass wir den ganzen Tag hier stehen und über diesen Quatsch rätseln, während er auf die Suche nach neuen Opfern geht. Vielleicht sollten wir den ganzen Blödsinn lieber wegpacken.«

Keiner sagte was. Sie wussten: Konnte gut sein, dass er recht hatte. Konnte sogar sehr gut sein.

»Lassen wir doch einen Moment die Frage beiseite, ob die ganze Kleidung und all das zur Tat gehört oder ob es nur Ablenkung ist«, meinte Sigmar. »Selbst wenn, er hat ein Familienthema ausgesucht. Er hätte seine Opfer als Polizisten verkleiden können oder in Faschingskostüme stecken. Aber das Thema Familie ist ihm wichtig.«

Emma: »Das hier bedeutet mehr, als was wir sehen, es ist ... Es ist abstrakt.«

»Wie meinst du das?«

»Das Bild stellt keine konkrete Familie dar, sondern eine Normfamilie. Vater, Mutter, Sohn, Tochter. Von jedem Geschlecht ein Exemplar. Ein Ideal. Kommt im wahren Leben selten vor. Unsere echte Familie ist immer unperfekt. Wir glauben vielleicht, dass die Familie nebenan perfekt ist. Wir glauben, bloß unsere Familie ist verrückt oder hat Probleme oder droht auseinanderzubrechen. Aber in Wahrheit sind alle Familien unnormal. Die Idealfamilie kennen wir doch gar nicht aus der Realität, sondern nur von solchen Fotos. Der Täter stellt eine idealisierte Familie nach.«

Nach einer Weile fragte Felix: »Na und?«

»Warum nicht seine eigene? Warum greift er zu einem Fantasiebild?«

»Du willst sagen: Weil er seine eigene Familie nicht kennt.« Sigmar.

»Das ist nur eine Erklärung, aber ja, ich halte das für möglich.« Emma zuckte mit den Schultern.

»Wie jemand aus dem Heim, wie Brandner«, warf Sigmar ein. »Er hat sein ganzes Leben lang Sehnsucht nach einer Familie und fantasiert sich eine zusammen.«

»Und dann tötet er sie gleich? Weil er so viel Sehnsucht danach hat?« Felix' Stimme triefte vor Sarkasmus.

»Oder er hasst die ideale Familie, weil er sie nie hatte.« Die Brennemann.

Matze erinnerte sich dumpf an einen Fachbegriff. »Ihr wisst schon, wenn man jemanden stellvertretend tötet. Du willst deine Mutter töten, aber du traust dich nicht, also tötest du eine Hure, die die gleiche Frisur hat. Oder du ziehst ihr die Kleidung deiner Mutter an, bevor du sie tötest.«

»Chiffriert«, sagte Emma. »Das sind chiffrierte Morde. Die Opfer stehen für jemand anderen. Für jemanden, den du hasst. Wenn der Täter aus irgendeinem Grund die Idee der idealen Familie hasst, dann will er sie auch töten. Es ist vielleicht nicht die einzige Erklärung, aber …«

»Ihr seid echt Eierköpfe«, sagte Felix. »Erstens glaube ich nicht, dass jemand solche Morde begeht, nur weil er im Heim aufgewachsen ist. Es muss viel mehr dahinterstecken.«

Die Brennemann zog die Augenbrauen hoch.

»Und selbst wenn er irgendwie von der Idee besessen ist oder wenn das sein großes Thema ist, er bringt hier nur einen Teil der Familie um. Und die Tochter gleich zweimal. Das passt doch hinten und vorn nicht.«

Wieder Schweigen.

»Schreiner hat nicht unrecht«, sagte die Brennemann schließlich. »Wenn das hier seine Vorlage ist, dann erfüllt er sie nur arg selektiv.«

Ratlos und ziellos mäanderte die Diskussion weiter. Emma hörte nur mit einem Ohr zu. Es stimmte schon: Ohne Familie aufzuwachsen war kein Mordmotiv. Selbst wenn der Täter einen starken Hass auf Familien im Allgemeinen hatte, würde er eher eine echte Familie töten als eine Idealfamilie nachbilden. Trotzdem hatte er genau das getan. Sehr viel mehr steckte dahinter, als Emma sehen konnte.

Ihr Handy klingelte.

Lutz. Er hatte doch was in Lars' Wohnung gefunden. Emma riss ihr Handy ans Ohr. »Lutz?«

Stille. Nur ein leises Atmen. Einmal. Zweimal. Dann: Klick.

Das war nicht Lutz. Ihr Display zeigte keine Nummer an.

»Matze?«

»Ja?« Er klickte auf seinem Computer herum.

»Irgendwelche Neuigkeiten von Lutz?«

»Da kommt nichts mehr. Der ist nach Hause gegangen.«

Emmas Handy klingelte wieder. Keine Nummer im Display.

Sie riss das Handy zum Ohr und brüllte: »Hören Sie auf, mich zu belästigen!«

Stille.

Dann: »Ich bin's.«

»Wer?«

»Johannes.«

»Bitte?«

»Johannes Kehrmann. Von dem Essen. Bei deiner Schwester.«

Das war jetzt peinlich. Emma ging aus dem Büro, den Flur runter.

»Das tut mir aber leid, ehrlich. Eben hat so ein Arschloch angerufen, anonym, ich dachte, der wäre es wieder.«

»Äh«, Johannes räusperte sich, »ja, das war ich.«

»O Gott.«

»Ich dachte, es wäre leicht, dich anzurufen, aber dann habe ich plötzlich aufgelegt ...«

Emma hatte sich noch nicht entschieden, was sie mit ihm anstellen sollte. Jetzt war er ihr zuvorgekommen. Sie schwieg, stand draußen im Flur und schaute durch die Glastür. Ihre Kollegen standen noch vor dem Whiteboard. Viele Fotos. Viele Fragen. Warum eine Familie? Warum eine Idealfamilie? Warum nur Vater und Tochter? Warum die Tochter zweimal?

»Was gibt's denn?«

»Also, ich wollte fragen … Wir haben heute Abend bei uns ein Unifest … mit Livemusik, alles junge Leute und billiges Bier, es wird nett sein … Hast du Lust, mitzukommen? Spontan, dachte ich«, fuhr Johannes nervös fort, als sie schwieg. »Spontaneität ist immer gut, sagt man. Na gut, ich habe diesen Anruf seit gestern geplant, trotzdem, für dich wäre es ja spontan.«

Netter Versuch.

»Johannes, du musst wissen, ich bin nicht so der Partygänger …«

»Das ist aber komisch«, sagte Johannes. Die Antwort kam schnell. Auch das hatte er geübt. »Deine Schwester hat mir nämlich erzählt, dass du gerne tanzt.«

Pause. Emma drehte sich weg vom dem Glas. Die würden da drinnen auch nicht schneller denken, nur weil sie sie anstarrte.

»Ich bring sie um.«

Johannes lachte. »Ich hab gelogen. Das war nur eine Schätzung. Statistisch gesehen tanzen neunzig Prozent aller Frauen gern. Es gibt wirklich so eine Erhebung.«

Emma musste grinsen. »Aber nur zehn Prozent aller Männer, habe ich recht?«

»Klar!«

»Das ist kein gutes Verkaufsargument für dich.«

»Da muss ich dich enttäuschen. Meine Eltern hatten eine Tanzschule.«

Emma drehte sich wieder zum Glas. Die Kollegen standen genauso dumm herum wie vorher.

»Johannes, ich will ehrlich sein. Such dir eine andere Frau. Ich bin nichts für nette Jungs. Eine Weile finde ich sie charmant, dann bin ich genervt, weil sie mir alles durchgehen lassen, und dann mache ich sie fertig … Du wirst dir in der Rolle nicht gefallen und ich mir auch nicht, wenn ich ehrlich bin. Mir ist der Typ lieber, der mich durchfickt und dann ins Taxi steigt und von dem ich nie wieder was höre, zumindest werde ich bei dem nicht irgendwann zur Zicke.«

Wollte sie sagen. Ehrlich, laut und deutlich. Damit das klar war. Sagte sie aber nicht. Sie schwieg. Er auch.

Emma drehte sich wieder weg. Versuchte, sich zu erinnern.

Ein Treffen mit einem ganz normalen Kerl, einem netten Kerl. Das war alles so lange her. Sie dachte nach. Das hatte sie nicht mehr getan seit … seit damals. Vor Uwe.

»Emma?«

»Hmm.«

»Was ist?«

»Ich weiß nicht, Johannes. Wir sind hier gerade an einer Sache dran. Es ist wichtig. Kann noch dauern.«

»Ah, verstehe. Na ja, einen Versuch war es wert«, sagte Johannes. »Wenn du dich anders entscheidest, ruf an, ja? Ich sims dir gleich meine Nummer.«

»Ja, klar.« Sie hatte nicht vor, anzurufen.

»Spontan. Immer spontan.«

Emma lachte. Ein netter Kerl. Ein normaler, netter Kerl. »Man kann nie wissen. Vielleicht sind wir schnell fertig. Ich guck mal, ja?«

Sie legte auf. Schaute durch die Glastür. Die Brennemann stemmte die Fäuste ins Kreuz. Genervt. Die Kollegen diskutierten miteinander. Sie hörte kein Wort. Schaute nur zu.

Auf dem Bild im *Stern:* vier Familienmitglieder.

Am Leipziger Platz: drei Opfer.

Im *Stern:* Eine Tochter.

Am Leipziger Platz: Zwei Töchter.

Auf einmal raste ihr Herz. Sie ließ beinahe das Handy fallen, so eilig hatte sie es, die Tür aufzumachen:

»Es sind acht«, sagte sie, als sie den Raum durchquerte.

Die Brennemann: »Acht was?«

»Acht Opfer. Wo ist Lutz?«

»Das sagte ich doch schon.« Matze.

Felix: »Ernsthaft?«

Sigmar: »Wie kommst du darauf?«

Emma ging zum Whiteboard, griff sich einen Stift und zeichnete einen Kreis. Im Hintergrund hörte sie Matzes Stimme am Telefon, er fragte nach Lutz. Sigmar, Felix und ihre Chefin schauten zu, wie Emma in dem Kreis vier Wörter übereinanderschrieb, dann zwei Namen hinzufügte:

Vater: Karl Brandner
Mutter:
Tochter: Julia Fredersdorf
Sohn:

»Er stellt seine Idealfamilie nach. Aus Leichen«, sagte sie. »Das ist sein Muster: Er tötet die ideale Familie.«

»Ohne Mutter und Sohn«, sagte Felix. »Na ja, ganz ideal ist das nicht.« Er wirkte leicht genervt. Vielleicht sah er auch nur seine Felle davonschwimmen. Emma verkniff sich ein Grinsen. Das hier ist meine Domäne, Junge. Und jetzt pass mal gut auf.

»Nein, nein. Er hat es geschafft, eine ganze Familie zu töten und aufzuhängen – vier Opfer: Vater, Mutter, Sohn und Tochter.«

Wenn die Brennemann sich ihre Fäuste weiter so ins Kreuz stemmte, würde sie bald blaue Flecken kriegen. »Wir haben sie bloß noch nicht entdeckt, meinen Sie.«

Emma nickte. Sie wartete. Sie wusste, was Felix jetzt sagen würde.

Er sagte es auch: »Das kann nicht sein.« Aber er war verunsichert. Das hörte sie.

»Dass er nicht die ganze Familie am selben Ort platziert, hat vermutlich pragmatische Gründe«, fuhr sie fort. »Vielleicht war an dem Abend zu viel los am Potsdamer Platz, also hat er Mutter und Sohn woanders aufgehängt. Wichtig ist nur: Die erste Familie ist komplett.«

»Dafür gibt es keinerlei Beweise«, wandte Felix ein.

»Doch«, sagte Emma.

Sie malte einen zweiten Kreis neben den ersten und schrieb auch in diesen vier Wörter und einen Namen.

Vater: Karl Brandner	*Vater:*
Mutter:	*Mutter:*
Tochter: Julia Fredersdorf	*Tochter: Lucy Herold*
Sohn:	*Sohn:*

»Es gibt Lucy Herold«, sagte sie.

»Das … das kann nicht sein«, sagte die Brennemann ungläubig. Ihr war schon klar, was das bedeutete.

»Zwei Töchter. Deshalb.« Matze hatte es auch kapiert. Sigmar nickte. Felix verschränkte nur die Arme und wartete.

»Als er die erste Familie durch hatte und immer noch nicht erwischt worden war, hat er noch mal von vorne angefangen. Mit einer zweiten Familie. Damit ist er gerade zugange – oder vielleicht ist die auch schon komplett. Daher die zwei Töchter – Lucy Herold gehört zur zweiten Familie.«

Emma ging noch mal ans Whiteboard. Diesmal schrieb sie Fragezeichen in die Lücken.

Vater: Karl Brandner	*Vater: ?*
Mutter: ?	*Mutter: ?*
Tochter: Julia Fredersdorf	*Tochter: Lucy Herold*
Sohn: ?	*Sohn: ?*

»Oh, Scheiße«, sagte Felix und spuckte sein Kaugummi in den Papierkorb.

»Irgendwo in Berlin«, schloss sie, »hängen noch bis zu fünf Leichen.«

34

»Du hast eine grüne Zunge.«

»Matcha-Eis«, gestand Lutz. »Hab ich diesen Sommer entdeckt. Muss ich mir ab und zu geben. Man denkt ja erst, es ist süß, aber eigentlich ist es bitter. Ein bisschen so wie du, Emma. Auf Dauer unerträglich. Aber nach einer Weile hab ich wieder Lust drauf. Pervers. Plötzlich fahre ich hier vorbei, obwohl ich so gut wie nie in der Nähe bin, und hab auf einmal ein Eis in der Hand. Erzähl es nicht rum.«

Ein Kaffee und ein Eisbecher standen auf dem kleinen runden Tisch vor ihm. Eine lange Glastheke summte in der Eisdiele Vanille & Co. in Halensee, die einzige andere Kundin, eine junge Mutter, versuchte, ihre beiden Kleinkinder zu bändigen, der schwarz-weiß geflieste Schachbrettboden machte alles irgendwie freundlich und frech.

Eigentlich hatte Emma ihm ohne lange Vorrede ihre neuen Erkenntnisse präsentieren wollen. Aber als sie ihn endlich hier fand – über eine Stunde hatte sie ihn gesucht –, wusste sie, dass etwas nicht stimmte. Der Eisbecher war noch fast voll, das Eis schmolz unbehelligt vor sich hin.

Atypisches Verhalten, sagt man. Lutz, ein Problem? Das schockierte sie schon ein wenig. »Sehr charmant.« Sie ließ sich auf den leeren roten Stuhl neben ihm fallen. »Ich weiß, wenn du beim Eis sitzt, willst du nicht gestört werden …«

»Aber das hat dich nie abgehalten.«

Er wartete. Emma wusste nicht genau, was jetzt angemessen wäre. Sie wollte sagen: Wenn du über irgendetwas reden willst, nur zu. Wollte sie wirklich.

»Es gibt insgesamt acht Leichen«, sagte sie. »Wir haben drei, weitere fünf hängen irgendwo in der Stadt.«

Jetzt war Lutz ganz Ohr. Zumindest das.

Nicht nur er: Auch die Frau mit den beiden Kindern schielte zu ihnen her. Emma mochte nicht, wenn Passanten ihren Gesprächen lauschten. Deshalb benutzte sie extra auch Wörter wie »Leichen« statt »Opfer«.

Emma zeigte ihm das *Stern*-Foto. »Das hier ist seine Fantasie«, sagte sie. »Der Täter stellt mit seinen Toten diese Idealfamilie nach.«

»Warum? Weil er seine eigene hasst?«

»Das weiß ich noch nicht. Die Motivation ist sicher komplizierter. Wir können nur sagen, dass die Idealfamilie für ihn eine Obsession ist. Irgendwas ist da passiert, irgendein Trauma, das mit Familie zu tun hat. Seitdem will er Mama und Papa umbringen und Sohn und Tochter gleich mit.« Den letzten Satz sagte sie nur, weil die Frau und die Kinder am Nebentisch sie mit großen Augen anstarrten.

»Wir suchen also jemanden, der familiengeschädigt ist. Da können wir gleich achtzig Millionen Deutsche verhaften. Theoretisch ist das sehr hübsch, aber für die Ermittlung nicht gerade hilfreich.«

Emma drehte das *Stern*-Foto um. Die Rückseite war weiß und leer. Mit einem Kuli malte sie zwei Kreise darauf. Dann in jeden

Kreis die Wörter: *Mutter, Vater, Tochter, Sohn.* Sie erklärte ihm ihre Theorie, flocht die Wörter »besessen«, »Mord« und den Nebensatz »er will noch mehr Menschen töten« ein. Die Frau mit den Kindern wurde immer nervöser. Die Kinder, vorher eher aufgedreht, waren jetzt auffallend still.

Nach einer Weile sagte Lutz müde: »Wir sind davon ausgegangen, dass er den Leipziger Platz ursprünglich als Ablageort für die Leichen ausgesucht hat, weil es ein besonderer Ort ist. Wir sind davon ausgegangen – ich glaube, du hast das sogar selber behauptet –, dass die Morde mit dem Ort zusammenhängen und er nur deswegen mehrere Leichen da ablegt, weil der Ort für seine spezifische Inszenierung wie kein anderer geeignet ist. Jetzt sagst du, es gibt einen weiteren Ablageort, wo er die Leichen hinbringt, wenn ihm danach ist.« *Leichen:* Lutz hatte *Leichen* gesagt. Statt *Opfer.* Auch ihn nervte die Frau am Nebentisch. »Verstehe ich das richtig? Noch fünf Tote irgendwo, an einem anderen Ort?«

»Seine Beziehung zu dem Ort verstehe ich noch nicht«, gab Emma zu. »Aber ich bin mir sicher, dass es in Berlin mehrere solcher Objekte gibt, große leere Raumgerüste, die mitten in der Stadt stehen, ohne dass man sie von außen erkennt. In einem davon hängen bis zu fünf weitere Leichen und rotten vor sich hin.«

Das war das Stichwort: Panisch erhob sich die Mutter mit den Kindern und zerrte sie aus dem Laden.

Lutz konnte ein Schmunzeln nicht unterdrücken.

Als die Eingangstür zuschlug und der Laden leer war, legte Lutz einen Zehn-Euro-Schein auf den Tisch. »Du stehst jetzt auf«, sagte er. »Du stellst dich an die Theke. Du bestellst zwei Eis. Für mich Schokolade mit Meersalz, egal, irgendwas, was du nie im Leben bestellen würdest. Wenn du zurückkommst, sagst du gar nichts, als ob ich nicht da wäre. Oder besser, als ob du nicht da wärst. Du lässt mich einfach nachdenken. Geh.«

Lutz dachte noch nach, als Emma zurückkam. Er nahm seinen

Eisbecher wortlos. Emma hatte nur ein Eis geholt. Der Schein lag noch auf dem Tisch, wo sie ihn hatte liegen lassen.

Lutz aß nicht.

Nach einer Weile nahm er sein Handy und wählte. »Ich bin in einer Stunde im Büro.« Sicher sprach er mit Habernickel. »Besprechung im Kessel. Ruf den Bredow an, ich will auch die Tempelhofer dabeihaben. Wir brauchen mehr Leute. Die MK5 ist ab sofort Teil der EG98. Hol jemanden von der Stadt. Wir suchen ähnliche Anlagen wie das Raumgerüst am Leipziger Platz. Irgendwo steht noch so ein Ding. Da drin finden wir weitere Leichen … Frag nicht, woher ich das weiß. Hol die Leute zusammen.«

Er legte auf. »Zwanzig Minuten Fahrt. Ich habe noch eine gute halbe Stunde, um dieses Eis zu verspeisen. Ich kann sehr langsam essen, wenn es darauf ankommt. Wenn du etwas Nettes zu sagen hast, kannst du bleiben. Wenn nicht, gönne mir meine halbe Stunde.«

Emma hatte sich durchaus schon gefragt, was sie tun würde, falls Lutz mal ein Problem haben sollte. Wenn Lutz, ihr Mentor, ihr Fels in der Brandung, selbst mal Hilfe brauchte. Sie stellte sich das manchmal bildlich vor: Sie würde ihn in den Arm nehmen, ihm übers Haar streichen, einfach für ihn da sein, ohne Worte. Er entspannt sich, irgendwann heult er sogar, irgendwo hinter ihrem Ohr, ganz leise nur, und kämpft natürlich dagegen an, und Emma sagt: Lass es raus, es ist in Ordnung. Klopft ihm auf die Schulter dabei. Auch ein Mann wie Lutz braucht einen Fels in der Brandung, braucht jemanden, der stark ist, damit er auch mal schwach sein kann. Natürlich hatte sie gehofft, dass dieser Fall nie eintreten würde.

»Ich sage nichts mehr«, meinte sie. »Ich höre nur zu.«

Sie hörte also zu. Sie hörte den Eislöffel im Glas klimpern, sonst nichts.

Als er fertig war, sagte er: »Weißt du, warum ich nie mit dir geschlafen habe?«

Nein, Emma wusste es nicht.

»Ich müsste hinterher mit dir reden, und du würdest nur über den Job sprechen.«

»Ich liebe diesen Job«, verteidigte sie sich, von dem Themenwechsel doch etwas überrascht.

»Ein Job liebt dich nicht zurück. Du warst wieder die ganze Nacht unterwegs, und so siehst du auch aus. Du weißt nicht, wann du eine Pause brauchst. Du weißt nicht, was du brauchst. Wenn ich sehe, wie du dich selbst kaputtmachst … Du bist jung. Es ist zu früh. Das Leben kriegt dich auch so irgendwann klein, glaub mir.«

Finster starrte er auf seinen Löffel. Die ganze Leichtigkeit war verflogen. Emma spürte die Faust in ihrem Bauch, die von tief innen nach ihr griff und zudrückte. Sie wollte Lutz stoppen. Nein, sie wollte hören, was er zu sagen hatte, wollte ihm einmal im Leben nicht widersprechen, es genießen, dass er sich Sorgen um sie machte. Gleichzeitig wollte sie es nicht. Er lenkte ab. Von seinen eigenen Problemen. Das war echt unfair. Schließlich murmelte sie: »Du hast keine Ahnung.«

»Bilde dir nichts ein. So besonders bist du nicht, dass du was durchgemacht hättest, was sonst keiner auf Erden kennt. Dir passiert einmal eine schlechte Sache, und dann widmest du ihr den Rest deines Lebens. Und scherst dich einen Dreck um alles, was du Gutes hast. Und kannst. Wie gesund du bist und schön und jung. All das ist an dich verschwendet. Dumme Nuss! Er wollte nur Macht über dich, aber du schmeißt ihm auch noch den Rest deines Lebens hinterher. Warum gibst du ihm freiwillig etwas, das er dir gar nicht nehmen kann? Und jetzt probier mal das Weiße Schokolade mit Himbeeren.«

»He«, sagte Emma. Wütend. Fast wütend. »Du bist auch nicht gerade der Guru mit den tollen Scheng-Fui-Lebensweisheiten, weißt du das? Wann gehst du schlafen? Wann machst du Pause? Was hast du für ein Leben außerhalb vom Büro? Weißt du, was die

Brennemann letztens gesagt hat? Ich wäre die unglücklichste Frau, die sie kennt. Weißt du, was ich gedacht habe? Aber nicht so unglücklich wie Lutz.«

»Erstens heißt es Feng-Shui«, stellte er klar. »Zweitens, unglücklich bin ich nicht, nur ein bisschen betäubt. Manchmal macht das Leben so Dinge mit dir, du weißt nicht, wie das kommt, und egal, was du tust, es springt auf jeden Fall Scheiße bei raus, und du brauchst einfach ein bisschen Zeit ... Lass mir meine kleine Krise, ja? Du konzentrier dich lieber darauf, was aus deinem Leben zu machen, nicht dass du mit sechzig hier mit einem sexy Jungspund von Nachwuchsermittler sitzt und dich von ihm beschimpfen lässt. Dann weißt du nämlich erst recht, dass dein Leben bald vorbei ist und du immer noch keine Ahnung hast, wie's läuft.«

Mit diesen Worten erhob er sich und kämpfte sich in seinen Mantel. »Und leg dir verdammt noch mal ein Privatleben zu. Nimm dir ein Beispiel an mir. Ich geh jetzt heim. Zu meiner Frau.«

»Lutz ...«

»Gleich nach der Besprechung. Wir haben Karten, weißt du. Wir gehen in die Philharmonie. Und da werden wir einen schönen Abend haben. Ob wir wollen oder nicht. Weißt du, Emma, man wird umgänglicher ..., entspannter ... Kleine Fehler werden einem eher nachgesehen, wenn man morgens aus einem Bett aufsteht, in das man sich abends gerne gelegt hat.«

Damit war er aus der Tür.

Hm.

Das war nicht ganz so gelaufen, wie sie sich das vorgestellt hatte. Sie hatte die Starke sein wollen, er sollte über seine Probleme reden. Stattdessen hatte er sich wieder aufgeplustert und ihr Ratschläge gegeben. Und auch noch das letzte Wort gehabt.

Vielleicht war das ganz einfach eine Einbahnstraße: Lutz war der Mentor, sie sein Protegé, das waren ihre Rollen. Umgekehrt war es nicht möglich. Umgekehrt wussten sie beide nicht mal, wie das ging. Vielleicht tat es ihm gut, auch dann stark sein zu müssen, wenn er eigentlich schwach sein wollte. Einer Frau wie Emma, die irgendwie immer noch ihren Weg suchte, das Leben zu erklären. Ein wenig großkotzig, bisschen eingebildet, aber auch nicht ganz verkehrt. Damit er sich wieder daran erinnerte, was seine Rolle war: Der Mann, der alte Recke, der Erfahrene, der Starke. Damit er wieder in seine Rolle fand, nachdem er kurz – ganz kurz nur – ins Wanken geraten war.

Emma verstand jetzt, dass sie ihm tatsächlich geholfen hatte.

Außerdem: Er hatte ja recht.

Sie dachte an ihre leere Wohnung. An ihr kaltes Bett, Heimstatt ihrer Alpträume. An ihren Schreibtisch direkt daneben, mit dem Laptop darauf. An das Dokument namens *Wunschliste* in dem Ordner *Profil EC*. An ein Wort darin, nein, drei Wörter, ein Wunsch, ein Experiment, unbekanntes Terrain: *Eine normale Beziehung*.

Sie nahm ihr Handy aus der Tasche und suchte Johannes' Nummer. Als er ranging, sagte sie: »Ich hole dich ab.«

35

Emma fuhr nicht zu Johannes.

Sie fuhr auch nicht nach Hause, um sich umzuziehen. Sie konnte nicht. In dem Moment, als sie auflegte, war sie nicht mehr sicher, ob sie das durchziehen sollte. Ein Date mit Johannes. Hörte sich gar nicht gefährlich an. Im Gegenteil. Aber plötzlich sträubte sich alles in ihr dagegen, und sie wusste, sie konnte es nicht.

Sie fuhr zu Sarah.

»Das kannst du noch«, sagte Sarah resolut und kramte in ihrem Schrank nach den richtigen Schuhen. »Ein Mann und eine Frau alleine, also komm, das ist wie Fahrradfahren, was hast du zu verlieren? Du bist die Frau, du hast die Macht, du kannst jederzeit Nein sagen.«

Sarah verpasste ihr die hohen Stiefeletten mit den Fransen. Passten gut zu Emmas engen Jeans. Und ein Top, über und über mit schwarzen Rosen bestickt. Fette Silberohrringe. Und dann pinselte sie ihr Smokey Eyes. Emma kam sich vor wie in der Schule. Klamotten anprobieren mit der Schwester, Make-up-Experimente, Haarspray – das war was für Teenies. Sie blickte in den Spiegel. »Spinnst du? Das ist zu viel. Das kann ich nicht.«

»Red kein Blech«, sagte Sarah. »Das Top hättest du eh zu Weihnachten gekriegt.«

Aber Emma war schon dabei, es wieder auszuziehen. Sie suchte gerade die Knöpfe, als Emily aus dem Kinderzimmer kam, Emma sah und scharf die Luft einzog. »Emma«, sagte sie voller Inbrunst, »bist du schön!«

Emma schaute sie an. Die kleine Emily. »Na gut«, murmelte Emma, »vielleicht kann ich es doch.«

»Stell dir einfach vor«, schlug Sarah vor, »ihr zwei seid Boxer im Ring. Du bist Klitschko, er ist Woody Allen.« Sie musste kichern. »Und falls das nicht reicht, du bist auch noch der Schiedsrichter. Wer die Regeln bestimmt, darf sie auch ändern, alle paar Minuten, wenn's sein muss. Das schaffst du schon.«

Als Emma dann wieder in den Spiegel blickte, die blonden Haare leuchtend über dem schwarzen Top, wusste sie, dass Sarah recht hatte. Trotzdem. Sie mochte dieses Gefühl nicht. Dieses Gefühl, wieder neunzehn zu sein. Das war für sie kein gutes Alter.

Männer in Klubs, in Bars – Fremde –, das konnte sie. Gut sogar. Prächtig. Eins A. Weil sie ihr egal waren.

Damals, nach der Vergewaltigung, als sie zum ersten Mal wieder vage Sehnsucht nach einem Mann verspürt hatte, wusste sie noch nicht, ob sie je wieder einen anfassen könnte. Sie glaubte, sie würde jeden ablehnen, aus Angst, Hass oder Ekel. Das ist typisch für Vergewaltigungsopfer. Für die meisten. Aber nicht für sie. Sie war nicht typisch, und sie war stolz darauf. Gegen den Ekel gab es Alkohol, gegen die Angst behielt sie ihre Dienstwaffe immer in Reichweite, und der Hass – der Hass machte sie nur stärker, machte sie unverletzlich. Sie nahm die Männer, wie die Männer die Frauen nehmen, schnell, unkompliziert, und warf sie wieder weg und genoss es, dieses Wegwerfen, diese Verachtung für den Kerl, der sie gerade befriedigt hatte, für die Arschlöcher, die Abenteurer und Beziehungsgeschädigten, die sich so einfach aufgabeln und entsorgen ließen. Doch, doch, darauf war sie stolz.

Aber das hier, dieser nette Junge von nebenan. Das war etwas anderes.

Das war der Typ, den die andere Emma mochte. Die Emma von davor, nicht die von danach. Ehrlich, normal, bescheiden, humorvoll, echt. Die Emma von danach – die wusste gar nicht mehr, wie das geht, ein Date.

»Noch ein guter Rat«, warnte Sarah. »Lass das Handy stecken.«

Emma machte sich auf nach Potsdam. Gar nicht so weit von Sarah aus. Die A100, die B1, Werderscher Damm bis zur Karl-Liebknecht-Straße. Abbiegen. Parkplätze, viele Autos, ein paar Hecken und Bäume, direkt daneben das großzügige, moderne Bibliotheksgebäude. Ein idyllisches, von der Welt abgeschnittenes Labyrinth aus niedrigen Plattenbauten, eine Uni der neuen Generation. Millionen von Fahrrädern blockierten den Gehweg.

Sie saß im Auto. »Ruf an, wenn du da bist, ich komme runter und hol dich«, hatte Johannes gesagt. Sie rief ihn nicht an. Noch nicht.

Zuerst telefonierte sie mit dem Sicherheitsdienst. Mit ihrem Sicherheitsdienst. Wie jedes Mal, wenn sie sich mit einem Mann traf. Sie gab eine Zeit durch: zwei Uhr morgens. Und ein Codewort: *Oma*. *Oma* ging immer.

Hinterher rief sie Johannes an.

Sie stieg aus, dehnte sich, lehnte sich gegen die Fahrertür, genoss die milde Abendluft. Erst dann erkannte sie, wo sie wirklich war.

Auf einem Uni-Gelände. Zum ersten Mal seit der Vergewaltigung.

Im Dunkeln lauschte sie der lauten Musik, die aus dem Keller der Bibliothek drang, sah die Kids mit ihren Rucksäcken hin und her marschieren. Sie lungerten in Grüppchen am Eingang herum, Mädchengruppen gab es, Jungsgruppen, da drüben stand einer mit einer lauten Lache und breiten Schultern, umschwärmt wie der junge Uwe. Als er noch ein netter Kerl gewesen war. Sie lachten, begrüßten sich, witzelten, flirteten, telefonierten. Wie sich das gehört. Bierflaschen in der Hand. Das ganze Leben noch vor sich. Umgeben von Wissen und Potenzial, von wohlwollenden Erwachsenen, die nur dafür lebten, ihnen den Weg zu ebnen. Kuschelig eingebettet im schönsten Versprechen ihres Lebens: der Zukunft.

Wie damals. Nichts hatte sich geändert.

Die Gebäude in Frankfurt waren vielleicht ein bisschen weniger modern gewesen. Die Mode ein bisschen anders. Die Musik auch. Aber nicht sehr. Sie war durch die Zeit getreten und stand mitten unter den Kommilitonen der Goethe-Universität. Als sie noch neunzehn war, jung und naiv und eine ganz andere Emma als heute. Damit hatte sie nicht gerechnet. Sie schluckte.

Hier konnte sie nicht bleiben.

»Wow«, sagte Johannes. Etwas formeller gekleidet heute, gut gelaunt und aufgekratzt. Offenbar kein großer Poet, trotzdem, Lob wurde ehrlich gezollt. »Wollen wir?«

»Hör mal, Johannes, ich … Ich habe einen Gegenvorschlag.«

36

»Wird das jetzt gefährlich?«

Johannes war nervös.

Erst als Emma wieder auf der A100 war, hatte sie Johannes eröffnet, was sie vorhatte. Er war beunruhigt, versuchte es aber zu verbergen. Das gefiel ihr. Sie lachte. Seltsam, dass ihr das gefiel.

Berlin-Kreuzberg, sie bog in die Warschauer Straße ein. Zauberberg hieß der Laden, den sie suchte. Von der Straße aus nicht zu sehen. Einmal fuhr sie daran vorbei, dann fand sie die Einfahrt, durchfuhr die ersten beiden engen Hinterhöfe bis in einen dritten, umgeben von fünfstöckigen Industriegebäuden aus verwittertem rotem Backstein.

»Wir stellen bloß ein paar Fragen«, versicherte sie ihm beim Aussteigen. »Das ist keine Ermittlung. Darf ich gar nicht, ich bin keine Ermittlerin. Recherchieren darf ich aber schon. Es geht nur darum, dass ich mir von den Leuten ein Bild mache.« Sie zwinkerte ihm zu.

Das Hinterhaus: Stahltüren, ein alter Lastenaufzug, Plakate an der nackten Betonmauer, dicht an dicht: eine Filmreihe aus Afrika, eine Demo für die Freilassung politischer Häftlinge, »Proberäume zu vermieten«. Im zweiten Stock gab es eine einzige Tür, auch Stahl, weit offen. Dahinter ein riesiger Saal, der die ganze Etage einnahm, hell und freundlich. Die Musik: viel Bass, wenig Melodie. Der Fußboden fast flächendeckend mit blauen Gymnastikmatten ausgelegt. Die Wände hoch, die Farben grell: pink, gelb, himmelblau.

Vorn eine Theke, ein Schild mit Infos, Mitgliedsbeiträge pro Monat, pro Jahr. An der Theke: gut gebaute junge Leute in blauen

Zauberberg-Poloshirts. Rechts Umkleidekabinen, Duschen, Schließfächer. Und Wände. Mehr Wände, als notwendig waren. Sie standen mitten im Raum herum und reichten bis zur Decke, trennten aber keine Zimmer voneinander ab. Amorphe Gebilde. Felswände ohne Felsen dahinter. Von oben bis unten gespickt mit pinken, blauen und gelben Griffsteinen und -mulden.

An den Wänden hingen rund ein Dutzend Leute – meist Männer – in den seltsamsten Verrenkungen. Wie Insekten in Cargoshorts. Sie hingen an Sicherheitsseilen und hantierten mit Karabinern, trugen Handschuhe oder griffen zu dem Magnesium in einer Tasche am Gürtel, um ihre schwitzenden Hände zu trocknen.

An der Wand links hing ein Kletterer ratlos zwei Meter unter der Decke, Füße und linke Hand an drei gelbe Steine geklammert. Er steckte fest. Über seiner rechten Hand war kein weiterer Stein in Reichweite. Hatte er etwas übersehen? Seine Freundin rief ihm von unten zu: »Links ist ein Gelber, geht der nicht? Ich glaube, links kommst du weiter.« Langsam, vorsichtig, begann der Kletterer sein Wendemanöver, um mit der rechten Hand nach links greifen zu können.

»Wollt ihr probeklettern?« Ein Angestellter im blauen Poloshirt mit einer Halbglatze, für die er viel zu jung war, musterte stirnrunzelnd Emmas hohe Schuhe. Johannes schaute Emma fragend an.

»Ja«, sagte sie. »Das heißt, können Sie mir was erzählen?«

»Gern.«

Emma fragte: »Wie viele Leute kommen denn so am Tag hierher?«

»Ich würde sagen, so, wie Sie es gerade sehen. Mal mehr, mal weniger. Der Sport wird immer beliebter.«

Und schon hatte Emma keine Ahnung mehr, was sie als Nächstes fragen sollte. Welche schlaue Frage würde ihr jetzt Information bringen, ohne zu verraten, dass sie Polizistin war? Sie hätte sich vorher mehr Gedanken machen sollen.

Scheiß drauf. Eine gute verdeckte Ermittlerin war sie nie gewesen. Sie zog ihren Polizeiausweis aus der Handtasche.

»Ich möchte Ihnen ein paar Fragen zu den Morden am Leipziger Platz stellen«, sagte sie. »Ist Ihr Chef da?«

Der Mann mit der Frühglatze und dem blauen Poloshirt lachte. »O Mann, ihr seid echt Flaschen. Ihr wart schon hier. Sprecht ihr nicht miteinander?«

»Ich bin aus einer anderen Abteilung.«

»Aber du kannst lesen, oder? Oder schreibt niemand bei euch Berichte?«

»Manchmal hilft es, die gleichen Fragen noch einmal zu stellen«, sagte Emma hilflos. Dass man sich heutzutage als Polizist immer wieder rechtfertigen musste, war ärgerlich. Sie stellte doch auch nicht infrage, wie er seinen Job machte. Jetzt standen weitere Leute bei ihnen – ein junger Mitarbeiter, ebenso im blauen Poloshirt, wahrscheinlich erst sechzehn oder siebzehn, Praktikant vielleicht, und eine drahtige, verschwitzte Dame in enger Polyesterhose und neongelbem Trägerhemd.

»Wieso meint ihr Bullen, wir wären Kriminelle, nur weil wir klettern?« Das war Fräulein Trägerhemd. »Habt ihr auch mit Stabhochspringern gesprochen? Mit Fußballern? Sind alle verdächtig. Ich bin Extremsportler! Ich muss ein Mörder sein!«

»Ich bin kein Bulle«, stellte Johannes klar.

»Wer am Leipziger Platz zugange war, verfügte über Klettererfahrung«, entgegnete Emma. »Gerade Fassadenkletterer sind dafür bekannt, das Gesetz zu übertreten. Der Sport ist illegal.«

»Ehrlich jetzt? Wer eine Fassade hochklettert, mordet auch?«

»Treten Sie gefälligst einen Schritt zurück.« Inzwischen bereute Emma, hergekommen zu sein. Zumindest, dass sie Johannes mitgeschleppt hatte. Es schien eine lustige Idee gewesen zu sein, aber jetzt stand sie bloß dumm da.

»Hier, verhafte mich, jetzt gleich! Ich bin ein Mörder! Wir sind alle Mörder!« Fräulein Trägerhemd warf sich vor Johannes in Pose, die Arme für Handschellen bereit.

»Ich bin kein Bulle«, wiederholte Johannes.

Eine weitere Handvoll Sportler stand inzwischen um sie herum, Emma konnte ihren Schweiß riechen. Alle redeten erregt durcheinander, der Kerl mit der Frühglatze tippte in sein Handy. »Ich rufe meinen Anwalt an«, verkündete er.

»Wieso?«, fragte Emma ihn ganz ruhig. »Haben Sie denn was zu verbergen? Illegales Betreten vielleicht? Oder ein bisschen Gras im Spind, auf Vorrat, für alle Ihre Freunde hier? Soll ich lieber die Kollegen rufen, und wir gucken mal, was wir so in der Umkleide finden? Und machen den Laden so lange dicht, bis sämtliche Mitglieder zur Konkurrenz abgewandert sind?«

Frühglatze ließ sein Handy sinken. Er schüttelte den Kopf, verschränkte mürrisch die Arme.

»Und der Potsdamer Platz vor allem!« Das war der Praktikant. Kleinlaut und aggressiv zugleich. »Das habe ich mir angeguckt. Das ist nur ein Gerüst. Das ist nichts zum Klettern.«

»Was meinen Sie damit?«, fragte Emma.

»Na ja, das ist ein Klettergerüst wie auf dem Spielplatz, Kinderkram, oder?« Die anderen murmelten zustimmend. »Da will keiner hoch. Haben Sie je ein Video davon gesehen? Von jemand, der ein Gerüst hochsteigt? Das ist doch Treppensteigen, mehr nicht.«

Er hatte recht. Emma kannte die Videos im Netz. Fassadenkletterer bewegen sich immer außen am Gebäude, für alle sichtbar. Es ist meist Tag, die Sonne scheint. Und sie nutzen keine Hilfsmittel wie ein Gerüst. Ein Fassadenkletterer ist so stolz auf das, was er macht, dass er schon mal riskiert, erwischt zu werden.

»Wer dann?«, fragte Emma. »Wer klettert in solchen Raumgerüsten?«

»Echt jetzt? Bauarbeiter. Gerüstbauer. Müssen wir deine Arbeit für dich machen?« Das war wieder Fräulein Trägerhemd. Johannes warf ihr einen warnenden Blick zu.

»Oder Horrortouristen«, warf der Praktikant ein.

»Wie bitte?«

»Na, Horrortouristen. Diese Bekloppten, die in Ruinen einsteigen, in alte verlassene Gebäude, verschlossene Tunnel … So gruselige Orte.«

»Das Ding am Leipziger Platz ist keine Ruine«, sagte jemand.

»Klar ist das eine Ruine«, erwiderte der Praktikant. »Es steht da mitten in der Stadt und ist leer.«

»Da gehen die Leute nachts rein, kiffen vielleicht und leeren eine Flasche Wodka und erzählen sich Gruselstorys.«

»Mit Klettern hat das nichts zu tun.«

»Gruftys sind das. Nur echte Loser machen sowas.« Fräulein Trägerhemd spuckte aus.

»Das war mein Schuh«, sagte Johannes. Genervt, scharfe Stimme. Schüttelte seinen Fuß und trat auf die Frau zu. »Denkst du, du kannst einem Bullen auf die Schuhe spucken, oder was? Ich glaub, ich spinne.«

»Ich? Nein, nein. Das war nicht … Moment.« Sie griff in ihre Tasche und reichte ihm ein Papiertaschentuch. »'tschuldigung.«

»Ich geh dann schon mal vor«, sagte Johannes, nachdem er sich den Schuh abgewischt hatte.

Die Diskussion ging weiter, aber Emma war schon unterwegs Richtung Ausgang, Johannes hinterher, den Geruch von Schweiß und Verachtung in der Nase.

37

»Jetzt weiß ich, wie es ist, mit einem Bullen auszugehen«, sagte Johannes und schmiss sich auf den Beifahrersitz. Emma lachte, als sie den Wagen startete. Johannes musste Dampf ablassen. »Das waren echt Arschlöcher. Ich meine, es geht um einen Mordfall, und die Leute können nur zicken. Als die Frau anfing, dachte ich schon, es gibt gleich eine Schlägerei.«

»Du wohnst noch nicht so lange hier, oder?«, sagte Emma. »Det is Berlin. Es gehört zum guten Ton, sich aufzuspielen. Aber ich habe, was ich wollte.«

»Echt? Was denn?«

»Horrortouristen. Ich muss erst mal rausfinden, was das überhaupt ist. Das kann unser Datenbankexperte gleich morgen checken.«

Jetzt war Johannes interessiert. »Wieso morgen? Ich kriege das hin, fünf Minuten, und du hast mehr Infos, als du brauchen kannst. Komm, fahren wir zu mir.«

»Was ist denn das für 'ne Masche?« Emma lachte. »Machst du das immer so beim ersten Date?«

Auch Johannes musste lachen. »Gute Idee eigentlich, so in der Kneipe: Hi Kleine, brauchst du Hilfe bei der Recherche zu einem Mordfall? Ich hab da so einen Computer zu Hause.«

Johannes' Wohnung in der Manteuffelstraße sah aus wie die Studentenbude von jemandem, der zu Geld gekommen ist, es aber noch nicht ganz kapiert hat. In der Küche stand der alte Gasherd neben dem neuen. Dieser, Emma ahnte es, war noch nicht angeschlossen. Sie bückte sich: Der neue Backofen diente vorübergehend als Pfannenschrank; lauter orangefarbene Töpfe schimmerten da drin. Diese französische Edelmarke. »Einen alten Herd zu entsorgen, dauert einen halben Tag«, meinte Johannes schulterzuckend. »Und den hab ich grade nicht.«

»Deine Küche ist besser ausgestattet als die meiner Schwester«, sagte Emma beeindruckt. Fast die ganze Wohnung war neu gestrichen, ein dezentes Altweiß, aber bis zum Flur war es noch nicht vorgedrungen, der prangte in einem schmutzigen Rot aus einer Zeit, in der irgendwer besonders kreativ und individuell sein wollte. Der neue Flatscreen und die ausufernde BlueRay-Sammlung im Wohnzimmer befanden sich noch in einem offensichtlich selbstgezimmerten, deckenhohen Regal. Er hatte eine Vorliebe für Filme, Computerzeitschriften und kleine japanische Monster aus buntem Kunststoff, der gute Johannes. Und für Elektronik: Eine Zimmerecke bestand nur aus Bildschirmen, Kästen und Kabeln.

»Setz dich doch«, sagte er und drückte ihr eine offene Flasche Rotwein und zwei Gläser, die weder zum Wein noch zueinander passten, in die Hand. Er tippte auf fünf oder sechs Schalter, und auf dem Flatscreen erschien ein Computer-Desktop mitsamt Browser. Emma setzte sich auf die Couch und schenkte ein. Mit Maus und Keyboard kam Johannes zu ihr, und schon suchte Google auf dem riesigen Bildschirm nach »Horrortourist«.

Noch ein oder zwei Klicks, und ein Video ging auf:

Ein verlassenes Gelände, von Gestrüpp überwuchert, eine zerfallene Villa, nein, laut Untertitel ein verlassenes Kinderkrankenhaus in Schottland: Saint Mary's in Fife. Türen und Fenster sind halb aus den Angeln, rein geht's durch die Vordertür, lange Gänge voller Staub, Steine, zerfledderte Papiere, Laub und Lichtstrahlen, die kreuz und quer aus offenen Türen fallen.

Emma und Johannes stießen miteinander an und schauten zu:

Ein Mann – der Videokünstler offenbar – verkleidet sich mit einem langen schwarzen Umhang, schwarzer Kapuze und weißer Maske mit großen Augen, dazu aufgesteckte Krallen. *Owlman* –

der Eulenmensch. Da kommen sie schon, die Horrortouristen: junge Leute mit Rucksack, Turnschuhen, Kamera, Neugier. Plötzlich taucht der Eulenmensch auf, wankt langsam aus dem Dunkel auf sie zu. Die armen Kids, sie zerfließen vor Angst, sie schreien, sie kauern sich in die Ecke, Arme über dem Kopf, springen aus den Fenstern.

Ein schöner Spaß.

»Das passt«, sagte Emma. »Horrortouristen. Leute, die gruselige, verlassene Gebäude lieben. Die würden sich doch für das Gerüst interessieren.«

Johannes goss ein und suchte weiter.

»He, wo hast du eigentlich so einen guten Wein her?« Emma schaute sich die Flasche an. Bordeaux. Clos du Roi. Sechs Jahre alt. Ganz bestimmt nicht billig.

»Das klingt, als würdest du mir keine großen Weinkenntnisse zutrauen.«

»Na ja, du musst zugeben, dass du nicht gerade einen Kult darum treibst …« Emma wies auf den Couchtisch. »Oder holst du die Kristallgläser nur für besondere Gäste raus?«

Johannes grinste. »Durchschaut. Ich habe eine Cousine in Frankreich. Die beliefert. Ich selber kenn mich überhaupt nicht aus.«

»Warte, was war das, dieser Link da?«

Urbexer.

Urban Explorer, so nannten sie sich selbst, Stadtforscher. »Horrortouristen« hießen sie wohl nur in den Boulevardblättern.

Urbexer erkunden verlassene Autokinos, Schwimmbäder, Einkaufszentren, Behörden, Fabriken. In Asien irgendwo eine ganze Stadt. Stillgelegte Minen in Russland. Ein nie fertiggestelltes Hotel in Nordkorea. Johannes klickte und klickte.

»Berlin«, sagte Emma, »wir brauchen Urbexer in Berlin«, und schenkte nach.

Johannes tippte, und schon erschienen die Bilder: eine alte

Brauerei in Friedrichshain. Ein stillgelegter Freizeitpark, der Spreepark, mit seinem Riesenrad und umgekippten Dinosauriern. Eine Schwimmhalle in Pankow. Dunkle Hallen, eingefallene Decken, staubige Regale, zerbrochene Möbel.

Emma starrte auf den Bildschirm, der sich mit Fotos füllte. Tote Orte ohne Ende. Und alle mitten in der Stadt. Du gehst daran vorbei und denkst: Oh, 'ne Baustelle, aber in Wahrheit ist es ein Hotel, das nie fertig wurde, oder ein ehemaliges Amtsgebäude, und da drin sind immer noch Betten und Waschmaschinen und Schreibtische und alte Fernseher. Es gibt keine Käufer, keine Verwendung dafür, es ist einfach billiger, das Gebäude dichtzumachen, als es abzureißen. Tausende solcher Orte muss es geben, vor allem in Berlin, halb Berlin ist nichts weiter als eine Fassade, und keiner weiß es.

Mein Gott, er ist ein Urbexer.

»Wie? Wer ist ein Urbexer?«

Emma war sich gar nicht bewusst, dass sie es ausgesprochen hatte.

»Meinst du den Mörder?«

Emma: »Vielleicht. Ich weiß es nicht … Er denkt wie einer. Er hat das Wissen eines Urbexers. Wir müssen diese Leute finden. Wir müssen sie befragen. Mist, die können sich überall rumtreiben.«

»Facebook«, sagte Johannes. »Du findest sie auf Facebook.«

Ein Klick, und vor ihr erschien die Facebook-Seite der Urbexer Berlin, wo die Gruppe Wissen, Erfahrung, Wünsche und Fragen austauschte. Hatte je einer das ehemalige anatomische Institut der Freien Universität erkundet? Gab es Fotos von dem alten Stasi-Gebäude für Statistik in der Otto-Braun-Straße?

»Du brauchst nur eine Anfrage zu schicken«, sagte Johannes. »Die antworten, ganz bestimmt. Solange sie nicht wissen, dass du ein Bulle bist.«

Vor allem der Bierpinsel faszinierte die Urbexer offenbar.

»Jetzt hab ich dreimal versucht, da reinzukommen, aber nie einen Weg gefunden«, schrieb roxi33. »Die Mutter eines Nachbarn von mir hat mal im Restaurant ganz oben gegessen, sie fand das toll damals, ich würde es so gern von innen sehen.«

Johannes googelte.

Der Bierpinsel: Dieses merkwürdige Gebilde in der Schloßstraße, unten noch ein schlanker Turm mit Aufzug und Treppen, oben entfaltet er sich dann plötzlich wie eine überdimensionale Artischocke, alles aus Beton, ein bizarrer Bunker, der über den Köpfen der Schloßstraßen-Shopper schwebt, ohne dass man ihn betreten kann. Irgendwann gab es einen Wasserschaden, später wollte man die olle Bausünde verschönern und bat lokale Graffitikünstler für viel Geld, das Ding bunt anzumalen, was alles nur noch schlimmer machte, darauf sind die neuen Pächter verschwunden, jetzt steht das Monstrum da und macht nichts anderes, als eine morbide Faszination auf Horrortouristen auszustrahlen. Mitten in der Stadt.

»Da«, sagte Johannes. »Da sind sie.«

»Wer?«

Er lachte. »Deine Killer.«

Auf dem Flatscreen ging ein Video auf.

Tatsächlich: Emma erkannte das große Werbeplakat an der Ecke Leipziger Platz/Potsdamer Platz. Es zeigte den neuen Mercedes, nicht das Unterwäsche-Model. Dann die Tapetentür am falschen Haus. Hände packen das Vorhängeschloss, dasselbe, das Lars Gohse so leicht geöffnet hatte, um Elias reinzulassen, sie öffnen es schnell und geübt mit Hook und Spanner. Die Kamera bewegt sich hinein ins Zwielicht des Raumgerüsts. Draußen die Geräusche der Stadt. Innen: Das schwere Atmen des Eindringlings. Nein, der Eindringlinge: Die Hände, die die Kamera halten, sind andere als die, die das Schloss geknackt haben. Sieben Minuten lang bewegt sich die

Kamera durch das Gerüst. Immer am Boden oder auf Augenhöhe. Erst am Ende schwenkt sie hoch: Über ihren Köpfen eine dunkle Masse aus Stangen und Schatten.

»Halt.« Emma setzte sich zu Johannes. Nicht zu nah. »Ist da was? Glitzert da was?«

»Ich sehe nichts.« Johannes klickte.

»Kannst du näher ran?«

Johannes zoomte in das Bild hinein, doch dabei wurde es unschärfer. Ganz oben, wo die Kokons gehangen hatten, war nichts auszumachen. Zu dunkel. Zu weit weg.

»Zeig mir noch mal den Anfang. Langsam.«

Johannes ging zurück. Als die Finger das Vorhängeschloss aufbrachen, hielt er an. »Das hier meinst du, oder?«

Auf dem linken Ringfinger war deutlich ein Ring zu erkennen: ein silberner Totenkopf, wie ihn Heavy-Metal-Fans tragen oder Biker. Oder jemand, der gern so wäre.

Wir haben dich.

Jemand müsste sich diese Urbexer mal vornehmen, sie treffen, ein bisschen ausfragen. Nicht erschrecken, nicht in die Burg bitten, bloß nicht, so eine Gruppe, die stehen in Kontakt, wenn einer erst mal weiß, dass die Bullen ein Auge auf sie haben, dann wissen es alle. Erst mal in Zivil dahin, ganz locker. Ich. Ich muss sie kennenlernen. Nein, du brauchst Verstärkung, du brauchst Lutz hinter dir, du weißt nicht, was dich da erwartet. Das gibst du ab. Du sagst es ihm, lässt ihn das machen. Aber wenn Lutz das übernimmt, bin ich draußen. Das machen die Ermittler. Dann sind sie für mich verloren. Ich muss sie kennenlernen. Ich muss es selbst tun. Ich muss doch wissen, wie die denken.

Emma nahm einen Schluck. »Kannst du mir eine Facebook-Seite einrichten?«, fragte sie.

»Klar!« Johannes schnallte sofort, was sie wollte. »Wir ermitteln!«

»Wir recherchieren«, korrigierte Emma. »Ich will nur wissen, was das für Typen sind.«

»Du glaubst echt, das sind die Killer?«

»Komm, ich würde mich nie allein mit ihnen treffen, wenn ich das denken würde. Aber sie ticken wie die Täter ... Irgendwas haben sie mit denen gemeinsam. Ich will sie nur mal kennenlernen, das ist alles.«

»Hast du echt keine Facebook-Seite? Wie alt bist du eigentlich?«

Emma schubste ihn. Beinahe wäre sein Wein auf die Couch geschwappt. »Mach du nur deine Arbeit, Nerd«, sagte sie.

Zehn Minuten später war Emma auf Facebook. Ihr Foto war echt – Johannes knipste es direkt auf der Couch –, ihr Name fast: M. A. Carowski.

»Jetzt schreib eine Message an die Urbexer: ›Kann euch in den Bierpinsel bringen. Habe Connections.‹«

»Hast du denn welche?«

»Keine Ahnung. Irgendwo bestimmt.«

»Du spinnst ja«, sagte Johannes begeistert.

Emma betrachtete ihn amüsiert, während er in die Tasten haute. Er erinnerte sie an Matze. Im Büro würde er jetzt diese Recherchearbeit machen. Matze gab sich zwar alle Mühe, erwachsen zu wirken, umgab sich fleißig mit Details, die Persönlichkeit bewiesen: das Fahrrad, die coole blondierte Frisur, das penetrante Veganertum. Aber souverän war anders. Emma mochte Matze genau deswegen, doch er war wie ein kleiner Bruder. Johannes war ein Matze, der erwachsen geworden war. Genauso offen, aber selbstbewusster, solider. Plötzlich ging ihr ein Bild durch den Kopf: Sie lagen einander in den Armen, sie rollten unter der Decke herum, Johannes und sie, und plötzlich nannte sie ihn »Matze«. Wo kam das jetzt her? Sie schüttelte den Kopf, um das Bild loszuwerden. Sie ging neuen Wein aus der Küche holen.

Gerade wollte sie an der angelehnten Tür zu seinem Schlafzimmer vorbei, als sie eine Frauenstimme hörte.

»Hallo? Hallo. Hallo!«

Emma stockte. Gänsehaut. Was war das?

Das »Hallo« ging weiter, doch jetzt erkannte sie, dass es mehr als eine Stimme war: verschiedene »Hallos« von verschiedenen Frauen nacheinander. Oder? Plötzlich brachen sie abrupt ab. Stille.

Emma machte das Licht im Schlafzimmer an. Bett, Zeitschriften, Bücher überall, Wäsche über den Stuhl geworfen, ein riesiger Teppich. Nichts bewegte sich. Keine Frau. Dafür hatte es auch zu künstlich geklungen. Was hatte sie erwartet, ein Robotermädchen, das im Bett auf ihn warten würde?

»Hallo? Hallo. Hallo!«

Sie trat vor. Auf seinem Bett lag nur die Jacke, die er heute getragen hatte. Sie griff in die Taschen. Nahm sein Handy raus.

»Hallo? Hallo. Hallo!«

Sie stand in der Wohnzimmertür. Hielt Johannes das Handy hin.

»Hallo? Hallo. Hallo!«

Er blickte vom Computer auf und wurde rot. »Ah, ja. Mein Klingelton. Na ja, das sind Freundinnen von mir, die habe ich aufgenommen und geloopt ... Die meisten sind inzwischen wieder aus meinem Leben verschwunden, aber so hab ich sie immer bei mir.«

»Geh doch dran.«

Er schüttelte den Kopf.

Vielleicht war er doch nicht ganz erwachsen, der Johannes. Wie er da saß, gut gelaunt, umgeben von Technik, war er wie ein Kind mit zu viel Erwachsenenspielzeug.

Oder aber er hatte ein Geheimnis. Eine dunkle Seite. Könnte das sein? Würde sie das überhaupt erkennen – nach so einem Abend, nach so viel Rotwein?

Johannes grinste und hielt sein iPad hoch. »Willst du auch mal Hallo sagen?«

Alles klar. Noch nicht ganz erwachsen.

Emma nahm die Weinflasche, setzte sich zu ihm und goss ein.

38

»Kann ich mit?«

»Wohin?«

»In den Bierpinsel. Ich zieh auch eine Maske auf. Ich tu, als wär ich ein Urbexer.«

Emma musste lachen. »Wozu das denn?«

»Na, damit ich dich erschrecken kann. Ich warte dann im Dunkeln wie der Eulenmann auf dich …«

Emma runzelte die Stirn.

»Früher hab ich Mädels in Horrorfilme geschleppt«, gestand Johannes und machte nebenbei Musik an, ohne sich von der Couch zu bewegen. Jazz. »Aber in echt ist es natürlich viel besser. Hätte ich das vorher gewusst, hätte ich dich zu einem dieser verlassenen Gebäude ausgeführt statt auf eine Uni-Fete …«

»Ist was besser?«

»Hör zu«, erklärte er. »Der Deal geht so: Mädchen erschreckt sich. Junge rettet, na ja, beschützt sie. Vor allem Übel. Sie ist ihm so dankbar, dass sie sich besinnungslos in seine Arme wirft.«

»Ich habe diese Filme nie verstanden«, sagte Emma amüsiert. »Eins solltest du aber wissen: Erschrecke niemals, wirklich niemals, eine Polizistin. Das könnte sehr schlecht für dich ausgehen.«

»Ach komm. Was würdest du schon tun, wenn plötzlich ein Eulenmensch vor dir steht? Du bringst deine Pistole doch nicht zum Date mit.«

Emma zuckte mit den Schultern.

»Wie, sag bloß, du hast sie dabei?«

Emma lachte nicht mehr.

»Jetzt auch?«

»Natürlich nicht.«

»Weißt du«, Johannes stellte sein Glas ab, »manchmal glaube ich, eine Frau kann mir alles erzählen, und ich würde nie wissen, wann sie lügt.«

»Echt?«, fragte Emma, die ihn gerade angelogen hatte. »Mir geht es mit Männern so. Aber erst, wenn ich sie besser kenne. Komisch, oder? Bei Fremden sehe ich sofort, wann sie lügen.«

»Ja, das meine ich. Es ist, als ob du die Lüge bei jemandem nicht sehen willst, weil du ihn magst.«

»Du merkst es nicht, weil wir biologisch programmiert sind zu glauben«, sagte Emma. »Die Evolution. Wir müssen zusammenhalten, einander vertrauen, wenn wir überleben wollen. Dafür müssen wir uns ab und zu anlügen. Aber wer das durchschaut, hält es nicht aus. Der Mann, der jede Lüge einer Frau erkennt, kann nie mit einer zusammen sein. Er pflanzt sich nicht fort.«

Johannes musterte Emma prüfend. »Jetzt verarschst du mich, oder?«

»Wer weiß«, sagte sie. »Versuch, es herauszufinden.« Sie lächelte dabei nicht. Bewegte keinen Gesichtsmuskel.

Johannes lachte und hob die Schultern.

»Lüg mich an«, sagte Emma.

»Wie jetzt?«

»Sag drei Sätze. Mindestens einer davon eine Lüge. Mal sehen, ob ich die entdecke.«

»Okay … Moment.« Johannes überlegte. Nahm noch einen Schluck. Wandte seine Augen von ihren ab.

»Ich bin ein miserabler Koch.«

»Gut zu wissen.«

»Ich habe noch nie beim ersten Date mit einer Frau geschlafen.«

»Ein Gentleman.«

»Und ich mag Rosenkohl. Du auch?«

»Lüge. Wahr. Lüge.«

»Das ist krass! Wie schaffst du das? Bin ich einfach so schlecht, oder …«

»Bei der ersten Lüge hast du mit deiner linken Hand über die rechte gestrichen. Das ist eine Beruhigungsgeste. Dafür war die Aussage aber nicht verstörend genug. Außerdem hab ich deine Küche gesehen … Bei der zweiten hast du deinen Daumen zur Seite gestreckt, als ob du anfängst zu zählen. Das ist eine natürliche Geste, du warst ganz in der Aussage drin. Bei der dritten war ich unsicher, also habe ich geschätzt. Sehr viele Leute mögen keinen Rosenkohl, und wer ihn mag, hält das für nicht weiter wichtig, also ging ich davon aus, dass du lügst.«

»Das will ich auch können! Lass mich mal. Ich stelle dir drei Fragen, bei mindestens einer musst du lügen, okay?«

»In Ordnung.«

Johannes überlegte. Er nahm das ernst. Als ob es ihm Macht verlieh, wenn er die Fragen richtig wählte. »Hast du mich überprüft, bevor du mich getroffen hast? Ich meine, polizeilich.«

»Natürlich nicht!«, sagte Emma. »Das wäre Missbrauch von Daten, das dürfen wir gar nicht.« Sie hatte es tatsächlich nicht getan. Normalerweise traf sie sich nie mit einem Mann, ohne ihn zu überprüfen. Diesmal hat sie keine Zeit mehr gehabt. Sie würde es aber nachholen.

»Okay. Hast du eine Pistole in der Handtasche?«

Sie zögerte. Das schon wieder. »Natürlich nicht«, wiederholte sie. Dann schob sie nach: »Obwohl ich eigentlich dürfte.«

»Okay. Hattest du je einen Dreier?«

Emma lachte. »Tja … Du hast die guten Fragen, muss ich schon sagen.« Er hatte sie in die Ecke manövriert. »Es gab so eine Zeit in meinem Leben …« Jetzt musste sie unbedingt lügen. Oder zu lügen scheinen. Also sagte sie die Wahrheit. »Habe ich schon mal gemacht, ja.« Dabei verschränkte sie die Hände. Klassische Beruhigungsgeste.

Lange genug, dass er das Signal erkennen konnte. Tat er aber nicht.

»Okay«, sagte Johannes. Er dachte nach. »Lüge. Lüge. Wahrheit.«

Emma lachte. »Genau umgekehrt: Wahrheit, Wahrheit, Lüge. Ich hatte noch nie das Vergnügen, mit zwei Menschen zugleich zu schlafen.«

»Mist, ich lerne es nie! Frauen können mir erzählen, was sie wollen!« Er ärgerte sich sichtlich. Plötzlich schlug seine Stimmung um, er grinste. »Es sei denn, du lügst schon wieder. Ich kann das doch gar nicht überprüfen, das weißt du.«

Schlauer Kerl. Sie schaute ihm in die Augen und sagte: »Würde ich doch nie tun.« Und nippte vom Wein.

Johannes drehte sich unvermittelt weg, schnappte sich ihre Tasche vom Stuhl und öffnete sie. Ließ sie sofort wieder fallen.

»Shit! Wir haben hier ganz gemütlich gesessen, und du hast die ganze Zeit das Ding in der Tasche gehabt!«

Angewidert schob er ihr die Tasche zu. »Ist die geladen? Was soll das?«

»Die ist gesichert, keine Sorge.«

»Du hast mich angelogen. Zweimal.«

»Hör mal«, sagte Emma. Sie legte ihm die Hand auf den Arm. »Ja, habe ich, aber bloß, weil ich dich nicht beunruhigen wollte. Ich bin Beamtin. Ich kenne dich nicht. Wir dürfen den Leuten gar nicht sagen, wenn wir die Dienstwaffe dabeihaben.«

»Das finde ich jetzt aber feige.«

»Wie bitte?«

»Sich hinter Paragrafen zu verstecken. Wir sitzen hier zusammen, das ist kein Stammtischgespräch und auch kein Verhör, wir wissen beide, was wir hier tun. Wir spielen ein Spiel, ich halte mich an die Regeln und du nicht. Was soll das?«

»Komm schon, Menschen lügen einander an. Manchmal aus gutem Grund.«

»Ach ja, dafür hast du gute Gründe?«

»Jede Frau hat gute Gründe, Männer anzulügen. Weil wir wissen, dass ihr gefährlich seid.«

»Du hältst mich für gefährlich?«

»Alle Männer sind Psychopathen. Alle.«

»Aber sonst geht's dir noch gut!« Er war aufgestanden und regelrecht ein Stück zurückgewichen.

»Fast alle sexuellen Straftaten werden von Männern begangen. Steckt in der Biologie. Im Stammhirn. Der Egoismus, die Rücksichtslosigkeit, die Triebe. Die meisten wissen nicht mal, warum sie das tun. Du kannst ihnen Manieren beibringen, Verhaltensregeln, Moral, aber das Stammhirn hat das letzte Wort. Wahrscheinlich ist das sogar mal fürs Überleben der Menschheit sinnvoll gewesen ...«

»So primitiv sind wir nun auch wieder nicht ...« Er verschränkte verärgert die Arme.

Emma lehnte sich zurück und streckte ihr bestiefeltes Bein aus. »Hier, die engen Hosen, die hohen Schuhe. Gemacht, um dem Stammhirn zu gefallen. Wir wissen genau, es ist völlig wurscht, was für tolle Partner und Mütter wir sein können, wir kennen alle rationalen Argumente für die Liebe, aber solange wir euer Stammhirn nicht reizen, sind wir für euch Luft. Wir versuchen es sogar manchmal, weißt du? Mit einem Mann ganz vernünftig zu reden, schon beim ersten Date. Willst du Kinder, wie viele, willst du ein Haus in der Stadt oder auf dem Land, was planst du für eine Karriere ...«

»Das funktioniert nie! Schönes Bein übrigens.«

»Danke. Hohe Absätze – klappt immer. Leichte Beute, da wird das Stammhirn hellwach, selbst der lahmste Kerl wittert seine Chance.«

»Ich werde hier jetzt nicht mein Geschlecht gegen dich verteidigen«, sagte Johannes. Immer noch verstimmt. »Ich hab schon im Job genug damit zu tun, mich gegen diese Typen zu wehren, die mich unbedingt mit Professorx ansprechen wollen.« Er stürzte den Rest seines Weines herunter und setzte sich wieder neben sie. Dann verteidigte er sein Geschlecht gegen sie.

»Du kannst nicht jeden Mann für einen potenziellen Vergewaltiger halten, nur weil er Triebe hat. Das ist echt ... Das ist echt beleidigend, weißt du das? Das ist dieses Vorurteil, die Frau wäre immer das Opfer, der Mann immer der Bösewicht. Wenn dem so wäre, dann wäre Vergewaltigung die Regel, es ist aber die Ausnahme. Ich meine, wenn du so denkst, kannst du dich gleich zu Hause einschließen und nie wieder rauskommen.«

Emma lachte nicht. Sie zuckte mit den Schultern. »Wer sagt, dass ich das nicht am liebsten tun würde?«

Mitten im Nachschenken stellte Johannes sein Glas ab. Fast bleich im Gesicht. »Mein Gott. Dir ist es passiert. Natürlich.«

Ein Schock durchfuhr Emma. Das hatte noch nie ein Mann erraten. Sie hatte das Gefühl, plötzlich nackt vor ihm zu stehen, vor diesem Nerd, der viel klüger war, als es den Anschein hatte.

»Und?«, sagte sie. »Macht dir das Angst? Rennst du jetzt weg? Flucht, das ist auch Stammhirn. Das tun Männer auch gern.«

Sie wollte selbst gerade wegrennen. Das Herz schlug ihr bis zum Hals.

»Wie lange ist das her?«, fragte Johannes.

»Lange genug.« Sie verschränkte die Arme vor der Brust. »Anzeige, Untersuchung, Prozess, die ganze Demütigung. All das habe ich lange hinter mir. Das ist Vergangenheit.«

Johannes war still. Die Weinflasche leer. Die Musik aus.

»Wow«, sagte er endlich. Er legte ihr sanft den Arm um die Schulter und zog sie an sich heran. Sie ließ es zu. Lehnte sich an ihn. Ließ ihren Kopf auf seine Schulter sinken. Schloss kurz die Augen und träumte von Erlösung. Die Arme immer noch verschränkt.

»Was ist aus dem Typen geworden?«, fragte er leise.

»Sieben Jahre«, murmelte sie. »Ich hatte noch Glück. Fast neunzig Prozent aller angezeigten Vergewaltiger werden nicht verurteilt.« Dass er längst wieder aus dem Knast war, ihr Pakete schickte, ihre Geschichte überall herumtratschte, das erzählte sie nicht. Das erzählte sie niemandem mehr.

»Hat es geholfen?«, wollte er wissen. »Dass er verurteilt wurde? Seine Strafe abgesessen hat?«

Emma wollte ehrlich sein. Sie setzte sich auf, löste sich von ihm. »Du meinst, hat das alles wiedergutgemacht? Weißt du, dieses ganze System, Polizei, Recht und Ordnung, das funktioniert alles ganz gut, aber nur hinterher. Die reden dir ein, in der Schule, im Fernsehen, dass das System für dich da ist, dich schützt, dich rettet, die Welt in Ordnung hält. Tut es aber nicht. In dem Moment, wenn du mit ihm alleine bist, sind Recht und Ordnung nicht anwesend, nur du, nur er, alles andere existiert nicht. Und wenn er stärker ist, dann ist er halt stärker, dann hält er das Messer. Und du bist eben der, der das Messer nicht hält.«

Sie nahm ihm das Glas aus der Hand und stürzte den letzten Schluck hinunter. Ihr eigenes war leer. »Hör auf dein Stammhirn«, sagte sie. »Es sagt dir, flieh. Dann flieh mal besser.« Sie stand auf. Taumelte ein wenig, fing sich aber wieder. Griff nach ihrer Tasche. Fühlte sich plötzlich fremd hier. »Wieso sagst du nichts? Sag, ich soll in dem Zustand nicht Auto fahren. Sag, dass du mir ein Taxi rufst. Dass ich auf der Couch schlafen soll.«

Er schüttelte den Kopf. »Ich bin nicht derjenige hier, der flieht.«

Emma kämpfte mit ihrer Jacke.

»Ich kann es sogar verstehen«, sagte er. »Du kannst dir nicht mehr leisten, Männer an dich ranzulassen. Das macht Sinn.«

Sie zuckte mit den Schultern. Suchte die Nummer des Taxirufs im Handy.

»Fünf Sekunden«, sagte Johannes, stand auf und trat zu ihr. »Fünf Sekunden hast du davon geträumt, es doch zu können. Als du eben den Kopf an meine Schulter gelehnt hast. Ich habe es gemerkt. An der Art, wie du ausgeatmet hast. Wie jemand, dem ein riesiger Stein vom Herzen fällt.«

Sie ließ das Handy sinken. »Du hast es gemerkt.« Ihre Wangen wurden heiß.

»Ich hätte dich küssen können in dem Moment.«

»Ja, hättest du.«

Er fuhr ihr leicht mit den Fingern durchs Haar. »Tut mir leid. Ich wollte das nicht ausnutzen.«

Sie griff nach seiner Hand. »Kann es sein, dass du ein bisschen zu sehr Gentleman bist?«

»Geht das?«

»Ist nicht immer angebracht …«, sagte sie und zog ihn zu sich heran, bis ihre Lippen sich trafen.

»Ich werde das nie verstehen …«

»Ich auch nicht«, sagte Emma. Und küsste ihn.

Das Taxi kam umsonst.

Mitten in der Nacht klingelte ihr Handy. Sie fingerte nach ihrer Tasche auf dem Boden neben dem Bett und ging schon nach dem dritten Klingeln ran. »Lutz?«, fragte sie verschlafen.

»Hier ist Ihr Sicherheitsdienst, Frau Carow. Alles in Ordnung?«

»Ja … Ja …« Das Codewort. Was war das Codewort? »Weißt du, wie spät es ist, Oma?«

»Freut mich, dass es Ihnen gut geht. Ich habe hier Ihre GPS-Position, möchten Sie, dass ich sie an jemanden weiterleite?«

»Das ist lieb, Oma, aber echt nicht nötig.« Sie gähnte.

»Dann wünsche ich Ihnen noch einen schönen Abend, Frau Carow.« Der Mann legte auf.

Emma schaute auf ihr Display. Keine Nachricht. Seltsam. Sie hatte tatsächlich den ganzen Abend ihr Handy in der Tasche gelassen. Kam nicht oft vor.

Johannes lag schwer und dunkel neben ihr. Er murmelte etwas, völligen Unsinn, Emma lauschte, verstand kein Wort, wahrscheinlich versuchte er im Halbschlaf, an ihren Familienproblemen teilzunehmen, verstummte wieder. Erschöpft. Zufrieden. Vielleicht ein bisschen glücklich. Emma musste lächeln.

Sie schlief wieder ein.

39

Sonntagmorgen war ihr Handy tot. Akku alle. Brunch mit Johannes. Danach ins Museum. Mit Johannes. Emma war lange nicht mehr im Museum gewesen.

Erst in der Dämmerung des frühen Sonntagabends fuhr sie heim. Wollte sie wirklich. Doch irgendwie landete sie wieder im Büro, nur kurz mal gucken. In ihrer Samstagabendkleidung.

Die Puppenkiste war leer. Der Kessel auch, das Großraumbüro der MK1. Tote Hose. Nur die Ceesay saß noch am Schreibtisch und machte Papierkram. Klar, Sonntag.

Dass Lutz nicht da war, war gar nicht schlecht. Emma wusste noch nicht genau, ob sie ihm sagen sollte, dass sie gerade Kontakt zu den Urbexern aufnahm. Oder es zumindest versuchte. Ermitteln durfte sie nicht, nur recherchieren – aber die Grenze war fließend. Sie wollte doch bloß mal mit ihnen quatschen, in irgendeiner Kneipe, mehr nicht.

»Gibt es was Neues?«, fragte Emma, ohne sich lange mit einer Begrüßung aufzuhalten.

Die Ceesay war genervt. Ohne den Blick vom Bildschirm zu heben, sagte sie spitz: »Wir haben fast hundert Leute da draußen, die gerade einen riesigen Zinnober veranstalten. Wenn die nicht irgendwas Neues rausfinden, tun sie ihre Arbeit nicht. Du musst schon ein bisschen präziser sein. Was machst du überhaupt hier?«

»Haben sie irgendwas bei diesem Lars Gohse gefunden?«

»Ach, das«, sagte die Ceesay und pustete sich eine Locke aus der Stirn. »Das nicht, nein. Das war sein Sperma am Fundort, aber mehr war nicht zu holen. Das ist ein Schwein, der Gohse, mehr nicht. Aber ich glaube, Lutz hat was mit der Schwester.«

»Wie?« Emma war alarmiert. »Ehrlich jetzt?«

Die Ceesay rollte nur mit den Augen. Ein Witz also.

Emma ging weiter. Zur Magnetwand. Ähnlich groß wie das Whiteboard in der Puppenkiste. Eine Fotogalerie. Dutzende Gesichter, darunter die Namen und ein paar Notizen zu jedem. Die meisten durchgestrichen, leider. Verdächtige. Fast-Verdächtige. Die gesammelten Fast-Verdächtigen der EG98. Nicht alle, nur die besten.

Da war Caspar Mittendorf, sechsunddreißig, Bauunternehmer, vorbestrafter Sexualtäter, Stiefelabdrücke am Tatort. Schon mal nicht schlecht. Guido Bleymehl, fünfundvierzig, langes Strafregister. Sachbeschädigung, politisch motiviert, radikale Gruppen, kennt beide Ehemänner vom Sehen. Politisch motiviert? Glaubte Lutz jetzt, es handele sich um politisch motivierte Morde? Harald Schäppi, neunundzwanzig, Taxifahrer, vorbestrafter Vergewaltiger, hatte Panzertape verwendet, kannte Julia Fredersdorf sowie Karl Brandner. Kein Alibi. Keine Spuren am Tatort. Herrn Schäppi mochte sie. Doch, Herr Schäppi war vielversprechend.

Was gab es sonst noch im Angebot?

Weiter unten: die Therapeuten der beiden weiblichen Opfer.

Klar, wenn jemand wusste, dass die Frauen als Mädchen missbraucht wurden, dann diese beiden. Aber ihre Fotos waren schon mit rotem Filzstift durchgestrichen. Kein Verdacht.

Da hing auch ein Porträt der silbernen Mumie am Kreuz aus dem S/M-Keller. Jemand hatte ihr einen Schnurrbart angemalt. Darunter die Notizen: München? Bleib an Harke dran.

Lars Gohse fand sie auch. Sein Foto war mit einer roten *13* beschriftet. Er gehörte jetzt der Sitte. Schade eigentlich. Sie war so stolz gewesen, als sie ihn in der Nacht am Leipziger Platz festgenommen hatte. Sie erkannte das jetzt: *Stolz, ich war stolz.* Bis jetzt hatte sie sich das nicht eingestehen können. Nun aber, wo sich ihre Mühe als umsonst entpuppt hatte, konnte sie es zugeben. Zumindest vor sich selbst.

Schade.

Emma schrieb so viele Namen von der Tafel ab, wie sie konnte, die wichtigsten, auch einige, die schon durchgestrichen waren. Sollte sie eigentlich nicht, als Analystin. Machte sie trotzdem.

Die unpassenden Objekte hingen auch da, als wären es eigene Persönlichkeiten. Pseudokleidung, die Brille mit Fensterglas, die Schrippen, das Marmeladenglas. Woher das alles stammte, wusste bislang noch kein Mensch.

Daneben fand sie den derzeitigen Wissensstand zu den wichtigsten Spuren:

Rund ein Drittel der Stiefelabdrücke im Gerüst konnte bisher zugeordnet werden. Das Glasauge gehörte einem Immobilieninvestor, der sich etwa drei Jahre vorher für das Objekt interessiert hatte – auch die Fingerabdrücke an der Wodkaflasche und die DNA-Spuren an dem Frauenslip stammten von ihm. Ein echter Partylöwe.

Weitere Spuren waren noch herrenlos: die Bier- und Limoflaschen, die Puppe, die Kerzen, die Arbeiterhandschuhe, der Karabiner. Die Weinflasche. Sie stammte laut Etikett aus Bordeaux.

Clos du Roi. Das war die Sorte, die auch Johannes trank. Gutes Zeug.

Emma schlenderte wieder an der Ceesay vorbei und überlegte, ob sie einfach zu Johannes zurückfahren sollte, ohne lange darüber nachzudenken. Wunderte sich, was ihr da wieder durch den Kopf schoss. An der Tür drehte sie sich noch mal um, warf einen letzten Blick in den leeren Kessel und sagte: »Ehrlich jetzt, es ist Sonntag, trotzdem, das ist ja wie Urlaub hier, wo sind die alle?«

»Soll das ein Witz sein?« Die Ceesay richtete sich auf, schaute ihr zum ersten Mal in die Augen. »Hast du nicht gehört, was vorhin passiert ist? Warum bist du eigentlich nicht längst am Leichenfundort?«

40

Die Köpenicker Straße: Abschnitt 32. Beiderseits verfallene und verrammelte Wohnhäuser, nackte Ziegelsteine, dicke Schichten Graffiti, verwahrloste Grünflächen, riesige Brachen hinter grauen Betonmauern, Zeltstädte, Wagenburgen, besetzte Rohbauten. So viel unbebauter Grund mitten in der Stadt. Jeder Baum entlang der Straße hatte ein Paar Schuhe in den Zweigen hängen. Nummer 137 der Köpi war das besetzte Haus, wo die Punks hingingen. Seit Generationen schon. Sie auch, ab und zu mal, auf ein Bier oder ein Konzert.

Heute nicht. Genau gegenüber, auf der Spreeseite der Straße, Nummer 40, verlangte einer von der Streife, den sie nicht kannte, ihren Ausweis und winkte sie dann unter einem abgewrackten Gebäuderiegel hindurch. Sämtliche Fenster darin waren zugemauert, und es waren riesige Fenster gewesen. Dahinter eine weite, halb zugewilderte Brache. Von Westen her krochen schon die Neubauten heran. Südbalkon, Spreeblick, sündhaft teuer, seltsam deplatziert. Rauch lag in der Herbstluft. Holzfeuer, da unten, am Spreeufer, von dort kam auch ein stetes Hämmern. Inzwischen war es dunkel geworden.

Da standen sie schon alle: die Wagen der Kollegen von der EG98, die Transporter und LKW der Tempelhofer, ein Feuerwehrwagen, ein Leichenwagen. Emma parkte ihren silbernen Polo neben einem Mercedes E-Klasse. Der Fahrer stand in Schlips und Anzug orientierungslos neben der Fahrertür. »Sind Sie von der Polizei?«, fragte er. Er suche einen Kommissar Bogner. Er kam von der Treuhand. Der gehörte das Objekt.

Das traf sich gut, Emma hatte Fragen.

Man hatte ihm nur gesagt, hier sei etwas passiert. So viele Streifenwagen: Er ahnte Böses. »Na ja, so ein Ding kann man nicht wirklich sichern«, gab er zu, »es sei denn, man stellt sich persönlich davor. Rund um die Uhr. Mit Polizeischutz.« Dabei deutete er mit dem Kopf Richtung Spree. Als sie schwieg, setzte er hinzu: »Da ist doch dieses Aussteigerlager unten am Ufer. Teepee-Land. In Wigwams leben die, alle selbst gebaut. Ganz hübsch eigentlich ...«

»Das Gelände ist zur Spreeseite hin gar nicht abgeschlossen?«

»Doch, doch, aber ehrlich gesagt, wenn man es wirklich darauf anlegt, braucht man nur einen temporären Zaun zu überwinden.«

Emma musterte die Sicherungsmaßnahmen der Treuhand: Es handelte sich um simple Fahrradschlösser, mit denen jeweils zwei mannshohe Metallzaunelemente zusammengekettet worden waren. Ein Zaun umgab weiträumig das Gelände, ein zweiter war eng um das Gebäude selbst gezogen.

Sie legte den Kopf in den Nacken.

Roter Backstein ragte sechs Stockwerke empor, ein Palast aus einer anderen Epoche, mit Schmuckfriesen, Tempelgiebeln, hohen Fenstern und einem imposanten Schornstein, alles gruppiert um einen trutzigen, eckigen Turm. Die unteren Fenster zugemauert, die Türen – bis auf eine – vernagelt, das Glas eingeworfen, die Wände voller Graffiti: »Fuck Millonere!« zeigte nicht nur eine Rechtschreibschwäche, sondern auch politisches Engagement, und es war wohl ein Poet gewesen, der daneben geschrieben hatte: »Früher war ich mal ein zartes Wesen. Heute bin ich dreckig, vernarbt und angeekelt.« Da war was dran. Die Berliner machen alles kaputt, was sie in die Finger kriegen. Aber sie tun es mit echter Hingabe. Sie lieben ihr Elend, für sie ist das Kunst, es ist ein Lebensgefühl, alles verfallen zu lassen oder gar nicht erst zu vollenden, das macht das Leben erst so richtig spürbar.

»Das ist eine alte Eisfabrik«, erklärte der Treuhandmitarbeiter. Der Mann konnte nicht aufhören zu reden. »Eine der ersten und größten Europas, aus dem 19. Jahrhundert.«

»So eine riesige Fabrik bloß für Eis?«

Er lachte nervös. »Nicht Speiseeis natürlich, sondern Wassereis, zum Kühlen. Es gab damals keine elektrischen Kühlschränke. Man produzierte Eis in riesigen Mengen und lieferte es in Stangen ins Haus. Wohnen Sie in einem Altbau? Da gibt es manchmal noch diese Einbauschränke unter den Fenstern, da kam das Eis rein.« Er schüttelte den Kopf. »Wir versuchen seit zwanzig Jahren, das Ding loszuwerden, aber wer kauft so was? Außer …«

Ein lautes Rattern unterbrach ihn. Der mobile Generator, den die Tempelhofer im Hof aufgestellt hatten, war angesprungen. Die dicken Kabel führten durch die einzige Tür, die passierbar war, ins Treppenhaus hinein, das direkt neben dem Turm klebte wie ein Taubenschlag.

Sechs Stockwerke.

»Folgen Sie mir«, sagte Emma.

Verglichen mit dem Rest des Gebäudes war das Treppenhaus erstaunlich intakt. Die hohlen Türöffnungen, die davon abgingen, führten jedoch ins Bodenlose. Die meisten Decken zwischen den Etagen in den beiden Hauptgebäuden waren weggebrochen. Emma konnte vom zweiten Stock aus bis in die Maschinenhalle im Erdgeschoss sehen, wo riesige Zahnräder im Zwielicht lauerten.

Hier war kein Licht. Keine Fenster mehr. Der Treuhandmanager holte sein Handy raus und aktivierte die Taschenlampenfunktion. Sie tasteten sich vor. Unten waren die Wände noch voller Graffiti gewesen, mehrere Schichten, lasierend, schillernd, abstrakte Kunst, hier oben gab es davon nichts mehr, zu hoch, zu weit weg, ganz oben im Labyrinth einer über hundertjährigen Fabrik, die trocken und muffig zugleich roch: Staub, Spinnweben, Rattenkot, moderndes Holz.

Das Treppenhaus reichte nur bis zum fünften Stock. Um in das oberste Turmgeschoss zu gelangen, mussten sie erst die relativ intakte fünfte Etage durchqueren – ein gangbarer Weg war mit Absperrband markiert. Hinten führte eine weiß gestrichene Stahltreppe hoch zur Turmstube.

»Dort müssen wir hin«, sagte Emma gerade, als sie die Schritte hörte.

Jemand war ihnen gefolgt.

Sie drehte sich um. »Ist da jemand?«

Keine Antwort. Ein schnelles Schlurfen und dann Stille. Niemand zu sehen.

»Gehen Sie bitte weiter«, sagte sie zu dem Treuhandmenschen. »Noch einen Stock höher, über die Treppe da hinten, und Sie finden die Kollegen schon. Immer dem Kabel nach.«

»Ich kann Sie doch hier nicht alleine lassen«, meinte er ritterlich, doch seine Stimme zitterte. Sie schickte ihn weiter und kehrte zum Treppenhaus zurück. Nichts als eine dunkle Höhle unter ihr. Trotzdem hörte sie ein leises Atmen.

»Wer ist da?«

Keine Antwort. Ein Kollege war es nicht.

Ihr Handy, ihre Ersatztaschenlampe, war nutzlos – der Akku tot. Im Dunkeln zog sie ihre Waffe. Drückte den Entspannhebel nach unten. Schussbereit. »Polizei. Ich bin bewaffnet«, sagte sie. »Zeigen Sie sich.«

Vorsichtig stieg sie die Treppe hinab, tastete mit den Füßen, Stufe für Stufe. Eine nach der anderen. Halbe Treppe, dann weiter. Als sie fast unten war, hörte sie es wieder.

»Halt!«

In dem Streifen Mondlicht, das durch das kaputte Fenster fiel, erkannte sie eine Person im Kapuzenpulli, die sich von ihr wegdrehte, erblickte nur kurz eine Videokamera, das rote Lämpchen leuchtete, dann war der Mann – war es ein Mann? – verschwunden.

»Halt! Stehen bleiben!«

Emma sprang die letzten Stufen hinunter, nahm den nächsten Treppenabsatz und griff neben das Geländer. Sie stolperte auf der obersten Stufe. Als ihr die Beine wegknickten und sie kopfüber ins Nichts stürzte, ließ sie los, griff in die Luft nach irgendeinem Halt, fing sich, erwischte den Handlauf, bevor ihr Kopf aufschlug, und brach sich dabei fast die Finger. Ihre Knie knallten gegen die Betonstufen, ihre Rippen gegen die Mauer, aber sie hielt sich fest.

Sterne tanzten vor ihren Augen. Erst als sie sich aufrichten wollte, bemerkte sie, dass das gleißende Licht nicht nur Einbildung war.

Da stand jemand, ganz nah. Mitten auf dem unteren Treppenabsatz, ihr fast direkt gegenüber. Er hielt eine Videokamera. Das konnte sie nur ahnen, denn sie sah nichts als den Scheinwerfer, der auf sie gerichtet war.

Auf einmal wusste sie ganz sicher, wer das war, sie war einfach da, die Gewissheit – vielleicht war es nur ihre Hilflosigkeit, die sie an ihn erinnerte, egal, sie war plötzlich sicher:

»Uwe, bist du das?«

Der Mann, der unbekannte Mann im Dunkeln, der Unsichtbare, hielt den Atem an. Das hörte Emma. Dann schnaubte er. Uwe schnaubte.

Und filmte weiter.

»Hör auf damit! Ich bin bewaffnet!«

Emma tastete nach ihrer Sig Sauer. Sie war weg.

Mit zitternden Knien stieg sie Stufe für Stufe hinab, auf der Suche nach ihrer Waffe, immer tiefer ins Dunkel, Drohungen ausstoßend, Behinderung eines Polizeieinsatzes, unerlaubtes Betreten, Verdacht auf Mitwirkung bei einem Mordfall, »ich bin bewaffnet, ich bin bewaffnet!« Keine Reaktion. Der Scheinwerfer leuchtete nur eine kleine Fläche aus, er war auf ihr Gesicht gerichtet und keine große Hilfe. Schweiß trat ihr auf die Stirn. Vielleicht hatte Uwe ihre Pistole längst in der Hand, das konnte sie nicht wissen. Emma ging auf die Knie, der Scheinwerfer folgte ihr, Stufe für Stufe bis zur halben Treppe suchte sie systematisch ab, dann von der Wand links hin und her über die ganze Fläche bis zur Wand rechts, und währenddessen atmete und filmte Uwe seelenruhig weiter, immer ein paar Schritte ausweichend, bis ihr endlich das kalte und beruhigende Metall ihrer Sig Sauer unter die Finger kam.

Sie ergriff sie, drehte sich um, richtete sie auf den Scheinwerfer, alles in einer einzigen fließenden Bewegung, »Halt! Stehen bleiben!«, in dem Moment schaltete er das Ding aus. Für eine Sekunde sah sie gar nichts mehr, dann nur noch flimmernde Dunkelheit. Jemand rannte. Sprang. Floh. Die Stufen hinab.

Sie kauerte im Dunkeln, kein Licht, kein Handy. Bis sie irgendetwas sehen konnte, waren seine Schritte nicht mehr zu hören.

41

Emma stand vor der offenen Stahltür im obersten Turmgeschoss.

Zitterte. Versuchte, sich zu beruhigen. Versuchte, ihr Herz zu zwingen, nicht so heftig zu schlagen, das Adrenalin, das mit rasender Geschwindigkeit durch ihr Blut schoss, zu drosseln, einzudämmen.

Dass sie überfallen wurde, dass sie im Treppenhaus auf dem Boden herumgekrochen war, auf der Suche nach ihrer Dienstwaffe, dass es irgendwo ein Video davon gab, dass Uwe wieder da war – davon musste keiner etwas wissen. Man sollte seine Position nicht vorsätzlich schwächen. Im Job nicht und sonst auch nicht.

Sie stand neben der offenen Stahltür und wartete, bis sie wieder klar denken konnte.

Jenseits der Tür: Licht. Viel Licht. Der Raum war taghell erleuchtet. Und er war völlig intakt – im Gegensatz zum Rest des Gebäudes. Im Schein der Lampen konnte Emma jeden Riss in der Wand sehen, jedes Mauseloch. Hätte sehen können. Wenn nicht vor jedem Riss und jedem Mauseloch jemand herumgestanden hätte. Überall Männer in Tyvek-Anzügen, wie bei einem Reaktorunfall, zwanzig Beamte, vielleicht mehr. Paar Kollegen, die sie erkannte, Lutz, Felix. Auch seltsame Objekte, die von der Decke hingen.

Sie hatte Scheiße gebaut. Sie war in Panik geraten. Sie hatte die Kontrolle verloren. Sie hatte nicht auf Lutz gehört. Lutz, der ihr beigebracht hatte, ihre Gefühle zu beherrschen, statt deren Opfer zu sein. Angst war ein Gefühl. Mehr nicht: kein allmächtiger Gott, kein militärischer Befehlshaber, kein automatisches Programm, nur ein Gefühl.

Mit Worten hatte er das nicht gesagt. Über Gefühle hatte er nie gesprochen. Brauchte er auch nicht. Er hatte es ihr gezeigt. Am Schießstand. Im Sportverein. Bevor sie überhaupt zur Polizei gekommen war. Schießen lernen wollte sie, sonst nichts. Verbissen und entschlossen. Lutz hatte ihre Wut gespürt. Er brachte ihr bei, sie wieder abzulegen, bevor sie die Waffe in die Hand nahm. Er brachte ihr bei, sich kühl und geduldig auf das Ritual des Schießens zu konzentrieren, die Waffe zu führen wie die Partnerin bei einem Walzer, das Ziel als Teil des Ganzen zu begreifen, das ist unnatürlich, das ist gegen den Instinkt, das ist nervig, doch es geht nicht allein ums Ziel. Wenn du dich allein auf das Ziel konzentrierst, dann hat das Ziel die Kontrolle über dich, dann beherrscht es dich, und du triffst nicht, weil es dir sagt, dass du danebenschießen sollst. Kein Ziel will getroffen werden. Erst als Lutz ihr tausendmal eingebläut hatte, es gehe um den gesamten Prozess, um ihre Haltung, um die Waffe, um die Entfernung, um die Umgebung, um das Wetter, um ihren Atem, um ihr Herz, um ihre Augen, um ihre Kraft, um sie, um Vertrauen, um Entspannung, um ein Leben mit dem Ziel, und danach, um all das als Ganzes, darum geht es, erst als sie verstand, dass er gar nicht über das Schießen sprach, sondern über ihr Leben, begann sie zu treffen.

Vor der Stahltür wartete sie. So lange, bis sie sich wieder gefasst hatte. Bis sie selbst zweifelte, dass das im Treppenhaus wirklich Uwe gewesen war. Warum sollte er es gewesen sein? Kein Gesicht, keine Stimme, kein Beweis. An dem zweifeln, was du nicht beweisen kannst, was du nur gefühlt hast, das ist ein Zeichen, dass du wieder klar denkst. Wie wenn du nach einem Alptraum aufwachst, wenn du ihn nachts wieder vor dir gesehen hast und langsam zu dir kommst … Moment. Du vermengst Traum und Wirklichkeit. Das kann gar nicht Uwe gewesen sein. Wie hätte der reinkommen sollen? Das Gelände ist streng bewacht heute. Das muss jemand gewesen sein, der sich mit so was auskennt … ein Urbexer vielleicht. Mist. Die Kamera. Ich muss mich dringend mit diesen Typen treffen, bevor einer noch dieses Video von mir online stellt.

Dann trat sie durch die Tür ins Licht, zu den Kollegen, bekam OP-Schuhe, eine Haarhaube und Handschuhe ausgehändigt, war wieder im Dienst, war wieder bei sich, war wieder Emma.

42

Fast quadratisch war der Grundriss des Raumes. Drei dicke Holzbalken durchzogen die Decke, in das Holz waren Haken eingedreht. Daran hingen sie, zum Greifen nah diesmal. Silbern, kokonartig, in Panzertape gewickelt.

Fünf. Fünf Leichen.

Fünf plus drei, das macht acht. Acht Opfer: zwei Väter, zwei Mütter, zwei Töchter, zwei Söhne. Zwei Familien. Wie sie gesagt hatte. Die Arbeit des Täters war vollbracht.

Die Leichen wurden von der Spurensicherung so dicht umschwärmt, dass eine genaue Inspektion kaum möglich war. Von dem Gestank ganz zu schweigen.

Emma drängte sich trotzdem dazwischen. Sie suchte ein Gesicht.

Die erste Leiche hatte keins mehr. Die ausgesparte Gesichtspartie des Kokons zeigte nur noch eine schwarze Kruste, durch deren Risse sie hellere Flecken erkennen konnte: die Wangenknochen. Zwei dunkle Höhlen, wo einst die Augen saßen.

Bei der nächsten war das Fleisch noch nicht schwarz, sondern gelb und grün geschwollen, und es bewegte sich: Durch die Risse sickerte eine dicke gelbe Flüssigkeit, in den Augenhöhlen tummelten sich weiße Würmer.

Ein Kokon leckte. Die untere Hälfte war angeschwollen, und

zwischen den Panzertape-Schichten tropfte eine dunkle Flüssigkeit heraus, färbte das Silber schwarz und bildete eine Lache auf dem Boden. Der Kokon daneben hing so nah, dass sie sich zwischen den beiden hindurchschlängeln musste, sie spürte das dreckige klebrige silberne Panzertape direkt an ihren Rippen, roch den hohlen, schweren Tod dahinter. Sie wandte sich ab.

Früher hätte sie sich übergeben. Allein der Gestank. Und diese Gesichter. Nimm einem Menschen einen Arm weg, und er ist noch ein Mensch. Nimm ihm die Beine weg. Aber das Gesicht. Wenn das Gesicht nur noch ein verwüsteter Kriegsschauplatz für Vögel und Maden ist, dann ist auch der Mensch vergangen.

Heute konnte sie ihren Ekel unterdrücken. Heute konnte sie ihr Mitleid mit den Opfern im Zaum halten. Seit sie selbst ein Opfer gewesen war und für sich selbst niemals Mitleid wollte. Heute hatte sie keine Angst mehr, wenn sie solche Grausamkeit sah. Weil sie wusste, das hier war nicht ihr eigener Tod. Im Treppenhaus, da hatte sie Angst gehabt. Aber hier, umgeben von Kollegen, von Profis, die den Tod ausmaßen, ausleuchteten, unter die Lupe nahmen – das war nur eine andere Seite von Leben.

Da war es: in der Mitte. Ein Gesicht. Endlich. Wobei: Die Haut war teilweise weggefressen, der Rest schwarz verhärtet. Ein Gesicht wie die andern, fast, aber nicht ganz: ein Merkmal, nein, zwei, mit denen sie etwas anfangen konnte: Unter der Nase einzelne Stoppeln. Graue Haare. Ein Schnurrbart. Die Augen hatten überlebt, die Vögel hatten die Leiche wohl zu spät entdeckt, sie waren vertrocknet und hart, aber davor: die randlose Brille. Im Stil der Achtzigerjahre. Wie auf dem idealisierten Familienfoto um den Frühstückstisch, das jetzt an der Magnetwand in der Puppenkiste hing.

Das war also der zweite Vater seiner beiden »Familien«. Alles klar.

Doch daneben: noch ein Kokon, etwa in der gleichen Größe. Das

Gesicht ähnlich verwüstet. Auch dieses Gesicht hatte ein Merkmal, das sich nicht übersehen ließ: eine Brille, randlos, im gleichen Stil.

Hier hingen zwei ältere Männer. Zwei Vatertypen. Mit Brandner waren das drei.

Das konnte nicht sein.

Lutz sprach mit zwei Beamten, die sie nicht kannte oder in ihren Tyvek-Anzügen nicht erkennen konnte. Emma unterbrach ihn. »Lutz? Da sind zwei alte Männer dabei.«

»Auch dir einen schönen guten Abend«, sagte er.

»Das ergibt keinen Sinn. Wir suchen einen älteren Mann, nicht zwei. Dazu zwei Söhne und zwei Mütter.« Sie zeigte auf die Leichen.

Von dieser Perspektive aus sah sie ganz klar, dass die anderen drei Opfer eindeutig kleiner waren als die beiden Männer.

»Und gefunden haben wir zwei ältere Männer und drei Jungs«, stellte Lutz klar.

»Jungs?«, schnaubte es hinter ihr. Sie drehte sich um. »Kinder waren das, meinst du wohl.«

Es war Felix.

»Hier stimmt was nicht.«

»Nein, nein«, sagte Lutz. »Der Fundort stimmt schon. Der ist genau so, wie der Täter ihn zurückgelassen hat. Hier ist alles so, wie der Täter es will. Wenn es nicht zu deiner Theorie passt, dann stimmt etwas mit deiner Theorie nicht.«

»Wo sind die Frauen?«

Lutz zuckte mit den Schultern. »Vielleicht gibt es keine. Vielleicht stellt er nur den Vater und die Kinder aus dem Bild nach. Möglicherweise musst du deine Familientheorie überdenken.«

»Das kann nicht sein.«

»Ich muss dich enttäuschen. Kottke hat schon einen Blick auf sie geworfen. Keine Frauen im mittleren Alter.«

Emma spürte die Angst wieder in sich aufsteigen. Das Treppenhaus. Es war wieder da, es saß ihr im Nacken. Selbst hier, direkt neben Lutz. Weil sie etwas falsch interpretiert hatte. Weil sie den Täter nicht richtig verstand. Weil die Realität sich ihr doch entzog, ihr doch auf der Nase herumtanzte. Weil sie im Angesicht der Realität hilflos war.

»Nein«, sagte sie. »Die Theorie stimmt. Das hier, das stimmt nicht.«

»Du bist ein bisschen blass um die Nase«, bemerkte Lutz.

Emma rechnete: zwei Familien. Das sind zwei Väter, zwei Mütter, zwei Söhne, zwei Töchter. Und was haben wir? Drei Väter, drei Söhne, zwei Töchter.

Ein Vater zu viel, ein Sohn zu viel, zwei Mütter zu wenig. Was hat er gegen Mütter?

Emma ging die Wände entlang, um die Leichen herum, um jede einzelne, langsam, an der Tür vorbei, an dem einzigen Fenster vorbei, das nicht zugenagelt war, den Blick immer auf die Kokons gerichtet, das Gebilde hängender Toter aus jeder Perspektive betrachtend.

Schau es dir an, wie es ist, Emma. Versuch nicht, deine Theorie auf den Fundort zu übertragen. Lass die Theorie außen vor, sie ist jetzt unwichtig, vergiss sie. Nur der Fundort ist wichtig. Nur dieses Kunstwerk, das der Täter für uns hinterlassen hat, in dem er seine Botschaft an uns, an die Welt, inszeniert hat. Schau dir an, was wirklich vor dir steht.

War das ein Muster? Die Leichen hingen doch in einem Muster.

Sie bildeten ein Dreieck, die Spitze zum Fenster hin: ein Kokon direkt vor dem Fenster, zwei dahinter, leicht nach rechts und links versetzt, die letzten beiden in der hintersten Reihe. Alle schauten in die gleiche Richtung. Alle fünf Gesichter waren dem Fenster zugewandt. Dem einzigen echten Fenster.

Im Gerüst am Leipziger Platz war das genauso gewesen. Die drei Leichen hingen in einem Dreieck, leicht versetzt, alle der hell erleuchteten Rückseite des Werbeplakats zugewandt. Ein kleines Dreieck aus drei Opfern. Hier ein großes aus fünf Opfern.

Das war ein Muster. Das gehörte zum Plan.

Emma ging zu dem Fenster an der Nordostseite, auf das die toten Gesichter gerichtet waren. Schaute hinaus. Sah eine riesige, hügelige Brache. Von links schlängelte sich die Spree in den Blick, direkt auf die Schillingbrücke zu, die sich in weitem Bogen über das dunkle Wasser schwang. Weiter hinten Ampeln, Kreuzungen, Verkehr, Hochhäuser. Die S-Bahn, der S-Bahnhof Warschauer Straße, die Mercedes-Benz-Arena, Leuchtreklame. Im Dunst glaubte sie die Karl-Marx-Allee zu erkennen, den Fernsehturm. Die Lichter in der Dunkelheit, der leichte Nebel über dem Wasser, sogar der Feierabendverkehr auf der Brücke, sein stetes, fernes Rauschen, machten das Hässliche schön. Man konnte weit sehen von hier.

Auf dem Fenstersims draußen lagen noch Glassplitter. Von der Fensterscheibe.

Emma nahm einen Splitter in die Hand, hielt ihn ins Licht. Er war auf einer Seite mit blauem Graffiti voll gesprüht. Die andere Seite war blank und frei von Farbe.

Graffiti. Graffiti war überall an dem Gebäude draußen. Selbst die Außenwände des Turms, in dem sie gerade standen, waren voll davon.

Emma schaute sich noch einmal im Raum um. Die weißen Wände. Völlig frei von Graffiti. Vergilbt und verstaubt, hier und da etwas abgeblättert, aber ansonsten sauber. Wie die Innenseite des Glassplitters. Warum gab es draußen Spuren von Vandalismus und innen nicht?

Sie ging zur Tür. Da arbeitete Gökgöl. Der Tempelhofer.

»Wie kommt es, dass hier drinnen kein Graffiti ist?«, fragte sie.

Felix antwortete. Er war ihr gefolgt. Er stand hinter ihr mit verschränkten Armen. Er sah lächerlich aus mit seinen OP-Schuhen und der Haarhaube. Sie sahen alle lächerlich aus.

»Das hier war anscheinend die einzige Etage, die durchgehend verschlossen war«, sagte er. »Wahrscheinlich seit kurz nach dem Krieg. Alle anderen Räume hielten für Graffiti her.«

»Die Täter hatten einen Schlüssel zu diesem Raum?«

Gökgöl schüttelte den Kopf: »Die haben das Schloss geknackt. Irgendwann in den letzten sechs Monaten.«

»Woraus schließt du das?«

»Na ja, bis vor einem halben Jahr war das Gebäude überhaupt noch nicht umzäunt. Praktisch jeder konnte rein und raus.«

»Wenn dieser Raum schon damals offen gewesen wäre, würden wir auch hier Graffiti finden.« Felix.

»Die Täter kamen erst, nachdem das Haus abgesperrt wurde ...«, sagte Emma.

Sie ging rüber zu Kottke. Der Pathologe untersuchte gerade die Leiche, die direkt vor dem Fenster hing, an der Spitze des Dreiecks.

»Welche von denen hier hängt am längsten?«, fragte sie. Und musste sich dabei die Nase zuhalten.

»Die älteste Leiche?« Kottke war auch keiner für überflüssige Begrüßungen. »Die Verwesung scheint bei diesem hier am stärksten zu sein. Ich denke, er kam als Erster in die Fischbüchse. Am besten erhalten ist das Opfer ganz hinten«.

»Die Täter hängten die ersten Leichen also nah ans Fenster und arbeiteten sich dann weiter nach hinten vor?«

»Hm, könnte hinkommen.« Er zuckte mit den Schultern. Er kaute etwas. Kaugummi? Wie konnte er hier Kaugummi kauen? »Wird schon so sein. Ich muss sie aber noch untersuchen, um sicherzugehen. Dieser hier vorn – ich denke, er starb vor knapp einem halben Jahr. Frühling vielleicht.«

Die Fredersdorf war nicht das erste Opfer. Der Leipziger Platz war nicht der erste Fundort. Der Täter war nicht der Mann, für den Emma ihn hielt. Er war mehr.

Emma ging zu Lutz. Unterbrach ihn wieder.

»Es sind drei Familien«, sagte sie.

»Wie bitte?«

»Es sind drei Familien, nicht zwei. Drei Väter. Drei Söhne.«

»Emma, nein. Das ist … Das ist zu viel.«

»Wer das hier macht, der hat Ehrgeiz. Zwei Familien hat er geschafft, ohne gestört zu werden. Er arbeitet an der dritten oder ist schon damit fertig.«

»Dafür gibt es keinerlei Anhaltspunkte. Was ist mit den Müttern? Wo ist die dritte Tochter?«

»Die finden wir noch. Irgendwo da draußen. Eine junge Blondine, Mitte/Ende zwanzig, wie die Fredersdorf und die Herold, und drei Frauen mittleren Alters, um die fünfzig.«

»Die Beweise geben das nicht her.« Lutz schüttelte den Kopf. »Er will uns an der Nase herumführen. Der verarscht uns nur.«

»Ich denke auch, da liegst du falsch.« Was war heute mit Felix' Stimme los? Emma schaute ihn an. Er blickte weg. Hatte er geheult? »Niemand schafft es, zwölf Menschen auf diese Weise zu töten und an drei verschiedene Orte zu schaffen, ohne dass es auffällt. Wiederholt auch noch. Drei Orte. Das schafft keiner. Das ist zu viel.«

»Ich liege nicht falsch.«

»Wir haben so gut wie alle leer stehenden Objekte der Stadt überprüft.« Lutz. »Die Chance, dass wir noch mehr Opfer finden, ist verschwindend gering.«

Emma legte ihm den Glassplitter in die Hand.

»Schau mal. Das Glas liegt draußen auf dem Fenstersims. Auf der Außenseite hat es Graffiti, auf der Innenseite nicht.« Sie drehte den Splitter auf seiner Handfläche. »Es wurde von innen zerschlagen. Vom Täter.«

Als er schwieg, setzte sie hinzu: »Nur der Täter hat diesen Raum betreten.«

»Nach acht Morden, ich weiß ja nicht, ob Vandalismus da noch so ins Gewicht fällt.«

»Dann komm mal mit und schau dir die Leichen vom Fenster aus an.«

Lutz folgte Emma vor das Fenster, drehte sich den Kokons zu. Die anderen hielten inne.

»Was siehst du?« Emma.

»Ich sehe fünf Leichen.«

»In drei Reihen«, betonte Emma. »Sie wurden sorgsam positioniert. Alle schauen nach vorn. Das Opfer ganz vorn, das zuerst hingehängt wurde, sieht nur das Fenster. Aber die Opfer hinter ihm schauen gleichzeitig auf ihn … und aus dem Fenster.«

»Stimmt«, sagte Lutz, der nun direkt vor dem Fenster stand, »sie schauen mich an.« Hektisch trat er zur Seite.

»Deshalb hat er das Fenster eingeschlagen«, schloss Emma. »Damit sie rausgucken konnten.«

»Sie haben nirgends hingeschaut«, belehrte Felix sie genervt, ungeduldig. »Sie waren tot.«

»Sie lebten«, sagte Emma leise. »Ihr letzter Blick war aus diesem Fenster und aufeinander.«

Lutz wurde bleich. »Kein Mörder lässt sein Opfer lebendig zurück«, sagte er. »Nicht, wenn er es vermeiden kann. Was, wenn es lebendig gefunden wird? Es kann ihn identifizieren. Kein Mörder geht dieses Risiko ein, vor allem kein Serienmörder, der sonst alles genau bedacht hat.«

Felix, die Stimme rau: »Wir haben doch gesagt, er lässt sie in seinem Keller hängen und geilt sich daran auf, dass sie vor seinen Augen verhungern. Das macht Sinn. Du bist in der Gewalt eines Mörders, du weißt, was kommt. Aber wenn du hier hängst, in der Öffentlichkeit, die Tür offen, dann … glaubst du noch, du hoffst noch. Kinder hoffen bis zuletzt. Das kann nicht sein, Emma.«

Verzweiflung. Das war es, das hörte sie. Sie hörte das Leid in diesem Raum, als die Opfer hier hingen, verdursteten, verhungerten, immer mit Blick auf die Stadt, immer mit anderen zusammen, nie allein, auch wenn die anderen nicht antworteten, nichts sagten, und irgendwann verstanden sie: Die anderen, die sagen nichts, sie bewegen sich nicht, sie sind tot, ich hänge hier mit Leichen, und langsam entglitt ihnen ihr Leben, während sie da hingen, in guter Gesellschaft, bei bester Aussicht. Felix hatte selbst Kinder, sie waren es, die Emma in seiner Stimme hörte.

Die anderen hörten es auch. Das Gemurmel ringsum erstarb. Sie erkannten es. Sahen, was Emma sah.

Felix war der Erste, der es aussprach: »Diese gottverdammten Schweine. Der da ganz hinten, der Junge da, der so dicht neben dem anderen hängt, der hat gestern noch gelebt. Der hing hier in aller Öffentlichkeit, und die Tür war auf, und er hat gelebt, wir wussten, dass es irgendwo noch Opfer gab, wir hätten ihn finden können, Herrgottnochmal. Diese gottverdammten Arschlöcher.«

Alarmiert schaute Emma zu Kottke.

»Ob gestern, kann ich nicht mit Sicherheit sagen«, meinte Kottke. »Aber vorgestern auf jeden Fall noch.«

»Lutz«, sagte Emma.

Lutz war wie benommen.

»Lutz, die vier Frauen, die noch da draußen sind – eine von ihnen ist vielleicht noch am Leben.«

43

Emma hörte Radio, während sie sich für die Arbeit zurechtmachte. Sie wartete auf die Nachricht. Sie kam nicht. Nur das übliche Gedudel.

Es war aber auch noch früh.

Sie hatten es lange diskutiert, gestern in der Eisfabrik, lange darüber gestritten: Lutz, Felix, Kottke, Emma, die anderen. Später in der Burg ging es weiter, diesmal war die Brennemann dazugekommen und Habernickel aus der MK1.

»Wir müssen an die Öffentlichkeit«, beharrte Felix. »Wir haben keine Wahl. Wir finden sie sonst nicht mehr.«

Die Brennemann war unschlüssig. Das kam selten vor.

Emma: »Wenn wir gar nichts tun, finden wir sie erst recht nicht.«

»Wir dürfen keine Zeit mehr verlieren.« Felix.

»Na, da seid ihr ausnahmsweise mal einer Meinung«, sagte Lutz genervt. »Ihr habt ja keine Ahnung, was für Arbeit auf uns zukommt. Ich hab so was schon hinter mir, vielen Dank.«

Habernickel: »Das bringt nichts als Chaos.«

Die Brennemann: »Aber wenn sie jetzt noch leben, in irgendeiner modernen Ruine, die nirgends verzeichnet ist, die einfach nicht auffällt, die man nur in der engsten Nachbarschaft kennt ...«

Felix: »Nachbarn fallen manchmal Dinge auf, die sonst niemandem auffallen.«

Lutz: »99 Prozent der Zeit werden wir uns nur mit Scheiße beschäftigen müssen. Wirklich, 99 Prozent der Zeit. Es macht keinen Spaß und bringt nichts.«

Am Ende gingen ihnen die Argumente aus. Einer nach dem anderen hörten sie auf zu reden, bis alle wussten, was zu tun war. Manchmal ist das so: Es gibt keine Lösung. Und trotzdem muss man etwas tun.

Erst als sie im Wagen saß, auf dem Weg zur Arbeit war, kam es: Die Polizei bittet um Ihre Mithilfe.

Es besteht der Verdacht, dass eine oder mehrere Personen, möglicherweise weiblich, in einem verlassenen Gebäude irgendwo in der Stadt gefangen gehalten werden. Derzeit werden alle bekannten leer stehenden Gebäude und Rohbauten durchsucht. Sollte jemand verdächtige Aktivitäten in einem leer stehenden Gebäude, ob privat oder im Eigentum der Stadt, beobachtet haben oder sonst einen Verdacht haben, dass jemand in einem bestimmten Gebäude gefangen gehalten werden könnte, sollte er umgehend die nächste Polizeidienststelle benachrichtigen. Es wird dringend davon abgeraten, selbst das Gebäude zu betreten.

Das in etwa war der Text, den Lutz herausgegeben hatte. Dem Sprecher war es nicht genug. Als er fertig war, hielt er eine Sekunde lang inne, dann sagte er, fast im Flüsterton, als ob er eigentlich nur zu sich spräche und nicht zu Tausenden von Hörern: »Ich glaube, da geht es um den Mumienmörder.«

Emma lief es kalt über den Rücken.

Kasernenartige Wohnblöcke passierte sie, große Klinkerbauten, vergitterte Sportplätze, Spätkäufe, Sexshops und Woolworth, eine leer stehende Schule, eine aufgegebene Tankstelle, pleitegegangene Möbelläden und zahllose Gebrauchtwagenhändler, Amtsgebäude und Kirchen, Stadtvillen, hässliche Büroblöcke, Taxis und Kleinwagen, Busse und Berufsverkehr, die Ampeln an den großen Kreuzungen, überall wurde gehupt, Kinder, die zur Haltestelle rannten, die müde Nutte an der Ecke mit dem Coffee to go, die Männer der BSR in ihren orangefarbenen Kehrfahrzeugen, die die Straße verstopften. All das im Morgengrauen und dazu die Nachricht, dass im verlassenen Gebäude an der nächsten Ecke noch neue Opfer hängen könnten, und Emma wusste, dass der Täter erreicht hatte, was er wollte.

Von jetzt an war die Stadt verändert. Die Menschen waren verändert. Er hatte in ihr Leben eingegriffen. Diesen Tag auf immer für sich beansprucht. Er hatte die ganze Stadt zu seinem Opfer gemacht. Jeder würde später wissen, wo er war, als er diese Nachricht hörte. Jeder würde wissen, was er gedacht hatte, als er zum Brötchenholen ging oder in die Mittagspause oder auf dem Nachhauseweg an einem lange verlassenen Wohnhaus vorbei, an einer abbruchreifen Schwimmhalle, einem abgewirtschafteten, seit mehreren

Jahren geschlossenen Kaufhaus mitten an einer belebten Kreuzung, und sich fragte: Hängt da drin jemand?

Die ganze Stadt hörte ihm zu.

44

Irgendwann in dem Chaos und Lärm des folgenden Tages schaute Emma auf und sah zwei Menschen, die sie nicht kannte. Eine Tussi, brünett, Dutt, High Heels, Aktentasche. Ein älterer Mann, leicht zerfleddert, Hemd über dem Gürtel, Papiere unter dem Arm, kleines silbernes Diktiergerät in der Hand. Wer arbeitete heute noch mit einem Diktiergerät? Er sprach mit Felix. Emma musterte die beiden und versuchte, sich einen Reim darauf zu machen. Wer war das? Was machten die hier?

Sehen die nicht, dass wir arbeiten?

Den ganzen Morgen ging das schon so. Als sie eintraf, lief in der Ecke bereits der Fernseher. Phoenix, NTV, N24, alle Nachrichtensendungen, immer das Neueste. Es war überall: Der Mumienmörder habe möglicherweise noch lebende Opfer in seiner Gewalt. Mal erschien der Polizeipräsident auf dem Schirm, mal der Landesbezirksvorsitzende der Polizeigewerkschaft, mal der Leiter der Pressestelle, mal Lutz. Intern war kein Vorgesetzter mehr für irgendetwas erreichbar.

Die Gerüchte liefen noch heißer als die Meldungen: Der Täter hätte die Opfer vor dem Einwickeln ausgeweidet, genau wie im alten Ägypten; es gäbe eine Liste der nächsten Opfer; der Regierende Bürgermeister hätte einen Erpresserbrief erhalten.

»Dieser Pressefuzzi, der Schiedemeyer«, sagte Felix, nachdem die beiden Fremden gegangen waren, »der meinte, die *BZ* wird heute Abend titeln: ›Wie viele müssen noch hängen?‹«

Matze: »So ein Witzbold in Radio Energy hat hochgerechnet: 8 Opfer die Woche, das macht 416 Opfer pro Jahr, da braucht der Täter nur noch knapp 8.113 Jahre, bis er ganz Berlin aufgehängt hat, und nur er bleibt übrig. Aber das Gute daran ist, dann wissen wir endlich, wer der Täter ist.«

»Lutz hatte keine Wahl«, sagte Felix. »Nicht alle verlassenen Anlagen Berlins sind überhaupt bekannt, geschweige denn gesichert, da können die Behörden behaupten, was sie wollen.« Die Leiter der Treuhand, der Bezirksämter und einer Handvoll anderer Behörden beteuerten öffentlich ihr Bedauern, überboten sich mit Ausreden, warum die Objekte nicht ausreichend gesichert waren, wer Schuld an der Misere hatte und ob wir künftig Videokameras an jeder Ecke bräuchten. Die ersten Kirchenvertreter waren auch schon auf den Plan getreten, mit langen Gesichtern beklagten sie den Verlust von Nächstenliebe und Zivilcourage. Für den Abend waren Talkshows angekündigt. So ging es bereits den ganzen Tag, und so würde es weitergehen: Es war zu viel. Niemand war mehr in der Lage, sich zu konzentrieren. Irgendwann fing Matze an zu lachen. Fast hysterisch. Irgendwas im Netz, irgendein Video. Dann legte er den Kopf in die Hände und stöhnte: »O Gott, o mein Gott«.

Emma wollte gar nicht wissen, was er sich da ansah.

Sie ging von Schreibtisch zu Schreibtisch, stöpselte jedes einzelne Telefon aus, jeden Monitor, das Fernsehen auch. Felix nahm sie das Handy aus der Hand, während er noch sprach, drückte »auflegen«. Ignorierte die Proteste. Laut waren sie ohnehin nicht. Alle wirkten erleichtert.

»In einer Stunde haben wir den ersten Bericht der Gerichtsmedizin, und dann müssen wir liefern«, sagte sie. »Bis dahin gibt es eine Frage, die wir diskutieren sollten.«

Emma schrieb auf das Whiteboard: *Warum tötet ein Mörder seine Opfer nicht?*

Felix schnaubte. »Er hat sie doch ermordet. Sie sind tot, oder? Wenn er glaubt, er kann einen Richter davon überzeugen, dass es gar kein Mord war, weil er sie lebend zurückließ, dann hat er sich verrechnet.«

Emma wurde sich bewusst, dass sie mit dem Filzstift spielte, legte ihn auf die Leiste vor dem Whiteboard, nahm ihn wieder auf. Die Frage machte sie nervös, ging ihr nicht aus dem Kopf.

»Nichts wird uns mehr über diesen Täter verraten als diese Frage«, betonte sie und tippte auf die Tafel. »Die Antwort darauf ist die Antwort auf die Frage, wer er ist. Seinen ganzen Motivkomplex werden wir vielleicht nie begreifen – egal. Wir müssen aber verstehen, warum er mordet, ohne zu morden – denn das ist es, was ihn von allen anderen unterscheidet.«

Felix verschränkte die Arme. Aber er hörte zu.

»Nichts ist für einen Mörder wichtiger als der Mord selbst. Das ist der Moment, nach dem er sich sehnt, für den er alles riskiert, davon träumt er jahrelang, bevor er es tut. Aber der hier nicht. Was reizt ihn am Mord, wenn nicht der Mord selbst? Wovon träumt der denn sein ganzes Leben, wenn nicht davon?«

»Stimmt«, nickte Sigmar. »Ein Mörder hat ja Lust darauf, sein Opfer zu töten. Er spürt, wie das Messer reingeht, er genießt das Drama, die Angst und die Schmerzen, das macht ihn an, und wenn das Opfer sein Leben aushaucht, umso mehr, viele Täter erreichen in dem Moment den sexuellen Höhepunkt ... Was schaust du mich so an, Matze?«

»Ich sehe das auch so, na ja, aber Verdursten – komm, das ist doch monoton. Null Drama. Das Opfer wird nur kontinuierlich schwächer, und je schwächer es wird, desto weniger schreit es vor Angst, es fließt kein Blut, und den Moment des Sterbens bekommt der Täter vermutlich gar nicht mit, selbst wenn er im gleichen Zimmer darauf wartet. Was hat er also von dieser Art zu töten?«

»Eigentlich nur ... Absolution«, sagte Sigmar nach einer Weile.

»Die Fiktion, dass er sich nicht schuldig gemacht hat. Wie diese Mütter, die ›aus Versehen‹ ihre Kinder verhungern lassen …«

»Wir haben noch nicht über Gottesurteile gesprochen«, warf Emma ein.

»Wie bitte?« Felix runzelte die Stirn. »Die Brennemann sagte doch, es gab keine Anzeichen für religiöse Rituale.«

Emma legte die Akte wieder hin. Sie hatte rote Farbe von dem Filzstift an den Fingern. »Im Mittelalter glaubte man an das Prinzip des Gottesurteils«, fuhr sie fort. »Wenn das Gericht nicht entscheiden konnte, wer von zwei Kontrahenten der Schuldige war, mussten sie miteinander kämpfen. Wer gewann, war im Recht, weil Gott ihn am Leben gelassen hatte. Es war eine Methode, Gottes Willen zu erfahren. Vielleicht will der Mörder diese Leute bestrafen, ist aber nicht hundert Pro sicher, ob sie wirklich den Tod verdienen. Also überlässt er es Gott: Wenn sie nicht rechtzeitig gefunden werden, haben sie den Tod verdient.«

»Das passt schon.« Sigmar nickte ihr zu. »Wenn Gott das Urteil fällt, dann ist der Täter aus dem Schneider. Das wäre nicht das erste Mal, dass ein Mörder den Willen Gottes herbeizitiert, um seinen Tötungsdrang zu rechtfertigen.«

»Wie kommt ihr denn jetzt auf Religion, Leute?«, fragte Felix barsch. »Weil da am Leipziger Platz mal drei Kerzen rumstanden oder was? Und ehrlich gesagt, Gottesurteil: Er überlässt es nicht Gott. Er weiß ganz genau, dass niemand in diese verlassenen Gebäude geht. Er hat sie gut recherchiert, er hat sich genau die richtigen ausgesucht. Er kann die Schuld nicht auf Gott schieben.« Er hatte mit beiden Händen an seiner leeren Sheriff-Tasse herumgedrückt. Jetzt setzte er sie so hart ab, dass der Henkel brach.

»Was war das vorhin? Mit dem Pastor? Was hat der gesagt, war da nicht was über Schuld?« Plötzlich war Emma aufgeregt. Sie hätte besser aufpassen müssen, besser hinhören. Sie hatte versucht, alles auszublenden, den ganzen Lärm von außen, dabei hätte sie lieber zuhören sollen, denn es war schon alles gesagt, was gesagt werden musste, sie hatte es bloß nicht mitbekommen.

»Welcher Pastor?«, fragte Felix genervt.

»Im Radio. Oder in der Zeitung. Vorhin habt ihr es gesagt, irgendein Pfarrer hat sich doch zu Wort gemeldet. Matze!«

»Das war in N24, glaube ich«, erwiderte Matze. »Er meinte, die Gesellschaft sei verroht, und keiner kümmere sich um seine Nachbarn, sonst hätte doch jemand gemerkt, dass da ein Opfer hängt.«

»Ja klar, der schreibt fleißig an seiner nächsten Predigt und ist dankbar für das Thema.« Felix starrte auf die beiden Teile seiner Tasse in seinen Händen.

»Schuld«, beharrte Emma. »Es geht um Schuld. Sie liegt bei der Gesellschaft. Nicht beim Täter. Das will er uns sagen.«

»Das kann doch nicht dein Ernst sein.« Felix.

»Er hat eine Botschaft, und ich glaube, das ist sie.« Emma stand wieder auf. » Er prangert die Gesellschaft an. Er will uns sagen: Ihr seid herzlos, in eurer Mitte leiden Menschen, und ihr merkt es nicht, ihr könntet sie retten, doch ihr tut es nicht. Ihr seid die eigentlichen Mörder. Er will uns vorführen, wie verdorben wir sind. Deshalb der Aufwand, die ganze Inszenierung … Das ist es.«

»Er tötet acht Menschen, und dann soll die Gesellschaft schuld sein?« Felix warf seine Tasse in den Papierkorb. Frust, Wut. »Heutzutage ist die Gesellschaft wohl an allem schuld. Ein Junge schmeißt die Schule, wird Drogendealer, sticht die Konkurrenz ab, und wer ist schuld? Nicht er, nicht der Vater, nein, natürlich nicht, die Gesellschaft war's. So eine gequirlte Scheiße. Niemand tötet, um eine bessere Gesellschaft zu erreichen. Er tötet, weil ihn das anmacht.«

»Nein, nein«, beschwichtigte ihn Sigmar. »Es geht nicht darum, dass er mordet, um eine Botschaft rüberzubringen, Felix. Das schiebt er bloß vor, um seine Tat vor sich selbst zu rechtfertigen. Das ist gar nicht so ungewöhnlich: Der Norweger, der Breivik, hat behauptet, er wollte die Gesellschaft vor dem islamischen Untergang bewahren. Eine vorgetäuschte Botschaft: In Wahrheit wollte er töten.«

»Weiß ich doch«, knurrte Felix. »Bin ja nicht blöd.«

»Ich kann euch Eierköpfen gern erklären, was der Täter uns sagen will.« Habernickel stand in der Tür. »Er will uns sagen, dass er ein Serienmörder ist.«

Niemand lachte.

»Ich habe die vorläufigen Ergebnisse aus der Gerichtsmedizin und der Ermittlung für euch.« Mit mehreren Notizheften in den Händen postierte sich der lange Habernickel vor dem Whiteboard und erklärte, was sie bis jetzt über die fünf neuen Opfer herausgefunden hatten:

Gestorben auf dieselbe Weise wie Opfer 1 bis 3, die Todeszeitpunkte lagen zwischen Anfang Mai und vor drei Tagen. Bitter. Emma übertrug Namen und Todesdaten auf die Tafel. Die beiden Männer waren oberhalb der Gürtellinie so gekleidet wie ihr Pendant auf dem Familienfoto, die Jungs ebenfalls. Auch »unpassende Objekte« hatten sie bei sich: Die Männer wie gehabt, die Jungs jeweils ein Nutellaglas.

Die drei toten Kinder hießen Christoph Drumm, Karl Jacobi und Andreas Hanft. Christoph Drumm war vierzehn geworden, stammte aus Hannover, hatte eine Geschlechtsumwandlung angestrebt und träumte von einem Leben auf der Bühne, als Travestiekünstler. Stricher, drogenabhängig, wohnhaft in Treberunterkünften.

Karl Jacobi, sechzehn, aus Lichterfelde, war vor zwei Jahren zu Hause ausgerissen, lebte auf der Straße und in Treberunterkünften, war bisher vor allem als Hooligan aufgefallen. Stricher, drogenabhängig.

Andreas Hanft, vierzehn, Treber, Stricher, drogenabhängig. »Er war Teil dieses Skandals im Sommer«, sagte Habernickel, »wo ein

Betreuer hochgenommen wurde, weil er von seinen Trebern immer wieder Drogen und Sex verlangt hatte.«

Emma notierte. »Gibt es Anzeichen, dass die Jungs zu Hause missbraucht worden sind?«

»Bisher nicht. Würde mich aber nicht überraschen. Alles schreit danach«, sagte Habernickel. »Der Vater von Drumm lehnt es ab, mit uns zu reden. O-Ton: ›Er ist für uns schon lange tot.‹ Die Hanft-Familie sucht seit zwei Jahren nach ihrem Sohn. Sie waren völlig überrascht zu erfahren, dass er bis vor Kurzem lebte. Er war verschwunden, als die Familie in Mallorca gemeinsam auf Urlaub war. Einfach weg. Die Polizei ging von einer Entführung aus und suchte ein Jahr lang.«

»Na, das waren auf jeden Fall kaputte Familienverhältnisse«, sagte Matze.

»Was glaubt ihr denn?« Felix hatte seine Tasse wieder aus dem Papierkorb gefischt und suchte jetzt in seinem Schreibtisch nach Klebstoff. »Scheiße noch mal. Das waren Treber. Die sind nicht von zu Hause ausgerissen, weil ihnen die Tapete nicht schick genug war.«

»Dann hätte ich hier noch die zwei älteren Männer«, fuhr Habernickel fort. »Harald Didas, vierundvierzig, keine Familie, verbrachte beinahe sein ganzes Leben in Anstalten. Zuletzt gesehen vor dem Auguste-Viktoria-Klinikum. Nach einem Arzttermin sollte er abgeholt werden, doch als der Fahrer zum Krankenhaus kam, war der Didas nicht aufzufinden.

Ernst Kuphal, neununddreißig, Pädagoge, zeitweise obdachlos, letzte Adresse in Pankow; seit zwei Jahren arbeitslos, seit einem Jahr geschieden, zwei Söhne, der Familie entfremdet.«

»Also auch Obdachlose, genau wie der Brandner«, sagte Emma. »Das scheint ein Muster …«

»Moment, Moment«, unterbrach Habernickel sie. »Das hier sind keine Obdachlosen.«

»Nein?«

»Der Pädagoge hier, der Kuphal, war nur mal letztes Jahr sechs Monate lang ohne festen Wohnsitz. Seit einem Jahr unterrichtet er bei einem privaten Weiterbildungsinstitut. Der Didas, der Ältere, lebte sein ganzes Leben lang in Anstalten, stand immer unter Betreuung. Der hat mit fünfzehn seinen Vater ermordet. Die Akten waren bisher versiegelt. Die Mutter hat sich sechs Monate nach dem Mord erhängt … Aber hier habe ich noch was, das Sie freuen wird, Frau Carow.« Er grinste sie an. »Bei beiden Männern gab es in der Jugend Missbrauch. In beiden Fällen kam es zu Prozessen, gegen ein Heim und ein Internat, die in der Presse Anklang fanden.«

»Auch der Brandner …«

»Richtig«, griff Habernickel Emma vor. »Auch der war an einer Klage wegen Kindesmissbrauchs beteiligt.«

»Dann hat der Täter keine Obdachlosen verfolgt, sondern er hat die Namen von Missbrauchsopfern in der Zeitung gefunden …«

»Nein, hat er nicht«, sagte Habernickel. »In der Zeitung werden die Namen nicht vollständig wiedergegeben.«

»Mist.« So nah dran.

»Nicht unbedingt«, warf Matze ein. Aufgeregt. »Hört zu. Ich sehe da schon ein Muster. Leute, die bereit sind, wegen Missbrauchs vor Gericht zu gehen, die werden ihre Missbrauchsgeschichte doch auch viel eher mit anderen besprechen.«

»Matze hat recht.« Sigmar. »Die vertrauen sich einer ganzen Menge Leute an, bevor sie das öffentlich machen.«

»Was diese älteren Männer gemeinsam haben, ist, dass sie mit dem Thema Kindesmissbrauch offen umgegangen sind«, fasste Matze zusammen.

»Dann muss Lutz …«

»Genau. Lutz wartet gespannt auf Ihre Hinweise. Schon irgendwas fertig, das uns bei den Ermittlungen helfen könnte?« Als nichts kam, setzte Habernickel genüsslich hinzu: »Dachte ich mir.« Dass er lächelte, erkannte man nur daran, dass sich seine Schnurrbartspitzen hoben.

Bis zum frühen Abend waren sie noch nicht weiter. Inzwischen konnten sie auch die Nachrichtensendungen nicht mehr ignorieren.

In Stahnsdorf hatte ein älterer Mann ein junges Mädchen in ein verfallenes Gebäude gelockt, unter dem Vorwand, dort würde ein Opfer hängen, das noch lebte, und er brauche ihre Hilfe. Das Mädchen entkam dem Vergewaltigungsversuch mit oberflächlichen Verletzungen. Nach dem Unbekannten wurde gefahndet. In Pankow hatten sich gleich mehrere Kinder und Jugendliche in verlassenen Industriegebäuden verletzt. Und als eine Gruppe Jugendlicher in Lichtenberg einen jungen Mann aus einem leer stehenden Lagerhaus herauskommen sah, verdächtigten sie ihn und stellten ihn zur Rede. Der junge Mann wollte ihre Fragen nicht beantworten, worauf sie ihn krankenhausreif prügelten.

Emma zwang sich vom Stuhl hoch und machte den Fernseher aus. Es war besser ohne Nachrichten.

Eine Weile war die Puppenkiste still. Dann sagte Matze plötzlich: »Karl.«

Emma: »Karl?«

»Wir haben zwei Karls. Karl Brandner und Karl Jacobi.«

»Ja und?«

Matze hob die Augenbrauen. »Es gibt noch mehr Namensähnlichkeiten. Ein Opfer heißt Christoph. Christoph Drumm. Die Tochter von Karl Brandner heißt Krissi.«

Sigmar: »Karl Jacobi, der Treber. Der kleine Sohn von Lucy Herold heißt Jakob.«

Irgendwie war das jetzt doch interessant.

Felix lachte. »Lucy Herold. Harald Didas. Herold. Harald. Er sucht sie nach den Namen aus.«

Alle starrten gebannt ins Nichts. Emma konnte die Uhr ticken hören.

Felix war der Erste, der sich wieder fing. »So eine gequirlte Scheiße«, schnaubte er. Jetzt sahen es die andern auch: Unsinn. Reiner Unsinn war das. Es tat gut zu lachen. Nur Felix lachte nicht mehr.

»Das bringt doch alles nichts.« Er brüllte jetzt fast. Nachdem er dreimal versucht hatte, den Henkel seiner Tasse wieder anzubringen, drehte er die Tube um und stellte fest, dass der Klebstoff für Porzellan nicht geeignet war. Er warf die Tube durch den Raum. »Verdammte Scheiße.« Er stand auf, schob ruppig den Stuhl weg. »Wir sitzen hier rum und machen Kaffeekränzchen und kommen keinen Schritt weiter. Meint ihr, der da draußen hat Angst vor unseren Spielereien hier? Eine Wichserei ist das. Ich brauche ein Bier.« Er holte seine Jacke. Weg war er.

Zehn Minuten später begriffen auch die anderen. »Ich muss los«, sagte Sigmar.

Das gibt es: verschwendete Tage. Wenn das ganze Büro irgendwie zu nichts kommt. Es gibt nichts, was man machen kann, außer am nächsten Tag frisch von vorn beginnen.

Nein. Emma wollte das nicht akzeptieren.

Bevor sie alle aus der Tür waren, sprang sie auf. Ein letzter Versuch. Sie wandte sich zum Whiteboard, wo noch ihre Frage stand: *Warum tötet ein Mörder seine Opfer nicht?*

»Wir haben vielleicht schon die wichtigsten Elemente seines Denkens. Genau hier.« Elemente, sagte sie. Sie meinte: Puzzleteile. Für sie war der Täter ein Puzzle. Sie hatten jetzt fleißig Teile gesammelt, aber noch nicht alle beisammen, nie waren alle beisammen, doch vielleicht schon die wichtigsten, sie lagen gleichberechtigt nebeneinander vor ihren Augen, und nun mussten sie versuchen, sie zu verbinden. »Wir verstehen bloß noch nicht, wie sie zueinander passen. Denkt dran. Schlaft drüber. Die Antwort ist irgendwo hier.«

Unter ihre erste Frage schrieb sie noch drei weitere Sätze.

– Täter zielt auf frühere Missbrauchsopfer ab
– Täter baut ideale Familie nach
– Botschaft: Die Gesellschaft ist schuld

Sie wandte sich Sigmar und Matze zu. Beide hatten ihre Computer ausgemacht, beide waren bereit zu gehen. Trotzdem zeigte sie auf die Wand hinter sich:

»Warum Missbrauchsopfer? Hat er selbst unter Missbrauch gelitten? Wurde er mal zu Unrecht des Missbrauchs bezichtigt? Hat es sein Leben ruiniert, will er Rache nehmen? Warum Familie? Die ideale Familie? Weil er keine hatte? Weil er seine Familie hasst? Gibt es einen anderen Grund, warum er dieses bestimmte Bild nachbaut? Und warum ausgerechnet diese Botschaft? *Menschen leiden in aller Öffentlichkeit, und die Gesellschaft verhindert es nicht*. Egal, ob sie nun echt ist oder nur vorgetäuscht: Von den vielen Botschaften, die er hätte aussenden können, warum diese?« Um die Frage: *Warum tötet ein Mörder seine Opfer nicht?*, malte Emma einen dicken Kreis. »Und dann das hier. Wenn ich das lese, denke ich immer wieder an diesen Marshmallow-Test. Kennt ihr den?«

Sigmar lehnte sich wieder in seinem Stuhl zurück, Interesse im Blick. Matze warf seine Jacke zurück auf den Schreibtisch: »Was für ein Test?«

»Das ist ein berühmtes soziologisches Experiment«, meinte Sigmar. »Man gibt einem Kind einen Keks oder irgendeine Art Süßkram und verspricht, ihm noch mehr davon zu geben, wenn es sich zusammenreißt und es nicht sofort isst.«

»Ach ja, kenne ich«, sagte Matze. »Das war sogar mal in der Werbung, oder? Das Kind darf den Keks sofort essen, aber falls es so lange wartet, bis der Erwachsene wiederkommt, kriegt es noch einen Keks mehr. Dann geht der Erwachsene raus, und das Kind sitzt allein da mit diesem Keks und dreht fast durch und muss sich entscheiden: Den Keks essen oder jetzt leiden und später zwei Kekse essen? Folter, wenn du mich fragst. Ich hätte den Keks gegessen.«

»Es geht um Belohnungsaufschub«, erklärte Sigmar. »Ein Erwachsener kann das. Er verzichtet auf die sofortige Belohnung, wenn er glaubt, dafür später eine bessere zu bekommen.«

»Also nicht den Aushilfsjob bei Aldi annehmen und Geld für den Club heute Abend verdienen«, sagte Matze, »sondern jahrelang studieren und Arzt werden und später richtig absahnen. Tja, wenn ich mich so umschaue, sehe ich auch nicht viele Oberärzte hier.«

Sigmar, Doktor Sigmar Anstätt, doch ein wenig düpiert, hustete. Matze ignorierte ihn. »Aber was hat das jetzt mit unserem Serienmörder zu tun?«

»Das ist es, was er macht«, sagte Emma. »Genau das. Für den gewöhnlichen Psychopathen ist das Foltern und Töten der Opfer die Belohnung. Sie genießen es, das ist es, was sie wollen, das ist das Ziel. Aber der hier, der verzichtet auf die Belohnung. Warum?«

Sigmar: »Du meinst, all das hier, die Morde, das ist nur die Vorstufe zu etwas anderem?«

»Vielleicht«, sagte Emma. Sie wusste es auch nicht. Nur er. »Für ihn schon. Für ihn gibt es noch was Besseres.«

45

Wenigstens ein Ass hatte sie noch im Ärmel: die Urbexer. Heute Abend.

Emma wusste so gut wie nichts über sie: Ob Männlein oder Weiblein, harmlos oder gefährlich, kannte ihre echten Namen nicht und nicht ihre Anzahl. Wusste nicht, ob sie sich gerne mal mit der Videokamera in der alten Eisfabrik rumtrieben. Aus der

Facebook-Nachricht ging nur hervor, dass sie zu ihrem Treffen heute Abend als Gruppe erscheinen würden.

Sie hatte Lutz nichts davon erzählt. Auch der Brennemann nicht. Niemandem, selbst Johannes nicht, der bestimmt enttäuscht wäre, dass sie ihn nicht mitnahm. Doch da musste sie alleine hin.

Die Schlüssel zum Bierpinsel klimperten in ihrer Tasche. Sie hatte eine offizielle Anfrage gestellt, im Rahmen der Ermittlungen bräuchte sie Zugang zum Gebäude, es eile. »Aber Frau Carow, wir haben es schon durchgecheckt, es ist völlig unberührt, glauben Sie mir.« Sie hatte darauf bestanden.

Sie würden sich an einem öffentlichen Ort treffen – in der OffenBar, Hauptstraße, Friedenau, nur ein paar Hundert Meter vom Bierpinsel entfernt. Emma sollte sich an die Bar setzen und warten, sie würden sie schon ansprechen. Scheue Wesen, diese Urbexer. Hoffentlich hatten sie keine spitzen Eckzähne.

Es konnte nichts passieren. Sie würde ihre Dienstwaffe dabeihaben. Für alle Fälle. Und was sollte schon sein? Ein harmloses Kennenlernen war das, eine ungefährliche Recherche, nichts weiter.

Es war gerade noch Zeit, nach Hause zu fahren, unter die Dusche zu springen und sich umzuziehen, bevor sie zur OffenBar fuhr. Sie war schon im Flur, unterwegs zum Zwischengebäude, als ihr Handy klingelte.

Matze.

»Emma, es wäre eine gute Idee, du schaust mal vorbei, in der Bar, in der Tränke. Jetzt, meine ich. Sofort.«

»Keine Zeit.«

»Felix erzählt Geschichten über dich.«

»Wie? Was denn?«

»Na ja, so eine Sache mit … mit so 'nem Typen. Damals.«

»Welche Sache?«

»Emma, Scheiße, kannst du nicht einfach mal … Jetzt komm einfach vorbei.« Er legte auf.

Vier Minuten später war sie in der Tränke.

Matze war schon weg. Aber Pach nicht. Kutschbach. Die Wilk. Engler.

Und Felix.

Er saß an der Theke, auf einem Barhocker, Rücken zu ihr. Er hatte ein gutes Publikum heute, klein, aber fein. Sie lauschten ihm gebannt. Große Gesten hatte er drauf. Wie viel Bier hatte der schon intus?

»… ist ihr doch völlig egal, ob wir den Arsch je finden … nur die intellektuelle Spielerei ist wichtig für die, diese Theorien, die sie hat, eine Wichserei ist das. Echt. Ihr hättet sie mal sehen sollen … Ging da mitten durch die Leichen, guckt mal hier, mal da … Die hingen da richtig, und die spaziert einfach zwischen denen durch wie im Zoo. Kinder waren das, aber ihr egal, wer da hängt …«

Emma wartete, dass irgendwie ein Witz draus wurde, aber es kam keiner, niemand griff das Thema auf. Die Jungs, das sah sie jetzt, blödelten nicht rum. Was sie besprachen, war ernst. Und sie besprachen … sie?

»Ich meine, wenn jemand wie sie, also … wenn du einen Serienmörder finden willst, doch sie will bloß ihre Theorie entwickeln, und alles andere ist ihr egal … Aber es geht doch darum, ihn zu fassen, scheißegal, wie der tickt … Und weißt du, warum? Vergewaltigung, also komm, gibt es keine Regelung für so was? Darf ein Vergewaltigungs… Vergewaltigungsopfer … Also darf ein Opfer Täter jagen? Das ist doch nicht koscher. Das ist Lynchjustiz, die macht das alles hier, weil sie Rache will oder weil sie einen Hau weghat, nicht weil sie ein Bulle ist.«

Es wurde immer enger um Emmas Hals. Alles wurde steif, ihre Muskeln verspannten sich, ein Beben durchlief sie.

»Ich glaube, es gibt dafür keine Regelung … wie auch?« Die Wilk war nicht sicher, wie ernst sie Felix jetzt nehmen sollte. »Hör mal, viele Frauen werden irgendwann im Leben belästigt oder vergewaltigt oder haben irgendwelche Probleme mit euch Kerlen, trotzdem können sie ihre Arbeit tun.«

»Aber die ist nicht darüber hinweg«, insistierte Felix. »Die hat einen Knacks, die nimmt ihren Knacks mit ins Büro. Das sieht doch jeder ... Ihr nicht? Und dass sie das niemand erzählt hat. Haben wir nicht ein Recht, das zu wissen? Von einer Kollegin?«

»Felix ...« Pach hatte sie entdeckt. Wilk ebenfalls. Jetzt auch die anderen. Felix nicht. Er war zu sehr in Fahrt.

»Aber immer so tun ..., als ob sie über Wasser geht ... Hör mal, nur weil du mal vergewaltigt wurdest, macht dich das nicht zum Genie ...«

Erst da verstand Emma, worüber er eigentlich sprach. Sie hatte es schon zur Kenntnis genommen, als Matze anrief, aber nun begriff sie auch, was das hieß. Er sprach über sie und Uwe. Über ihre Vergangenheit. Er. Felix. Über ihre Vergewaltigung.

Wie konnte er das wissen? Sie hatte es niemandem gesagt.

Cool bleiben, dachte sie. Die Kollegen wichen zur Seite wie das Rote Meer vor Moses. Felix sah sie nicht kommen.

Sie tippte ihm auf die Schulter.

Cool bleiben, dachte sie.

Er drehte sich um.

Cool bleiben, dachte sie noch, als Felix längst auf dem Boden saß, ein Arm noch nach dem Barhocker greifend, sein Bier im Schoß. Wie schnell das ging, wie schnell sie ihm eine gepfeffert hatte, ohne es überhaupt wahrzunehmen, das erstaunte Emma selbst.

Das sah nicht gut aus. Das hatte sie nicht gewollt. Emma streckte die Hände aus, half ihm hoch. Sie konnte seine Fahne riechen. Sobald er einigermaßen stand, warf er sich mit aller Kraft auf sie. Zusammen gingen sie zu Boden. Den Schmerz spürte sie nicht. Nur die Überraschung. Sie wälzte sich herum, um ihn abzuwerfen, doch er ließ sie nicht hochkommen. Sein Gesicht direkt vor ihr, groß vor ihren Augen, rot, angestrengt, wutverzerrt.

Seltsam. In dem Moment sah sie in seinen Augen, wie er sie sah: Wie ein Klotz, wie ein großes unbewegliches Stück Fleisch, ein Hindernis, das er nicht beseitigen konnte, um das er nicht herumkam, unbeweglich und stur in seinem Weg.

Es half alles nichts. Sie musste ihm das Knie in die Seite rammen. Dann riss sie ihn herum und drehte ihm die Hände auf den Rücken.

Erst dann bemerkte sie das Johlen ringsum.

Felix sträubte sich nicht mehr. Er keuchte, presste abgebrochene Sätze heraus, versuchte, einen Witz zu machen. Zu besoffen vielleicht. Vielleicht auch zu nüchtern plötzlich.

Ringsum wurde es still.

Jemand stand hinter ihr. Über ihr.

»Aufstehen, alle beide.«

Lutz.

Er bugsierte Felix an der Theke vorbei zu einem Stuhl an der Garderobe, drückte ihn hinein. »Zu dir komme ich gleich.«

Wie sehr er kochte, merkte Emma an seinem Griff um ihren Arm. Er zerrte sie ins Damenklo und schloss die Tür.

»Lutz ...«

»Reiß dich zusammen! Das ist kein angemessenes Verhalten in der Öffentlichkeit für eine Beamtin.«

»Lutz, hast du es rumerzählt?«

»Was? Was rumerzählt?«

»Dass ich vergewaltigt wurde.«

»Ich? Spinnst du? Nur Karen weiß es. Sonst niemand.«

»Die Brennemann?«

»Sie hat mich gefragt. Emma, da ist dieses Buch rausgekommen. Du weißt, welches ich meine.«

»Das kann nicht sein. Das ist nicht rechtmäßig. Er darf meinen Namen nicht nennen.«

»Er spricht von einer LKA-Beamtin. Einer Berliner Profilerin ...«

»Wenn Felix es weiß, dann wissen es alle.« Emma wollte heulen. Zum ersten Mal seit Jahren. Sie schlug die Hände vors Gesicht. Ihre Kollegen wussten von ihrer Geschichte. Und das nicht mal von ihr, sondern vom Täter. Alles, nur das nicht.

»Die Leute ziehen ihre Schlüsse, das kannst du nicht verhindern ...« Lutz legte ihr die Hand auf die Schulter, suchte ihren Blick.

»Woher weißt du ...« Sie ließ die Hände sinken. Auf einmal verstand sie, warum Lutz sprach, wie er sprach. »Hast du es gelesen?« Es rutschte Emma einfach heraus.

Eine Kollegin wollte das Damenklo betreten, drehte sich aber gleich wieder um. Entschuldigte sich auch noch.

»Was ... Das hat nichts zu sagen.« Lutz suchte nach Worten. »Egal, was drinsteht, das ist keine Entschuldigung für so ein Verhalten. Ich erwarte mehr von dir.«

»Du hast es gelesen!«

»Emma, deine Gefühle interessieren hier niemanden. Du musst dich in den Griff kriegen. Wenn du so weitermachst, stehst du so dicht vor einer Verwarnung ...« Zwischen seinem Daumen und Zeigefinger waren vielleicht drei Millimeter Platz.

»Du hast es gelesen.«

»Verdammt, Emma, es ist zehn Jahre her. Lerne, damit zu leben.«

»Wie bitte?«

»Lerne, damit zu leben.«

Bevor sie überhaupt verstand, was passierte, war Emmas Hand durch die Luft geflogen und knallte Lutz ins Gesicht.

Schien eine schlechte Angewohnheit von ihr zu werden. Musste sie dringend mal drüber nachdenken. Ein andermal. Jetzt drehte sie sich um und ging.

46

Er hatte das Buch gelesen.

Emma saß im Auto in der Keithstraße, gegenüber der Burg, und schlug auf das Lenkrad.

In ihrem Bauch breitete sich diese gefräßige Leere aus, dieses Loch, das immer da war, selbst in guten Zeiten, wenn alles lief und sie es kaum spüren, sich schon fast einbilden konnte, dass es verschwunden war, dass sie es überwunden hatte, aber nein, es war noch da: Du entkommst mir nicht. Du siehst doch, dass du mir nicht entkommst. Wozu die Mühe? Lass das Kämpfen.

Sie barg den Kopf in den Händen und atmete tief durch. Zählte bis zehn. Klappte den Spiegel runter und fuhr sich durch die Haare, wischte die Schrammen ab, kein Blut von der Rangelei mit Felix, nur ein bisschen Dreck.

Sie musste sich sammeln. Sie war verabredet, nachdenken konnte sie später. Jetzt musste sie funktionieren. Jetzt war sie Polizistin, Analystin, sie musste ihre Arbeit tun.

Dann ließ sie den Motor an.

In der OffenBar saß sie fast eine halbe Stunde an der Theke und wartete.

Weiter hinten um einen runden Tisch saßen die vier Urbexer. Emma hatte sie gleich erkannt. Sie waren die Einzigen, die nicht hier reinpassten. Das war eine gemütliche, klassische Bar mit einer beeindruckenden Spirituosenauswahl, einem indirekt beleuchteten Tresen, und in einer Ecke flackerte sogar ein echtes Feuer im Kamin. Mehrere Herren in Sakkos und Damen beim Prosecco. Arbeiteten bestimmt im Rathaus Friedenau schräg gegenüber.

Die vier Urbexer tranken Bier aus der Flasche.

Gefährlich sahen sie nicht gerade aus:

- männlich, Mittzwanziger, großer Kopf und großer Oberkörper, Kinn auf der Brust, als ob er seine Größe verheimlichen wollte, ein blonder Bär, Wollmütze, ließ sich gerade einen Bart wachsen;
- männlich, Ende zwanzig, klein, übergewichtig, schwarze Haare, schwarzes Heavy-Metal-Shirt, trendy Hornbrille;
- weiblich, Mitte zwanzig, dünn, unvorteilhafte Brille, keine Frisur, keine Haarfarbe, Männerhemd, anbiederndes Dauerlächeln;
- männlich, Mittfünfziger, durchtrainiert, Dreitagebart, Spießerklamotten, bestimmt Vater, Bürojob, Midlife-Crisis, dafür: der einzige Erwachsene.

Zwischendurch dachte Emma, sie würden sich nie entscheiden, ob sie sie ansprechen sollten oder nicht. Na gut. Sie hatte Zeit. Und das Bier konnte sie gebrauchen.

Endlich gesellte sich einer zu ihr.

»Hast du uns auf Facebook kontaktiert?«, fragte Heavy-Metal-Shirt. »Du wolltest die Berliner Horrortouristen kennenlernen?«

Sie wandte sich ihm zu und lächelte so arglos wie möglich. »Ist das eine Fangfrage?«

»Was?«

»Keiner sagt ›Horrortourist‹. Außer der *Bild*-Zeitung. Ich will nicht getestet werden. Wenn ihr keine neuen Leute wollt, kann ich auch gehen.«

Heavy-Metal-Shirt war überfordert. »Na ja. So habe ich das nicht gemeint. Wir müssen vorsichtig sein.«

Die Berliner. Aus Prinzip paranoid. Wer in Berlin nicht behaupten kann, die Bullen interessierten sich für ihn, führt einfach kein echtes Leben. In Paris schwärmen sie dir irgendwas vor von wegen tollem Essen und toller Mode und tollen Frauen, in New York hat jeder ein großes Ding am Laufen, jeder kennt einen, der eine kennt, die dich zum Assistenten von einem anderen machen kann, in London erzählt man dir von der letzten Fotosafari in die Innere Mongolei und wie es da so ist. In Berlin aber erklärt dir jeder, wie er die Stütze an der Nase rumführt und warum die Scheißbullen ihn auf dem Kieker haben.

Sie starrte ihm in die Augen. Bohrend. Es war für ihn eindeutig etwas Neues, von einer Frau angestarrt zu werden. Er wandte sich ab. »Okay, klar, ich denke, du kommst einfach an den Tisch, ist ja auch egal, wir tun ja nichts Schlimmes oder so.«

Kaum dass sie sich gesetzt hatte, versuchten die Urbexer betont lässig darüber hinwegzugehen, dass sich ein Fremder unter ihnen befand. Es ging um eine Geburtstagsparty letzte Woche, um die Videos der Urbexer Dresden, die nun wirklich mit denen der Berliner nicht konkurrieren konnten, im Netz aber trotzdem mehr Verbreitung fanden, und dann mussten noch ganz dringend die ästhetischen Unterschiede zwischen dem Batman-Film und dem Batman-Videospiel analysiert werden.

Emma hielt den Mund und hörte zu. Ließ den Blick schweifen. Versuchte sich zu erinnern – an die Silhouette im Treppenhaus der Eisfabrik.

Kein Ehering am ganzen Tisch. *Lässt sich gerade einen Bart wachsen* hieß Till und machte irgendwas, das er »Website-Optimierung« nannte. Freiberufler. Ein Tüftler, ein einsamer Wolf, ein Mensch auf der Suche nach Persönlichkeit. *Heavy-Metal-Shirt* war Justus. Ein lautes Lachen hatte er und eine Art frühreifer Jovialität. Die Heavy-Metal-Szene ist voller klein gewachsener, dicklicher Männer, Emma hatte das immer wieder beobachtet. Typen, die eine Clique brauchen, weil der Mainstream nichts für sie ist. Und sie nichts für ihn. *Väterlicher Typ* hieß Andreas, Horrorfilmexperte, arbeitete bei der Post. Der Frust guckte ihm aus den Augen. Hatte er eigentlich eine Familie? War sie ihm von einer zu Tode gelangweilten Ehefrau weggenommen worden? *Unvorteilhafte Brille,* das war Vivian, die sich vor allem mit den Worten

»Genau, ja« an dem Gespräch beteiligte. Klassische abhängige Persönlichkeit. Till – *Lässt sich gerade einen Bart wachsen* – war der Videokünstler unter ihnen. Justus aber – *Heavy-Metal-Shirt* – war der, der den silbernen Schädelring auf seinem linken Ringfinger trug.

Jemand sagte was zu ihr. Till musterte Emma und wartete auf eine Antwort.

»Wie bitte?«, fragte sie.

»Wie kommt es, dass du einen Weg in den Bierpinsel kennst?«, fragte er.

Emma hatte schon geglaubt, sie würden nie fragen. »Ich muss euch ein Geständnis machen …«

»Niemand hat Videos davon.« Andreas hatte Sehnsucht in der Stimme.

»Niemand kommt da rein«, unterbrach Till. »Das ist total abgesichert.«

»Ja, genau«, sagte Vivian.

»… mein großer Bruder arbeitet für die Security da«, sagte Emma. »Und er schuldet mir noch einen Gefallen.«

»Was für einen Gefallen?«, hakte Vivian nach.

Emma hob nur die Augenbrauen. »Einen großen.« Alle nickten verständnisvoll, als ob sie sich genau vorstellen könnten, was sie meinte. Emma ergriff die Gelegenheit: »Warum wollt ihr eigentlich unbedingt da rein? Ihr habt doch schon Videos von fast allem. Sogar vom Leipziger Platz. Wo diese Spiderman-Leichen hingen. Ich hab doch ein Video bei euch gesehen.« Sie hatte ein verstecktes Kompliment platziert. In einer Frage! Vielleicht hatte sie ja doch so was wie Sozialkompetenz.

»Ich könnte mich immer noch in den Arsch beißen, dass ich da nicht hochgeklettert bin«, stöhnte Justus.

»Komm, da hingen sie noch nicht«, meinte Andreas.

»Ich hab's ausgerechnet, das war im Sommer, die waren schon

da, mindestens einer.« Vivian. Alle starrten sie an. Sie zuckte mit den Schultern. »Wenn's doch stimmt.«

»Direkt über uns!«, freute sich Justus. »Ist das krass.«

»Du hättest hochklettern sollen.« Andreas.

Der blonde Bär, Till, schniefte, sagte aber nichts. Komisch, beim Thema Leipziger Platz hielt er plötzlich den Mund. Sein Bier rührte er auch nicht an.

»Das nächste Mal lassen wir nichts aus, keine Ecke, vielleicht finden wir ...«

Justus konnte seinen Satz nicht beenden.

»Was macht der Scheißbulle hier? Scheiße noch mal!«

Die Stimme kam nicht vom Tisch. Jemand stand direkt hinter ihr. Emma fuhr herum.

Lars Gohse.

47

Lars Gohse ein Urbexer? Ein Teil der Gruppe, die das Video von dem Fundort am Leipziger Platz gemacht hatte?

Emma bekam eine Ahnung, dass diese Sache hier, allein mit diesen Fremden in den Bierpinsel gehen zu wollen, sich überhaupt mit ihnen zu treffen, vielleicht gefährlicher werden könnte, als sie sich eingebildet hatte.

»Die hat mich verhaftet, nur weil ich Muffins an Penner verteilt habe«, fuhr Lars Gohse fort. »Das ist in diesem Land verboten. Ein Bulle ist das.«

Emma stand auf, schob ihren Stuhl nach hinten. »Hört mal, so war es nicht.«

»Sie glaubt, wir haben es getan«, erklärte Lars, die Daumen in den Gürtelschlaufen. »Deswegen ist sie hier. Diese Leichen am

Potsdamer Platz. Sie glaubt, das waren wir, nur weil wir Urbexer sind. Habt ihr ihr was gesagt? Sie horcht uns aus. Wahrscheinlich ist sie verwanzt.«

Emma trat einen Schritt zurück, hob die Hände. »Okay, ich arbeite für die Polizei, aber nur als Analystin. Ich ermittle nicht gegen euch, dazu bin ich gar nicht befugt. Ich bin bloß neugierig, das ist alles. Niemand steht unter Verdacht.«

»Wir haben nichts mit der Potsdamer-Platz-Sache zu tun«, stammelte Justus. »Nur weil wir das vielleicht spannend finden … Also hör mal, auch das Video, das war vorher, wir haben doch nicht …«

»Till, du musst deine Festplatte löschen. Wir müssen alle unsere Festplatten löschen. Jetzt, sofort.« Plötzlich war Vivian aufgeblüht. Sie wusste genau, was sie zu tun hatte. »Du hast eine Stunde, dann hat sie einen Durchsuchungsbefehl für eure Computer, dann ist alles zu spät, glaubt mir.« Sie kramte ihr Zeug zusammen.

Till hatte sich die ganze Zeit über nicht gerührt. Nur Emma angeschaut. Ihr wurde klar, dass diese Leute bald verschwinden würden, wenn sie sie nicht aufhielt.

»Niemand muss irgendwas löschen«, sagte sie. »Niemand verdächtigt euch. Ich wollte mir nur ein Bild machen.«

»Ich will deinen Ausweis sehen«, herrschte Vivian sie an.

Auf einmal wurde es sehr still. Emma griff nach ihrer Tasche, setzte sich langsam wieder und zog ihren Ausweis heraus. Als Justus ihn näher anschauen wollte, reichte sie ihn rüber.

»Leute, die machen uns platt«, warnte Lars. Emma konnte spüren, wie er hinter ihr auf seinen Hacken wippte. »Diese Arschlöcher brauchen einen Schuldigen, und wir sind die Ärsche.«

»Und selbst wenn ich Ermittlerin wäre«, sagte Emma, »die paar Videos auf eurer Website interessieren mich einen feuchten Dreck, ehrlich. Es geht um was anderes.« Sie atmete tief durch. »Denkt nach, Leute. Ihr könntet uns behilflich sein. Uns helfen, diesen

Perversen zu schnappen. Ihr kennt euch aus. Auch in den dunklen Ecken der Stadt. Ihr seht Dinge, die sonst keiner sieht.«

Der Ausweis ging reihum.

Lars sagte: »Also, ich gehe meine Festplatte löschen, bevor sie sich einen Durchsuchungsbefehl holt.« Er tippte sich an die Stirn. »Einen Bullen reinlassen, was für Idioten, echt. Ciao, ihr Loser.« Er wandte sich zum Gehen. »Dreimal überschreiben«, mahnte er noch. »Sonst können sie die Festplatte noch lesen.«

Vivian stand auch auf, folgte ihm: »Und tschüss.«

Andreas und Justus, am Tisch sitzen geblieben, schauten einander fragend an, dann zu Till.

»Nur damit das klar ist«, sagte Emma. »Wir haben den Gohse nicht verhaftet, sondern befragt, und das nur als Zeugen, weil seine DNA in dem Gerüst am Leipziger Platz war.«

»Wie? Was für DNA?«, fragte Till. Er schaute Emma dabei in die Augen. Bohrend. »Seine Spucke oder was? Haare? Blut?«

»Das musst du ihn schon selber fragen.« Emma mied seinen Blick.

Justus stand auf. Unsicher erst, dann entschlossen: »Bullen sind Bullen«, sagte er, »tschüss, Leute«, und verschwand durch die Tür.

Andreas erhob sich gleichfalls. Legte Kleingeld auf den Tisch. »Tja, Leute, ich … Tut mir leid, Till, ich hab noch was vor.«

Emma hätte nicht herkommen sollen. Sie hätte Lutz informieren müssen, in dem Moment, in dem sie erfahren hatte, was ein »Horrortourist« war, und ihm den Rest überlassen sollen. Das war kein Vertrauensbruch mehr, das war eine Überschreitung ihrer Kompetenzen, jetzt, wo ein Verdächtiger hier aufgetaucht war. Sie musste ihn anrufen, sofort, ihm alles sagen. Ohne Umschweife. Aufstehen, zahlen, raus aus der Kneipe, Handy aus der Tasche, Lutz anrufen. Würde kein Spaß werden.

Ihr gegenüber der blonde Bär. Till. Er streckte sich auf seinem Sitz, nahm einen großen Schluck Bier und schaute sie an. Emma griff sich ihre Tasche. Sie klimperte. Setzte sie wieder ab. Zog einen Bund mit fast einem Dutzend Schlüsseln dran heraus und betrachtete ihn nachdenklich.

»Also, ich hätte schon Lust, den Bierpinsel zu knacken«, sagte sie.

48

Die Schloßstraße: Kilometerweit wechseln sich gesichtslose Einkaufspaläste mit sehr speziellen Spezialitätenläden ab, bis sie an einem Punkt eine kurze Auszeit nimmt und unter die breite Joachim-Tiburtius-Brücke taucht. Ach was, Brücke: Eine Querstraße ist das, die gern eine Autobahnbrücke wäre.

Unter der Brücke wartete Emma. Till wollte mit dem Rad nachkommen. Ein paar Minuten würde das noch dauern.

Es war dunkel. Ob Tag oder Nacht, unter dieser Brücke ist es immer dunkel. Geschützt vor der Sonne, existiert hier eine eigene kleine Welt auf den weitläufigen Bürgersteigen – beliebt bei Straßenmusikern des Echos wegen – mit großzügigen U-Bahn-Eingängen, wuchtigen Klinkersäulen, offenen Treppenhäusern aus nacktem Waschbeton, flackerndem Neon, alle Ecken abgerundet, alle Fenster schmutzig. Leer, dunkel, zugig jetzt, nach Ladenschluss. In den breiten Brückensockeln ducken sich Geschäfte: links ein berühmter Hobbyladen, rechts ein unbekannter Friseur.

Und als wäre das nicht genug, hatte man auch noch einen Turm oben auf die Brücke gepflanzt. Aber nicht irgendeinen. Wie soll ein Gebäude schon aussehen, das mitten auf der Kreuzung steht und keine Grundfläche beanspruchen darf: unten schmal, oben dick. Ein sturer Betonpilz, der sich von unten durch die Brücke gedrückt hat und sich erst weit über ihr entfaltet, das ist der Bierpinsel. Bisschen Fernsehturm für Arme, bisschen Experimentalarchitektur, bisschen sehr Siebziger. In echt sah er noch surrealer aus als auf den Fotos. Als wollte er jederzeit umkippen.

Vielleicht hatte Till es sich anders überlegt. Dreimal zog Emma das Handy aus der Tasche, wollte Lutz anrufen, dann dachte sie an ihr letztes Gespräch und steckte es zurück.

Schließlich war Till doch da. Gut fünfzehn Minuten später, als mit dem Fahrrad zu erwarten war. »Musste noch was holen«, sagte er entschuldigend. Hinten auf seinem Rad: eine schwere Sporttasche.

Erst ging es über eine Treppe hoch zur Brücke und von da aus weiter empor, außen am Turm entlang bis zu einer Gittertür auf halber Höhe. Eine Fummelei mit dem Schlüsselbund im Schein ihrer beider Taschenlampen, dann waren sie drin.

»Krass«, sagte Till ehrfürchtig.

Wie in einer Kathedrale war es hier – eine Kathedrale mit extrem niedriger Decke. Ein leerer Saal, das Licht von den vielen Fenstern grau und dunstig. Muffig roch es. Eine Stille wie nach frisch gefallenem Schnee. Das war der Staub auf den Polstern und dem dicken Teppich. Emma erkannte vage geometrische Muster in Erdtönen. Staubtönen.

Die Wände bestanden vor allem aus Glas.

Die Fenster rechteckig, dicht an dicht, die Ecken abgerundet wie bei einem alten Schwarzweißfernseher. Schräg nach unten geneigt, zur Straße hin. Zur blinkenden, hupenden, sich schlängelnden, gelb und rot leuchtenden Straße, die bebte und zitterte von dem Verkehr und sich wand in der Nacht wie eine Hure, die nur anhand ihres ganzen Geklimpers schon von Weitem Hinz und Kunz verführen wollte. Man könnte sich drauflegen auf die Fenster und würde über der Stadt schweben.

Sie standen in einem ehemaligen Restaurant. Bar, Vitrine, die Stühle achtlos die Wand hochgestapelt, die Tische an einer anderen Wand, alles noch da. Die Kasse weg, verkauft vermutlich, auch die Ausstattung der großen Küche. Das sonstige Inventar hatte sich nicht verscherbeln lassen. Alte Speisekarten, in Laminat eingeschweißt: Jägerschnitzel. Strammer Max. Cappuccino mit Sahne. Zwölf Sorten Bier.

Sie standen staunend im Dunkeln, als es unvermittelt klingelte. Emma erschrak. Till lachte und holte sein Handy raus. Tippte etwas ein. Eine Antwort auf eine SMS.

»Lars fragt, wo wir sind. Der wird sich in den Arsch beißen.«

Im Schein von Emmas Taschenlampe stöberte Till in seinem Rucksack herum. Emma sah ein Seil darin. Karabiner. Handschuhe. Eine Rolle Panzertape. Wozu das? Er fand ein Stirnband mit Grubenlampe und legte es an. Ein starkes, gerichtetes Licht, nicht unähnlich dem, das Emma in der Eisfabrik geblendet hatte. Interessant. Er zog eine Videokamera raus und begann aufzunehmen.

»Ich komme mir vor wie im *Raumschiff Orion.*« Till schniefte begeistert. Emma wusste nicht, was *Raumschiff Orion* war. »Komm, eine Treppe, schauen wir uns die nächste Etage an.«

Eine ehemalige Diskothek. Kunstlederbezogene Theken, Sitzecken, eine Tanzfläche, metallisch glänzend, alles noch da. Sogar die Diskokugel an der Decke. In der nächsten Etage: Konferenzräume mit einem grandiosen Ausblick über die Stadt. Die Computer alle weg, aber die massigen alten Monitore waren noch da, lauernde, nutzlose Monolithen. Innen dunkle Gänge, viele Türen, Lager, Büroräume, ein Labyrinth.

»Till?«

Till war weg.

»Till? Hallo?« Sie schwenkte die Taschenlampe einmal herum: Außer ihr keiner im Raum.

Auch im Nebenzimmer nicht, in den Toiletten, in den leeren Lagern. Sie lief die Gänge ab, einmal beinahe im Kreis. »Till?« Stieg die Treppen hinunter, vorsichtig, zur Disko. »Till? Hallo?« Sie hielt inne, horchte. Kein Laut. Sie stieg tiefer hinab.

Als sie sich dem Restaurantsaal näherte, hörte sie dumpfe Schläge. Jemand prustete und grunzte ungehemmt, wie beim Sex oder bei einer Schlägerei, in der der andere stumm bleibt. Da, vor ihr, hinter der Tür.

»Till?«

Sie zog ihre Sig Sauer aus der Handtasche und betrat vorsichtig den Saal. Ein Schritt nach dem anderen.

Da war er. Ein großer blonder Bär, nackt, Kopf zurückgeworfen, Augen geschlossen.

Er tanzte.

In der Mitte des Saals, da war es frei. Seine Kleidung lag in einem Haufen neben seinem Rucksack auf einer Fensterbank. Nur Kopfhörer hatte er auf, Smartphone in der Faust, sie konnte einen schnellen Rhythmus vernehmen, mehr nicht. Er schwitzte, er grunzte, er hüpfte im Takt, er schüttelte sich, boxte zur Decke, erreichte sie fast, Sehnsucht im Gesicht, als ob er den Himmel berühren wollte.

Emma steckte die Waffe weg.

Als er sie sah – als er das Licht ihrer Taschenlampe sah und sich in ihre Richtung drehte –, lächelte er. Grinste. Er hörte nicht auf zu tanzen, zog aber die Kopfhörer ab und sagte, brüllte: »Tanz mit! Es ist geil!« Er hielt ihr einen Ohrstöpsel hin.

Emma lachte.

»Du fühlst dich gut nachher, frei, echt, es befreit dich!«

Emma winkte ab.

»Schrei wenigstens mal!«

Er hörte auf zu tanzen, baute sich mitten im Raum auf, atmete tief ein, ballte die Fäuste, trommelte sich auf die Brust wie Tarzan und schrie. Brüllte. Ein einziges langes, tiefes Brüllen rollte aus seinem Mund, endlos, bis er keinen Atem mehr hatte, bis er rot im Gesicht war, dann zog er neue Luft in die Lunge und grollte seinen Schrei erneut heraus.

Er lachte atemlos. »Jetzt du.«

Emma blieb, wo sie war. Trat nicht näher. Aber sie holte tief Luft und schrie. Wie er es getan hatte: ein langes, monotones Brüllen, aus den Lungen gepresst.

Draußen, drinnen: verschiedene Welten.

Hier galten andere Regeln. Hier war sie frei, so viel Lärm zu machen, wie sie wollte. Niemand würde sie hören. Keiner konnte sie finden. Niemand konnte sie hindern. Keiner würde ihren Willen brechen.

Sie musste grinsen.

Till sah es und erwiderte es. »Siehste? Frei.«

Sie lachte. »Ja, hat schon was.«

Es war das gleiche Gefühl, das sie im Gerüst am Leipziger Platz verspürt hatte. Hast du dich da auch frei gefühlt?, dachte sie. Liebst du diese Orte deswegen, weil sie dich befreien? Tanzt du auch nackt, schreist du, lachst du, grinst du, bevor du deine Opfer aufhängst?

Till schlurfte zum Fenster und ließ sich auf eine Bank fallen. Schwitzend und hechelnd. Nackt, wie er war. »Justus pinkelt meist.«

»Wie bitte?« Emma setzte sich auf die Bank vor dem Fenster. Nicht zu nah.

»Er pinkelt. Er sagt, er hat zu viel getrunken, aber er tut es immer, grundsätzlich. Findet irgendwas, wie den Schreibtisch im Büro im dritten Stock, und pinkelt drauf.«

»Wie ein Hund, der sein Territorium markiert.«

»Andreas klaut was. Wie die Diskokugel. Die hätte er sicher mitgehen lassen. Vivian tut gar nichts. Fasst nichts an. Steht nur in einer Ecke und guckt. Lars auch. Fasst nichts an und klaut nichts oder so. Macht höchstens mal Fotos. Er hat zu viel Ehrfurcht. Ich nicht. Ich meine, wenn ich schon hier bin, wieso nicht? Die Leute da draußen, die essen zu Abend, gucken fern, machen ihre Arbeit, langweilen sich, aber ich, ich bin der Einzige auf der Welt, der heute Abend im Bierpinsel nackt tanzt. Yeah, Baby!«

Er grinste stolz, schlug sich mit der Faust auf die nackte Brust, zog eine Flasche Wasser aus seinem Rucksack und nahm einen tiefen Schluck. Dann angelte er sich seine Sachen und zog sich ohne Eile wieder an. »Ist Lars echt ein Verdächtiger?«, fragte er, als er in seine Boxershorts stieg. »Ich meine, für die Morde am Potsdamer Platz?«

»Es ging um was anderes. Da musst du ihn fragen.«

»Weil, würde mich nicht überraschen. Der flippt manchmal aus. Einmal ist er mir an die Gurgel gegangen, aber richtig, hat sich auf mich geworfen. Ich hatte irgendeinen Witz gemacht, das war in so einer alten verlassenen Fabrik mit extrem hohen Decken, ich sollte es zurücknehmen, ich sollte so nicht sprechen, er wurde wütend und sprang mich an und drückte mich zu Boden. Dauerte nicht lange, ich meine, er ist kein großer Typ, trotzdem, eine Wut hat der im Bauch, der Mann.«

Komisch. Einfach so?

»Was war das für ein Witz?«

»Weiß ich nicht mal mehr. Der ist schnell beleidigt. Er mag es auch nicht, wenn ich tanze, er geht immer irgendwo anders hin.«

»Wie hat er auf die Morde reagiert?«

»Das war eine Riesendiskussion. Er war nicht hier, als es passierte, er kam erst zwei Wochen später wieder. Er meinte, sie hätten es verdient. Wenn sie leben sollten, hätte sie schon jemand gefunden, und überhaupt, wie viele Menschen auf der Welt leiden und hungern und stehen im Krieg, und keiner tut was, aber drei Typen sterben in so einem Gerüst, und schon ist es überall in den Schlagzeilen. Recht hat er irgendwie. Ich meine, stimmt schon – in Afrika verhungern halbe Länder und dann hier drei Leute. Na und? Jeden Tag sterben drei Leute irgendwo, sonst juckt das keinen.«

»Und wie fanden es Justus und Andreas?«

»Geil.« Till zog sich vehement das T-Shirt über den Kopf. »Ziemlich geil. Wir haben uns echt in den Arsch gebissen, dass wir damals nicht hochgeklettert sind.«

»Ja, Wahnsinn, was? Wenn du der Täter wärst, würdest du deine Opfer an solch einem Ort aufhängen?«

»Doch nicht da, wo Urbexer rumschleichen und Videos machen.« Er lachte. Ein nervöses Lachen. »So was wie das Gerüst am Leipziger Platz, das ist doch mitten in der Stadt. Und diese Werbeplakate, werden die nicht alle paar Wochen gewechselt? Da gehen Leute ein und aus, irgendwann mussten die Leichen ja gefunden werden, das war dumm.« Er schüttelte den Kopf. »Ich würde es viel weiter draußen machen. Jottwede. Es gibt viele kleine Orte außerhalb, die so gut wie tot sind. Da findet sie keiner. Da sind Kirchen, die längst geschlossen sind, Schwimmbäder ... Ich kenne ein kleines Kino in Brandenburg, das ist schon ewig verrammelt. Da kommt niemand hin. Niemals.«

Klar. Till dachte wie ein normaler Mensch. Ein normaler Mensch, der zum Mörder wird, will nicht, dass die Leiche entdeckt wird. Er versteckt sie, wie Till sie verstecken würde. Emmas Täter dachte anders. Emmas Täter war nicht wie Till, und er war nicht wie sie. Er war völlig anders motiviert als ein Urbexer.

Ich habe dich ganz falsch eingeschätzt, dachte Emma. Ich habe gedacht, du bist wie wir, aber das bist du nicht. Du liebst diese Orte nicht, du fürchtest sie. Groß, leer, tot, vom Leben abgeschnitten – das ist keine Freiheit für dich, es bedeutet, dass du alleingelassen wurdest. Dass es für dich keine Hilfe gibt. Da draußen sind Menschen, sie ahnen, dass du hier drin bist, aber sie kommen nicht. So wie damals, als sie die Tür zum Kinderzimmer schlossen, obwohl sie wussten, du hast Angst im Dunkeln. Sie sind ganz nah, und doch bist du verlassen. Es gibt keine Hoffnung. Dich kommen sie nicht retten.

Das hier ist ein Ort der Qual für dich. Hier warst du ausgeliefert, hier hast du gelitten. Hier hast du so sehr gelitten, dass du es jetzt anderen mitteilen willst, damit du nicht mehr der Einzige mit diesem Schicksal bist.

Emma schaute stumm durch das schmutzige Glas.

Unter ihnen die nächtliche Schloßstraße, ein Lichterband, das die Nacht teilte, ordnete, um schließlich in weit entfernter Dunkelheit zu verschwinden. Bis zum Ende der Straße konnten sie von hier aus blicken, bis zum Steglitzer Kreisel, dem schwarzen Hochhaus mit seinen roten Flugwarnlichtern, noch so eine moderne Ruine, asbestverseucht und seit Jahren leer stehend. Wenn Emma im Kreisel stehen würde statt hier, würde sie wahrscheinlich irgendwo noch eine weitere Ruine erblicken können und von da aus noch eine, es würde immer weiter gehen, ein Berlin-weites Netz von toten Gebäuden. Mitten in dem Geglitzer da unten lagen sie, dunkel und still, alle paar Hundert Meter, die Reste einer vergangenen Ära, ein unsichtbarer Dinosaurierfriedhof, der Tod mitten im Leben, und keiner sah es, nur der, der es wusste.

»Weißt du, was man auch gut hier drin machen kann?«

»Hm? Was?«

Till schaute sie nicht direkt an. Irgendwie erinnerte er sie an Johannes. Den sie jetzt schon zweimal nicht zurückgerufen hatte. Nur jünger. Unbefangener. Sie ahnte schon, was er jetzt sagen würde. Trotzdem ließ sie ihn sprechen.

»Weißt du, meine erste Ruine, das war, bevor es überhaupt dieses Wort gab – Urbexer. Ich war sechzehn, und da war dieses Mädchen, sie war neu in der Schule. Sie war echt geil. Sie war so ein Punk, mit Tätowierungen und mit Piercings in der Nase und so. Und sie hatte sich den Kopf rasiert. Welches Mädchen rasiert sich den Kopf, auch wenn die Punk ist, das tut doch keine, egal wie extrem drauf sie ist. Das hat mir imponiert. Wir hatten den gleichen Nachhauseweg, also, wir stiegen an der gleichen Haltestelle aus.

Der Bus fuhr immer an so einem Wohnhaus vorbei. Ganz normales Haus wie alle anderen. Eines Tages sagte sie: ›Niemand geht da je rein oder raus.‹ Mir war das nicht aufgefallen. Die ganze Woche schaute ich es mir vom Bus aus an, und es stimmte. Da waren keine Fenster offen, keine Blumen auf der Fensterbank oder so was, nichts. Da sagte ich ihr, dass sie recht hatte, und dann gingen wir gucken. Es war alles verrammelt. Keine Namen auf den Klingelschildern. Jalousien runter. Wir fanden im Nachbarhaus eine Einfahrt, da sind wir rein und kletterten über den Zaun zum Hinterhof, da war ein Kellerfenster, das ließ sich aufdrücken, und wir waren drin. Das ganze Haus war leer. Alle Wohnungen. Manche hatten noch Möbel drin von früher, wahrscheinlich so zwanzig Jahre alt alles. Ich fand hinter einem Schrank ein Fotoalbum, aus den Achtzigern vielleicht, eine Familie im Urlaub, auf so einem Campingplatz an der Adria, richtig alte Abzüge noch. Eine Woche später kamen wir mit Werkzeug, und wir brachen das Schloss auf, damit wir die Kellertür von außen öffnen konnten. Deswegen gehe ich noch heute nie ohne Werkzeug in ein verlassenes Haus, du weißt vorher nicht, was du brauchst. Dann war das unser Partyhaus. Den ganzen Sommer lang, na ja, fast. Wir haben echt cool gefeiert, sie hat Alkohol von ihrem Vater geklaut, hartes Zeug, und so einen Ghettoblaster, und wir haben Freunde eingeladen – ich hatte nur ein paar, und sie hatte noch keine, aber bald hatten wir viele. Das waren echt geile Partys.« Er lachte. »Dann irgendwann standen die Bullen da, und es war aus. Aber einmal, bevor das mit den Partys losging, hatten wir Sex auf dem Boden von einem ehemaligen Kinderzimmer, sie ganz nackt, es war mein erstes Mal und ihrs auch. Ich sagte, was ist mit Kondom, und sie sagte, mach dir keine Sorgen. Lara. Lara hieß sie. Dann, als die Schule wieder losging, war sie nicht mehr da.«

Er hielt inne.

»Krebs?«

Er nickte. »Einmal ging ich zum Krankenhaus, aber sie ließen mich nicht rein. Sie wollte mich nicht sehen. Ich wusste nicht, wieso. Damals.«

»Sie wollte nicht, dass du sie so siehst.«

Till zuckte mit den Schultern. »Kann sein. Vielleicht war das auch gut so. Ich weiß immer noch nicht, wie sie am Ende aussah. Nur wie sie in diesem verlassenen Haus aussah, nackt, mit mir, in meinen Armen, wie sie lachte und doofe Witze riss und wild war, und niemand sah uns, niemand sah sie, außer mir, in diesem Haus.«

Er blickte sie an. Mit diesem Dackelblick, den auch Zweimetermänner so gut draufhaben, wenn sie etwas von einer Frau wollen. Sie wusste, was er gedacht hatte, kurz nur: Dass er vielleicht einmal, vielleicht sogar heute Abend mit ihr, diesen einen Sommer, diese Erinnerung, dieses eine Mädchen zurückgewinnen könnte, hier im Bierpinsel.

Schöner Gedanke irgendwie. Fast ein Kompliment. Emma atmete tief durch und stand auf.

»Ich glaube, wir sollten lieber gehen, Till«, sagte sie.

49

Ruckartig, unerwartet, lehnte Till sich vor und riss Emma die Tasche aus der Hand, schleuderte sie quer durch den Raum, weit fort, packte ihre Oberarme und warf sie zu Boden, bevor sie reagieren konnte, wälzte sich über sie, sein volles Gewicht auf sie gepresst. Sie rang nach Luft, sie schrie und trat nach ihm, doch er ließ sich nicht stören, riss ihr die Kleidung vom Leib und lachte dabei, während er ihre Schläge abwehrte: Du hast es nicht gemerkt! Du hast das Panzertape in meiner Tasche gesehen, das Grubenlicht, das

Video, du hast gehört, dass ich solche verlassenen Orte mit toten Frauen verbinde, und trotzdem hast du mich nicht erkannt!

Das sagte er nicht.

Das tat er nicht.

Er hätte es tun können, aber er tat es nicht. Sie hatte ihn richtig eingeschätzt. Er war nicht hier, um ihr oder sonst wem etwas anzutun, er war hier, um eine mystische Erfahrung zu wiederholen. Er war auch nicht der Mann, der ihr in die Eisfabrik gefolgt war. Emma hatte all das richtig erkannt.

Sie stand mit dem Rücken zum Treppenaufgang unter der Joachim-Tiburtius-Brücke und schaute zu, wie Till sich auf sein Rennrad schwang, kurz die Hand hob und die Schloßstraße hinab verschwand. Er hatte ihre Telefonnummer haben wollen, süß. Stattdessen hatte sie seine. Für den Fall, dass sie sich doch entschließen würde, sie morgen Lutz zu übergeben.

Es war nach Mitternacht, fühlte sich aber an wie ein angebrochener Abend. Sie hatte den Eindruck, sie war nicht die Einzige mit diesem Gefühl. Das verliebte Paar, das gegenüber auf den Nachtbus wartete, der Radfahrer, der unentschlossen da drüben auf dem breiten Bürgersteig unter der Brücke Kreise drehte, der kleine Mann, der seelenruhig an der Fußgängerampel stand, obwohl grün war. Vielleicht könnte sie Johannes noch anrufen. Jetzt gleich. Morgen war ein Arbeitstag. Trotzdem, ein Mann freut sich über so was, oder? Andererseits, Johannes – war er der Typ dafür? Es war vielleicht ein bisschen spät.

Der Radfahrer nervte. Auf dem Gehweg. Selbst als er schließlich entschieden in die Pedale trat und dabei beinahe in sie fuhr, trat sie bloß genervt zur Seite, höflich fast, doch er streifte sie trotzdem, riss sie herum und fast zu Boden, sie taumelte, musste sich fangen, und der Arsch raste einfach weiter. In einem Affenzahn.

Mit ihrer Tasche.

»He!«, rief sie. Schon am Rennen. Er hatte die breite Fläche unter der Brücke durchquert und wollte gerade abbiegen, in die Schildhornstraße.

Ihre Dienstwaffe war in ihrer Tasche.

»Ich bin Bulle, du Arschloch!« In dem Moment, als sie es sagte, erkannte sie: Der Radfahrer wusste, wer sie war. Der Radfahrer war Lars Gohse. Sicher war sie nicht. Sie hatte ihn nur aus dem Augenwinkel bemerkt, zu dunkel, zu schnell, aber eine körperliche Ähnlichkeit war da gewesen. Es musste Lars Gohse sein. So kurz nach der Begegnung in der Offen Bar, so kurz nach der SMS an Till – wo steckt ihr? –, das war kein Zufall, er wollte an ihren Ausweis, er wollte wissen, wer sie war und wo sie wohnte. Lars Gohse – ein Mörder, einer der Mörder, und er wollte wissen, wo sie wohnte.

»Hilfe! Haltet den Radfahrer auf!«

Sie rannte am U-Bahn-Eingang vorbei, der Radfahrer war schon in die Schildhornstraße hinein, verdeckt von dem Kiosk an der Ecke, aber weit war er noch nicht, da schoss ein Auto aus der Schloßstraße, Musik schallte aus den offenen Fenstern, fuhr über Rot, die Reifen quietschten, bog in die Schildhornstraße ein, viel zu schnell, dem Radfahrer hinterher, dann war auch das Auto hinter dem Kiosk verschwunden.

»Halten Sie ihn auf! Er hat meine Tasche!«, schrie sie vor sich hin, zu wem auch immer, winkte und rannte noch schneller, in die dunkle Schildhornstraße, die nackt und tot vor ihr lag: leer. Radfahrer weg. Tasche weg. Auto weg. Hatte er sie gehört? Verdammt.

Emma rannte weiter, schneller, größere Schritte, mitten auf der Straße, bis zur Parkplatzeinfahrt.

Der Parkplatz lag links neben der Straße, gleich unter der Brückenauffahrt, mehrere Reihen breit und von Hecken umgeben. Mittendrin stand das Auto. Ringsum leere Parkplätze, ein paar verstaubte Transporter. Motor an, Autotür auf, ein dunkler Wagen, dunkelblau oder schwarz, Mercedes vielleicht oder Audi, nein,

Mercedes, E-Klasse, Radfahrer weg, Autofahrer auch verschwunden. Jetzt kam er zurück, im Laufschritt, aus der Puste, ihr entgegen.

In seiner Hand ihre Tasche. Tatsächlich.

Emma hörte nicht auf zu laufen, bis sie ihn erreichte. Er wartete im Licht seiner Scheinwerfer. »O Gott«, keuchte sie, als sie endlich vor ihm stand, »der Kerl kam aus dem Nichts, unglaublich, danke.« Sie lächelte ihn erleichtert an.

Der Mann gab Emma ihre Tasche nicht. »Ist das Ihre?«

Klar war das ihre. Wieso fragte er?

Er: dunkles Haar. Helle Augen, ganz hell. Ungefähr ihr Alter, bisschen älter vielleicht. Gut in Form. Wollsakko, schick, Schuhe geputzt. Gepflegt, selbstsicher, völlig austauschbar.

»Das haben Sie doch gehört«, lächelte sie. Streckte ihre Hand aus.

»Erlauben Sie, dass ich das kurz überprüfe«, sagte er. Er grinste jetzt.

»Hören Sie mal …«

Er öffnete die Tasche. »Oho«, entfuhr es ihm. Mit zwei Fingern zog er ihre Sig Sauer P6 heraus. »Sind Sie Polizistin? Ist das Ihre Dienstwaffe? Ich hoffe doch, die ist gesichert.«

»Ich muss Sie bitten, mir meine Dienstwaffe auszuhändigen, Herr …«

»Aber wir haben doch noch gar nicht festgestellt, ob das Ihre Tasche ist.« Der Fremde steckte sich die Waffe hinten in den Hosenbund.

Emma stand mitten auf dem stillen Parkplatz, im Neonlicht unter der Brückenauffahrt, der Motor des Mercedes surrte unnatürlich laut, das einzige Geräusch weit und breit. Keine Schritte, kein Auto, kein Wort. Einkaufsgegend, kein Ausgehkiez, nachts war hier alles tot, spazieren gehen würde hier keiner. Der Nachtbus war gerade abgefahren. Der Taxistand unter der Brücke leer. Vor ihr ein Fremder mit einer Waffe. Ihrer Waffe.

Was hatte Lutz gesagt? Auf den Kopf hören. Nicht auf die Gefühle. Gefühle kommen und gehen.

Statistik. Statistik ging immer. Emma rechnete nach.

Rund 96 Prozent aller Berliner sind gesetzestreu. Und die, die es nicht sind, sind zum allergrößten Teil nicht sehr ambitionierte Fahrrad- und Taschendiebe. Die Anzahl von ihnen, die Straftaten gegen das Leben oder die sexuelle Selbstbestimmung verübten, lag nicht nur unter einem Prozent, sondern unter einem Promille. Und davon saß schon ein Großteil im Knast. Die Wahrscheinlichkeit, dass Emma zufällig einem Mörder oder Vergewaltiger gegenüberstand, war verschwindend gering.

Andererseits gab es einfach Frauen, Frauen wie Emma, die immer wieder die Gefahr unterschätzten. Die spontane Gewaltbereitschaft der Männer. Oder die einfach schlechte Gesellschaft anzogen. Das wusste sie aus Erfahrung.

Nun stand sie unter einer Brücke mitten in Berlin, mitten in der Nacht, mit einem Fremden, den sie nicht einschätzen konnte. Der ihre Waffe im Hosenbund trug und sie dabei angrinste.

»Sind Sie das?« Der Fremde hatte ihren Dienstausweis gefunden. Hob ihn hoch und musterte ihr Foto. »Bitte lächeln! Man erkennt ja gar nichts.«

Nur wusste Emma noch etwas, was viele Frauen nicht wissen. Was sie selbst lange nicht gewusst hatte: Es gibt Männer, die sich wie Psychopathen verhalten, weil sie mal ihre Kraft spüren, das Aufwallen ihrer Macht genießen wollen. Sie haben sich noch nicht entschieden, ob sie gewalttätig werden, aber den Geschmack im Mund, die Vorfreude, das lassen sie sich nicht nehmen. Solche Männer wollen spielen. Solange sie mitspielte, würde er keine Notwendigkeit verspüren, zu Gewalt zu greifen.

Falls er so ein Mann war.

Viele Opfer glauben, in dem Moment, wo sie ausgesucht werden, wäre es vorbei. Sie schalten sofort auf Opfermodus, heulen und betteln, sehen sich schon vergewaltigt oder tot, und der Triebtäter sieht seine kühnsten Fantasien wahr werden. Emma aber wusste, dass das Verhalten des Opfers manchmal alles drehen kann. Sie wusste, dass sie dem Täter eine Alternativfantasie bieten musste. Nicht seine bestätigen, sondern infrage stellen, die Begegnung in eine andere Richtung lenken. Die Regie übernehmen.

Nicht leicht, wenn einem das Herz bis zum Halse schlägt.

Emma verschränkte die Arme. Wie jemand, der länger warten muss, als er vorhatte. Ungeduldig. Sie spürte die Entscheidung in sich reifen: nein. Diesmal, diesmal wird es anders.

Der Fremde betrachtete das Foto näher. Dann ihr Gesicht. »Genau so«, sagte er. Stimmte auch: Auf dem Foto lächelte sie nicht. »Tatsächlich. Das sind Sie. Emma Carow. Bitte schön.«

Er hielt ihr die Tasche entgegen.

Die Waffe nicht.

Dieser Mann wollte spielen.

Das traf sich gut. Sie auch.

50

Seine linke Hand hielt die Tasche. Seine rechte ihren Ausweis. Ihre Waffe steckte in seinem Hosenbund. Die Motorhaube direkt hinter ihm, nur wenige Zentimeter.

»Wären Sie so nett, den Ausweis wieder in die Tasche zu stecken?«, bat sie ihn. Und trat einen Schritt näher.

»Mal gucken, was hier alles draufsteht.« Er spielte auf Zeit. Senkte den Blick, um zu lesen. »Sind Sie echt schon dreißig?«

Jetzt. Wo er beide Hände voll hatte. Nicht zögern. Sie musste nur einen festen Schritt tun, entschlossen zugreifen, zurückweichen, und schon hielt sie ihre Waffe wieder in der Hand.

Der Mann vor ihr erstarrte. Er konnte kaum atmen, so überrascht war er. »Kompliment«, brachte er heraus.

»Tun Sie den Ausweis wieder in die Tasche.« Ihre Stimme war ruhig, bestimmt.

Er befolgte den Befehl und streckte ihr die Tasche entgegen.

»Nehmen Sie jetzt die Handschellen aus der Tasche.«

»Sie wollen mich doch nicht verhaften? Ich habe Ihr Eigentum gerettet …«

»Ich werde dich nicht verhaften. Ich hab was anderes vor.«

Er zögerte.

»Jetzt!« Sie brüllte ihn an, harsch und laut, dass er zusammenzuckte. Dass er zu viel nachdachte, das konnte sie nicht zulassen. »Mach schon!«

Der Mann kramte in ihrer Tasche herum, bis er die Handschellen fand.

»Anlegen.«

Er zögerte, diesmal kürzer. Stellte die Tasche auf die Motorhaube hinter sich, lehnte sich dagegen und legte sich die Handschellen an, eine nach der anderen. Er musste ein bisschen fummeln. Erfahrung mit Handschellen hatte er nicht. Es klickte. Seine Hände zusammengebunden jetzt, die Arme vor dem Bauch.

»Hat dir das Spaß gemacht?«, fragte sie.

Er antwortete nicht.

»Das war nicht ernst gemeint, einer Beamtin die Waffe zu entwenden, oder? Du hast dir nicht wirklich gedacht, dass das gut geht, oder?«

»Nein.«

»Aber du musstest spielen. Spielen, spielen, das musst du unbedingt. Egal wie die Frau das findet, du brauchst deinen Spaß, oder?«

Er antwortete nicht.

»Du und eine Frau allein in der Nacht, und du hast die Waffe.

Ist das so eine Fantasie von dir? Frauen, die dir hilflos ausgeliefert sind?«

Er schwieg.

Emma trat einen Schritt näher. Er schwitzte. In der kühlen Nacht. Sie konnte ihn riechen. Seine Kleidung war nicht so ordentlich, wie sie auf den ersten Blick schien: Nach einem langen Arbeitstag steckte das Hemd nicht mehr so richtig in der Hose. Auf den Wangen ein Anflug von Bartstoppeln.

»Macht dich das an?«

Er überlegte. Interessant. Er konnte noch nachdenken. In so einer Lage.

»Antworte!«

»Ja«, sagte er.

»Das macht dich an.«

»Ja.«

»Du gehst nach Hause und denkst an mich und holst dir einen runter?«

»Ja.«

»Zeig es mir.«

»Wie bitte?«

»Zeig es mir.«

Kurz fragte sie sich, wie er reagieren würde. »Hören Sie, das geht zu weit« oder »Soll das ein Witz sein?« oder »Bitte, tun Sie das nicht, lassen Sie mich gehen.« Doch all das sagte er nicht. Er wusste genau, dass sie es ernst meinte.

Er war ein wenig größer und nicht so schlank wie sie, aber gut gebaut. Ein bisschen verunsichert von ihrem Spott. Aber erregt. Er konnte es nicht verbergen. Biss sich auf die Lippe und öffnete – langsam, schwierig mit Händen in Handschellen – tatsächlich seine Hose. Gürtel, Reißverschluss, ließ sie einfach fallen. Darunter: tiefschwarze, eng anliegende Shorts. Ein Mann, der erwartete, dass seine Unterwäsche ab und zu von anderen Augen begutachtet wird.

Ein ungekanntes Machtgefühl durchflutete Emma. Er hatte es getan. Ohne Widerstand.

»Jetzt hol ihn raus.«

Er holte tief Luft. Griff in seine Shorts und tat, was sie sagte. Sie hatte recht gehabt. Er war erregt.

»Macht dich das an?«

Er nickte kaum merklich.

»Zeig's mir. Na los.«

»Du hast mich völlig in der Hand«, murmelte er.

»Mach es«, sagte sie.

Er gehorchte.

Emma schaute zu, im Licht seiner Scheinwerfer, während über ihren Köpfen und auf den Straßen nebenan einzelne Wagen vorbeifuhren, durch die Nacht, die Fahrer müde, unaufmerksam, wollten nur nach Hause, keiner wollte parken, sie waren alleine und würden es bleiben, mitten in der Stadt, und sie schaute zu, wie sein Schwanz sich aufrichtete.

»Wolltest du, dass mir das Angst macht eben?« Ihre Stimme war trocken und heiser.

»Ja.«

»Was hast du erwartet, dass ich sage? O nein, tu mir nichts?«

»Ja, bitte sag es.«

Sie trat zu ihm. Hinter ihn. Umfasste seine Hüfte. Mit der anderen Hand drückte sie ihm ihre Sig Sauer in die Seite, unter die Rippen. Roch sein Deo und den Schweiß an seinem Nacken. Der Schweiß war stärker.

»Den Teufel werde ich tun«, flüsterte sie ihm ins Ohr. »Ich habe die Waffe.«

»Ja.«

»Sag es.«

»Du hast die Waffe. Du hast die Waffe.«

Sie umfasste seinen Schwanz. Seine rechte Hand bewegte sich

weiter, auf und ab, schob sich gegen ihre Hand, wo sie den Kopf seines Glieds knetete, dann zurück, dann wieder dagegen. Er zitterte, er bebte. Die Handschellen klirrten.

»Sag es.«

Er stöhnte, es war fast ein Winseln, er konnte kaum reden. Aber er versuchte es: »Du hast die Waffe … Du hast die Waffe.«

Sie hatte keine Angst mehr vor ihm.

51

»Ich gehe meine Festplatte löschen, bevor sie sich einen Durchsuchungsbefehl holt.«

Das hatte Lars Gohse gesagt. Noch in der OffenBar.

Emma schlief schon fast, sie lag in ihrem Bett, allein, und ließ die Bilder des Tages vor ihren Augen Revue passieren, ließ sie von sich wegdriften, ließ sie ziehen, was sie bedeuteten, war egal, lass sie los … Da hörte sie noch einmal diesen Satz von Lars Gohse:

»Meine Festplatte löschen.«

In der Wohnung von Lars Gohse war kein Computer. Sie war da gewesen. Wenn er keinen Computer besaß, wie konnte er dann seine Festplatte löschen?

Emma setzte sich auf.

Er hatte irgendwo noch ein Zimmer. Womöglich eine Zweitwohnung, vielleicht eine, die er seiner Schwester aus guten Gründen verheimlichte.

Seine DNA im Gerüst. Mitglied bei den Urbexern Berlin. Seine Reaktion auf die drei Leichen am Leipziger Platz, laut Till: »Sie hätten es verdient.« Der versuchte Taschendiebstahl – Emma war sicher, dass er es war, obwohl sie das Gesicht des Radlers nicht hatte sehen können. Das war kein Zufall. Er war es. Er gehörte dazu. Lars Gohse, Lars Gohse, Lars Gohse. Er gehörte zu den Mördern.

Endlich schlief sie ein.

Als Emma am frühen Morgen die Puppenkiste betrat, hatte sie einen Plan. Wer lügt, tut gut daran, die Lüge so eng an die Realität zu koppeln wie möglich. Also würde ihre Geschichte in etwa so lauten: Ihre Schwester Sarah hatte sie mit jemandem bekannt gemacht, Johannes. Bei ihrem Date sagte Johannes, er habe Bekannte, die sich mit verlassenen Orten auskennen, die solle sie mal kennenlernen. Also ging sie zu einem Treffen. Dachte sich nichts dabei. Und siehe da, wer tauchte auf? Lars Gohse.

Das fand sie nicht schlecht. »Dachte sich nichts dabei«, war immer ein guter Satz. Solange man ihn nicht zu oft benutzte. Vielleicht würde die Brennemann sie dafür rügen, dass sie das Treffen nicht vorher mit ihr abgesprochen hatte, das könnte sie ertragen. Mit ein wenig Glück würde es keine schriftliche Abmahnung geben. Und die Brennemann würde es Lutz erzählen, Emma müsste ihm nicht selbst gegenüberstehen und zugeben, dass sie sich in seine Ermittlungen eingemischt hatte, das war gut. Doch, das könnte funktionieren.

Noch bevor sie ihren Schreibtisch erreichte, sagte die Brennemann: »Mein Büro. Jetzt.«

Emma stutzte. Unruhe stieg in ihr auf. Wusste die Brennemann schon irgendwas? Von wem? Konnte nicht sein. Etwas kam auf sie zu, auf das sie nicht vorbereitet war. Sie ignorierte das Starren der Männer, trat ins Büro und zog die Tür hinter sich zu. Die Brennemann saß schon. Bot Emma keinen Stuhl an. Musterte sie prüfend von oben bis unten.

»Sie haben einen sechsjährigen Jungen mit Ihrer Dienstwaffe bedroht? Sagen Sie bitte, dass das nicht wahr ist.«

»Nein, ich?« Emma dachte: Lars Gohse? Den habe ich gar nicht bedroht. Er ist auch nicht sechs Jahre alt.

Dann verstand sie, worum es ging.

»Ich warte auf eine Erklärung. Irgendeine. Ich bete, dass es eine gibt. Und das letzte Mal, als ich gebetet habe, war ich fünfzehn und hatte gerade auf einen Plastikstab gepinkelt. Überzeugen Sie mich, dass Sie noch bei Sinnen sind.«

»Ich habe ihn nicht bedroht«, stellte Emma klar. »Ich habe ihn gebeten, meine kleine Nichte nicht mehr zu belästigen.«

»Sie haben ihn gebeten? Seine Mutter stellt das anders dar. Wenn ich diese Dienstaufsichtsbeschwerde richtig lese. Und ich weiß durchaus, eine Dienstaufsichtsbeschwerde richtig zu lesen.« Die Brennemann hob einen Stapel Papier an und ließ ihn schwer auf den Tisch fallen.

»Ich habe nur mit ihm gesprochen.«

»Mit Finn Allensberg. Dem Enkel eines gewissen Richters Allensberg. Da haben Sie wohl nicht nachgedacht.«

Emma schwieg.

»Er hat seiner Mama erzählt, dass Sie ihm gedroht haben. Ihm dabei die Waffe gezeigt haben. Er ist der festen Überzeugung, dass Sie ihn erschießen, wenn er nicht tut, was Sie sagen.«

»Moment mal. Ich habe die Waffe doch nicht gezogen. Ich …«

»Haben Sie sie ihm gezeigt?«

Emma zögerte. Das war ein Fehler. Schon das machte es nicht mehr möglich, glaubhaft zu lügen.

»Haben Sie sich dabei als Polizistin zu erkennen gegeben?«

Daran hatte Emma nicht gedacht. War das nicht offensichtlich gewesen? War es natürlich nicht für einen kleinen Jungen. Instinktiv, bevor sie begriff, dass das jetzt genau das Falsche war, wich sie der Frage aus. »Kann sein, dass meine Jacke offen stand und dass ich meine Waffe darunter trug. Aber er war nie in Gefahr …«

»Herrgott noch mal!« Die Brennemann brüllte jetzt. Die da draußen blickten auf. Alle außer Felix. »Nie in Gefahr? Das ist ein sechsjähriger Junge. Er hat Ihre Nichte gehänselt? Haben Sie geglaubt, das macht ihn zu einem potenziellen Vergewaltiger, vor dem Sie die Welt schützen müssen? Was haben Sie sich eingebildet? Ist Ihnen die Arbeit hier zu Kopf gestiegen? Sind Sie durchgedreht?«

»Ich habe nie … Es war keine Absicht …«

»Sagen Sie mir bloß, wenn wir Ihre Wohnung durchsuchen, dass wir dort keine Souvenirs von Vergewaltigern finden, die Sie auf eigene Faust zur Strecke gebracht haben.«

Emma war schockiert. »Natürlich nicht, was denken Sie von mir?«

»Skalps? Abgeschnittene Finger? Videos von Opfern? Gar nichts?«

Emma antwortete nicht.

»Was soll ich von Ihnen denken? Sie haben einen sechsjährigen Jungen mit einer Dienstwaffe bedroht.«

»Meine Jacke stand offen …«

»Geben Sie mir Ihre Waffe.«

»Aber wieso, ich habe doch …«

»Die Waffe. Sofort.«

Emma nahm ihre Sig Sauer aus der Handtasche und legte sie auf den Schreibtisch.

»Es wird eine Untersuchung geben. Die lasse ich heute einleiten. Bis dahin werden Sie keinerlei Kontakt zu Zeugen oder Verdächtigen haben. Keinen Kontakt zu Zivilisten überhaupt in offizieller Funktion.«

»Aber …«

»Ich hoffe für Sie, dass die Innenrevision Ihnen die Geschichte mit der Jacke abnimmt. Die kennen Sie ja nicht so gut wie ich, vielleicht haben Sie Glück. Bis dahin will ich Sie nicht sehen. Am besten gehen Sie einfach nach Hause. Und ich gebe Ihnen einen guten Rat: Wenn Sie mich kommen sehen, gehen Sie mir aus dem Weg.«

»Frau Brennemann …«

»Ein Tipp, Carow, weil Sie es sind. Falls Sie doch irgendwas in Ihrer Wohnung horten, irgendwelche heimlich geschossenen Fotos oder Adressen von Vergewaltigern oder von Typen, die Sie einfach nicht mögen, dann lassen Sie das bloß verschwinden, bevor wirklich jemand auf die Idee kommt, nachzugucken. Jetzt raus hier.«

Emma nahm ihre Tasche. Leichter als sonst. Etwas fehlte. Ging zu ihrem Schreibtisch. Stand davor, unter den Augen der anderen, bis ihr klar wurde, dass sie aus dem Schreibtisch nichts brauchte. Komisch. Sie verbrachte mehr Zeit hier als zu Hause, und trotzdem hatte sie nicht mal eine eigene Kaffeetasse hier. Schaute zum Whiteboard.

Da stand Felix.

Er hatte gerade Emmas Notizen von früher weggewischt und schrieb jetzt: *Warum drei verschiedene Opfertypen?*

Warum? Das war doch schon durchdiskutiert: Die Opfer hatten alle gemeinsam, dass sie früher Opfer gewesen waren. Warum wollte er das jetzt noch mal aufrollen? Und warum überhaupt nur drei Typen? Es waren vier insgesamt: Vater, Sohn, Tochter, Mutter. Vier. Sie musste hierbleiben. Sie musste das richtigstellen. Als sie sich Richtung Whiteboard wandte, merkte sie, wie Felix sich davorstellte, als wollte er seine Notizen vor ihr schützen.

Er schaute sie nicht an, als sie sich umdrehte, auf den Flur trat und die Burg verließ.

52

Er war es gewesen. Dieser Arsch. Arsch. Arsch.

Emma saß in ihrem Polo in der Wichmannstraße, um die Ecke von der Burg, die Stirn gegen das Lenkrad gelehnt. Ab und zu hob sie den Kopf und ließ ihn sachte wieder fallen. Dumm. Dumm. Dumm.

Sie hätte es kommen sehen können. Bilder gingen ihr durch den Kopf wie Momentaufnahmen einer aufziehenden Katastrophe: Felix in der Tränke, macht einen auf Kumpel, albert rum, Klaps auf die Schulter, paar unanständige Witze. Felix unterhält sich mit Matze über *World of Tanks*. Felix mit Lutz, Felix mit Habernickel, Felix mit der Brennemann. Felix, wie er Zweifel äußert an Emmas Theorie, dass die Opfer eine Familie darstellen sollen. Wie er sie einfach, kaum dass Emma geht, beiseitewischt. *Drei Opfertypen, nicht vier.* Felix mit seinen alten Kollegen aus dem Ermittlerteam, die wissen, wie man eine kleine interne Beschwerde zum Thema des Tages macht.

Wie hatte er das angestellt? Wie konnte er wissen, was sie dem Jungen gesagt hatte? Hatte er mit den Eltern gesprochen, sie ermuntert, eine Beschwerde einzureichen? Kannte er diesen Richter Allensberg?

Emma setzte sich kerzengerade auf.

Hatte er das Plakat von Uwes Lesung in der Kantine aufgehängt?

Sie musste etwas tun. Irgendwas. Sie griff zum Handy. Wollte Matze anrufen, musste aber daran denken, wie er mit Felix *World of Tanks* spielte. Bis jetzt konnte sie sich immer auf Matze verlassen. Sigmar? Der hielt sich lieber aus allem raus. Hatte sie noch Freunde in der OFA? Hatte sie überhaupt noch Freunde in der Burg? Irgendwo?

Sie musste mit jemandem reden. Mit irgendwem.

Sarah ging nicht ran.

Das war's schon. Das war ihre momentane Auswahl an Gesprächspartnern. Sarah. Selber schuld. Manchmal beneidete sie die Männer, die einfach in die Kneipe gingen und hemmungslos irgendeinen Fremden oder gleich den Barkeeper volllaberten.

Johannes ging ran.

Doch, doch, er freue sich, sagte er. Allerdings in einem recht kühlen Ton. Im Moment könne er nicht reden, er sei im Büro. Eine Studentin sitze hier, andere warteten. Überhaupt, sie habe zweimal nicht zurückgerufen. Da war er doch ein wenig überrascht, dass sie sich jetzt doch noch meldete. Ehrlich gesagt.

Emma fiel keine Ausrede ein.

»Ruf mich noch mal so um sechs an«, schloss er. »Wenn du Lust hast. Aber nicht später. Ich geh dann irgendwann raus.«

Emma legte auf.

Sie versuchte, sich einen schönen Tag zu machen. Zu Hause. Sich abzulenken. Bloß nicht darüber nachdenken. Über die Dummheit, die sie gemacht hatte. Die Konsequenzen, die sie noch nicht abschätzen konnte. Die Innenrevision. Die Brennemann. Lutz.

Emma war nicht gut darin, sich einen schönen Tag zu machen.

Sie schmierte sich ein Marmeladenbrot. Ließ sich damit auf die Couch fallen. Im Fernsehen eine Talkshow. Irgendeine Wiederholung. Das war doch gut zum Runterkommen, oder? Doch ihre Gedanken schweiften. Im Wohnzimmer herum. Zu dem Schrank in ihrem Rücken.

Ihre Chefin hatte sie gewarnt. Was, wenn die Innenrevision ihre Wohnung tatsächlich durchsuchen ließ? Das war ein Witz, ganz sicher. Aber falls sie ernst machten, würden sie irgendwann auf diesen Schrank stoßen. Den Giftschrank, wie sie ihn nannte. Von ihrem Keller ganz zu schweigen.

Eine Stunde lang versuchte Emma, nicht daran zu denken.

Dann stand sie auf und ging zu dem Schrank. Öffnete ihn. Zog alles heraus, was sie sorgfältig hineingestapelt hatte, die Fotoalben, die Akten, das Messer, den ganzen widerlichen Kram. Bis sie es wieder in der Hand hielt. Sein Päckchen.

Sein Buch. Sein Scheißbuch. Das hatte alles wieder hochgebracht. Es zerrte sie ans Licht, ob sie wollte oder nicht. Felix hatte sie darin erkannt. Lutz hatte sie erkannt. Ihre Vergewaltigung war schon so lange her, aber dieses Buch, das war ein neuer Übergriff, Rache für seine Strafe, etwas, womit sie nicht gerechnet hatte. Dadurch hielt er sie immer noch in seinem Bann.

Jetzt war die Zeit gekommen. Das Papier aufreißen. Umschlag, Titelblatt, Widmung. Eine Widmung hat er sicher reingeschrieben. Etwas Persönliches, nur für sie.

Ihre Finger zitterten.

Sie konnte es nicht.

Emma sprang auf die Füße und ließ das Päckchen fallen. Kickte es zur Seite, wie eine Handgranate, die ihr vor die Füße gerollt war. Weg, rüber zu dem restlichen Mist.

Sie konnte das Päckchen nicht aufmachen, aber sie konnte etwas dagegen unternehmen.

Endlich erreichte sie Sarah.

»Hast du nicht gesagt, du kennst einen Anwalt? Ein Schulfreund von dir?«

»Ja, der Basti, wieso? Ist was passiert?«

»Meinst du, er würde mal mit mir telefonieren? Ich habe eine Frage.«

»Ich kann ihn fragen. Emma, was ist los?«

Eine Stunde wartete sie auf den Rückruf. Wollte immer wieder das Päckchen aufreißen, das Buch aufschlagen, den Bann endlich brechen, überlegte es sich immer wieder anders – der Anwalt würde jeden Moment anrufen. Als sie erkannte, dass der Rückruf auf sich warten ließ, versuchte sie an etwas anderes zu denken. Sich abzulenken.

Das Erste, was ihr in den Kopf kam, war Felix. Der Arsch. Gegen ihn konnte sie etwas unternehmen.

Er nahm sofort ab. Er hatte ihren Anruf erwartet.

»Auf dem Platz vor dem DIN-Gebäude«, sagte sie. »In fünfzehn Minuten.«

53

Er ließ sie warten. Dreiundzwanzig Minuten.

Die Kurfürstenstraße herunter ging kein Wind, trotzdem war es kalt. Auf den offenen Platz, nur einen Block vom Büro entfernt, sollte sich eigentlich selbst im Winter ein bisschen Sonnenlicht verirren, aber heute hing ein trüber Dunst über der Stadt, und hier war es regelrecht finster. Emma wartete in der Burggrafenstraße, neben der winzigen, ummauerten Grünfläche, die den Platz zur Straße hin abgrenzte, gegen ihren Wagen gelehnt, in dicken Stiefeln und ihrer hellen Daunenjacke. Hinter ihrem Rücken das DIN-Gebäude mit seinem massigen Glasaufsatz, der immer so aussieht, als ob gerade ein Raumschiff in das Haus gekracht und da stecken geblieben wäre. Ingenieurskunst eben. Sie wandte sich um. Zwei Männer in dunkelblauen Anzügen und grauen Mänteln traten aus dem Gebäude, schlenderten über die Straße und teilten sich an dem Monolithen mitten auf dem Platz eine Zigarre. Phallussymbole, überall Phallussymbole. Eine Frau mit Kinderwagen betrachtete in aller Ruhe das ganze lange Schaufenster von Regale & Betten. Als Felix endlich die Straße runterkam, sah sie als Erstes das blöde Grinsen auf seinem Gesicht.

»Macht dir das Spaß? Mich warten zu lassen?«

»Es gibt einiges zu tun«, sagte Felix. »Du weißt schon, da oben, im Büro, wo du irgendwie zurzeit nicht willkommen bist …«

»Du warst das mit dem Plakat.«

»Was für ein Plakat?«

»Das Plakat für die Lesung. Das Buch. Oder? Du hast es in der Kantine aufgehängt, damit alle es sehen. Du hast rumerzählt, dass ich Vergewaltigungsopfer bin, dass ich in dem Buch vorkomme.«

»Glaubst du, wir haben kein Recht, das zu wissen? Profiler jagen Vergewaltiger. Das macht dich voreingenommen. Jedenfalls, solange das für dich noch so ein heißes Eisen ist. Damit gefährdest du unsere ganze Arbeit. Du kannst die Dinge nicht mehr klar sehen, und das weißt du auch. Das Schlimme ist nicht, dass ich zufällig darauf gestoßen bin, das Schlimme ist, dass du es uns verheimlicht hast.«

Das war ein Geständnis. Verkleidet als Anschuldigung. Alter Trick. Der sie leider immer noch wütend machte.

Die Ceesay ging die Kurfürstenstraße entlang, beladen mit Aldi-Tüten. Mittagspause. Unter den Bäumen der Burggrafenstraße huschte eine rote Katze vorbei und enterte mit einem Sprung die Nordseite der kleinen Grünfläche.

»Und das mit dem Kind? In der Kita? Die Beschwerde – das warst du doch auch.«

»Also jetzt wirst du wohl langsam paranoid.« Er lachte auf.

»Du grinst noch, aber ich werde alles tun, damit du wieder aus dieser Abteilung verschwindest.«

»Soll ich das jetzt ernst nehmen? Eine Drohung von einer Suspendierten?«

Der Engler fuhr in seinem silbernen Škoda Kombi vorbei und bog in die Kurfürstenstraße ein. In dem kümmerlichen Gebüsch auf der Südseite der Grünfläche saß eine schwarze Katze und beobachtete reglos die rote. Die hatte die schwarze noch nicht bemerkt.

»Du willst mich diskreditieren. Glaubst du, das kommt gut an, wenn Lutz und die Brennemann davon erfahren?«

»Hoho, Emma, jetzt kapier ich. Du bist verwanzt. Oder?« Er kicherte. »Du hast ein Mikro irgendwo in deiner dicken Jacke versteckt, und jetzt hast du mich dazu gebracht, mein Verbrechen zu gestehen.« Er lehnte sich vor und sprach laut in Emmas Kragen. »Hallo da drin! Ich bin es, Felix. Ich habe über eine Kollegin getratscht. Kommt und verhaftet mich!« Er trat einen Schritt zurück, lehnte sich an den Wagen hinter ihm. »Bildest du dir ein, du nimmst hier gerade einen Drogenboss hoch? Emma, du hast den Bezug zur Realität verloren.«

»Weißt du, warum du so ein Arsch bist? Weil du weißt, du bist nicht auf meinem Niveau. Du redest von Konkurrenz auf Augenhöhe und diesem Scheiß, aber du bist mir nicht gewachsen und den anderen in der OFA auch nicht, und deshalb gehst du unter die Gürtellinie, weil du es anders nicht schaffst. Und bist auch noch stolz darauf. Glaubst du, deine Kinder würden noch zu dir aufschauen, wenn sie wüssten, was für einen unterirdischen Scheiß du hier abziehst?«

Das Grinsen war weg. Das hatte ihn getroffen. Die Kinder, dachte Emma. Die sind seine Schwäche.

»Weißt du was, Emma? All die Scheiße hier, die dir passiert, das hast du nur dir selbst zuzuschreiben. Du erwartest von deinen Freunden, dass sie zu dir halten, aber du behandelst sie wie Dreck. Du hörst nie zu, bist ständig zu spät, aber weißt am Ende alles besser. Was meinst du, was die hinter deinem Rücken sagen? Die Leute fragen Lutz schon, warum er dich immer wieder unterstützt. Er muss Ausreden erfinden. Aber das kümmert dich nicht, nein, du kannst ohne deine Freunde leben. Ich hoffe es für dich, weil bald hast du keine mehr.«

Ein Heulen und Fauchen schallte über den Platz, als sich die schwarze auf die rote Katze stürzte. Das Kind im Kinderwagen fing an zu schreien, und die Mutter riss sich von dem Schaufenster los.

Felix schaute sie prüfend an. Überlegte, ob er noch eins draufsetzen sollte. Dann setzte er noch eins drauf: »Du willst wissen, woher ich den Namen Uwe Marquardt habe? Du hast ihn dreimal die Woche recherchiert, seit du beim LKA bist. Nicht nur den: deine ganzen One-Night-Stands auch. Vielleicht bin ich ja ein Arsch, aber wenn du die Namen deiner Liebhaber in Polizeidatenbanken recherchieren musst, dann weißt du weniger über Männer als ein Schaf über den Bauern, der es gerade fickt.«

»Woher weißt du …«

»Ich weiß auch, was du mit diesem Marquardt vorhast: Du hoffst, dass du ihn irgendwann endgültig drankriegst, stimmt's? Du stellst dir vor, es ist nur eine Frage der Zeit, bis er wieder in alte Gewohnheiten zurückfällt, und dann willst du zugreifen. Wie stellst du dir das vor? Dass du ihn allein in irgendeine Zelle kriegst und zu Tode prügelst, wenn keiner zuguckt? Weißt du, was du bist? Du bist die Kriminelle. Du bist die Gefährliche. Der da, der hat seine Zeit abgesessen. Dass du aber noch hier draußen frei rumläufst, das macht die ganze Stadt unsicher.«

Ihre Rechte schoss vor, bevor sie überhaupt einen klaren Gedanken fassen konnte oder sich daran erinnern, dass das um sich Schlagen doch eigentlich nicht zur Gewohnheit werden sollte. Ihre Hand hätte beinahe sein Gesicht getroffen, aber diesmal war er vorbereitet. Er fing sie ab, mitten im Schlag, und drehte ihr den Arm zur Seite, auf den Rücken, sodass sie in die Knie ging.

»Lern endlich, dich wie eine Kollegin zu verhalten.«

Dann war er weg. Drehte sich um und ging über den Platz, an dem blöden Monolithen vorbei, wo die Männer die Zigarre austraten. Irgendwo im Blumenbeet fauchten sich die beiden Katzen an, mit diesem tiefen monotonen Dauerfauchen, das Katzen draufhaben, wenn sie in einem Patt gelandet sind.

Als Emma endlich wieder in ihren Polo einstieg, fauchten sie immer noch.

54

Der Basti rief erst spät zurück. Netter Typ, Sarahs Freund, aber offenbar sehr beschäftigt. Emma auch. Sie hatte seit Stunden wort- und reglos in der Küche gesessen und gewartet.

»Das ist eindeutig eine Verletzung der Privatsphäre«, meinte er, als sie ihm ihr Problem geschildert hatte.

Er wollte wissen, ob sie im Buch namentlich erwähnt wurde. Das wusste sie nicht. Wie detailliert sie beschrieben wurde. So, dass ihre Nachbarn sie als die beschriebene Person erkennen könnten? Auch das konnte sie nicht sagen. »Meine Kollegen haben mich erkannt …«

»Haben Sie das Buch selber noch gar nicht gelesen?«

Emma schluckte. »Das kann ich nicht.« Und dann: »Ist das nicht Stalking? Mir so ein Buch zu schicken?«

»Ich fürchte, dazu braucht es schon etwas mehr als das.«

»Wie bitte?« Emma fühlte, wie sich alles in ihr zusammenzog. »Das ist doch übergriffig, das ist doch eine Drohung. Oder nicht?«

»Haben Sie das Päckchen überhaupt schon aufgemacht?«

»Ich kann nicht«, gab sie zu. Kleinlaut. »Ich bin sicher, es steht eine Widmung drin, aber ich …«

»Na, das ist doch gut. Wenn er eine Widmung reingeschrieben hat, könnten wir versuchen, das als Drohung auszulegen. Es muss aber mehr da stehen als nur freundliche Grüße. Und wir müssen wissen, wie Sie im Buch dargestellt werden. Dafür müssen Sie das Buch leider lesen, bevor ich tätig werden kann. Das kann ich Ihnen dummerweise nicht abnehmen.«

Emma legte auf. Stützte den Kopf in die Hände. Ihre Hände zitterten. Sie blieb so lange sitzen, bis sie wusste, dass sie nicht mehr konnte: es noch länger vor sich herschieben, sich einreden, dass das Buch irgendwann von alleine aus ihrem Leben verschwinden würde.

Sie stand auf. Ging ins Wohnzimmer. Nahm das Päckchen in die Hand. Stand da, mitten im Raum, und riss es auf.

Da war er. Wie sie ihn schon auf dem Plakat zu seiner Buchpräsentation gesehen hatte. Diese grinsende Fratze.

Läuterung. Meine lange Reise zu mir selbst von Uwe Marquardt.

Sie zwang sich, tief durchzuatmen. Schlug es auf. Blätterte hektisch durch die ersten Seiten. Da. Die Widmung. In seiner schönen, akkuraten Handschrift.

Für dich.

Ihre Hände waren feucht.

Ich bin …

Sie klappte es zu. Das Herz schlug ihr bis zum Hals. Sie biss sich auf die Lippe. Schlug das Buch wieder auf.

Ich bin das Messer, du bist das Fleisch.

In Liebe, Uwe.

Ohne, dass sie etwas dagegen tun konnte, war alles wieder da, schärfer als zuvor, klarer als zuvor, der Vorhang der Zeit war weggerissen, sie hörte seine Stimme, glasklar, sie spürte seinen Atem, wie das harte Bett, an das sie gebunden war, sich bewegte, als er draufstieg und zu ihr kam, der präzise, schneidende Schmerz der Klinge an ihrer Haut, dieser Blick, bohrend, gierig, verächtlich, die Stimme, dunkel, lusttrunken: *Sprich mir nach.*

Das Buch fiel zu Boden. Sie schaffte es gerade noch zum Klo, bevor sie sich übergab.

Sie tastete nach der Narbe hinter ihrem Ohr. Das waren seine Worte gewesen. *Sprich mir nach: Du bist das Messer, und ich bin das Fleisch,* hatte er in ihr Ohr geflüstert, während er ihr das Messer in die Haut drückte.

Und sie hatte es getan.

Sie wusch sich das Gesicht und ging zurück ins Wohnzimmer. Raffte den ganzen Krempel zusammen, der aus dem offenen Schrank quoll. Stopfte alles in einen großen blauen Müllsack. Das Messer. Die Akten. Sein Buch.

Etwas fiel aus den Seiten und segelte zu Boden.

Zwei Fünfhundert-Euro-Scheine.

Sie landeten direkt vor ihren Füßen.

Dieser Arsch. Was sollte das? War das Schmerzensgeld? Wollte er Vergebung? Das hatte er im Fernsehen schon mal gesagt. Sollte das ihr Preis sein? Sie raffte die Scheine vom Boden und warf sie in den blauen Müllsack. Verschloss ihn mit einem dicken Knoten. Ließ sich aufs Sofa fallen und betrachtete den Sack feindselig.

Wann hörte das auf? Wann vergisst man? Wann verschwand er endlich aus ihrem Leben? Aus ihrem Kopf? Dieser Anwalt war nutzlos. Keiner würde etwas tun. Und dieser Arsch, Felix: Uwe wäre der unbescholtene Bürger und sie, Emma, die Kriminelle. Niemand würde ihr helfen. Sie musste es selbst tun.

Ihm gegenübertreten, ohne Angst, ohne zu zittern, ohne zu fliehen, ihm die Stirn bieten, ihm begegnen und ihn besiegen. Gib es zu: Alles, was du getan hast in den letzten sieben Jahren, diente allein dazu, dich darauf vorzubereiten. Jetzt ist es so weit. Du bist jetzt die mit der Waffe. Wovor hast du Angst?

Sie stand auf. Ging in die Küche und trank ein Glas Wasser. Langsam. Dann ins Schlafzimmer. Öffnete den Kleiderschrank. Dort, auf dem Boden, ein kleiner Tresor, der Waffenschrank. Dem entnahm sie ihre Zweitwaffe, eine Heckler & Koch P8 9 mm. Dann schnappte sie sich ihre Jacke und ging runter zum Auto.

Nach Mitte. Unter den Linden, über die Spree, am Alex vorbei, weiter. Münzstraße. Dann in die Alte Schönhauser. Ganz langsam. Sie hielt vor Nummer 14. Gegenüber: Nummer 48.

Gründerzeit, fünfstöckig, imposant saniert, Klinkerfassade, mit cremefarbenen Verzierungen verblendet. In der Wohnung rechts oben, vierter Stock, kein Licht. Dunstiges Novemberwetter, es wurde langsam dunkel. Die Autos Schritttempo, die Straße eng. Junge Leute schlenderten vorbei, blieben an jedem Schaufenster stehen. Das Haus, in dem Uwe Marquardt lebte, war dunkel und still.

War er überhaupt daheim? Oder eher auf einer Tagung irgendeiner Stiftung zur Prävention von Jugendkriminalität oder so. Weißwein in der Hand, Smalltalk, ein paar Anekdoten aus dem Knast, bisschen Bussi, bisschen »Und wie war Sylt?«.

Jetzt. Geh hin und klingele. Klingele, klingele, klingele. Vielleicht ist er doch da. Droh ihm. Zeig deine Dienstmarke. Zeig deine Heckler & Koch. Sag ihm, wenn er je wieder mit dir in Kontakt tritt, wenn er je wieder seine eklige Fratze zeigt, wenn du ihn je wieder siehst, machst du ihn so fertig, dass er bereut, dich jemals gekannt zu haben. Sag ihm, dass du ihn sein Leben lang verfolgst, immer die Waffe im Anschlag, sag ihm, dass du seinen Namen an jeden Beamten der Stadt gibst, die werden ihn schikanieren, bis er so fertig ist, dass er das Haus nicht mehr verlassen kann, oder bis er einen Fehler macht, und deine Heckler & Koch geht wie von selbst los, und dann liegt er zu deinen Füßen wie ein Häufchen Dreck und winselt um Vergebung. Sag ihm das.

Emma stieg aus dem Auto. Schloss ab. Überquerte die Straße. Nieselregen jetzt, sie ließ einen Volvo vorbeifahren. Ging zur Haustür. Fand die Klingel. Uwe Marquardt. Vierter Stock.

Sie überraschte sich selbst. Sie klingelte.

Sie klingelte noch mal. Ein drittes Mal.

Eine Stimme. Fragend.

»Polizei. Machen Sie auf.«

Die Haustür summte. Emma stieg die Treppen hinauf. Immer schneller. Nicht langsamer, sondern schneller. Oben im vierten Stock stand eine Tür offen. Das konnte sie sehen, als sie die letzten Stufen hochkam. Da stand jemand. Wer das war, sah sie, als sie vor der Tür stand: eine Frau.

Blond. Hübsch. Große Ohrringe. Dunkles Kleid mit weißem Kragen, figurbetont, Stiefel, teure Frisur, teurer Lippenstift. Gesicht bisschen eckig, Nase bisschen stupsig. Sie hatte diese leicht spröde Art, die manche Männer mögen. Feine Lippen und große Augen. Blaue Augen.

Wie Emma selbst. Aber jünger. Etwa in dem Alter, in dem Emma war, als sie Uwe kennenlernte.

Emma drängte sie beiseite, schritt an ihr vorbei, drang in die

Wohnung ein, eine Hand in der Tasche, die Finger um den Griff ihrer Heckler & Koch.

»Wo ist er?«

»Was wollen Sie, wer sind Sie?«

»Wo ist er? Holen Sie ihn!«

»Er ist nicht hier, ich bin allein. Was wollen Sie? Entschuldigen Sie mal!«

Emma antwortete nicht, ging durch den Flur ins Wohnzimmer, lauter weiße Möbel, weiße Stereoanlage, weißer Fernseher, silberne Deckenlampen; ins Arbeitszimmer, aufgeräumt, viel Holz, poliertes dunkles Holz, Whiskygläser, lederner Lehnstuhl, antiker Schreibtisch; ins Schlafzimmer, rundes Bett, dicker himmelblauer Teppich, aufgeräumt, Wandschränke, Spiegel über dem Bett.

»Er ist nicht hier. Können Sie einfach ...?« Sie stand hinter ihr im Flur. Zartes Stimmchen, leicht piepsig. »Ich will Ihren Ausweis sehen.« Emma fragte sich, ob sie auch so naiv geklungen hatte damals.

»Schlägt er dich?«

Das Mädchen wusste nicht, was es antworten sollte.

»Zwingt er dich, so zu tun, als ob er dich vergewaltigt? Fesselt er dich ans Bett? Benutzt er ein Messer? Musst du flehen? Musst du betteln? Will er das? Tust du das für ihn? Musst du ihm sagen: ›Du bist das Messer, und ich bin das Fleisch‹?«

Als das Mädchen zu schreien begann, ging sie. Genug. Sie hatte genug. Das spürte sie. Es war nicht befriedigend gewesen – Uwe Marquardt ein Messer in den Bauch zu rammen, das wäre befriedigend. Aber von dem Mädchen, von der leeren Wohnung, in der sich Uwe Marquardt nicht befand, davon hatte sie genug. Das Wissen, dass sie es getan hatte, dass sie die Wohnung tatsächlich gestürmt hatte, bereit, ihm von Angesicht zu Angesicht gegenüberzustehen, reichte ihr.

Sie ließ den Motor ihres Polo an und fuhr langsam bis zur Ecke.

Noch hatte sie nicht ganz die Kontrolle über ihre zitternden Hände zurück. Sie wollte schon abbiegen, als ihr der BMW entgegenkam. 4er Coupé, silbern. Er war schon fast an ihr vorüber, im Dunkeln, als sie erkannte, wer am Steuer saß.

Im selben Moment erkannte Uwe auch sie. Er hielt an.

Emma erstarrte. Dieses Grinsen in seinem Gesicht. Er ließ das Fenster runter. Nickte ihr zu. Sagte etwas. Etwas Freundliches, dachte sie. So kam es ihr vor. Aber sie hörte nichts. Alles brannte. Sie war nicht mehr sicher, ob sie an der Ampel stand, ob die Ampel grün war, ob gerade jemand vor ihr über die Straße ging, sie trat aufs Gas. Der Motor soff ab.

»Wolltest du zu mir?«

Sie schaute ihn nicht an, doch sie hörte seine Stimme. Sie drückte und drehte und trat auf die Pedale, das Auto startete, soff wieder ab.

»Du weißt, meine Tür steht immer für dich offen.«

Die Waffe. Ihre Zweitwaffe. Ihre Heckler & Koch. Sie lag in ihrer Tasche auf dem Beifahrersitz. Nur eine Armlänge entfernt. Sie könnte einfach danach greifen. Er wäre nicht zu verfehlen.

Aber sie konnte nicht mal ein Auto starten.

Emma drückte und trat und drehte.

Er machte Anstalten, auszusteigen.

Endlich sprang das Auto an. Erster Gang. Es sprang vor, in die falsche Spur, egal, keiner da. Sie trat aufs Gas, lenkte in die richtige Spur, war schon bei fünfzig, als sie die nächste Ampel erreichte. Rot. Sie hielt nicht an. Sie bog um eine Ecke, noch eine, streifte beinahe eine Laterne, dann erst schaute sie in den Rückspiegel. Er war nirgends zu sehen.

55

Weg, nur weg. Fuß aufs Gas. Schnell, viel zu schnell. Das Blut rauschte in ihren Ohren.

Sie musste tief durchatmen, drei-, viermal, dann erst schaffte sie es, das Lenkrad ruhig zu halten. Das war, kurz bevor sie die Köpenicker Straße erreichte. An der Eisfabrik vorbei, inzwischen abgesperrt. Zwei Häuser weiter, auf einem Hof aus gesprungenem Asphalt und wucherndem Unkraut parkte sie. Atmete tief ein, beruhigte sich. Eine gute Viertelstunde, bis sie bereit war.

Endlich zog sie das Handy aus der Tasche. Wählte, drückte auf Auflegen. Dreimal. Dann ließ sie es klingeln. Er ging ran.

»Hör mal, Johannes«, sagte sie, so ruhig sie konnte. »Es geht heute Abend doch nicht.«

»Klar. Ich bin nicht dumm. Um sechs ist eine Weile her.« Die Verletztheit, die in seiner Stimme mitschwang, gab ihr einen Stich. »Ich habe eine Reservierung gemacht. Die ist jetzt verfallen.«

»Es ist was passiert«, brach es aus ihr heraus. Ihre Stimme zitterte, sie wollte das nicht. Sie wollte ihm alles sagen. Dafür sind Männer doch da, oder? Die breite Schulter. Schutz. Zuversicht. Zu Hause. Wo man alles loswerden kann. Vergessen. Von besseren Zeiten träumen.

»Emma, bist du okay? Was ist passiert?«

Sie wollte ihm alles sagen. Alles. Stattdessen sagte sie: »Bei der Arbeit … ist was passiert. Ich bin noch hier. Ich kann nicht weg. Es wird spät. Ich ruf dich wieder an, ja?«

Stille. Er schien nicht zu wissen, wie er reagieren sollte. Ob sie seine Unterstützung brauchte oder ob sie ihn noch mal auflaufen ließ, wenn er jetzt Teilnahme zeigte, all das wusste er nicht.

Es war ihm egal.

»Soll ich vorbeikommen, dich abholen?«

Er würde es tatsächlich tun. Immer noch. Emma schluckte. Schloss die Augen und stellte sich vor, Ja zu sagen. Stellte sich vor, ein normaler Mensch zu sein. Jemand der eine Hand ergriff, wenn sie ihm gereicht wurde. Jemand, der glücklich sein durfte, selbst im Unglück. Tränen stiegen ihr die Kehle hoch, und sie hasste ihn, hasste sich dafür.

Sie war dieser Mensch nicht.

»Emma?«

Sie legte auf.

Sie stieg aus und lief ein paar Häuser zurück, durch die kalte Nacht, zum Köpi. Der Regen hatte aufgehört. Das war es, was sie jetzt brauchte. Apokalypse. Na ja, so wie Touristen sich die Apokalypse vorstellen.

Der sandige Hof hinter dem schiefen Stahltor war mit Unkraut und Bierflaschen übersät. Rechts und links knorrige Bäume, weiter hinten ein Camp aus aufgebockten Bauwagen, Holzstapeln, Schuppen und Zelten. Ein paar Hunde und Kinder rannten durch die Dunkelheit, lärmten um die Wette. Der Köpi, Berlins bekanntestes besetztes Haus. Vor dem Hauptgebäude brennende Ölfässer, rundherum Trauben von Punks und Obdachlosen, aus der Dunkelheit schwebten Stimmen zu ihr herüber, Flüche, rotzige Sprüche, aufgeplustertes Geschimpfe, Gelächter, von woher, konnte sie nicht feststellen. Die Wände ohne Putz und Farbe, kaputte Fenster, Graffiti, Müll. Unter ihren Füßen knirschten die Scherben.

Sie marschierte an den Punks und Aussteigern und Säufern und Obdachlosen vorbei, an den Hübschen, den Hässlichen und den Halbtoten, legte zehn Euro hin, ließ sich den Handrücken stempeln, trat durch die schwere Stahltür, links in den großen Gang, an der Bar vorbei, an dem Tisch mit den T-Shirts vorbei, an dem knutschenden Paar, dem kiffenden Paar, dem streitenden Paar vorbei, mein Gott, die sehen alle gleich aus und stinken auch alle, von diesem Zeug, was sie sich in die Haare schmieren, das ist eine Pest, nur in Berlin glaubt ein Achtzehnjähriger, es wäre noch cool, Punk zu sein, auszusteigen, abzustürzen, auf der Straße zu leben, ganz authentisch, statt sich fürs System zu prostituieren. Das Mädchen da, fünfzehn vielleicht, ihre Haut jungfräulich, ohne Tattoo, die fand das alles noch cool, um sie herum lauter authentische, tätowierte Punk-Obdachlose um die dreißig, die ihr das echte Leben zeigen und ihr gleich auch in die Hose wollten. Auch die ließ Emma hinter sich. Weiter hinten, durch den Vorhang, zum großen Saal, immer der dröhnenden, treibenden, hysterischen Musik entgegen.

Kaum Licht hier. Die Band störte das nicht. Das angekündigte Konzert hatte noch nicht angefangen, bis dahin durften Dilettanten auf die Bühne, wie diese kleine Band, genauso laut und schlecht gelaunt wie die großen. Das reichte ihr: Laut und dumpf und aggressiv, mehr wollte sie nicht.

Die Musik umfing sie. Sie tauchte in die Menge ein. Ab und zu lief eine Welle durch die Tanzenden, sie rempelten sich gegenseitig an, möglichst heftig, möglichst überraschend, die Kunst war, nicht umzufallen und die Welle weiterzutragen. Emma stieß, sie stampfte, sie tanzte, sie schüttelte sich, sprang herum wie ein Derwisch, immer dem schnellen Rhythmus hinterher, bis sie nicht mehr wusste, wo sie war, wer sie war, warum sie war.

Mehr wollte sie nicht. Nur das, sonst nichts.

Die Zeit vergessen. Mal mit offenen, mal mit geschlossenen Augen. Trotzdem merkte sie, wie die Punks sie anstarrten. Sie trug Jeans, dicke Stiefel, einen weißen Pulli. Keine Tätowierungen, keine Nieten, kein kahlgeschorener Kopf, keine Nadel durch die Nase. Emma war nicht cool, sie war C&A. Dafür trug sie eine Waffe in der Tasche. Die Punks konnten sie am Arsch lecken.

Wütend, zornig tanzte sie, und irgendwann fing sie an zu fluchen. Und zwar laut. Felix verfluchte sie, Lutz und die Brennemann verfluchte sie, Männer allgemein, sich selbst auch, ihre dumme Sehnsucht, ihre beschissene Feigheit, dann die Welt, und ihren Vergewaltiger, Arschloch und Fuck und Scheiße, verdammte, konnte sie ja keiner hören in der Musik, direkt vor den Lautsprechern, und im Dunkeln konnte niemand sehen, dass sie weinte.

Bis auf den Langen, der mittanzte.

Er tanzte immer näher an sie heran, so nah, dass er quasi mit ihr tanzte, Pogo als Paartanz, das war schon komisch, oder? Er grinste sie an. Ein Punk über dreißig, aber so glatt wie ein Dreizehnjähriger, hatte eine geile Maus erblickt, tanzte sie an, glaubte, das wäre sexy, schon seine Nähe würde sie überzeugen, dass sie ihn heute Abend brauchte, dass sie es heute Abend brauchte, warum sonst war die Braut hier? Er tanzte näher, öffnete die Arme, berührte sie.

Ihre Faust schoss ihm entgegen wie ein Katapult. Sie traf ihn im Gesicht, an der Nase, an der Oberlippe. Sie spürte, wie etwas nachgab. Sie hörte kein Knacken, dafür war es zu laut, aber sie spürte es. Er ging zu Boden. Er versuchte nicht mal, auf den Beinen zu bleiben.

Sie stieg um ihn herum, ging quer durch den Saal zur Tür, an den anderen vorbei, ruhig jetzt. Man machte ihr Platz, schaute ihr nach. Es gab Kommentare, »He« und »Wow« und »Was soll das?«. Emma nahm sie nicht wahr. Es war zu laut, und es war egal. Sie schritt durch den Gang nach draußen, es war kalt und dunkel, zum Auto, ließ sich hinter das Lenkrad fallen, zog sich den dicken Pulli über den Kopf, atmete aus. Saß da im Unterhemd.

Langsam beruhigte sich ihr Herz. Sie spürte den leichten Nachtwind, den Schweiß im Nacken, unter den Brüsten. Aber das war der gute Schweiß, der frische Schweiß, der aus Lust und nicht aus Angst entsteht. Sie wusste wieder, wer die Regie in ihrem Leben führte.

Und dann fiel ihr ein, was sie zu tun hatte.

Sie lächelte.

Kramte in ihrer Tasche. Hier, Notizblock, Handy. Sie schickte eine SMS. Ging schnell. Falls er schon schlief, musste er ja nicht rangehen. Sie ließ den Motor an. Raus aus der Köpenicker Straße, über den Spreekanal und an den aufgereihten Hochhäusern der langen, trostlosen Leipziger Straße entlang, am ersten Tatort vorbei, über den bunten Potsdamer Platz, hinein in ihren Schmuddelbezirk. Das Licht von Berlin in den paar Stunden vor Mitternacht, ein schmutziges Orange, das jede andere Farbe schluckt, kalt wie elektrisches Kaminfeuer. Die olle Potsdamer Straße lang, an einer gelangweilten Hure mit Engelsflügeln auf dem Rücken vorbei. Gleich zu Hause.

Auch gut.

Es piepste. Er hatte geantwortet. Mitten auf der Kreuzung schaute sie auf den kleinen Bildschirm. Kein Text, nur eine Adresse: Strausberger Straße, das war in Friedrichshain. Drunter ein Name: Georg Wallner.

So hieß also der Unbekannte von dem Parkplatz unter der Brücke.

Sie wendete den Wagen.

56

Emma erwachte mit dem Gefühl, dass etwas schiefgegangen war.

Rundum kein Laut. Dunkel, vollkommene Stille.

Sie fuhr hoch: die Arbeit. Sie tastete nach dem Wecker. Wie spät? Der Wecker war nicht da.

Neben ihr im Bett: der Fremde.

Er schlief noch. Dunkles Haar auf weißem Kissen. Ein Handgelenk ans Bett gebunden. Sie wusste wieder, wo sie war. Georg hieß er, Friedrichshain, Strausberger, Abschnitt 51. Der Wecker: Er war auf seiner Seite des Betts. Kurz nach vier. Was hatte sie bloß vergessen?

Sie betrachtete den Unbekannten. Er könnte alles sein. Wieso könnte? In ihm steckte auf jeden Fall das Potenzial zu einem Psychopathen. Das hier, das durfte nicht wieder vorkommen.

Zeit zu gehen.

War das ihr Schal? Sie befreite ihn vorsichtig, ohne ihn zu wecken.

Leise kletterte sie aus dem Bett. Trat beinahe auf die Rotweinflasche, die sie gestern geleert hatten. Aua. Konnte kaum gehen. Zu viel Sex. Wie oft? Konnte sich nicht erinnern. Fühlte sich wie unter Wasser, tief unten, als ob sie nicht zu schnell auftauchen durfte.

Sie wanderte durch seine leere, kühle Wohnung.

Neubau. Einbauschränke, viel Holz, viel Glas, alles blank. Schick. Und irgendwie nach Maß. Monochrome Fotos an den Wänden. In den Regalen Autobiografien von Politikern und Wirtschaftsbossen. Eine teure Uhrensammlung, Schnickschnack von Playboy, Porsche, Manufactum. Ein erfolgsorientierter Mensch. Kein Schreibtisch, keine Arbeitsecke, kein Computer mit Drucker und Kabelsalat. Ein Mann, der Arbeit und Privatleben säuberlich trennte. Auch keine Familienfotos. Hatte er die schnell weggeräumt, bevor sie klingelte?

Sauber alles, zu geleckt. Zu unpersönlich. Die Statussymbole teuer, aber nur das Übliche, kein eigener Geschmack, keine kleinen persönlichen Obsessionen. Überhaupt nichts Persönliches. Das war ein Mann, auf der Suche nach einem Selbst. Oder ein Mann, der sein Selbst versteckte.

Viel Platz. Parkett, alles nahtlos ineinander übergehend, verführerisch glatt. Stilvoll. Oder behindertengerecht. Eher stilvoll. Emma nahm Anlauf und schlitterte auf ihren Socken einmal quer durch den Flur direkt ins offen stehende Bad hinein. Am Waschtisch vor dem Spiegel fand sie Frauenkosmetik. War ja klar. Und ehrlich gesagt, war es besser so. Das machte es leichter, nicht wiederzukommmen. Sie klatschte sich kaltes Wasser ins Gesicht und blickte sehnsüchtig auf die luxuriöse geräumige Dusche mit ihrem Regenwasserduschkopf. Jetzt da drunterstehen, eine halbe Stunde, und alles wegspülen …

Sie sollte wirklich gehen.

Eine Minute später stand sie unter der Dusche.

Als sie sich einschäumte, kehrte die Erinnerung an die letzten Stunden wieder. Scham und Lust überrollten sie gleichermaßen. Sie wollte es wieder und wollte es nicht. Da stand er auch schon in der Tür. Trat wortlos zu ihr unter den warmen Regen. Ein, zwei Schritte nur und drängte sie an die Wand. Ließ sie nicht gehen. Hob ihre Hüfte an, drang von hinten in sie ein. Als könnte er Gedanken lesen. Es tat nur ein bisschen weh. Sie war schon wieder feucht.

Als ob sie sein Spielzeug war. Überall, jederzeit bereit. Warum auch nicht? Einmal die Kontrolle verlieren, sich hingeben, sich völlig gehen lassen? Wann war das letzte Mal, dass sie das getan hatte?

So lange war das gar nicht her.

Letzte Nacht. Bedrängt hatte er sie, seine Lust hart an der Grenze zur Gewalt, seine Hände wie Fesseln um ihre Arme, bis ihre Erregung in Angst umschlug, in panische Angst wie Galle im Mund, bis sie ihn überwinden konnte, sich losmachte, seinen Arm hinter seinen Rücken zog, dass er im Schmerz von ihr abließ, dann fand er sich gebunden wieder, hilflos, bettelnd, wie sie schließlich mit ihm spielte, ohne Angst und ohne Scham, wie er ihr ausgeliefert war, um Erlösung bettelte. Hin und her. Von Angst bis Wut. Die Kontrolle abgeben, nein: sie verlieren, wiedergewinnen und alles wieder verschenken, das war eine Lust, eine verbotene Lust, die sie sich seit Jahren nicht mehr erlaubt hatte, aber mit ihm, da hatte sie es getan.

Sie erinnerte sich noch an den Moment gestern Nacht, den genauen Moment, in dem sie glaubte, es wäre vorbei. Gleich am Anfang war das gewesen. Ganz in sich war sie, ganz in ihren Gedanken, ihr Körper da draußen, unter ihm, reglos oder fast reglos, nicht mehr unter ihrer Kontrolle, sondern unter seiner, ganz weit weg, und sie war allein, in ihrem Kopf, und wartete, was mit ihr da draußen geschah.

Das war's. Hatte sie gedacht. Zu spät. Selber schuld.

Mein Überleben muss mich nicht mehr kümmern. Oder meine Prinzipien. Nicht mehr mein Ding. Das macht er jetzt. Ist auch besser so. Er macht das gut. Er fickt sie mir aus dem Kopf. Langsam. Entschieden. Es funktioniert. Angeber.

Ist das schlimm? Ist das schlecht? Wer bin ich ohne meine Sorgen? Ohne Narben? Ich muss weinen. Kann aber nicht. Augen verbunden, in meinen Ohren rauscht das Blut. Warum hat Uwe das Messer genommen? Warum? Er hätte mich auch so haben können. Er hätte mich nur küssen brauchen. Er hätte mich verführen können. Wenn er gewollt hätte. Er wollte was anderes. Der hier küsst mich. Und benutzt mich. Er weiß, dass er gewonnen hat. Er macht alles mit mir, was er will. Ich weiß nicht, was er als Nächstes tut. Mir egal. Er zerfällt in viele, viele Männer. Jeden einzelnen, den ich je hatte. Und jeden, den ich nicht hatte. Alle Männer dieser Welt. Alle ficken mich. Alle wollen mich. Und ich verschenke mich. An alle. Die sonst nicht mit mir reden. Die mich übergehen. Die Angst vor mir haben. Die mich begehren. Matze, Lutz, Felix, Johannes, den Postboten. Alle. Heute geb ich einen aus.

Er mag es, dass ich es mag. Er mag, dass ich etwas tue, was ich nicht mögen sollte. Das ist ein Triumph für ihn. Das ist schmutzig und kaputt, aber ich kann nicht damit aufhören. Ich dachte, ich könnte. Gerade ich. Aber das ist meine Sache. Die letzte, die mir gehört. Das wird mir keiner nehmen. Lass ihn gewinnen. Ergib dich und sei dankbar. Er erweist dir einen Dienst. Es ist egal.

»Wie spät ist es?«

»Keine Ahnung. Interessiert mich nicht.«

Sie rammte ihm einen Ellenbogen in den Bauch. »Wie spät ist es?«

»Ist doch egal.« Er griff fester zu. »Zu spät für dich.«

Doch die Stimmung war hin. Sie wand sich in seinen Armen. Er hielt sie fest. Es tat weh.

Es war hell draußen. Also mindestens sieben, halb acht. Ihr Handy hätte um zwei Uhr morgens klingeln, sie wecken sollen. Es hatte nicht geklingelt. Ihr Sicherheitsdienst hatte nicht angerufen. Hatte nicht das Codewort verlangt. Was war das Codewort noch mal? Es gab keins. Sie hatte den Sicherheitsdienst gar nicht bestellt.

Das war es, was sie vergessen hatte.

Das war ihr noch nie passiert.

Sie hatte sich gehen lassen.

»Lass mich los!«

Wo war eigentlich ihre Waffe? Die Heckler & Koch? Sonst ging sie nie zu einem Mann, ohne den Sicherheitsdienst zu informieren, ohne eine Waffe in der Tasche, neben dem Bett, immer griffbereit. Wo war sie?

Jetzt wusste sie es wieder: Sie hatten sie benutzt. In der Nacht. Wie ein Spielzeug. Einmal hatte sie sie in der Hand, einmal er. Spielen, es war nur ein Spiel. Oder? Mein Gott, wollte sie sich selbst umbringen? Umbringen lassen? Wollte sie das? Wollte sie sich in die Gewalt eines fremden Mannes begeben, war das der Grund, warum sie hier war?

Sie zwang sich, noch einmal ans Schlafzimmer zu denken. Sich in Gedanken dort umzusehen. Wo hatte sie die Heckler & Koch hingelegt? Auf dem Nachttisch an ihrer Seite war nichts gewesen.

Weggeräumt hatte sie sie auch nicht, daran würde sie sich erinnern. Im Bett würde sie sie nicht liegen lassen. Wenn dieser Georg sie nicht versteckt hatte, müsste sie jetzt auf seinem Nachttisch liegen. Und er war gefesselt gewesen. Emma wurde ruhig. Sie ließ ihn machen, sie spürte, wie er das merkte, darauf einging, ihre Resignation genoss.

Dann, mit einer einfachen Bewegung, fast spielerisch, entwand sie sich ihm. Sie drehte sich, wollte raus, raus aus der Dusche.

Doch er war schneller. Er stemmte beide Arme an die nasse Wand seitwärts von ihr und schuf ihr einen Käfig. Er lachte, als sie versuchte, nach rechts und links auszuweichen, ging einfach mit. Ein lebender Käfig. Größer als sie, stärker als sie. Und sehr, sehr entschieden. Er lachte, aber er gab nicht nach.

»Du kommst hier nicht mehr weg, du kleines geiles Stück.«

Er würde sie wirklich nicht gehen lassen.

Das kannte sie schon. Der Mann, der sie nicht gehen ließ. Er lächelt dabei, man weiß nie, ob er es ernst meint oder nicht, so charmant und doch bestimmt – es ist leichter, ihm einfach zu vertrauen, während er dich anbindet, dich fesselt, dich knebelt, deinen Willen bricht, dir deine Hoffnung raubt, dich Verzweiflung lehrt, dein Winseln, dein Betteln nicht hört, braucht er auch nicht, er ist größer, er ist schneller, er ist entschlossener, er weiß, was er will, und du nicht, gar nicht, doch, wegkommen, nur weg, aber dafür ist jetzt zu spät, daran hättest du früher denken müssen, jetzt ist es zu spät, genau wie er es sagt, mit dieser Stimme, mit dieser dunklen, selbstverliebten Stimme.

Du kommst hier nicht mehr weg.

Zielen, dachte Emma. Was ist das Ziel? Wie weit ist es entfernt? Was hindert dich? Was steht dir im Weg? Was hat Lutz dir beigebracht? Es ist ein Prozess. Du musst das Ganze sehen. Deinen Teil darin annehmen. Mach dir nichts vor. Bleib klar. Keine Gefühle. Zorn. Panik. Angst. Empörung. Das waren jetzt ihre Feinde.

Doch ihre Knie wurden weich. Sie konnte sich nicht mehr auf den Beinen halten. Es gab nur einen Weg: nach unten.

Na gut.

»Du willst spielen?«, sagte sie heiser. Lehnte sich zurück, sie lachte, sie rutschte mit dem Rücken zur Wand langsam hinab, und dann nahm sie seinen Schwanz in den Mund. Schmeckte Seife und sich selbst. Georg entspannte sich, vergaß seine Zielstrebigkeit. Irgendwie beeindruckend, wie viel Energie der Mann in seine eigene Lust investierte. Sie schenkte ihm ein, zwei Minuten. Während sie ihren Fluchtweg kalkulierte. Zur Seite abtauchen, raus, Badezimmertür hinter sich zuschlagen. Nicht ausrutschen.

Und bevor er seinen Höhepunkt erreichen konnte, tat sie es auch.

Bis er ihr aus dem Duschbereich hinterherlaufen konnte, war sie schon im Schlafzimmer. Da lag sie: ihre Heckler & Koch. Ganz offen, auf seinem Nachttisch. Nein, tat sie nicht. Scheiße, wo war sie? Das war die einzige Möglichkeit. Nein, es gab noch eine. Georg hatte sie schon fast erreicht, als sie sich bäuchlings quer über das Bett warf, als wollte sie spielen. Er warf sich auf sie, umfasste ihre nassen Beine, ihren Po. Kniete sich hinter sie. Sie zog sich mit beiden Händen an die Bettkante, ließ den Kopf hinabhängen und sah die Pistole.

Da, unterm Bett lag sie. In Griffweite. Bevor er erneut in sie eindringen konnte, hatte sie sich über die Kante gerollt, die Waffe ergriffen und auf ihn gerichtet. Er zog sich langsam vom Bett zurück.

Ohne ihn aus den Augen zu lassen, erhob sie sich. Näherte sich ihm. Griff sich mit einer Hand ihre Kleidung und Tasche vom Boden. Was sie gerade in die Finger bekam.

»Tritt zur Seite, ich gehe.«

Er trat nicht zur Seite.

Einhändig stieg sie in ihre Jeans. Ohne Slip. Er bewegte sich nicht. BH ging nicht mit einer Hand. Also auch kein BH. Für den

Pulli hätte sie ihn einen Moment aus den Augen verloren, also kein Pulli. Jacke ging, Schuhe auch, fertig. Restliche Klamotten und Tasche in der Linken, ihre Heckler & Koch in der Rechten.

Er bewegte sich nicht. Doch. Jetzt. Er breitete langsam die Arme aus und blockierte die ganze Tür.

»Lass mich durch.«

Er grinste nur.

Emma drückte ab.

Der Knall füllte das kleine Zimmer. Die Patrone schlug in den Türrahmen ein, direkt über seinem Kopf. Georg ging zu Boden, Hände überm Kopf, zusammengekrümmt. »Verdammte Scheiße!« Er rollte sich weg von ihr, so gut er konnte. »Spinnst du?«

Sie trat über ihn hinweg, schritt durch die Wohnung, Klamotten und Tasche in der Linken, Pistole in der Rechten, zur Tür und hinaus, dann schnell, ohne zurückzuschauen, die Treppen runter, raus hier.

Erst auf der Straße, halbnackt, im Laufschritt die Jacke schließend, fragte sie sich, was das gerade gewesen war.

Fing sie an durchzudrehen?

57

Vier Uhr morgens, bald halb fünf. Sie musste dreimal klingeln, bis die Stimme der Brennemann aus der Sprechanlage drang: »Ich hoffe, Sie sind ein Einbrecher oder Kidnapper oder sonst was, denn ich schieße gleich.«

»Sie haben auch mitten in der Nacht bei mir geklingelt, ich darf das jetzt«, sagte Emma.

Schweigen. Emma wartete. Dann ging die Tür auf. Es war nicht weit. Erdgeschoss.

Die Wohnung selbst sah sie nicht. Nur den Flur – Telefon, Telefontisch, Wandspiegel – und die Küche: sauber, neu, effizient, kein Gusseisen, kein Kupfer, kein Schnickschnack. Da wartete die Brennemann auf sie. Sie stand neben der Kaffeemaschine. Ihr Morgenmantel umfing sie nicht mehr ganz. Eine Hand auf die Küchentheke gestemmt, eine Hand im Rücken. Ungeschminkt sah sie noch bedrohlicher aus als mit Make-up. Es war wirklich sehr früh. Sie sagte nichts. Sie wartete. Hoffte offenbar, dass es schnell gehen würde. Als Emma sich dann an den Küchentisch setzte, ahnte die Brennemann wohl, dass ihre Hoffnung vergeblich war. Auf der Küchenzeile neben dem Kühlschrank stand die Kaffeemaschine. Filterkaffee. Die Glaskanne war noch halbvoll. Die Brennemann goss sich eine Tasse ein und stellte sie in die Mikrowelle.

Emma wusste nicht, was sie sagen wollte. Nur dass sie jetzt irgendjemanden sehen musste. Als sie geklingelt hatte, hatte sie gedacht, dass sie alles rauslassen würde, alles. Aber nun, als die Brennemann sich mit einem tiefen Seufzer niederließ, wusste sie, dass sie ihrer Chefin nicht alles sagen konnte.

»Ich muss mit jemandem reden.«

»Gott sei Dank. Ich dachte schon, Sie wollten sich Geld leihen.«

»Waren Sie je in einer Beziehung, die das Schlimmste in Ihnen hervorgebracht hat?«

»Gibt es irgendeine andere Art Beziehung? Kommen Sie zum Punkt. Was haben Sie zu sagen, Carow?«

»Ich … irgendwie … keine Ahnung. Es ist alles durcheinander. Ich glaube, ich weiß nicht, was ich mache. Ich glaube, ich zerstöre mein Leben.«

»Ach, tatsächlich?« Süffisant. »Sie wollen beichten? Dass das mit dem Kind in der Kita zu weit ging, oder was?«

»Ja, das Kind. Nein. Mehr. Anders. Da war ein Mann. Ich glaube, ich wollte ihm wehtun. Ich glaube, ich wollte ihn umbringen.«

»Gott. Männer. Wer will das nicht. Und, haben Sie?«

»Es ist nichts passiert. Ich meine, ich glaube, ich bin zu weit gegangen, und ich weiß nicht, was ich tun soll.« Die Brennemann war skeptisch. Das sah Emma. Sie wusste nicht, ob Emma ein hysterisches Sensibelchen war, das Trost brauchte, oder ob sie gerade irgendwo Amok gelaufen war.

»Erzählen Sie, was passiert ist. In wenigen Sätzen. Wie in einem Bericht.«

Emma wollte nicht über Georg Wallner sprechen. Sie sprach über Lars Gohse.

Davon, wie sie nur recherchieren wollte, doch dann Kontakt zu den Urbexern bekam und gerade Streit mit Lutz hatte, ihm also nichts davon sagte und alleine hinging, obwohl sie wusste, dass sie sich damit in die Ermittlungen einmischte, und da stand er. Lars Gohse. Urbexer. Er kannte solche verlassenen Orte. Er liebte solche Orte. Er hatte die Persönlichkeit von jemandem, der einer stärkeren Persönlichkeit hörig werden könnte. Und der Satz: »Ich gehe meine Festplatte löschen.«

»Ich bin sicher, er gehört zu der Gruppe. Er ist einer der Mörder.«

Ping.

Die Brennemann nahm die Tasse Kaffee aus der Mikrowelle, Schuss kalte Milch dazu, und stellte sie vor Emma hin. Emma trank. Die Milch hatte den Kaffee wieder abgekühlt. Die Brennemann schaute ihr zu. Überlegte. Dann sagte sie: »Lars Gohse hat Alibis für alle acht Morde. Dreimal war er verreist, mehrere Wochen lang, zweimal half er seiner Schwester bei verschiedenen Langzeitprojekten, da war auch noch was bei Freunden. Die Reisen sind besonders gut dokumentiert. Mit Videoblog. Er war nicht mal in Berlin, und daher denke ich, die anderen Alibis werden auch stimmen, selbst wenn sie von Freunden und Familie stammen. Das erst mal zu Ihrer Information. Das ist aber nicht das, was Sie mir erzählen wollen. Etwas anderes ist heute Abend passiert. Gerade eben. Was?«

Emma konnte es nicht sagen.

»Ich war tanzen. So ein Punkschuppen. So ein Typ hat mich blöd angemacht. Ich habe ihm eins auf die Fresse gegeben. Ich glaube, ich habe ihm die Nase gebrochen.« Emma war dankbar für den Typen im Köpi. Über ihn konnte sie reden. Nicht über Georg Wallner.

»Trinken Sie aus und gehen Sie«, schnaubte die Brennemann. »Noch besser, trinken Sie nicht aus und gehen Sie. Wenn Sie mich anlügen wollen, können Sie das auch im Büro machen. Nicht um fünf Uhr morgens in meiner Küche. Was glauben Sie, wer Sie sind?«

Emma wollte nicht gehen. Sie wollte auch nicht austrinken. Der Kaffee war ekelhaft. »Ich traue mir selbst nicht mehr«, sagte sie. »Ich weiß nicht, ob ich der Mensch sein kann, der ich sein will. Ich weiß nicht mal mehr, wer ich sein will.«

Die Brennemann wartete.

»Es ist das Buch. Das Buch, jemand hat ein Buch …«

»Ich kenne das Buch.«

»Ich kriege es nicht mehr aus dem Kopf. Ich denke Tag und Nacht daran. Und an … den Typen, der es mir geschickt hat.«

»Ihr Vergewaltiger. Ich weiß, wovon Sie reden. Sie müssen nicht in Rätseln sprechen oder seinen Namen verschweigen, er ist nicht der Gott der Juden.«

»Er macht alles kaputt. Ich komme nicht damit klar. Es drückt mir auf den Verstand. Wie ein Tumor aufs Gehirn, verstehen Sie? Ich sehe nicht richtig, ich denke nicht richtig, ich mache Dinge, die ich nicht machen soll. Ich glaube, ich bin nicht mehr fähig, Beamtin zu sein.«

Jetzt war es raus. In fast den gleichen Worten, die Felix benutzt hatte.

Die Brennemann stand auf. Goss sich eine Tasse Kaffee ein. Stellte sie in die Mikrowelle. Stand daneben, bis es Ping machte. Das dauerte ewig. Kam zum Tisch zurück. Trank ohne Milch.

»Es ist fünf Uhr morgens. Sie wurden gerade suspendiert. Sie wurden von ihrem Vergewaltiger kontaktiert. Sie haben die Nacht durchgetanzt oder durchgevögelt oder durchgetrunken. Sie sind aufgebracht. Sie sind verwirrt. Sie glauben, Sie kommen nicht mit Ihrem Leben zurecht. Wenn ich nicht gerade überrascht wirke, kommt das daher, dass jeder von uns irgendwann im Leben glaubt, er kommt nicht damit zurecht, besonders dann, wenn wir gerade Kontakt zu unserem Vergewaltiger hatten. Ich werde Ihre Bedenken zu Ihrer Einsatzfähigkeit im Kopf behalten, und wenn die Innenrevision vorbei ist, werde ich mich entscheiden, ob ich ein psychologisches Gutachten anfordere. Bis dahin bin ich zuversichtlich, dass Sie jetzt nicht in die Stadt fahren und Amok laufen.« Die Brennemann holte eine Flasche Sprudel aus dem Kühlschrank und nahm einen tiefen Schluck. »Darüber hinaus werde ich Ihnen jetzt etwas sagen, das kein Psychologe Ihnen je verraten wird: Keins Ihrer Probleme ist unlösbar. Sie werden die jetzt eins nach dem andern angehen, dann sehen wir weiter. Als Erstes werden Sie sich hinlegen und sich mal richtig ausschlafen. Sie sehen echt scheiße aus. Dann werden Sie sich einen guten Kaffee kochen, nicht wie den hier, sich hinsetzen und eine Liste der Probleme machen, die zu lösen sind. Ganz oben auf dieser Liste steht: Innenrevision. Haben Sie sich schon mit Ihrem Gewerkschaftsanwalt in Verbindung gesetzt?«

»Ich konnte nur an das Buch denken.«

»Gewerkschaftsanwalt kommt als Allererstes. Sie müssen sich mit ihm zusammensetzen und eine Strategie für die Innenrevision entwickeln. An zweiter Stelle kommt der Kita-Junge. Sie müssen sich bei den Allenbergs persönlich entschuldigen. Die Kita arrangiert das. Ihr Gewerkschaftsanwalt wird Ihnen sagen, was Sie dabei sagen und nicht sagen sollen. Dann kommt der wichtigste Punkt auf der Liste: Sie entschuldigen sich bei folgenden Personen. Erstens, bei Ihrer Chefin. Bei der … wie heißt sie noch? Die …«

»Die Frau …«

»Wer?«

»Die Brennemann«, sagte Emma.

»Richtig, Brennemann«, nickte die Brennemann. »Mit Blumen am besten. Dann bei Lutz. Sie haben ihm eine Ohrfeige gegeben. Das war, nehme ich an, keine berufliche, sondern eine freundschaftliche Ohrfeige, sonst wären Sie Ihren Job los. Sie entschuldigen sich bei ihm mit einem besonders teuren Eis von Galeries Lafayette, Caramel Beurre Salé, würde ich sagen, in der schicksten Kühltasche, die Sie finden können, mit Schleife.«

»Eis von Galeries Lafayette, mit Schleife«, wiederholte Emma.

»Dann entschuldigen Sie sich bei Schreiner. Sie sagen ihm, dass Sie überreagiert haben. Dass Sie ihn benutzt haben und dass es Ihnen leidtut. Sie sagen ihm, dass das nie wieder vorkommt und dass er sich auf Sie verlassen kann, wie ein Kollege das muss. Und Sie bringen eine Flasche Wein mit und etwas für die Kinder.«

»Eine Flasche Wein und etwas für die Kinder.« Emma nickte.

»Dann kommen Sie zu mir, und wir reden über diesen Uwe Marquardt. Der Kerl ist eine Sache für einen Anwalt, aber wenn Sie sich zur Abwechslung mal mit Ihren Kollegen gut stellen würden, könnten Sie der Arbeit des Anwalts Nachdruck verleihen auf eine Weise, die nur Ihre Kollegen kennen. Das kostet einiges an Weinflaschen und unterwürfiger Bettelei, aber Sie werden es tun. Ab morgen früh. Mit einer Liste. Haben Sie das verstanden?«

Emma hatte es verstanden. Sehr gut sogar. So gut, dass sie fast das Gefühl hatte, ihre Probleme wären schon gelöst. Sie fühlte sich leichter, fast froh, fast guter Dinge. Sie öffnete gerade den Mund, um ihrer Chefin zu danken, als sie ein Räuspern hörte.

Es kam nicht von der Brennemann. Es war ein männliches Räuspern. Eindeutig. Es kam aus dem Schlafzimmer.

»Ach. Es tut mir leid. Ich …«

Ein weiteres Mal. Sie erkannte die Stimme nicht.

»Ich wollte nicht … stören.«

»Selbstverständlich nicht. Wer klingelt schon um fünf Uhr morgens mit der Absicht, zu stören?«

58

Emma schlief bis Mittag. Sie stand auf, machte sich einen Kaffee, einen guten, cremigen, heißen. Einen Kaffee, der sie das Zeug von letzter Nacht vergessen ließ. Schmierte sich eine Stulle mit Honig, setzte sich an den Küchentisch und schrieb ihre Liste.

Als Erstes telefonierte sie mit ihrem Gewerkschaftsvertreter. Sie schilderte, was passiert war. Der Vertreter gab ihr ein paar Telefonnummern. Anwaltsbüros. Emma wählte. Hing ewig in Warteschleifen. Kochte sich nebenher einen zweiten Kaffee. Bettelte, wenn einer ranging. Übertrieb. Überredete: Es dränge, es handele sich um einen aktuellen Fall, sie werde im Büro gebraucht, diese Sache müsse schnell erledigt werden, es ginge um Leben und Tod. Bis sie endlich bei einem Anwalt noch heute einen Termin bekam.

Zweites auf der Liste: die Kita.

Emma wählte die Nummer ihrer Schwester. Die war kurz angebunden.

In der Kita hatte es heute morgen einen Riesenzoff gegeben. Emma war dort nicht mehr willkommen. Ehrlich gesagt war sie im Moment auch bei Sarah nicht richtig willkommen. Es dauerte, bis Sarah mit der Telefonnummer rausrückte.

»Ich bitte nur um die Gelegenheit, dem Jungen Finn und seinen Eltern persönlich zu versichern, dass Finn niemals in Gefahr war und dass ich ihn keinesfalls erschrecken oder bedrohen wollte«, erklärte sie der skeptischen Kita-Leiterin. »Ich habe überreagiert, und ich werde die Konsequenzen tragen. Es kann sein, dass der

Junge etwas gesehen hat, was er nicht hätte sehen sollen, meine Dienstwaffe, das hätte ich nie zulassen dürfen, und ich möchte sagen, dass mir das leidtut. Auch Ihrer Kita gegenüber: Das ist ein Ort, wo die Kinder sich sicher fühlen müssen, und wenn ich dieses Prinzip missachtet habe, möchte ich mich dafür auch bei Ihnen entschuldigen.«

Sie legte ihre Notizen beiseite. Solche Sätze kamen ihr nicht leicht über die Lippen, vor allem weil dieser kleine Mistkerl vermutlich tatsächlich ein großer Mistkerl in spe war. Aber scheinbar konnte sie auf Papier glaubwürdiger formulieren: Die Kita-Leiterin gab ihr einen Termin, an dem sie sich dort im Büro persönlich bei den Eltern entschuldigen und auch Finn jede Angst vor ihrer Person nehmen konnte. »Wir wissen, dass der Junge schwierig ist«, setzte sie gar hinzu. »Aber als Kind kann man sich seine Eltern leider nicht aussuchen …«

Emma war zu verdutzt, um zu antworten.

»Von mir haben Sie das nicht, aber ich denke, da steuert alles auf eine Scheidung zu.«

»Ich würde auch gern mal die Erzieherin sprechen.« Emma räusperte sich. »Die Neue, die an dem Tag da war. Ich weiß nicht, wie sie heißt.«

»Luise ist nicht mehr bei uns«, sagte die Kita-Leiterin. »Sie war nur eine Aushilfe.«

»Aushilfe?« Etwas daran störte Emma. »Gibt es das bei Kitas? Ich denke, die Erzieherinnen müssen überprüft sein und staatlich …«

»Haben Sie etwas daran auszusetzen?«

»Nein, nein«, versicherte Emma. Irgendetwas daran störte sie. »Ich meine nur, das hatte ich mir anders … Das wusste ich nicht.«

»Der Krankenstand bei Erzieherinnen ist relativ hoch«, sagte die Kita-Leiterin. »Es gibt häufig Ausfälle, dann verlassen wir uns auf eine Agentur, die uns erfahrene Zeitarbeiterinnen vermittelt.«

Emma sagte nichts mehr. Verabschiedete sich, legte auf.

Etwas störte sie aber weiterhin.

Egal. Weiter mit der Liste.

Emma rief Johannes an. Er legte auf.

Die Kollegen: Sie machte eine Liste von Aufmerksamkeiten, die sie besorgen musste. Was schenkt man Einjährigen? Sie rief Sarah noch mal an. Die war etwas weniger sauer und machte Emma ein paar Vorschläge, was den beiden kleinen Jungs von Felix gefallen könnte.

Es tat gut, Dinge zu tun, die nicht zu ihr passten, die ihr sonst nie in den Sinn gekommen wären. Bisschen kriechen, bisschen Honig ums Maul schmieren, warum nicht, immer dieser elende Stolz. Kurz stellte sie sich vor, wie es wäre, immer weiter lauter Dinge zu tun, die nicht zu ihr passten, und dabei irgendwann, quasi nebenbei, zu einem anderen Menschen zu werden.

Doch, doch, eine neue Emma, eine andere Emma, das wäre gut. Was noch? Was könnte sie noch tun, um das zu beschleunigen? Was würde die alte Emma jetzt nicht tun? Genau das wollte die neue Emma jetzt machen.

Sie schaute sich in ihrer Wohnung um.

Alles war gleich unwichtig. Alles war in Unordnung. Wie ihr Leben. Schluss mit dem Mist. Emma zog ihre Bettwäsche ab und warf eine Maschine an. Putzte die ganze Wohnung, und als ihr dabei warm wurde, riss sie alle Fenster auf, draußen grauer Himmel, egal, sie genoss die eisige Brise. Sie sehnte sich nach Ordnung und Klarheit. Wenn schon nicht innen, dann wenigstens außen.

Als sie im Wohnzimmer den immer noch offen daliegenden Müllsack mit Uwes Kram erblickte, wusste sie, was sie zu tun hatte.

Sie zog sich dicke Socken und ihre Daunenjacke über, nahm den Schlüsselbund, schulterte den Müllsack und ging ins Treppenhaus, zum Aufzug, vier Stockwerke hinab, hinten raus, Müllcontainer.

Da pfefferte sie das Ding rein. Hier entsorgte sie Uwe. Er war drin, im Müllsack, sämtliche Souvenirs, die Zeitungsausschnitte, das Messer, auch das Buch mit der Widmung und die zwei Fünfhundert-Euro-Scheine. Alles. Uwe war im Müllcontainer. Endlich.

Sie kehrte ihm den Rücken zu und fühlte sich zum ersten Mal seit Jahren wie befreit. Fast schwerelos. Sie wollte singen. Tanzen. Jemanden umarmen. Das war die neue Emma jetzt, so schnell ging das, die alte war weg, mehr war nicht notwendig gewesen, Uwe wegwerfen, wieso war sie nicht längst auf die Idee gekommen?

Das unbeschreibliche, das leichte, das freudige Gefühl der Befreiung hielt an, bis die Tür zum Aufzug aufging.

Sie musste das Buch noch lesen.

Sie musste es persönlich durchforsten, um festzustellen, ob es ihre Privatsphäre verletzte. Sie hatte es dem Anwalt versprochen. Es stand sogar auf der Liste, oben in der Küche, der letzte Punkt, für nächste Woche angedacht, nachdem sie alles mit ihren Kollegen wieder ins Lot gebracht hatte: Buch lesen.

Wegschmeißen konnte sie ihn nicht. Nicht jetzt. Noch nicht. Vielleicht später. Später sicher, ganz sicher, aber jetzt noch nicht.

Sie ging wieder zum Müllcontainer. Zerrte den Sack raus. Zurück ins Haus. Aber nicht nach oben, nicht zum Aufzug, sondern nach unten, in den Keller. Durch den engen dunklen Gang bis ganz nach hinten, zu dem Verschlag mit dem Namen »Carow« drauf. Dort pfefferte sie den Müllsack hinein. Verriegelte die Tür wieder mit dem Vorhängeschloss und wandte sich zum Gehen.

Ging aber nicht.

Im Kellerverschlag wartete die alte Emma.

Sie war da, das spürte sie. Hier unten, im Keller, weit weg von der Welt da oben. Sie hörte fast, wie die alte Emma ihren Namen rief, sie bat einzutreten. Als ob sie doch ein bisschen einsam sei.

Emma ging nicht gern in ihren Keller.

Im Keller waren Serienmörder. Vergewaltiger. Killer, Folterer, Sadisten, Psychopathen.

Im Keller war Arbeit. Arbeit, von der Lutz und die Brennemann und die Puppenkiste nichts wussten. Sie wollte jetzt nicht arbeiten. Sie sehnte sich danach, die letzten Tage, die Fehlschläge, Verletzungen, Dummheiten zu vergessen und mit sich selbst ins Reine zu kommen. Sie wollte die neue Emma sein. Doch sie wusste bereits, bevor sie das auch nur in Betracht ziehen konnte, musste sie noch tiefer in den Dreck hinabsteigen. In die Unterwelt, ins Gedärm, den Abschaum der Menschheit, mitten rein. Das war es, was Emma Carow Arbeit nannte.

Seufzend öffnete sie das Vorhängeschloss wieder und trat ein.

59

Emma hatte keinen gewöhnlichen Keller.

Die Metallgitter ihres Verschlages waren mit Spanplatten abgedichtet und von innen mit Kork bezogen. Von der Decke hing eine Glühbirne, die nicht viel ausrichtete in diesem Loch. Es dauerte eine Weile, bis ihre Augen sich an die Dunkelheit gewöhnt hatten. In der Mitte stand ein Klappstuhl, sonst war der Raum leer.

Obwohl, nicht ganz.

Die Innenwände waren gepflastert mit Ausschnitten aus Polizeiakten und Zeitungsberichten. Und Fotos: Aufgeschlitzte Bäuche, zerschnittene Kehlen. Aufgedunsene Leichen, die zu lange in der Spree gelegen hatten. Augen, die im Grunewald ins Nichts starrten; gekrümmte Hände, die in einem Hinterhof in Lichtenberg nicht mehr um ihr Leben kämpften, mit Draht gefesselte Füße unter einer Brücke in Spandau. Verstümmelungen, Brandzeichen, Bissmarken. Das, was übrig bleibt, wenn Vergewaltiger, Mörder, Nekrophile, Kannibalen und Sadisten sich gütlich getan haben.

Und gleich daneben die, die für dergleichen verantwortlich waren. Zumindest diejenigen von ihnen, die Emma am interessantesten fand, am authentischsten, diejenigen, die ausgesprochen hatten, was sie fühlten, fürchteten, fantasierten: Emmas Serientäter.

Es tat wirklich, wirklich, wirklich gut. Eines der besten Dinge, die ich je im Leben gemacht habe. Die Worte des Daniel Gonzalez standen unter dem Foto eines seiner Opfer – eines von vieren, die er in London mit einem Messer abgeschlachtet hatte.

Peter Kürten, der mindestens neun Frauen in Düsseldorf mit Hammer, Messer und Schere ermordete und verstümmelte: *Wenn ich die Mittel dazu gehabt hätte, dann hätte ich ganze Massen umgebracht, Katastrophen herbeigeführt.*

Und selbst auf dem Polizeifoto in Anzug und Krawatte: Rudolf Pleil. Immer schick war der, auch nachdem er im Harz mindestens zehn Frauen den Kopf zertrümmert hatte: *Als ich das erlebte, da sah ich, dass ich zum Totmachen berufen bin.*

Emmas Serientäter. Ihre kleine, private Sammlung von … Menschen. Von Menschen, die niemand außerhalb ihrer kleinen dunklen Zelle als Menschen sehen wollte oder konnte. Emma konnte es. Sie konnte sie sehen, wie sie waren. Sie konnte sie verstehen, denn sie wollte sie verstehen.

Gonzalez: Er fand größte emotionale Erfüllung da, wo sie sonst keiner findet.

Kürten: Hass, unbändiger, selbstgerechter Hass.

Pleil: Selbsterfahrung. Er entdeckte etwas in sich, einen neuen Sinn im Leben.

So jemand wie Sarah dürfte nie von ihrem Keller erfahren. Was würde sie sagen? Dass kein normal denkender Mensch diesen Raum betreten könne, ohne auszurasten, ohne zu verzweifeln? Was bist du nur für ein Mensch, Emma? Emma rastete nicht aus, und sie verzweifelte nicht. Im Gegenteil. Sie wurde ganz ruhig. Sie wusste: entweder verstehen oder verurteilen – beides ging nicht.

Vor allem wollte Emma ihren Serienmörder verstehen, ihren Primärtäter, der seine Opfer einwickelt, aufhängt und bei einem großartigen Blick auf die Stadt zu Tode kommen lässt. Was würde er sagen, wenn er hier bei ihr im Keller säße? Welche Worte von ihm würde sie dort auf die Pinnwand heften?

Sie haben es verdient.

Vielleicht.

Ich habe es genossen, wie sie um Hilfe wimmerten.

Vielleicht.

Ich habe sie Hoffnung gelehrt. Die Hoffnung, dass sie doch noch gerettet werden könnten. Das war die intensivste Erfahrung ihres Lebens, sie sollten mir dankbar sein.

Moment mal. Was war das?

War es nicht erschreckend, dass sie hätten gerettet werden können? Hat es dir nicht wehgetan, dass keiner kam, um sie zu retten, obwohl sie da hingen und beteten, dass Hilfe kommt?

Nein. Das ist nur ein Vorwand. Niemand tötet, um eine Botschaft zu verkünden, um die Gesellschaft zu erschrecken. Du tötest, weil du töten willst. Lüg mich nicht an. Was gibt dir das? Warum tust du das?

Du hast nichts verstanden, Emma, gar nichts. Du glaubst, ich bin wie die anderen. Wie dein jämmerlicher Uwe. Der dich gefesselt hat, dich geschnitten, dich vergewaltigt, dich genommen hat, dich zu seinem gemacht, ganz und gar. Wo war er in all der Zeit? Er war bei dir. Er wollte bei dir sein, immer, jede Minute.

Emma begann zuzuhören.

Aber ich? Nicht eine Stunde verbrachte ich bei meinen Opfern. Ich bin nicht wie dein Uwe, mit seiner platten Lust und körperlichen Liebe und seiner Begierde aus Blut und Samen und Dreck. Nichts, was ich denke, denkt er. Nichts, was ich fühle, fühlt er. Nichts, was ich im Leben durchgemacht habe, hat er durchgemacht. Dumm ist er, blind ist er, wusste nicht, was er mit seiner Wut, seinem Talent, mit seiner Gabe anstellen sollte. Er ist ein Dilettant. Siehst du den Unterschied nicht?

Warum tötest du, wenn du so viel besser bist als alle anderen? Letztlich tust du genau das Gleiche, ich sehe keinen Unterschied. Du tötest deine Opfer wie jeder andere Serienmörder.

Ich töte meine Opfer nicht.

Das bildest du dir ein! Du tötest sie genau wie jeder andere auch. Deine Opfer sind tot, und das ist deine Schuld.

Ich töte meine Opfer nicht.

Emma schüttelte den Kopf, versuchte, sich von den Bildern, den Stimmen, den Gedanken zu befreien. Stand auf. Sie öffnete die Tür, löschte das Licht, schloss hinter sich ab, ging durch den engen Gang zwischen den Verschlägen wieder zur Treppe. Nachdenklich.

Sie verstand ihn nicht. Emma verstand ihren Täter nicht.

60

»Ich bitte dich, lass es mich wiedergutmachen. Du kannst mir glauben, ich bleche schon genug dafür. Nimm mir meine Emily nicht auch noch weg.«

Emma hatte einen langen Tag vor sich. Erst Gewerkschaftsanwalt, dann jede Menge Besorgungen. Sie war extra früh aufgestanden, ausgeschlafen, frisch geduscht und geschminkt und bereit, aus der Tür zu gehen. Sogar gefrühstückt hatte sie. Dann dachte sie: Wenn ich alles erledigt habe, am Nachmittag als Belohnung: Emily. Das brauchte sie.

Ihre Schwester seufzte. »Na gut. Aber du gehst mir nicht in die Kita. Du holst sie hier ab. Ihr könnt mit Kalli zum Dschungelspielplatz fahren. Vielleicht kann ich was kochen hinterher … Aber höchstens Würstchen.«

»Ich liebe Würstchen«, sagte Emma.

Bevor sie ging, rief Emma Matze an.

»Du musst Lutz unbedingt sagen, dass er die Mitarbeiterinnen aus den Kitas überprüfen muss, wo die Kinder unserer Opfer hingehen, die Herold und die Fredersdorf.«

»Emma, ich weiß nicht, du bist doch suspendiert, rede lieber erst mal mit …«

»Schon in Ordnung. Es geht um Verdächtige. Es ist wichtig, das weiterzuleiten. Ich glaube, die Kita-Mitarbeiterinnen wussten mehr, als sie wissen sollten – also mindestens, dass unsere beiden Frauen Probleme mit der Mutterrolle hatten.«

»Woher denn?«

»Kinder verhalten sich auffällig, wenn es zu Hause Stress gibt. Die sind wie ein offenes Buch. Und die Erzieherin riecht den Braten sofort. Die Details kennt sie nicht, aber sie denkt sich ihren Teil, und wenn sie mehr wissen will, muss sie nur mal geschickt nachfragen.«

»Hm … Ich habe hier die Verdächtigenliste aufgerufen. Die Kitas sind schon drauf. Lutz hat die bereits überprüft. Die beiden Kinder gehen in verschiedene Kitas. Selbst wenn die Erzieherinnen in Lucy Herolds Kita von ihrem Problem wussten … Hör mal, das ist Quatsch. Wie sollten die denn auch noch von Julia Fredersdorfs Problemen erfahren haben? Ihr Kind geht in eine ganz andere Kita.«

»Es gibt Zeitarbeiter. Die arbeiten einen Monat in dieser Kita, im nächsten Monat in jener. Hab ich heute Morgen recherchiert.«

»Zeitarbeit in Kitas? Ist das erlaubt?«

»Das hat mich auch überrascht. Geht wohl nicht anders. Die sind ständig krank. Die Zeitarbeitsagenturen schicken dann kurzfristig Aushilfen. Die arbeiten oft in vier, fünf, sechs verschiedenen Kitas im Jahr. Auch Männer. Ein Aushilferzieher kann sehr gut sowohl das Kind von Lucy Herold als auch das von Julia Fredersdorf gekannt und ausgefragt haben.«

Matze überlegte. »Ich sag es Lutz.«

»Matze.«

»Ja?«

»Tu, als ob es deine Idee war.«

Kalli und Emily hopsten beide vor Ungeduld, als Emma ihre Nichte warm anzog und ordentlich Kekse einpackte. Kalli, weil er ein Hund war, und Emily, weil sie Emma auf dem Spielplatz unbedingt einen Trick zeigen wollte. Doch kaum waren sie am Dschungelspielplatz im Bäkepark angekommen, hatte sie es vergessen.

Emma und Kalli schauten zu, wie Emily über die Hängemattenlandschaft jagte und auf die hölzernen Tiger, Schlangen und Affen kletterte. Ein kleiner türkischer Junge veranstaltete ein Wettrennen mit ihr, immer die Rutsche hoch und runter. Ein älterer Mann, alleine, vielleicht ein Vater, vielleicht nicht, schaute von den Picknicktischen her zu. Der Junge gewann, Emily war sauer und ließ ihn stehen, aber redete dann doch die nächste halbe Stunde unaufhörlich von dem Jungen, dass er nur schnelle Schuhe anhatte und gar nicht selber schnell war und dass seine Mama doof war, die da hinten, genau, und dass er ihr ein Kaugummi geschenkt hatte, weil sie so traurig war, aber dass sie gar keine Kaugummis essen durfte, weil die Mama immer dachte, sie würde sie runterschlucken. Weil Mama auch doof war. Sie war doch kein Baby mehr!

Emma erlaubte ihr das Kaugummi, und Emily schluckte es prompt hinunter. Als der Junge ihr erklärte, dass dann heute Abend ihr Popo zugeklebt sein würde, bekam Emily einen Lachanfall. Dagegen kannte Emma aber ein Heilmittel: gleich ganz viele Kekse essen. Sie verteilte sie großzügig an beide.

Emma wusste, irgendwann würde es Geschrei um irgendein Spielzeug geben, und sie würde sich mit der Mutter des Jungen auseinandersetzen müssen, die neben einer anderen Frau mit Kopftuch da drüben auf der Bank saß. Egal. Das gehörte dazu.

Irgendwie war alles schon da, hier auf dem Spielplatz, das ganze Leben. Der Kampf der Geschlechter, die Anziehung der Geschlechter. Die Konkurrenz, die Selbstbehauptung, die Enttäuschung, die immer neu verhandelte Hierarchie. Nur dass alles noch ein Spiel war.

Emily kam wieder angerannt. Endlich war ihr eingefallen, was sie Emma zeigen wollte. Sie hatte Kalli doch einen Trick beigebracht. Den musste Emma unbedingt sehen.

»Sitz. Kalli, sitz! Nein, Kalli, brav. Jetzt schau.«

Emily streckte mit großer Geste einen Keks in die Luft. Kallis Aufmerksamkeit war sofort völlig auf den Keks gerichtet. Er lehnte sich vor, hechelnd, mit glänzenden Augen, diesem Keks, seinem Anblick, seinem Geruch, ganz und gar verfallen. Er wuchtete sich schwanzwedelnd wieder auf die Hinterbeine, bereit, nach dem Ding zu springen.

»Nein«, sagte Emily und hielt den Keks noch höher, vermeintlich – aber nicht wirklich – außer Kallis Reichweite. »Sitz! Kalli, sitz!«

Der große Labrador von drei Jahren, die Augen auf den Keks gerichtet, senkte sein Hinterteil widerwillig ab und kam mit einem Grunzen zum Sitzen. Langsam, vorsichtig, brachte Emily den Keks in Reichweite von Kallis Schnauze, dann auf Kallis Augenhöhe. Der Hund zuckte nicht mit der Wimper. Der Rumpf wand sich hin und her, der Schwanz auch. Der Kopf blieb still.

Emily legte den Keks auf Kallis Schnauze ab.

Dort balancierte er auf seiner Nasenspitze. Kallis Augen waren beharrlich darauf gerichtet. Inzwischen schielte er.

»Nein«, mahnte Emily. Sie wusste, dass der Hund mit einem winzigen Ruck den Keks in die Höhe werfen und aufschnappen konnte. Wollte. Sie sah es ihm an. »Nein«, warnte sie, »brav.«

Kalli beherrschte sich. Voller Verzweiflung. Dieser Keks, der Geruch füllte seine Nüstern, er machte ihn verrückt, so nah, so seins, ganz seins, aber er durfte sich nicht bewegen, weil sie es befohlen hatte, die kleine Emily, das kleine Frauchen, das kaum größer war als er selbst und viel weniger scharfe Zähne hatte, dennoch oblag es der kleinen Emily, den Befehl zu geben oder nicht.

Jetzt standen vier Kinder um sie herum. Gackernd, auf den Hund deutend. Beeindruckt.

»Nein«, sagte Emily. »Nein.«

Kalli gehorchte.

»Nein.«

Kalli explodierte innerlich, bewegte aber die Schnauze nicht.

»Hopp!«, sagte Emily.

Und schon war der Keks weg, und Kalli wartete hechelnd auf den nächsten.

»Guter Hund!«, sagte Emily und klatschte in die Hände. »Kalli ist der klügste von allen!«

Emma lief es kalt über den Rücken. Ich versteh dich, dachte sie. Endlich verstehe ich dich.

Sie griff zum Telefon. Lutz.

Er ging nicht ran. Sie sprach auf seine Mailbox. »Lutz, ich weiß jetzt, warum er keine Spuren hinterlässt. Ich glaube, er hat gar keinen Kontakt zu den Opfern, bis er sie aufhängt. Die sind ihm eigentlich egal – es geht ihm gar nicht um ihren Tod, es geht ihm um die Kontrolle, das ist es … Lutz, ruf an, ruf bitte zurück.«

Es wurde langsam dunkel. Der türkische Junge zog ab. Sarah würde mit den Würstchen auf sie warten. Emma warf ihr Handy in die Tasche, pfiff nach Kalli und sagte zu Emily: »Mach das noch mal.«

61

Kurz vor Mitternacht begriff Emma, dass Lutz nicht zurückrufen würde.

Also fuhr sie ins Büro.

Kein Mensch im Treppenhaus. Keiner auf dem Gang. Niemand in der Puppenkiste. Sie holte sich die Akten, die sie brauchte, aus dem Archiv, zog ihre Notizen aus der Schublade, fuhr den Computer hoch und öffnete die Datenbanken, brühte sich eine Kanne Kaffee und fing an.

Die Liste aller bisherigen Verdächtigen und Zeugen war lang. Alphabetisch speiste sie die Namen in die Datenbanken ein und durchforstete die Akten. Sie suchte nach genau zwei Merkmalen: Erstens Verdächtige, die als Kinder missbraucht worden oder auch nur indirekt mit Missbrauch in Kontakt gekommen waren.

Zweitens Personen, die einen Teil ihrer Jugend in einer rigiden, abgeschotteten Gemeinschaft verbracht hatten. Auf dem Zettel notierte sie: *Sekte, Kommune, Heim, Internat, sonstige familienähnliche Gemeinschaft mit strengem Regelwerk.*

Missbrauch. Familienähnliche Gemeinschaft. Irgendwo zwischen diesen Parametern steckte der Täter.

Sie öffnete eine neue Datei und tippte die Namen ein, auf die beide Merkmale zutrafen.

Harald Schäppi, Zeitungszusteller, der vorbestrafte Vergewaltiger, der seine Opfer gern mit Industrieklebeband fesselte, verbrachte fast zwei Jahre in einer Jugendstrafanstalt in Brandenburg, die später in den Verdacht des Kindesmissbrauchs durch die Wärter geriet. Jugendknast: auch so eine »familienähnliche Gemeinschaft«, eine Institution, die notgedrungen die Familie ersetzte. Laut den Ermittlungsergebnissen hatte Schäppi beruflichen Kontakt zum Ehemann von Julia Fredersdorf gehabt und nachbarschaftlichen Kontakt zu Karl Brandner.

Sein Name kam als erster auf die Liste.

In Minsk saß ein Ehepaar in Haft, weil es seine Kinder jahrelang an Bekannte und Fremde zu Prostitutionszwecken verkauft hatte, vermutlich als Teil eines Rings. War ein Kinderprostitutionsring eine »familienähnliche Gemeinschaft«? Das wäre eine zynische Behauptung – aber es war nah dran, denn die Eltern hatten mit ihrer Beteiligung am Ring ihre erzieherischen Pflichten aufgegeben und stattdessen ihre Kinder Fremden ausgeliefert. Die Kinder, inzwischen erwachsen, lebten jetzt in Berlin: Der Sohn, Janka Kasulin, Aushilfe beim Bau, war zwischen 2009 und 2011 obdachlos und in der Zeit mit dem ermordeten Harald Didas bekannt gewesen; seine Schwester Nadeschda putzte 2012 viermal die Wohnung von Lucy Herold.

Emma schrieb sich die Namen der Geschwister auf.

In einer Reaktion auf die Bekanntmachung der Leipziger-Platz-Morde hatte auch eine Susanne Ronski die Polizei kontaktiert, weil ihr Sohn Friedemann, siebenundzwanzig, bereits vor zwei Jahren in seinem Zimmer ein bizarres Kunstwerk aus Industrieklebefilm installiert hatte. Der Sohn, als lernbehindert eingestuft, hatte fast alles im Raum mit silbernem Panzertape überklebt, selbst Matratze und Bettdecken. In den Datenbanken tauchte sein Name nicht auf, dafür der der Mutter: Sie war Mitglied der Great Spirit Kommune in Kanada gewesen, die zeitweise wegen ihrer rigiden Erziehungsmethoden unter Beschuss geriet. Nach der friedlichen Auflösung der Kommune war die Frau offenbar nach Deutschland zurückgekehrt.

Friedemann hätte durch seine Arbeit als Fahrer für eine sogenannte Tafel, für die er Essen an Treberunterkünfte ausfuhr, Kontakt zu den drei jungen Trebern haben können. Allerdings hatte er ein Alibi für die Zeiten der Ermordung der drei Jungs: Einmal war er mit seiner Mutter in Schweden im Urlaub gewesen und zweimal bei einem Seminar der Caritas in Essen. Sie notierte Friedemanns Namen trotzdem.

Auf der Akte von Benjamin Fittich stand groß geschrieben: »Sexclub-Mumie«. Als Emma verstand, was damit gemeint war, durchfuhr sie ein Schock: Lutz hatte ihn also gefunden, den Mann, der sich in Panzertape eingewickelt vierundzwanzig Stunden lang ans Kreuz hatte hängen lassen. Hatte sie gar nicht mitgekriegt. Als sie die Notizen las, wusste sie bald auch, warum. Benjamin Fittich, dreiundvierzig, Bauunternehmer aus München, in den letzten Jahren immer wieder alle zwei, drei Monate geschäftlich in Berlin, schien ein generell sexuell experimentierfreudiger Charakter gewesen zu sein, der nach einer autoerotischen Strangulation mit einem Gartenschlauch vor knapp einem Jahr verschieden war. Diesen Namen brauchte sie nicht zu notieren.

Bis Emma fertig war, war es halb drei in der Früh und die zweite Kanne Kaffee leer, und auf ihrer Liste standen einundzwanzig Namen. Sie streckte sich. Stand auf und riss das Fenster in der Besprechungsecke auf, atmete tief durch. Kalt. Gut. Sie wippte auf den Zehenspitzen, lief rund um den Besprechungstisch, hin und her zwischen den Schreibtischen, wach bleiben, wach bleiben. Etwas auf Matzes Schreibtisch erregte ihre Aufmerksamkeit. Zwei Fotos. Zwei Akten. Kita-Mitarbeiter? Ach. Er hatte also mal nachgebohrt. Danke, Matze.

Emma studierte die Fotos. Kathleen Miller, resoluter Blick, vielleicht so alt wie sie, und Karsten Lasalle, junger Kerl, zwei Piercings in der Augenbraue. Sie blätterte die Papiere durch. Beide Verdächtige waren Zeitarbeiter und hatten zu verschiedenen Zeiten in den Kitas gearbeitet, in die die Kinder der weiblichen Opfer gingen. Die Miller hatte Alibis für den Zeitraum, in dem die beiden Frauen verschwunden waren. Der Lasalle aber nicht.

Interessant. Die zwei setzte sie als Letzte auf die Liste. Schloss sie ab und begann mit Liste zwei.

Diesmal notierte sie familienähnliche Gemeinschaften. Einige kannte sie schon: das Albertinus-Kolleg in Berlin, die ehemalige Kinderkommune in Augsburg, den Kinderschänderring in Weißrussland, die Großfamilie Freikirchliche Gemeinde Ottersdorf oder das Vorzeigeinternat in der Schweiz, die Appenzeller Schule. Andere waren ihr neu, zum Beispiel das inzwischen aufgelöste *Alemanha Livre* in Brasilien, in den 1970ern von einem ausgewanderten deutschen Pädagogen gegründet – die Kinder sollten nach fortschrittlichen pädagogischen Prinzipien von der gesamten Gemeinschaft erzogen werden, wurden aber in der Praxis von dem Gründer regelmäßig sexuell misshandelt und mit Elektroschocks gefoltert, um sie von »falschem Gedankengut« zu reinigen.

Als Emma fertig war, standen siebzehn »familienähnliche Gemeinschaften« auf ihrer Liste, und sie war nicht mehr sicher, was schlimmer war: Die paar Serienmörder, die da draußen rumliefen, oder die ganzen Reformpädagogen, die fortschrittlichen Institutionsleiter mit ihren neuen Ideen, die Aussteiger und Utopisten, die mit großem Trara anfingen und am Ende eine kleine private Hölle erschufen, in der sie unter dem Deckmantel der fürsorglichen Erziehung ihnen Anvertraute quälen durften.

Ein, zwei Stunden hatte sie noch. Genug. Knapp, aber genug.

Emma schrieb. Sie formulierte hastig, schlampig, provisorisch, aber sie schrieb. Um halb sieben hatte sie ein neues Profil.

Rudimentär, voller Schreibfehler, egal. Bald würde sich die Puppenkiste bevölkern. Man würde sie fragen, was sie hier tat. Sie musste los. Trotzdem öffnete sie noch ein allerletztes Mal die Datenbanken. Nur zwei Namen noch: *Johannes Kehrmann* und *Georg Wallner*. Es war verboten, dennoch musste sie es tun. Diese beiden durch die Datenbanken jagen. Sie las nichts. Notierte nichts. Keine Zeit. Sie klickte einfach immer nur auf *drucken*, sammelte die ausgespuckten Blätter ein, versenkte sie in der Handtasche, schnell, schnell.

Durch das Fenster dämmerte schon der Morgen. Draußen im Flur hörte sie ein erstes Gespräch. Die dritte Kanne Kaffee stand halbvoll auf ihrem Schreibtisch. Sie ließ sie stehen. Schaltete den Computer aus, raffte ihre Papiere zusammen und schlüpfte durch den Hinterausgang wie Aschenputtel, schnell, bevor jemand bei Hofe es noch bemerkte.

Als sie sich draußen noch mal umdrehte, im bleigrauen Morgenlicht, sah sie, wie hinter ihr in der Burg nach und nach die Lichter angingen. Der Arbeitstag begann, und er begann ohne sie.

62

Sie fand ihn im Real. In der Müllerstraße, Wedding.

Gleich hinter der Türkin mit den müden Augen und den breiten Schultern im schwarzen Security-Blouson, die am Stehtisch in der Passage lehnte und sich nach ihrer Nachtschicht einen Filterkaffee und eine Fleischwurstschrippe gönnte.

Auf der Sitzbank saß er. Neben ihm seine dicke Aktentasche, Typ Pilotenkoffer, darauf eine Tasse Kaffee, schwarz, und ein Plastikbecher Florida-Eis, Spekulatius. Saison-Sorte. So früh? War die Vorweihnachtszeit schon angebrochen? Klar, war sie.

In der linken Hand hielt Emma den Stapel hastig beschriebener Blätter, mit der rechten setzte sie die Kühltasche neben ihm auf der Bank ab.

Er war nicht froh, sie zu sehen. »Was hast du da? Deine Kündigung?«

Emma war vorbereitet. Sie hatte geübt. Sogar ein paar Worte aufgeschrieben, auswendig gelernt, draußen im Auto noch. Sie wusste, was sie zu sagen hatte. »Ich habe eine kleine Entschuldigung mitgebracht.« Sie zeigte auf die Kühltasche. »Wegen neulich … Was ich getan habe, war nicht okay. Ich wollte dich nicht verletzen. Nicht als Freund und nicht als Chef. Du bist der Einzige, der immer für mich da war.«

Lutz war nicht beeindruckt. »Das hört sich an wie etwas, das deine Chefin sich ausdenken würde. War sie das? Was ist da drin? Was Teures von KaDeWe? Oder doch Lafayette? Klar, was sonst?«

Emma, die eine Einladung zum Platznehmen erwartet hatte, zögerte. Hiervor hatte die Brennemann sie nicht gewarnt.

Lutz verschränkte die Arme. »Schon komisch, dass man dich erst suspendieren muss, bevor du mal nett zu einem bist.«

Die Security-Dame rückte langsam näher um den Stehtisch herum.

»Lutz, was willst du von mir? Ich kann nur sagen, dass es mir leidtut. Ehrlich. Soll ich es als Gedicht aufsagen? Mann, du weißt, ich bin schlecht in so was.«

»Klar. Weiß ich. Willst du hören, dass ich dir verzeihe? Mach ich doch glatt. Du brauchst auch gar nicht darum zu bitten, das kommt irgendwann von selbst. Weißt du, warum? Weil ich es gewohnt bin. Männer tun das ständig, von Anfang an, es ist die erste große Investition ihres Lebens, lange, bevor sie ein Haus bauen oder sonst was, investieren sie in euch Frauen, sie tun alles, was nötig ist, sie verzeihen alles, weil deine Investition machst du nicht klein, in eine Investition schaufelst du Geld rein, du glaubst an sie, jahrelang, doch dann merkst du irgendwann, die Investition ist scheiße, du hast jahrelang bei VW investiert, und es kommt nichts bei rum, aber du hast schon so viel ausgegeben, also legst du noch was drauf, damit es endlich funktioniert, aber Pustekuchen, also investierst du irgendwann ein wenig in Toyota, nur ein bisschen, ein paar Euro, schaden kann's ja nicht, aber wenn VW das erfährt, ha, dann gibt's Ärger, sag ich dir, und deine Investition siehst du nie wieder, das ganze Geld ist futsch, weg, versenkt, und dann erst merkst du: VW hat ja gar nichts in dich investiert, nur umgekehrt, nur du hast investiert, VW hat nur kassiert, und jetzt ist das ganze Geld weg, und Toyota steht schon da und hält die Hand auf.«

»Äh …«

Emma hatte keine Ahnung, wovon er sprach. Verstand nur, dass er wirklich wütend war. War es so fürchterlich, mit ihr zu arbeiten? Sie wusste nicht, wie sie reagieren sollte. Stand da wie ein Passant vor einem Autounfall, der sich sagt: Ich hätte wohl doch diesen Erste-Hilfe-Kurs bei der Volkshochschule machen sollen.

Die Security-Dame rührte ihren Kaffee nicht mehr an. Sie sah auch nicht mehr ganz so müde aus. Lutz war nicht gerade leise gewesen.

Jetzt merkte er es selbst und räusperte sich, wischte sich über die Augen. »Aber du hast Papiere in der Hand. Du hast eine Theorie, die du loswerden willst, richtig?«

»Lutz, ich kann auch …«

»Ist schon gut, Emma. Was hast du da? Wir bleiben bei einem Thema, von dem du was verstehst. Wie heißt die Theorie diesmal?«

Zögerlich reichte sie ihm die Blätter – die Liste der Verdächtigen mit Missbrauch in der Biografie, die Liste der familienähnlichen Gemeinschaften, ihr hastig geschriebenes, vorläufiges Profil.

Er nahm sie nicht an. Er wartete mit gefalteten Händen. Es war komisch, so vor ihm zu stehen wie ein Schulmädchen beim Referat. Sich einfach neben ihn zu setzen, dazu war sie zu stolz.

»Ich habe mich gefragt«, begann sie, »wie die verschiedenen Elemente seiner Inszenierung zusammenpassen.« Sie musste kämpfen, ihre Stimme zu beherrschen. Es war zu viel. Die misslungene Entschuldigung, seine komische Tirade, auf die er irgendeine Antwort erwartete, aber was für eine? Sie wusste es nicht, sie wünschte, sie könnte mit ihm nur über Arbeit reden, das konnte sie wenigstens, das hatte er schon richtig gesagt, sie wünschte, es gäbe nichts als die Arbeit.

»Einmal diese fixe Idee Familie, die ideale Familie. Warum ist ihm das so wichtig? Ich glaube, er hatte nie eine, und er sehnt sich danach. Wenn das stimmt, muss man sich fragen: Wie ist er aufgewachsen? Irgendjemand hat ihn erzogen, wer oder was war das?«

Lutz schüttelte den Kopf. »Das sind viele offene Fragen.«

Emma fuhr einfach fort. »Dann der Missbrauch – er sucht sich ehemalige Missbrauchsopfer aus. Warum? Will er sie von ihrer Qual erlösen? Will er sie bestrafen? Missbrauch gehört auf jeden Fall zu seiner eigenen Geschichte – entweder wurde er in seiner Jugend selbst missbraucht oder jemand in seiner Familie.«

»Sie reden über den Leipziger Platz, stimmt's, Kollegen?«, sagte die Security-Dame, an Lutz gewandt, und blies in ihren Kaffee. »Ist der Platz noch frei?« Sie nickte Richtung Kühltasche. Emma stand immer noch.

»Nein«, sagte sie trotzdem. Frechheit. Sie war noch nicht fertig. »Und das Panzertape. Auch das so eine Obsession. Hat vielleicht mit dem Missbrauch zu tun. Bei seiner Tat hat er es benutzt, um seine Opfer hilflos zu machen. Also verbindet er Ohnmacht damit. Ich will ja nicht sagen, dass er als Kind in Panzertape eingewickelt und aufgehängt wurde, aber auf irgendeine Weise wurde er damit ruhig gestellt ...«

»Ja, wie denn? Meinst du, dass er sein Gemüse nicht aufessen wollte, und sein Vater hat ihn mit Panzertape so lange an den Stuhl gefesselt, bis der Teller leer war?«

»Ja, so was in der Art.«

Die Security-Dame zuckte mit den Schultern. »Sie haben keine Kinder, oder? Die können manchmal schon nerven.«

Lutz hielt es nicht mehr aus. »Du sagst, sein Vater hat ihn

missbraucht, gleichzeitig sagst du, dass er keinen Vater hatte. Du machst es mir schwer, dich …«

Emma unterbrach ihn: »Ersatzvater, meine ich. Ersatzfamilie. Internat oder so was. Wer über Jahre von einer Autoritätsfigur missbraucht wird, der träumt davon, dass das in seiner echten Familie nie passiert wäre, er fantasiert von einer abstrakten, idealen Familie, die perfekt ist, die er aber in Wirklichkeit gar nicht kennt.«

Lutz nickte. Immerhin das konnte er sich vorstellen.

Die Security-Dame strich sich sorgfältig die Haare hinter die Ohren. Sie machte Emma nervös. Das waren alles Interna, was sie hier in der Öffentlichkeit besprach, das sollte sie nicht, aber sie hatte keine andere Wahl, musste fortfahren, solange Lutz noch halbwegs zuhörte. Sie sprach schneller.

»Dazu kommt das Element Öffentlichkeit. Er tötet seine Opfer nicht im eigenen Keller, wo es keine Zeugen gibt, sondern vor aller Augen, an Orten, die öffentlich zugänglich sind.«

»Das passt schon zum Missbrauch in einer Institution wie einem Internat …«, nickte Lutz widerwillig.

»Genau. Wenn ein Kind vom eigenen Vater zu Hause missbraucht wird, dann geschieht das im privaten Rahmen. Das Kind erwartet nicht von den Nachbarn, dass die was unternehmen, wieso auch, die wissen ja nicht, was hinter geschlossenen Türen passiert. Ahnen höchstens was. Aber in einem Internat – da ist nichts privat. Das ist öffentlich zugänglich, jeder Mitschüler, jeder Lehrer, jeder Journalist, der das Internat besucht, jeder Geldgeber, jedes Elternteil kann von dem Missbrauch erfahren – Gerüchte gibt es immer – und etwas dagegen tun. Wenn das aber nicht geschieht, dann hat das Kind den Eindruck, dass es von der ganzen Gesellschaft im Stich gelassen wurde. Deshalb hängt er seine Opfer an öffentlichen Orten auf: Die Gesellschaft soll die Chance haben, sie zu retten, und wenn das nicht passiert, fühlt er sich bestätigt, dass sie die Schuld an seinem Leiden trägt.«

Lutz seufzte tief. Er war müde. Er massierte seine Stirn.

»Ich muss mich echt unbedingt mal setzen«, sagte die Security-Dame. »Zehn-Stunden-Schicht, wissen Sie.« Sie blickte gespannt von einem zum andern. Lutz erhob sich hastig, bevor sie ihren Worten Taten folgen lassen konnte. Emma blieb nicht viel Zeit.

»Lutz, diese drei Elemente – damit finden wir ihn: Missbrauch, dann eine familienähnliche Gemeinschaft wie ein Internat, ein Heim oder ein Jugendknast, eine Kommune oder Sekte, was weiß ich, und das Element Öffentlichkeit, hilflos in der Öffentlichkeit, Lutz, das war das Trauma, das dem Täter vor zwanzig Jahren oder so passiert ist – und es war bekannt, es gab Vorwürfe, ein Opfer ist an die Öffentlichkeit gegangen, oder es gab eine Untersuchung, zumindest Gerüchte, das sagt uns seine Inszenierung – Lutz, es stand in der Zeitung. Vielleicht sogar in Ermittlungsakten. Es ist publik gewesen. Wir müssen es nur finden.«

Die Security-Dame fummelte ihr Smartphone raus und begann etwas einzutippen. Lutz riss sich beinahe einen Knopf ab, als er sich in seinen Mantel wickelte.

»Emma … das klingt alles nicht schlecht. Ist mir aber zu theoretisch. Wenn nur eine Annahme nicht stimmt, fällt die ganze Theorie in sich zusammen. Es gibt zu viele Lücken. Schon die Idee, dass er eine ideale Familie nachbaut, die ist weit hergeholt. Wo sind die Frauen? Die drei Mütter? Wir haben bisher keine gefunden. Selbst eine dritte Tochter fehlt. Manchmal ist die einfache Erklärung die bessere. Vielleicht will er uns tatsächlich an der Nase herumführen. Wäre nicht das erste Mal. Felix arbeitet gerade an einer anderen Theorie, dass es drei Täter mit drei verschiedenen Opferschemata sind, die zusammenarbeiten. Ich halte das tatsächlich für vielversprechend. Deine Chefin auch.«

Damit schloss er den Mantel und nahm den Aktenkoffer in die Hand. Schon zum Gehen gewandt, sagte er: »Wir reden noch mal im Büro. Und zwar, nachdem du die Innenrevision hinter dir hast.«

Emma wurde hastiger: »Du musst dieses Video angucken, von dem Hund, und du wirst es verstehen.«

»Emma, hör dir doch mal selber zu. Man fragt sich wirklich, von wem du sprichst. Du hast eine ganze Theorie entworfen über einen Mörder, der nur mordet, weil er selbst einmal Opfer war und keiner ihm zu Hilfe kam. Beschreibst du jetzt den Täter oder dich selbst?«

Emma erstarrte.

Lutz seufzte. »Geh du einfach mal nach Hause. Kümmere dich um die Innenrevision. Das ist jetzt dein Job. Sonst nichts.«

Er warf sein Eis, das zur Hälfte geschmolzen war, in den Abfalleimer und ging, ohne sich noch mal umzudrehen, zur Tür. Hob nur knapp die Hand.

»Lutz, ich verstehe ihn jetzt!«

Er ging weiter. Sie stand da, Papiere in der Hand, und schaute ihm nach. Auf der Bank hinter ihr noch die Kühltasche mit dem Edeleis von Lafayette.

»Oh, Mädchen«, sagte die Security-Dame, die dankbar Lutz' leeren Platz einnahm, »du hast wohl nie gelernt, mit deinem Chef zu reden, wa?«

63

Irgendwann war das Ende der Liste erreicht.

Emma lieferte die Blumen ab. Die Brennemann nahm sie mit einem Grunzen entgegen und ging wieder an die Arbeit. Felix war misstrauisch und überrascht, vielleicht sogar positiv überrascht, als Emma ihm den Plüschfußball für seine Jungs überreichte.

Als sie mit allem durch war und nur noch auf ihren Termin bei der Innenrevision wartete, gab es nichts mehr zu tun. Sie kam nach Hause, und die Wohnung erschien ihr seltsam leer. So oft wie in den letzten Tagen war sie schon lange nicht mehr zu Hause gewesen. Hoffentlich wurde das nicht zur Gewohnheit. Was, wenn sie ihren Job verlor? Ihr Gewerkschaftsanwalt meinte, das könne nicht passieren. Aber was, wenn doch?

Sie könnte zu einer Sicherheitsfirma gehen. Eine Privatdetektei aufmachen. Ihre Wohnung verkaufen.

Ach, das machte alles keinen Spaß.

Sie setzte sich an den Küchentisch und durchsuchte ihre Rätselhefte nach einem leeren Exemplar. Da sah sie ihn: den Stapel Unterlagen, den sie aus dem Büro mitgebracht hatte. Die Ausdrucke aus den Datenbanken.

Hatte sie ganz vergessen. Johannes hatte sie auch nicht mehr versucht anzurufen. Wenn er vorher schon sauer auf sie gewesen war, war er jetzt sicher noch wütender. Typisch Emma: Sie war nicht nur gerade im Begriff, Lutz, den einzigen Mann, der immer für sie da war, zu verlieren, sie war auch schon damit beschäftigt, den nächsten netten Mann zu vergraulen, der gerade in ihr Leben getreten war.

Sie legte die Ausdrucke nebeneinander und schaute sie systematisch durch.

Georg Wallner.
Einwohnermeldeamt: Wohnhaft in Zehlendorf. Interessant. Die Fickwohnung war Strausberger Straße, Friedrichshain. Ob in Zehlendorf ein Frauchen auf ihn wartete?
Standesamt: Nicht verheiratet, keine Kinder.
INPOL: Nicht aktenkundig.
SIS, die Schengener Datenbank: Nichts.
DNA-Datenbank: Nichts.

BKA-Schusswaffen-Datenbank: Nichts.
POLIKS, die Berliner Datenbank: Nichts.
Flensburg: Gar nicht so wenig. Er fährt also gern schnell auf der Autobahn, der Herr Wallner.

Das Gewerbeamt, das Grundbuchamt und die Zollbehörden kannten ihn:

Herr Wallner war Eigentümer der Zeder Import GmbH. Exotische Hölzer, zum Bau von Saunas, Lauben, Ferienhäusern, Skihütten. Sie erinnerte sich an das spiegelglatte Parkett in seiner Wohnung. Schick. Aber offenbar nicht schick genug: Vor zwei Jahren Konkurs angemeldet, Firmenvermögen eingefroren, Firmenstandort aufgelöst, Inventar eingefroren und eingelagert.

Wenn Emma ein Profil über Georg Wallner erstellen müsste, würde sie schreiben: *Erfolgsmensch, oberflächlich. Versteckt wahre Persönlichkeit. Triebgesteuert. Egozentrisch, rücksichtslos. Guter Lügner. Hat nicht gezögert, mir als Beamtin die Waffe vorzuenthalten. Das war eine Drohung, verkleidet als Spiel. Hat sich nicht entschuldigt oder die Tat relativiert. Hat nicht gezögert, auf Intimität einzugehen, obwohl er offenbar eine Freundin hat. Hat sich auch nur oberflächlich Mühe gegeben, die Spuren der anderen Frau in seiner Zweitwohnung zu verbergen. Psychopathisch veranlagt, möglicherweise potenziell gewalttätig.*

Johannes Kehrmann.
Einwohnermeldeamt: Wohnhaft in der Manteuffelstraße. Emma kannte die Wohnung ja.
Standesamt: Nicht verheiratet, keine Kinder.
Schengener Datenbank SIS: Nichts.
DNA-Datenbank: Nichts.
BKA-Schusswaffen-Datenbank: Nichts. Was sollte schon sein? Johannes war ein offenes Buch.

Flensburg: Ein guter Fahrer war er auch. Ein Punkt Vorsprung für Johannes!
INPOL: Nichts.

Doch, da war was. Vielleicht war der gute Johannes nicht ganz so langweilig, wie er sich gerne gab.

POLIKS, die Berliner Datenbank: Jugendakte vorhanden. Mit neunzehn wurde er verwarnt und seine Wohnung durchsucht wegen Computerbetrugs. Der kleine Nerd hatte fleißig Filme, Programme und Videogames aus dem Netz gezogen und zu Hause auf Hunderten CDs gespeichert. Leider über illegale Accounts mit gefälschten Kreditkarten, er war ein sogenannter Faker. Musste mit neuntausend Euro einen saftigen Schadensersatz leisten. Also doch ein kleiner Krimineller, unser Johannes.

Oder vielleicht gar nicht so klein.

Vor einem Jahr wurde ihm gerichtlich Kontaktverbot auferlegt infolge einer Unterlassungsklage: Herr Kehrmann durfte sich der Wohnung seiner ehemaligen Freundin nicht mehr nähern. Vor einem halben Jahr: vorübergehende Festnahme und Geldstrafe in Höhe von fünftausend Euro wegen der Verletzung des Kontaktverbots.

Ein Stalker ist er also auch, der gute Herr Kehrmann. Der eine Punkt Vorsprung für vorbildliches Fahrverhalten wurde leider wieder abgezogen.

In ihrem Kopf notierte Emma:

Johannes Kehrmann: rücksichtsvoll, empathisch. Ehrlich, offen. Zeigt, wer er ist, na ja, mit kleinen Abstrichen. Kopfgesteuert. Hinterfragt sein eigenes Tun und das der Menschen um ihn herum. Einerseits sympathisch, andererseits lässt das auf innere Unsicherheit schließen. Der typische nette Kerl von nebenan, aber auch ein Mann, der Zurückweisung nicht erträgt und der schlecht loslassen kann. Könnte gefährlich werden.

Zwei Männer mit kleinen Macken. Tja, wer hatte die nicht.

Auf der Rückseite eines der Blätter schrieb Emma ihr Fazit:

Georg: potenzieller Psychopath. Johannes: potenzieller Stalker.

Dann lieber Johannes. Andererseits:

Georg: nicht aktenkundig. Johannes: aktenkundig.

Dann doch lieber Georg.

Emma lachte leise. Über sich selbst. Das war eine Menge Mühe, eine Menge Recherche, aber genutzt hatte es nichts. Sie war wieder genau da, wo sie am Anfang war. Sie wusste, dass Johannes der bessere Partner von beiden war, und sie wusste, dass sie Georg wiedersehen wollte.

Was würde Sarah sagen? Vermutlich: Folge deinem Herzen.

Was würde Lutz sagen? Gefühle kommen und gehen. Was willst du? Ziele liegen jenseits von Gefühlen.

Georg. Da war noch was.

In der Nacht, die Emma bei Georg verbrachte, lange bevor sie um vier Uhr aufgestanden war, hatte er etwas erzählt. Sie war schon im Halbschlaf versunken, als er anfing zu sprechen, einfach so, und sie wusste erst nicht, ob sie geträumt hatte.

»Du kennst bestimmt viele Mörder«, hatte er gesagt. Die Stimme dunkel, nach innen gekehrt. »Ich kannte auch mal einen. Meinen Bruder. Er hat unseren Vater umgebracht. Das habe ich noch nie jemandem erzählt.«

Vielleicht wusste er gar nicht, dass sie zuhörte, vielleicht war das auch gar nicht für ihre Ohren bestimmt. Oder sie war die Einzige, der er das erzählen konnte.

»Unser Vater, das war ein harter Kerl. Förster. Er hatte so einen Tick mit Selbstständigkeit. Als ich dreizehn wurde, karrte er mich raus in den Wald. Ließ mir nur ein Messer und eine Flasche Wasser da. Er sagte, in einer Woche hole ich dich wieder ab. Wenn du nicht allein überleben kannst, will ich dich zu Hause nicht haben. Wenn du mit jemandem redest, wenn du um Hilfe bittest, brauchst du gar nicht mehr heimzukommen. Dann war er weg. Ich weiß noch, wie ich durch den Wald irrte. Wie kalt das nachts wurde. Zuerst dachte ich, ich kann einen Hasen fangen, ich baue eine Falle. Das wird ein Abenteuer. Aber das sind Kinderträume. Ich hatte keine Chance. Ich hungerte. Ich fraß Gras. Ich fraß Pilze und wurde krank. Ich sah Rehe, die an mir vorbeizogen, als ich im Dreck lag und nicht mehr heulen konnte. Ich sah einen Jäger auf einem Hochsitz, aber ich hatte Schiss, ihn anzusprechen. Ich wusste nicht mehr, welcher Tag es war. Ich hätte auch den Treffpunkt gar nicht mehr gefunden, wo er mich nach einer Woche abholen wollte. Endlich fand mich der Jäger und brachte mich zur Polizei. Als mein Vater mich abholte und behauptete, ich wäre ausgebüchst, erfuhr ich, dass die Woche noch gar nicht um war …«

Er schwieg so lange, dass Emma schon dachte, er wäre eingeschlafen. War er aber nicht. »Ich schämte mich. Nur mein älterer Bruder verstand, wie es mir ging. Er hatte es hinter sich. Er war klug gewesen. Er hatte ein Feuerzeug und ein Zelt und Proviant in den Wald geschmuggelt, schon vorher. Ich glaube, sogar einen Kompass. Mein Vater hat ja seine Pläne nie verschwiegen, wir anderen haben ihm nur nie geglaubt. Meine kleine Schwester fiel am zweiten Tag in eine Schlucht und lag da drei Tage lang, bis Wanderer sie fanden. Sie hatte sich die Beine eingeklemmt. Danach waren sie nutzlos. Als mein Bruder das sah, wurde er anders. Sprach nicht mehr. Dann, eines Nachts, war er weg. Wir wollten, dass Vater ihn suchen ging, aber Vater war tot. Abgestochen. Im Bett. Die Polizei fand meinen Bruder eine Woche später im Wald. Er bekam eine Jugendstrafe. Saß sie ab, als ob er beweisen wollte, dass er Manns genug war, seine Strafe zu verbüßen. Erst als er rauskam, brachte er sich um. Bevor wir ihn noch mal sehen konnten.«

Emma hatte etwas erwidern wollen, aber welche Art von Antwort wäre schon passend gewesen? Stattdessen setzte sie sich wortlos auf ihn.

Männer mit Macke. Komisch: Das sind die Männer, die eine Frau heilen will. Es sind auch die Männer, die Frauen umbringen. Emma stand auf und ging ins Schlafzimmer. Zum Computer. Fuhr ihn hoch, fand den Ordner *Zukunft*, die Datei *Wunschliste*.

Sie scrollte.

Da stand es: *Ich will einem Mann vertrauen können.*

Georg war nicht dieser Mann.

Das hatte sie immer gewusst, von Anfang an. Wieso hatte sie ihn überhaupt in Betracht gezogen? Was war los mit ihr? Sie sah ganz genau, dass dieser Typ falsch war, falschfalschfalsch, trotzdem hatte sie mit der Idee gespielt, der Idee von ihm, trotzdem hatte sie fantasiert, dass sie und er … na ja, dass sie zumindest eine Menge Spaß haben könnten. Frauen. Du sagst ihnen, wo die Gefahr lauert, du zeigst ihnen ganz klar die Tür, durch die sie niemals gehen dürfen, es steht auch in großen Buchstaben drauf: Nicht öffnen. Sofort treten sie durch die Tür.

Das war vorbei. Emma wollte diese Art Frau nicht mehr sein.

Sie holte ihr Handy und wählte.

Es ging ihr gut. Erstaunlich gut. Sie hatte eine Entscheidung gefällt. Das gab ihr Kraft. Das Gefühl, dass sie ihr Leben endlich wieder im Griff hatte. Zumindest in diesem einen Punkt. Scheiß auf den Rest. Auch wenn alles andere den Bach runtergehen sollte, egal, sie hatte die Kraft, den Neuanfang zu wagen. Das spürte sie jetzt. Das war schon mal was.

Er ging ran.

»Johannes, können wir uns treffen?«

64

Johannes blieb in der Tür stehen. Steif, die Arme verschränkt. Er bat sie nicht herein. Heute war er nicht der nette, aufmerksame Akademiker, den sie kannte. Wenn sie reinwollte, musste sie Bitte sagen. Das tat sie.

Er trat beiseite. Zögerlich. Ging durch den Flur, dann rechts zur Küche. Auf dem Herd kochten Nudeln, daneben stand ein offenes Pestoglas. Es roch wunderbar, und Emma merkte erst jetzt, was für Hunger sie hatte. Sie versuchte nicht an Essen zu denken. Vor dem Herd blieb er stehen, Arme über der Brust gekreuzt. Bot ihr keinen Stuhl an.

»Es gibt … Es gab da noch jemand anders«, erklärte sie nach einer Weile. Eine Beichte also. Bis zu dem Moment war sie nicht sicher gewesen, was sie sagen würde. Nun war es keine Unschuldsbeteuerung geworden, sondern das Gegenteil: Ich hab Scheiße gebaut. Dich an der Nase rumgeführt, dich schlecht behandelt, dir wehgetan. Tat gut, irgendwie. Endlich die Wahrheit sagen, egal zu wem.

Er reagierte nicht. Dann doch. »Hab ich mir schon gedacht.« Pause. »Aber warum erzählst du mir das? Sind wir zusammen?«

»Ich habe mich entschieden. Ich sehe ihn nicht wieder.«

Jetzt brach es aus ihm heraus. »Ach, ich bin also toller als er? Gegen mich ist er ein Schlappschwanz? Willst du das damit sagen?« Irgendetwas baute sich in ihm auf. Sie trat einen Schritt zurück, zum Fenster hin. Stolperte beinahe in seine Bierflaschen- und Marmeladenglassammlung.

»Warum machst du dich darüber lustig?«, entgegnete sie. »Du bist auch ein toller Typ. Du hast Rückgrat. Du bist nicht der Große-Klappe-nichts-dahinter-Arsch. Er ist so einer. Manche Frauen fallen drauf rein, ich auch ein bisschen, doch ich will das nicht. Ich will nicht so eine Frau sein.«

Auf dem Küchentisch lag ein Stapel alter Computerzeitschriften. Auf einmal konnte er nicht mehr an sich halten. Er nahm eine Handvoll und pfefferte sie an Emmas Kopf vorbei gegen das Fenster. Ein paar rutschten hinter ihr zu Boden.

Er schrie jetzt. Oder fast. Er wollte, konnte aber nicht wirklich, hielt sich aus Gewohnheit zurück, aber die Worte pressten sich mit Wucht heraus. »Das sagst du so stolz, als sollte es mich freuen, die zweite Wahl zu sein, ich gratuliere, Johannes, du bist nicht der Mann, der mich anmacht, den habe ich über, aber jetzt nehme ich dich!«

Die Nudeln kochten über, das Wasser löschte die Gasflamme, er ignorierte es. Atmete schwer.

»Was war es, Emma? Was hat er gemacht, dieser echte Kerl? Was hat dir gefehlt? Bisschen Härte? Bisschen Gemeinheit? Ein Mann darf nicht zu nett zu dir sein, oder? Das macht dir Angst.«

Er trat näher.

Emma fragte sich, was sie sich dabei gedacht hatte. Johannes war nicht so schmal, wie sie ihn in Erinnerung hatte. Und einen Kopf größer war er auch. Nicht nur, wenn er sich so aufbaute, wenn die Wut ihn erfüllte. Und er war wütend. Viel mehr, als sie gedacht hatte. Sie hatte geglaubt, er würde ein wenig böse auf sie sein. Es gab ja keine Verbindlichkeiten zwischen ihnen. Er war aber nicht ein wenig böse, er war zornig, auf sie, auf alle Frauen, die ihn je verschmäht, ihm je die kalte Schulter gezeigt, ihn je taxiert, als harmlos eingestuft und wieder weggeschaut hatten. Das war nicht wenig Zorn. Das war nicht wenig Schmerz.

Er schubste sie. »So etwa?«

Es war ein Anlauf. Ein Test. Er wollte wissen, wozu er fähig war.

Emma trat einen Schritt zurück. Kam aber nicht weit. Schaute sich in der Küche um: Messer, Kochtopf außer Reichweite. Die Flaschen. Direkt hinter ihr.

»Johannes, hör mal …«

»Schlägt er dich? Macht dich das an?«

Er holte aus. Knallte ihr eine.

Nicht hart. Nicht so hart, wie sie erwartet hatte. Im letzten Augenblick hatte er gezögert, den Schlag abgemildert, wohl die Stimme des Vaters gehört: niemals ein Mädchen schlagen. Es tat nicht weh, nicht wirklich, aber sie war doch überrascht, dass er das getan hatte. Mehr noch, schockiert. Auch, dass sie sich nicht gewehrt hatte.

»Wie oft hast du mit ihm geschlafen?«

»Zweimal.«

Noch eine Ohrfeige, rechts. Dann links. Nicht hart, aber härter. Ihre Wangen brannten.

»Eine für jedes Mal«, sagte Johannes, das Gesicht hassverzerrt.

Emma aber wurde ganz ruhig. Hass war etwas, das sie verstand. Gewalt war etwas, das sie verstand. Mal sehen, was in ihm steckte.

»Dreimal«, flüsterte sie. Blickte ihn dabei herausfordernd an.

Sie fing sich noch eine.

Diesmal schlug sie zurück. Nicht gezielt, nicht wie im Abwehrtraining, nicht wie eine Polizistin, sondern wie jemand, der nichts anderes tut, als seinen Gefühlen freien Lauf zu lassen.

Er fing ihre Hand ab. Wie sie es ihm auch angeboten hatte.

Er lachte auf. »Du magst es«, sagte er. Verwundert. »Ist es das, was du mir sagen wolltest? Ist es das, was du von mir willst?« Er packte sie beim Arm, drängte sie aus der Küche, über den Flur, ins Schlafzimmer. Stieß sie aufs Bett.

»Zieh dich aus.«

»Johannes …«

Sie hatte Angst, aber seltsamerweise nicht um sich. Um ihn.

»Quatsch nicht, zieh dich aus. Weißt du was? Ich mach das schon für dich.«

Er packte ihre Hose, zog sie runter, zerrte den Slip herab, griff ihr ins Haar und riss ihren Kopf nach hinten, er hielt sie fest, öffnete seine Hose und drang grob in sie ein. Wie jemand, der verzweifelt sein Revier zurückerobern will.

»Gut so?«

»Ja«, sagte Emma. Es tat weh. Es ging zu schnell. Sie war nicht feucht. Aber nicht mehr lange. Sagte sie sich.

»So was magst du? So was brauchst du? Ja?«

»Ja«, gab sie zu. Vielleicht war es gelogen, vielleicht nicht. »Und du?«

Das war die falsche Frage.

Er ließ abrupt von ihr ab. Stolperte zurück, als ob sie ihn geschlagen hätte.

»Ich kann das nicht.«

Er zog seine Hose wieder hoch.

Sie fühlte sich plötzlich nackt. Nackt, hässlich und gedemütigt. Als ob er ihr erst mit den Worten »Ich kann das nicht« wehgetan hätte. Sie zog ihren Slip wieder hoch. Ihre Hose.

»Ich bin nicht das Arschloch, das du suchst«, sagte er.

Zu Hause ging sie in ihr Schlafzimmer, setzte sich auf die Bettkante, umfasste ihre Knie. Saß da lange, im Dunkeln.

Okay, okay. In Ordnung. Noch einen Mann verschreckt. Wieder mal zu spät erkannt, was ich habe. In Ordnung. Das überlebe ich auch noch.

Der Wind rüttelte an den Fensterscheiben. Sie saß, die Knie fest an den Körper gezogen, und lauschte. Der alte Dachboden über ihrem Kopf ächzte und knarrte. Der Wind wurde zum Sturm. Ein, zwei Dachziegel riss er heraus, sie zerbarsten unten auf der Straße. Er pfiff und heulte um das Haus. Rüttelte an den alten Mauern, tobte durch das weite Feld da drüben, sang in den Metallstreben der Brücke zwei Häuser weiter. Flaute ab, schwoll wieder an. Laut, leise. Laut, leise. Unerbittlich, unermüdlich.

Als es klingelte, drang Sonnenlicht durch die Vorhänge. Sie lag auf dem Bett, war eingeschlafen. Wie spät? Sie stolperte in die Küche. Das Handy lag noch auf dem Küchentisch. Klingelte. Klingelte. Leg nicht auf, ich komme, leg nicht auf.

Die Küchenuhr zeigte 8:30 Uhr.

»Johannes?«

»Johannes?«, sagte Lutz. »Ich sehe, du hast schon neue Freunde gefunden. Na, da bin ich ja erleichtert.«

»Lutz? Lutz, was ist denn …«

»Wir haben sie entdeckt.«

»Wen?«

»Du weißt schon.«

65

Ein Autobahnkreuz ist ein merkwürdiges Gebilde: Auf der Karte sieht man nur Betonbänder, die sich schlängeln, ineinander übergehen und wieder trennen, und man kann sie halbwegs auseinanderhalten, aber wer selbst mit dem Wagen darauf unterwegs ist, weiß nie genau, in welche Richtung er tatsächlich fährt, nur dass er einer Straße folgt, die sich immer weiter krümmt und krümmt und krümmt – das Fahren wird zum Vertrauensbeweis, man fädelt und strömt und hofft, dass man letzten Endes irgendwo ankommt, und erwischt man doch die falsche Ausfahrt, muss man kilometerweit fahren, bis man umdrehen und das Ganze wieder von vorn probieren darf.

Emma brauchte zwei Anläufe, bis sie die Stelle fand: eine kaum sichtbare, nur für Forstfahrzeuge zugelassene Abzweigung. Oben im Norden Berlins, in einem Schleifenwirrwarr aus Beton, da, wo die A100 in den Hamburger Autobahnzubringer A111 übergeht, dann weiter Richtung Siemensallee und bloß nicht die Abfahrt übersehen.

Emma steuerte ihren Polo den engen holprigen Weg entlang, zwischen hohen Bäumen und Gestrüpp hindurch auf eine leichte Erhöhung, im Sommer gekrönt von dichtem Grün, jetzt weitgehend kahl. Ein Rest von Nebel auf dem Boden zwischen den Bäumen, die links und rechts aufgereiht standen wie schwarze Säulen, die Sonne löste ihn langsam auf. Sofort war der Lärm der Autobahn weit entfernt. Eine dicke Schicht Blätter bedeckte den Weg, ein paar Stämme waren umgeknickt, der Sturm heute Nacht hatte ganze Arbeit geleistet. Nach der zweiten Kurve kam sie nicht weiter. Autos, Streifenwagen und Transporter standen zwischen die Bäume gequetscht und quer über der Fahrspur. Sie parkte auf die gleiche Weise und ging zu Fuß weiter, bis die Stimmen der Kollegen die Stille des Waldes durchbrachen.

Kein abbruchreifes, verlassenes Gebäude weit und breit. Mit einem Transformatorenhäuschen, einem alten Aussichtsturm oder so was hatte sie gerechnet. Sie schaute sich um. Nichts. Auch Leichen sah sie nirgendwo.

Sie fragte den Ersten, dem sie über den Weg lief, das war der Pach: »Wo sind denn die Opfer?«

Der wies mit dem Kinn nach oben.

Da hingen sie. Ein paar Meter den Wald hinein. Mit silbernem Panzertape umwickelt, an den kahlen Ästen hoch oben, drei von ihnen, in drei Bäumen, nicht weit voneinander entfernt, wie traurige silberne Früchte, die letzten ihrer Art, sie sind irgendwie nicht abgefallen, sind als Einzige zurückgeblieben im Wandel der Jahreszeiten. Als Emma hochschaute, fühlte sie sich wie in einer Kathedrale: Überall gibt es was zu sehen, selbst über deinem Kopf, Lichteffekte, Verzierungen, versteckte Figuren. Und Grabstätten. Im Morgenlicht schimmerten die drei Kokons wie sanfte Fackeln. Hier in der Kathedrale der Natur. Sie baumelten sogar ein wenig im Wind, das merkte sie jetzt, ganz leicht, ganz sacht, hin und her, hin und her.

Die Kokons hingen in einem lockeren Dreieck. Wie immer. Alle wiesen in dieselbe Richtung. Emma folgte ihrem Blick zur Autobahn.

Tag und Nacht die Autos, die Scheinwerfer, ein ständiges Summen, ein unaufhörliches Kommen und Gehen, irgendwohin, irgendwoher, anonyme Gehäuse, und drinnen die einzelnen Fahrer in ihren Cockpits, hochkonzentriert auf die Straße vor ihnen, nur das Radio und die Bäume am Straßenrand zur Gesellschaft. Das war der letzte Blick der drei hängenden Toten.

Seltsam: Von hier aus konnte sie die Autos noch erkennen. Tagsüber müssten die Autofahrer doch auch eigentlich weit genug in den Wald hineinsehen können, um so etwas ungewöhnlich Silbernes, Glänzendes wahrzunehmen.

»Die sind doch gut sichtbar da oben, von der Autobahn aus. Und keiner will was bemerkt haben?«

»Erst seit heute früh«, sagte Pach. »Die Bäume hier haben ihre Blätter gerade erst verloren. Der Sturm heute Nacht.«

»Und es sind Frauen?«

»Da musst du Lutz fragen«, sagte Pach.

»Warum? Warum kannst du es mir nicht sagen?«

»Weil Lutz sagt, dass du ihn fragen musst.«

Lutz stand mit Habernickel und Hauke Bredow bei dem Kranwagen.

Ja, dann musste sie wohl da hingehen. Immerhin war er nicht allein.

Sie schob die Stiefel durchs Laub. Kastanienblätter, modrigbraun. Gelbe Eichenblätter. Bunter Ahorn. Als sie vor Lutz stand, war es, als wäre sie kaum von der Stelle gekommen: über ihr immer noch die Leichen.

Lutz musterte sie neugierig. Prüfend. Als ob sie eines der Opfer wäre. »Du freust dich sicher«, sagte er.

»Schönen guten Morgen.« Auch sie konnte mal trotzig sein.

»Na, komm.«

»Nein. Tue ich nicht«, widersprach sie.

»Doch, doch, du freust dich. Du wolltest tote Muttertypen, jetzt schweben drei von ihnen über deinem Kopf, und du kannst nur daran denken, dass du recht hattest, und du freust dich.«

Habernickel und Bredow schauten sie an, schon gespannt auf ihren Konter. Emma schwieg. Er hatte ja recht. Sie sollte nicht so denken, aber sie dachte so. Sie bewegte ihre kalten Finger in den Taschen ihrer Jacke. Leere Hände. Wirklich? Sie war nicht mit leeren Händen gekommen, Lutz konnte sagen, was er wollte.

»Lutz, ich verstehe jetzt, wer der Täter ist«, sagte sie. »Willst du wissen, was ich über ihn weiß? Willst du wissen, warum es ihm scheißegal ist, ob die Opfer leben oder sterben? Willst du wissen, was er wirklich vorhat? Willst du jemanden haben, der sich in ihn hineinversetzen kann, der ihn versteht und dir alles sagt? Dann musst du akzeptieren, dass ich dafür meinen Job will. Willst du mich, musst du mich wieder einsetzen, das musst du mit der Brennemann klären und mit dem Präsidium, und dieser ganze Revisionsscheiß muss vertagt oder beschleunigt werden oder was auch immer, mir egal, wie du das machst, ich will morgen früh ins Büro kommen und ein Profil erstellen, wie es mein Beruf erfordert, wie ich es gelernt habe und wie du es brauchst. Ob ich ein schlechter Mensch bin oder nicht, darüber können wir in aller Ruhe reden, wenn du ihn gefasst hast.«

Lutz schwieg. Er bückte sich und hob eine Kastanie auf. Polierte sie mit dem Ärmel. Betrachtete ihr glänzendes Mahagonirot. Schleuderte sie von sich, weit weg ins Laub.

»Ich will das neue Profil um zwölf.«

66

Sie fing an mit einer Geschichte. Mit derselben, die sie Lutz schon erzählt hatte:

Irgendwann in den Achtzigern oder frühen Neunzigern wächst ein Junge in einem Heim auf. Vielleicht ist es kein Heim, sondern ein Internat oder ein Jugendknast oder gar eine Sekte, eine dieser Aussteiger-Utopien, wo Eltern ihre Kinder nach irgendwelchen neuartigen Theorien gemeinschaftlich erziehen. Egal. Alle diese Institutionen haben eines gemeinsam: Die Eltern geben die Verantwortung für ihre Kinder an die Einrichtung ab – von jetzt an werden die Kinder vom Leiter der neuen Gemeinschaft erzogen. Er wird Ersatzvater, Ersatzmutter, Gesetz. Was eine echte Familie ist und wie es ihm in einer echten Familie ergehen würde, davon kann das Kind nur fantasieren.

»Und es fantasiert sehr viel davon, weil es ihm in dieser Gemeinschaft schlecht geht«, sagte Emma.

Das Großraumbüro der MK1 war voll, die gesamte EG98 anwesend. Einige hatten Stühle aus anderen Büros geholt, andere lehnten an Regalen und Schreibtischen oder standen in den Gängen. Sie sah Hauke Bredow, Chef der Tempelhofer, der ihr zunickte, und den Schwander, Chef der 13, Sexualdelikte. Lutz war da, nur die Brennemann fehlte, doch irgendwann würde sie schon auftauchen – heute Nachmittag musste Emma mit ihr und Lutz ins Präsidium am Platz der Luftbrücke, die Innenrevision war noch nicht ausgestanden, doch Job und Dienstwaffe hatte sie wieder. Vorläufig.

Matze und Sigmar recherchierten noch in der Puppenkiste – schon vom Tatort aus hatte Emma ihnen die Liste der verdächtigen familienähnlichen Gemeinschaften durchgegeben, sie wollte wissen, was aus den Leuten wurde, die in den Achtzigern diese Internate, Heime und Kommunen leiteten, und zwar so schnell wie möglich, am besten noch bevor sie mit der Profilpräsentation fertig war. Felix fehlte.

Emma stand vor dem Whiteboard und erzählte: In dieser Gemeinschaft wird er missbraucht, dieser Junge, über Jahre hinweg, und nicht nur er. Alle wissen es, doch keiner tut etwas dagegen. Der Missbrauch muss nicht unbedingt nach Missbrauch aussehen – es muss nicht sexuell sein, es kann auch eine besonders harte Strafe sein.

»Zum Beispiel, wenn der Junge nicht lernen will, fixiert ihn der Erzieher mit Panzertape an seinen Stuhl.«

Unruhiges Gemurmel erhob sich. Emma kam sich vor wie im Theater, und sie stand auf der Bühne. Sie fuhr fort: »Das Schlimmste für das Kind ist nicht unbedingt der Missbrauch selbst, sondern die Hilflosigkeit – es gibt niemanden, der ihm beisteht, an den es sich wenden kann. Seine Eltern sind entweder weit weg, oder sie sind zwar anwesend, aber dem Anführer der Sekte oder Kommune hörig. Sie würden ihm nie widersprechen, sie sind überzeugt, dass alles, was er tut, zum Besten der Kinder ist. Dann interessiert sich irgendwann die Öffentlichkeit für die Sache. Eines Tages kommt ein Journalist, er schreibt einen Artikel über die interessanten neuen pädagogischen Ideen, die er in der Kommune gesehen hat, Promis äußern sich wohlwollend. Kein Wort von Missbrauch. Jetzt scheint es dem Jungen, dass nicht nur seine Eltern und die Lehrer wissen, dass er missbraucht wird, sondern die ganze Gesellschaft, und niemand tut etwas dagegen. Er hat im wahrsten Sinne des Wortes keinen Freund auf der ganzen Welt.«

»Ich heul gleich«, knurrte die Ceesay, doch die Männer um sie herum zischten: »Pssst!«

»Das ist unser Täter«, sagte Emma. »Über Jahre hinweg hat er eine Fantasie entwickelt, in der er seine Ohnmacht in Gewalt gegen andere verwandelt. Seine Motivation ist vielschichtig – teilweise will er sich an der Gesellschaft rächen, die ihn damals im Stich gelassen hat. Aber da kommt noch Weiteres hinzu. Vielleicht will er sich durch die Tat endlich von seinem Leiden befreien. Was genau im Hirn so eines Psychopathen vorgeht, kann ich nicht sagen. Wichtig für uns ist bloß, dass er die Elemente seines Leidens alle in seiner Tat vereint hat: die Hilflosigkeit, die Quasiöffentlichkeit, die Sehnsucht nach einer idealen Familie, das Panzertape und das Hängen. Damit zeigt er uns sehr genau, was er in der Kindheit selbst durchgemacht hat.«

»Und wir sollen jetzt sämtliche Internate und Kommunen Deutschlands abklappern und fragen, ob man dort die Kinder mal mit Panzertape an den Stuhl gefesselt hat?« Die Ceesay wieder.

»Ich glaube«, sagte Emma, »dass wir die Täter schon kennen.«

Das gefiel den Kollegen nicht. »Du brauchst uns nicht auf die Folter zu spannen«, rief einer, den sie noch nie gesehen hatte. »Sag uns einfach, wer es ist, und wir können endlich Mittag machen.«

»Ich denke, mindestens einer aus der Gruppe befindet sich unter den Verdächtigen, die wir schon vernommen haben. Nicht der Primärtäter, er ist zu klug dafür, aber sein nahes Umfeld.«

»Und wir haben sie noch nicht erkannt, weil wir zu doof sind.« Engler.

»Wir haben sie noch nicht erkannt«, sagte Emma, »weil wir uns bisher auf den Primärtäter konzentriert haben. Weil das, was wir sehen, seine Fantasie ist. Der Schlüssel liegt aber bei den Mittätern. Sie sind seine eigentlichen Opfer.«

Der Kessel explodierte.

»Herrgott noch mal«, hörte sie und: »Was ist das jetzt für eine politisch korrekte Scheiße?«, und: »Sag das mal den toten Frauen, dass sie eigentlich keine Opfer sind, die würden das anders sehen.«

Es wurde erst still, als Lutz zum Whiteboard ging und brüllte: »Klappe jetzt!«

Emma wartete, bis das Gemurmel verebbt war.

»Die Mittäter sind seine ehemaligen Leidensgenossen«, erklärte sie. »Sie sind alle zusammen in der gleichen Scheiße aufgewachsen. Vielleicht sind sie Geschwister. Vielleicht wissen sie es nicht mal. Jedenfalls haben sie alle denselben Missbrauch erlebt. Das ist auch der Grund, warum der Primärtäter die anderen so sehr hasst. Er schaut sie an, und er sieht sich selbst als Kind: schwach, unfähig, erbärmlich.«

Einige waren noch skeptisch, das sah Emma. Auch Lutz. Aber sie hörten zu.

»Er hasst dieses Kind und alle, die so geblieben sind. Opfer. Er ist kein Opfer mehr. Er ist jetzt der Täter. Sein Peiniger aus der Kindheit ist zu seinem Leitbild geworden. Das sagt er ihnen nicht. Er weiß es vielleicht selber nicht. Seinen Hass versteckt er vor ihnen. Aber in Wirklichkeit will er sie mehr als alle anderen zerstören.«

Der Kessel war still. Emma merkte, dass ganz hinten der Pauluhn von der Technik alles auf Video festhielt.

»Irgendwann wurde die Gemeinschaft aufgelöst, und die Kinder, die jetzt erwachsen waren, mussten allein zurechtkommen. Das schafften sie nicht. Sie waren dazu erzogen worden, in der Gemeinschaft zu leben, nicht in der wirklichen Welt. Sie haben nie gelernt, mit normalen Menschen in einer normalen Gesellschaft umzugehen. Hier herrschen ganz andere Bedingungen. Nichts, was sie sagen, findet Anklang. Im Job haben sie kaum Aufstiegschancen. Freunde sind distanziert, Beziehungen scheitern. Sie können ihre Probleme nicht artikulieren. Irgendwann landen sie auf der Straße oder in Hartz IV. Sie gehören zu den Verlierern der Gesellschaft. Sie haben jahrelang versucht, sich anzupassen, und es nicht geschafft. Sie sind nirgendwo zu Hause. Jetzt tritt unser

Primärtäter auf den Plan. Er sammelt sie ein, er wickelt sie um den Finger, gibt ihnen die Bestätigung, die sie so vermissen, hört ihnen zu, sagt, dass er sie liebt. Er schenkt ihnen Geborgenheit, wie der Anführer damals. Er macht sie emotional abhängig – vielleicht auch finanziell. Dann erst eröffnet er ihnen seinen Plan.«

Jetzt hörten sie zu. Engler, Habernickel und Pach hielten sich die Stirn, als ob sie Kopfschmerzen hätten, aber sie hörten zu.

»Es ist wichtig, die Beziehung zwischen Primärtäter und Mittäter zu verstehen. Der Fachbegriff dafür ist *abhängige Persönlichkeitsstörung*. Das ist jemand, der keine eigene Persönlichkeit entwickelt hat, auch keinen eigenen Willen. Das sehen wir oft als Folge von Missbrauch, und durch die jahrelange Vernachlässigung ist es bei unseren Mittätern noch ausgeprägter. Ihr Leben ist leer, und sie sehnen sich danach, es mit Sinn zu füllen. Und sei es durch Hörigkeit gegenüber einer anderen, stärkeren Persönlichkeit. Das sind die Frauen, die von ihrem Mann verprügelt werden, ihn aber nie verlassen, weil sie glauben, ohne ihn nicht überleben zu können. So sind unsere Mittäter: Ohne den Primärtäter und seine großen Pläne haben sie keine Daseinsberechtigung.«

»Das macht sie aber noch lange nicht zu Opfern.« Wieder Engler. »Wenn sie Leute umbringen, sind sie Mörder, so einfach ist das.«

»Der Plan des Täters ist zweistufig.« Emma seufzte. »In der ersten Phase geht es um Fremde, die sterben sollen. Erst in der zweiten Phase sind die Mittäter dran. Aber denkt daran: Die Manipulation seiner Mittäter ist für ihn ganz elementar, in jeder Phase.«

»Das kannst du nicht wirklich wissen«, rief einer dazwischen. »Oder hast du das in einer Kristallkugel gesehen?« Einige lachten.

»Nein, bei YouTube«, konterte sie. Der Punkt ging an sie. »All das«, legte sie nach, »ergibt sich ganz logisch aus einer einzigen Frage: Warum hat der Täter seine Opfer alleine sterben lassen?«

Schweigen. Das war eine Frage, mit der sie sich auch beschäftigt hatten.

»Ein Psychopath mordet doch nur, damit er den Tod seiner Opfer auch erleben kann. Dieser Täter war aber gar nicht anwesend, als seine Opfer starben. Ihr Tod interessierte ihn nicht. Das ist das wichtigste Merkmal unseres Täters, das unterscheidet ihn von allen anderen Mördern. Der Grund ist: Der Tod dieser Menschen war nur Mittel zum Zweck. Das Ziel, das er wirklich verfolgt, kommt erst in Phase zwei. Herr Pauluhn, vielleicht sollten wir uns jetzt das Video anschauen.«

Pauluhn rollte einen Monitor nach vorne, fummelte mit Kabeln, Knöpfen und einer Fernbedienung herum, dann, als das Video begann, machte er das Licht aus.

Auf dem Bildschirm war ein YouTube-Clip zu sehen.

Ein Hund. Diesmal ein Terrier. Und ein Butterkeks.

»Ein beliebter Trick«, sagte Emma, als das Licht wieder anging. »Es gibt haufenweise Videos davon im Netz.«

»Der Täter ist also ein Hund«, witzelte einer.

»Nein, der Täter ist der mit dem Keks«, ein anderer. »Die Mittäter sind Hunde – es ist eine Hundebande!«

Emma ignorierte ihn. »Dieser Trick ist der Inbegriff von Kontrolle«, betonte sie. »Wenn der Besitzer ohne Drohung, ohne körperlichen Zwang den Hund dazu bringen kann, auf den Keks zu verzichten – und der Keks ist alles, was der Hund in diesem Moment will –, dann hat er die Kontrolle über das Tier. Bei unserem Täter ist es ähnlich: Er hat so viel Macht über seine Mittäter, dass er sie zwingen kann, Dinge zu tun, die sie sonst nicht tun würden: Also morden.«

»Wuff«, sagte jemand weiter hinten.

Auch das ignorierte Emma. »Selbst wenn die Mittäter abhängige Persönlichkeiten sind, heißt das noch lange nicht, dass sie kein Gewissen haben. Das Töten – dafür muss ein normaler Mensch eine große innere Hürde überwinden. Sie müssen sich vorstellen: Vor und nach den Morden werden die Mittäter von Panik überschwemmt. Sie haben Schuldgefühle, Zweifel, sie haben Angst, dass die Polizei an die Tür klopft, sie sind aufgewühlt wie nie zuvor, sie wollen aufhören und sich stellen, sie wollen dem Täter das Weitermachen, das nächste Opfer ausreden.« Emma machte eine Kunstpause. »Das ist sein großer Moment. Er bändigt sie, er bringt sie auf Linie, er zwingt sie, ihre Ängste und Gefühle und ihr Gewissen zu überwinden und zu tun, was er sagt. In der Kindheit hatte er keine Kontrolle, er war hilflos ausgeliefert. Jetzt hat er so viel Macht, dass er alle, die ihm vertrauen, ins Verderben stürzen kann. Sie machen sogar freiwillig mit. Das ist es, was er wirklich will. Das befriedigt ihn mehr als die Morde selbst.«

»Wenn er sie so hasst«, warf die Ceesay ein, »warum tötet er sie dann nicht?«

»Ich gehe davon aus, dass er genau das vorhat. Das ist die zweite Phase, darauf hat er von Anfang an hingearbeitet.«

Ein Aufstöhnen ging durch die Reihen. »Heilige Scheiße«, sagte einer, ein anderer einfach: »Fuck.«

»Wir sehen das in gewissen Sekten«, erläuterte Emma. »Die Kontrolle ist ein großer Teil der Motivation der Sektenführer. Wenn die Sekte dann irgendwann auffliegt, wenn dem Anführer Haft droht, dann sind seine Anhänger frei, er hat keine Kontrolle mehr über sie, und das erträgt er nicht. Also überredet er sie zum großen Abgang …«

»Hast du konkrete Hinweise darauf, dass sie einen Massenselbstmord planen?« Das war Lutz.

»Nein«, gab Emma zu. »Aber es geht aus dem Profil hervor. Der Haupttäter arbeitet seit Jahren daran, seine Mittäter zu dem zu machen, wie er sie haben will: zu Mördern. Sie gehören jetzt ihm, mit Leib und Seele, ähnlich wie ein Missbrauchsopfer dem Täter gehört, er wird nie zulassen, dass wir sie ihm wieder wegnehmen.«

»Ich höre hier aber trotzdem nichts, was uns weiterhilft, wenn ich ehrlich bin«, warf Habernickel ein. »Egal ob er in einer Sekte war oder als Kind kein neues Fahrrad zu Weihnachten gekriegt hat, wir müssen wissen, wie wir ihn finden.«

»Wir werden nicht ihn finden«, sagte Emma, »aber seine Mittäter. Bisher sind wir von einem gewöhnlichen Mörder ausgegangen, der sich seine Opfer persönlich aussucht. Das heißt, dass er vor dem Mord auf irgendeine Weise Kontakt zu jedem Opfer hatte. Er muss ja überprüfen, ob es für seine Tat geeignet ist. Er hat genaue Vorstellungen. Deshalb haben wir jemanden gesucht, der gleichzeitig zu älteren Obdachlosen, Trebern, jungen, gut gestellten Frauen und ... was sind das noch mal für Frauen, die Muttertypen?«

»Wir ermitteln noch«, half Habernickel aus. »Bis jetzt können wir nur sagen, dass sie alleinstehend und kinderlos sind und relativ gut situiert. Und über vierzig.«

»Und kein Täter deckt ein so breites Spektrum an verschiedenen Opfertypen ab«, fuhr Emma fort. »Wenn aber die Opfer dem Täter eigentlich egal sind, dann ist es denkbar, dass er sie gar nicht selber ausgesucht hat. Wenn die Opfer unwichtig sind, kann er ihre Auswahl seinen Mittätern überlassen. Ich glaube, der Primärtäter kannte seine Opfer gar nicht, nicht bis zu dem Moment, als er sie in seine Gewalt brachte.«

Lutz musste ein zweites Mal vortreten und um Ruhe bitten. »Und wie soll das gehen?«, wandte er sich dann an Emma.

»Wie folgt«, sagte Emma. »Er hat vier Gruppenmitgliedern die Aufgabe erteilt, je drei Opfer auszusuchen. Er hat nur ein, zwei Vorgaben gemacht: Alter, Geschlecht, Missbrauchsgeschichte. Ich kann mir vorstellen, dass ein Gruppenmitglied jahrelang obdachlos war oder ein Treber und so seine Opfer in diesem Milieu fand. Sobald einer aus der Gruppe ein potenzielles Opfer identifiziert hatte, wurde er fortgeschickt, am besten weit weg. Ein bis drei Wochen lang. Ins Ausland, in den Urlaub, auf ein Festival, auf eine Fortbildung. Irgendwohin, wo er fotografiert werden konnte, wo man ihn identifizieren konnte. Seine einzige Aufgabe war es ab jetzt, sich ein handfestes Alibi zuzulegen. Mit dem Mord selbst hatte er gar nichts mehr zu tun.«

»Moment.« Habernickel. »Der, der das Opfer aussucht, ist nicht an der Ermordung beteiligt?«

Emma nickte: »Seine einzige Aufgabe ist das Auswählen. Er hat ein Alibi für den Todeszeitraum und wird auch keine Spuren am Tatort hinterlassen, weil er nie da war.«

»Aber wo ist da meine Befriedigung?«, rief die Ceesay in die Stille. Vereinzelte Lacher ertönten. »Ich meine, der Benefit. Ihr wisst, was ich meine! Was hat der Täter davon?«

»Der Mittäter, der das Opfer aussucht?«, sagte Emma. »Anerkennung. Vielleicht so was wie … Liebe? Vom Primärtäter. Sonst nichts.«

»Aber das macht keinen Sinn«, beharrte die Ceesay fast verzweifelt.

»Doch, doch.« Emma sah sich um. Sah die Gesten des Nachdenkens: Stirnrunzeln, Nasereiben, Ins-Leere-Starren. »Es ist die perfekte Arbeitsteilung. Ein paar Tage, nachdem er weg ist, ergreifen die anderen Mittäter das Opfer und hängen es auf. Bis zu dem Moment haben sie keinen Kontakt zu ihm gehabt. Kein Zeuge hat je gesehen, wie sie mit dem Opfer geplaudert haben, es über seine Kindheit ausgefragt haben oder so etwas. Es gibt keinen Grund, sie zu verdächtigen. Wer die Opfer aussucht, hat ein Alibi, weil er während der Tat außer Landes ist, und wer die Opfer kidnappt und aufhängt, gerät erst mal nicht in Verdacht, weil er das Opfer gar nicht kannte.«

»Na toll.« Die Ceesay. »Du hast gerade ein Szenario entworfen, bei dem wir den Täter niemals finden werden.«

»Wir finden ihn schon«, sagte Emma. »Ihr müsst nur umdenken. Bisher habt ihr Verdächtige mit Alibi abgehakt. Jetzt müsst ihr euch genau die noch einmal vornehmen. Je besser das Alibi, desto verdächtiger ist er.«

67

Matze stand an der Tür zum Kessel und klimperte mit ihrem Autoschlüssel. Er hatte nicht warten können, bis sie in die Puppenkiste zurückgekehrt war. Emma beschleunigte ihren Schritt.

»Ich habe den Typen echt bearbeitet«, sagte er stolz. »Er hat eigentlich gar keine Zeit und wollte das erst mit dem Botschafter klären, aber ich habe gesagt, dass Menschenleben davon abhängen, es geht um den Mumienmörder, das duldet keinen Aufschub. Und jetzt cancelt er einen Termin für uns, wir müssen sofort los, jetzt gleich.«

»Wohin? Matze, worum geht es überhaupt?«

»Ich erkläre alles im Auto.«

Zum Leipziger Platz brauchten sie keine Viertelstunde. Das Raumgerüst stand stoisch an der Ecke und gab vor, ein Haus zu sein. Diesmal prangte ein Computer auf der riesigen Werbefläche. Emma parkte davor, halb auf dem Bürgersteig.

Ein Haus weiter befand sich die kanadische Botschaft. Hinter der Eingangshalle, dem Panzerglas und den Sicherheitsschleusen wartete der Security-Chef auf sie, ein bulliger Typ mit sorgfältig gestutztem Bart und gepflegtem langen Zopf. Mit ihm stiegen sie in den Fahrstuhl, fuhren in den Keller, liefen einen langen Gang hinab, bis zu einem großen, hell erleuchteten Raum mit niedriger Decke, zahllosen Bücherregalen, Aktenschränken, Computern und altertümlichen Mikrofiche-Monitoren: das Archiv. Ganz hinten das Büro. Dort wartete schon Sigmar, im Gespräch mit einem schlanken Mann Mitte vierzig, mit grau meliertem Haar und Brille: Herr Doktor Jennings, der Archivleiter. »Sie interessieren sich für die Great Spirit Kommune, wenn ich das richtig verstehe«, begrüßte er sie in fließendem Deutsch mit einem putzigen Akzent. Schüttelte ihre Hand.

Auf Emmas Liste von familienähnlichen Lebensgemeinschaften kam die Great Spirit Kommune dreimal vor. Das hatte Matze vorhin herausgefunden, während Emma ihr Profil präsentiert hatte: Teilweise war die Lebensgemeinschaft unter dem Namen Heidekommune aufgeführt worden – erst als Matze das näher recherchierte, stellte er fest, dass es sich um die gleiche Gruppe handelte.

»Die Great Spirit Kommune ist schon etwas her«, erklärte Sigmar, während sie Dr. Jennings zu einem breiten Tisch folgten, auf dem zwei Mikrofiche-Lesegeräte standen – wuchtige, schwarze Quader aus einem anderen Zeitalter. Zwischen den Geräten ein Stapel Fotokopien und eine CD neben einer kleinen Kompakt-Stereoanlage.

»Alles vor dem Internet 2.0, daher gibt es so wenig im Netz darüber«, kommentierte Jennings. »Zum Glück ist unser Archiv hoffnungslos veraltet. Wir haben sogar noch etwas, was man damals CDs nannte.« Jennings schmunzelte und nahm die CD zur Hand, legte sie ein und überreichte Emma die Hülle. »Das ist die Great Spirit Kommune«, sagte er.

Das bunte Bildchen auf dem Cover zeigte eine nackte Frau, die in Begleitung eines Adlers entrückt durch die Lüfte schwebte. Trommeln drang aus den Lautsprechern, das violinartige An- und Abschwellen eines Synthesizers und der wortlose Singsang einer lieblichen Frauenstimme. Und Flöten. Ein wahres Orchester an Flöten.

»Meditationsmusik«, sagte Sigmar. »Und gar nicht mal schlecht.«

»Bisschen keltisch, bisschen indisch, bisschen Indianertanz …« Matze.

»Die Gruppe nannte sich *The Children of Wakan Tanka*«, sagte Dr. Jennings. »Die Kompositionen sind ausschließlich zum Meditieren gedacht. In den Achtzigern und frühen Neunzigern haben die viel Geld verdient, überall in Europa, selbst in Japan. Die wenigsten wussten das damals, aber dahinter verbirgt sich ein Deutscher namens Karsten Ahrensbeck.«

»Der hatte vor Urzeiten so einen Schlager-Hit: *Im Herzen der Nacht.*« Matze grinste verlegen. »Meine Mutter.«

»Bis er zum Aussteiger wurde«, sagte Sigmar. »Und eine Kommune gründete. Lüneburger Heide, späte Siebziger, altes Bauernhaus, Selbstversorgung, freie Liebe, antiautoritäre Erziehung, das Übliche halt. Die Heidekommune. Aktivistisch waren sie auch unterwegs. Haben mal bei einem Großbauern in der Gegend alle Kühe befreit. Das zweite Mal haben sie es in die *Bild*-Zeitung geschafft, als sie nackt durchs Dorf marschiert sind. Drei von ihnen hatten auf einem Heuwagen Sex, und die anderen tanzten drum herum und sangen. Das machte Eindruck im Dorf.« Er sprach flüssig wie selten.

»Und nach Tschernobyl zog die ganze Kommune nach Kanada um«, ergänzte Dr. Jennings. »1986.«

»Das ist das gleiche Jahr wie das Foto aus dem *Stern*«, sagte Matze.

»Wo in Kanada?«, wollte Emma wissen.

»Ontario. Da gibt es im Huronsee eine Insel namens Manitulin, die größte Insel der Welt in einem Süßwassersee. Fast die Hälfte der Einwohner sind Indianer, Anishinabe, die in sechs Reservaten leben. In einem davon hatte Ahrensbeck von ihnen ein großes Stück Land gepachtet. Sie nannten sich jetzt Great Spirit Kommune, fischten, jagten, bauten Mais an und produzierten CDs. Vor allem mit der Musik müssen sie einiges verdient haben, und alles blieb in der Kommune. Es war eine Art Großfamilie, nicht wahr. Den Kindern wurde das Singen beigebracht, auch Instrumente, alle spielten und sangen, alle trugen zur Produktion bei, es muss wie eine fröhliche Gemeinschaft gewirkt haben. Ein echtes Aussteigerparadies. Sie zogen Menschen aus aller Welt an, vor allem aus Deutschland, aber nicht nur. Es lebten bis zu dreihundert Leute da, zu Glanzzeiten.«

»Gibt es die Kommune noch?«, fragte Emma.

»Sie wurde aufgelöst«, sagte Jennings. »Vor dreizehn Jahren.«

»Ein Mord«, erklärte Matze. »Eins der Kinder, ein Teenie noch, hatte diesen Ahrensbeck mit einer Machete tot gehauen. Niemand alarmierte die Polizei. Erst eine Woche später gab es Gerüchte außerhalb der Kommune, im Reservat, und die Stammespolizei fragte nach. Dann kam alles ans Licht.«

»Wie haben sie es geschafft, einen Mord eine Woche lang vor der Polizei geheim zu halten?«

»Ach, das Recht in einem Reservat ist eine ganz verzwickte Grauzone«, seufzte Jennings. »Die meisten Verbrechen werden von der Stammespolizei geregelt. Aber für die war das nur ein Haufen Spinner aus Europa. Ich meine, die haben sich zwar der indianischen Mystik bedient, aber praktisch hatten sie überhaupt keinen Kontakt zu den Indianern. Sie gehörten nicht zum Stamm, sie waren nur Mieter. Es kann schon sein, dass die Anishinabe ab und zu ein Auge zugedrückt haben. Aber ein Mord musste den Mounties gemeldet werden.«

»Hier kommt das Panzertape ins Spiel.« Sigmar. »Der Junge hatte versucht, den Leichnam in Duct Tape einzuwickeln. Beziehungsweise die Leichenteile. Er ist nicht weit gekommen.«

Der bullige Security-Chef war wieder da, diesmal mit einer Kanne Tee und einer Schale Keksen auf einem Tablett. Vorsichtig setzte er sie zwischen den Geräten ab.

Herr Dr. Jennings schaltete den Bildschirm des Mikrofiche-Lesegeräts an, legte ein paar Streifen Mikrofilm ein und steuerte durch einige Zeitungsberichte, bis er den richtigen Artikel fand. Schwarz-Weiß-Fotos zeigten junge Leute mit nackten Kindern auf dem Arm vor einer Toreinfahrt. Ein Junge, verwirrter Blick, zerzaustes Haar, der aus dem Fenster eines Polizeiwagens blickt.

»Auf jeden Fall durchsuchte die kanadische Polizei dann das ganze Gelände – unter Protest der Mitglieder. Und in einer Scheune fanden sie drei Kinder, die von der Decke hingen …«

»Wie bitte, was?«

»Genauso habe ich auch reagiert«, sagte Sigmar. »Zwei Jungs und ein Mädchen zwischen zwölf und dreizehn. Man hatte ihnen Pflöcke unter die Brustmuskulatur getrieben und daran Schnüre befestigt und sie damit aufgehängt. Damit sie nicht schreien oder rumzappeln, waren Hände, Füße und Mund mit Panzertape verklebt. Sie hingen da schon einen Tag lang, als die Polizei sie fand.«

»Manche dieser isolierten Gruppen entwickeln extreme Ideen, die ihnen selber ganz normal vorkommen, weil es niemanden gibt, der ihnen sagen kann, dass es das nicht ist«, sagte Jennings und rührte in seinem Tee.

Emma musste sich setzen.

»Wissen Sie, es handelt sich hier eigentlich um einen ganz alten Ritus«, bemerkte Jennings. Er nahm seine Brille ab und putzte sie. »Eine Tradition der Mandan-Indianer eigentlich, nicht der Anishinabe, aber die Great Spirit Kommune hat sich ja Traditionen aus vielen verschiedenen Kulturen zu eigen gemacht, nicht wahr. Ursprünglich war das ein Initiationsritus für junge Krieger …«

»Echt jetzt?«, unterbrach Matze ungläubig.

»Sie mussten einige Tage hungern, dann wurden ihnen Haken oder Holzpflöcke unter der Brust- oder Rückenmuskulatur hindurchgeführt, und dann hingen sie so lange daran, bis sie das Bewusstsein verloren – was aber höchstens eine halbe Stunde dauert.«

»Aber bei den Great Spirits dauerte es länger?«

»Offenbar, in einigen Fällen. Nicht alle Kinder der Kommune haben die Tortur überlebt«, sagte Sigmar. »Die Polizei buddelte das ganze Gelände um und fand vier Leichen von Jugendlichen, teilweise noch mit Panzertape gefesselt. Nach und nach konnten sie einige der Frauen dazu bringen, auszusagen, aber nur wenige und nur unter Druck. Selbst nach seinem Tod waren seine Anhänger ihm noch treu.«

»Sie haben ihre eigenen Kinder umgebracht?« Emma konnte es immer noch nicht ganz begreifen.

»Dieser Guru, der Ahrensbeck, der nannte sich *Wakan*, das heißt Geist oder Mysterium, der wollte die erste authentisch spirituelle Gemeinde der Welt aufbauen«, erklärte Jennings, und auf Emmas verständnislosen Blick hin setzte er hinzu: »Angeblich, um damit die Welt zu retten.«

»Und dieser sogenannte Wakan war allein für die Erziehung der Kinder zuständig«, sagte Sigmar.

»Verzeihung, das stimmt nicht ganz«, unterbrach Jennings. »Die gesamte Gruppe war der Vormund. Jeder Erwachsene war Mutter oder Vater, alle Kinder waren Geschwister. Die Gruppe glaubte an die freie Sexualität von Kindern. In der Praxis bedeutete das wohl, dass die Kinder den Pädophilen vor Ort sexuell zur Verfügung standen. Vor allem dem sogenannten Wakan. Einige der Kinder benutzte er nur zu seinem eigenen Vergnügen, als eine Art persönlichen Harem, wenn man so will. Und wenn die Kinder dem Herrn Ahrensbeck nicht zu Willen waren, dann gab es eben den Initiationsritus. Auch wenn ein Kind beispielsweise sein Musikinstrument nicht beherrschte, nicht wahr. Die Musik war ja die wichtigste Einnahmequelle.«

Matze hielt eine Tasse Tee in der einen Hand, einen Keks in der anderen. Er konnte weder das eine noch das andere zum Mund führen. Er hörte nur zu.

»Erzählen Sie doch bitte noch mal die Sache mit dem Totemwort«, bat Sigmar.

»Das Totemwort, ja.« Jennings knetete seine Hände. »Nun, die Kommune glaubte nicht an körperliche Züchtigung. Sie lehnte jede Art von Gewalt ab. Aber sie glaubte wohl an die spirituelle Suche, an sogenannte Totemtiere: Geisterwesen, die einem im Traum erscheinen, sobald man spirituell reif dafür ist. Sie schenken Zuspruch und Weisheit und begleiten einen auf dem Lebensweg. Auch das eine Missinterpretation von Indianertraditionen, aber lassen wir das. In der Great Spirit Kommune wurden die Kinder bei Verfehlungen zwar nicht geschlagen, dafür wurden sie als spirituell unreif deklariert und mit Panzertape an Händen und Füßen gefesselt und dann in eine Schwitzhütte eingesperrt. Dort mussten sie ohne Essen und Trinken ausharren, bis ihnen ihr Geistertier erschien und mit ihnen sprach und sie dadurch die spirituelle Reife, ergo Einsicht, erlangten.«

»Schwitzhütte?«, sagte Emma leise. »Das ist doch gefährlich, oder?«

»Es gab einen Fall vor ein paar Jahren.« Sigmar nickte. »In den USA. Auf so einem Esoterikwochenende haben mehrere Leute in einer Schwitzhütte das Bewusstsein verloren und sind gestorben. Sie lagen da über vierundzwanzig Stunden drin, da kommt es zu Dehydration.«

»Die Dehydration führt oft zu Halluzinationen«, erklärte Dr. Jennings. »Genau das, was spirituell Interessierte suchen. Herr Ahrensbeck hatte da so einen Trick. Alle paar Stunden fragte er das Kind, ob es seinem Geistertier schon begegnet sei. Das Kind sagte natürlich ja. Aber damit war es nicht getan. Ahrensbeck behauptete, das Tier würde dem Kind ein sogenanntes Totemwort mitgeben – also ein Codewort. Wenn das Kind seinem Geistertier wirklich begegnet sei, würde es ihm das richtige Totemwort nennen können.«

»Und was das richtige Totemwort war, das wusste nur der Guru, oder?« Emma.

Jennings nickte. »Natürlich erfand das Kind einfach irgendwas, nur um da rauszukommen, und wenn Ahrensbeck es rauslassen wollte, akzeptierte er es, und wenn nicht, deklarierte er das Wort einfach als falsch, und das Kind musste noch ein paar Stunden oder einen Tag länger hungern.«

»Jesus«, sagte Emma.

»Wenn du ein Kind bist, dann glaubst du natürlich, dass es wirklich ein Totemwort gibt«, sagte Sigmar, »und dass der Wakan es auch kennt. Du glaubst, es liegt an dir, wenn du bestraft …«

»Wir haben das schon kapiert, Sigmar«, unterbrach Matze, für seine Verhältnisse ungewöhnlich grob.

Emma brummte der Schädel. Die Musik war inzwischen Vogelgezwitscher und sanftem Waldregen gewichen. Ihr war schlecht. Ihre Lunge war wie zusammengefaltet. Diese Kinder – sie suchten und suchten das richtige Wort, ahnten nicht, dass es keines gab, nie gegeben hatte und nie geben würde, dass der Wakan nach Lust und Laune entschied, wie lange er sie strafen würde. Dieses Vorgaukeln, dass sie sich mit dem Totemwort selbst erlösen könnten. Die Hilflosigkeit, die ein kleiner Mensch nicht ganz kapiert, nur ahnt, er weiß noch nicht, wie hilflos er wirklich ist, ein Kind kapiert das nicht von selbst, nein, das muss ihm ein Erwachsener erst mal beibringen, muss ihm richtig zeigen, dass es ausgeliefert ist, erst dann kapiert das Kind, dass es scheiße ist, in die Scheiße geboren wurde und immer scheiße bleiben wird. Diese Kinder lernten das früh. Emma lernte es erst mit neunzehn. Emma hatte es im Vergleich dazu gut getroffen.

»Alles okay?«

Sie nickte. »Stand denn davon nichts im ViCLAS, Matze? Haben wir das übersehen?«

»Nur das mit dem Mord an dem Anführer stand drin«, murmelte er. »Das mit dem Ritual und so nicht. Und der Mörder ist sowieso tot.«

»Dieser Junge, der Ahrensbeck umbrachte, der ist gestorben?«

»Er wurde von der Kommune der Polizei übergeben«, sagte Jennings. »Dort wurde er schnell als minderbemittelt eingestuft. Er brachte sich in Haft um, bevor es zum Prozess kommen konnte.

Noch bevor er von den Mounties verlegt wurde. Erhängte sich mit einem Bettlaken.«

»Es gibt da auch diese andere Theorie«, merkte Matze an.

»Wie gesagt«, warnte Jennings, »ich halte wenig davon.«

»Der Junge hatte direkt nach dem Mord keinerlei Abwehrverletzungen. Man fand keine blutige Kleidung, er konnte nicht erklären, wie oder warum er es getan hat. Eine Zeit lang spekulierte man, dass die Kommune den Debilen vorgeschickt hat, um den wahren Mörder zu decken. Vielleicht sogar mit dem Auftrag, sich in Haft zu erhängen, bevor es zu einer richtigen Untersuchung kommen konnte.«

Dr. Jennings seufzte. »Diese Theorie ist auch wirklich nur in einem recht zweifelhaften Boulevardblatt erschienen.«

»Er hat sich direkt nach dem Besuch von einer der Frauen umgebracht, möglicherweise seiner Mutter.«

»Was heißt ›möglicherweise‹?«, fragte Emma. »War es nun seine Mutter oder nicht?«

»Die Kinder wurden kommunal erzogen«, betonte Dr. Jennings. »Es konnte nicht geklärt werden, wer wessen Kind war. Nur in ganz wenigen Fällen war das bekannt.«

»Selbst die Mütter haben es verschwiegen?«

Jennings nickte.

»Das macht uns heute Probleme«, räumte Matze ein. »Nur weil wir wissen, wer sie als Kinder waren, heißt das nicht, dass wir sie jetzt finden. Manche Gruppenmitglieder trugen Kunstnamen, indianische Götternamen und so was. Einige Kinder wurden standesamtlich nie eingetragen. Manche hatten deutsche Pässe, andere nicht …«

»Als die Kommune aufgelöst wurde und die meisten Mitglieder nach Deutschland ausgewiesen wurden, musste die deutsche Botschaft neue Pässe vergeben, oft mit Namen, die nicht überprüft werden konnten und vielleicht frei erfunden waren«, ergänzte Jennings.

»Mit anderen Worten, selbst der Bundesgrenzschutz wird Schwierigkeiten haben, die Kinder von damals heute zu identifizieren.« Jetzt war es Emma, die seufzte.

»Ich bin sicher, unser Botschafter wäre bereit, sich für Ihre Sache einzusetzen. Er ist leider heute nicht da, aber ich werde versuchen, ihn zu erreichen. Er muss sich mit der CBSA in Verbindung setzten.«

»CBSA?«

»Canada Border Service Agency. Der Grenzschutz. Das kann dauern. Aber ich würde an Ihrer Stelle nicht zu viel erwarten.«

»Gibt es irgendwo noch mehr Fotos von den Kindern?«, wollte sie wissen.

»Im Zeitungsarchiv habe ich leider nichts gefunden.« Herr Dr. Jennings entnahm der CD-Hülle ein kleines Booklet. »Aber wir haben das hier.«

Emma klappte das Heftchen auf. Mitten drin ein doppelseitiges Foto: Grobkörnig, schwarz-weiß. Der Innenraum einer Scheune, umgebaut zum Musikstudio. Mischpulte, Verstärker, eine schwindelerregende Anzahl von Instrumenten. Wakan selbst saß in der Mitte, die Augen geschlossen, wie in Trance, eine Sitar auf dem Schoß. Die Frauen trugen wallende Kleider, ihre Haare mädchenhaft lang, ihr Gesichtsausdruck verklärt. Dazwischen saßen, standen und knieten sie: die Kinder des Wakan Tanka, weiß gekleidet, barfuß, lieblich in die Kamera lächelnd, die meisten mit Instrumenten in der Hand.

Emma zählte: neun Männer, sieben Frauen, zwölf Kinder.

Sie schaute sich die Gesichter näher an. »Einige kommen mir bekannt vor. Geht euch das auch so?«

»Der da«, überlegte Matze, »dieses Gesicht könnte glatt auf der Pinnwand in der MK1 hängen.«

»Das hier«, sagte Emma. »Das kenne ich. Könnte das Lars Gohse sein?«

Sigmar war skeptisch. »Zu alt. Der Gohse war sehr viel jünger, als dieses Foto gemacht wurde.«

»Was ist mit dem, der sein Zimmer mit Panzertape beklebt hat?«

Sigmar zuckte nur mit den Schultern.

»Ich kenne das Gesicht. Das muss alles sofort an Lutz«, schloss Emma.

»Mach ich«, sagte Sigmar, und Matze nickte.

»Wir haben sie«, sagte sie.

Das tat sie nicht. Aber sie wollte es. Stattdessen: »Danke, Sigmar. Matze. Gute Arbeit.« Sie schüttelte Herrn Dr. Jennings die Hand. Der hielt ihre länger als nötig. »Hören Sie, ich … Ich hätte früher geholfen, wenn ich gewusst hätte …«

»Wir hatten eine Anfrage gestellt«, sagte Emma. »Wegen der Videobänder.«

»Ist nicht zu mir durchgedrungen. Nicht mein Bereich.« Jennings war verärgert. »Verdammter Amtsweg.«

Noch im Gang vor dem Archiv, als der Security-Chef sie wieder zum Ausgang brachte, piepte Emmas Handy. Eine SMS von Felix. Nanu. Lebte der auch noch?

»17 Uhr. DIN-Platz.«

Sie schrieb zurück: »Muss gleich zur Innenrevision. Frühestens 17:15. Was gibt's denn?«

Er antwortete nur: »Wir müssen über deine Zukunft in der OFA sprechen.«

Sehr witzig. Da ging wohl jemand der Arsch auf Grundeis. Zu Recht, völlig zu Recht. Seit heute Morgen war es so gut wie entschieden: Brennemanns Job gehörte ihr.

Was also konnte er damit meinen?

68

Nach einer kurzen Mittagspause in der Mall of Berlin und einer ungemütlichen Stunde mit ihrer Chefin und ihrem Exchef bei der Innenrevision im Präsidium am Platz der Luftbrücke, wo sie Besserung gelobt und eine psychologische Evaluation aufgebrummt bekommen hatte, wurde die Dienstaufsichtsbeschwerde gegen Emma vorläufig eingestellt.

Als sie zwanzig nach fünf vor Felix am DIN-Platz stand, die Nase wieder vorn, eindeutig, da wusste sie immer noch nicht, was er von ihr wollte.

Sie wusste nur, dass sie gewonnen hatte.

Felix wartete auf sie an dem Monolithen vor dem DIN-Gebäude, unter grauem Himmel, in einem scharfen Wind. Schon von weitem sah sie ihn da stehen und hatte keine Ahnung, was sie sagen sollte. Also grinste sie einfach.

»Ich will meinen Job wieder«, sagte er zur Begrüßung.

Emma lachte. »Was heißt hier dein Job? Du hast doch einen. In meiner Abteilung. Keine Sorge, ich entlasse dich schon nicht.«

Sie grinste immer noch. Fühlte sich gut. Stark. Sie hatte immer geahnt, dass er ein schlechter Verlierer war.

»Ich will die Schwangerschaftsvertretung, und ich will, dass du freiwillig darauf verzichtest.«

Nun erlosch ihr Grinsen. »Wie bitte?«

»Ich biete dir einen Handel an. Du ziehst deinen Anspruch auf den Posten freiwillig zurück, und ich gebe dir etwas, das du willst.«

Emma lachte ungläubig auf. Es war fast ein Keuchen. »Und was will ich wohl so sehr, dass ich freiwillig auf meine Karriere verzichte?« Jetzt kommt irgendein schlüpfriger Witz, dachte sie. Mal hören, was er zu bieten hat.

Felix sagte: »Ich habe das Buch gelesen.«

Emma wusste sofort, welches er meinte.

»Liest sich gut, übrigens. Hatte es in einer Nacht durch. Harter Tobak. Also ehrlich gesagt, Hut ab, dass du ihn nicht schon lange umgelegt hast.«

Emma schwieg.

»Wie hältst du das aus?«

»Das geht dich nichts an.«

»Wieso denn? Hab ihn im Fernsehen gesehen, den Kerl. Bisschen schleimig, aber herzlich, aufrichtig, echter Gutmensch. Er will der Gesellschaft was zurückgeben. Will unbedingt, dass du ihm verzeihst, wusstest du das? Er hat echt einen Narren an dir gefressen. Wie er über dich schreibt ... Du hast sein Leben geändert, ihm ein Ziel gegeben. Ich glaube, er mag dich wirklich.«

Emma ging es nicht mehr ganz so gut. Blech, er redete Blech. Sie hatte Schwierigkeiten, ruhig zu bleiben. Sie musste sich das nicht anhören. Blieb aber stehen.

»Jede Woche durchsuchst du die Datenbanken, weil du darauf wartest, dass ein neuer Vergewaltiger dort auftaucht und du seine Handschrift wiedererkennst. Du wartest darauf, dass er einen Fehler macht, und dann greifst du zu, diesmal als Polizistin. Aber was würdest du tun?«, fragte Felix. »Was würdest du tun, wenn tatsächlich irgendwann ein Vergewaltigungsopfer auftaucht, und der Täter hat ihr genau die gleichen Worte gesagt, die er dir mal gesagt hat? Ihn in seiner Zelle grün und blau prügeln? Ist es wirklich das, wovon du träumst?«

Emma schwieg. Spielte mit den Autoschlüsseln. Sie könnte sich einfach umdrehen und gehen, jetzt, sofort. Wegfahren, das wäre noch besser. Weit weg.

»Deswegen bist du doch zur Polizei gegangen, oder? Das war

der Plan. Nur den Plan zu Ende denken, dazu hat es nicht gereicht. Und eine gute Ermittlerin bist du übrigens auch nicht. Sonst hättest du gewusst, dass er eine Freundin hat.«

»Das weiß ich.«

»Und dass sie ein Drogenproblem hat. Koks natürlich. Er auch. Vermutlich. Aber sie ist diejenige, die man zu etwas überreden kann. Falls der richtige Bulle sie mal in flagranti erwischt. Der könnte ihr nämlich ein Angebot machen: Sie kommt wieder frei, die Anzeige wird fallengelassen, alles paletti, sofern sie ihren Freund anzeigt. Wegen Drogen, wegen häuslicher Gewalt, egal. Es muss nicht viel sein, sie kann die Anzeige sogar später wieder zurückziehen. Es muss nur genug sein, um ihn für zwölf Stunden nach Moabit zu bringen.«

Moabit: die Justizvollzugsanstalt.

Emma wurden die Knie weich. Als er das aussprach, war ihr, als ob sich alles drehte. Was er ihr da anbot – das war der Moment, auf den sie seit Jahren gewartet hatte. Uwe in einer Zelle. Allein, ausgeliefert, nur sie und er, ohne Zeugen. Zwölf Stunden in Untersuchungshaft. Nur eine Stunde davon brauchte sie, mehr nicht. Ach was, fünf Minuten. Ein gut trainierter Bulle kann eine Menge Schaden anrichten in fünf Minuten.

»Ach, das hätte ich fast vergessen. In Moabit hast du keine Freunde, oder? Also in Moabit, da ist man nie allein. Da sind überall Kameras. Man muss schon Freunde haben, wenn man da, sagen wir mal, zehn Minuten unbeobachtet mit einem alten Kumpel in der Zelle verbringen will. Echte Freunde, die dir schon den Rücken freigehalten haben und auf die du dich blind verlassen kannst. Du hast keine Freunde da, stimmt's? Aber ich.«

Déjà-vu. Plötzlich hatte Emma das Gefühl, dass sie schon wusste, wie es ausgehen würde. Dass sie schon mal dieses Angebot bekommen hatte, die Gelegenheit, nach der sie sich seit jeher sehnte. Sie hatte diesen Tag erwartet. Ihn so oft vor sich gesehen, dass sie nun dachte, das ist doch eine Wiederholung. Die Realität: nur ein Abklatsch ihrer Fantasie.

Emma schwieg.

»Also, die Dame habe ich schon rumgekriegt«, ließ Felix sie wissen. »Sie hat heute Morgen ausgesagt, es wird keinen Prozess gegen sie geben, na, die ist erleichtert, das kannst du mir glauben. Dein alter Freund sitzt gerade in einem Streifenwagen, unterwegs nach Moabit. Um 18:45 Uhr wirst du erwartet. Allein. Dienstwaffe am Eingang abgeben. Zehn Minuten kriegst du. Lange wird dein Freund dort nicht verweilen, ich vermute, bis zum späten Abend ist er wieder draußen. Das Angebot ist also zeitlich begrenzt. Du musst mir nicht antworten. Wenn du um 18:45 Uhr in Moabit durch die Tür trittst, betrachte ich unseren Handel als vollzogen. Und morgen früh verzichtest du freiwillig auf die Schwangerschaftsvertretung.«

Emma konnte nichts mehr sagen. Sie dachte nach. Stellte sich das vor. Es gab eine Menge nachzudenken.

»Hast du dich je gefragt, Emma, was du wirklich willst? Jetzt kannst du es haben.«

69

Emma saß im Auto und starrte durch das Seitenfenster auf den Eingang der JVA.

Wachtürme. Stahl und Glas. Zur Straße hin der hohe Eisenzaun. Dann das flache Besucherzentrum. Dahinter ragten die massiven roten Backsteinmauern empor, eine Festung aus Kaisers Zeiten, eine Burg voller Mörder, Vergewaltiger, Diebe, Dealer und Betrüger, mitten in der Stadt, alle schön weggepackt. Drumherum: Wohnungen, Büros, Spielplätze, brave Bürger, Ladenbesitzer, Leute, die ihr Glück suchen und Steuern zahlen und keine Angst haben vor dem kollektiven Ungeheuer, das hinter diesen Mauern haust, Tag für Tag.

Ihr Handy klingelte. Lutz. Matze. Die Brennemann. Sie ging nicht ran.

18:15 Uhr.

Ab und zu drehte sie den Schlüssel, löste die Handbremse, wollte wegfahren. Dann zögerte sie. Machte den Motor wieder aus.

Sie könnte jemanden anrufen. Mit jemandem darüber reden.

Die Brennemann. Wie war das nun mit der Schwangerschaftsvertretung? Wie standen ihre Chancen wirklich? Aber sie wusste, dass sie heute keine Antwort darauf bekommen würde. Und selbst wenn die Brennemann ihr die Stelle versprechen würde oder könnte, würde das etwas ändern? Nein.

Lutz. Um Rat bitten. Alles sagen: Uwe ist da und wartet auf mich, er ist hilflos, endlich, ich sitze hier, ich muss da nur reinspazieren, und alles ist vorbei, alles, was er mir angetan hat, in zehn Minuten vorbei. Und alles andere auch: mein Leben, das Leben, das ich mir aufgebaut habe, alles wird sich ändern.

Sarah. Um Beistand bitten: Ich muss etwas tun, auf das ich seit Jahren warte, mehr als alles andere auf der Welt, ich kann mein Leben wieder in Ordnung bringen, es kann endlich wieder mir gehören, ich weiß nicht, ob ich den Mut dazu habe. Was hat Vater immer gesagt: *Du hältst dein Leben in der Hand, du brauchst nur den Mut, es zu gestalten, wie du es willst, und nicht nach den Vorstellungen der anderen.* War das nicht, was er immer gesagt hat? Hilf mir auf die Sprünge.

18:20 Uhr.

Sie könnte es tun.

Sie hatte sich immer eingebildet, Uwe würde irgendwann rückfällig werden. Dass sie eines Tages in die Datenbanken schauen und über die Worte »Du bist das Messer, ich bin das Fleisch« stolpern würde. Wenn ein Vergewaltigungsopfer so etwas zu Protokoll gibt, kommt das in die Datenbanken. Dann hätte sie ihn – dann wüsste sie, dass er wieder zu seinen alten Gewohnheiten zurückgekehrt war. Und sie wäre dabei, sie würde ihn hochnehmen, und dabei würde etwas vorfallen, irgendwas, er würde sie bedrohen oder irgendwen anders, egal, und sie würde schießen, schießen müssen, die Kugel würde sein Fleisch zerfetzen, seine Brust, sein Herz, seinen Kopf, sein Hirn, seinen Schwanz. Und sie wäre die Heldin.

So hatte sie sich das vorgestellt. Deshalb hatte sie das harte Training der Polizei durchlaufen, deshalb hatte sie Schießen gelernt, deshalb verbiss sie sich so in ihren Job. Damit sie eines Tages ihr Leben zurückbekommen könnte.

Aber was, wenn dieser Tag nie kommen würde?

Was, wenn er schlicht nie wieder in den Datenbanken auftaucht? Was, wenn er dafür zu gerissen ist oder nie wieder vergewaltigt? Dann kommt er davon. Nicht nur das, er wird zum Star, zum Promi, zum Medienliebling, und sie bleibt zurück mit den Trümmern, die er ihr hinterlassen hat. Er bekommt sein Leben wieder. Sie ihres nicht.

Der heutige Tag könnte ihre einzige Chance sein. Alles, was sie wollte, alles, was sie aufgebaut hatte – alles führte auf diesen Moment hin.

Sie wusste, was das bedeutete. Felix wusste es nicht. Er glaubte, sie würde da reingehen und den Mann mal richtig zusammenschlagen. Das würde wohl auch Lutz vermuten. Oder Sarah. Sie hatten alle keine Ahnung.

Sie tastete nach ihrem Rücken. Da war es. Das Jagdmesser, das jahrelang im Wohnzimmerschrank gelegen hatte, das Uwes Messer nachgebildet war, das gute Wolfgang Gerheim, 24 Zentimeter lang, die Schneide 12 Zentimeter, der Griff aus glatt poliertem Maulbeerholz, die Klinge aus 1,1545-Stahl mit einer Härte von 59 HRC. Es lag jetzt in seiner Scheide unter ihrer Bluse mit einem einzigen Streifen Panzertape an ihrem Rücken befestigt. Gutes altes Panzertape.

Emma wusste: Wenn sie mit ihrem Messer da reinging, würde sie es auch benutzen.

Sie schaute ihr Gesicht im Rückspiegel an. Leise, aber bestimmt sagte sie es:

»Mörderin.«

Sie hatte sich vorgestellt, dass ein Aufblitzen von Schuld, von schlechtem Gewissen sie durchfahren würde. Aber es beunruhigte sie nicht, dieses Wort. Zu oft hatte sie es schon ausgesprochen, in ihren blutigen Tagträumen, in den endlosen Nächten, in denen sie noch im Halbschlaf mit ihm kämpfte: »Mörderin.«

Das Gegenteil trat ein. Sie wurde ganz ruhig. Als ob alles auf einmal Sinn ergäbe. Das war ein Wort, mit dem sie leben konnte.

Es war der einzige Weg. Na ja, vielleicht. Nein, bestimmt. Er bedeutete Knast. Er bedeutete das Ende ihrer Karriere. Und sie hatte eine vor sich, das wusste sie jetzt, eine gute sogar: Sie hatte gerade den Mumienmörder-Fall gelöst. Auch das: futsch. Die Freunde von Felix würden vielleicht ein Auge zudrücken, wenn eine Kollegin ihren Vergewaltiger zusammenschlägt, aber ein Mord, das würde Konsequenzen haben, und nicht nur für sie.

Sie wusste, was Sarah dazu sagen würde: Kannst du damit leben? Eine Mörderin zu sein? X Jahre Knast, dein Job, dein Leben futsch, wo du doch schon so viel Fortschritt gemacht hast?

Das war die falsche Frage.

Die richtige Frage war: Könnte sie weiterleben, ohne da reinzugehen?

18:29 Uhr.

Da drin saß er, da drüben, hinter diesen Mauern, in diesem Moment, der Mann, der ihr alles genommen hatte.

Sie kannte ihn nur flüchtig damals, über eine gemeinsame

Freundin, an der Uni Frankfurt, sie Soziologie, er BWL. Es war ihr nicht entgangen, wie er sie anschaute, in einem gemeinsamen Nebenfach, im Flur, in der Mensa, dass er ihre Freundin über sie ausfragte. Wahrscheinlich kannte er nicht mal ihren Namen, er war ja schon ein paar Semester über ihr, aber sie hatte das Gefühl, dass er sie mochte, so von Weitem jedenfalls. Dann diese Nacht, nach einer Party bei Freunden, bisschen außerhalb, sie ging nach Mitternacht zur S-Bahn-Haltestelle, aber der letzte Zug war schon weg. Er hielt mit dem Auto neben ihr, gegenüber dem Taxistand, wo kein Taxi stand.

Charmant. Zuvorkommend. Und er kannte eine Abkürzung über die Landstraßen, ein Forstweg, den er ständig nahm, machten alle, sagte er, alle, die von hier kamen. Sie versuchte, das zu glauben. Sie schwieg, dann musste sie doch Zweifel äußern. Er brauche erst mal einen Kaffee, meinte er, zu viel getrunken, und nicht weit von hier hätten seine Eltern so eine Jagdhütte. Na ja, Jagdhütte, eher Ferienhäuschen. Er lachte. Aber sie waren gerade an einer Tankstelle vorbeigefahren, wo er leicht einen Kaffee hätte kaufen können. Vielleicht wollte er sie in der Hütte verführen – auch nicht uncharmant, sie könnte immerhin Nein sagen, dann würden sie wieder ins Auto steigen und weiterfahren, bildete sie sich ein. In der kleinen Küche in der Hütte nahm er sich Zeit, sie wurde unruhig, er machte einen Witz.

Während das Wasser für den Kaffee zu kochen begann, sagte er, er wolle ihr etwas zeigen. Es gehöre seinem Vater. Im Flur. Sie folgte ihm zögerlich. Am Schlafzimmer vorbei. Immerhin wollte er nicht da hinein. Am Ende des Flurs bückte er sich und zog eine Schublade auf.

Als er sich umdrehte, hielt er ein Jagdmesser in der Hand.

Sie glaubte immer noch, er mache Scherze, als sie das Messer an ihrem Hals spürte. Er drängte sie zum Schlafzimmer zurück, zum Bett, er stieß sie darauf. Er beschimpfte sie: Schlampe, Fotze.

Sie dachte: Das bin ich nicht, er redet mit einer anderen. Sie sagte es sogar einmal. Nein, wirklich, ich bin keine Schlampe. Sie wollte rational mit ihm diskutieren.

Als das Messer ihre Haut ritzte, japste sie. Als er ihr die Kleider vom Leib sägte, starrte sie ihn nur wie gelähmt an. Das Einzige, was sie denken konnte, war: Ich habe doch die alte Unterhose an, die ich schon lange wegwerfen wollte. Er zerschnitt ihr sogar die Schuhe. »Die brauchst du nicht mehr.« Sie hatte schreckliche Angst um ihre Zehen. Als sie völlig nackt war, öffnete er seine Hose, drückte sie aufs Bett nieder und vergewaltigte sie. Immer, wenn sie sich bewegte, spürte sie das Messer an ihrem Hals.

Als er seinen Schwanz rauszog und das Blut sah, fluchte er. »Hast du deine Tage?«

Sie schüttelte den Kopf. »Ich bin Jungfrau.« Noch während sie es sagte, war ihr klar, dass das jetzt nicht mehr stimmte.

Er sagte nur: »Das hättest du mir auch sagen können.«

Dann band er sie ans Bett und ging in die Küche. Das Wasser war verkocht. Er machte sich einen neuen Kaffee, kam zurück und vergewaltigte sie wieder. Drei Tage lang. Nach dem zweiten hörte sie nicht mehr auf zu bluten. Das lag nicht nur an ihm. Das lag am Messer. »Nicht bewegen«, sagte er, als er es zum ersten Mal in sie hineinschob, langsam, vorsichtig, neugierig, »entspann dich, ich will nur mal gucken, wie weit ich komme.«

18:40 Uhr.

Emma erinnerte sich noch an die Ärztin im Krankenhaus. Sie nahm ihr Kinn in die Hand und zwang sie, ihr in die Augen zu blicken. Sie wisse, Emma würde ihr das nicht glauben, und sie würde jetzt am liebsten sterben, aber die Schmerzen würden vergehen, sie könne froh sein, so jung und gesund zu sein, ihr Körper würde das packen, sagte sie. Sie hatte recht behalten, bis auf eine Kleinigkeit, wie sich später herausstellte: Emma konnte keine Kinder mehr bekommen. Jahrelang hatte sie es danach regelrecht darauf angelegt, hatte gedacht, ein Kind könne ihre Wunden heilen, ein Kind, egal von wem. Vergebens. Die Narben gingen zu tief. Ihr Zyklus war nie wieder regelmäßig, sie war nie schwanger geworden.

18:41 Uhr.

Sie wusste nicht, dass sie es tun würde. Bis zu dem Moment, als sie aus dem Auto gestiegen war, als das Zuschlagen der Tür in ihren Ohren schepperte, wusste sie nicht, dass sie es tun würde.

Ockerfarbene Wände, summende Neonlampen, quietschende Glastüren, sauber und trist zugleich, Behördenalltag. Pförtner, Dienstausweis, Metalldetektor, es piepste, Dienstwaffe abgeben. Sie legte ihre Sig Sauer auf die Theke. Der Beamte hinter der Glasscheibe blickte auf, nahm sie an, schloss sie weg. Er blätterte durch Papiere, sagte ihr, wo sie erwartet wurde. Schlösser knackten, gingen auf, gingen zu, sie trat durch Türen, Gitter, ging endlose Flure entlang, stieg Treppen hinauf, alles hallte, sachliches Gemurmel, gebellte Befehle, diffuses Gejammer. Alles leicht muffig hier. Modrig. Staubig. Emma roch die Jahre, die Generationen, die verschwendeten Leben. Wie meines, dachte sie. He, vielleicht bin ich auch bald hier. Der Gedanke ließ sie kalt. In Zimmer 457c saßen zwei Beamte. Sie erwarteten sie. Sagten keinen Ton, brachten sie den Gang entlang zu einer Tür ohne Beschriftung. Ihre Hände auf der Klinke. Dann die Worte: »Zehn Minuten«, und sie zogen die Tür von außen zu.

Der Raum war dämmrig.

Es drang kein Ton an ihr Ohr. Nur eine traurige Neonröhre glomm an der Wand, wo noch ein paar blinde Spiegel hingen. Sonst war alles leer. Die Toiletten und Waschbecken waren herausgerissen, und der Boden war neu ausgegossen worden. Hier sollte wohl mal irgendwas anderes hin, bevor das Geld ausgegangen war. Jetzt war es eine Baustelle.

Da hinten. Da saß er.

Auf einem Stuhl, der nicht hierhergehörte, einem alten Holzstuhl. Gesicht zur Wand, Hände hinter dem Rücken gefesselt. Gekrümmt saß er, unbequem, unsicher. Er war unrasiert. Er schwitzte. Sie roch ihn, seinen Schweiß. Interessant. Es war der gleiche Geruch wie damals. Nein, schärfer: Angstschweiß. Seine dunkelgraue Anzughose war verdreckt. Als wäre er schon mal auf dem Boden gelandet heute.

Zu seinen Füßen: ein Schlagstock.

Emma zögerte.

»Du riechst wie damals«, sagte er.

Sie atmete scharf ein. Er sprach zu ihr. Irgendwie hatte sie das nicht erwartet.

»Nach Erregung«, sagte er. »Ich denke oft daran zurück. Du warst meine Erste. Ich wünschte, es hätte ewig weitergehen können. Du auch, oder? Du denkst auch immer noch daran.«

Sie spürte es: die Angst. Wie ein Dämon, der von ihrem Körper Besitz ergriff. Ihre Kehle zukrampfte. Nein, dachte sie. Nein. Diesmal nicht. Nicht in der JVA. Das ist mein Revier, hier habe ich das Sagen. Nicht, wenn er hier ist, weil ich ihn bestellt habe, weil ich ihn hier haben will. Nein, diese zehn Minuten gehören mir.

Sie wurde ganz ruhig. Gut so.

Zehn Minuten.

Sie zog ihre Bluse aus dem Bund, griff nach hinten, nach dem Messer. Trat auf ihn zu. Stand neben ihm. Das Messer nur Zentimeter von seiner Kehle entfernt. Wenn er wüsste.

»Ich weiß, dass es dir gefallen hat«, sagte er.

Er sah nicht, dass sie ein Messer in der Hand hielt.

Sie trat, so hart sie konnte, stemmte ihr ganzes Gewicht hinter ihr Bein und trat zu. Er flog vom Stuhl und zu Boden, der Stuhl landete in der Ecke.

Da lag er, auf dem Bauch, die Hände hinter dem Rücken gefesselt, unfähig, sich zu erheben. Aber er hörte nicht auf zu reden. Den Kopf zur Seite gedreht, mehr oder weniger in ihre Richtung, er strengte sich an, ihren Blick zu finden. »Ich wusste sofort, als ich dich auf der Party sah, dass du es wolltest. Wer hätte gedacht, dass …«

Sie beugte sich über ihn, das Messer in der Linken. Mit der Rechten schlug sie ihm ins Gesicht, auf den Mund, damit er still war. Wieder. Und wieder. An ihren Knöcheln war Blut. Sie kniete sich auf ihn. Rechtes Knie zwischen seine Schulterblätter gerammt, ihr ganzes Gewicht auf ihn gestemmt, alles rein in dieses Knie, als ob sie ihm das Rückgrat brechen wollte, bückte sich über ihn, tief, über sein Gesicht, seinen Hals.

»Hallo, Uwe«, sagte sie.

Jetzt sprach er nicht mehr. Jetzt fand er keine Worte. Jetzt hatte er Angst. Er zitterte. Er roch nach Pisse. Aber er roch immer noch nach Uwe. Diesen Geruch, den sie vergessen wollte und doch jeden Morgen in der Nase hatte.

Sie musste diesen Geruch loswerden.

Sie setzte ihm die Klinge an den Hals. Er sog scharf die Luft ein.

»Spürst du es? Das ist das Gleiche wie deins. Spürst du es?«

Uwe gab einen undefinierbaren Laut von sich, mehr nicht. Sie presste die Schneide fester an seinen Hals. An seine dicke, ungewaschene, unrasierte Haut. Ein Blutstropfen wuchs oben auf der Klinge wie ein hellroter Pilz.

Emma beugte sich tiefer über Uwe.

»Sag es!«

Er wusste nicht, was sie wollte.

»Sag es!« Sie schrie jetzt. Sie merkte es kaum, aber sie schrie. »Sag: Du bist das Messer, und ich bin das Fleisch. Na los!«

»Du … du bist das Messer«, murmelte Uwe. Heiser. »Und ich … ich bin das Fleisch.«

Jetzt.

Tu es. Tu es jetzt, und du bist ihn für immer los. Was zögerst du?

»He.«

Sie hatte es nicht gemerkt: Hinter ihr war die Tür aufgegangen.

Emma rührte sich nicht. Zog das Messer nicht weg. Drehte nur leicht den Kopf.

Felix.

Ein Arm in der Höhe. Sein Finger zeigte auf die Decke. Da oben, in der Ecke, war eine kleine weiße Erhebung. Plastik. Rund. In der Mitte eine kleine schwarze Linse. Eine Videokamera.

»Hast du wirklich geglaubt, ich lasse das zu?«, sagte er.

Emma konnte sich nicht bewegen.

»Schau dich an, was machst du da? Ein Messer? Echt? Ich wusste, dass es schlimm ist, aber nicht, dass es so schlimm ist. Wolltest du ihm gerade die Kehle durchschneiden? Wolltest du das?«

Emma konnte nichts erwidern. Ja, was machte sie da? Die Stimme, tief in ihr, die ihr sagte: Tu es, ein Ruck, und du bist fertig, du kannst es noch, Felix ist zu weit weg, tu es – die Stimme war verstummt.

»Mein Gott, ich wollte dich nur reinlegen, ich wollte reinkommen und dich warnen, dass ich alles auf Video habe, aber ein Messer – damit habe ich nicht gerechnet, und glaub mir, ich kann mir einiges vorstellen.«

Emma drehte endlich den Kopf, nahm ihn wahr.

Felix. Die ganze Zeit war es nur ein Trick gewesen. Nein, Erpressung. Er wollte sie herlocken, für irgendwas, womit er sie später erpressen konnte. Für den Job. Alles für den Job. Es hatte nichts mit ihr zu tun.

Und sie war darauf reingefallen.

»Ich sag dir, was jetzt passiert.« Felix. »Du legst das Messer weg, und du gehst heim. Morgen früh sagst du der Brennemann, dass du für den Job nicht geeignet bist. Bist du auch nicht. Schau dich an. Glaubst du wirklich, du kannst eine Abteilung des LKA leiten? Du weißt selber, dass du das nicht kannst.«

Emma ließ Uwe nicht los. Es ging nicht.

»Steh auf und leg das Messer weg, oder ich nehme es dir ab.«

Sie hatte keine Wahl. Die Stimme war weg, die Kraft war weg, die Wut war weg. Es blieb nur Demütigung. Scham. Verwirrung. Was tat sie hier? Was war aus ihr geworden? Wer war sie?

Emma stand auf. Ließ ihren Vergewaltiger los. Ging an Felix vorbei, durch die Tür, aus dem Raum, wortlos, ohne ihn anzuschauen, raus auf den Gang, und erst da merkte sie, dass sie noch immer das Messer in der Hand hielt. Sie rammte es sich in die Hosentasche, es ritzte ihren Schenkel bei jedem Schritt.

70

»Ich will dich sehen.«

Georg räusperte sich. »Ich dachte, du wolltest mich nie wieder sehen.«

»Wollte ich auch nicht«, gab Emma zu.

Er lachte. »Siehst du, genau das konnte ich mir nicht vorstellen. Hast du viel an mich gedacht?«

»Kann schon sein«, sagte sie. »Hast du Zeit?«

Er zögerte. »Heute Abend bin ich eigentlich besetzt.«

Die andere also. Emma wartete. Mal sehen, ob er sie loswürde. Für sie.

»Die Wohnung eigentlich auch«, fügte er an.

Sie wartete. Georg auch. Emma wartete länger.

»Ich kenne ein Hotel«, sagte er. »Aber ich brauche eine Stunde. Ich ruf dich zurück.«

»Welches Hotel?«

»Ich sag's dir dann.« Georg legte auf.

Emma legte ihr Handy weg. Wartete. Bis ihr Bauch sich beruhigte. Versuchte, nicht an Uwe zu denken. An den Geruch seines

Schweißes, an die Stoppeln an seinem Hals. An den sie ihr Messer gelegt hatte.

Fast zwei Stunden lang war sie jetzt in der Stadt herumgeirrt, in der Dunkelheit, bis es zu kalt wurde. Hatte versucht, sich durch Shopping abzulenken, in der Alexa, alles bunt und laut, sie ertrug es nicht. Jetzt saß sie bei geöffneter Tür in ihrem kleinen silbernen Polo auf dem Parkplatz neben der Total-Tanke in der Mollstraße, Handy in der Hand. Hinter der Windschutzscheibe rollte der geschäftige Verkehr der Prenzlauer Allee vorbei. Zahllose Scheinwerfer versuchten, die Dunkelheit der Novembernacht zu durchstechen. Fahrräder ohne Licht flitzten vorüber, ab und zu rumpelte eine Straßenbahn vorbei. Viel Lärm, keine Stimmen. Und der Nieselregen: eine flächendeckende Schicht Feuchtigkeit, der sich unaufhörlich, Tropfen für Tropfen, auf Haut, Haaren, Schuhen, Händen niederließ, bis alles feucht war, innen und außen, die Autositze, Jacke und Jeans, die Luft, ihre Lunge.

Die Beförderung konnte sie sich aus dem Kopf schlagen. Sie hatte sie Felix in die Hände gespielt. Selber schuld. Und wofür? Sie hatte es nicht zu Ende gebracht. In den letzten zehn Jahren hatte sie sich immer wieder vorgestellt, wie gern sie alles opfern würde, wenn sie dafür nur Uwe loswerden konnte. Sie hatte es nicht geschafft und hatte trotzdem alles verloren.

Georg war der Einzige, der ihr einfiel. Wer sonst? Sarah? Lutz? Die Brennemann? Mit denen konnte sie nicht reden, nicht über das, was gerade passiert war. Niemals. Mit Georg auch nicht – aber mit dem musste sie nicht reden. Ihm war es egal, dass sie gescheitert war. Er war ein Arschloch, Arschlöchern ist so was egal. War schon komisch. Sie hatte ihn fast erschossen das letzte Mal, als sie sich sahen. Und trotzdem war er der Typ, mit dem sie am besten umgehen konnte. Sie sollte sich entschuldigen. Oder auch nicht. Muss man sich bei einem Arschloch entschuldigen? Das war doch das Schöne an Arschlöchern

Sie zitterte nicht mehr. Sie glaubte, ihr Magen sei so weit. Sie stieg aus, knallte die Tür zu, ging in die Tanke, schaute sich um, grelle Lichter, frischer Kaffee, Chips und Pornos und gekühltes Bier und Billigspielzug für die Kleinen auf dem Rücksitz. Ein Mini-Supermarkt für Menschen, die nicht nach Hause wollen. Sie kaufte eine Dose Bier, eine *Morgenpost* und ein Käsebaguette. Ging wieder zum Auto. Machte das Bier auf, nahm einen Schluck, biss in das Baguette. Atmete tief durch.

Ihr Handy klingelte. Das war schnell gegangen.

»Sag nur, wo und wann«, sagte sie.

»Weißt du, dass du verfolgt wirst?«

Es war nicht Georg.

Sie blickte aufs Display. Nummer unterdrückt. Aber die Stimme. Uwe.

»Es muss echte Liebe sein, wenn er so hinter dir her ist. Ich mag ihn nicht, deinen neuen Liebhaber. Jagt er dich auch von Ferienhaus zu Ferienhaus und muss dich am Ende zwingen? Gefällt es dir, wenn er dich ans Bett fesselt? Denkst du an mich, wenn du es mit ihm treibst?«

»Ich zeige dich an. Das ist Nachstellen.«

»Ist das ein Witz?« Uwe lachte. Lange und herzlich. »Zwei Minuten, und mein Anwalt hat alles umgedreht: Du hast mich bei meiner Lesung aufgesucht. Du hast meine Freundin unter Druck gesetzt. Und was war das gerade eben, bitte? Weißt du, wie ich aussehe? Als hätte ich mich betrunken rasiert. Aus dir ist eine echte kleine Stalkerin geworden.«

Emma schwieg.

»Möchtest du mich wiederhaben, Emma?«

Sie ließ ihn reden.

»Kannst du deswegen nicht von mir lassen?«

Diese Art, die er hatte – sie kannte das schon. Von damals. Als sie gefesselt an seinem Bett hing und ihn anflehte, sie freizulassen.

Wie er sprach, als ob alles ganz normal wäre, als ob es nur ein Spiel wäre, als ob sie doch eigentlich einverstanden wäre, als ob er ihr einen Gefallen täte. Er konnte alles verdrehen, bis die Realität nicht mehr real aussah. Schon damals kam sie in den Genuss dieser ruhigen, durchdachten Art, die er hatte, ganz nüchtern das Für und Wider zu diskutieren und mit dem *Für* für sich und dem *Wider* für sie zu enden. Logisch.

»Weißt du, Emma, wir könnten all das hinter uns lassen. Alles, was der Vergangenheit angehört, einfach vergessen, was meinst du? Dein kleiner Ausraster heute: Schwamm drüber. Du könntest mit mir auftreten. Den Leuten sagen, dass ich ein neuer Mensch bin. Die wollen das hören. Du hast keine Ahnung, wie sehr die das hören wollen. Sie würden dich lieben. Du wärst der Star an meiner Seite. Sie würden dich lieben, wie ich dich liebe, Emma. Und abends fessele ich dich wieder ans Bett, wie in alten Zeiten, und du schreist und heulst und bettelst, wie du das magst.«

»Wenn du mich noch einmal anrufst«, sagte Emma, »bringe ich dich um.« Ihre Stimme war rau.

Sie legte auf, stürzte aus dem Wagen, warf das widerliche Baguette in den Müll. Sie musste eine Viertelstunde auf und ab gehen, auf dem Bürgersteig, der Verkehr betäubend laut in ihren Ohren, bis sie wieder normal atmen konnte. Ich hätte ihn umbringen sollen. Die Gelegenheit kommt nie wieder. Ich hätte ihn umbringen sollen.

Ihr Handy piepste.

»Hallo? Wer ist da?«

Es war kein Anruf. Es war eine SMS. Von Matze. Sie drückte sie weg. War ihr doch scheißegal. Sollten die mal ohne sie klarkommen, einen Tag nur. Sie konnte nur an Uwe denken. Erst jetzt kapierte sie, was er gesagt hatte:

»Weißt du, dass du verfolgt wirst?«

Sie wurde verfolgt? Von wem?

Johannes.

Klar. Konnte irgendwie doch nicht loslassen. Außen weich, innen hart. Kein Selbstbewusstsein, erträgt keine Zurückweisung, weiß nicht, was er tut, bis er irgendwann mit einem Messer vor der Tür steht.

Sie rief ihn an. »Verfolgst du mich?«

»Wie bitte? Bist du das, Emma?«

»Wenn du nicht sofort aufhörst, weißt du nicht, wie dir geschieht. Ich bin Bulle. Du hast keine Ahnung, was ich alles anstellen kann, wenn ich will.«

Kurze Pause. »Ich weiß nicht, was du meinst.«

»Hast du mich verstanden?«

»Emma, ich ...« Er zögerte. Er überlegte. »Emma, hör mal, können wir reden?«

»Wenn ich irgendwann aus dem Fenster gucke und rein zufällig dein Auto sehe oder merke, du stehst irgendwo hinter mir in der Schlange, egal wo, glaub mir, du wirst es bereuen. Das ist meine letzte Warnung.«

Sie legte auf.

Als es noch einmal klingelte, wollte sie ins Telefon brüllen. Vorsichtshalber schaute sie erst auf das Display. Nummer unterdrückt. Also nicht Johannes.

»Hallo?«

»Ein letztes Mal schadet niemandem«, sagte Georg.

»Ach ja?«

Er gab ihr eine Adresse durch.

»Zwanzig Minuten«, sagte sie.

71

Ruhig, dunkel, lauschig, die paar Lädchen zu, die Anwohner alle daheim, kein Mensch unterwegs. Emserstraße, Ecke Düsseldorfer, Charlottenburg, Abschnitt 26. Die Pension Bellevue erkannte sie schon von Weitem an ihrer mit Lichterketten geschmückten Markise. Nett, bescheiden, schön anonym – und von der Düsseldorfer Straße durch eine ausladende Baustelle abgeschnitten. Emma musste in der Sackgasse wenden, schwierig, ärgerlich, am Ludwigkirchplatz einen Parkplatz finden und zu Fuß durch den Nieselregen in die Emserstraße zurück.

Emma hatte sich nach dem Anruf von Uwe ein wenig beruhigt. Aber nur ein wenig. Sie musste darüber reden. Mit irgendwem, egal. Vielleicht sogar mit Georg. Sie sah ihn schon von der Ecke aus. Er stand vor der Pension. Er drehte sich um, als er sie kommen sah. Lächelte. Wartete dort auf sie.

Sie durfte nicht vergessen, ihren Sicherheitsdienst anzurufen. Diesmal nicht. Sie zog ihr Handy aus der Tasche und suchte die Kurzwahl.

Hier herrschte wirklich Parkplatznot. Die Autos standen dicht an dicht. Ein Transporter stand still und dunkel in zweiter Reihe, der hatte Nerven. Na gut, es war irgendein Krankenfahrdienst, der durfte das. Als sie zwischen dem Transporter und einem Golf auf den Bürgersteig wechseln wollte, den Blick aufs Telefon gesenkt, wäre sie fast mit einem Rollstuhl zusammengestoßen. Gerade wollte sie sich mit einer Entschuldigung daran vorbeidrücken, als die Frau sie ansprach: »Verzeihung, können Sie mir helfen?« Sie wollte ebenfalls auf den Bürgersteig. Beim ersten Anlauf hatte sie es nicht geschafft, und nun fehlte ihr der Schwung, die Kante war hoch. Sie musste wieder rückwärts rollen, um neuen Schwung zu holen, doch das war schwierig, es ging bergauf, und der Asphalt war nass.

Georg winkte. Bemerkte die Frau nicht. Auf der anderen Straßenseite stand ein Mann. Telefonierte. Bemerkte die Frau nicht. Sie war ja auch von allen Seiten von Autos verdeckt.

Vor Emma der Rollstuhl.

Emma steckte ihr Handy weg und klemmte sich die Handtasche unter den Arm.

»Lassen Sie mich mal«, sagte sie. Packte beide Griffe, kippte den Rollstuhl leicht an. Drehte ihn um, sodass die großen Räder zum Bürgersteig zeigten, damit sie ihn rückwärts über den Bordstein hochziehen konnte.

Aus dem Augenwinkel sah sie, dass der Mann von gegenüber den Rollstuhl nun auch bemerkt hatte. Na endlich. Er steckte sein Handy in die Tasche und überquerte hilfsbereit die Straße. Emma lächelte, positionierte ihre Beine, um ein Gegengewicht zum Rollstuhl zu bilden, und kippte ihn in eine fast liegende Position. Die Frau war klein, aber schwer. Seltsam. Sie wirkte eigentlich schlank.

»Oh, danke sehr«, sagte die Frau. »Wirklich, das ist manchmal in Berlin …«

Ihre Stimme kam Emma bekannt vor.

»Manchmal in Berlin ist das schlimm für uns Rollstuhlfahrer«, fuhr sie fort.

Emma kannte sie. Von der Burg. Bestimmt. Eine Sekretärin? Eine Beamtin? Im Rollstuhl?

Endlich bewegte der Rollstuhl sich. Emma hob ihn an, die großen Räder jetzt auf der Kante des Bürgersteigs.

Lars Gohse.

Daher kannte sie sie. Sie hatte ihn abgeholt. Sie hatte doch mit Lutz in seinem Büro gesprochen, eine Abmachung erreicht und dann den Gohse rausgeholt. Die schöne Frau im Rollstuhl, die Schwester von Lars Gohse. Eigenartig. Heute hatte sie eine dicke Mütze auf. Keine offenen Haare wie letztes Mal. So lang und blond.

Widersprüchliche Instinkte.

Emmas polizeiliches Training sagte ihr: Lass sie los und greif nach der Waffe, jetzt.

Jede andere Faser ihres Körpers sagte: Lass sie nicht los. Sie sitzt im Rollstuhl. Bring sie sicher auf den Bürgersteig.

Doch auch das konnte sie nicht mehr. Dafür hätte sie einen Schritt nach hinten treten müssen. Das ging nicht, weil da schon jemand stand. Ein Mann. Ihr polizeiliches Training schrie sie an. Jetzt gehorchte sie auch, endlich. Sie ließ die Griffe des Rollstuhls fahren.

Es war zu spät.

Der Mann hinter ihr streifte ihr ein Seil, oder war es ein Gürtel, über den Kopf, den Oberkörper, bis zu ihren Ellenbogen, die gebeugt waren, weil sie eben noch die Griffe des Rollstuhls gehalten hatte, er zog daran, bis ihr die Arme fest an die Seiten geschnallt waren. Ihre Tasche fiel zu Boden.

Sie wandte sich um, versuchte, sich nach links zu werfen, sich loszureißen, doch da war ein anderer Mann, er packte ihre Schultern, und ein dritter, er zog einen Sack aus Leinen über ihren Kopf. Sie schrie, aber da kam kein richtiger Laut heraus, seltsam, ach so, jemand schnürte ihr den Sack am Hals fest, sie rang nach Luft. Sie strampelte mit den Beinen, aber schon hoben die Männer sie hoch, ihre Füße traten ins Leere, sie hörte, wie die Hecktür des Transporters aufgerissen wurde, und landete mit einem harten Knall auf dem metallenen Bett, Blitze tanzten ihr vor den Augen. Die Männer kletterten hinter ihr rein, ergriffen ihre Beine, setzten sich darauf und banden sie zusammen, dann spürte sie einen Stich in der Schulter, eine Nadel, so überwältigen sie ihre Opfer, dachte sie noch, Rohypnol? Ketamin? Dunkelheit rollte über sie in einer dichten, warmen Welle und wurde zu einer puren, absoluten Finsternis. Und als Letztes, bevor sie das Bewusstsein verlor, dachte sie:

Aber Georg? Was ist mit Georg? Haben sie ihn auch erwischt?

72

Georg kümmerte sich rührend um sie. Er streichelte Emmas Wange. Sie war froh, dass sie ihn angerufen hatte. Dass sie sich versöhnt hatten. Er war doch ein guter Kerl, was hatte sie nur?

Er merkte, dass sie wach war. Lächelte sie an. Sie lächelte zurück. Zumindest glaubte sie, dass sie das tat. Wenn Georg mal von ihr ablassen würde, könnte sie bestimmt auch aufstehen. Aber seine Berührungen waren einfach zu angenehm. Er fuhr ihr durchs Haar und säuberte ihr verschrammtes Gesicht mit einem Öltuch. War sie krank? Nein. Sie war hingefallen. Sie war überfallen worden. War sie nun hingefallen, oder wurde sie überfallen? Na ja, letztendlich war es das Gleiche. So oder so fällt man.

Sie hatte Durst. Sie räusperte sich. Er ließ sie aus einer Wasserflasche trinken. Aufmerksam. Dann zog er ihr die Hose herunter. Slip auch. Gut so. Hatte sie ihn deswegen nicht angerufen? Da war was. Offenbar hatte er etwas Bestimmtes im Sinn. Wieso sonst cremte er sie ein? Er drehte sie sogar um, cremte ihr sorgfältig den Hintern ein. Sie roch Babylotion.

Verschwommene Erinnerungen wurden wach. Keine Bilder, nur ein Gefühl, vielleicht ein Geruch, es war schwer zu greifen. Lange her. Die wohlige Ohnmacht der Kindheit. Das Vertrauen: Mama richtet das. Papa passt auf. Ihr Vater hatte aufgepasst, damals. Hatte er. Er war ein guter Mann gewesen, ein toller Mann, sie wünschte, er wäre jetzt hier. Sie wünschte, er wäre nie weggegangen. Sie wünschte, sie wäre nie so alt geworden, dass Mama sich nicht mehr um sie kümmerte.

Aber jetzt war Georg da. Er legte ihr vorsichtig eine Windel an. Emma schloss die Augen und ließ es geschehen. Windel statt Höschen. Wenn er das so haben wollte, dann war es gut. Sie war noch nie so entspannt gewesen.

Er zog ihr die Hose wieder hoch, strich ihr übers Haar und nahm sie kurz in den Arm. Sie hätte die Umarmung gern erwidert, aber sie konnte die Arme nicht heben.

Georg flüsterte ihr zu. »Ich habe dir etwas dagelassen. Ein kleines Geschenk. Nur für dich. Du wirst es bald spüren, wenn die Finger wieder gut sind.«

Die Finger? Emma konnte ihre Finger wirklich nicht spüren. Egal, solange Georg sagte, dass sie noch dran waren.

Georg lächelte. Sein breites, überzeugendes Lächeln, das sie schwach machte, ihr Innerstes durcheinanderbrachte. Dann begann er, sie einzuwickeln.

Sie lag auf einem schmalen Brett, das merkte sie jetzt. Mit jedem Streifen, den er um ihre Füße, dann um ihre Waden, ihre Knie, ihre Oberschenkel wickelte, hob er das Brett kurz an, um die Rolle unten durchzureichen. Georg hatte vier Hände. Ach was, viele Hände! Jemand half ihm. Ein Mann. Sie erkannte ihn nicht, oder doch, irgendwie schon, wollte aber nicht daran denken, wollte eigentlich mit Georg alleine sein, also schloss sie den anderen aus. Und die junge Frau, die den beiden half, vor allem, als Georg ihren Oberkörper einwickelte, dafür mussten gleich zwei Männer und zwei Frauen mithelfen, mussten sie immer wieder anheben, damit die Rolle unten durchgereicht werden konnte. Mehrere Rollen. Immer wieder von vorn: Zuerst die Füße, dann den Oberkörper. Mit ihren Armen machten sie seltsame Dinge, gerade, geknickt, einer so, der andere so, nein, doch anders. Sie konnte nur raten, denn sie spürte ihre Arme nicht. Als sie ihren Kopf einwickelten, war es irgendwie auch bequem. Warm. Geborgen. Eng angeschmiegt wie eine Mütze im Winter. Nur die Ohrenspitzen guckten raus. Das Öl auf ihrem Gesicht sorgte dafür, dass die Haut nicht riss.

Wups! Auf einmal stand sie.

Sie hatte gar nicht vorgehabt zu stehen. Aber sie stand. Oder vielleicht hing sie. Ihre Füße berührten nicht den Boden. Egal. Fallen, überfallen. Stehen, überstehen. Lustig.

Sie war zu Hause, im Wohnzimmer. Es musste das Wohnzimmer ihrer Eltern sein. Diese ausladende Couch, eine dicke Polsterlandschaft mit Schubladen unten drunter, darauf der *Stern* und die *Hörzu*. Gibt es die *Hörzu* noch? Die rustikale Schrankwand mit Aussparungen für Fernsehen und CD-Stereoturm und Glasvitrine mit der Sammlung an Teetassen und Hummelfigürchen – wer kauft so was heute noch? Der große Esszimmertisch. Der Teppich, Orient natürlich, und direkt vor ihr ein Klavier. Der Deckel aufgeklappt. Das war ihr Klavier, an dem sie gelernt hatte. Konnte das sein? Dasselbe Klavier.

Moment mal. Ihre Eltern hatten kein Klavier. Emma wollte immer eines, bekam aber stattdessen eine Blockflöte. Auf der sie jämmerlich versagt hatte. Das war gar nicht ihr Wohnzimmer. Das war ein anderes. Egal. Klavier war besser. Es gefiel ihr. Ihre neue Familie gefiel ihr auch.

Die Mutter – oder war es die große Schwester? – im Rollstuhl. Georg. Zwei Schwestern, eine stämmig, eine dünn. Aber gleich angezogen. Cremefarbene Pullunder, ärmellos, darunter eine rote Bluse. Das kam ihr bekannt vor. Und der Pulli, den die Frau im Rollstuhl trug – mit den mondrianartigen Karos. Den kannte sie auch. Und Georg. Pulli und Sakko. Trug er schon immer eine Brille? Die stand ihm aber nicht.

Sie erzählten, lachten miteinander, während sie Teller und Besteck auf dem großen Esstisch verteilten. Schwere Kristallgläser dazustellten. Da kamen die zwei Jungs, ein großer und ein kleiner –

na ja, eigentlich Männer, muss man sagen. In grau-braunen Pullis mit Ajourmuster, der Hemdkragen drüber. Beide gleich. Überhaupt, alle waren mehr oder weniger in Emmas Alter. Trotzdem: eine harmonische, glückliche Familie, die sich nie getrennt hatte. Warum musste man sich auch immer trennen? Die Jungs brachten das Essen: drei große Pizzaschachteln. Lecker. Bekam sie auch was? Sie war gar nicht sicher, ob sie Hunger hatte. Irgendwas hatte sie auch schon im Mund. Und irgendwie konnte sie ihn nicht mal öffnen. So wie im Traum. Ja, vielleicht träumte sie das alles gerade.

Die Pizza wurde geschnitten, sorgfältig auf die Teller verteilt, die Limo in Kristallgläser gegossen, die Pappschachteln entsorgt: Und nun saßen sie da, ein Bild von einer Familie, alles ordentlich, wohlerzogen, vorbildlich.

Sie reichten einander die Hände. Die Mutter sprach ein Tischgebet. So etwas hatte Emma lange nicht mehr gehört. Sie dankte dem kosmischen Geist. Sie bat um Segen für die Familie. Um Segen für Sakuru, dass er groß und stark werde, für Tirawa, dass sie die Natur lieben lerne, für Kachina, dass er die Violine beherrsche, für Ahayuta, dass er den Göttern gefalle, für Tirawa, dass sie Demut lerne, für Kolowisi, dass er seine Prüfung überstehe, und für Tawa, dass sie die Kinder der Erde mit ihrem Geist und ihrem Überfluss ernähre.

Emma war auch dabei.

»Und segne Emma, dass sie lernt, nicht nur an sich selbst zu denken.«

Die anderen Kinder stürzten sich auf die Pizza. Aber ganz wohlerzogen, mit Messer und Gabel.

Jetzt war Emma doch besorgt, dass sie den Mund nicht öffnen konnte. Wie sollte sie mitessen? Es roch so gut. Sie konnte ihren Kiefer bewegen, aber nur ein wenig. Ihre Lippen auch kaum. Sie waren festgeklebt. Sie atmete nur durch die Nase. Auf einmal wollte sie ihre Arme und Beine bewegen, aber es ging nicht. Warum? Ach ja, Georg hatte sie in Panzertape eingewickelt.

»Emma? Emma?«

Emma hörte auf, sich gegen die Enge zu sträuben. Die anderen Kinder schauten sie jetzt an. Alle hatten das Besteck niedergelegt. Die Pizza war unberührt. Offenbar gab es Wichtigeres als Essen. »Emma«, sagte die Frau im Rollstuhl, »wird uns heute zum ersten Mal etwas auf dem Klavier vorspielen. Sie freut sich schon.« Alle schauten sie an.

Emma konnte kein Klavier spielen. Sie konnte nicht einmal ihre Arme bewegen.

»Sie wird uns alle stolz machen heute. Nicht wahr? Du willst doch deinen Vater stolz machen.«

Emma sah keinen Vater. Doch die Frau sprach, als ob er da wäre.

»Eines Tages wird Vater keine Musik mehr machen«, sagte sie, »dann muss Emma die Musik machen, die die Welt liebt, die sie braucht, die sie in Einklang mit dem Kosmos bringt. Komm spiel mal was, Emma. Spiel uns das Lied von Wakan Tanka und wie er die Berge erschuf, das Vater für dich geschrieben hat.«

Alle blickten Emma erwartungsvoll an. Auch Georg. Georg? Hatte sie ihm je gesagt, dass sie Klavier spielen konnte? Warum sagte er nichts? Warum war er überhaupt hier? Er war doch kein Kind. Keiner hier war mehr ein Kind. Und die Mutter war keine Mutter. Jetzt erkannte sie die Frau im Rollstuhl. Aus der Burg. Sie war mal dort gewesen, um einen Zeugen abzuholen, diesen Exhibitionisten. Lohse, Gohse … Das hier, das alles, das hatte doch mit der Arbeit zu tun? Das war nicht ihre Familie, und sie war kein kleines Mädchen, sie war eine erwachsene Frau, sie war Fallanalystin bei der Polizei.

»Warum spielst du nicht, Emma?«, insistierte die Frau im Rollstuhl.

Die anderen lachten nicht mehr. Sie waren nicht mehr fröhlich. Dieser Ausdruck in ihren Gesichtern. Wut. Angst. Auch Georg, wie verwandelt.

»Warum spielst du nicht?«, wiederholten sie.

»Warum spielst du nicht?«, fragte die stämmige Frau mit kurzem Haar, die Emma so bekannt vorkam.

»Warum?«, fragte der große Junge mit dem dümmlichen Blick. Er erinnerte sie an irgendwen. Einen Arbeitskollegen? Nein. An ein Bild. Aus irgendwelchen Akten. Ein Foto?

»Emma hat nicht geübt«, bemerkte die Frau im Rollstuhl. Ihr Tonfall jetzt anders, ganz anders. Verärgert. »Obwohl Vater es verlangt hat. Was passiert, wenn man nicht übt? Die göttliche Musik hört auf. Die Musik, die die Welt braucht. Die so viele liebevolle Menschen überall brauchen. Die Welt muss meditieren, sonst wird sie nie Frieden finden, und die göttliche Musik hilft uns dabei und darf niemals enden. Damit die Welt endlich heil wird. Willst du nicht, dass die Welt geheilt wird, Emma?«

Der Bürgersteig. Die Frau im Rollstuhl. Der Mann, der auf der anderen Straßenseite telefoniert hatte: Das war doch der kleine, dünne Kerl da gewesen. Die Leichen, die in dem Gerüst am Leipziger Platz und in der Eisfabrik, die überall in Berlin hingen. Und jetzt hing auch sie. Genau, sie hing. Woran, verstand sie nicht, aber ihre Füße berührten nicht den Boden.

Plötzlich war das Licht hart und grell. Ihr Herz raste, ihr ganzer Körper prickelte. Die Panzerung, der Lappen in ihrem Mund schnürten ihr die Luft ab. Ihr Blick sprang hin und her, von Gesicht zu Gesicht, sie schrie, aber konnte ihren Mund nicht öffnen.

Die Frau im Rollstuhl umrundete den Esstisch und rollte auf sie zu. Ihr Gesicht bleich und verzerrt.

»Ist dir das alles egal?« Sie fauchte regelrecht. »Willst du, dass alles korrupt und verdorben bleibt, die Natur, die Menschheit, alles? Willst du das, Emma? Die anderen wollen die Welt retten, nur du willst sie ins Verderben stürzen, die Menschen zu Kriegen und Betrug verführen, du denkst nur an dich, dir ist die Erleuchtung egal, das Gute kann verrecken, ist es das, was du willst, Emma? Willst du das?«

Mit einem Lappen im Mund und darüber Panzertape konnte sie keine Worte formen, trotzdem schrie sie es heraus: »Ich kann spielen! Ich kann Klavier spielen! Lass es mich probieren!«

»Warum spielst du nicht, Emma?«, fragte Georg.

»Ich will spielen!«

»Sie hat nicht geübt. Ich habe gesehen, wie sie sich rausgeschlichen hat!« Das war die Stämmige. Emma kannte sie.

»Du hast uns verraten, du warst es!« Das war der große Junge, wütend jetzt.

Das spindeldürre Mädchen stand nur hilflos da, die Arme verschränkt, und kämpfte mit den Tränen.

»Uns alle, deine Mütter, deine Väter, deine Geschwister, alle hast du verraten.« Das war die Frau im Rollstuhl.

»Du bist die Verräterin!« Das war die Stämmige. Sie schrie jetzt. Sie alle schrien.

Zuerst war es nur ein Schubser. Fast verspielt. Emma schwankte leicht zurück. Irgendwie hing sie, schwebte in der Luft, nicht ganz frei, aber frei genug, an einem Gestell vielleicht, das sie nicht sehen konnte. Sie musste an eine Fliege im Spinnennetz denken.

Die Stämmige, ihr Gesicht verzweifelt und hassverzerrt, schlug als Erste zu.

»Du machst uns alle kaputt!« Ihr Geruch stieg Emma in die Nase, der Schweiß, die Wut. Dann kamen die anderen. Auch die Dürre. Sie schlugen auf sie ein, ihre Blicke blind vor Hass und Verzweiflung. Und diese Stimmen. Anders als alles, was sie je im Leben gehört hatte. Keine normalen Stimmen. Wenn eine Frau ein Kind gebiert, ist es so schmerzhaft, dass sie ihre echte Stimme benutzt, sie kann nicht anders, aber sonst hat der Mensch selten

Gelegenheit dazu, er lernt, seine Stimme auf die Gesellschaft zuzuschneiden, bis sie eine Art Kleidung ist, ein Anzug, ein Abendkleid, getrimmt und zugerichtet, aber diese Stimmen hier – das waren echte Stimmen. Brüllende, heulende, keifende, krähende, blökende, johlende Stimmen. Heller, härter, frei von Verstellung, von Spielereien, von großkotzigen Sprüchen – verletzt, verzweifelt, hoffnungslos – echte Stimmen.

»Aber das stimmt gar nicht«, wollte sie sagen. »Das würde ich nie tun!«

Zu spät. Sie waren außer Kontrolle. Die Schläge prasselten auf sie nieder, in ihren Bauch, auf den Kopf, ins Gesicht, gegen die Beine, der magere kleine Mann warf sich regelrecht auf sie, als ob er sie von ihrem Gestell reißen wollte. Emma wollte ausweichen, konnte sich aber nicht bewegen, wollte wegrennen, wegspringen, wegkommen, wegkriechen, sich bücken, sich einrollen, Luft holen, wimmern, betteln, sie kam aber nicht weg, sie hing da und bekam jeden Schlag ab, wusste nicht mehr, ob sie die Muskeln anspannen oder lockern sollte, wenn der Schlag kam, sie spürte ihre Rippen knacken, selbst durch die Panzerung spürte sie jeden Schlag, sie konnte die Schmerzen nicht mehr lokalisieren, Bauch, Rücken, Beine, Gesicht, ein stechender Schmerz aus dem Becken, sie schrie, sie heulte nach Georg, Georg war doch hier, wieso half er ihr nicht, sie verstand nicht, wieso, sie bat um Vergebung, sie wand sich und bewegte sich gleichzeitig nicht, sie versprach, es nie wieder zu tun, sie hörte Geschrei, »Du Schlampe, du Schlampe, es ist deine Schuld, es ist alles deine Schuld! Du sollst sterben, ich hoffe du stirbst, du bist scheiße, du bist hässlich, du bist ekelig, ich hasse dich«, bis nur noch die Frau im Rollstuhl auf sie einschlug.

Sie war aus dem Rollstuhl gefallen jetzt, sie lag auf dem Boden und klammerte sich an Emmas Beine, heulend, »Du Arschloch, du Arschloch, du mieses Schwein«, als ob sie gar nicht mehr mit Emma sprach, sondern mit jemand anderem, in ihrer Einbildung, aber er war nicht hier, nicht mal das war ihr vergönnt, sie musste ihre Worte an Emma richten, weil er nicht da war, wen immer sie ansprach.

Die anderen hatten von Emma abgelassen, schon längst, sie warteten, bis die Frau aufhörte, nur noch vor sich hin wimmerte, dann halfen ihr Georg und ein anderer in den Rollstuhl zurück. Sie wischte sich die Tränen aus ihren Augen.

Die Wut hatte sich gelegt. Niemand schlug mehr auf Emma ein. Sie war dankbar, dass es vorbei war. Vielleicht hatten sie ihr verziehen. Hatten sie das? Ob es ihr gut ging oder schlecht, war sie gar nicht sicher. Ein bisschen übel war ihr. Aber vor allem konnte sie ihre Augen nicht von der Frau im Rollstuhl nehmen.

Sie umarmten sich jetzt. Die anderen. Sie trockneten ihre Tränen, wiegten einander, wisperten um Vergebung, standen um die Frau im Rollstuhl und küssten sie und küssten einander.

»Emma«, sagte die Frau im Rollstuhl, »Emma, wir verzeihen dir.«

Emma war froh. Es ging ihr wieder gut.

»Aber du musst auch den Geist um Vergebung bitten.« Die Frau im Rollstuhl schloss die Augen und neigte ihr Haupt. Die anderen formten einen Kreis um Emma herum und legten ihr die Hände auf – ganz leicht, auf ihre Schulter, auf ihre Wange, auf ihre Brust. Emma spürte die Hände nicht unter der Panzerung, aber sie sah gerade genug, es zu erkennen.

»Das ist jetzt deine Aufgabe, Emma«, sagte die Frau im Rollstuhl. »Unser aller Leben liegt in deinen Händen, unsere Seele, unsere Hoffnung, unsere Liebe, alles Leben, alles liegt bei dir. Du musst fasten, und du musst beten, und du musst den großen Wakan um das Wort bitten, das Totemwort, das nur er weiß,und wenn er es dir sagt, dann musst du es aussprechen, und alles ist wieder in Ordnung. Hast du mich verstanden?«

Die Frau im Rollstuhl blickte Emma in die flackernden Augen, und dann lächelte sie. »Wir können Emma dankbar sein. Dass sie sich für uns opfert. Dass sie uns diesen Dienst erweist. Diesen selbstlosen Dienst. Lasst uns singen«, sagte sie zu den anderen. »Zum Dank.«

Georg erhob sich, nahm seine komische Brille ab, und auch die anderen erhoben sich. Emma sah, wie sie sich rings um den Rollstuhl setzten, auf das Sofa, auf die Lehnen, auf den Teppich, wie für ein Familienfoto.

Die Frau summte etwas, und Georg fiel ein. Dann eine Stimme nach der anderen. Rau erst, ungeübt, dann satter, klarer, harmonisch, mit Macht. Sie sangen ein Lied ohne Worte, es schwebte und tanzte und liebkoste sie, ein halbes Dutzend himmlischer Stimmen, die Gesichter verklärt, glücklich, Tränen in den Augen, Tränen der Freude. Ein Dankeslied an Emma, ein Erlösungslied für Emma, und es war tatsächlich so gemeint, sie waren ihr dankbar, das konnte sie hören, und sie vergaß ihren Schmerz. Mein Gott, dachte Emma, während es ihr immer schwerer fiel, zu atmen, sie singen wie die Engel. Und es ist für mich, nur für mich. Sie wollte heulen. Vor Dankbarkeit. So was Schönes hatte sie noch nie gehört, und dann fragte sie sich, wie soll ich es denn sagen, das Totemwort, mein Mund ist zu, ich kann doch nichts sagen, wie soll ich das Wort sagen, und sie verlor das Bewusstsein.

73

Die Schmerzen riefen nach Emma, sie riefen sie wach.

Sie stiegen von ihren Rippen auf, schossen ihr in Herz und Lungen, und hinter die Stirn, wie ein eiserner Hammer, der von innen auf sie einpochte.

Sie konnte sich nicht bewegen. Wieso war alles so eng? Dann die Erinnerung: Sie war eingewickelt worden. Genau wie die anderen, die sie gesehen hatte: tot, hohl, verfallen in ihren Kokons.

Panik.

Ihr Hals schwoll zu, die Nase auch, Tränen schossen ihr in die Augen. Sie schmeckte Blut am Gaumen. Das Schlimmste war der Gedanke an Georg. Die Scham. Verraten. Verkauft. Allein. Nicht weinen, nicht aufregen. Sonst erstickst du. Vergiss nicht, du kannst nur durch die Nase atmen. Sie rang nach Luft. Im Mund der widerliche Lumpen. Ekel. Würgereiz. Ihr Herz raste, wollte nicht hören. Diese Enge. Sie drückte Arme und Beine gegen ihren Sarg aus Panzertape, aber ihre Muskeln waren nutzlos, sie war eingeklemmt wie in einer Zwinge. Schlimmer als die Schmerzen: die Ohnmacht. Reglos, stumm, hilflos, völlig ausgeliefert.

Sie hörte Stimmen. Zornige Stimmen.

»Hör auf zu heulen! Hör bloß auf zu heulen!«

Sie versuchte es ja. Dann merkte sie, dass sie gar nicht gemeint war. Jemand anders da draußen weinte.

»Aber wir haben doch schon so viele geopfert.« Das war das dürre Mädchen. Sie schniefte, versuchte, ihrer Stimme Herr zu werden. Erst langsam begriff Emma, was das schniefende Mädchen tat: Sie widersprach.

»Auch sie muss sich opfern.« Eine ruhige Stimme da draußen, dunkel, männlich, korrigierte sie.

Da draußen? Wo war da draußen? Es war dunkel. Es war kalt.

Dann die Zornige: »Weißt du nicht mehr, was sie uns angetan hat? Sie und alle anderen wie sie? Wir waren gut. Wir haben geübt, wir haben gehorcht, wir haben die Liebe in der Welt verbreitet und den Geist berührt. Nur sie nicht. Sie und alle anderen wie sie. Sie haben diese Welt kaputt gemacht, sie haben unser Opfer verhöhnt, und jetzt ist sie dran, sie muss sich selbst opfern, wie wir es getan haben. Erst, wenn Wakan sie verschont, wissen wir, dass unsere Arbeit getan ist. Dann können wir aufhören.« Emma erkannte die Stimme: Die Frau im Rollstuhl.

Die dunkle Stimme: »Sie muss hängen.«

Die Frau im Rollstuhl, zornig: »Sie muss hängen.«

Jetzt wiederholten es andere: »Sie muss hängen.« Aber einige Stimmen waren zögerlich. Einige Stimmen hatten Zweifel.

Die Frau im Rollstuhl: »Wie wir hingen.«

Die Schniefende machte einen letzten Versuch. Zaghaft, ängstlich: »Vielleicht will der Wakan, dass wir sie retten.« Kleinlaut. »Wir könnten sie aufhängen und dann die Polizei rufen. Vielleicht will er, dass wir das tun.«

Emma hörte Gemurmel. Satzfetzen. Zustimmend. Auch andere teilten die Meinung des schniefenden Mädchens.

»Die Polizei sucht uns schon«, sagte jemand. »Wenn wir sie freilassen, hören sie vielleicht auf damit.«

Die Gruppe war uneinig. Das hörte sie, ihr Herz schlug schneller. Gerade in diesem Moment, als Emma aufgehängt werden sollte, drohte die kranke Familie da draußen auseinanderzubrechen. Es gab eine Chance.

In dem Moment griff die dunkle Stimme ein: »Sagt mal, bedeutet es euch denn gar nichts, was Corinn für euch getan hat? Wisst ihr es überhaupt noch?« Fest. Laut. Bestimmend. Das war Georg.

Schweigen.

»Sie hat für uns gehangen …«, murmelte das schniefende Mädchen endlich.

»Ja, sie hing für euch. Alle habt ihr nach ihr geschrien, wenn ihr nicht mehr konntet. Dreimal hat sie für euch gehangen. Du, Dirk, für dich hat sie gehangen, und du, Lily, auch für dich, und für Lars. Immer hat sie eure Stelle eingenommen, wenn ihr nicht mehr konntet. Im Studio, in der Schwitzhütte, in seinem Bett. Immer wieder. Bis es sie zerbrochen hat. Habt ihr das vergessen? Jetzt kann sie euch nicht mehr vertreten. Jetzt müssen das andere tun. Oder verlangt ihr von ihr, dass sie noch einmal für euch hängt? Schaut sie an! Hat sie nicht genug für euch getan? Corinn, sag doch etwas.«

»Wollt ihr mich? Wollt ihr, dass ich bei euch bleibe?« Die Frau im Rollstuhl schrie beinahe. Sie hatte neue Energie jetzt, wies die Zweifler in die Schranken, erlangte die Kontrolle zurück. »Ich bin es, die die Familie zusammenhält. Eine Familie ist nichts für Weicheier. Liebe ist nichts für Unentschlossene, Liebe und Gerechtigkeit und das Gute musst du mit Händen und Füßen verteidigen. Wenn du nicht bereit bist, alles für die Liebe zu tun, willst du die Liebe nicht. Du bist nicht bereit? Dann geh, jetzt sofort, geh von uns, ich will dich hier nicht haben, in dieser Familie ist kein Platz für dich, wenn du die Liebe nicht willst.«

Jetzt heulten zwei. Noch einer, leise und resigniert. Emma hörte keine Einwände mehr.

Die Frau war es.

Wie hieß sie noch? Sie kannte sie doch. Sistig. Corinn. Sie war die Anführerin. Emma hatte einen Fehler gemacht. Das erkannte sie jetzt. Es gab keinen Primärtäter, sondern eine Primärtäterin.

»Dann lasst uns Wakan um Vergebung bitten.«

Emma lag. Das begriff sie jetzt: Sie hing nicht mehr. Sie lag auf dem Rücken. Sie war auch nicht mehr im Wohnzimmer. Alles um sie herum war dunkel. Ein Lichtschein flackerte auf einer Wand, von einem Fenster irgendwo, sie lag in einem sehr kleinen Raum, alles hörte sich eigenartig an, die hallenden Stimmen, nah und hart, es roch nach Metall, nach Eisen und Gummi und Benzin.

Sie lag in dem Transporter.

Das sah sie jetzt, weil die Hecktüren aufgingen. Jemand kletterte herein. Dann noch einer. Der Boden schwankte. Emma mit. Alle kletterten herein und nahmen um sie herum Platz. Es gab

Sitzbänke. Emma lag im Gang dazwischen, sie mussten über sie steigen. Schemen in der Dunkelheit: die Stämmige. Die junge Frau, kaum zwanzig, mit den dünnen blonden Haaren, die immer noch schniefte. Der lange Kerl mit den großen Pranken. Der magere, kleine Mann, eingeschüchtert, aber entschlossen. Die Zeit des Nachdenkens war vorbei. Sie alle trugen Sanitäterwesten jetzt. Und Kappen, tief in die Stirn gezogen. Handschuhe. Kletterhandschuhe. Emmas Augen wanderten von unten über ihre Gesichter. Sie schauten Emma nicht an. Sie war für sie schon nicht mehr anwesend. Sie schauten auch aneinander vorbei. Emma konnte die Nasenlöcher von dem großen Jungen sehen.

Der Wagen schwankte noch einmal zur Seite. Jemand war vorne auf der Beifahrerseite eingestiegen. Dann wurde der zusammengeklappte Rollstuhl hinten hereingehievt – von Georg, er hatte der Frau aus dem Rollstuhl auf den Beifahrersitz geholfen, den Rollstuhl verstaut, knallte jetzt die Hecktüren zu und stieg selbst hinter dem Steuer ein.

Mit dem Lappen im Mund tat das Schlucken weh. Emma versuchte nachzudenken.

Wer waren diese Leute? Die Gesichter, sie kannte sie doch, ihre Namen hatte sie schon gehört. Die stämmige Frau, der große Junge ... Emma wollte wie eine Polizistin denken. Sie wollte ihre Lage analysieren, ihre Chancen ausrechnen, die Schwachstelle in der Gruppe finden. Sie hatten sich gestritten. Ganz einig waren sie sich nicht. Diese Frau hatte sich durchgesetzt, wahrscheinlich zum wiederholten Mal, aber sie hatte Mühe, die Gruppe zusammenzuhalten. Irgendwo war eine Schwachstelle.

Aber sie konnte es nicht. Sie zitterte am ganzen Leib. Ihr Atem kam heftig und stoßweise. Ihr Hirn war voller Watte und wollte jetzt nicht denken. Es hatte andere Prioritäten. Raus aus dieser Enge, forderte es, raus, jetzt, sofort, weg hier, schreie, heule, bettle, auch wenn dich keiner hört. Sie wollte nur noch brüllen, japsen und sich winden, mit Armen und Beinen um sich schlagen, die Augen schließen und warten, bis alles vorbei war, bis jemand kam und all das ungeschehen machte, Lutz, Papa, Gott, egal wer, jemand sollte kommen und das hier beenden.

Aber sie konnte nichts tun.

Außer zählen.

Zählen, das konnte sie noch. Also zählte sie.

74

Eins. Zwei. Drei.

Emma zählte.

Sie musste einen klaren Kopf bekommen. Sie musste den Schmerz verdrängen. Die Panik unterdrücken. Wieder zu dem zurückkehren, was sie war: Polizistin.

Und schon hatte sie aufgehört, zu zählen.

Eins. Zwei. Drei.

Sie zählte, weil Lutz es gesagt hatte: *Neunzig Prozent einer Ermittlung bestehen aus Zahlen. Wie viele Schüsse? Aus welchem Winkel? Um wie viel Uhr? Wenn du die Mathe in den Griff kriegst, kriegst du den Täter in den Griff.*

Sie fing wieder von vorn an:

Eins. Zwei. Drei.

Der Transporter rollte los, hielt beinahe sofort wieder an. In der Fahrerkabine ging eine Tür auf. Georg kletterte heraus, machte irgendwas hinter dem Wagen zu, vielleicht eine große Eisentür oder ein langes Tor auf Rädern, es ratterte metallen, dann stieg er wieder ein.

Jetzt ging es los. Jetzt hatte Emma etwas, das sie zählen konnte.

Eins: Links abbiegen. Gemächlich: 20 Kilometer die Stunde? In etwa. 20 Sekunden geradeaus. Grobes Straßenpflaster. Das hielt sie fest: Pflastersteine. Kein Verkehr. Stopp.

Zwei: Rechts ab. 55 Sekunden geradeaus. Ruhige, glatte Straße, asphaltiert. Keine Lichter von den Häusern drum herum. Wenn es welche gab. Halt.

Drei: Rechts, glatte, breitere Straße, Straßenbeleuchtung, kein Verkehr. Nur sechs Sekunden lang. Blinker.

Vier: Kehrtwende, wieder zurück auf der gleichen Straße. Eine Straße mit einem Grünstreifen in der Mitte, die man nur von bestimmten Querstraßen aus überqueren kann? Zwölf Sekunden. Halt.

Fünf: Rechts. Glatte Straße, schneller, breiter vielleicht, eine Minute, zwei, drei, wo blieben die Ampeln? Vier Minuten, fünf. Landstraße? Dann Verkehr: Autobahnkreuz? Fuhren sie schon außerhalb Berlins?

Sechs: Nach achtzehn Minuten eine Kurve. Nein. Was war das? War da was in der Fahrbahn? Georg wich aus, fuhr nach rechts, dann wieder nach links in einem Bogen, dann weiter geradeaus. Eine Baustelle vielleicht? Eine Baustelle, dann wieder geradeaus.

Emma zählte jede Kurve, jeden Halt, jedes Geräusch. Alles bekam eine Zahl verpasst. Sie wiederholte die Zahlen im Kopf immer wieder in der richtigen Reihenfolge, stellte sich bildlich vor, wofür sie standen, wo sie standen, und hoffte, dass sie sie behalten konnte.

Neun: Ruhige Straße, eng, mitten in der Stadt, das hörte sie an der Art, wie das Motorengeräusch von den Häuserwänden zurückgeworfen wurde, Schritttempo, zwei Minuten, dann immer langsamer, zögerlicher, kurzes Anhalten, Rückwärtsgang, Parkplatz. Motor aus.

32 Minuten, 30 Sekunden.

Die U-Bahn. Emma hörte sie. Hier fuhr eine U-Bahn entlang. Aber nicht unten, sondern oben. Die U-Bahn kam von links herangerauscht, über sie hinweg. Der Transporter parkte wohl unter einer Brücke. Dann plötzlich war der Lärm weg. Er verschwand aber nicht langsam in der Entfernung, sondern wurde verschluckt wie von einem Tunnel.

Emma wusste, wo sie war.

Nein, nein, nein, o Gott, bitte, nein.

Keiner bewegte sich. Keiner sagte etwas. Emma atmete durch die Nase, hörte ihr Atmen, starrte auf die dunkle Decke. Vorne stieg Georg aus. Öffnete die Hecktüren. Einer nach dem anderen stiegen sie aus, leise, schnell, geübt. Sie ergriffen Emma, zogen sie auf eine Bahre, bedeckten sie mit einer Rettungsdecke, trugen sie über die Straße und auf den Bürgersteig, in aller Öffentlichkeit, so einfach war das.

Dann die Tür, eine Haustür, Georg hatte Schlüssel, er probierte mehrere in einem Bund, bis er sie aufbekam, rein ins Treppenhaus, sie trugen Schuhe mit Gummisohlen, leise, das Licht ließen sie aus, liefen geradeaus weiter, direkt in den Fahrstuhl hinein, einer hatte ihn wohl geholt, fuhren nach oben, eine Etage hoch, zwei, drei, vier, stiegen aus. Wieder im Treppenhaus, hievten sie den Kokon, hievten sie Emma, zu viert die letzten Stufen hinauf, leicht und schnell um die Ecke, ohne anzustoßen, wie professionelle Möbelpacker, lautlos, sie hatten geübt, *o Gott, o Gott, nein, nein, nein,* sie erkannte diese Wände, die Decke, diese Stufen, den Dachstuhl, die rostige Eisentür vor ihr. *Nein, nein, nein.* Sie warteten schweigend, während Georg geübt das Vorhängeschloss der Eisentür knackte. Sie schwang auf.

Ein alter Dachboden.

Nicht ausgebaut, kaum abgedichtet, ein großer, ungenutzter Trockenboden, an der Seite Bretterstapel, alte Waschtröge, durchhängende Wäscheleinen, Spinnweben. Sie trugen Emma an den Balken vorbei, legten sie ab. In den Staub. Jetzt werde ich platziert, dachte sie. Sie hatte Durst. Sie musste pinkeln. Sie musste kotzen. Sie musste sich in den Griff kriegen. Das hatte sie nicht erwartet.

Hinter ihr, über ihr Geräusche. Sie bauten etwas. Oder nein: Sie warfen einfach ein Seil über einen der freien Querbalken.

Nein, nein, nein.

Es dauerte nicht lange. Dann hievten sie Emma hoch, ließen sie wieder los, und schon hing sie.

Auf ihrem eigenen Dachboden.

75

Emma versuchte nachzudenken. Versuchte, sich umzuschauen. Ohne den Hals bewegen zu können. Sie war noch nie hier oben gewesen. Der Dachboden war für die Hausbewohner nicht zugänglich.

Dunkel war es. Nur das Licht der nächtlichen Stadt, das durch die Dachfenster sickerte, schimmerte auf den Gesichtern der beiden Frauen. Sie blickten zu ihr auf und hielten sich an den Händen. Emma befand sich einen knappen Meter höher als sie. Wo war Georg? Die beiden anderen Männer? Die Frauen warteten. Sie betrachteten Emma fast zärtlich. Worauf warteten sie?

Ihre Anführerin. Der Rollstuhl. Die Männer halfen Corinn Sistig mit ihrem Rollstuhl nach oben.

Wie viele Minuten hatte sie wohl noch? Bevor sie sie hier endgültig alleine ließen? Fünf? Zehn? Drei? Wer sich so viel Mühe macht, jemanden lebendig aufzuhängen, geht nicht sofort wieder. Die Anführerin würde etwas zu sagen haben, irgendein kleines Ritual hatte sie wohl schon parat. Emma schätzte, dass sie zehn

Minuten hatte, um sich zu wehren. Aber wie wehrt man sich, wenn man völlig hilflos ist?

Emma konnte keinen klaren Gedanken fassen.

Sie wünschte, sie könnte sich ohrfeigen, sich selbst schütteln, um ihren Kopf von dem Chaos zu befreien, das darin tobte, wünschte, diese Menschen hier würden wieder auf sie einschlagen. Aber sie lächelten sie nur an.

Es konnte nicht sein, dass sie hilflos war. Sie fühlte sich so, sie kannte keinen Ausweg, spürte das Bedürfnis, zu heulen und zu schreien, egal nach wem. Aber sie beschwor sich, sich zu erinnern: Sie war nicht hilflos. Ausgeliefert, ja, aber nicht zu hundert Prozent. Niemand ist je komplett und vollkommen ohnmächtig. Nicht, bis er glaubt, dass er es ist. Man kann sich immer irgendwie wehren. Oder?

Emma hatte vielleicht fünf Minuten. Sie dachte nach. Nicht genug.

Die Eisentür ging auf. Da waren sie wieder: Georg, der große Junge, der schmächtige Mann. Und Corinn Sistig, auf Georgs Armen. Vorsichtig, fast zärtlich, ließ er sie in den Rollstuhl gleiten, den der andere Mann eben aufgefaltet hatte. Corinn war nicht nur die Anführerin, sie war Georgs Freundin, das verstand Emma jetzt.

Nein, Emma war nicht hilflos. Der Täter brauchte sein Opfer, er war nichts ohne sein Opfer, das wusste sie. Das Opferverhalten war genauso wichtig wie das Täterverhalten. Sie hatte es schon mal geschafft, oder? Die eine Möglichkeit, die ihr blieb, sich zu wehren, die gab es, sie musste sie nur finden. Sie dachte nach.

Die Frau im Rollstuhl schaute Emma zufrieden an. Ihre Augen glänzten. »Wir wissen, dass du es schaffst, Emma«, sagte sie. »Wir stehen alle hinter dir. Du schaffst es, Wakan gütig zu stimmen, bei dir wird er weich, da bin ich sicher, dir gibt er das Wort, das er uns verweigert hat, und wir werden leben, wir müssen nicht mehr dauernd sterben. Das tust du für uns, bitte, tu das für uns. Wir glauben an dich. Wir zählen auf dich.«

Emma wollte schreien, betteln, sich winden. Das tat sie aber nicht. Konnte sie nicht. Sie dachte nach.

»Wir sind dankbar für deine gute Tat. Wir sind dir für immer dankbar. Auch wenn du es jetzt vielleicht nicht glaubst: Alles, was das Leben dir in den Weg stellt, ist zu deinem Besten. Es gibt keine Zufälle. Du musst nur wissen, was es dir sagen will. Denk darüber nach, jetzt hast du Zeit dafür. Aber denk nicht immer nur an dich, denk an die anderen, die auch leiden müssen. Denk daran, dass es immer jemanden gibt, dem es schlechter geht als dir.«

Corinn Sistig. Sie hatte ja nicht unrecht. Emma blickte sie an. Eine hübsche Frau, bildschön, und im Rollstuhl. Auch zu ihr war das Leben nicht gerade fair gewesen.

Alle stellten sich jetzt in einem Kreis auf, um Emma herum, auf dem dunklen Dachboden, sie fassten sich an den Händen, und Corinn Sistig sprach etwas Zeremonielles, es klang wie ein Gebet:

»Wir rufen dich, Wakan, der alles zusammenhält, sprich mit Emma, sie will, dass du zu ihr kommst, sie will, dass du die Familie wieder zusammenbringst, damit wir die Welt heilen können, segne unsere Familie, segne die Welt, segne die Menschen, dass sie keine Kriege mehr führen, segne die Erde, die Wälder und die Berge, segne den Wal und den Tiger, segne den Mais und die Blumen.«

Emma konnte nicht reden, nicht betteln, drohen, nichts versprechen. Sie schwebte, stillgelegt, eingewickelt. Ihr Mund zugeklebt, darin ein Lappen. Im Kopf nur Watte. Scheißangst. Scheißdrogen. Sie konnte gar nichts. Sie war völlig ausgeliefert.

Nein. Nein, nein, nein. Ich bin nicht hilflos. Emma dachte nach. Emma dachte im Kreis.

»Verzeih der Gesellschaft, dass sie blind und korrupt ist«, betete Frau Sistig weiter. »Verzeih den Menschen, dass sie deine Natur zerstören, verzeih Dirk, dass er unserem Vater nicht gehorcht, verzeih Friedemann, dass er sich nicht im Griff hat, verzeih Kathleen, dass sie dich vergessen hat, verzeih Lars …« Sie hatte Lars gesagt. Lars Gohse, wer sonst? Wo war Lars? Er war nicht hier. Was bedeutete das? Egal. »… und Lily, dass sie schwach ist, und Georg, dass er so oft an uns verzweifelt. Verzeih mir, dass ich so fehlbar bin. Verzeih uns allen, die wir uns irren, die wir nur an uns denken, verzeih uns und nimm dieses Opfer an unserer Stelle an.«

Damit hörte Frau Sistig auf zu beten.

Sie war fertig. Sie war fertig, und Emma wusste immer noch nicht, was sie tun sollte.

Frau Sistig wandte sich jetzt an die anderen. »Habt ihr Emma noch etwas zu sagen?«, fragte sie. »Wollt ihr nicht zum Abschied ein paar Worte an unsere Schwester richten, die sich so selbstlos aufopfert?«

Sie hatten nur auf diesen Moment gewartet, fielen sich gegenseitig ins Wort, versuchten sich zu übertönen. Sie wussten, dass niemand sie hörte. Die Wohnung direkt unter dem Dachboden war leer. Es war Emmas Wohnung.

»Ich hoffe, sie finden dich.« Das war die Kleine, die leise vor sich hin heulte. Lily. Sie brachte kaum die Worte heraus, musste schlucken dabei. »Ich hoffe es, ich hoffe es!« Sie hatte recht. Plötzlich war Emma sicher. Jemand würde sie finden. Lutz. Ihre Kollegen in der Burg. Das waren Profis, die konnten das.

»Streng dich an! Denk nicht immer nur an dich!« Das war der Dürre. Das musste Dirk sein. Seine Worte voller Hass und Speichel. »Er kommt nur zu dir, wenn du rein bist, also streng dich an, oder er kommt nicht, und du stirbst!« Nein, er hatte recht. Wer würde sie schon hier oben auf dem Dachboden vermuten? Kein Mensch kam hier herauf. Außer dem Schornsteinfeger. War der dieses Jahr nicht schon da gewesen? O Gott, was, wenn er recht hatte?

»Wenn du nicht überlebst, bist du nicht wert zu leben. So

einfach ist das.« Bitter. Die Stämmige. Die Erzieherin. Kathleen. Sie erkannte ihr Gesicht aus den Akten.

Gott, sie hatte recht. Was war Emma schon? Ihr ganzes Leben war nur um eine Nacht herum aufgebaut, eine Nacht, in der ihr wehgetan worden war, alle ihre Gedanken drehten sich bloß um Rache, um diesen einen Mann, wo das Leben doch so viel mehr war, nein, sie verdiente es zu sterben, sie war es nicht wert.

Nein.

Sie musste damit aufhören. Sie musste kämpfen. Noch ein paar Minuten, dann waren sie weg, dann war sie wirklich hilflos.

»Deine Mutter wird dich vermissen.« Der große Junge war das. Friedemann. Auch er kam ihr bekannt vor. »Du hast Glück. Meiner bin ich egal.« Er lehnte sich vor, seine Stimme war leise, kaum zu hören. Jetzt wisperte er: »Ich hasse dich. Ich habe es nie gesagt, ich habe es versteckt, weil du meine Schwester bist, aber ich hasse dich, ich hoffe, er kommt nicht.«

Georg sagte gar nichts. Er betrachtete sie nur. Als ob er jeden Moment auskosten wollte. Es sah fast aus, als ob er lächelte.

Emma wusste, es war vorbei, und ihr war nichts eingefallen. Ihr Körper sagte ihr: Panik. Panik ist jetzt die einzige Lösung. Ihr Herz raste, aber Emma suchte nach klaren Gedanken. Einer würde reichen. Ein einziger.

Und da war er.

Sie hatte ein Profil erstellt. Ihr Profil war gut. Es war richtig. Wenn es stimmte, dann wusste sie Dinge über diese Frau, die die Frau selbst nicht wusste. Sie wusste, dass Corinn Sistig Kontrolle brauchte. Nicht über Emma, sondern über die anderen, über ihre Geschwister oder was auch immer sie waren, ihre Leidensgenossen, die damals tatenlos dabeistanden, als sie von ihrem Vater, von dem Großen Wakan, ihrem geliebten Anführer, missbraucht wurde. Das hier, dieses Ritual, das war nur eine Inszenierung, um Kontrolle über ihre Geschwister zu behalten. Kontrolle. Das war es.

Es gab einen Muskel, den Emma noch bewegen konnte.

Sie zwinkerte.

Nicht in Richtung von Frau Sistig. Nicht in die Richtung der anderen. Sie zwinkerte Georg zu. Es blieb nicht unbemerkt.

Kurz war die Frau im Rollstuhl irritiert. Georg hatte es gar nicht gesehen. Seine Aufmerksamkeit galt nicht mehr Emma, sie galt den anderen.

Emma zwinkerte ein zweites Mal.

Die Frau im Rollstuhl drehte sich zu Georg um. »Was soll das? Was will sie von dir?«

»Die da?« Georg zuckte mit den Schultern.

»Hast du was mit ihr?«

Jetzt blickten auch die anderen alarmiert zu Georg. Der hob abwehrend die Hände. »Mit der? Gott, nein. Wie kommst du denn darauf? Ich habe nur getan, was abgesprochen war. Ich habe bloß mit ihr geschlafen, um rauszukriegen, was die Polizei weiß, das habe ich doch gesagt. Warum sollte ich dich anlügen?«

Corinn sagte nichts.

»Vertraust du mir etwa nicht?« Er war verunsichert. Tatsächlich. So hatte Emma ihn noch nie gesehen. Sie musste auflachen. Zu ihrer eigenen Verwunderung. Die Sistig konnte es hören.

»Wirst du sie freilassen? Habt ihr euch abgesprochen oder was? Willst du die Familie verraten? Ist das so?«

Auf dem Dachboden herrschte Stille. Emma sah es: Alle teilten den gleichen Verdacht. Sie wussten, dass er log.

»Corinn, wie kannst du …?« Fast panisch jetzt. »Ich tu das alles nur für dich, alles, was du sagst, Corinn, nur für dich und für unsere Familie, was will ich schon mit der?«

Die Frau herrschte Emma an. »Du glaubst, du kannst diese Familie auseinanderbringen? Das kannst du nicht! Das kann keiner! Bringt mich hier raus!« Georg ergriff den Rollstuhl und schob ihn durch die Eisentür, hinaus ins Treppenhaus.

Von der anderen Seite aus blickte Georg noch einmal zurück. Betrachtete Emma durch die offene Tür. Die Augenbrauen zusammengezogen. Fragte sich, was für ein Spiel sie spielte. Vielleicht hatte er sie unterschätzt. Er zögerte. Dachte nach. Suchte etwas, eine Erklärung. Emma konnte sehen, welche Gedanken ihm durch den Kopf schossen, wie er den Mund öffnete, etwas zu sagen. Doch er sagte nichts.

Dann war er weg. Den anderen hinterher, raus aus Emmas Dachboden. Der große Junge zog die Tür hinter sich zu.

Die Tür ging wieder auf. Die Stämmige. Sie zischte, ihr Gesicht hassverzerrt, ihre Worte voller Wut: »Du wirst sterben. Keiner wird kommen. Weil es gar kein Wort gibt. Es gibt kein Totemwort.«

Dann war die Tür zu, und sie war allein.

76

Der Wind streichelte ihr Gesicht.

Corinn Sistigs kleine Mörderfamilie hatte das schräge Fenster so weit aufgestoßen wie möglich und Emma so hingehängt, dass sie hindurchsehen konnte.

Langsam gewöhnten sich ihre Augen an die Nacht draußen. Der Himmel über Berlin war nie ganz dunkel. Sie erkannte die fernen Lichter des Bahnhofs Gleisdreieck hinter der weiten Schwärze des Parks. Die lange U-Bahn-Brücke, die sich dorthin schlängelte.

Sobald ihr Blick aber in den leeren Raum unter ihren Füßen wanderte, kam sie wieder, die Panik. Stieg in ihr auf wie eine Wolke aus Sand, sodass sie weder sehen noch hören noch atmen konnte, nur noch schreien, brüllen in den Lappen hinein, der in ihren Mund gestopft war, für keinen hörbar außer sie selbst, treten mit den zusammengewickelten Beinen, schlagen mit den Armen, die immer noch taub waren, wie abgeschnürt, der rechte vor allem, bis sie erschöpft war und nicht mehr schreien konnte. Dann endlich fanden ihre Augen das Fenster wieder. Sie zuckte und hustete, würgte und wimmerte.

Beruhigungsgesten. Die ersten Anzeichen von Stress im Verhör von Verdächtigen. Sich die Nase reiben. Den Handrücken streicheln. Die Hände falten. Auf die Lippe beißen. Was würde sie jetzt geben für eine simple Beruhigungsgeste.

Der Würgereiz war unerträglich, wann immer die Panik in ihr aufwallte, fürchtete sie zu ersticken. Sie musste diesen Lappen loswerden. Dann könnte sie vielleicht das Panzertape auf ihrem Mund mit den Lippen nach innen ziehen und Schicht für Schicht durchkauen, zerbeißen, ein Schlitz reichte schon, und dann um Hilfe rufen. Sie kaute auf dem alten mürben Lappen herum, als ihr Magen anfing zu knurren. Sie schaffte es, ein kleines Stück so weich zu kauen und mit Zunge und Schneidezähnen abzuspalten, dass sie es herunterschlucken konnte. Es schmeckte widerlich, aber ein Triumphgefühl durchflutete sie.

Emma zählte.

Wie viele Ecken von der Privatwohnung der Täter bis zu ihr in die Dennewitzstraße?

Neun.

Das ist wenig für eine Großstadt. Waren es wirklich so wenige? Die Fahrt war doch nicht kurz gewesen. Denk nach. Mach es richtig. Mach es zu einem Job. Das ist jetzt ein Fall, und du vernimmst dich selbst. Was würdest du tun?

Alles mitschreiben.

Sie schloss die Augen, konzentrierte sich, atmete ruhig.

Papier. Weißes Papier. Sie saß wieder am Schreibtisch, bei der Arbeit. Hörte nichts, sah nichts, wusste aber, sie waren alle da, ihre Freunde, ihre Kollegen, um sie herum, im gleichen Raum, im gleichen Haus, im gleichen Leben. Sie malte die Kurven, den Weg, den sie genommen hatte, auf weißes Papier, schrieb die Zahlen daneben. Sorgsam, achtsam, immer wieder. Dann zog sie eine Schublade an ihrem imaginären Schreibtisch auf und legte das Blatt hinein. Wollte ein neues nehmen …

Wie viele Täter? Sechs.

Wie viele Opfer? Drei Väter, drei Mütter, drei Söhne, zwei Töchter: elf also.

Nein, drei Töchter. Mit Emma drei.

Sie war das zwölfte Opfer.

Emma schrie. Sie schrie und wand sich, bis sie nicht mehr konnte. Wieso ich? Ich passe nicht mal ins Profil! Ich habe doch gar keine kaputte Familie! Ich habe überhaupt keine Familie. Ihr habt einen Fehler gemacht!

Wie viele Stunden seit Kontrollgewinnung?

Sie schwitzte, sie fror, sie versuchte, sich zu orientieren. Wie spät war es? Sie hatte keine Ahnung. Wie lange würde es dauern, bis jemand merkte, dass sie fehlte?

Wie lange noch? Wie viel Uhr, verdammt noch mal?

Ein Beben durchlief sie. Was war das?

Ach so. Die U-Bahn. Die U1, die seit fast hundert Jahren direkt durch das Nachbarhaus fuhr. Beide Häuser waren so gut abgedichtet, dass Emma in ihrer Wohnung das Rattern der Bahn fast nie wahrgenommen hatte. Jetzt aber. Jetzt spürte sie es. Das Gebälk vibrierte leise bei jedem Zug, und Emma vibrierte mit. Komisch: Hier hatte sie nichts dagegen. Im Gegenteil, sie begrüßte es. Es war ein Zeichen von Leben. Das einzige Zeichen von Leben. Alle fünf Minuten.

Die U-Bahn. Genau. Sie hatte feste Zeiten. Die U1 beginnt morgens um Viertel nach vier zu fahren. Das wusste sie von ihren vielen schlaflosen Nächten. Als Georg unten geparkt hatte, da war ein Zug über ihre Köpfe hinweggerauscht. Und die Sonne geht um diese Jahreszeit so kurz nach sieben auf. Draußen war es unverändert dunkel. Es war also etwa zwischen fünf und sieben Uhr morgens.

Sie schätzte, es war gegen fünf.

Im Büro würde man spätestens gegen Mittag fragen: Wo bleibt Emma? Sie geht doch immer ans Handy. Spätestens am Nachmittag würden sie ihr Handy per GPS suchen und es in einer Mülltonne irgendwo in der Stadt finden, wo Frau Sistig es sicher hatte entsorgen lassen. Dann würden sie wissen, dass etwas nicht stimmte. Noch vor Einbruch der Dunkelheit würde man ihre Wohnung durchsuchen. Vielleicht würden sie Spürhunde mitbringen, die würden ihre Witterung auf den Stufen hier hoch aufnehmen. Überhaupt: Die Sistig hatte die Tür zum Dachboden nicht abgeschlossen. Das hatte sie gehört. Wer wollte, könnte sie von außen aufdrücken. Das passte wiederum ins Profil.

Ihre Chancen, gefunden zu werden, standen gar nicht schlecht. Vielleicht schon heute Abend? Oder nachts. Morgen spätestens. Mehr als zwei Tage dürfte es nicht dauern. Das konnte sie aushalten. Sie hatte schon mehr ausgehalten, das schaffte sie auch noch.

Sie hörte Stimmen. Leise, entfernt. Unten auf der Straße. Zwei Nachbarn begrüßten sich. Dann die Autos: Türen knallten zu, Motoren starteten, entfernten sich, Stille. Sie fuhren zur Arbeit. Es war noch dunkel. Aber nicht mehr Nacht. Sie hatte sich verrechnet. Wie spät war es? Sechs? Halb sieben? Die Nachbarschaft erwachte. Die Abstände zwischen den U-Bahn-Zügen wurden kürzer. Kinderstimmen von der Straße, Hundegebell aus dem Park. Der Himmel hinter dem Dachfenster wurde langsam hell.

Da.

Da war es. Das, worauf sie gewartet hatte. Ein Klingeln. Das Klingeln eines Telefons. Festnetz. In der Wohnung unter ihr. In ihrer Wohnung. Sie suchten sie.

Wie viel Uhr war es? Sieben?

War das Lutz? Würde er sich so früh melden? Nein. Sarah? Nein, sie ruft auf keinen Fall so früh an, wieso auch? Also doch Lutz oder die Brennemann oder Matze. Irgendetwas war passiert, dass sie so früh anriefen.

Das Klingeln hörte auf. Ihr Anrufbeantworter ging nach dem siebten Klingeln ran. Sie hörte ihre eigene Stimme vom Band. Emma wartete. Es klingelte wieder. Sieben Mal, dann der AB.

Jetzt fragen sie sich: Wieso ist Emma nicht zu erreichen?

Sie würden kommen. Heute noch.

Als die Sonne aufging, schien sie ihr für eine Weile direkt ins Gesicht. Dankbar schloss sie die Augen und genoss die Wärme auf der Haut. Erst jetzt merkte sie, wie kalt und starr sie über Nacht geworden war.

Irgendwann, als das Leben langsam in ihre Arme zurückkehrte, die irgendwie komisch platziert waren – ihr linker Arm hing herab, der rechte kreuzte ihre Brust –, merkte sie, dass sie etwas in der Hand hielt. In der rechten. Eng am Körper, unter der Panzerung. Schwer und metallisch. Sie war gerade dabei gewesen, ihre Finger zu bewegen, glücklich, sie wieder zu spüren, als sie ruckartig damit aufhörte.

Ihre Dienstwaffe. Ihre Finger um den Griff gelegt. Zeigefinger am Abzug.

Der Lauf der Sig Sauer war nach oben gerichtet. Genau auf die Unterseite ihres Kinns. Sollte sie losgehen, würde sie erst den Kiefer, dann das linke Auge, dann das Hirn durchschlagen.

Emma versuchte, ihren Zeigefinger aus dem Abzugsbügel zu ziehen, langsam, vorsichtig, bis sie merkte, dass er darin festgeklebt war. Sie versuchte, ihren Daumen von dem Entsicherungshebel zu nehmen, nur zwei Zentimeter tiefer war der Knopf für den Auswurf des Magazins, doch auch ihr Daumen war unbeweglich. Sie versuchte sich zu erinnern, ob ihr Magazin zufällig leer war, aber sie wusste, dass sie immer dafür sorgte, dass es geladen war. Für alle Fälle.

»Ein Geschenk«, hatte Georg gesagt beim Einwickeln. Ein Geschenk.

77

Emma roch Kaffee. Sie roch frische Brötchen. Sie roch Kartoffelpuffer. Sie roch Pizza. Sie roch Blumenkohl. Sie roch Kohlenfeuer und Benzin.

Sie hörte Grüße draußen, Diskussionen, Telefonate, Straßenverkehr.

Die Schatten drüben im Park am Gleisdreieck schrumpften, und dann streckten sie sich wieder in die andere Richtung.

Dann kamen die Kinder aus der Schule heim. Es wurde laut. Irgendwo war ein Spielplatz, vielleicht ein Bolzplatz, stimmt, da joggte sie ja immer dran vorbei, drüben am Eingang zum Park. Kinder rempelten einander an, krakeelten, witzelten, probierten aus, wer am lautesten schrie. Am Himmel flog ein Luftballon vorbei. Dann ein Flugzeug. Jemand brachte sein Altglas zum Flaschencontainer. Sie hörte viel von dem, was in der Nähe geschah. So nah und doch so fern.

Und im Haus selbst. Im Treppenhaus. Die Stimmen ihrer Nachbarn. Ganz weit weg, zwei, drei Etagen tiefer. Sie horchte bei jedem Geräusch auf. Bei jedem Knacksen dachte sie: Sind sie das? Kommen sie? Jetzt aber. Gleich. Es kann nicht mehr lange dauern. Jetzt?

Unter ihren Füßen, in ihrer leeren Wohnung einen Stock tiefer, klingelte ihr Telefon.

Sie hörte den Wind in den Bäumen gegenüber, das raschelnde

Laub, das er durch die Straßen fegte. Als die Dämmerung kam, sammelten sich Schwärme von Krähen mit viel Getöse im Himmel über dem Park.

Dann kamen die Eltern von der Arbeit. Geschäftigkeit. Hupen. Fahrradklingeln. Hundegebell. Jogger. Ein Streit. Ein Taxi mit laufendem Motor. Autos parkten, Kofferraumdeckel knallten, Türen gingen auf und zu, es wurde dunkel.

Ihr Magen knurrte, er rumpelte und grummelte. Dann hörte auch er auf. Die Lichter des Bahnhofs flammten wieder auf. Golden in der grauen Nacht. Weit entfernt.

Sie waren immer noch nicht da. Waren sie schon in der Wohnung gewesen und wieder gegangen? Sie hatte nichts gehört. War sie eingenickt? Hatte sie es verpasst? Aber sie kommen noch. Gleich kommen sie.

Wo waren sie?

Sie konnte ihre Füße nicht mehr spüren. Ihre Rippen umso mehr. Schmerz, das war doch eigentlich ein gutes Zeichen. Sie sollte dankbar sein. Ihre Knochen knackten. Ihr Gewicht zog den Panzertapekokon nach unten und die Klebestreifen, die ihre Rippen umwickelten, immer enger. Trotz des Bretts in ihrem Rücken. Es war zu schmal. Etwas war gebrochen, ganz sicher. Sie wünschte, sie könnte sich anders positionieren, nur diesen einen Streifen verschieben, der so auf die Rippe drückte, doch sie konnte ihren linken Arm nicht mal zwei Zentimeter bewegen. Ihr rechter Arm war nutzlos. Aus Gründen, die zu schmerzhaft waren, um genauer untersucht zu werden.

Warum hast du das getan, Georg?

Ich hätte dich da rausholen können. Warum hast du nichts gesagt? Nein, du bist und bleibst ein guter Soldat, du marschierst mit bis zum Ende, gehorchst deiner Generalin, führst aus, was sie befiehlt. Abhängige Persönlichkeitsstörung. Ihr gegenüber unterwürfig, aber wenn sie sagt, mach einen auf Arschloch – dann kannst du das. Du hast ihr sogar erzählt, dass wir miteinander geschlafen haben. Wie hat sie reagiert? *Gut gemacht?*

Hast du behauptet, du hättest den Stand der Ermittlungen herausgefunden? Das war doch dein Auftrag, oder? Lars Gohse sollte mir die Tasche klauen, du solltest mich retten, dann zum Reden bringen. *Ach, du hast mit diesen Mumienmorden zu tun? Habt ihr schon jemanden im Auge?*

Aber das hast du nicht getan. Du hast mich nicht ausgefragt, und ich habe dir nichts erzählt. Hab dich wohl zu sehr abgelenkt. Das hast du deiner Anführerin verschwiegen. Alles willst du dir nicht vorschreiben lassen. Du versuchst, von ihr loszukommen. *Du wirst sie freilassen!*, hat sie dir vorgeworfen. Könnte da was dran sein? Hast du etwa wirklich vor, mich zu befreien, hinter ihrem Rücken?

Und das mit deinem Bruder? Die Geschichte, die du mir im Bett erzählt hast. Du hast die Wahrheit gesagt. Oder wenigstens war es nah dran. War das erlaubt? Hättest du mir das verraten dürfen? Es hat doch gestimmt, oder? Dein Bruder – das war sicher der, der euren »Vater« in Kanada umgebracht hat. War das eine kleine Beichte? Ein Versuch, mich zu warnen? Ein Schrei nach Hilfe? Hätte ich anders reagieren müssen? Habe ich im richtigen Moment die richtige Frage nicht gestellt? Warst du bereit, mir alles zu sagen? Alles loszuwerden? Mich um Hilfe zu bitten, dich da rauszuholen? Es zu beenden? War das der Moment, in dem ich dich hätte retten können?

Nun ist es zu spät.

Weil ihr vorhabt zu sterben. Habe ich recht? Ich bin das letzte Opfer. Drei Familien komplett. Jetzt fangt ihr an, euch selbst zu töten. Die vierte Familie. Genauso wie es in euren idealen Familien immer vier Familienmitglieder gab, so gibt es insgesamt vier Familien. Ihr seid die letzte. Jetzt sterbt ihr.

Angefangen mit Lars Gohse. Er war nicht hier heute. Weil er

ungehorsam war. Er hat die Familie verraten. Ist zum Tatort zurückgekehrt. Mit seinen kleinen Jungs. Dort hat er onaniert und seine DNA zurückgelassen. Das war gegen alle Abmachungen. Derjenige, der die Opfer aussucht, darf nie auch nur einen Fuß an den Tatort setzen, damit er dort keine Spuren hinterlässt. Aber der Gohse konnte nicht widerstehen. Er musste zurück, musste sich an seiner Tat aufgeilen. Dafür musste er sterben.

Wo hängt er, Georg? Wo?

Ach, verdammt. Ich habe vergessen, dem alten Penner seine Muffins zu kaufen.

Lutz kam nicht. Die Brennemann kam nicht. Georg kam nicht. Keiner kam.

Diese zweite Nacht war ruhig und kalt und weit und klar, Emma beobachtete ihr Heraufziehen durch das kleine Dachfenster, während ihre Zunge anschwoll und ihre Augen rot wurden und bei jedem Blinzeln kratzten.

Wo blieben sie?

78

Emma war wach, lange bevor die Sonne aufging.

Der Durst ließ sie nicht schlafen. Der Durst schmerzte mehr als ihre Rippen. Ihre Augen brannten, ihr Magen krampfte sich zusammen, ihre Luftröhre lag wie ein Seil in ihrem Hals. Ihr Hirn griff nach jeder Möglichkeit, die es hatte, ihr mitzuteilen: Du brauchst Wasser. Es war nicht nötig. Emma wusste es bereits.

Sie dachte an nichts anderes. In all seinen Formen. An Regen. Schnee. Einen Wasserfall. Limonade. Cola. Eistee. Bier. Eine Pfütze auf dem Boden, aus der sie trinken würde wie ein Hund. Einen einzigen Eiswürfel.

Das mit dem Lappen war eine schlechte Idee gewesen. Er war jetzt kleiner als zuvor, aber sie hatte zu viel Speichel verbraucht bei dem Versuch, ihn zu zerkauen. Jetzt war keiner mehr da. Ihr Gaumen war so trocken, dass sie kaum noch in der Lage war zu schlucken, und das Ding klebte wie ein Schwamm, wie ein Pilz daran fest.

An ihre rechte Hand, an Georgs Geschenk, versuchte sie nicht zu denken.

Sie wusste jetzt, warum die anderen Opfer sich die Seiten blutig gekratzt hatten. Ihre Haut spannte und juckte, besonders da, wo ihre linke Hand auf dem Schenkel auflag. Dehydration. Wie Insekten, die unter ihrer Haut hin und her krabbelten. Wie viele Tage hing sie schon? Drei? Sie hatte drei gezählt. Erst als sie versuchte, sich zu kratzen, merkte sie, dass ihre Finger von einem leichten Baumwollhandschuh umhüllt waren. Zuerst dachte sie, zum Schutz gegen Selbstverletzung, wie aufmerksam, dann verstand sie, es war ein Schutz des Panzertapes gegen ihre Fingernägel. Wollte die Fäuste ballen, besann sich im letzten Moment. Die Finger der rechten Hand streckte sie zornig so weit auseinander wie möglich, bewegte sie in ihrem Klebestreifengefängnis hin und her, millimeterweise, stundenlang.

Unten in ihrer Wohnung klingelte das Telefon. Emma hielt die Luft an. Sie hörte zu. Sie zählte. Der AB würde nach dem siebten Klingeln drangehen. Wenn es vorher aufhörte, dann war jemand in der Wohnung – Lutz, die Kollegen … Emma zählte mit. Das Telefon klingelte sieben Mal, dann war es still.

Warum waren sie noch nicht da?

Weil es nicht logisch war, dass sie hier hing. Das war der letzte Ort, an dem sie suchen würden. Und wie kam sie überhaupt darauf, dass ihr Handy per GPS zu finden war? Die Sistig hatte es doch sicher ausgeschaltet, bevor sie es entsorgte, dann war es nicht mehr zu tracken. Selbst wenn in eben diesem Moment das gesamte

LKA unter ihren Füßen ihre Wohnung durchwühlen würde, wer von ihnen käme wohl auf die Idee, auf dem Dachboden nachzuschauen? Nicht mal ihre Nachbarn taten das. Seit sie hier wohnte, hatte kein Mensch im Haus den alten Trockenboden je betreten. Wozu auch? Jeder hatte doch heute einen Trockner oder einen Wäscheständer im Bad – die Zeiten der gemeinsamen großen Wäsche waren längst vorbei.

Die Idee, schnell gefunden zu werden, war Wunschdenken gewesen. Es könnten Monate vergehen, bis jemand diese Tür öffnete.

Sie war Opfer Nummer 12.

79

»Pass auf!«

»O Mann, ey.«

»Du bist doof!«

Emmas Herz klopfte. Träumte sie? Sie war eingeschlummert. Oder hatte das Bewusstsein verloren. Egal. Sie riss die Augen auf. Ein Kraftakt.

Es dämmerte schon wieder.

Und sie hörte Kinderstimmen.

Ganz nah. Gekicher, Satzfetzen. Direkt hinter der Tür. Vom letzten Treppenabsatz da draußen, der groß war wie eine kleine Empore. Unter dem Türspalt schimmerte Licht. Sie schienen sich im Treppenhaus niedergelassen zu haben.

Sie erkannte ihre Stimmen. Der kleine Schisser aus dem ersten Stock, Ahmed? Muhammed? Dann das Mädchen aus dem zweiten, Luise oder Charlotte, die mit den Öko-Eltern. Und noch einer, ihn kannte sie nicht, ein Junge aus der Nachbarschaft vermutlich.

»Haste mal Kippe?«

»Nee, heute nich.«

Dann war noch etwas von wegen küssen. Niko und küssen. Unklar, wer Niko war. War auch egal.

»Ich schwör's!« Das war Ahmed oder Muhammed.

»›Ich schwör's!‹ Hey, du Türke, ›ich schwör's!‹«

»Ich bin kein Türke! Du bist Türke!«

»Selber Türke!«

Was machten die da?

Natürlich: Sie wussten, dass hier keiner hochkam. Kinder suchen sich immer solche Orte, wo Erwachsene sie nicht finden. Warum hatte Emma nicht vorher daran gedacht? Kinder. Hier waren Geheimnisse, hier hatten sie etwas, was ihnen allein gehörte. Klar, Kinder, Kinder gucken in alle Ecken.

Und sie probieren alle Türen aus.

Emma reckte den Hals, so gut sie konnte. Sie sah sie: die Tür. Das war so eine alte Tür, die fiel nicht einfach ins Schloss. Man musste sie von außen wieder abschließen. Keiner von Corinn Sistigs Familie hatte das getan. Das hätte sie gehört. Die Kinder würden die Tür ausprobieren, mal sehen, was dahinter steckte, die Tür würde aufgehen, unerwarteterweise, sie würden Emma sehen, wie sie da hängt, im Kokon, sie würden schreien, nach Hause rennen, die Eltern würden sich an die Zeitungsberichte erinnern und die Polizei rufen.

Ja. Das würden sie jetzt tun.

»Komm, zeig schon her!«

Das Mädchen zeigte irgendwas. Das, wozu sie hier hochgestiegen waren. Die Jungs wurden still. Interessant, was auch immer es war.

Warum machten sie die Tür nicht auf?

»Kenne ich schon, hab so was schon gesehen.«

»Komm, gib her!«

»Ich sag's deiner Mutter!«

»Ich kenne das schon. Gib mal her. Nur kurz.«

Sie machten die Tür nicht auf.

Warum?

Weil sie nicht zum ersten Mal hier waren.

Beim ersten Mal probiert man jede Tür, vielleicht auch beim zweiten. Aber wenn eine Tür immer zu ist, dann probiert man es irgendwann nicht mehr.

Emma schrie. Sie wusste, dass sie lautlos schrie. Trotzdem. Sie trat mit den Beinen und schlug mit dem Arm und schaffte es lediglich, an ihrem Haken sachte hin und her zu schwingen. Sie schrie, so lange und so laut sie konnte, bis sie keine Kraft mehr hatte.

Sie konnte kaum glauben, was dann passierte.

»Habt ihr das gehört?«, fragte Luise.

»Was denn?«

»Da war so ein komisches Geräusch eben.«

»Hab nix gehört.«

»Meine Mama sagt, da lebt ein Siebenschläfer auf dem Dachboden«, erklärte Ahmed.

Ungläubiges Schnauben.

»Und was ist, wenn einer hier hängt, genau hier hinter der Tür?« Luises Stimme flatterte. »So 'ne Mumie, ihr wisst schon?«

»Ach Quatsch. Wie denn? Ist doch abgeschlossen.«

»Und was, wenn nicht?«

»Ist abgeschlossen.«

Irgendwer rüttelte an der Klinke. Die Tür bewegte sich nicht. Sie war nicht verschlossen, konnte nicht verschlossen sein. Sie klemmte, na klar. Das Rütteln war auch nicht sehr beherzt, mehr Theater.

»Siehste.«

Weiter. Bitte versucht es weiter. Nicht so schnell aufgeben.

Doch draußen herrschte Aufbruch. Sie konnte hören, wie Luises Handy klingelte. Ihre Mutter scheinbar, denn dann waren sie die Treppe hinuntergetrampelt und weg.

80

In der Nacht wachte sie auf und wusste plötzlich, warum sie ihre Sig Sauer in der Hand hielt.

Sie war dazu da, die Kinder zu alarmieren.

Nur eins gab ihr zu denken: War die Pistole nun auf ihren Kopf gerichtet oder daneben? Durch ihr ständiges Strampeln und Sträuben gab es jetzt ein wenig mehr Spielraum unter der Panzertapehülle. Ihre Finger waren beweglicher. Vielleicht konnte sie den Schusswinkel minimal verändern. Aber was machte sie sich überhaupt Sorgen? Das war doch ein Geschenk von Georg. Hatte er gesagt. Also zielte sie sicher an ihrem Kopf vorbei. Wie sollte das sonst auch funktionieren? Das musste schon so stimmen.

Sie nahm den Griff fest in die Hand und wartete. Und horchte. Falls sie wiederkamen.

Und hörte keine Stimmen im Treppenhaus.

Die Sonne ging auf, der Himmel war blau und kalt, Emma wurde schwindelig. Sie wusste, dass sie verdurstete, als sie merkte, dass sie nicht mehr urinierte und nicht mehr schiss. Alles, was Wasser enthielt, wurde zurückbehalten. Bald, sehr bald, würde ihr Körper das Wasser noch aus dem Blut saugen, bis es zu dick war, um weiter zu fließen. Ihr Herz raste, es wusste, was kam. Sie zitterte vor Kälte. Als der Raum sich zum ersten Mal um sie herum drehte, dachte sie, ein starker Wind wäre durchs Fenster gekommen und hätte sie herumgewirbelt. Da war aber kein Wind. Dann wurde alles schwarz. Als sie wieder aufwachte, regnete es draußen. Das Wasser prasselte auf das halboffene Dachfenster, einzelne Tropfen sprühten bis in ihr Gesicht. Sie wollte die Zunge ausstrecken und sie ablecken, aber es ging nicht. Emma weinte, doch es kamen keine Tränen, ihr Schluchzen klang wie Husten. Sie würgte, wollte schreien, blöken, sterben. Sie versuchte, durch den Mund, das Panzertape, den Lappen hindurch zu atmen, hektisch, flach. Hyperventilierte, und dann verlor sie das Bewusstsein.

Sie erwachte, als irgendwo da unten eine Tür klappte. Dunkel war es. Abend? Nacht? Nein, es war doch hell draußen, durch das Fenster sah sie Sonnenlicht. Nein, da war keine Sonne, hier drin war es dunkel. Jetzt verstand sie: Es war der Mond.

Sie lauschte. Es war sehr still, auch draußen.

Sie hörte jemanden die Stufen hochkommen.

Langsamer und leiser als vorhin. Ein einzelnes Kind diesmal. Der Junge, dachte sie. Ahmed.

Er seufzte laut, vielleicht, damit er sich nicht so einsam fühlte, ließ sich umständlich auf der Empore draußen nieder. Was wollte er da, ganz allein? Sich Mut antrinken?

Emma roch Rauch. Aha. Er war nicht mal elf, und er rauchte. Kein Wunder, dass er regelmäßig hier hochkam.

Sie hörte ihn hin und her gehen, rumzappeln, unentschieden. Sie glaubte, ihn an der Tür horchen zu hören. Emma gab sich alle Mühe zu schreien, doch sie brachte nur noch ein Krächzen heraus.

Jetzt oder nie.

Sie umfasste den Griff ihrer Waffe.

Das würde laut werden. So nah am Ohr. Vielleicht würde sie sich das Ohr abschießen. Wenn sie gar nichts mehr hörte, dann würde sie wissen, dass sie ihren Kopf getroffen hatte. Sie lachte.

Sie umfasste den Griff, so fest sie konnte, den Zeigefinger wieder auf dem Abzug, den Daumen am Entspannungshebel, bog ihren Kopf so weit sie konnte nach rechts – mehr als ein paar Millimeter schaffte sie nicht.

Und drückte ab.

Der Knall ließ sie ein paar Sekunden das Bewusstsein verlieren.

Immerhin hatte sie ihn gehört. Jetzt war sie taub, bis auf ein Klingen im Ohr.

Und der Junge? Sie konnte den Blick nicht zur Tür wenden. Hörte nicht, ob sie aufgegangen war. Hatte er den Schuss bemerkt oder nicht? Das Seil musste sich verdreht haben. Benommen versuchte sie, sich in Richtung Tür zu wenden, schaffte es nicht, schaffte es nicht.

Dann sah sie ihn. Er stand direkt vor ihr. Ahmed, der kleine Schisser.

Augen weit aufgerissen, Mund offen.

O Gott, war sie dankbar. Sie wollte »Ahmed« sagen, »Danke«, sie wollte heulen, brachte nur ein Grunzen heraus, ein wackelndes Grunzen, als sie sich in ihrer Hülle zu bewegen versuchte.

Das hätte sie nicht tun sollen.

Sein Gesicht verwandelte sich in eine Fratze aus Todesangst. Er versuchte zu schreien, doch nur ein Würgen kam aus seiner Kehle. Er taumelte rückwärts, fiel hin, sprang wieder auf, zur Tür. Emma hörte ihn jetzt. Ein schrilles Schreien, wie ein hohes Pfeifen. Er hämmerte gegen die Tür, die ins Schloss gefallen war, panisch riss er sie auf und stürzte hinaus, ins Treppenhaus.

Dann hörte sie nur noch ein Poltern, und der Junge hörte auf zu schreien. Sie hörte ihn aufschlagen, ein, zwei, drei Mal.

Die Tür fiel wieder ins Schloss, und es war still.

Er wird aufwachen, dachte sie, während sie die brennenden Schmerzen an ihrem Ohr zu bemerken begann. Er wird aufwachen, aufstehen, losrennen und Bescheid sagen, was er gesehen hat. Wach auf. Steh auf. Alles halb so wild, Ahmed. Und du bist kein Schisser. Du bist zurückgekommen. Du hast mich gefunden. Jetzt steh auf und sag deiner Mutter, was du gesehen hast.

Doch draußen war es still.

Sie werden ihn suchen. Niko und Luise werden von ihrer kleinen Raucherecke erzählen, und sie werden ihn suchen kommen.

Ihre Eltern werden ausflippen, aber die Sorge um Ahmed wird größer sein. Oder? Früher oder später müssen sie hier hochkommen. Oder?

Doch es blieb still.

Das Einzige, was sie hörte, war das Klingeln des Telefons in ihrer Wohnung. Es klingelte jetzt fast ununterbrochen. Nachts streifte sie der Scheinwerfer eines Polizeihubschraubers durch das Dachfenster. Dann flog er wieder weg.

Emmas Lippen waren aufgesprungen, ihre angeschwollene Zungenspitze wie Papier gegen ihre Zähne. Ihre Augen waren Fremdkörper geworden, verkrustet, verklebt. Sie versuchte, nicht zu blinzeln. Versuchte, die Schmerzen zu verdrängen. Das schaffte sie. Sie versuchte, nicht an Wasser zu denken. Das schaffte sie nicht.

Im Morgengrauen hörte sie den Streifenwagen. Sie hörte, wie unten ihre Wohnungstür eingetreten wurde. Das Holz splitterte, das ganze Gebälk bebte, bis unters Dach. Emma zitterte an ihrem Haken. Sie hörte Satzfetzen, das Knacken der Funkgeräte, das Durchwühlen ihrer Wohnung, das Abspielen ihres Anrufbeantworters, sie hörte Sarah weinen. Konnte das sein? Konnte sie durch den Boden Sarah weinen hören? Nicht weinen, Sarah. Ich bin doch hier. Jetzt ist alles gut.

Wieso kamen sie nicht hoch? Sie versuchte, noch einmal zu schießen, doch jetzt war das Magazin leer. Einen Schuss hatte sie gehabt, den hatte sie verschwendet.

Aber sie waren doch da. Unter ihr. Nur fünf Meter entfernt. Sie würden kommen. Sie mussten kommen. Sie waren so sorgfältig da unten, sicherten stundenlang Spuren. Gut so. Ihre Kollegen. Auf die konnte sie sich verlassen. Da, das war Lutz' Stimme. Sie konnte ihn wettern hören. Glaubte sie. Nein, ganz bestimmt. Er stritt sich mit der Brennemann. Sie musste lächeln. Komm hoch, Lutz! Lass uns ein Eis essen gehen.

Aber keiner kam.

Gedämpfte Stimmen im Treppenhaus. Sie versiegelten die Wohnung und gingen wieder. Schritte, die sich entfernten, bis sie nicht mehr zu hören waren. Draußen starteten die Wagen. Bei jedem einzelnen Geräusch dachte Emma, nein, kehrt noch mal um. Nein, ihr seid nicht fertig. Ihr habt was übersehen. Macht eure Arbeit, Leute. Dann war es still.

Ich bin da und doch nicht da, dachte sie.

Wie mein ganzes Leben.

Unten in der Wohnung klingelte ihr Telefon. Sie musste lachen. »Hallo?«, flüsterte sie. »Ja, ich bin hier. Aber nicht mehr lange, Blödmann. Komm vorbei und bring was zu trinken mit.«

Später hörte sie Ahmeds Mutter nach ihrem Sohn rufen, fern, leise, dann lauter. Dann hörte sie sie im Treppenhaus aufschreien.

Aber auch sie kam nicht in den Dachboden.

Emma war fast erleichtert. Was hätte sie ihr sagen sollen? Sie hatte ihren Sohn umgebracht.

81

In der Nacht endlich kamen sie.

Kalt war es. Emma zitterte am ganzen Leib. Es war die vierte Nacht. Nein, die fünfte? Die vierte, fünfte, sechste, was machte das schon?

Ahmed zuerst. Er streckte seinen Kopf durch die Tür und entschuldigte sich, dass er gestern auf ihren Schuss nicht richtig reagiert hatte. Er war ein sehr höflicher Junge. Er siezte sie. Nannte sie »Frau Carow«. Sie hatten ein nettes Gespräch, dann musste er aber wieder in die Schule. Emma war froh, dass es ihm gut ging.

Emma konnte jetzt klarer denken.

Der Umriss des Fensters leuchtete in der Nacht. Sie sah die bunten Streifen der Flugzeuge am Himmel. Sie hörte das Rascheln der blattlosen Bäume. Die Zweige klick, klack, wie ein Windspiel aus Knochen. Sie hörte die Türen: die Haustüren, die Autotüren, sogar die Schranktüren. Am Tag winkten ihr die Leute von den Fenstern der fahrenden U-Bahn zu. Alle fünf Minuten. Sie hörte die Müllmänner. Wie sie die Mülleimer ratternd über die Wege rollten, wie der große Wagen die Eimer hochhievte, leerte, schüttelte, wieder herabließ und zischend weiterfuhr. Die Müllmänner winkten ihr zu.

Schön, dass sie nicht mehr alleine war. Emily spielte auf dem Boden. Bisschen staubig war es, aber Emma wies ihre Nichte nicht zurecht. Auch Emily war froh, dass sie so viel Zeit mit Tante Emma hatte.

Mit Lutz flirtete sie ein wenig. Das gönnte sie sich. Du hast mich doch immer gut gefunden, oder, Lutz?

Von einer Frau wie dir lässt man lieber die Finger, meinte er trocken. Bin ja nicht lebensmüde.

Du bist auch nicht gerade einfach, du sturer Bock.

Am fünften Tag – oder war es der sechste? – verstand sie, dass es Halluzinationen waren. Damit wusste sie auch, dass es vorbei war.

Und warum auch nicht?

Vielleicht war es nur richtig, dass sie starb. Ohne Kinder. Ohne Hoffnung. Damit Idioten wie sie einfach irgendwann ausstarben, verschwanden, ein Fehlgriff der Natur, der wieder korrigiert werden musste, vielleicht besser so.

Tod kann ja auch Erlösung heißen. Vom Durst, von den Schmerzen, von der Hoffnungslosigkeit, die sich immer mehr in ihr ausbreitete. Von diesem Fluch, den Uwe ihr mitgegeben hatte und von dem sie immer gehofft hatte, ihn irgendwie zu brechen. Der Tod … auch nicht schlecht. Warum hatte sie nicht früher daran gedacht? Sie musste sowieso sterben, warum nicht jetzt, wenn es gerade Sinn und Zweck hatte. Überhaupt, seit der Vergewaltigung hätte der Tod jeden Tag Sinn gehabt. Stattdessen hatte sie gekämpft, sinnlos gekämpft, jeden Tag im Kampf zugebracht, jeden einzelnen bescheuerten Tag, erschöpft und gebrochen und zwecklos. Das sah sie jetzt. Der Tod bedeutete: nicht mehr jeden Morgen beim Aufwachen an Uwe denken und zusammenzucken. Das hieß: Nicht mehr jahrelang sinnlos um Glück, um das Leben kämpfen, wo das doch nichts für sie war.

Na ja, Uwe. Vielleicht war er gar nicht so schlimm, wie sie sich vorstellte. Als er sie besuchen kam, war er jedenfalls nett. In der Nacht machte er die Tür auf und kam rein. Als sie sah, dass die Tür sich öffnete, glaubte Emma, jemand käme sie retten. Alles war plötzlich weg, die Schmerzen, die Angst, und sie dachte: Sie haben mich gefunden.

Dann stand aber Uwe da. Fröhlich gestimmt. Fast herzlich.

Du hängst da so schön, sagte er. So hübsch eingepackt. Ich hoffe, es ist bequem. Ich hätte dich gern mal so eingepackt. Schon ärgerlich, dass dein neuer Freund zuerst auf die Idee kam. Etwas eifersüchtig bin ich schon. Aber ich bin ja selbst schuld. Ich habe dich zu lange vernachlässigt. Jetzt gehörst du ihm.

Er lächelte. Er trug gelbe Handschuhe und eine komische Mütze. Klar: Es war ja kalt draußen. Oder vielleicht wollte er einfach keine DNA am Tatort zurücklassen. Dieser Uwe, er dachte wirklich an alles.

Schade. Ich hätte dich sonst hier rausgeholt. Nur ein anonymer Anruf, mehr ist nicht nötig, und du bist wieder frei. Aber du gehörst mir nicht mehr. Nach allem, was ich für dich getan habe. Ich habe dir eine Welt eröffnet. Du solltest mir dankbar sein. Dieser Typ, der ist kein Ersatz für mich. Weißt du, du kannst mich wiederhaben. Jederzeit. Sag nur, dass du mir gehörst. Immer noch. Dann hole ich dich zu mir. Sag es doch. Einmal nur, für mich, wie in alten Zeiten.

Sie rausholen. Das würde er für sie tun? Aber wenn sie einwilligte, dann gehörte sie ihm. Sie hatte doch immer gesagt, sie würde lieber sterben. Aber jetzt … Jetzt war sie da nicht mehr so sicher.

Über das, was er als Nächstes sagte, musste sie nachdenken:

Wir beide haben eine Beziehung, die werden wir nicht los, egal was kommt. Du bist ein Teil von mir, und selbst wenn wir uns nie wieder sehen, wären wir über Raum und Zeit miteinander verbunden. Sag es. Gib es zu.

Er hatte recht. Letztendlich hatte er recht. War sie einfach eine dieser Frauen, die den Mördern und Vergewaltigern dieser Welt gehörten? Sie war einem Vergewaltiger entkommen, um einem Mörder in die Arme zu laufen. Warum war sie sonst zu Georg gegangen? Weil sie tief innen drin hoffte, dass er sie umbrachte? Georg hatte sie gar nicht verstanden. Jetzt wusste sie auch, warum: Weil er gar kein echter Psychopath war. Er spielte ja nur das Spiel seiner Schwester.

Uwe aber war einer. Gehörte sie zu ihm? Eigentlich schon. Hierhin gehörte sie jedenfalls nicht. Er hatte sie zuerst gefunden. Und hatte er nicht versprochen, er würde sie hier rausholen? Es wäre so leicht für ihn: Ein anonymer Anruf reichte ja schon. Hatte er das nicht gesagt?

Sie brauchte nur sagen, was er hören wollte.

Kein Problem.

Ja, Uwe, ich mache alles, was du willst, hol mich nur raus hier, ich gehöre dir, wenn du mich willst, dann gehöre ich dir, ist mir recht.

Es war nicht genug. Er hörte sie, aber er sagte nichts mehr. Warum schwieg er jetzt? Er stand doch vor ihr, er stand da am Fenster.

Mach mit mir, was du willst, alles, ich bin einverstanden, ich gehöre dir. Ich sag es. Ich verzeihe dir. Wirklich. Bitte, lass mich nur raus hier. Bitte. Lass mich raus.

Aber je mehr sie bettelte, desto mehr fragte sie sich, ob er wirklich da stand. Am Fenster. Das war gar nicht Uwe. Wer war das?

Es war ein Vogel, mit dem sie sprach. Am Dachfenster. Ein Spatz. Er schaute sie neugierig an, den Kopf geneigt. So was wie Emma hatte er noch nie gesehen. Er hüpfte hin und her. Zwitscherte. Singen war das. Süß, so ein Spatz. Lebenserwartung zweieinhalb Jahre.

Interessant, so ein Spatz. Wie er seinen Partner wählt. Als Erstes baut das Männchen ein Nest. Mehr nicht. Das Weibchen interessiert sich nicht für das Männchen, nur für das Nest. Erst bei der Wohnungsbesichtigung wirft er sich in die Brust und singt. Du willst das Nest, dann kriegst du mich dazu, aber so schlimm bin ich nicht, ich kann singen.

So einfach ist das. Ein Spatzenweibchen hat keine Datei im Computer, in die es unsinniges Zeug über das Glück schreibt, *Profil Spatz, Wunschliste Spatz, Lebensziele Spatz*. So ein Spatz denkt nicht jeden Tag an seinen Vergewaltiger. Er steht nicht vor dem Leben und schaut es sich an wie durch eine Glaswand und fragt sich, was ist das da drüben? Wie geht das? Nein, das Spatzenweibchen guckt sich einfach das Nest an, überlegt kurz, ob es das Singen des Männchens überhaupt erträgt, es ist auch nicht dumm, es weiß, hat es sich einmal entschieden, singt das Männchen nicht mehr so oft, sondern fängt an, Forderungen zu stellen, aber das tun doch alle Männchen, Hauptsache, das Nest ist in Ordnung, prima, dann hält es ihm den Arsch hin und fertig. So einfach ist das.

Plötzlich wollte Emma leben.

Mit der ganzen Verzweiflung ihrer Seele wollte sie leben.

All die Menschen da draußen, immer für eine Überraschung gut. All die Jahre, die Emily noch vor sich hatte. Sarah. Lutz. Matze. Sie hatte doch Freunde. All die Dinge, die sie nie getan hatte. Dieser Tempel in Thailand, dieses Riff in Australien. Einmal einen Marathon laufen. Einen Mann, ein Kind, eine Familie. Selbst wenn nichts davon klappt, selbst wenn nichts mehr im Leben wird, wie sie sich das wünschte: Bier und Pizza wird's immer geben. Wenn sie nicht mehr bekäme als ein Bier nach einem langen Arbeitstag, wäre das mehr als genug. Die Arbeit. Die offene Stelle. Selbst wenn Felix die bekam. Damit konnte sie leben. Selbst mit Uwe. Selbst mit der Vergewaltigung. Selbst mit allem, was danach kam. Es war Leben. Ihr Leben. Das wollte sie, genau das, egal was, egal wie, egal zu welchem Preis, sie wollte es, sie wollte leben. Ja, schrie sie, du hast recht, Lutz! Ich will es!

Doch zum Leben war es zu spät.

82

Felix war auch da. Er stand neben Uwe.

Kannst du mich hören?

Seine Stimme versetzte ihr einen Stich. Aber er redete gar nicht mit ihr. Mit wem dann? Mit Uwe? Mit Lutz. Lutz war auch da. Felix und Lutz. Sie standen neben Uwe.

Frau Carow? Frau Carow?

Uwe musterte sie. Sein Gesicht so nah an ihrem. Unangenehm.

Frau Carow? Ihre Kollegen wollen Sie sprechen.

Uwe berührte ihre linke Wange. Es tat weh. Sie wehrte sich. Schob seine Hand weg, fasste sich an den Hals, ans Ohr. Da, wo es so gebrannt hatte. Sie konnte nichts spüren. Wo war ihre Haut? Das Panzertape. Sie zog daran. Nahm es zwischen die Finger, versuchte es abzureißen. Es war ganz weich. Uwe griff nach ihrem Handgelenk und drückte ihren Arm sanft wieder an ihre Seite. Sie hatte keine Kraft, sich zu wehren. Sie versuchte es mit der anderen Hand. Jemand hinderte sie auch daran. Das Panzertape, so weich, wie Watte. Wie Watte. Und ihre Arme. Sie konnte ihre Arme bewegen.

Das Licht. Das Bett. Uwe, der sich über sie beugte. Und Felix und Lutz, am Rand des Betts. Und Uwe, der aber nicht Uwe war, sondern ein Fremder. Im Kittel. Im Arztkittel. Ein Arzt und Felix und Lutz.

Emma wunderte sich über das seltsame Geräusch. Es klang wie ein Bellen. Das war sie selbst.

Es tat weh. Tief im Hals. Sie konnte ihren Hals spüren. Ihre Zunge. Da war kein Lumpen mehr. Und aus ihren Augen kamen Tränen.

Wasser. Das war ein gutes Zeichen, oder?

Wasser.

83

Ihr war nicht klar, ob sie wach war. Selbst als sie erkannte, dass sie im Krankenhaus sein musste, sagte sie nichts. Sie traute sich nicht. Vielleicht hing sie noch immer da und träumte nur. Sie hatte genug seltsame Dinge gesehen.

Sie versuchte, nach Ahmed zu fragen. Wenn sie eine Antwort darauf wussten, dann war sie wirklich gerettet. Aber sie lallte nur, und sie verstanden sie nicht. Zu anstrengend, das alles. Sie schlief wieder ein.

Als Emma erneut erwachte, war sie immer noch am selben Ort. Sie kniff sich in den Arm. Sie zitterte. Sie wollte dem Arzt oder der Krankenschwester oder Lutz oder wem auch immer danken, jedem danken, jeden umarmen, jeden küssen, jedem die Füße küssen, danke, danke, danke, dass ihr mich da rausgeholt habt. Jetzt war sie wirklich wach.

Danke sagen. Sie formulierte ihren Satz. Was rauskam, war kein Dank: »War es Uwe?«

»Herr Bogner, sie ist wach.« Eine Krankenschwester. Emma sah sie jetzt, über sich gebeugt. »Fünf Minuten, Herr Bogner«, sagte die Schwester. »Ich hole den Arzt.«

»Was hast du gesagt, Emma?«

Es war Lutz. Sie erkannte ihn jetzt.

»Sie fragte, ob es Uwe war.« Die Krankenschwester.

Das war falsch. So wollte sie es nicht sagen. Emma dachte nach. Schaute Lutz an. Ein freundliches Gesicht. Das einzige freundliche Gesicht dieser Erde. »War es ein … Anruf?«, brachte sie heraus.

»Wer soll angerufen haben?«, fragte Lutz. Sein Lächeln schwebte über ihr.

»Bist du echt?«

»Ich bin echt, Emma. Du bist im Krankenhaus. In der Charité. Du bist in Sicherheit. Du kommst durch.«

Vielleicht stimmte es. Sie ließ die Idee wirken.

»Ist Kottke da? Ich will Kottke nicht.«

»Kottke? Wieso der?«

Dumme Frage. Weil es ihr ganz plausibel schien, dass sie gerade auf Kottkes Bahre unten in der Gerichtsmedizin lag. Tiefgekühlt.

»Bin ich tot?«

Lutz lachte lauthals. »Du bist nicht tot. Keine Sorge, wir lassen Kottke nicht an dich ran.«

Das wusste sie. Er brauchte nicht gleich zu lachen. Sie war nicht dumm. Jetzt wusste sie es jedenfalls.

»Anonym, meine ich«, sagte sie. »Ein anonymer Anruf? Der euch zu mir führte?«

»Nein. Es war …«

»… Ahmed?«

»Wer ist Ahmed?«

»Nachbarskind. Hingefallen … Ist er tot?«

»Moment, ich notier das mal. Langsam jetzt. Wer?«

»Ahmed.«

»Nachname?«

»Askar. Erster Stock. Ist er tot?«

»Das finden wir raus.«

»Wer hat mich dann gefunden?«

»Felix.«

»Nein, Felix doch nicht.« Sie schüttelte den Kopf. »Uwe. Felix war gar nicht da.«

»Es gab keinen anonymen Anruf«, sagte Lutz und zog sich einen Stuhl an ihr Bett. »Emma, hast du jemanden erkannt?«

Panik durchfuhr sie. Ihre Stimme wurde schrill. »Du hast sie nicht? Du hast sie nicht gefunden?«

»Sie sind untergetaucht. Aber keine Sorge, wir sind dran. Komm, denk nach, Emma.«

Auf einmal war alles wieder da.

Emma schloss die Augen und zählte.

»Sechs. Eine Frau im Rollstuhl, diese Corinn Sistig …«

»Schreib auf.« Das war Lutz, Emma sah nicht, mit wem er sprach.

Sie beschrieb die Täter, einen nach dem anderen. Nannte ihre Namen, sofern sie sie noch wusste. »Sie hatten Spitznamen, esoterisch irgendwie, hab ich mir nicht gemerkt …« Sie zuckte mit den Schultern.

Sie identifizierte Sistig auf den Fotos, die Lutz ihr vorlegte. Und den großen Jungen, Friedemann Ronski, der sein Zimmer mit Panzertape tapeziert hatte. »Ich hasse dich«, hatte er zu ihr gesagt auf dem Dachboden.

Er zeigte ihr ein Foto von Lars Gohse. »Der war nicht dabei.« Sie schüttelte den Kopf. »Ich glaube, er ist schon tot.«

Lutz hatte noch mehr Fotos für sie. »Wir sind eurem Tipp mit den Kita-Aushilfen weiter nachgegangen«, sagte er. Zeigte ihr das Foto eines jungen Mannes. Sie kannte es schon, schüttelte den Kopf. »Dieser nicht.«

Er zeigte ihr das Foto von der Stämmigen mit den kurzen

Haaren. Ihr Gesicht ausdruckslos. Emma nickte. »Sie nannten sie Kathleen.«

»Kathleen Miller«, sagte Lutz. »Die hat ein gutes Alibi für Julia Fredersdorf und Lucy Herold.«

»Wenn du nicht überlebst«, hatte sie Emma gesagt, »dann bist du nicht wert zu leben.«

»Wir denken, dass sie die jungen Frauen ausgesucht hat. In den Kitas. Lars Gohse war wohl für die Vatertypen zuständig – er arbeitet manchmal als Fahrer für soziale Dienste, hat Obdachlose zu ihren Arztterminen gefahren. Für die Treber tippen wir auf Friedemann Ronski. Er verkehrte in der Szene. Wer die Muttertypen ausgesucht hatte, wissen wir noch nicht.« Lutz zog seinen Stuhl näher heran. »Emma, sag. Wo haben sie dich hingebracht?«

Emma beschrieb dieses merkwürdige Wohnzimmer, befremdlich, irgendwie unecht, wie von jemandem eingerichtet, der noch nie ein echtes Wohnzimmer gesehen hat. »Wie eine Filmkulisse. Mit Möbeln aus den Achtzigern, wie aus der Wohnung ihrer Eltern, und sie trugen die Kleidung, Lutz, die Kleidung.«

»Welche Kleidung?«

»Aus dem Foto, von dem *Stern*-Foto.«

»Kannst du uns irgendeinen Hinweis geben, wo das Zimmer war? Ein Stadtteil, eine Straße? Hast du unterwegs was Auffälliges gesehen oder gehört? Irgendwas?«

Neun Ecken.

Es war alles da, in ihrem Gedächtnis eingebrannt, jede Ziffer, jede Sekunde. Aber es war alles durcheinander.

»Ich brauche ein Blatt Papier«, verlangte sie. Im Kopf hatte sie alles aufgeschrieben. Aus ihrem Kopf konnte sie es nur rausholen, wenn sie es wieder aufschrieb.

»Ich hol dir was«, sagte Lutz.

»Nein, nein«, wehrte sie ab. »Es muss Papier aus meinem Schreibtisch sein. Aus der Schublade oben rechts.«

Lutz hob die Augenbrauen. »Ich kümmere mich drum. Sonst noch was, das du mir sagen willst?«

Sie schüttelte den Kopf. Es erschöpfte sie, so lange zu reden. Schläuche führten aus ihren Armen und aus ihrer Nase. Der Arzt erschien und füllte den Tropf nach. Sie fragte, was mit ihr passiert war, und er sagte es ihr: starke Dehydration, drei Rippen angebrochen, zahlreiche Prellungen. Falls ihr schwindelig sei, falls sie sich zu schwach fühle, um aufzustehen, sollte sie sich nicht wundern, das würde noch dauern. Sie lag da schon seit drei Tagen. Zwei davon in Sedierung.

»Konntest du den Anführer erkennen?«

»Corinn Sistig«, platzte es aus ihr heraus. »Sie ist der Motor der Gruppe. Die sind ihr alle hörig. Die Frau ist die Primärtäterin. Die müsst ihr finden.« Die letzten Worte waren kaum noch hörbar, so heiser war sie schon. Lutz reichte ihr ein Glas Wasser. Gierig stürzte sie es herunter.

»Haben wir schon«, sagte Lutz. »Die Sistig ist tot.«

»Wie bitte?«

Am zweiten Tag nach Emmas Verschwinden war das Haus von Corinn Sistig niedergebrannt. Nachdem das Feuer gelöscht war, fand man ihre verkohlte Leiche in der Ruine. »Mit einem üblen Schädeltrauma. Wir glauben, dass sie sich mit den anderen überworfen hat und umgebracht wurde.« Lutz lehnte sich vor. »Im Affekt. Hast du eine Ahnung, wieso?«

Georg. Georg hat sich von seiner Anführerin befreit. Wie sie gedacht hatte. Aber sie hatte er nicht befreit.

»Ich habe ihm zugezwinkert«, murmelte Emma. Sie wollte es nicht sagen. Wollte seinen Namen nicht preisgeben. Lutz musste nachfragen. Zweimal.

»Wem?«

»Dem Mann … Da war noch ein Mann dabei. Ich wollte sie eifersüchtig machen. Ihre Kontrolle stören.«

»Georg Wallner?«

Lutz wusste also von Georg. »Ja. Ich wollte Zweifel an ihm wecken. Damit sie sich streiten.«

»Mit Erfolg.« Lutz nickte. »Den suchen wir auch. Wegen dem haben wir dich überhaupt erst gefunden. Wir …« Er runzelte die Stirn, drehte sich um. Sagte zu den anderen: »Lasst uns kurz alleine.«

Als alle weg waren und die Tür zu, sagte er: »Was in aller Welt hast du dir bloß dabei gedacht?«

»Nichts. Gar nichts«, murmelte sie. »Er war kein Verdächtiger … Ich … ich habe nicht viel gedacht.«

»Ein Idiot warst du.«

»Aber der Sex war klasse«, krächzte Emma heiser. »Und du, was hast du dir dabei gedacht, die Brennemann zu schwängern?«

Lutz verschlug es die Sprache. »Woher weißt du …?«

»Ich hatte viel Zeit zum Nachdenken. Selber Idiot.«

Lutz schaute zu Boden, schüttelte den Kopf. Als er den Blick wieder hob, grinste er.

»Was sagt deine Frau dazu?«, wollte Emma wissen.

»Hat mich rausgeworfen.«

»Aber die Brennemann hat dir keinen Platz auf ihrer Couch angeboten, nehme ich an?«, folgerte Emma, als er schwieg. Lutz antwortete nicht. »Na ja, meine Couch ist immer frei«, sagte sie großmütig und ließ sich wieder in die Kissen sinken. Sie war müde.

»Das ist gut zu wissen.« Lutz räusperte sich. »Mein Gott, endlich mal eine Frau, die nicht sauer auf mich ist. Also die Gruppe ist jedenfalls nicht mehr aufzufinden. Seit dem Feuer sind sie flüchtig. Wir glauben aber nicht, dass sie schon das Land verlassen haben. Sie müssen irgendwo ein Versteck haben, ein zweites Haus vielleicht. Sie hatten ja Geld, diese Großfamilie in Kanada, die Einnahmen von den ganzen CDs, einiges davon ist wohl an die Sistig gegangen.«

»Lutz, können wir später weiterreden?«

»Wir fanden Unterhosen von dir im Haus der Sistig, Emma.«

»Was?« Emma wurde schwindlig. »Das ist nicht möglich.«

»Zwei Stück«, sagte Lutz. »Nach dem Feuer haben wir die Ruine durchsucht, aber kaum was gefunden, keinen Computer, kaum Briefe oder Fotos – die haben alles vorher entsorgt. Ein bisschen Munition, amerikanische Herstellung, aber keine Waffen. Ich denke, sie haben das Feuer gelegt, um Spuren loszuwerden. Eins haben sie aber vergessen: so eine kleine tragbare Stahlkassette mit einer Sammlung an Unterwäsche. Sonst nichts, nur Schlüpfer. Von Männern und Frauen. Wir machten DNA-Proben und die Namen der anderen Opfer tauchten sofort auf. Auch dein Name. Dann erst kapierten wir, was mit dir passiert war. Du warst schon zweiundsiebzig Stunden vermisst.«

Lutz beschrieb kurz, wie er und die Kollegen von dem Moment an sämtliche verlassenen Orte Berlins erneut durchsuchten. Rund um die Uhr. Die MK2 und MK3 wurden auch noch auf sie angesetzt.

»Nach sechsundneunzig Stunden fragte Felix, wie die Sistig denn an zwei Slips von dir kommen konnte. Als sie dich kidnappten, trugst du ja vermutlich nur einen.« Lutz grinste knapp. »Er kam auf die Idee, du hättest mit einem der Täter ein Verhältnis. Wir fragten jeden aus, mit dem du je auch nur ein nettes Wort gewechselt hast. Deine Schwester hat uns geholfen. Ein Johannes Kehrmann tauchte auf, den machten wir fertig, aber Fehlanzeige. Auf deinem Laptop zu Hause fanden wir eine Menge merkwürdige Dateien mit den Namen deiner alten … Bekanntschaften. Die haben wir alle rangenommen.«

Emma barg ihr Gesicht in den Händen.

»Dann meinte Felix, dass du öfter mal in den Datenbanken … Männer recherchiert hast. Für private Zwecke. Verbotenerweise. Konnte ich nicht glauben. Ich glaube es immer noch nicht. Aber auf einmal hatte er zwei neue Namen. Einmal Uwe Marquardt. Seine DNA ist gespeichert, aber wir fanden keine Verbindung zur Sistig. Es blieb nur einer übrig: Georg Wallner.«

Lutz wusste es also. Alle wussten es. Emma hatte ein Verhältnis mit einem Serienmörder. Einem aus der Gruppe, die sie gesucht hatten, der mit seinen Mittätern elf Menschen umgebracht hatte. Sie wussten sogar, wie oft sie mit ihm geschlafen hatte. Emma wollte noch einen Schuss Morphin, um die Schmerzen zu verjagen, sie zitterte vor Anstrengung, sie wollte schlafen. Aber sie unterbrach ihn nicht. Das tat der Arzt, der wieder hereinschaute: »Herr Bogner? Frau Carow braucht Ruhe. Kommen Sie bitte zum Ende?«

Lutz ignorierte ihn. Kein Wunder. Die Tür hinter seinem Rücken klappte ständig. Es war ein leises, aber stetes Kommen und Gehen.

»Wir fanden seine Wohnung. Die kennst du ja schon. Die hatte er noch nicht ausgeräumt. Da fanden wir jedenfalls seine ganze Recherche, Fotos von den Tatorten, Zeitungsausschnitte, Bilder der Opfer. Notizen zu ihren Lebensgewohnheiten, das Übliche. Und Panzertape. Haufenweise. Er kaufte das Zeug wie ein Wahnsinniger. Er hatte den ganzen Keller voll. Der konnte wohl an keinem Baumarkt vorbeigehen …«

»Lutz …«

»Unter den Fotos und Lageplänen fanden wir auch welche von deiner Straße und deiner Wohnung. Inklusive des Dachbodens. Auf den waren wir nicht gekommen. Ich glaube, noch niemand ist so schnell die Kurfürsten runter bis zur Dennewitz gefahren wie wir. Als Felix sagte, du atmest noch, haben die Jungs im ganzen Treppenhaus applaudiert.«

Plötzlich wurde Emma klar: Sie war nicht gestorben.

Sie hob den Blick, löste ihn zum ersten Mal von Lutz. Das Zimmer war voller Menschen.

Lebende Menschen. Menschen, die nicht aufhören wollten zu reden, die Dinge verlangten, kamen und gingen, sie anlächelten, sich uneins waren, diskutierten, nervten. Wie man das so macht, wenn man lebt. Sie lächelte.

Alle anderen waren auf Kottkes Tisch gelandet. Sie nicht. Alle anderen hatten die Arschkarte gezogen. Sie nicht.

Sie schaute ihre Hände an, versuchte zu begreifen.

Das Krankenzimmer roch nach Desinfektionsmittel. Das Licht war grell und unbarmherzig, leuchtete jeden Winkel aus, jagte jeden Schatten fort. Es war nicht ihr Zuhause, nicht ihre Welt, es war eine sauber surrende Maschine, die weder Sinn noch Trost schenkte, einen nur am Leben hielt und sonst gar nichts. Von tief drinnen stieg etwas in Emma auf. Sie hörte nicht mehr, was Lutz erzählte. Das Blut rauschte in ihren Ohren, sie keuchte. Sie hatte plötzlich Lust zu schreien. Mit aller Kraft. Wie ein Kind, das unvermittelt aus der warmen Höhle der Gebärmutter in die Realität gleitet und zum ersten Mal das Leben sieht, zum ersten Mal das ganze gleißende Theater hier erkennt, von dem es nun ein Teil ist – dieses überwältigende Geschenk, willkommen, viel Spaß damit, alles auf einmal, verschwende es nicht, und jetzt ran an den Speck –, und nur noch schreit. Mit jeder Faser seines kleinen Körpers, mit aller frischen, neuen Macht. Das wollte Emma tun.

Und das tat sie auch.

Zwei Sekunden später schwirrte das Zimmer vor Schwestern.

Vier Sekunden später war sie wieder eingeschlafen.

84

Durch das Dachfenster winkte ihr ein Kind zu. Auf einem Baum sitzend. Unten im Park.

Emma war nicht allein auf ihrem Dachboden. Sie drehte den Kopf, langsam, schwerfällig in ihrer Panzerung. Die Tür stand offen. Jemand war da. Uwe. Nicht Felix. Hatte sie doch gesagt.

Jagt er dich auch von Ferienhaus zu Ferienhaus?, fragte er. Fragte Uwe. *Muss er dich am Ende zwingen?*

Plötzlich war Emma hellwach.

Es war dunkel. Ihr Herz raste. Sie schnappte nach Luft. Sie sträubte sich gegen ihre Panzerung, keuchte, versuchte zu schreien. Ihre zappelnden Arme schlugen gegen Metall. Sie fiel beinahe aus dem Bett.

Ein Bett. Sie war im Krankenhaus.

Sie fummelte hilflos im Dunkeln herum, bis sie den Lichtschalter fand. Grelles Neon flammte über ihrem Kopf auf. Die Tür wurde geöffnet. Sie war nicht mehr allein. Zwei Menschen, sie kamen Emma vor wie eine Menschenmenge. Eine Krankenschwester. Felix.

»Alles in Ordnung?« Das war Felix.

Die Schwester hielt Emmas Handgelenk, nahm ihren Puls. Emmas Brustkorb hob und senkte sich wie ein Blasebalg. Sie lebte. Sie lebte.

»Ich habe schlecht geträumt«, keuchte sie.

»Soll ich Ihnen etwas zum Schlafen geben?«, fragte die Schwester.

Emma winkte ab. »Nur ein Traum.«

Uwe am Fenster. Dieses Grinsen. *Er jagt dich von Ferienhaus zu Ferienhaus.*

»Der Arzt sagt, dass du dich gut erholst.« Das war Felix.

»Was machst du hier?«

»Wir wechseln uns ab. Falls dir irgendwas einfällt, soll ich Lutz anrufen. Alle suchen nach den Typen. Auf Bahnhöfen, Flughäfen, überall.«

»Wie spät ist es?«

»Gleich vier Uhr morgens. Du hast wieder fast zwanzig Stunden geschlafen, seit du das letzte Mal wach warst. Ist dir inzwischen vielleicht noch was eingefallen?«

»Ich hatte nach Papier gefragt …«

»Ach, das hätte ich fast vergessen.« Felix griff hinter sich und reichte ihr einen Packen. »Hab ich geholt.«

»Eins reicht.« Sie setzte sich vorsichtig auf und nahm das Blatt entgegen. »Ist das auch wirklich aus meinem Schreibtisch? Das ist wichtig.«

»Ich wusste, dass du das fragen würdest.« Felix seufzte und trat an die Bettkante. »Deswegen habe ich das hier gemacht.« Er hielt ihr seinen Handybildschirm hin und zeigte Emma das Video, wie er ihren Schreibtisch ansteuerte, die Schublade oben rechts aufzog und das Papier herausnahm. Sie lachte und drückte das Blatt an sich. »Danke.«

»Halt, es ist noch nicht fertig«, sagte er. Sie sah, dass er sich jetzt im Büro wieder zum Gehen wandte, aber auf dem Weg hinaus schwenkte er zu jedem Schreibtisch hinüber, an dem er vorbeikam. »Gute Besserung, Emma«, sagte Sigmar. »Komm bald wieder«, sagte Matze, »wir brauchen dich«, selbst die Brennemann, die in ihrer Tür stand, hob die Hand.

Emma wusste nicht, was sie sagen sollte. Felix grinste und steckte das Handy weg, wies auf das Papier. »Wieso ist das so wichtig? Ist da Zaubertinte drauf oder was?«

Sie zuckte mit den Schultern. »Vielleicht.«

Brennende Schmerzen schossen ihr durch die Rippen, als sie

sich wieder in die Kissen sinken ließ. Die Krankenschwester brachte noch ein paar Pillen mit einem Glas Wasser und ging. Felix blieb, jetzt an den Türrahmen gelehnt. Beide wussten nicht recht, was sie sagen sollten.

»Du hast mich gefunden.«

Felix war still. Schien auf etwas zu warten.

Emma zuckte nur mit den Schultern. »Muss schon sagen, du bist echt ein guter Ermittler.«

Felix lächelte. »Soll das so was wie Danke heißen? Du bist ein harter Hund, weißt du das? Das will dir wohl einfach nicht über die Lippen.«

»Ein besser…«, Emma blickte ihn nicht an. »Ein besserer, als ich gedacht habe.«

»Ist schon gut, Emma. Ich freu mich auch, dass du wieder da bist.«

Sie nickte. »Geh nach Hause«, sagte sie. »Wenn mir was einfällt, rufe ich an.«

Felix schaute auf die Uhr. Rieb sich die Augen.

»Bei mir ist alles in Ordnung. Geh schon.«

Bevor er die Tür schloss, drehte er sich noch mal um. »Ach, übrigens«, sagte er und lächelte. »Der Junge lebt.«

Emma war wieder allein. Licht an, Fernseher auch. Ohne Ton. Das blaue Flackern beruhigte sie. Zu Hause war sie oft vor dem Fernseher eingeschlafen. Es hatte etwas Heimeliges. Sie nahm das Papier zur Hand. Lange betrachtete sie das weiße Blatt. Dann sah sie es. Sah die Linien, die Kurven und am Ende auch die Zahlen, die sie auf dem Dachboden in ihrem Kopf darauf gemalt hatte, wieder und wieder, auf dieses Papier, das sie am Ende in ihrer Schreibtischschublade verwahrt hatte, wo es sicher war. Sie musste die Linien nur noch nachziehen.

Sie griff nach dem Stift auf dem Nachttisch.

Als sie fertig war, sah das Ganze aus wie die Fieberkurve am

Fußende ihres Betts. Am Anfang gab es eine Menge Zickzack, am Ende einen Haken, dazwischen eine lange abfallende Gerade mit nur einem Ausreißer nach links in der Mitte. Und kurz davor eine komische Kurve, die sie sich nicht erklären konnte. Das hieß, falls sie das Ganze richtig herum hielt. Wo war Norden? Sie suchte den Endpunkt, ihr Haus in der Dennewitzstraße. Sie hatte noch im Transporter die U-Bahn gehört: Sie waren unter die Brücke gefahren, über die die U1 in das Haus hineinfährt, und hatten dort geparkt. Auf der rechten Straßenseite. Und dieses Haus, vor dem sie parkten, durch das die U-Bahn fuhr, das stand nördlich von Emmas Haus. Das Auto war also aus dem Norden gekommen.

Emma drehte ihr Gemälde so, dass Norden oben war. Aha. Losgefahren waren sie also tief im Osten.

Etwas pochte in ihrem Hinterkopf. Eine Erinnerung. Der Traum. Sie ließ das Blatt sinken.

Er jagt dich von Ferienhaus zu Ferienhaus. Uwe in der Tür zum Dachboden.

Nein, das war nicht auf dem Dachboden gewesen. Nicht aus ihren Halluzinationen. Das war doch am Telefon, oder? Er hatte es ihr tatsächlich gesagt, als er sie anrief, kurz bevor sie Georg am Hotel treffen wollte. »Weißt du, dass du verfolgt wirst?« Emma hatte geglaubt, er spräche von Johannes. Aber es war nicht Johannes, der ihr nachgestellt hatte, es war Georg gewesen, es war die Familie, die waren ihr gefolgt, sie hatten den Zugriff vorbereitet. Uwe hatte es gesehen. Wie konnte er das? Weil auch er sie verfolgt hatte. Natürlich.

»Von Ferienhaus zu Ferienhaus.«

Dieses gottverdammte Schwein. Er hatte sie mit Georg gesehen, war ihm dann gefolgt, zu seiner Wohnung, überallhin, wollte alles über Emmas neuen Liebhaber wissen, fand irgendwann auch sein Versteck. Wo das Wohnzimmer war. Uwe kannte Georgs Versteck.

Ferienhaus.

Georg importierte exotisches Holz zum Bau von Saunas, Schuppen und Ferienhäusern.

Es hatte einen Rechtsstreit gegeben. Einen Bankrott. Das Inventar. Wo war das Inventar? Die unfertigen Aufträge, die Modelle zum Herzeigen, auf Messen, die Musterhäuser, fertig eingerichtet, wohnlich, nett. Irgendwo mussten sie lagern: ein Gelände, eine Halle, die Modelle darin aufgereiht, und in jedem größeren Ferienhaus: ein Wohnzimmer.

Wo? Im Telefonbuch würde es nicht stehen. Auch nicht in den Datenbanken. Aber in den Akten der Anwälte und des Gerichts. Emma setzte sich auf. Sie konnte nicht mehr schlafen. Sie hatte tagelang geschlafen. Blickte auf die Uhr.

4:16 Uhr.

Noch eine Stunde, und es war in etwa der Zeitpunkt, an dem sie auf ihrem Dachboden aufgehängt worden war. Kurz nach fünf wahrscheinlich. Das hieß, dass die Täter ungefähr jetzt, so Viertel nach vier, halb fünf, von ihrem Versteck aus aufgebrochen waren. Mit Emma hinten im Transporter. Bei der Ankunft in der Dennewitzstraße hatte sie die U-Bahn gehört. Einen der ersten Züge am frühen Morgen.

Emma wusste, wie wichtig es für eine Tatnachstellung war, ein korrektes Zeitfenster zu wählen. Stellt man eine Route zu einem anderen Zeitpunkt nach, kann sie viel kürzer oder länger dauern. Sie hatte keine zwei Stunden mehr, bevor der Berufsverkehr begann.

Zwei Schläuche führten in Emmas rechten Arm, direkt über der Beuge, sie endeten in Nadeln, die mit einem großen Pflaster fixiert waren. Sie zog die Nadeln langsam heraus und drückte das Pflaster fester gegen ihren Arm. Es tat nicht weh. Sie wartete einige Sekunden, dann stand sie auf.

Leicht war es nicht. Jede falsche Bewegung jagte einen Stich durch ihre Rippen. Sie musste ruhig atmen, das Herz beruhigen, sich festhalten. Alles drehte sich. Sie setzte sich auf die Bettkante, nahm einen tiefen Schluck Wasser. Dann stöberte sie im Nachttisch herum. Blumen standen darauf. Daneben ein Buch. Mit einer Karte. Von Sarah und Emily. Wer weiß, wie lange sie an ihrem Bett verbracht hatten. Traubenzuckerdrops. Sie probierte einen. Schokolade. Die zu essen konnte sie sich nicht vorstellen. Eine große Flasche Bodylotion, halb leer. Eine Plastiktüte mit Kleidung. BH, T-Shirt, Jeans. Zweite Schublade: eine Tüte mit ihrem Autoschlüssel, Ausweis, Make-up, Kleinkram: der Inhalt ihrer Handtasche. Dann noch zwei Schlüssel, die sie nicht kannte, in einer Klarsichttüte mit einer Quittung. Klar: Um in ihre Wohnung zu kommen, hatte Lutz die Tür aufbrechen lassen. Die Schlüssel waren bestimmt für das Vorhängeschloss, das er laut Protokoll danach anbringen musste. Sie stopfte sie in die Tüte zu den anderen Sachen.

Die Handtasche und die Kleidung, die sie getragen hatte, waren bestimmt im Labor. Ihr Auto sicher irgendwo bei den Tempelhofern abgestellt. Alles Spuren. Ihre Dienstwaffe auch.

Sie stand auf. Ging ein bisschen umher, erkundete ihr Zimmer. Neben der Tür ein Spind. Frische Wäsche. Eine Lederjacke. Die alte, die sie nicht mehr trug. Sarah hatte sie wohl aus ihrer Wohnung mitgebracht. In der Brusttasche steckten zwanzig Euro. Sarah.

Emma zog sich an. Langsam, langsam. Nahm die Tüte aus dem Nachttisch. Horchte an der Tür, ob jemand draußen im Flur war. Bevor sie aus dem Zimmer schlüpfte, blickte sie kurz in den Spiegel, der innen an der Tür hing, und erkannte sich selber nicht. Strich sich mit der flachen Hand ungläubig über den Kopf.

Wo waren ihre Haare?

Ach so. Das Panzertape.

85

Der Taxifahrer murrte. Aber er war ein Berliner Taxifahrer – Murren gehört zum Beruf. »Wo wollen Sie denn nun hin, junge Frau?«, fragte er nach und schmatzte. Er roch nach Gummibärchen.

Es war kurz vor fünf. Das Taxi stand in der Dennewitzstraße. Er hatte Emma vor dem Krankenhaus abgeholt, sie hergebracht und gewartet, damit sie in ihrer Wohnung Geld holen konnte.

Hatte sie aber gar nicht, weil da nichts war. Als sie zum Taxi zurückkehrte, steckte in ihrer Zweithandtasche ihre Heckler & Koch P8. Geladen.

»Ich sage Ihnen, wohin Sie fahren sollen. Erst mal geradeaus. Bis zur Ecke.« Und als er lospreschte: »Im Schritttempo bitte.«

»Wissen Sie überhaupt, wo Sie hinwollen? Wenn Sie es sagen, kann ich Sie nämlich da hinbringen. Ich bin Profi, ich kann das.« Er griff knisternd in seine Gummibärchentüte. Emmas Magen sagte ihr, dass sie dafür noch nicht bereit war. Sie hatte Kopfweh, ihre Rippen schmerzten, sie bewegte sich nur vorsichtig. Sie kramte in der Tasche, zog mühsam ihren Dienstausweis heraus, hielt ihm den vor die Nase. »Das ist eine Dienstfahrt. Wenn Sie nicht fahren können, beschlagnahme ich das Auto und fahre selber. Oder Sie fahren und kriegen Geld dafür. Jetzt bitte noch mal von vorn. Fahren Sie geradeaus. Bis zur Ecke.«

Der Fahrer – schlaksiger Typ, eingesunkene Wangen, *Berliner Kurier* auf dem Beifahrersitz, sie hatte ihn vorhin gebeten, das Inforadio auszumachen – fuhr los. Langsam. Dachte aber nach. An der Ecke sagte er: »Das können Sie doch gar nicht.«

»Nach Paragraf 31 der ASOG Berlin kann ich das. Seien Sie jetzt bitte still, ich muss mich konzentrieren.«

Emma blickte abwechselnd auf ihre Skizze und das Handy. Sie zählte rückwärts. *Neun:* Das war der Parkplatz in der Dennewitzstraße. *Acht:* in die Lützowstraße, bis Potsdamer Straße. Im Transporter hatte sie dreißig Sekunden gezählt. Emma schaute auf ihre Stoppuhr-App: Der Taxifahrer brauchte fünfundzwanzig Sekunden. Auch gut.

»Rechts in die Potsdamer. Halten Sie sich genau ans Tempolimit. Ich sage, wann.«

»Paragraf 31 der ASOG Berlin? Nie gehört.«

»Sie werden ihn aber bald kennenlernen, wenn Sie nicht weiterfahren«, drohte Emma. Die ASOG Berlin hatte sicher einen Paragrafen 31, nur: Sie hatte keine Ahnung, was drinstand. War auch nicht wichtig.

Sie fuhren mitten durch die Stadt, Potsdamer, Leipziger, ging alles ineinander über, alles eine einzige breite Straße, mehr oder weniger geradeaus, über die Spree, Nikolaiviertel, Alexanderplatz und weiter nach Nordosten.

Zehn Minuten.

»Hier rechts.«

Die Mollstraße.

Sieben.

Eine Minute fuhren sie die Mollstraße entlang, zwei, drei Minuten, Platz der Vereinten Nationen, Landsberger Allee, Friedrichshain.

»Halt. Das stimmt hier nicht. Sie sind falsch abgebogen.«

»Sie haben gesagt, ich soll abbiegen, ich bin abgebogen.«

»Etwas fehlt ... Eineinhalb Minuten nach dem Alex sollte eine Baustelle kommen, mitten auf der Straße. Sie hätten drum herum fahren müssen, in einem Bogen, und dann erst wieder geradeaus.«

»Das hier ist Berlin, Baustellen gibt es alle paar Meter. Welche hätten Sie denn gern?«

»Nein ... Ich suche eine bestimmte Baustelle, sie ist eineinhalb

Minuten von der großen Kreuzung am Alex entfernt, sie ist klein, man umfährt sie nicht über eine Nebenstraße, sondern weicht in einem Bogen aus und fährt weiter auf der gleichen Straße. Kennen Sie eine?«

»Hören Sie, wir sind hier nicht bei McDonald's, wo Sie sich ihre Lieblingsrouten zusammenstellen, wie Sie Lust und Laune haben. Können Sie das überhaupt zahlen? Ich sag Ihnen was, Formulare werde ich keine ausfüllen. Ich hasse Formulare. Ich setze Sie lieber hier ab und rufe einen Kumpel, der soll das machen.«

»Hören Sie mal verdammt gut zu, Kollege.« Fast wurde ihr schwarz vor Augen. »Sind Sie nun Profi oder nicht? Sind Sie zum ersten Mal in der Stadt? Ich brauche eine Baustelle mitten auf einer breiten Straße, etwa eineinhalb Minuten vom Alex entfernt, und Sie sollen mir helfen, die zu finden.«

Der Taxifahrer war still. Dann: »Zeigen Sie mal.«

Emma reichte ihm ihre Skizze, sagte ihm, wie er fahren sollte: Erst mal auf die Petersburger Straße, ruhig, leer, vierspurig. Dann ließ sie ihn eine längere Kurve nach rechts fahren, über alle Spuren, bis zum Straßenrand, dann wieder nach links. Ein halber Kreis. So etwas suchte sie. So hatte es sich im Transporter angefühlt.

»Das ist keine Baustelle«, sagte der Fahrer und kehrte um. Ein Grinsen im Gesicht. »Haben Sie nicht nachgedacht, Kollegin? Baustellen weicht man immer nach links aus, auf die Gegenspur, niemals nach rechts.« Am Alexanderplatz bog er in die Karl-Marx-Allee ein. Eine Minute zehn Sekunden später dann umfuhr er den Kreisel am Strausberger Platz in einem großen Bogen.

Das war es.

»Also stimmt es, was die Touristen über Berliner Taxifahrer sagen.«

»Was denn?«

»Erst mal richtig anmotzen, dann klappt das schon.«

»Reden wir weiter, wenn ich mein Geld sehe.«

Lange blieben sie auf der Karl-Marx-Allee, der B1, durch Lichtenberg, Alt-Biesdorf, die Unterführung unter der B158, weiter zur Kreuzung Blumberger Damm.

»Halt.«

Jenseits der Kreuzung fuhr der Taxifahrer rechts ran.

»Wann kommt die nächste große Kreuzung? In dieser Größe. Vierspurig.«

»Was weiß ich? Nach dem Park da vorne irgendwann.«

»Das ist zu spät.«

Der Fahrer wendete und bog ab auf den Blumberger Damm. Eine vierspurige Straße mit einem langen Grünstreifen in der Mitte, der verhinderte, dass man von den Seitenstraßen aus direkt die gegenüberliegende Spur erreichte. Man musste erst ein Stück den Blumberger Damm entlang und bei der nächsten Lücke in der Insel auf die gegenüberliegende Spur wechseln. Wie Georg das in dem Transporter gemacht hatte. Emma sah auch schon, aus welcher Seitenstraße er ihn gefahren hatte: aus der Dingolfinger Straße.

Drei.

Der Taxifahrer fuhr rechts rein. Glatter Asphalt. Das passte. Er folgte der Straße bis zum Ende.

»Jetzt links.«

Zwei.

Pflastersteine.

Die Walsheimer Straße.

Das Taxi rollte langsam den engen Weg herunter. Keine Wohnhäuser, kaum Straßenbeleuchtung, nur Gewerbehöfe, eingehegt von Maschendraht und Hecken. In der Ferne bellte ein Hund.

»Stopp.«

Nach fünfzehn Sekunden stieg sie aus. Sie ging vor dem Taxi her und schaute sich die Schilder vor den Toreinfahrten an. Keine Ferienhäuser, keine Zeder Import GmbH. Allerdings war eine Toreinfahrt anders als die anderen. Das Schild war mit einer Dokumentenhülle überklebt, in der nur eine einzige Visitenkarte lag: Sabine Koff, Westerland & Koff. Insolvenzverwaltung.

Eins.

»Das macht dann neunundzwanzig fuffzich.«

Aus ihrer Tasche zog Emma ihre Heckler & Koch und ihren Ausweis. Die Tasche selbst ließ sie auf der Rückbank liegen. Den Ausweis gab sie dem Taxifahrer. »Rufen Sie die Polizei. Fragen Sie nach dem LKA, Lutz Bogner. Es geht um die Mumienmorde. Ich brauche Verstärkung.«

»Ist ja schön und gut, junge Frau, aber was ist mit meinem Geld?«

»Lutz Bogner, LKA. Meinen Namen finden Sie auf dem Ausweis.«

»Lutz wie?«

Emma blieb ruhig. Sachlich und bestimmt. Wie eine Polizistin sein sollte.

»Lutz Bogner. Sie bekommen Ihr Geld, sobald die Polizei eintrifft. Sollten Sie Schüsse hören, hauen Sie einfach ab hier.«

Emma kletterte auf den Zaun. Ihr wurde sofort schwindelig. Oben angekommen, musste sie innehalten. Als sie sich nach links drehte, um auf der anderen Seite hinabzuklettern, bekam sie kaum noch Luft. Trotzdem musste sie über dieses Ding. Es dauerte eine Ewigkeit, bis sie es geschafft hatte. Unten atmete sie erst mal tief durch. Der Taxifahrer war ausgestiegen und beobachtete sie amüsiert.

»Anrufen«, flüsterte sie und richtete sich auf.

Dann ließ sie ihn hinter sich.

Vorsichtig bewegte sie sich über den dunklen Hof. An einem Holzstapel vorbei, an einem zweistöckigen Bürogebäude aus bunten Containern, alles dunkel, tiefer hinein, und da, ganz hinten, eine Lagerhalle, halbrund, Wellblech, bestimmt drei Stockwerke hoch, große Toreinfahrt. Verschlossen.

Kein Licht aus dem einzigen Fenster. Auch sonst nicht. Inzwischen war es fast halb sechs. Sie ging um die Halle herum. Ihre Blicke sprangen von Schatten zu Schatten, von der Lagerhalle zu den Containern zu den Fenstern.

Weiter hinten noch eine kleine Tür. Nicht verschlossen. Schlampig. Ohne ihre Anführerin ließ die Disziplin der Gruppe nach.

Emma trat in die dunkle Halle. Leise. Pistole in der Hand. Entsichert. Wartete. Nach einigen Sekunden konnte sie besser sehen.

Vor ihr: der weitläufige Innenraum, das hohe Dach. Zu ihrer Rechten vier oder fünf mannshohe Stapel Holzplanken. Modergeruch, ganz leicht.

Sie erkannte den Geruch.

Auf der anderen Seite ein Gabelstapler, innen vor dem Tor ein paar Autos, ein paar Fahrräder, ein cremefarbener Transporter. Sie erkannte Georgs dunkelblauen Mercedes E-Klasse. Weiter hinten war ein Gerüst aufgebaut, bis zum Dach. Ein Trainingsgerüst.

Die Ferienhäuser standen an der hinteren Wand.

Sieben Stück, jedes anders. Ganz hübsch eigentlich. Blockhäuser nannte man so was wohl. Aufgebockt auf Holzpaletten. Eines stand auf einem Tieflader-Anhänger, bereit, über die Autobahn zur nächsten Messe geschleppt zu werden. Das Haus in der Mitte hinten war fast so groß wie ein Einfamilienhaus, mit zweiter Etage und Balkon. Die anderen waren kleiner. Zwei waren als Lauben gedacht, das kleinste sollte wohl eine Sauna sein.

Alle dunkel.

Sie bewegte sich langsam die Wand entlang, ohne richtig sehen zu können, wo sie hintrat.

Dann bellte der Hund.

Sie hörte ihn kommen. Krallen auf dem Betonboden. Schnell, aus der Richtung des großen Hauses. Sie richtete ihre Heckler & Koch auf das Bellen, sah, wie ihr aus der Dunkelheit ein wütender Pitbull entgegenschoss.

Sie drückte ab.

Das Bellen war plötzlich ein Winseln, dann war es verstummt. Der Hund knallte gegen Emmas Beine und brach auf ihren Füßen tot zusammen.

In den Ferienhäusern gingen die Lichter an.

86

Stimmen. Unklar, woher:

»Habt ihr das gehört?«

»Was war das?«

Jemand pfiff nach dem Hund. Vergeblich.

»Ist das die Polizei?«

»Georg! Hol Georg!«

Dann wurden sie leiser. Emma verstand sie nicht mehr.

In drei der Ferienhäuser brannte Licht. Eine Tür ging auf, dann noch eine. Die Mitglieder der Familie verließen die kleinen Häuser und versammelten sich im großen.

Wie viele?

Corinn Sistig war tot. Es blieben der große Junge – Friedemann Ronski. Die stämmige Aushilfserzieherin – Kathleen Miller. Der magere Mann – Dirk? – und die Kleine, die immer heulte – Lily? Plus Georg machte das fünf.

Vor ihr: Holz. In Stapeln, in Reihen. Wand- und Zaunelemente in allen Größen, Türen, Fenster, zum Teil in dicke Folie verschweißt, geschichtet, gestapelt, dazwischen enge Gänge. Dahinter die Häuser.

In ihrem Rücken die Tür, die ins Freie führte. Offen. Noch konnte sie gehen.

Emma tastete sich vor. Jeder Schritt vorsichtig, langsam. Mit ausgestreckten Händen, in der Rechten die Heckler & Koch.

Sie schrie. »Georg!«

Es wurde still. Das Gemurmel aus dem großen Haus verstummte.

»Georg! Wissen die anderen, dass Corinn Sistig tot ist?« Emma schrie, so laut sie konnte, damit es alle hörten. Ihr Hals tat weh. »Sie ist tot. Die Polizei ist gleich hier. Ihr könnt nicht weg. Es hat keinen Sinn, weiter zu kämpfen.«

Stille. Keine Antwort. Emma tastete sich weiter durch das Zwielicht. Autsch. Ein Splitter.

»Georg? Rede mit mir. Niemand muss sterben. Wir haben nur wenige Minuten.«

»Emma?«

Das war Georg. Aus dem großen Haus.

»Kommt raus! Ich will sehen, dass ihr unbewaffnet seid.«

»Emma? Ich hab gewusst, dass du überlebst! Du hast es geschafft!«

Von hier, hinter den Bauelementen, konnte Emma das große Haus genauer in Augenschein nehmen. Die Fenster: goldene Rechtecke. Zwei kleine und in der Mitte ein großes.

»Georg, mach das Licht in der Halle an und stellt euch vor dem Haus auf, damit ich euch sehen kann. Dann reden wir. Ja?«

Plötzlich erloschen die Lichter im großen Haus. Nur die Fenster in den kleineren Häusern weiter hinten leuchteten noch.

Eine Tür ging auf. Schritte.

»Georg? Georg, mach das Licht in der Halle an. Wir müssen reden, alles andere wäre ein Fehler.«

»Ja, wir reden. Wir machen das Licht an. Ich freue mich so, dass du da bist, Emma! Auch Corinn freut sich. Emma, wir sehen uns gleich!«

Dann: keine Worte, keine Bewegungen mehr.

Corinn freut sich?

Zwischen Emma und dem großen Haus stand ein weiteres, aufgebockt auf dem Tieflader-Anhänger, kleiner war es und dunkel.

Dunkel und still. Drei oder vier metallene Stufen führten hoch zur Tür. Langsam bewegte sich Emma an der Treppe vorbei.

Licht. Eine Taschenlampe flackerte kurz auf und ging wieder aus. Nicht direkt vor Emma, aber nah. Näher als das große Haus. Jemand orientierte sich in der Dunkelheit, auf dem Weg zu ihr. Sie wollten sie holen.

Emma ging auf die Knie und kroch vorsichtig unter das Haus, unter den Anhänger, auf dem es stand.

Schritte. Sie hielt den Atem an. Die Heckler & Koch fest in der Rechten. Da waren sie, direkt vor ihr. Zwei. Der große Junge und die stämmige Frau wahrscheinlich. Sie gingen weiter. Leise, langsam, um das kleine Haus herum, unter dem Emma lag.

Emma atmete schwer, machte zu viel Lärm, sie konnte sich kaum bewegen, so eng war es hier unten, ein Anflug von Panik ließ ihr Herz flattern. Schwäche überrollte sie. Sie wollte sich nur noch fallen lassen, flach auf den Boden, einschlafen. Es wäre so leicht. Das bisschen Bewegung hatte sie völlig erschöpft. Plötzlich war sie gar nicht mehr sicher, wozu sie überhaupt hergekommen war. Ohne Lutz, ohne die Kollegen. Hatte der Taxifahrer die Polizei überhaupt benachrichtigt? Wie lange würde es dauern, bis sie kämen? Was wollte sie eigentlich hier erreichen – in ihrem Zustand?

Hier unter dem Haus konnte sie von allen Seiten angegriffen werden, sobald einer mit der Taschenlampe darunter leuchtete. Emma schob sich rückwärts wieder hinaus, weg von den Stimmen, bis sie vor der Treppe zu dem kleinen Haus stand. Richtete sich stöhnend auf, kurzer Schwindel, dann weiter. Wohin?

Schritte.

Sie zog sich auf den Anhänger, stieg die vier Stufen hoch, öffnete die Tür mit der Linken, in der Rechten die Heckler & Koch, trat in die Finsternis, zog die Tür, so leise es ging, hinter sich zu und sank erschöpft zu Boden. Mit dem Rücken zur Tür.

Dann roch sie es.

Es stank. Nach Blut und Urin, nach Scheiße, nach Angstschweiß, nach Verwesung. Sie kannte den Geruch von Kottke. Es roch nach Pathologie. Nach Leichen.

Emma hielt sich die Nase zu, bevor sie würgen musste. Versuchte, in der Dunkelheit zu sehen. Konnte nichts ausmachen.

Dann hörte sie es.

Eine Stimme. Sanft, leise.

Jemand im Zimmer heulte.

Ein leises, schwaches Winseln, voller Resignation. Es hörte auf. Ein feines Hecheln, wie Luft, die stoßweise aus einem Ventil entweicht, dann fing es wieder an. Kaum hörbar.

Emma richtete die Heckler & Koch auf das Winseln. Sie hielt die Waffe fest in den Händen. Sie konnte nichts erkennen, keinen Umriss, keine Bewegung. Ihre Knie wurden weich. Es erinnerte sie an etwas. Es erinnerte sie an sich selbst, wurde ihr plötzlich klar.

Draußen vor der Tür hörte sie nichts. Außer dem leisen Heulen hier drin war alles still.

Emma flüsterte. »Ich bin Polizistin. Wer sind Sie?« Sie zischte. »Sind Sie da? Ich bin bewaffnet. Wo sind Sie?«

Das Winseln ging weiter.

Emma stand auf und trat einen Schritt ins Dunkel hinein. Einen zweiten. Beim dritten stieß sie mit jemandem zusammen. Sie sprang zurück, stolperte gegen die Tür, blieb da angelehnt, ihre Linke suchte den Lichtschalter, fand ihn, machte das Licht an, ohne nachzudenken.

Zwei Leichen.

Sie hingen von der Decke. Nackt. Bis auf die schmutzige Windel waren sie nackt. Sie hingen an einem Draht. An dem Draht waren Haken, die Haken waren tief unter der Haut durchgeführt. Sie hingen da wie aufsteigende Engel, die Brust als höchster Punkt, Schultern und Köpfe nach hinten, unten gezogen, als ob ihr Nacken keine Knochen mehr hätte, sie waren schlaff und grau, auf ihrem Brustkorb spitze Pyramiden aus Fleisch, die zum Himmel strebten. Die Beine blau angeschwollen, die Köpfe weiß, grau und leblos, die Augen matt und dunkel.

Da war er. Lars Gohse.

Sie zuckte zusammen, als sie ihn erkannte. Sein jugendlicher Körper jetzt noch magerer und schlaff. Er schien einen blauen Gummiball im Mund zu halten. Es war kein Gummiball, sondern seine Zunge.

Die zweite Leiche war keine Leiche.

Es war das Mädchen, das schüchterne, heulende Mädchen.

»Lily?«

Sie war nicht mehr bei sich, trotzdem heulte sie noch – ein abgehacktes, leises Winseln, wie der letzte Rest Lebenswille einer gebrochenen Seele. So hätte Emma auch geklungen, hätte man sie nicht kurz vorher gefunden.

Etwas stimmte nicht.

Vor neun oder zehn Tagen war Emma aufgehängt worden. Corinn Sistig starb am nächsten Tag. Dieses Mädchen konnte nicht schon acht Tage hier hängen. Sie wurde offenbar aufgehängt, nachdem die Sistig tot war.

Das ergab keinen Sinn. Corinn Sistig war tot, aber das hielt die Gruppe nicht auf. Warum nicht?

Weil Emma einen Fehler gemacht hatte.

Ihre Theorien, ihre Gedankengänge reichten aus, um die Täter zu identifizieren, um sie zu ihrem Versteck zu führen, aber sie reichten nicht, um sie auch zu verstehen. Einen Serientäter verstehen – vielleicht konnte das niemand. Vielleicht würde auch eine Emma Carow das nie können.

Es war ein Fehler gewesen, mit Georg reden zu wollen. Es war ein Fehler, herzukommen – vor allem alleine. Was sie auf dem Dachboden nicht geschafft hatten, das würden sie jetzt vollbringen. Sie war das letzte Opfer, das sie brauchten. Und sie war freiwillig wiedergekommen.

Warum tat sie so was? War sie krank? Sie hatte nur versuchen wollen, Georg zur Vernunft zu bringen. War es ihr wichtiger, ihn zu retten als sich selbst? Sie hätte wissen sollen, dass sie hier nicht mehr lebend rauskam.

Lily. Sie musste dieses Mädchen von ihren Haken befreien. Sie zog einen Stuhl heran.

Etwas explodierte, die Wand bebte, und das Fenster zersprang. Das war eine Schrotflinte. Die ersten Kugeln schlugen in die Decke und die Wand nicht weit von Emmas Kopf ein.

Sie hatten das Licht gesehen.

Emma flog zu Boden in einem Blitz von Schmerzen – die Rippen. Erhob sich sofort wieder, eilte zur Tür, löschte das Licht, ging in Deckung, robbte die Wand entlang, weg von der Tür, hielt die Heckler & Koch auf das Fenster gerichtet, dann, als die Schüsse aufhörten, auf die Tür.

87

Emma wand sich geduckt unter den hängenden Körpern hindurch.

Die Couch unter dem zersprungenen Fenster war ihr Ziel. Sie zog sich darauf hoch, ignorierte die knisternden Glasscherben unter ihren Knien, hielt den Kopf unten und die Waffe auf die Eingangstür gerichtet. Wandte sich seitwärts und rief durch das Fenster: »Georg! Hörst du mich?«

Keine Antwort.

»Friedemann Ronski! Kathleen Miller! Dirk! Georg! Corinn ist tot! Es ist vorbei, Sie können nichts mehr für sie tun, Sie müssen ihr nicht mehr folgen, Sie müssen jetzt an Ihr eigenes Leben denken.«

»Du hast nichts kapiert!« Das war Friedemann. »Sie lebt, und sie wartet auf uns!«

Emma versuchte etwas anderes. »Versteht ihr nicht? Corinn hat euch angelogen. Manipuliert!«

»Halt's Maul, du Schlampe!«

»Sie tat, als ob sie euch liebte, aber in Wahrheit hasste sie euch, weil sie viel mehr leiden musste als ihr, sie hat alles für euch getan und hat alles verloren, ihre Gesundheit, ihr Glück, alles, und jetzt will sie sich rächen, selbst im Tod benutzt sie euch und treibt euch in den Tod. Aber ihr müsst nicht sterben, ihr …«

»Du lügst! Sie wollte mit uns sterben. Das wird sie auch tun, sobald wir hier fertig sind, dann sind wir wieder alle zusammen.« Das war Friedemann.

»Sie wollte nie mit euch sterben. Wer hat euch das erzählt? Georg? Hat sie sich verabschiedet? Sonst hat sie euch doch immer alles mitgeteilt, oder? Warum nicht jetzt? Weil sie tot ist. Hat sie je etwas vor euch geheim gehalten? Hat sie?«

»Das ist eine Lüge.« Friedemann. Aber er war verunsichert. »Georg? Sie wollte doch mit uns sterben, oder? Das hat sie dir gesagt, oder? Georg?«

Von Georg kam kein Wort.

Emma sank tiefer in die Polster. Glassplitter rutschten von den Kissen und rieselten ihr über die Schenkel. Sie hatte sich heiser geschrien. Das Zimmer drehte sich. Müde war sie. Todmüde. Wo blieben die anderen? Dieser Taxifahrer, hatte er überhaupt die Polizei gerufen? Hatte er Lutz' Namen vergessen? War er abgehauen, nachdem die Schüsse gefallen waren, wie sie es ihm gesagt hatte? Scheiß Berliner Taxifahrer.

Schüsse. Zwei Kugeln schlugen in die Decke ein. Dann ein Klicken. Jemandem ging die Munition aus.

»Wir hängen dich auf, du Schlampe!« Das war Kathleen. »Du kannst uns so viel Mist erzählen, wie du willst, ich hab das alles eh nie geglaubt, auch Corinn nicht und Georg nicht, gar nichts habe ich geglaubt, und auch du redest nur Blödsinn, ich will bloß, dass du stirbst, weil du eine verdammte eklige Schlampe bist wie die anderen blonden Fotzen auch, ich geh jetzt da rein, und ich schieße dich tot, du Dreckstück.«

Die Blockhauswand an Emmas Rücken vibrierte, und die Decke über ihrem Kopf splitterte und bebte, als der Schrot aus der Flinte darin einschlug.

Emma rutschte tiefer, ihre Hände zitterten, sie richtete ihre Pistole abwechselnd auf Fenster und Tür.

Sie hatte sie völlig unterschätzt. Sie war sicher gewesen, dass die Gruppe ohne ihre Anführerin orientierungslos sein würde. Aber der Wille zum Kampf war ungebrochen. Irgendetwas war ihr entgangen.

Kathleen wiederholte: »Ich geh jetzt da rein!« Doch die Tür ging nicht auf. Noch nicht. Kathleen wartete. Worauf?

Emma zielte auf die Tür.

Bevor Kathleen handeln konnte, kam der Befehl:

»Halt!«

Es war Georg.

»Bleib einfach stehen.«

Dann sprach er zu Emma: »Bist du deswegen hergekommen? Um mir das zu sagen?«

»Deshalb bin ich hier. Sie hat dich nur benutzt.«

»Du bist gekommen, um mit mir zu reden?«

»Ja, Georg. Ihr müsst jetzt vernünftig sein. Es muss nicht im Tod enden.«

Georg sagte nichts. Emma wartete, die Waffe auf die Tür gerichtet.

Dann: »Friedemann. Kathleen. Kommt ins Wohnzimmer.«

Schritte entfernten sich. Dann: »Emma, du auch. Komm ins Wohnzimmer. Wir reden jetzt. Wir alle, wie eine Familie.«

Danach war es still draußen vor dem zerschossenen Fenster. Keine Stimmen, keine Schritte. Emma sah auch keine Bewegung mehr. Sie erhob sich vorsichtig, ging zur Tür und machte das Licht an. Wartete.

Keine Schüsse, keine Schreie. Keine Falle. Absolute Stille.

Hinter ihr hing das Mädchen an den zwei Haken, die ihr durch die Brust gejagt waren. Emma begriff jetzt das System: für Außenseiter Panzertape. Für Familienmitglieder das Ritual der Mandan-Indianer. Wie damals, zu Hause.

Sie zog den Stuhl erneut heran, stieg darauf und schaute sich die Haken näher an, auch die Drähte. Sie musste das Mädchen befreien. Aber wie? Sie hatte keine Werkzeuge.

Erst als sie da oben stand, wurde ihr klar, warum es so still war. Weil das Winseln aufgehört hatte.

»Lily?«

Emma legte ihr Ohr an die trockenen Lippen. Sie hörte nichts, sie spürte nichts. Kein Geräusch kam mehr aus diesem Mund. Auch kein Atem. Nur noch ein Rest Wärme.

Hatte sie alles falsch gemacht? Wo blieb Lutz? Da stand sie rum und diskutierte mit Mördern, und das Mädchen starb ihr weg, das vor einem Augenblick noch lebte. Hätte sie es retten können, wenn sie von Anfang an Lutz hergeschickt hätte? Aber nein, sie musste allein kommen. Weil sie mit Georg sprechen wollte. Er war Täter, nicht Opfer, sie musste ihn verhaften, nicht retten, was machte sie hier, was dachte sie sich dabei?

Sie stieß die Tür auf.

»Georg. Georg!«

»Ich bin hier. Wir warten auf dich.«

»Ich komme.«

88

Das große Haus war hell erleuchtet, die Vordertür weit offen. Emma stand im Türrahmen, die Halle im Rücken, und sah direkt ins Wohnzimmer. Keine Diele.

Sie kannte dieses Zimmer.

Die ausladende, zu dick gepolsterte graue Couch da drüben, die geschmacklose Schrankwand mit den vielen Vitrinen und Schubladen, die Sammlung Nippes. Der große Esszimmertisch. Dahinter, jetzt in die Ecke geschoben, das Klavier, an dem sie hatte spielen sollen. Der billige Orientteppich, über dem sie gebaumelt hatte.

Und in dem Deckenbalken über ihrem Kopf der große Haken. Den hatte sie nicht gesehen.

Die drei Menschen, die um den Tisch saßen, warteten geduldig, als Emma sich vorsichtig näherte, die Heckler & Koch in beiden Händen vor sich ausgestreckt. Sie saßen reglos auf ihren Plätzen: Georg am Kopfende, Friedemann zu seiner Rechten, Kathleen zur Linken. Ein Triumvirat. Die Hände in den Schoß gelegt. Wo war dieser Dirk? War er auch schon tot?

Auf dem Esstisch vor ihnen lagen ein langes Kupferrohr, ein Wasser- oder Heizungsrohr wahrscheinlich, eine Pistole und eine alte Schrotflinte. Die Pistole: eine 9 mm Glock. Die Flinte: eine Doppelbock, zum Jagen, keine deutsche, wahrscheinlich eine Browning. Daneben ein paar halbleere Limoflaschen.

An der Wand hinter Georg sah sie zwei Türen. Die rechte stand offen, das Licht war an, eine Vorratskammer, augenscheinlich leer. Die linke Tür war geschlossen.

Emma stand am anderen Ende des Esstisches, ihre Waffe auf Georgs Brust gerichtet.

»Wo ist der andere?«

»Dirk hält Wache.« Georg war ganz ruhig. »Keine Sorge, er verlässt seinen Posten nicht. Wie viel Zeit haben wir? Zum Reden?«

»Wenige Minuten«, sagte Emma. »Wenn überhaupt.«

»Ich glaube dir, dass Verstärkung kommt.« Georg lächelte. »Aber ich denke auch, dass du dir einen Vorsprung gegönnt hast.«

»Legt eure Hände auf den Tisch. Wo ich sie sehen kann.«

Keiner bewegte sich.

»Hände auf den Tisch!«

Jeder Atemzug brannte. Diese Leute waren verantwortlich für ihre Schmerzen. Sie kämpfte darum, nicht zu zittern.

»Tut, was sie sagt«, wies Georg sie an. Friedemann und Kathleen legten ihre Hände auf die Tischplatte. Georg nicht. »Worüber willst du reden?«

»Auch du«, sagte Emma.

»Mann, du bist echt ein Mädchen. Musst alles ausdiskutieren. Musst immer wissen, warum. Warum hat er mich verlassen? Warum hat er dies gesagt, das getan, warum wollte er mich töten?« Der Hohn in seiner Stimme. »Ein Mann hätte mich längst erschossen. Scheißegal, warum ich ihn umbringen wollte, am Ende zählt nur überleben. Aber du. Du musst Fragen stellen. Mädchen.«

Emma wusste, dass es lächerlich war. Sie brauchte ihn nicht, ihr das zu sagen. Trotzdem. »Warum ich? Ich passe doch gar nicht in euer Schema.«

»Schema? Mensch, du hast dir tatsächlich Gedanken über uns gemacht. Hast du wirklich ein Profil über uns geschrieben? Ich hoffe, wir kommen einigermaßen gut dabei weg. *Der Täter ist groß und attraktiv, trägt Anzug und Krawatte.*«

»Antworte auf die Frage.«

»Du hast sehr wohl in unser Schema gepasst, liebe Emma. Das habe ich schon unter der Brücke geahnt, bevor ich die Details kannte. Eigentlich dachte ich, wir trinken einfach ein Bier zusammen, und ich frage dich ein bisschen aus. Doch ich habe gleich gemerkt, dass du eine von uns bist.« Er sprach schneller jetzt, er lehnte sich vor, wurde hitziger. Er redete von etwas, das er verstand. Das er fühlte. »Friedemann und Kathleen hier, die haben das gleiche Problem wie du. Sie haben nie gelernt, sich zu verhalten, wie die Gesellschaft es erwartet. Sie stehen direkt vor dem Leben, zum Greifen nah, und sind trotzdem ausgeschlossen. Auch du, Emma. Du siehst die normalen Menschen mit ihren Problemchen und ihren jämmerlichen Ansichten und ihren Sorgen um ihre netten Kinder, und du verstehst nicht, warum du das alles nicht auch haben kannst. Nie und nimmer. Du greifst danach, du versuchst, es zu fassen, aber du kannst es nicht. Du bist wie ein Geist, alles rinnt dir durch die Finger. Bei uns hat unser Vater dafür gesorgt. Bei dir kam es erst später, mit neunzehn, wenn ich mich nicht irre. Deswegen gehörst du zu uns, liebe Emma, und musstest hängen wie wir. Auch du bist unsere Schwester.«

Niemand bewegte sich. Nur Emmas Hände. Sie zitterten auf einmal. »Das kannst du nicht gewusst haben. Dass ich vergewaltigt wurde? Das habe ich dir nie erzählt.«

»Du hast mich Uwe genannt.«

Emma stockte der Atem. Ihre Hände bebten unkontrolliert. Sie fühlte, wie die Schwäche sich im ganzen Körper ausbreitete.

»Im Bett. Zweimal. Ich habe den Namen gegoogelt. Es gibt eine Menge Uwes in Berlin, aber nur einer war in den Schlagzeilen. Er hat ein Buch geschrieben, über ihn und sein Vergewaltigungsopfer, sein Lieblingsopfer, muss man sagen, das heute bei der Berliner Polizei arbeitet. Das Buch, na ja … Das hat dich sehr interessant gemacht.«

Emma hätte nicht herkommen sollen. Nie im Leben hätte sie herkommen sollen.

»Ich hab's mir anders überlegt. Ich will nicht mehr reden. Leg deine Hände auf den Tisch.«

Georg bewegte sich nicht. »Wie er dich beschrieben hat, Emma … Das Buch ist eine einzige Liebeserklärung. Wenn ich ehrlich bin, war ich eifersüchtig. Mehr als ein bisschen.«

»Hände auf den Tisch!«

Georg hob die linke Hand. Darin hielt er eine Taschenlampe. Er legte sie auf den Tisch. »Gleich.«

Emma glaubte, er spräche mit ihr.

Das tat er aber nicht.

»Gleich« war keine Antwort auf ihre Forderung. Das Wort war an Friedemann und Kathleen gerichtet. Emma sah, dass die beiden sich anspannten, aber sie verstand nicht, wieso. Friedemann lehnte sich vor, Kathleens Blicke sprangen hin und her. Es war ein Signal. Das erste. Das verstand Emma erst, als das zweite kam.

»Auch die andere Hand«, sagte sie.

Dann kam das zweite. Georg flüsterte: »Jetzt.«

89

Friedemann sprang zuerst.

Aus dem Stuhl, um den Tisch herum, das Kupferrohr in der Hand, er war überraschend schnell, so schnell, dass Emma, als sie ihre Waffe auf ihn richtete, nicht mitbekam, dass Kathleen nach der Doppellaufschrotflinte auf dem Tisch gegriffen hatte.

Er holte aus und schlug ihr die Pistole aus der Hand. Das hatte er jedenfalls vor. Doch Emma ging, die Waffe fest umklammert, neben dem Tisch zu Boden, sie ließ sie nicht los, auch wenn ihre Hände brannten wie Feuer. Sie schrie auf, er auch, vor Wut, weil er sein Ziel verfehlt hatte. Emma warf sich zur Seite, den Kopf geschützt, und rollte weg in dem Moment, als Friedemann auf sie sprang und Kathleen schoss. Die Schrotflinte knallte wie ein

Donnerschlag, und Emma sah, wie der Stahlschrot den Jungen in der Luft zerriss. Seine Schulter, sein Kopf waren nur noch eine rote Masse, als er über Emma flog und gegen die Wand knallte.

Irgendjemand schrie. Kathleen. Sie hatte nicht damit gerechnet, dass Friedemann im Weg sein würde. Das war nicht geplant gewesen. Vielleicht hatte sie bloß Befehle befolgt: *Wenn ich »Jetzt« sage, nimm die Schrotflinte und schieß.*

Emmas Rippen brannten. Der Aufschlag. Sie lag auf dem Boden und konnte sich nicht bewegen, spürte ihre Hände nicht mehr, die Friedemann getroffen hatte, ihre Heckler & Koch rutschte ihr aus den Fingern.

Kathleen stand über ihr.

Ungläubig. Wie betäubt. Emma sah ihr vor Trauer verzerrtes Gesicht und hörte, wie Georg irgendetwas bellte, irgendeinen Befehl, und schon konnte Kathleen sich wieder konzentrieren. Sie riss das Gewehr an die Schulter und richtete es auf Emmas Kopf.

Emma konnte sich nicht bewegen. Vor Schmerzen, vor Scham, in dem Bewusstsein, dass sie nie wieder hätte herkommen sollen.

Kathleen drückte ab.

Der zweite Lauf war leer. Sie hatte das Gewehr draußen schon benutzt. Verwirrt musterte sie es, beschloss kurzerhand, es umzudrehen, als Schlagwaffe taugte es auch. Emma rollte sich zur Seite, die Rippen knackten, langte nach ihrer Pistole, griff sie, zwang sich, ihre Finger zu krümmen, rollte auf den Rücken, feuerte einen Schuss ab.

Kathleens Gesicht zeigte Überraschung. Sie blickte auf ihre Schulter, wo ihre Jacke ein Loch aufwies. Ihre Finger konnten die Flinte nicht mehr halten, sie ließ sie fallen, stand da, klammerte die andere Hand um ihre Schulter, wusste, dass sie alles vermasselt hatte, war nicht sicher, was sie tun sollte.

Emma richtete ihre Heckler & Koch auf Georg.

Er stand schräg hinter Kathleen. Die Glock in seiner Rechten. Auf Kathleens Kopf gerichtet.

Kathleen erstarrte. Als ob sie einen Befehl erwartete. Oder eine Rüge. Seine Pistole an ihrem Kopf. Georg nahm ihre Hand. Ihre Rechte, die sie nicht mehr allein heben konnte. Führte sie zu seiner Glock. Bog ihre Hand um den Griff, legte den Zeigefinger um den Abzug. Ließ seine Hand sinken.

Kathleen hielt sich jetzt die Glock an die eigene Schläfe.

»Du hast es nicht geschafft«, flüsterte Georg ihr ins Ohr, »wir haben es alle nicht geschafft, vielleicht sollte das auch so sein, Wakan hat uns immer gesagt, dass wir es nicht schaffen, und jetzt müssen wir es zu Ende bringen, heute Abend, bis die Polizei kommt, müssen wir alle weg sein, die Zeit ist knapp, ich kann dich nicht mehr aufhängen, aber das muss auch nicht sein.«

»Georg?« Emma versuchte, ihn zu unterbrechen. Kathleens Aufmerksamkeit zu bekommen. Es fiel ihr schwer zu zielen. Das Zittern lief jetzt über ihren ganzen Körper. »Georg? Was machst du da? Hör auf!«

»Ich weiß, dass du es nie geglaubt hast, von Anfang an nicht, auch unser Vater hat es gewusst. Nicht mal an Corinn hast du geglaubt. Das ist nicht schlimm. Du bist trotzdem wie wir, wir sind trotzdem wie du, alles andere ist unwichtig.« Sein Flüstern war tief und dunkel, wie eine Liebkosung. »Du weißt es nur klarer als wir alle, dass wir wertlos sind, dass du wertlos bist, dein ganzes Leben ist wertlos, niemand hier will dich, es ist zwecklos, das hat Corinn gesagt, es waren ihre letzten Worte. Es ist Zeit, zu gehen.«

»Kathleen! Er lügt! Hör mir zu, Kathleen, hör nicht auf …«

Tränen standen in Kathleens Augen.

Kathleen drückte ab. Die Kugel presste eine rote Wolke aus der anderen Seite ihres Kopfes, und sie sackte zusammen. Überraschend leicht schlug sie auf.

Emma erstarrte.

Georg bückte sich und nahm die Glock wieder an sich. Emma war nicht schnell genug, es zu verhindern.

Er stand über ihr. Seine Rechte hing an seiner Seite herab. Die Waffe zu Boden gerichtet, locker in seiner Hand.

Emma hielt ihre Pistole in beiden Händen, auf seine Brust gerichtet. Krämpfe schüttelten sie. Sie versuchte, sie ruhig zu halten. Vermochte es nicht.

»Lass die Waffe fallen, Georg.«

Hörte er sie nicht? Sah er nicht, dass ihre Pistole auf ihn gerichtet war? Er musste jetzt nur die Finger öffnen. Es kümmerte ihn nicht.

»Sobald du die Waffe hebst, drücke ich ab. Hörst du mich? Lass sie fallen.«

Jetzt erst sah sie die Trauer in seinem Gesicht.

Es war, als ob plötzlich ein anderer Mann vor ihr stand. Ein Mann ohne große Sprüche, der Junge, das Kind, das hängen musste, verletzlich und verletzt, immer wieder. Sie sah den Mann, der nicht wusste, wie er mit dem Leben zurechtkommen sollte, und nur wiederholte, was ihm angetan wurde. Zum ersten Mal hatte sie ihn vor sich, den wahren Georg. Dies war der Moment, weswegen sie gekommen war.

»Kannst du mir helfen?«, fragte er.

Ihm standen Tränen in den Augen.

»Georg, die Waffe weg.«

»Der Wakan, die anderen, sie haben mich herumgereicht, verstehst du? Als er endlich tot war, dachte ich, jetzt bin ich frei. Aber dann hat Corinn mich erpresst. Ich musste alles tun, was sie sagte. Ich musste Menschen töten. Ich musste meine Geschwister verraten.«

»Lass die Waffe fallen, Georg.«

»Jetzt bin ich sie endlich los, aber was hat es geändert?« Er zuckte mit den Schultern. »Die Leere bleibt. Du kennst das, oder?

Weißt du, ich wollte dich nie opfern, ich mochte nicht, wie sie mit dir umsprang. Ich wollte mich verlieben. Du warst … anders. Corinn – erst sagte sie, ich soll mich mit dir einlassen, dann war sie eifersüchtig, sie war wie mein Vater, sie wollte nur bestimmen, immer nur Befehle erteilen.«

»Die Waffe, Georg.«

Georg redete weiter, als ob er sie nicht gehört hätte. Beiläufig hob er die Hand mit der Glock, als ob er seine Argumente unterstreichen wollte.

»Ich will nur raus aus diesem Leben. Emma. Kannst du mir helfen?«

Emma dachte nach. Sie dachte über Georg nach.

Sie dachte an die Nacht, in der er sie auf ihrem eigenen Dachboden aufgehängt hatte.

Da war etwas passiert. Ganz zu Anfang. Hier in der Halle noch oder vor dem Tor. Sie lag schon im Transporter, und draußen stritten sich die Familienmitglieder. Zwei wollten aufhören – wahrscheinlich der magere Kerl und das Mädchen, das jetzt tot neben Lars Gohse hing. »Wir haben doch schon so viele geopfert. Vielleicht könnten wir sie retten.«

Dann griff Corinn durch. Sie drohte, die Familie zu verlassen, wenn sie nicht taten, was sie verlangte. Sie brachte alle wieder auf Linie. »Eine Familie ist nichts für Weicheier. Du bist nicht bereit? Dann geh, jetzt sofort.« Das waren ihre Worte. Die Worte einer Anführerin. Doch die Initiative war nicht von ihr ausgegangen. Georg hatte ihr die Stichworte geliefert. Corinn hatte gezögert – da griff er ein. »Bedeutet es euch denn gar nichts, was Corinn für euch getan hat?« Erst danach hatte sie ihre Rede gehalten. Sie hatte ihn abgewartet.

Er war es. Nicht Corinn. Er war der Primärtäter. Sein Plan. Seine Fantasie. Seine Mordlust.

Etwas tief in Emma krampfte sich zusammen. »Du bist es, Georg.«

Georgs Hand mit der Waffe hielt kurz inne.

»Du hast sie nur vorgeschoben. Corinn. Sie liebte dich, oder? Also hast du sie benutzt. Du brauchtest sie. Um die anderen zu manipulieren. Dich fürchten sie, aber Corinn ... Corinn haben sie blind vertraut. Sie hätten alles für sie getan. Aber nicht für dich. Warum?«

Georg starrte sie nur an.

»Corinn hat sich schon als Kind für euch eingesetzt, oder? Hat sogar eure Strafen auf sich genommen? Aber du ... du nicht. Was hast du getan? Hast du sie verraten? Hat dein Vater alle missbraucht, nur dich nicht? Warum haben die anderen dir nicht vertraut?«

Sein Gesicht war versteinert. Leer. Einfach nur leer. Dann, langsam, ein Lächeln. Zynisch, verzerrt. Wie eine Wunde im Gesicht. »Warum hätte er mich missbrauchen sollen?« Fast im Flüsterton. »Er brauchte mich doch, um die anderen gefügig zu machen.«

Plötzlich verstand Emma die Geschichte, die Georg ihr im Bett erzählt hatte: »Du hast deinen Vater ermordet. Es gab gar keinen großen Bruder.«

»Mord?« Georg lachte. Arrogant und nervös zugleich. »Ich morde nicht. Ich helfe anderen, ihr Schicksal zu erfüllen. Mein Vater musste sterben, weil er unsere Schwester gelähmt hat. Das wusste er auch, tief im Herzen. Alle wussten es. Ich musste ihm gut zureden, aber am Ende hat er es eingesehen. Er wollte selbst dafür bestraft werden. Es waren seine eigenen Regeln.«

»Du lebst nach seinen Regeln.« Emma konnte es nicht fassen. »Immer noch.«

»Emma, du nennst dich Profiler, aber du weißt nichts über die Menschen. Wenn du jemanden töten willst, musst du ihn respektieren, ihn vorbehaltlos akzeptieren, und dann musst du ihm geben, was er braucht. Dann erst erlaubt er dir, ihn zu vernichten.« Seine Hand mit der Pistole hing locker herab, schwang leicht hin und her, nervös, ziellos.

»Deinen Geschwistern hast du nichts gegeben, du hast ihnen alles genommen.«

»Im Gegenteil. Ich habe ihnen die Macht zurückgegeben, die sie immer wollten. Es hat ihnen gefallen. Sie wollten jeden da draußen töten, jeden, wenn das möglich wäre, sie hätten nie aufgehört.«

»Das glaube ich nicht. Du hast Opfer wie euch selbst ausgesucht«, sagte Emma. »Leute, die schon genug im Leben gelitten haben. Warum?«

»Weil sie sterben wollten. All diese Leute wollten ihr ganzes Leben lang schon sterben, aber sie hatten nicht den Mumm dazu.«

»Wie ihr«, sagte Emma. »Wie du.« Er zuckte mit den Schultern, und dabei hob er den Arm. Wie man das so tut. Sie sah ihn nicht mehr an. Sie behielt seine Waffe im Auge. Wohin würde er sie richten? Gegen sie? Gegen sich selbst?

»Weißt du, was du bist, Georg? Dein Vater. Du bist dein Vater geworden. Diese Sucht, deine Geschwister zu Dingen zu überreden, die sie nicht wollen, die elende Quälerei – all das hast du von ihm gelernt. Du hast kein eigenes Leben gelebt, du hast nur seines wiederholt – nein, du hast es noch besser gemacht als er.«

Sie sah, wie sich seine Finger um die Waffe spannten, die Knöchel weiß wurden. »Sag das nicht. Sag das nie wieder.«

Sie hatte ihn retten wollen. Deshalb war sie hier. Das verstand sie jetzt. Den unschuldigen Jungen in dem schuldigen Mann finden, mit ihm reden, ihn erlösen. Jetzt verstand sie, dass er kein unschuldiger Junge mehr war. Es gab keine Rettung.

»Waffe weg, Georg.«

Georgs Arm bewegte sich. Emma drückte ab, kurz bevor er die Waffe komplett gehoben hatte.

Nur eine Kugel. Mehr war nicht nötig. Sie zielte genau.

Als es vorbei war, wollte sie ihre Heckler & Koch hinlegen, konnte es nicht. Sie musste die Finger ihrer Rechten mit den Fingern ihrer Linken öffnen. Erst nach mehreren Versuchen schaffte sie es, sich aufzurichten.

Georg lag auf dem Rücken. Auf seinem Hemd nur ein kleiner dunkler Fleck. Seine Waffe neben ihm. Er regte sich nicht. Er sagte nichts. Sein Atem rasselte. Bald, sehr bald, würde sein Atem aufhören.

Emma beugte sich über ihn. Sah die nackte Angst in seinen Augen. Die Angst vor dem Tod, dem er so viele Leben geopfert hatte. Umsonst. Sie sagte sich, was sie da sah, wäre nichts als Selbstmitleid, doch sie wusste, für ihn war es Leid. Sie kauerte sich neben ihn. Ergriff seine zuckende Hand. Drückte sie. Die Hand wurde still.

Alles wurde still.

Dann knarrte eine Tür.

»Ist es vorbei?«

Emma fuhr herum, die Waffe erhoben. Hinter ihr, der Magere. Dirk. Er stand in der Tür, die bisher geschlossen gewesen war. Er reagierte nicht. Stand nur da.

»Ja«, sagte sie.

»Und Corinn?«

»Sie ist tot.«

Dirk hielt einen Revolver in der Hand, einen .35er, Smith & Wesson wahrscheinlich. Doch er hing schlaff zu Boden. Dirk starrte auf Georg. Auf den toten Georg. Seine Blicke wanderten zu Kathleen, zu Friedemann.

»Bin ich der Letzte?«

Emma nickte langsam. »Hast du Befehl, mich zu erschießen, wenn alles schiefläuft?«

»Nein.« Er schüttelte den Kopf, vermied ihren Blick. »Sie da. Die muss ich erschießen.«

Emma wusste nicht, wer »Sie da« war.

»Und dich auch? Dich selbst?«

»Ja.«

»Weil Georg es gesagt hat?«

»Corinn. Georg ... Sie hat es Georg gesagt.«

»Sie lassen jetzt die Waffe fallen«, befahl Emma erschöpft, in dienstlichem Ton. »Sie werden niemanden erschießen.«

Dirks Blick sprang von Georg zu Kathleen zu Friedemann zu Emma. Dann ließ er den Revolver zu Boden fallen. Schlurfte langsam ins Nebenzimmer. Er wankte.

Von irgendwo draußen hörte Emma ein Geräusch. Ein Geräusch, das anwuchs, wie ein Erdbeben, das näher kam. Lärm. Ein Hubschrauber. Das SEK also.

Sie nahm die Glock zur Hand, den Doppelbock und den .35er Revolver, eins nach dem anderen, leerte die Magazine und legte sie beiseite. Dann griff sie ihre Heckler & Koch und schleppte sich hinter Dirk her.

Im Zimmer stand ein Bett. Dirk lag schon darin. Als sie das Zimmer betrat, rollte er sich auf die Seite, den Rücken zu ihr, und zog sich die Decke über den Kopf.

In der gegenüberliegenden Ecke des Zimmers stand etwas. Nein, hing. Von einem Haken an der Decke.

Ein silberner Kokon.

Das letzte Opfer. Ersatz für Emma, weil sie entkommen war. Natürlich. Ohne die letzte Tochter wären Georgs drei tote Familien nicht komplett. Erst dann konnte die Selbstauslöschung beginnen.

Emma zog den Nachttisch vom Bett heran und kletterte mühselig darauf.

Die Frau hatte braune Augen. Sie waren weit aufgerissen.

»Polizei«, sagte Emma zu ihr. Sie war zu müde, ihren Ausweis vorzuzeigen. Hatte sie ihn überhaupt dabei? »Die Kollegen sind gleich hier. Es geschieht Ihnen nichts. Die können Ihnen nichts mehr tun.«

Emma hörte nur ein dumpfes Wimmern, aber sie wusste, unter dem Panzertape schrie sie. Wild und panisch. Aus der Tiefe ihrer

Seele, ein ohrenbetäubender Schrei, aber durch die Klebebänder, durch den Lappen drang kaum ein Laut.

Emma riss ihr das Stück silbernen Klebefilm von den Lippen und zog den Lappen aus ihrem Mund, damit sie richtig schreien konnte.

90

Emily lag in Emmas Armen, den Kopf an ihre Brust gekuschelt, ihr kleiner Körper wie ein Heizofen unter der dünnen Wolldecke in Emmas Bett. Ab und zu ertönte ein zartes Schnarchen.

Sie waren auf dem Spielplatz gewesen. Nur kurz, Emma war immer noch schnell erschöpft, trotzdem waren sie hinterher noch ordentlich Gemüsedöner essen, an der Potsdamer Straße, fettig und mit viel Soße, alle drei Soßen auf einmal, Kräuter, Knoblauch und scharf, sonst fehlte was, direkt aus der Hand, dann musste Emma mit Emily zu Hause Verstecken spielen und zum Schluss zum zehnten Mal *Prinzessin Lillifee* gucken. Die Mama würde sie morgen nach dem Frühstück abholen.

Emma blieb bei ihr im Bett liegen, lange noch, nachdem Emily eingeschlafen war. Es war ihr, als ob die kleine Emma da lag, sicher und zuversichtlich in dem Wissen, dass der nächste Morgen hell und schön und sonnig und gut sein würde. Erst als Emmas Arm schon fast taub war, entwand sie sich Emilys Umklammerung und schlich ins Wohnzimmer.

Sie räumte das Spielzeug weg, machte sich ein Bier auf, drehte den Ton im Fernseher leise und machte es sich auf der Couch bequem.

Mein Sohn Helen. Der Alte. Let's Dance. Albtraum Hausbau. Der Bulle von Tölz.

Es war lange her, dass sie sich in ihrem eigenen Wohnzimmer so wohlgefühlt hatte. Alles war hell. Sie hatte neue Lampen gekauft. Und im Schrank unter dem Fenster fehlte das Buch. Das lag jetzt bei Sarah. Sie würde es durchsehen und mögliche Verletzungen von Emmas Privatsphäre anstreichen. Diese würde Emma sich näher anschauen – wohl mit Frau Dr. Klee zusammen – und damit zum Anwalt gehen.

Letzte Spur Berlin. Krebs – Wohin steuert die Forschung? Camilla Läckberg. Die Baumhausprofis. Wilderern auf der Spur.

Nicht mal über die Innenrevision machte Emma sich Sorgen. Die Spurensicherung hatte nachweisen können, dass Georg vor ihr stand, Pistole in der Hand, als sie auf ihn schoss. Alles andere waren Nebenschauplätze: Dass sie allein zur Lagerhalle gefahren war, anstatt Lutz mit einzubeziehen, das war das größte Problem. Aber ihr Gewerkschaftsanwalt argumentierte, dass sie unter dem Einfluss von Medikamenten und extremem Stress stand, nachdem sie fast eine Woche in der Gewalt der Täter gewesen war. Ihren Job würde sie behalten. Ihre Privatrecherche in den Datenbanken kam nicht mehr zur Sprache: Da hatten Felix und Lutz geschwiegen.

Polizeiruf 110. Das Dorf der Stille. Edel & Starck.

Den anderen Job war sie allerdings los. Den, den sie so unbedingt angestrebt hatte. Felix hatte sich schon gefreut, nominiert zu werden, und sie war ihm nicht mal böse deswegen. Umso überraschender war es, als dann Sigmar zum Nachfolger der Brennemann gemacht wurde. »Ihr beide habt euch leider einfach zu bescheuert benommen«, war ihr einziger Kommentar dazu gewesen.

Kayas Woche. Switch Reloaded. Kölner Treff. 3 nach 9. Nachtcafé. Riverboat.

Sei's drum. Emma war zufrieden. Zum ersten Mal … zum ersten Mal seit langer, langer Zeit. Deshalb schaltete sie auch nicht weg, als sie im Fernsehen das Gesicht von Uwe Marquardt sah.

Hätte sie vielleicht tun sollen.

Es war eine Talkrunde mit einer Moderatorin, die ganz begeistert war, wie er über Respekt vor Frauen sprach. Wie ein richtiger Mann einer Frau niemals so etwas antun würde wie er damals. Was für Probleme er früher hatte, die ihn zu der Tat trieben.

Und wie die Erfahrung ihn verändert hatte!

Im Gefängnis, da hatte er sich selbst ins Gesicht blicken müssen. Erkennen, welche Abgründe in ihm stecken, in jedem von uns. Im Grunde war er seinem Opfer heute dankbar. Erst durch sie hatte er sich ändern können. Erst durch sie hatte er erfahren, dass Frauen im Grunde die besseren Menschen sind. Vor allem, weil sie nach dieser Erfahrung so tapfer sein konnte, ihm zu verzeihen. Obwohl er anfangs nicht mal sich selbst verzieh.

Verzeihen? Hatte er gerade gesagt, dass sie ihm verziehen hätte?

Emma starrte verwirrt auf den Bildschirm. Auf dieses lächelnde Gesicht. Diese glatte, warme Stimme, die so glaubwürdig über die wichtigen Dinge des Lebens referierte. Selbsterkenntnis. Toleranz. Gleichberechtigung. Verzeihen.

Er schaute in die Kamera. Sie starrte ihm direkt in die Augen.

»Manche Menschen sind durch ein unsichtbares Band miteinander verbunden, ohne es zu merken, auch Menschen, die einander etwas antun, was sie später bereuen. Lange wollte ich es selbst nicht wahrhaben, aber ich und mein Opfer, wir beide haben eine solche Beziehung, die über das Körperliche hinausgeht. Selbst wenn wir uns nie wiedersehen würden, durch diese schreckliche Tat sind wir über Raum und Zeit miteinander verbunden. Sie wird für immer ein Teil von mir sein.«

Hatte er gerade »über Raum und Zeit miteinander verbunden« gesagt? Hatte er gerade »Sie wird für immer ein Teil von mir sein« gesagt?

Das hatte er ihr doch schon einmal gesagt. Genau diese Worte. Emma griff sich an die Stirn. Kopfschmerzen. Plötzliche, brennende Kopfschmerzen.

Genau diese Worte.

Auf dem Dachboden. Dort hatte er es gesagt.

Aber das war doch eine Halluzination gewesen. Wie konnte er jetzt im Fernsehen ihre Halluzination zitieren? Sie kniff sich in den Arm.

Es gab nur eine Erklärung. Weil es keine Halluzination gewesen war.

Er hatte sie dort besucht.

Sie erinnerte sich an seinen Anruf: »Er jagt dich von Ferienhaus zu Ferienhaus.« Uwe hatte gewusst, wo Georgs Lagerhalle war. Weil er nicht nur Emma, sondern auch Georg verfolgt hatte. Aber eines war ihr bisher nicht klar gewesen, und das war wie ein Schlag ins Gesicht: Er musste sie auch an dem Abend verfolgt haben, an dem sie gekidnappt wurde. Er hatte alles gesehen. Er war dem Transporter bis zur Lagerhalle gefolgt und dann von der Lagerhalle bis in die Dennewitzstraße. Ohne etwas zu unternehmen. Und nicht nur das. Der Arsch hatte sie auch noch auf dem Dachboden besucht und ihr beim Sterben zugesehen.

Es war keine Halluzination gewesen.

Sie fühlte, wie sich die kalte, schwarze Faust um ihr Herz schloss. Sie war wieder da.

»Nein«, sagte sie und stand abrupt auf, die Bierflasche rollte auf den Teppich. »Nein, nein, nein.«

Dann fiel ihr etwas ein.

Sie war nicht hilflos.

Im Gegenteil. Auf einmal erkannte sie die Macht, die sie ihm über sich gegeben hatte, als sie all die Jahre schwieg. Freiwillig. Kampflos. Das brauchte sie nicht mehr. Diese Macht konnte sie ihm nehmen. Und genau das würde sie jetzt tun. Es war einfacher, als sie gedacht hatte.

Etwas hatte sich geändert. Sie hatte überlebt. Sie war nicht mehr das Mädchen, das ins falsche Auto stieg. Sie war die Frau, die nichts mehr zu verlieren hatte. Die Zeit des Versteckens, die Zeit der Angst war vorbei, für immer.

Sie trat vor den Fernseher. Ton aus. Großaufnahme Uwe Marquardt.

»Du bist also nicht fertig mit mir?«, sagte sie. Laut. Als ob er sie hören könnte. Warum eigentlich nicht.

Sie griff zum Telefon. Wählte. Fragte nach einer Nummer. Wählte abermals. Fragte nach einer weiteren Nummer. Wählte erneut. Identifizierte sich als Beamtin des LKA. Ließ sich durchstellen.

Derweil redete Uwe. Ton aus. Sie sah, wie sich die Worte auf seinen Lippen formten: Vergebung. Beziehung.

Endlich kam sie durch.

Es gab einiges Hin und Her. Dann sah sie, wie die Moderatorin – wie hieß sie noch? Irgendwas mit Bülow? – das Gespräch unterbrach, sich ans Ohr griff, zuhörte. Ihr Blick wurde unbestimmt, die anderen in der Runde merkten, dass sie nicht mehr präsent war, verstummten. Dann schaute sie in die Kamera, als ob sie darin Emmas Gesicht vermutete. »Ja, ich … klar … aber, das kann jeder … kann sie sich identifizieren?«

Irgendein Redakteur im Studio sagte der Moderatorin etwas im Ohr.

Die Moderatorin drehte sich zu Uwe Marquardt.

»Herr Marquardt. Sagt Ihnen der Name Emma Carow etwas?«

Das Lächeln verschwand von Uwes Gesicht.

»Sie behauptet, Ihr Vergewaltigungsopfer zu sein.«

Uwe öffnete den Mund, dann schloss er ihn wieder. Fand keine Worte, räusperte sich.

»Stellen Sie sie durch«, forderte die Moderatorin. »Meine Damen und Herren, ich habe hier eine Anruferin. Sie behauptet, Herrn Marquardts Vergewaltigungsopfer zu sein, und sie möchte sich hier und jetzt gerne äußern.«

Dann machte es Klick, und Emma hörte ihre Stimme, die gleiche Stimme wie im Fernsehen, jetzt ganz nah an ihrem Ohr: »Frau Carow? Frau Carow, Sie haben etwas zu sagen?«

Ja, Emma hatte etwas zu sagen.

Danksagung

Besonderen Dank an Dr. Christoph Scheding, der uns in Sachen Medizin unter die Arme gegriffen hat, an den Übersetzer und Journalisten Dominik Fehrmann, der zusätzliche Lektoratshilfe geleistet hat, an Susanne Scheding und Britta Blume-Werry für ihre guten Ratschläge und moralische Unterstützung, an alle unsere Freunde für ihre endlose Geduld, an Daniel Mursa und die Agentur Petra Eggers und an unsere Lektorinnen Anke Göbel und Susann Rehlein, die hart und zart und furchtlos durchgegriffen haben – das Buch ist auch von euch!